홍계월전의
이본과 원전

홍계월전 의 이본과 원전 異本 原典

국학자료원

책머리에 |<홍계월전>의 이본과 원전

    <홍계월전>은 여성영웅소설 가운데 우리에게 가장 친숙한 작품이다. 그런 만큼 그동안 이 작품에 관한 연구 성과도 만만치 않게 축적되었다. 하지만 <홍계월전>에 관한 숱한 연구에도 불구하고 유독 이본에 관한 논의가 한 차례도 없었다는 사실을 확인하면서, 과연 이 작품을 온전히 이해하고 있는 연구자가 얼마나 될지 의문을 품게 되었다. 이본 연구는 여성영웅소설 분야에서 더욱 소홀한 감이 없지 않았다. 이본 간의 차이가 미미한 경우에는 크게 문제 될 것이 없겠지만, 그 차이가 두드러진 경우에는 본격적인 작품론에 앞서 기초 작업인 이본 연구가 반드시 요구된다. 연구 대상으로 삼은 작품의 이본을 수집 검토하여 원작에 가장 가까운 선본을 가려내는 작업이 선행되어야 이본 간의 차이를 통해 작품 세계의 변모 과정 및

그에 따른 주제의 변화를 추적해 나갈 수 있기 때문이다.

　본서는『김희경전의 이본과 원전』에 이은 두 번째 기획서이다. 그에 따라 서명을『홍계월전의 이본과 원전』으로 삼았다. 필자는 최근의 이본 논의를 통해 <김희경전>과 <홍계월전>이 여성영웅소설 갈래의 정착을 선도한 작품일 것이라 확신한 바 있다. <김희경전>은 김희경의 여성 편력을 통해 일부다처의 화락한 공존을 그려낸 작품이고, <홍계월전>은 홍계월과 여보국의 상호 존중과 협력을 통해 남녀의 상생과 평등의 길을 모색한 작품이다. 두 작품은 다른 여성영웅소설에 비해 이본 간의 차이가 분명하여 여러 계열로 분화된 양상이 쉽게 포착된다. 이본 간의 차이가 크다는 사실은 독자들의 작품 수용이 그만큼 능동적이고 비판적으로 이루어졌음을 의미한다. 두 작품의 이본은 크게 원전 계열과 후대의 축약 계열로 나뉜다. <김희경전>은 결연담의 비중을 줄이는 방향으로, <홍계월전>은 군담의 비중을 줄이는 방향으로 축약되었다. 그 결과 두 작품은 19세기 여성영웅소설의 장르 관습에 합치되는 서사 원리를 갖추게 되었다. 그동안 우리가 알고 있던 <김희경전>과 <홍계월전>은 바로 이 축약된 이본에 국한된 것이었다. 이것이 바로 필자가 두 작품의 이본을 본격적으로 연구하게 된 결정적 계기가 된 셈이다.

　<홍계월전>의 이본에 관한 기존 연구는 필자의 논문 몇 편이 고작이라

서 이에 관한 연구서를 낸다는 것에 적지 않은 부담을 느낀다. 그동안 발표된 필자의 논문은 이본을 하나씩 수집하는 과정에서 중요하다고 판단되는 것에 관해 그때그때 성글게 작성된 것이므로 처음부터 완성도 높은 글을 기대하기 어려웠던 게 사실이다. 이제 수집된 27종의 이본을 대상으로 <홍계월전>의 이본과 원전에 관한 연구를 대략 마무리하고 보니, 어지럽게 흩어진 글들을 한 권의 책으로 묶어야 한다는 중압감이 밀려왔다.

저자가 <홍계월전>의 이본을 수집하면서 주요 이본에 관한 논문을 간간이 발표해 온 지 십여 년이 훌쩍 지났다. 그동안 수집한 이본 중에서도 특히 단국대 103장본, 단국대 96장본, 연세대 57장본, 영남대 46장본, 계명대 57장본은 <홍계월전>의 실상을 온전히 이해하는 데 결정적인 도움이 된 소중한 자료들이다. 본서에서 이들의 이름을 내세워 <홍계월전>의 이본을 다섯 계열로 나눌 수 있게 된 것을 다행으로 여긴다. 나아가 단국대 96장본을 기반으로 삼아 원전의 모습을 확인하고 정본을 구축하여 향후 <홍계월전> 연구에 필요한 텍스트를 제공하게 된 것을 보람으로 여긴다.

본서는 필자가 최근 발표한 <홍계월전>의 이본에 대한 논문을 책의 체제에 맞게 전면적으로 고쳐 쓰면서 일부 새로 쓴 글도 포함하였다. 기존 논문의 부족한 부분을 보완하고 잘못된 주장을 바로잡는 데 심혈을 기울였지만, 여전히 적지 않은 아쉬움이 남는다. 이본 연구는 언제나 인내가 요구되는 작업이다. 수십 종의 이본을 수집하고 일일이 대조하는 작업도 버겁지만, 그들의 관계를 촘촘히 파악하여 계통을 세우는 일은 그야말로 혼란과 고통의 연속이다. 그래도 조금이나마 의미 있는 결과를 얻게 된 것을 위안으로 삼는다. 이 책이 여러모로 부족하지만 향후 <홍계월전> 연구에 작은 보탬이 되기를 희망한다.

지난번에 이어 이번에도 국학자료원에 큰 신세를 졌다. 어려운 여건에도 불구하고 이 책의 출간을 기꺼이 허락해주신 정구형 대표님과 책 모양을 갖추느라 애쓰신 편집부 여러분께 진심으로 감사드린다.

2022년 10월
엄광산 기슭에서
정준식

차례

제2부
<홍계월전>의 이본과 원전 자료

제1부

홍계월전 의 이본과 원전 연구

異本 原典

Ⅰ. 서론

1. 연구 목적 및 연구사 검토

본서는 여성영웅소설의 대표작으로 널리 알려진 <홍계월전>의 이본을 검토하여 계열을 설정하고 원전을 탐색하여 정본을 구축한 후 그 결과물을 함께 제공함으로써 향후 <홍계월전>에 대한 새로운 연구의 토대를 마련하는 것을 목적으로 삼는다.

<홍계월전>은 여성영웅소설의 일종인데, 여타 여성영웅소설에 비해 일찍부터 많은 연구자의 관심을 받아 왔기 때문에 그에 관한 연구 성과 또한 적지 않게 축적되었다.[1] 그간 <홍계월전>에 대한 연구는 작품에 나타난 여성 의식과 지향 가치를 탐구한 논의[2]가 주류를 이루

---

[1] 국립중앙도서관 소장자료 검색 결과 <홍계월전>에 관한 연구 성과로 학위논문이 41건, 학술논문이 27건, 도합 67건의 논문이 소장된 것으로 확인되었다.

[2] 대표적인 성과는 다음과 같다. 박경원, 「홍계월전의 구조와 의미」, 부산대 대학원 석사논문, 1991 ; 이인경, 「<홍계월전> 연구, 갈등양상을 중심으로」, 『관악어문연구』 제17집, 서울대 국어국문학과, 1992 ; 이광호, 「<홍계월전> 연구」, 한국교원대 대학원 석사논문, 1994 ; 황미영, 「<홍계월전> 연구」, 숙명여대 대학원 석사

다가, 최근에는 국어교육 분야에서 <홍계월전>을 활용한 교수-학습 방안의 탐구[3] 혹은 양성평등 학습방안을 탐구한 논문[4]으로 연구의 범위가 확장되고 있다. 그런데 기존 연구의 대부분은 활자본 또는 한중연 45장본을 텍스트로 삼았는데, 그렇다고 두 이본이 <홍계월전>의 원전에 가깝다거나 전체 이본을 대표할 만하다는 근거는 전혀 없다.

<홍계월전>은 <김희경전>과 함께 여성영웅소설 중에서도 이본 간의 차이가 분명한 것으로 확인되므로, 연구자가 임의로 어느 한 이본을 텍스트로 삼는다면 자의적인 해석과 판단에 그칠 위험성이 있다. 따라서 <홍계월전>에 대한 객관적인 연구를 위해서는 이본을 검토하여

논문, 1995 ; 최두곤, 「<홍계월전> 연구」, 계명대 대학원 석사논문, 1996 ; 정규식, 「<홍계월전>에 나타난 여성우위 의식」, 『동남어문학』 제13집, 동남어문학회, 2001 ; 조은희, 「<홍계월전>에 나타난 여성의식」, 『우리말글』 제22집, 우리말글학회, 2001 ; 김미령, 「<홍계월전>의 여성의식 고찰」, 『한국언어문학』 제63집, 한국언어문학회, 2007 : 김정녀, 「타자와의 관계를 통해 본 여성영웅 홍계월」, 『고소설연구』 제35집, 한국고소설학회, 2013 ; 조민경, 「갈등양상을 통해 본 <홍계월전>의 지향가치」, 『한국어와 문학』 제18집, 숙명여대 한국어문화연구소, 2015 ; 김현화, 「홍계월전의 여성영웅 공간 양상과 문학적 의미」, 『한민족어문학』 제70집, 한민족어문학회, 2015 ; 윤정안, 「<홍계월전>의 정의와 정의 실현 방식의 의미」, 『고소설연구』 제51집, 2019.

3) 대표적인 성과는 다음과 같다. 김경화, 「여성영웅소설 <홍계월전>의 교수·학습 방안」, 한국교원대 교육대학원 석사논문, 2012 ; 조민경, 「<홍계월전>의 문학적 가치와 교육 방안 연구」, 숙명여대 교육대학원 석사논문, 2015 ; 문희경, 「영웅소설 분석 및 교육방안, 2009 개정 문학교과서 내 <홍계월전>을 중심으로」, 연세대 교육대학원 석사논문, 2015 ; 최지녀, 「<홍계월전> 교육 내용의 현황과 새로운 방향의 모색」, 『겨레어문학』 제62집, 겨레어문학회, 2019 ; 고창균, 「홍계월전 분석 및 교수학습 내용 연구; 2015 개정 교육과정을 중심으로」, 고려대 교육대학원 석사논문, 2020.

4) 대표적인 성과는 다음과 같다. 신유진, 「<홍계월전>의 양성평등적 성격과 효율적인 지도방안」, 부경대 교육대학원 석사논문, 2010 ; 성영희, 「<홍계월전>을 대상으로 한 양성평등 교수-학습 방안」, 아주대 교육대학원 석사논문, 2010 ; 김민경, 「양성평등 의식 함양을 위한 <홍계월전> 교육 방안 연구」, 동국대 교육대학원 석사논문, 2019.

원전에 가장 가까운 선본을 가려낸 후 이를 대상으로 본격적인 작품론을 진행하는 것이 타당하다고 본다.

이런 문제의식 하에 필자는 최근 수년간 <홍계월전>의 이본을 수집 검토하여 주요 이본의 특징과 가치를 탐구한 논문을 간간이 발표해 왔다. 처음에는 16종의 이본을 대상으로 삼아 예언과 그 서사적 실현이 두 번 반복되는 장편 이본과 한 번만 나타나는 단편 이본이 별도로 존재하고 있음을 확인하였다.[5] 이들의 필사 시기와 단국대 96장본의 후기[6]를 근거로 삼아 장편 9종을 원전의 서사를 계승한 이본으로, 단편 7종을 후대에 축약된 이본으로 추정하고, 이들을 각기 '단국대 103장본 계열'과 '한중연 45장본 계열'로 설정하였다.[7]

이처럼 원전의 서사를 계승한 이본이 별도로 존재하고 있는데도 기존 연구에서는 후대에 축약된 '한중연 45장본 계열'을 논의 대상으로 삼은 점을 지적하면서 향후 <홍계월전>에 대한 논의는 '단국대 103장본 계열'을 중심으로 이루어져야 함을 강조하였다. 나아가 후속 논의에서 필자는 '한중연 45장본 계열'로 분류된 이본 가운데 군담 2의 내용이 여타 이본의 그것과 다른 이본이 있다는 사실 및 그로 인해 주제의 변화가 수반되고 있음을 확인하고, 이들을 '한중연 45장본 계열'과 분리하여 '영남대 46장본 계열'로 달리 설정하였다.[8]

---

5) 정준식, 「<홍계월전> 이본 재론」, 『어문학』 제101집, 한국어문학회, 2008, 248-252쪽.

6) 단국대 96장본 후기에는 이 이본의 소장자가 본래 1819년에 필사된 <홍계월전>을 오랫동안 간직하며 읽다가 그것이 일부 훼손되자 1861년에 남동생이 밖에서 빌려온 <홍계월전>을 다시 필사하여 소장하게 된 사정이 자세하게 소개되어 있다.

7) 장편 이본과 단편 이본의 선본이 '단국대 103장본'과 '한중연 45장본'으로 파악된 바, 이들 명칭을 내세워 장편 이본을 '단국대 103장본 계열'로, 단편 이본을 '한중연 45장본 계열'로 명명한 것이다.

8) 정준식, 「영남대 46장본 <계월전>의 특징과 가치」, 『어문학』 제142집, 한국어문학회, 2018, 204-216쪽.

한편, 필자는 수집된 장편 이본이 모두 군담 1, 2, 3을 공유하고 있다는 사실에 주목하여 <홍계월전>의 원전이 군담 1, 2, 3, 4를 모두 갖춘 것이 아니라 군담 1, 2, 3으로 마무리된 채 독자들에게 유포되었을 가능성을 제기하였다.9) 즉 <홍계월전>은 본래 '예언 1'의 군담 1, 2와 '예언 2'의 군담 3, 4가 모두 갖추어져야 예언과 그 서사적 실현이 무리 없이 조응되는데, 실제로는 '예언 2'의 군담 4가 구체적 서사로 실현되지 않은 채 작품이 종결되어 부분적 결함을 드러내고 있다. 이런 결함을 보완하고자 군담 4가 새로 추가된 유일한 이본이 단국대 103장본이므로 기존에 '단국대 103장본 계열'로 분류된 이본을 '단국대 96장본 계열'로 명칭을 변경하고, 단국대 103장본을 별도의 독립된 계열로 설정하였다. 이 논의를 통해 단국대 96장본 계열은 원전의 서사와 그 결함까지 계승한 이본이고, 단국대 103장본 계열은 단국대 96장본 계열의 서사적 결함을 해결한 후대의 이본임이 드러났다.

단국대 96장본 계열과 단국대 103장본 계열의 이본을 검토해보니 연구 텍스트로 삼을 수 있을 만큼 서사 내용을 온전히 지닌 이본이 하나도 없는 것으로 확인되었다. 최근 단국대 103장본이 <홍계월전>의 善本이란 필자의 주장이 제기된 이후 이를 대상으로 한 논의가 활발해지고 있지만, 이 이본마저 여러 곳에 무리하게 생략된 내용이 있을 뿐 아니라 잘못된 표기도 너무 많아 문맥 파악에 적지 않은 어려움이 따른다. 이를 고려하여 필자는 후속 논의에서 원전의 서사는 물론 그 결함까지 고스란히 물려받은 단국대 96장본을 핵심 자료로 삼고 단국대 103장본을 보조 자료로 삼아 <홍계월전>의 정본 구축 방안을 다각적으로 모색하였다.10) 나아가 필자는 최근까지 수집된 이본 27종을 세밀

---

9) 정준식,「<홍계월전> 원전 탐색」,『어문학』제137집, 한국어문학회, 2017, 327-335쪽.
10) 정준식,「<홍계월전>의 정본 구축 방안」,『어문학』제145집, 한국어문학회, 2019,

히 검토하여 기존에 '예언'을 기준으로 삼아 두 계열로 분류한 <홍계월
전>의 이본이 '군담'을 기준으로 삼는다면 다섯 계열로 분류될 수 있음
을 밝혔다.11)

　이상과 같이 필자는 지난 10여 년간 <홍계월전>의 이본을 수집 검
토하여 계열을 나누고 선본을 확정함은 물론 원전을 탐색하고 정본을
구축하는 작업을 지속해왔다. 그 결과 <홍계월전>의 이본이 크게 원
전 계열과 축약 계열로 분화된 사실을 확인하게 되었다. 기존의 <홍계
월전>에 대한 논의 가운데 후대에 축약된 활자본 혹은 한중연 45장본
을 텍스트로 삼은 경우가 대부분이었음을 고려해볼 때, 필자의 최근 논
의는 향후 <홍계월전> 연구가 나아가야 할 방향을 명확히 제시한 점
에서 나름의 의미를 찾을 수 있다.

　그런데 필자의 이본 연구는 처음부터 체계적인 계획하에 진행된 것
이 아니라 학계에 알려지지 않은 새로운 이본을 하나씩 수집하는 과정
에서 그때그때 중요하다고 판단되는 이본을 대상으로 이루어진 것이
다. 그러다 보니 수집된 이본이 추가됨에 따라 기존에 분류된 계열의
선본(善本)이 바뀌거나 새롭게 별도의 계열이 설정되기도 하면서 일부
내용의 중복이나 기존 주장의 부분적 수정이 불가피한 측면도 있었다.
이에 따라 지금까지 수집된 이본을 종합적으로 검토하여 필자가 지속
해온 그간의 논의 가운데 미진한 부분을 가다듬고 새로운 주장을 덧보
태 <홍계월전>의 이본과 원전에 대한 필자의 최종 입장을 명확히 할
필요가 있다고 본다.

　본서에서는 그동안 수집된 <홍계월전>의 이본 27종을 면밀하게 대

220-237쪽.
11) 정준식, 「<홍계월전>에 형상화된 군담과 이본의 관계」, 『어문학』 제153집, 한국
　어문학회, 2021, 128-136쪽.

조하여 기존에 이루어진 계열 설정 및 원전 탐색 작업의 오류를 바로잡고 작품의 형성과정을 새롭게 논의하고자 한다. 그리고 정본 구축 방안을 더욱 정교하게 가다듬고 그 결과물을 본서 제2부에 함께 수록함으로써 향후 <홍계월전> 연구에 활용할 수 있는 온전한 텍스트를 제공하고자 한다.

2. 논의의 단서와 연구 방법

<홍계월전>에 관한 기존 연구를 보면 작품론은 매우 무성했지만 이본에 관한 논의는 최근에 와서야 본격적으로 이루어지고 있다. 기존의 작품론에서 가장 문제가 된 것은 텍스트 선정의 자의성이다. 1990년대까지 연구자의 대부분은 활자본을 텍스트로 삼았고, 극히 일부의 연구자만 다른 이본을 텍스트로 삼았다.12) 그러다 보니 실제로 확인되는 이본 간의 차이에 대한 인식이 매우 희박하여 근래에 이르기까지 이본 검토의 필요성조차 깨닫지 못한 것으로 판단된다.

<홍계월전>의 이본에 대한 연구자들의 인식은 최근까지도 매우 느슨하여 '내용은 거의 차이가 없고 서술의 구체성이나 마지막 전쟁에피소드의 첨가 여부가 차이가 난다'13)거나, '줄거리는 같지만 세부 묘사에서 조금씩 차이가 난다'14)거나, '단국대 103장본은 한중연 45장본보다 남주인공의 활약이 상대적으로 두드러진다'15)거나 등의 모호하고 추상적인 언급만 반복되고 있을 뿐이다. 하지만 <홍계월전>의 이본

---

12) 이인경이 한중연 45장본을, 박경원이 한중연 73장본을 텍스트로 삼았다.
13) 민족문학사연구소 편,『한국 고전문학 작품론 2, 한글소설』, 휴머니스트, 2018, 170쪽.
14) 이정원,『홍계월전』, 휴머니스트, 2015, 136쪽.
15) 장시광, 「홍계월전」, 한국고소설학회 편저,『한국 고소설 강의』, 돌베개, 2019, 323쪽.

간에 드러나는 차이는 에피소드의 첨가 여부나 세부 묘사의 차이 또는 남주인공의 활약 정도로 설명될 수 있는 것이 아니라, 작품 구조와 주제의 변화까지 초래할 만큼 크고 분명한 것이어서 결코 가볍게 보아 넘길 일이 아니다.

<홍계월전>은 예언 구도에 따라 서사가 전개되는 특징을 보인다. 예언 구도란 작품의 시작부터 끝까지 모든 사건이 곽도사의 예언에 따라 전개되는 것을 말하는데, <홍계월전>의 이본은 곽도사의 예언이 한 번 제시되는 것과 두 번 제시되는 것으로 나뉜다. 두 번의 예언은 모두 계월이 '세 번 죽을 액'을 겪을 것이라는 내용으로 되어 있다. 이 가운데 첫 번째 예언은 모든 이본에 유사하게 설정되어 있어서 크게 문제될 것이 없다. 반면 두 번째 예언은 이본에 따라 있기도 하고 없기도 하며, 그에 따라 서사 전개가 달라지기 때문에 세심한 주의가 요구된다.

> 일″은 위공이 계월과 보국을 불너 도스의 봉셔을 주거날 쩨여 본니 션싱의 필적이라 그 글의 ᄒ여시되 일편 봉셔을 평국과 보국 의게 붓치ᄂ니 슬푸다 명현동의셔 ᄒ가지로 공부ᄒ던 졍이 빅운 갓치 즁ᄒ도다 ᄒ 번 이별 ᄒ 후로 졍쳐 읍시 바린 몸이 산야 젹막 ᄒ 듸 쳐ᄒ야 단이면셔 너희을 싱각ᄒᄂ 졍이나 웃지 다 층냥ᄒ랴 만은 노인의 갈 길이 만리예 빅켜스니 슬푸다 눈물이 학창의예 져″ ᄯ다 <u>이 후ᄂ 다시 보지 못할 것시니 우희로 쳔즈을 셤게 츙셩을 다 ᄒ고 아릭로 부모을 셤겨 효셩을 다ᄒ야 그류던 유한을 풀고 부딕 무량이 지닉라</u> ᄒ야거날 평국과 보국이 보기을 다 ᄒᄆ 쳬읍ᄒ며 그 은혜을 싱각ᄒ야 공즁을 향ᄒ야 무슈히 치ᄒ하더라[16]

국공이 평국을 불너 안치고 곽도스 주시던 봉셔을 품으로셔 닉

---

16) 연세대 57장본 <홍계월전>, 56장.

주시며 왈 곽도亽가 주시더라 ㅎ시니 양인니 바다 녹코 亽빈 후의
쎄여 보니 그 셔에 ㅎ엿시되 亽부는 이 편지을 평국 보국의게 붓치
노라 흔 번 이별흔 후의 셔로 보지 못ㅎ나 싱각은 ㅎ히 갓틔엿짜
몸니 산중 풍경만 됴화ㅎ고 션풍의 흥을 졔워 亽곡의로 몸을 숨게
쳥풍명월과 두견 졉동 긔린 오족의로 벗슬 亽마 단니고 너희는 쳥
운의 올나 잇셔 운승이 일노 좃촏 이별이 되야시니 실푼 눈물니 흑
창의 젹셔도다 너희 아름다온 셩명니 빅운동 심쳐까지 밋쳐시니 그
위염과 장흔 긔운은 벽파도의 물결니 다 움지긔니 술법 가르친 亽
부는 빅운션을 놉피 드러 질기는 주을 뉘 알이오 이졔 비록 쳔ㅎ 틱
평ㅎ느 니 압푸 셰 번 죽을 익을 당홀 거시니 십푼 조심ㅎ라 지금
오왕의 아달 덕숨과 초왕 아달 순슴과 밍길 동싱 밍손이며 그 형 그
부의 원수을 갑푸려 ㅎ고 쳔쵹 도영손의셔 진을 치게 ㅎ고 공도亽
을 어더 위공을 슴고 쳔병만마을 거느려 오니 그 도젹을 가비야이
못홀 도젹이라 그러나 닉 친니 도을 거시니 〃 마을 입 박씌 닉들
말고 잇다가 보국이 주원ㅎ고 딍원 되어 큰 공을 셰오라 쳔기을 누
셜치 못ㅎ기로 이 압푸 또 익니 잇스되 발셜도 못ㅎ건니와 급흔 딍
악니 잇씨니 십푼 됴심ㅎ라 졍니 집품니 틱순 갓타느 그만 긋치노
라 ㅎ여거날 양인니 션싱의 은혜을 못닉 치亽ㅎ고 늠방 소식을 탐
지ㅎ더라17)

위에 제시된 인용문은 <홍계월전>에서 계월이 오 · 초 양국과의 전
쟁에서 승리하고 황성으로 돌아온 이후 곽도사의 거처에 피난해 있던
부친과 재회했을 때 건네받은 곽도사의 편지이다. 얼핏 보아도 그 내용
이 크게 다름을 알 수 있다. 연세대 57장본에는 이제 모든 액운이 사라
졌으니 앞으로 계월을 다시 만날 날이 없다며 작별을 알리는 내용으로
채워져 있다, 이에 반해 단국대 96장본에는 앞으로도 계월에게 '세 번

---

17) 단국대 96장본 <계월전>, 85장a-86장a.

죽을 액'이 닥칠 것임을 예고하고, 오·초 양왕의 아들과 맹길의 아우가 재침하게 되면 보국이 대원수가 되어 공을 세울 수 있게 하라는 당부가 들어 있다. 이처럼 연세대 57장본에는 곽도사가 계월에게 보낸 편지에 두 번째 예언이 들어 있지 않은데 단국대 96장본에는 두 번째 예언이 들어 있어서, 두 이본은 그 후의 서사에서 확연한 차이를 보인다.

그런데 두 이본의 이러한 차이는 결코 예외적인 것이 아니다. 필자가 수집한 <홍계월전>의 이본을 확인해보니 연세대 57장본처럼 곽도사의 예언이 한 번 설정된 이본이 14종이고, 단국대 96장본처럼 곽도사의 예언이 두 번 설정된 이본이 9종이다.[18] 두 예언은 모두 계월이 '세 번 죽을 액'을 겪는다는 내용을 핵심으로 삼고 있으며, 그에 따라 작품의 서사도 예언 1의 '세 번 죽을 액'과 예언 2의 '세 번 죽을 액'이 모두 현실에 실현되는 방식을 띠고 있다. 본서에서는 <홍계월전>의 이본 가운데 예언 1과 그 서사적 실현만 나타나는 이본을 **단편 이본**으로, 예언 1과 그 서사적 실현 및 예언 2와 그 서사적 실현이 함께 나타나는 이본을 **장편 이본**으로 지칭하고자 한다.

이처럼 <홍계월전>의 이본이 단편 이본과 장편 이본으로 나뉜다면 둘 가운데 어느 쪽이 먼저 형성되었을까. 이는 <홍계월전> 연구의 올바른 방향 설정을 위해서라도 반드시 해결되어야 할 중요한 문제이다. 이와 관련하여 단국대 96장본 <계월전>의 후기에 주목해 보기로 하자.

①신유 동월 십파일의 계월전을 등셔ᄒ 엿시ᄂ 글시도 변〃츤코
쏘ᄒ 글ᄌ도 간혹 ᄲᅢ져시니 그듸로 보옵소셔 보면 졔우 심〃 면훌
거시니 금셰상 ᄉᆞ름덜 드러보소 쳔쳥 간의 ᄯᅡᆯ ᄂᆞᆺ커던 셜어 마소 여

―――――――――
18) 나머지 4종은 낙질본이라 첫 번째 예언은 있지만 두 번째 예언의 유무는 확인할 수 없다.

즈라도 이러구러 지 홀 씩 잇ᄂ이라 ②긔묘연의 엇지 겨월젼을 등
셔ᄒ여시나 저ᄂ 우리 형님 ᄒ녀 등셔ᄒ 엿시나 글씨 바축이 조치
못ᄒ나 그듸로 샹치 말고 오리 두고 보기 소원이매 우리 남믹 갓치
졍이 가득ᄒ면 잇신즉 쎠러지미 츰인즉 쎠러질가 수쳘이 박그 잇
ᄂ 칙을 어더 등셔ᄒ 기난 우리 형님 쑨이요19)

　　위의 인용문은 단국대 96장본 후기의 내용인데 편의상 ①과 ②로 구
분하였다. 두 글은 필체가 서로 달라 동일 인물이 쓴 것이 아님을 알 수
있다. 인용문 ①②의 내용을 쉽게 정리하면 다음과 같다. 단국대 96장
본 <계월젼>은 단국대 96장본 소장자의 손윗동서가 신유년(1861)에
필사한 것이다. 이보다 앞서 단국대 96장본 소장자는 기묘년(1819)에
필사된 <계월젼>을 수십 년간 간직하며 읽어 왔는데, 이는 단국대 96
장본 소장자의 손윗동서의 하녀가 필사한 것이다. 그런데 기묘년에 필
사된 <계월젼>을 두고 신유년에 다시 필사하게 된 까닭은 먼저 필사
된 것이 오래되어 부분적으로 훼손되었기 때문이다. 그래서 남동생 수
철이 밖에서 <계월젼>을 다시 빌려오고 그 내용을 손윗동서가 베낀
것이 단국대 96장본이다. 후기가 둘이고 각기 필체가 다른 것은, 신유
년에 필사된 단국대 96장본의 후기 ①은 손윗동서가 본문 내용과 같은
필체로 작성한 것이고, 후기 ②는 한글이 서툴렀을 것으로 추정되는 단
국대 96장본 소장자가 나중에 직접 작성한 것이기 때문이다.20)
　　단국대 96장본의 후기에서 우리는 두 가지 중요한 사실을 확인할 수

---

19) 단국대 96장본 <계월젼>, 96장b-97장a.
20) 단국대 96장본 소장자는 두 번이나 남의 손을 빌려 필사한 <홍계월전>을 수십 년
　　간 소중히 간직하며 읽은 독자이다. 아마도 당시 <홍계월전>을 구하게 된 곡절을
　　특별히 밝힐 필요를 느껴서 단국대 96장본 필사자(손윗동서)가 작성한 후기에 이
　　어 자신이 쓴 별도의 후기를 첨부한 것으로 추정된다.

있다. 하나는 <홍계월전>이 이미 1819년 이전부터 시중에 유통되고 있었다는 것이고, 다른 하나는 그때 유통된 <홍계월전>이 예언 1과 예언 2가 모두 설정된 장편 이본이었다는 것이다. 단국대 96장본은 <홍계월전>의 이본 가운데 가장 이른 시기에 필사되었고, 이 이본처럼 예언 1과 예언 2가 함께 설정된 이본 9종 가운데 8종이 군담 1, 2, 3을 갖추고 있다는 사실도 예사로 보아 넘길 수 없다. 이러한 사실에 비추어 볼 때 <홍계월전>의 원전이 지금 우리가 알고 있는 활자본 혹은 한중연 45장본의 내용과 사뭇 다르지 않았을지 의심이 든다.

단국대 96장본에는 예언 1과 예언 2가 함께 설정되어 있고, 두 예언은 모두 계월이 '세 번 죽을 액'을 겪게 된다는 내용이다. 그런데 예언 1의 '세 번 죽을 액'은 세 번의 전란으로 한 치의 오차 없이 현실에 실현되는 데 비해, 예언 2의 '세 번 죽을 액'은 첫째와 둘째 액만 전란으로 실현되고 나머지 액은 실현되지 않은 채 마무리된다. 이런 모습은 단국대 96장본 한 종에만 나타나는 것이 아니라 장편 이본에 속하는 여러 이본에서 확인된다.[21]

이렇게 볼 때 예언 2의 '세 번 죽을 액' 가운데 세 번째 액이 실현되지 않은 채 서사가 마무리되는 것이 원전에서 비롯된 결함일 가능성이 크다. 필자가 수집한 이본 27종 가운데 단국대 96장본과 서사 내용이 가장 유사한 이본은 연세대 29장본 <桂月傳>이다. 이 이본이 1961년에 필사되었으니, 단국대 96장본보다 정확히 100년이 지난 시점에 생성된 것이다. 이러한 사실은 <홍계월전>의 이본 가운데 단국대 96장본과 동일한 서사 내용을 지닌 이본이 가장 오랫동안 유통되었음을 의미한다.[22]

---

21) 단국대 96장본, 단국대 59장본, 충남대 61장본이 이에 해당한다.
22) 신유년(1861)에 필사된 단국대 96장본과 그보다 앞서 기묘년(1819)에 필사된 이본의 내용이 같은 것이었다면 단국대 96장본과 연세대 29장본은 원전의 서사를 비교

본서는 단국대 96장본이 지닌 이러한 특징들을 단서로 삼아 이본의 차이를 효과적으로 도출하기 위해 생략, 변개, 부연, 지속이라는 네 개의 개념을 활용하기로 한다.[23) 수집된 대부분의 이본이 생성 연대를 알 수 없는 것이기 때문에 완질본 21종을 면밀히 대조하여 모든 이본이 공통으로 지닌 서사의 내용을 '지속'으로 규정한다. 이는 원전의 서사가 조금의 변화도 없이 후대로 계승되었다는 의미이다. '변개'는 원전 서사의 일부가 의도적으로 달라지는 경우를 말한다. 이는 주로 특정 대목 혹은 장면을 약간 다르게 그려내는 경우가 대부분이다. 특정 대목에서 이본 간의 차이가 두드러진 경우 어느 것이 '지속'이고 어느 것이 '변개'인가를 판별하는 것은 여간 까다로운 일이 아니다. 동일한 서사 패턴을 보이는 이본의 수가 많고, 필사 시기가 앞서며, 디테일의 변화가 없거나 적은 이본이 '지속'에 해당하는 경우가 많다, '부연'은 원전에 없던 서사 내용이 후대에 덧붙은 경우를 말한다. 특정 상황이나 장면이 새로 만들어진 것으로 판단되면 '부연'으로 볼 수 있다. '생략'은 대부분의 이본에 나타나는 내용이 몇몇 특정 이본에만 나타나지 않는 경우를 말한다.

이와 같이 본서에서는 <홍계월전>의 이본을 지속, 변개, 부연, 생략의 네 가지 기준에 따라 분류하여 계열을 설정하고자 한다. 이들 네 가지는 필사자의 의도와 판단과 선택이 개입된 결과이기 때문에 여러 이본이 특정 대목에서 동일 패턴을 보이면 이들을 묶어 동일 계열로 분류할 수 있다. 물론 어느 이본이든 네 가지 기존 가운데 '지속'에 해당하는 내용이 가장 많을 것이기 때문에 실제로는 '생략, 변개, 부연'의 세 관점에서 이본 간의 차이를 검토하고 분류하게 된 것이다.

적 온전히 계승한 이본일 가능성이 크다. 이에 관해서는 뒤에서 상론할 것이다.

23) 이는 필자가 기존의 이본 연구에서 활용한 바 있으며 본서에서도 이를 그대로 따른다. 정준식, 『「김희경전」의 이본과 원전』, 국학자료원, 2022, 19-20쪽.

<홍계월전>의 이본과 원전을 연구하고 정본을 구축하기 위해 본서는 다음과 같은 순서로 논의를 진행하기로 한다.

먼저, 수집된 이본 27종의 서지사항과 줄거리를 소개할 것이다. 그리고 단국대 96장본과 여타 이본을 대비적으로 검토하여 '예언'과 '군담'에 따라 이본 계열을 설정하고 각각의 특징을 살펴볼 것이다. '예언'을 기준으로 삼으면 <홍계월전>의 이본은 장편 이본과 단편 이본으로 나뉜다. 여기에 '군담'을 함께 고려하면 장편 이본은 군담 1, 2, 3, 4를 모두 갖춘 이본과 군담 1, 2, 3을 갖춘 이본으로 나뉘고, 단편 이본은 군담 1, 2를 갖춘 이본, 군담 1, 2를 갖추되 2가 변개된 이본, 군담 1만 갖춘 이본으로 나뉜다. 이를 기반으로 계열을 분류하고 각 계열의 군담의 기능과 의미를 검토할 것이다. 나아가 <홍계월전>의 원전을 탐색한 후 이를 바탕으로 작품의 형성과정을 밝힐 것이다. <홍계월전>은 원전에서부터 서사적 결함을 지녔고, 후대의 유통과정에서 그 결함을 인식하고 해결하기 위한 다양한 시도들이 있었던 것으로 추정된다. 이에 따라 마지막으로 <홍계월전>의 원전이 지닌 결함을 정확히 짚어내고, 이를 해결할 수 있는 타당한 방안을 찾아 새롭게 정본을 구축하고자 한다. 그리고 구축된 정본의 원문은 향후 <홍계월전> 연구의 편의를 위하여 본서의 제2부에 제공하기로 한다.

II. <홍계월전>의 이본 현황

　필자는 근래 수년간 <홍계월전>의 이본에 관한 논의를 지속해왔다. 처음 16종의 이본을 대비적으로 검토하여 곽도사의 예언이 두 번 설정된 '단국대 103장본 계열'과 한 번만 설정된 '한중연 45장본 계열'로 나누었다. 두 계열 중 단국대 103장본 계열은 1819년 이전에 이미 독자들 사이에 유통되고 있었으므로[24] 원전의 서사를 계승한 이본으로 추정하였고, 한중연 45장본 계열은 원전의 서사를 축약하는 방식으로 단국대 103장본 계열보다 후대에 생성된 것으로 추정하였다.

　이를 근거로 필자는 원전 계열의 이본이 따로 존재했음에도 불구하고 기존 연구자들이 이를 간과한 채 후대에 축약된 한중연 45장본 계열만을 논의 대상으로 삼은 점을 비판하였다.[25]

　필자는 후속 논의에서 단국대 103장본 계열의 이본 9종 중 완질본 7종을 면밀히 검토하여 단국대 103장본을 제외한 나머지 6종에서 군담 1·2·3이 제시되면 서사가 마무리된다는 사실을 근거로 삼아, <홍계월전>이 원작에서부터 부분적 결함을 지닌 채 독자들에게 유포되었을 가능성을 제기하고, 단국대 96장본 <계월전>을 원전의 서사와 결함까지 고스란히 계승한 이본으로 추정하였다.[26] 나아가 필자는 최근에 수집된 연세대 57장본을 한중연 45장본, 활자본과 대조하여 연세대

---

24) 정준식, 「<홍계월전> 이본 재론」, 『어문학』 제101집, 한국어문학회, 2008, 269-271쪽.
25) 정준식, 앞의 논문, 248-252쪽.
26) 정준식, 「<홍계월전>의 군담 변이와 이본 분화의 상관성」, 『한국문학논총』 제75집, 한국문학회, 2017, 71-72쪽 ; 정준식, 「<홍계월전> 원전 탐색」, 『어문학』 제137집, 한국어문학회 2017, 328-335쪽.

57장본이 한중연 45장본 계열의 선본이자 활자본의 모본이 되었음을 새롭게 밝혔다.[27] 한편 종래 한중연 45장본 계열로 분류된 이본 중 단국대 38장본, 단국대 62장본 B, 영남대 46장본, 충남대 63장본, 연세대 41장본이 도입부, 군담 2, 결말에서 동일 계열의 다른 이본과 적지 않은 차이를 보이므로 이들을 별도의 계열로 설정하였다.[28]

　이상과 같이 필자는 최근 수년간 <홍계월전>의 이본을 수집하고 그 실상을 밝히기 위한 노력을 지속해왔다. 하지만 이 작업은 애초부터 장기적인 목표 아래 진행된 것이기 때문에 수집된 이본 수가 늘어나고 논의가 거듭되면서 필자의 이전 관점과 주장이 일부 수정되는 과정을 겪을 수밖에 없었다. 그러다 보니 개별 논문에서 제기된 필자의 주장들이 한데 통합되지 못해 혼란을 줄 우려가 없지 않고, 그런 와중에 또 새로운 이본이 수집되기도 하였다. 그뿐만 아니라 최근에는 '예언'보다 '군담'이 <홍계월전>의 이본 계열의 생성에 결정적인 영향을 끼친 것으로 확인된 바 있다.[29] 이에 따라 이 시점에서 <홍계월전>의 이본에 관한 기존 논의의 문제점을 재확인하고 그 해결방안을 모색할 필요가 있다고 본다.

　<홍계월전>은 이본에 따라 군담의 횟수와 방식이 다르다. 군담이 한 번 설정된 이본에서 네 번 설정된 이본까지 매우 다양하며, 두 번째 군담에서 뚜렷하게 차이를 보이는 이본도 존재한다. 사정이 이러한데도 기존 논의에서는 이 점을 충분히 고려하지 않은 채 두 번째 군담까

---

27) 정준식, 「연세대 57장본 <홍계월전>의 이본적 특징과 가치」, 『한국문학논총』 제80집, 한국문학회, 2018, 34-54쪽.

28) 정준식, 「영남대 46장본 <계월전>의 특징과 가치」, 『어문학』 제142집, 한국어문학회, 2018, 204-223쪽.

29) 정준식, 「<홍계월전>의 군담 변이와 이본 분화의 상관성」, 『한국문학논총』 제75집, 한국문학회, 2017, 70-82쪽.

지 설정된 활자본 혹은 한중연 45장본을 텍스트로 삼은 경우가 대부분이다.

　<홍계월전>의 이본 현황을 검토하기 위해 수집된 이본 전체를 포괄한 통합 줄거리를 제시하면 아래와 같다.

1. 대명 시절 청주 구계촌에 사는 이부시랑 홍무가 간신의 참소로 고향에 돌아가 살면서 슬하에 자식이 없음을 근심한다.
2. 부인 양씨가 꿈에 한 선녀로부터 계화 가지 하나를 받은 후 잉태하여 열 달 만에 한 딸을 낳고는 이름을 계월이라 한다.
3. 홍시랑이 계월이 단명할 것을 염려하여 곽도사를 청하여 계월의 상을 보게 하니, 오 세에 부모를 이별하고 거리로 다니다가 세 번 죽을 액을 겪은 후 우연히 어진 사람을 만나 공후작록을 누릴 것이라고 하므로 계월에게 남복을 입히고 글을 가르친다.
4. 계월의 나이 오세 때 홍시랑이 예전에 함께 벼슬했던 벗을 보기 위해 양주 회계촌에 다녀오다가 여람 북촌에서 장사랑의 난을 만나 집에 돌아오지 못하다 피난한다.
5. 양씨 부인이 장사랑의 난을 피해 시비 양윤과 함께 계월을 데리고 남쪽으로 도망가다가 수적 맹길을 만나 부인과 양윤은 잡혀가고 계월은 강물에 던져진다.
6. 맹길에게 잡혀간 양씨 부인과 양윤이 먼저 잡혀간 춘향의 도움으로 함께 탈출하여 배를 타고 지나던 여승의 도움으로 고소대 일봉암으로 가서 여승이 되어 지낸다.
7. 강물에 떠내려가던 계월은 무주촌에 사는 여공에게 구출되어 그의 집으로 간 후에 동갑내기인 그의 아들 여보국과 함께 지낸다.
8. 계월의 나이 입곱 살 때 여공이 계월과 보국을 강호 땅 명현동에 사는 곽도사에게 데려가서 수학하게 한다.
9. 산중에 피신했던 홍시랑이 장사랑에게 잡혀 그의 위협으로 황성을 습격하는 일에 가담했다가 실패하여 벽파도로 귀양간다.

10. 일봉암에 머물던 양씨 부인이 한 노승의 현몽 지시에 따라 양윤과 춘향을 데리고 벽파도로 가서 그곳에 유배되어 살던 홍시랑을 만나 함께 지낸다.

11. 곽도사에게 수학한 계월은 이름을 평국으로 바꾸고 보국과 함께 과거에 급제하여 각기 한림학사와 부제후에 제수된다.

12. 평국과 보국이 곽도사를 찾아갔는데, 곽도사가 천기를 살펴 북방오랑캐의 난이 있을 것을 알고 바삐 가서 천자를 구하라고 하니, 평국과 보국이 급히 황성으로 간다.

13. 서번과 서달이 북주 칠십여 성을 함락하고 황성을 침범코자 하니 천자가 평국과 보국을 각기 대원수와 중군장을 삼고 군사 이십만을 주어 출정하게 한다.

14. 평국과 보국이 대군을 이끌고 옥문관과 천문동을 지나 적진으로 가서 적과 싸우는데, 보국이 평국의 만류를 뿌리치고 출전했다가 적에게 포위되어 위기에 처하자 평국이 급히 구출한 뒤 보국을 군법으로 죽이려다 장수들의 만류로 목숨을 살려준다.

15. 평국이 적장 약대의 머리를 베고 적을 추격하다가 천문동 어귀에서 적장 철골통의 매복 화공작전에 말려 죽을 위기에 처했지만 곽도사가 알려준 방법대로 주문을 외우고 부적을 던져 위기를 모면하고 공격하니 서달과 철골통이 벽파도로 도망간다.

16. 평국이 보국과 함께 벽파도로 가서 철골통을 죽이고 서달을 사로잡은 후 그곳에서 살고 있던 부모를 만나 함께 옥문관으로 와서 천자에게 승리한 사실을 알린다.

17. 평국 일행이 황성으로 회군하니 천자가 수십 리를 마중 나와 맞이하고 평국을 좌복야 청주후에, 보국을 대사마 대장군 이부시랑에, 홍시랑을 위국공에, 양씨 부인을 정렬부인에, 여공을 우복야 기주후에, 그 부인을 공렬부인에 봉한 후 종남산 아래에 궁궐을 짓고 평국과 보국 가족을 함께 거처하게 한다.

18. 평국이 전장에 다녀온 후 병이 위중해지자 천자의 명을 받은 어의가 평국의 맥을 짚은 후 여자라는 사실을 알고 천자에게 고했

는데, 평국이 자신의 남장 사실이 드러났음을 짐작하고 여복을 입은 후 천자에게 상소를 올려 천자를 속인 죄를 청하니, 천자가 오히려 감탄하며 계월의 벼슬을 그대로 유지하게 한다.

19. 천자가 위국공을 불러 계월과 보국의 혼인을 주선하자, 계월이 천자의 허락을 얻어 보국을 대상으로 망종군례를 시행하며 늦게 온 죄를 군법으로 다스린 후에 보국과 혼인한다.

20. 계월이 양가 부모를 뵙고 본궁으로 돌아오는 길에 보국의 애첩 영춘이 영춘각에 걸터앉아 예를 갖추지 않으므로 무사를 시켜 영춘의 목을 베다. 보국이 그 사실을 알고 분하여 그날부터 계월의 방에 들지 않자 계월이 보국을 한탄하며 눈물로 세월을 보낸다.

21. 오왕과 초왕이 함께 모반하여 황성을 침범하자 계월이 대원수로 보국이 부원수로 출정하여 싸우다가 보국이 적진에 포위된 상황에서 계월이 황급히 가서 적장을 베고 보국을 구출하여 돌아온 후 보국을 꾸짖고 조롱한다.

22. 적장 맹길이 몰래 황성을 기습하여 궁궐을 불태우고 도망간 천자를 추격하여 항서를 바치게 하는 순간 천기를 보고 급히 달려온 계월이 천자를 구하고 맹길을 사로잡아 황성으로 돌아온 후 천자 앞에서 직접 맹길을 처단하여 원수를 갚는다.

23. 보국이 혼자서 오·초 양국을 섬멸하고 회군하던 중 천자가 계월과 함께 전송 갔다가 장난으로 계월을 시켜 적장인 체하고 보국과 겨루게 하다. 이에 계월이 적장으로 꾸며 보국과 겨루다가 보국을 사로잡아 갖은 조롱을 한 후에 사실을 밝히니 보국이 매우 부끄러워한다.

24. 위국공 내외가 피난 중에 황후와 태자 일행를 만나 함께 익주 청용산의 곽도사 거처로 가서 함께 지내다가 난이 평정된 후에 다시 황성으로 돌아가니 만조백관을 거느리고 황후와 태자를 위해 제를 올리려던 천자와 계월과 보국 등이 기뻐한다.

25. 천자가 계월과 보국의 벼슬을 높이고 홍무와 여공을 각기 초왕과 오왕에 봉하다. 곽도사는 위국공을 통해 계월과 보국에게 전

한 편지에서, 앞으로 세 번 죽을 액을 더 겪을 것이라는 예언과 함께 곧 있을 전쟁에서 보국이 대원수가 되어 공을 세우게 하라고 당부한다.

26. 오왕의 아들 덕삼과 초왕의 아들 순삼 및 맹길의 아우 맹손이 합세하여 부친과 형의 원수를 갚기 위해 명을 침공하니 보국이 대원수로 군사 십만을 이끌고 출정한다.

27. 보국이 적장 맹손을 죽인 후 공도사의 도술에 걸려 죽을 위기에 처했다가 곽도사의 도움으로 위기를 모면하고 곽도사가 도술로 가두어 놓은 순삼과 덕삼을 죽인 후 전쟁에서 승리하고 회군한다.

28. 천자가 보국을 좌승상 청주후에 봉하고 초왕 홍무와 오왕 여공에게 하루빨리 부임하여 선정을 베풀라고 당부한다.

29. 오왕과 초왕이 연이은 패배를 설욕하기 위해 청연산 입구에 매복하고 있다가 마침 새로운 오왕과 초왕으로 부임하던 홍무와 여공 일행을 기습하여 사로잡는다.

30. 계월의 부탁으로 홍무와 여공의 행차를 몰래 뒤따르던 보국이 급히 이들을 물리치고 두 사람이 오왕과 초왕으로 즉위한 후에 황성으로 돌아와 계월에게 곽도사의 편지를 전했는데, 구슬 두 개를 보내니 위기 때 사용하라는 말과 3년 후 다시 만날 것이라는 내용이다.

31. 3년이 지난 후 오왕의 아들과 초왕의 아들이 아비들의 원수를 갚기 위해 군사 백만을 이끌고 침공하니 계월과 보국이 대원수와 중군장이 되어 적과 싸우다가 계월이 적장 호영에게 둘러싸여 죽을 위기에 처한다.

32. 곽도사가 남해용왕을 시켜 도술로 계월을 구하고 적을 물리친 후에 계월과 보국을 만난 자리에서 이제 모든 액이 사라졌음과 이후 다시 만날 날이 없음을 말하고 사라진다.

33. 계월과 보국이 회군한 후에는 천지간에 한가로운 몸이 되어 유자유손하고 계계승승한다.

<홍계월전>의 통합 줄거리는 수집된 이본 27종 가운데 완질본 21종을 모두 포괄할 수 있게 추출한 것이다. 물론 완질본 21종 가운데 줄거리 단락 1-33까지 모두 완벽하게 갖춘 이본은 매우 드물다.[30] 그 까닭은 <홍계월전>이 후대로 유통되면서 필사자의 성향, 의도, 성별 등에 따라 원전의 서사가 부분적으로 생략, 변개, 부연의 과정을 겪었기 때문이다.

<홍계월전>의 이본은 크게 장편 계열과 단편 계열로 나뉜다. 장편 계열은 곽도사의 예언이 두 번 제시되고 두 예언이 모두 구체적인 서사로 실현되는 모습을 보인다. 이에 비해 단편 계열은 곽도사의 예언이 한 번만 제시되며 그 예언이 구체적 서사로 실현되면 작품이 마무리되는 모습을 보인다. 수집된 이본의 필사 시기로 볼 때 두 계열 중 장편 계열이 단편 계열보다 먼저 생성되었을 것으로 추정된다.[31] 이를 고려하여 본서에서는 장편 계열을 원전의 서사를 계승한 '원전 계열'로 명명하고, 단편 계열을 원전 계열의 두 번째 예언과 그 서사적 실현을 의도적으로 생략한 후대의 '축약 계열'로 명명하고자 한다.

<홍계월전>의 이본 중 원전 계열은 대략 위의 단락 1~33을 갖추고 있고, 축약 계열은 단락 1~24까지만 갖추고 있다. 수집된 27종의 이본 가운데 원전 계열에 속하는 이본이 7종이고 축약 계열에 속하는 이본이 14종이며 나머지 6종은 낙질본이다. 판본으로는 필사본이 26종이고 활자본이 1종이며 방각본은 없는 것으로 확인된다.

---

30) 수집된 이본 가운데 줄거리 단락 1~33을 모두 지닌 이본은 단국대 103장본이 유일하다.
31) 장편 계열에 속하는 이본은 1819년에 필사했다는 기록이 있고 1861년에 필사된 실물이 존재한다. 이에 비해 단편 계열에 속하는 이본은 대략 1896년~1917년 사이에 필사되었다.

1. 완질본 현황

계명대 57장본 홍계월전

국문 필사본. 1책 57장으로 된 완질본이고 계명대학교 동산도서관 고문헌실에 소장되어 있다. 필사 상태는 양호하고 작품 말미에 "병신 정월 십이일"이라고 표기된 점으로 보아 1896년 혹은 1956년에 필사된 것을 추정된다. 이 이본은 군담이 한 번만 형상화된 점이 특징적이며 줄거리 단락 1~19까지 필사된 후 결말로 이어진다.

단국대 38장본 홍평국전

국한문 혼용 필사본. 1책 38장으로 된 완질본이고 단국대학교 율곡 기념도서관 고전자료실에 소장되어 있다. 총 42장인데 맨 뒤에 4장 분량의 <五倫錄>이란 작품이 합철되어 있으므로 실제 분량은 38장으로 보아야 한다. 필사 상태가 양호하고 작품 말미의 "癸卯二月日謄書 松堂 冊主金聖慕 甑山"이란 표기로 보아 1903년에 필사된 세책본 소설로 추정된다. 이 이본은 두 번째 군담에 적장 '맹길' 대신 '맹달'이 등장하고 '피난 대목'이 생략된 것이 특징이며 줄거리 단락 1~25까지 필사된 후 결말로 이어진다.

단국대 46장본 계월전

국문 필사본. 1冊 46장으로 된 완질본이고 단국대학교 율곡기념도서 관 고전자료실에 소장되어 있다. 필사 상태는 양호한 편이고 앞표지 뒷면에 "갑진 니월 초일일 등서"라는 간기가 있는 것으로 보아 1902년에 필사된 것으로 추정된다. 이 이본은 군담이 한 번만 형상화된 것이 특징적이며 줄거리 단락 1~19까지 필사된 후 결말로 이어진다.

단국대 59장본 洪桂月傳

국문 필사본. 1冊 59장으로 된 완질본이고 단국대 율곡기념도서관 고전자료실에 소장되어 있다. 원래 60장인데 첫장이 낙장되었고 필사 상태는 좋지 않다. 작품 말미의 "甲辰臘月十五日終"이란 표기로 보아 1904년에 필사된 것으로 추정된다. 이 이본은 줄거리 단락 1~30까지 필사된 후 결말로 이어진다.

단국대 62장본 계월전(단국대 62장본A)

국문 필사본. 1冊 62장으로 된 완질본이고 단국대학교 율곡기념도서관 고전자료실에 소장되어 있다. 필사 상태가 양호하고 앞표지 안쪽의 "庚戌五月十八" 및 작품 말미의 "경술 오월 초팔일 필셔"라는 표기로 볼 때 1910년에 필사된 것으로 추정된다. 이 이본은 줄거리 단락 1~25까지 필사된 후 결말로 이어진다.

단국대 62장본 홍계월젼(단국대 62장본B)

국문 필사본. 1책 62장으로 된 완질본이고 단국대학교 율곡기념도서관 고전자료실에 소장되어 있다. 첫장이 낙장이고 아래쪽 양 모서리 일부가 훼손되었으며 필사 시기는 미상이다. 이 이본은 두 번째 군담에 적장 '맹길' 대신 '맹달'이 등장하고 '피난 대목'이 생략된 것이 특징이고 줄거리 단락 1~25까지 필사된 후 결말로 이어진다.

단국대 96장본 계월젼

국문 팔사본. 1책 96장으로 된 완질본이고 단국대학교 율곡기념도서관 고전자료실에 소장되어 있다. 필사 상태가 양호하고 작품 말미에

"신유 동월 십파일의 계월전을 등셔ᄒ엿"다고 표기된 점으로 보아 1861년에 필사된 것으로 추정된다. 후기에 의하면, 96장본 소장자는 원래 기묘년(1819)에 필사한 <홍계월전>을 남동생과 함께 수십 년간 간직하며 읽다가 일부가 훼손되자 신유년에 밖에서 다시 빌려와 필사한바, 그것이 바로 단국대 96장본이다. 이에 따라 단국대 96장본은 수집된 이본 27종 가운데 필사 사기가 가장 앞서며 원전의 서사를 온전히 계승한 이본일 가능성이 크다. 이 이본은 줄거리 단락 1~30까지 필사된 후 결말로 이어진다.

단국대 103장본 홍계월전

국문 필사본. 1책 103장으로 된 완질본이고 단국대학교 율곡기념도서관 고전자료실에 소장되어 있다. 필사 상태는 양호하고 필사 시기는 미상이다. 이 이본의 특징은 총 네 번의 군담을 완벽하게 그려내고 있다는 점이며, 수집된 이본 가운데 유일하게 줄거리 단락 1~33을 모두 지니고 있다.

박순호 63장본 계월츙렬녹

국문 필사본. 1책으로 된 완질본이고 원광대학교 박순호 교수가 소장하고 있다. 필사 상태는 좋지 않은 편이고 필사 시기는 미상이다. 이 이본에는 모두 세 번의 군담이 나오는데도 작품이 마무리된 후에 "일후 말슴은 ᄒ권의 잇스오니 츠져보옵"이라고 표기되어 있다. 필사된 내용을 고려하면 하권이 별도로 존재할 가능성이 없어 보인다. 줄거리 단락 1~28까지 필사된 후 결말로 이어진다.

연세대 29장본 桂月傳

국한문 혼용 필사본. 1책 29장으로 된 완질본이고 연세대학교 학술정보원 국학자료실에 소장되어 있다. 필사 상태가 양호하고 앞표지 우측 상단에 "단기 四二九四年 八月 日"로 표기되어 있어서 1961년에 필사된 이본임을 알 수 있다. 수집된 이본 27종 가운데 맨 나중에 필사되었는데도 맨 먼저 필사된 단국대 96장본의 서사를 고스란히 지닌 점이 주목되며, 줄거리 단락 1~30까지 필사된 후 결말로 이어진다.

연세대 41장본 홍계월전

국문 필사본. 1책 41장으로 된 완질본이고 연세대학교 학술정보원 국학자료실에 소장되어 있다. 필사 상태가 양호하고 앞표지에 "을묘 정월"로 표기된 점으로 보아 1915년에 필사된 것으로 추정된다. 이 이본은 두 번째 군담에 적장 '맹길' 대신 '맹달'이 등장하고 '피난 대목'이 생략된 것이 특징이며, 줄거리 단락 1~25까지 필사된 후 결말로 이어진다.

연세대 57장본 홍계월전

국문 필사본. 1책 57장으로 된 완질본이고 연세대학교 학술정보원 국학자료실에 소장되어 있다. 필사 상태가 양호하고 앞표지 뒷면에 "辛亥 十一月 日"로, 작품 말미에 "辛亥 五月 洪桂月傳結"로 표기된 점으로 보아 1911년에 필사된 것으로 추정된다. 활자본과 가장 유사한 내용을 보이는 점이 특징이며, 줄거리 단락 1~25까지 필사된 후 결말로 이어진다.

영남대 46장본 계월전

국문 필사본. 1책 46장으로 된 완질본이고 영남대학교 중앙도서관 고문헌실에 소장되어 있다. 필사 상태가 양호하고 작품 말미에 "신축 십일월 초십일 필셔ᄒ노라"라고 표기된 점으로 보아 1901년에 필사된 것으로 추정된다. 이 이본은 두 번째 군담에 적장 '맹길' 대신 '맹달'이 등장하고 '피난 대목'이 생략된 것이 특징이고, 줄거리 단락 1~25까지 필사된 후 결말로 이어진다.

충남대 61장본 홍계월젼

국문 필사본. 1책 61장으로 된 완질본이고 충남대학교 도서관 고서실에 소장되어 있다. 필사 상태가 양호한 편이고 필사 시기는 미상이다. 이 이본은 단국대 59장본, 단국대 96장본과 서사 내용이 매우 유사하며, 이들과 동일하게 줄거리 단락 1~30까지 필사된 후 결말로 이어진다.

충남대 63장본 계월젼

국문 필사본. 1책 63장으로 된 완질본이고 충남대학교 도서관 고서실에 소장되어 있다 필사 상태가 좋지 못하고 작품 말미에 "경슐 삼월"로 표기된 점으로 보아 1910년에 필사된 것으로 추정된다. 이 이본은 두 번째 군담에 적장 '맹길' 대신 '맹달'이 등장하고 '피난 대목'이 생략된 것이 특징이고, 줄거리 단락 1~25까지 필사된 후 결말로 이어진다.

한중연 35장본 계월젼

국문 필사본. 1책 35장으로 된 완질본이고 한국학중앙연구원 장서각에 소장되어 있다. 필사 상태가 양호하고 앞표지와 작품 말미에 "정사 이월 십오일"이라고 표기되어 있어서 1917년에 필사된 것으로 추정된다. 이 이본은 줄거리 단락 1~ 25까지 필사된 후 결말로 이어진다.

한중연 45장본 桂月傳

국한문 혼용 필사본. 1책 45장으로 된 완질본이고 한국학중앙연구원 장서각에 소장되어 있다. 필사 상태가 양호하고 작품 말미의 "庚戌二月一五日終"이란 표기로 보아 1910년에 필사된 것으로 추정된다. 이 이본은 줄거리 단락 1~25까지 필사된 후 결말로 이어진다.

한중연 47장본 洪桂月傳

국문 필사본. 1책 47장으로 된 완질본이고 한국학중앙연구원 장서각에 소장되어 있다. 필사 상태가 양호하고 작품 말미의 "정미 이월 초오일의 필셔"라는 표기로 보아 1907년에 필사된 것으로 추정된다. 이 이본은 줄거리 단락 1~25까지 필사된 후 결말로 이어진다.

한중연 60장본 계월젼

국문 필사본. 1책 60장으로 된 완질본이고 한국학중앙연구원 장서각에 소장되어 있다. 필사 상태가 양호하고 작품 말미의 "신희년 십이월 쵸ᄉ일"로 표기된 것으로 보아 1911년에 필사된 것으로 추정된다. 줄거리 단락 1~28까지 필사된 후 결말로 이어진다.

한중연 73장본 홍계월젼

국문 필사본. 1책 73장으로 된 완질본이고 한국학중앙연구원 장서각에 소장되어 있다. 필사 상태가 좋지 않고 밑부분 모서리가 훼손되어 군데군데 판독이 어려운 곳이 있다. 줄거리 단락 1~25까지 필사된 후 결말로 이어진다.

광동서국본 홍계월전

국문 활자본. 1916년에 광동서국에서 간행되었고 총 60면 분량이다.[32] 활자본은 필사본 가운데 연세대 57장본 및 한중연 45장본과 내용이 가장 유사한 것으로 확인된다. 다만 여러 곳에 무리한 생략으로 인해 문맥이 통하지 않는 곳이 있다. 이 이본은 줄거리 단락 1~25까지 필사된 후 결말로 이어진다.

2. 낙질본 현황

단국대 47장본 홍계월전

국문 필사본. 1冊 47장으로 된 낙질본이고 단국대학교 율곡기념도서관 고전자료실에 소장되어 있다. 필사 상태는 양호하지만 첫장 모서리가 훼손되어 있다. 작품 말미의 "차청ㅎ희ㅎ라"라는 표기로 보아 분권 중의 하나임을 알 수 있고, "辛卯二月日 壯洞書 合四十七丈"이라는 표기로 보아 1891년에 필사되었으며, '壯洞書'라는 표기로 보아 세책본으로 유통된 것임을 알 수 있다. 이 이본은 줄거리 단락 1~18까지 나와 있다.

단국대 57장본 홍계월전

국문 필사본. 1冊 57장으로 된 낙질본이고 단국대 율곡기념도서관 고전자료실에 소장되어 있다. 1장과 8장 뒷면이 낙장되었고 아래쪽 양 모서리 일부가 훼손되어 판독이 어려우며 필사 시기는 미상이다. 이 이본은 줄거리 단락 1~25까지 나와 있다.

---

32) 기존 연구에서 활자본 초간본이 1913년에 간행되었다고 하는데 실물을 찾을 수 없었다. 현재까지 확인된 활자본은 1916년 광동서국에서 간행된 것이 가장 앞서지만, 활자본의 내용은 모두 동일하다.

단국대 72장본 홍계월전

국문 필사본인데 '을'만 한자 '乙'로 표기됨. 1冊 72장으로 된 낙질본이고 단국대학교 율곡기념도서관 고전자료실에 소장되어 있다. 필사 상태가 좋지 않고 필사 시기는 미상이다. 첫장이 낙장인데다 앞부분 몇 장은 모서리가 훼손되었다. 이 이본은 줄거리 단락 1~27까지 나와 있다.

연세대 110장본 홍계월젼

국문 필사본. 2권 1책의 낙질본으로 "졔일"과 "졔이"로 되어 있고 연세대학교 학술정보원 국학자료실에 소장되어 있다. 필사 상태가 양호하고 앞표지에 "무슐"로 표기되어 있어서 1898년에 필사된 것으로 추정된다. 이 이본은 줄거리 단락 1~24까지 나와 있다.

충남대 70장본 계월전

국문 필사본. 2권 1책의 낙질본으로 "상"과 "하"로 되어 있고 충남대학교 도서관 고서실에 소장되어 있다. 필사 상태가 좋지 못하고 각 권 말미에 "을사"와 "병오"로 표기된 것으로 보아 1905년~1906년에 필사된 것으로 추정된다. 이 이본은 줄거리 단락 1~24까지 나와 있다.

한중연 49장본 계월전

국문 필사본. 1책 49장으로 된 낙질본이고 한국학중앙연구원 장서각에 소장되어 있다. 필사 상태가 양호하고 필사 연도는 미상이다. 오·초 양국의 난으로 곽도사의 거처로 피난하여 지내던 황후와 태자가 황성으로 돌아가려는 부분까지 필사된바, 위의 줄거리 단락 1~24까지 나와 있다.

Ⅲ. <홍계월전>의 이본 계열과 선본

앞장에 소개된바 필자가 수집한 <홍계월전>의 이본은 총 27종이다. 이들 중 완질본이 21종이고 낙질본이 6종이므로 여기서는 완질본 21종을 논의 대상으로 삼는다. <홍계월전>의 경우 '예언'과 '군담'의 방식에 따라 이본 간의 차이가 분명히 드러난다. 그런데 기존 논의에서는 '예언'을 기준으로 계열을 나눈 탓에 동일 계열 내의 개별 이본들이 지닌 특징들은 제대로 포착하지 못한 한계가 있다. 이에 따라 여기서는 '예언'과 '군담'을 함께 고려하여 <홍계월전>의 이본 계열을 검토하고자 한다.

1. '예언'과 '군담'을 통해 본 이본 계열

<홍계월전>에는 두 번의 예언이 설정되어 있다. 두 예언 모두 곽도사가 계월을 대상으로 한 것인데, 계월이 '세 번 죽을 액'을 겪게 될 것임을 반복해서 강조한 점이 특이하다. 물론 두 예언은 작중 현실에서 그대로 실현되는데, 그렇다고 모든 이본이 동일한 모습을 보이는 것은 아니다. 즉 예언 1에 제시된 '세 번 죽을 액'은 장사랑의 난, 서번·서달의 난, 오·초 양국의 난 1로 실현되고, 예언 2에 제시된 '세 번 죽을 액'은 오·초 양국의 난 2, 오·초 양국의 매복 공격, 오·초 양국의 난 3으로 실현된다. 그런데 예언 1에서는 서번·서달의 난과 오·초 양국의 난 1이 장면으로 재현되고 있고, 예언 2에서는 오·초 양국의 난 2

와 오·초 양국의 난 3이 장면으로 재현되고 있다. 필자는 기존 논의에서 이들을 각기 '군담 1, 군담 2, 군담 3, 군담 4'로 명명한 바 있다.[33]

그런데 <홍계월전>의 이본은 예언 1과 예언 2가 모두 설정된 이본과 예언 1만 설정된 이본으로 나뉘므로 둘의 선후를 명확히 해둘 필요가 있다. 완질본 21종 가운데 필사 시기가 가장 앞서는 단국대 96장본 <계월전>에는 예언 1과 예언 2가 모두 설정되어 있다. 게다가 이 이본의 소장자는 후기에서, 자신이 기묘년(1819)에 필사한 것을 수십 년간 탐독하던 중 일부가 훼손되자 신유년(1861)에 남동생이 밖에서 빌려온 것을 다시 필사하여 간직하게 된 경위를 소상히 밝히고 있는데, 그때 다시 필사된 이본이 단국대 96장본이다. 둘 사이에 40여 년의 시간적 간격이 있었음에도 필사 후기에는 내용상의 차이에 대한 언급이 보이지 않는다. 이를 통해 19세기 초반 무렵에 예언 1과 예언 2가 모두 설정된 <홍계월전>이 이미 존재했던 것으로 추정해볼 수 있다.

단국대 96장본 <계월전>에는 곽도사가 계월을 대상으로 한 예언 1과 예언 2에 모두 '세 번 죽을 액'이 예고되어 있다. 이 가운데 예언 1의 '세 번 죽을 액'은 각기 장사랑의 난, 서번·서달의 난, 오·초 양국의 난 1로 실현되어 별다른 문제가 없다. 하지만 예언 2의 '세 번 죽을 액'은 첫째와 둘째 액만 실현되고 셋째 액은 실현되지 않는다. 그뿐 아니라 단국대 96장본은 오·초 양국의 난 2가 진압된 뒤에 곽도사가 계월에게 죽을 위기를 맞으면 사용하라고 보낸 구슬 두 개의 사용처가 마련되지 않았고 3년 후 만남 예고도 성사되지 않은 채 서사가 마무리되는 모습을 보인다. 그런데 단국대 96장본의 이러한 결함은 원전 계열의 여러 이본에서 두루 확인되고 있으므로, 그 결함이 원전에서 비롯되었을

---

33) 정준식, 「<홍계월전>의 군담 변이와 이본 분화의 상관성」, 『한국문학논총』 제75집, 한국문학회, 2017, 65쪽.

가능성이 제기되었을 뿐 아니라 수집된 이본 가운데 원전의 서사를 가장 온전히 계승한 이본으로 평가되고 있다.[34] 반면 예언 1만 설정된 이본은 대부분 1900년을 전후한 시기에 필사된 것으로 확인된다. 따라서 <홍계월전>의 이본 중 예언 1과 예언 2가 모두 나와 있는 이본을 '원전 계열'로, 예언 1만 나와 있는 이본을 '축약 계열'로 규정한 기존 논의는 타당하다고 볼 수 있다.

곽도사의 예언대로 서사가 실행될 경우, 예언 1과 예언 2가 함께 설정된 원전 계열에는 군담 1, 2, 3, 4가 모두 나와야 마땅하고, 예언 1만 설정된 축약 계열에는 군담 1, 2가 나와야 마땅하다. 그래야만 예언과 그 서사적 실현 사이의 논리적 정합성이 확보될 수 있다. 그런데 실상은 그렇지 않아 원전 계열의 완질본 7종 가운데 군담 1, 2, 3, 4를 모두 지닌 이본은 1종에 불과하고, 나머지 6종은 군담 1, 2, 3만 지니고 있다. 그리고 축약 계열의 이본 가운데 군담 1, 2를 지닌 이본은 12종인데, 그 가운데 5종은 도입부, 군담 2, 결말에서 여타 이본과는 확연히 다른 면모를 보이므로 이들을 나머지 7종과 동일 계열로 보기는 어려울 듯하다. 나아가 축약 계열에는 군담 1만 설정된 이본도 2종이나 확인되고 있어서 별도의 계열 설정을 고려해볼 필요가 있다. 이처럼 <홍계월전>은 예언 1과 예언 2가 함께 설정된 이본이든 예언 1만 설정된 이본이든 군담은 개별 이본에 따라 매우 다양한 양상을 보인다.

종래 <홍계월전>의 이본 연구에서 예언 방식을 기준으로 삼아 예언 1과 예언 2가 함께 설정된 이본을 원전 계열로, 예언 1만 설정된 이본을 축약 계열로 나눈 것은 원전의 면모와 후대적 수용을 이해하는 데

---

34) 단국대 103장본, 연세대 29장본을 제외한 단국대 96장본, 단국대 59장본, 한중연 60장본, 박순호 63장본, 충남대 61장본 등이 이러한 결함을 공유하고 있다. 정준식, 「<홍계월전> 원전 탐색」,『어문학』제137집, 한국어문학회, 2017, 328-335쪽.

유익한 단서가 된다. 그런데 <홍계월전>의 이본을 이렇게 두 계열로 나눌 경우 동일 계열 내의 이본들이 지닌 개별적 특성을 제대로 드러내기 어려운 것이 한계로 지적될 수 있다. 이를 해결하기 위해 여기서는 '예언'과 함께 개별 이본들의 다양한 '군담'도 충분히 고려하면서 <홍계월전>의 이본 계열을 재검토하고자 한다.

군담 1만 설정된 계명대 57장본과 단국대 46장본은 아직 학계에서 본격적으로 논의된 적이 없다. 두 이본은 각기 1896년과 1904년에 필사된바[35] 여타 이본보다 결코 나중에 생성되지 않았음을 알 수 있다. 두 이본의 군담 1은 계월이 서번·서달의 난을 진압하는 과정에서 달아나는 서달을 추격하여 벽파도로 갔다가, 그곳에서 이전에 장사랑의 난으로 헤어졌던 부모와 상봉하고 황성으로 복귀하는 내용을 핵심으로 삼고 있다. 물론 두 이본은 군담 1이 마무리된 후 계월과 보국의 혼인 여부에서 차이를 보이기도 한다. 계명대 57장본은 두 사람의 혼인 없이 마무리되고, 단국대 46장본은 계월의 남장 사실이 탄로된 후 계월과 보국이 혼인하는 것으로 마무리된다. 하지만 두 이본은 예언 1의 '세 번 죽을 액' 중에서 마지막 액인 오·초 양국의 난 1이 실현되지 않는다는 공통점을 보인다. 다만 계명대 57장본은 예언 1의 내용 중 '세 번 죽을 액'이란 표현을 아예 생략함으로써 예언과 그 서사적 실현 사이의 모순이 해소된 반면, 단국대 46장본에는 이를 그대로 두고서 실제로는 마지막 액이 실현되지 않은 채 마무리되어 모순이 남아있다. 이에 따라 본서에서는 네 번의 군담 중에서 군담 1만 그려낸 두 이본을 '계명대 57장본 계열'로 명명한다.

군담 1, 2가 설정된 이본은 기존 논의에서 모두 한중연 45장본 계열

---

35) 계명대 57장본 필사 후기에는 "병신 정월 십이일"이라 표기되어 있고, 단국대 46장본 앞표지 뒷면에는 "갑진 니월 초칠일 등서"라고 표기되어 있다.

로 분류되었다.36) 이 계열에서는 한중연 45장본이 선본이면서 활자본
의 모본이 되었을 것으로 추정하고 이를 계열 명칭으로 삼은 것이다.
한중연 45장본 계열은 그동안 고소설 연구자와 일반 독자들에게 가장
널리 알려질 정도로 <홍계월전>을 대표하는 이본으로 인식되어 온
것이 사실이다. 특히 한중연 45장본과 활자본은 서사 전반에 걸쳐 높은
유사도를 보이기 때문에 한중연 45장본을 활자본의 모본으로 인식하
는 데까지 이르게 된 것이다. 하지만 최근 학계에 소개된 연세대 57장
본이 한중연 45장본과 동일 계열의 이본이면서 두 이본에 비해 결함이
거의 없고 활자본의 모본이 된 것으로 확인되는바37), 한중연 45장본보
다 연세대 57장본이 대표성을 더 지닌다고 볼 수 있다. 이에 따라 본서
에서는 원전 계열에서 군담 1・2만 수용한 한중연 35장본, 한중연 45
장본, 한중연 47장본, 한중연 73장본, 단국대 62장본A, 연세대 57장본,
활자본을 '연세대 57장본 계열'로 명명한다.

　군담 1, 2가 설정된 이본 중에는 군담 2를 원전 계열의 그것과 다르
게 형상화한 이본도 존재한다. 단국대 38장본, 단국대 62장본B, 연세대
41장본, 충남대 63장본, 영남대 46장본 등이 그것이다. 기존 논의에서
는 군담 1, 2를 그려낸 이본을 모두 한중연 45장본 계열로 묶은 탓에 이
들만의 특성을 제대로 드러낼 수 없었다. 그러다가 최근 군담 2가 원전
계열의 그것과 달리 형상화된 이본이 여럿 확인되면서 이들의 독자성
이 분명하게 드러나게 되었다. 이들 5종은 앞의 '연세대 57장본 계열'에
비해 도입부, 군담 2, 결말에서 확연히 다른 모습을 보인다. 시공적 배
경이 '대명 홍무 년간 청주 구계촌'38)으로 통일되어 있고, 군담 2에서

---

36) 정준식, 「<홍계월전> 이본 재론」, 『어문학』 제101집, 한국어문학회, 2008, 249쪽.
37) 정준식, 「연세대 57장본 <홍계월전>의 이본적 특징과 가치」, 『한국문학논총』 제
　　80집, 한국문학회, 2018, 54-58쪽.

오·초의 장군이 '맹길'에서 '맹달'로 바뀌었으며, 계월의 두 번째 가족 이합 과정이 통째로 생략되었고, 수적(水賊) 맹길에 대한 처벌이 결말 직전에서 급작스럽게 이루어진다.[39] 이로 인해 작품 해석을 달리해야 할 만큼 서사 세계의 변화가 초래되고 있다. 따라서 본서에서는 이들 5종을 별도의 계열로 설정할 필요가 있다고 보아 '영남대 46장본 계열'로 명명한다.

군담 1, 2, 3이 설정된 이본 6종은 종래 단국대 103장본 계열로 분류되었다.[40] 하지만 단국대 103장본 계열로 분류된 이본 가운데 단국대 103장본에만 군담 1~4가 모두 설정되어 있고 나머지 이본에는 군담 1~3만 설정되어 있다. 군담 수의 차이는 서사 세계의 완성도에 영향을 미칠 뿐 아니라 주제의 변화도 동반하기 때문에, 이들 6종을 단국대 103장본 계열과 분리하는 것이 바람직하다.

군담 1, 2, 3이 나타나는 이본에는 예언 1과 예언 2가 모두 설정되어 있다. 예언 1의 서사적 실현은 모든 이본이 동일한 양상을 보이므로 전혀 문제 될 것이 없다. 그런데 예언 2의 서사적 실현은 개별 이본마다 다른 양상을 보이므로 이에 대한 세심한 주의가 요구된다. 군담 1, 2, 3이 설정된 이본들은 주로 그 군담이 종료된 이후의 서사에서 분명한 차이를 드러낸다. 구체적으로 이들은 군담 3 이후 곧바로 마무리되는 이본[41], 군담 3 이후 홍시랑과 여공의 부임 대목이 있는 이본[42], 군담 3

---

38) 연세대 57장본 계열에는 "대명 성화 연간 형주 구계촌"으로 통일되어 있다.

39) 정준식, 「영남대 46장본 <계월전>의 특징과 가치」, 『어문학』 제142집, 한국어문학회, 2018, 216-222쪽.

40) 단국대 59장본, 단국대 96장본, 한중연 60장본, 연세대 29장본, 충남대 61장본, 충남대 63장본이 이에 해당한다.

41) 박순호 63장본이 이에 해당한다.

42) 한중연 60장본, 연세대 29장본이 이에 해당한다.

이후 홍시랑과 여공의 부임길에 오·초 양왕 손자의 매복 공격이 있는 이본43) 등으로 구분된다. 이러한 차이는 예언 2의 '세 번 죽을 액'에서 두 번째 액의 실현 여부에 따라 발생한 것인데, 여기서 주목되는 것은 군담 1, 2, 3이 설정된 이본은 모두 군담 4에 해당되는 세 번째 액이 실현되지 않은 채 마무리된다는 사실이다. 이로 인해 이들은 모두 예언 2와 그 서사적 실현 사이의 논리적 정합성이 확보되지 않았다.

그런데 한 가지 주목되는 것은 이러한 결함이 군담 1, 2, 3을 그려낸 이본 중 가장 이른 시기에 필사된 단국대 96장본에서 비롯되어 가장 늦은 시기에 필사된 연세대 29장본에 이르기까지 1세기 동안 해결되지 않은 채 지속되었다는 사실이다.44) 바로 이를 근거로 기존 논의에서 예언 2와 그 서사적 실현 사이의 불일치가 원전에서부터 비롯되었을 가능성이 조심스럽게 제기된 것이다. 군담 1, 2, 3을 그려내고 있는 이본 중에는 단국대 96장본이 가장 이른 시기에 필사되었고 내용도 결함이 적은 편이다. 이에 따라 본서에서는 이들을 '단국대 96장본 계열'로 명명한다.

군담 1, 2, 3, 4가 설정된 이본은 완질본 21종을 통틀어 단국대 103장본이 유일하다. 군담 1~4가 모두 나타난다는 것은 앞서 지적한 예언 2와 그 서사적 실현 사이의 논리적 정합성이 온전히 갖추어져 있음을 의미한다. 또한 군담 4는 곽도사가 군담 3이 끝난 시점에서 계월에게 예고한 '3년 후의 만남'이 성사되는 계기로도 작용한다. 원전 계열의 이본 가운데 '3년 후의 만남'이 군담 4를 통해 성사되는 것은 단국대 103장본 뿐이다.45) 이 이본은 군담 1~3을 그려내고 있는 단국대 96장본 계

---

43) 단국대 59장본, 단국대 96장본, 충남대 61장본이 이에 해당한다.
44) 정준식, 「<홍계월전> 원전 탐색」, 『어문학』 제137집, 한국어문학회, 2017, 336-340쪽.
45) 단국대 103장본이 군담 4를 설정하여 '3년 후의 만남'이 성사되도록 그려낸 것에

열의 이본들이 지닌 공통적 결함이 해결된 유일한 이본이므로 그 가치가 매우 크다. 이에 따라 본서에서는 이를 단국대 96장본 계열과 분리하여 '단국대 103장본 계열'로 명명한다.

이상과 같이 <홍계월전>의 이본은 예언의 차이에 따라 '원전 계열'과 '축약 계열'로 나뉘고, 두 계열은 다시 군담의 차이에 따라 여러 하위 계열로 나뉜다. 원전 계열은 군담 1, 2, 3을 그려낸 단국대 96장본 계열과 군담 1, 2, 3, 4를 그려낸 단국대 103장본 계열로 나뉘고, 축약 계열은 군담 1을 그려낸 계명대 57장본 계열, 군담 1, 2를 그려낸 연세대 57장본 계열, 군담 1, 2를 그려내되 군담 2를 변개한 영남대 46장본 계열로 나뉜다. 다섯 계열의 명칭에 내세운 이본이 곧 그 계열을 대표할 수 있는 선본임을 밝혀 둔다.

<홍계월전>의 이본은 대략 원전 계열에서 축약 계열로 이행되었을 것으로 추정될 뿐, 다섯 계열의 선후를 명확히 알 수 있는 구체적 근거는 없다. 다만 단국대 96장본 계열이 원전의 서사는 물론 그 결함까지 고스란히 물려받은 이본이라는 전제는 가능하다. 왜냐하면 단국대 96장본이 1861년에 필사된 이래 원전 계열의 이본들이 지속적으로 생성되었지만, 이들이 모두 단국대 96장본과 같이 '군담 1, 2, 3, 부임길의 매복 공격'을 공통 서사로 지니면서 '군담 4, 구슬 두 개의 사용처, 3년 후의 만남 예고' 등에서는 개별적 특성을 보이고 있기 때문이다.[46] 이

비해 연세대 29장본은 계월이 곽도사가 보내 준 '구슬 두 개'를 갈아먹고 회춘하여 만년에 곽도사를 다시 만나 120세까지 함께 사는 것으로 나와 있다. 즉 단국대 103장본에는 '3년 후의 만남'만 갖추어져 있음에 비해 연세대 29장본에는 '3년 후의 만남'과 '구슬 두 개의 사용처'가 모두 갖추어져 있다. 연세대 29장본의 필사연대가 1961년인 점을 고려해볼 때 오랫동안 지속된 원전 계열의 결함을 온전히 인식하고 말끔히 해소하기 위한 시도가 현대에 와서야 가능했던 사정을 충분히 짐작할 수 있다.

46) 원전 계열의 이본 가운데 단국대 29장본은 '구슬 두 개'의 사용처를 마련하고 '3년

로 볼 때 단국대 96장본 계열은 '원전의 서사를 **지속**한 이본'이라 할 수 있다.

단국대 96장본 계열이 원전의 '지속'에 해당한다면 단국대 103장본 계열은 어떻게 규정될 수 있을까? 앞서 언급한바 기존 논의에서는 예언 1과 예언 2가 함께 설정된 원전 계열의 이본이 모두 단국대 103장본 계열로 분류되었다.[47] 그러다 보니 원전 계열에서 단국대 103장본을 제외한 이본이 군담 1, 2, 3만 그려내고 있음에 비해, 단국대 103장본만 군담 1~4를 완벽하게 그려낸 상황을 설득력 있게 해명할 수 없었다. 즉 단국대 103장본을 원전 계열의 선본(善本)으로 간주하면, 원전에 있던 군담 4가 왜 동일 계열의 다른 이본에는 사라지고 군담 1~3만 남게 되었는가를 증명하기 어려웠다. 이에 따라 본고에서는 단국대 103장본을 단국대 96장본 계열의 결함을 해결하는 과정에서 생성된 후대의 이본으로 간주하고, 이를 단국대 96장본 계열에서 제외하여 단국대 103장본 계열로 설정한 것이다. 따라서 단국대 103장본 계열은 '원전의 서사를 **부연**한 이본'이라 할 수 있다.

한편 원전의 서사를 계승한 단국대 96장본 계열이 후대로 전승되던 중 일각에서는 예언 1만 남긴 이본이 파생되기도 하였다. 즉 원전 계열의 결함을 인식한 독자들이 나름의 해결책을 모색하여 원전을 계승한 서사에서 군담 1, 2만 남기고 군담 3을 생략한 연세대 57장본 계열이, 군담 1, 2만 남기되 군담 2를 의도적으로 변개한 영남대 46장본 계열이, 군담 1만 남기고 나머지를 생략한 계명대 57장본 계열이 생성되었

후의 만남 예고'를 실현하여 원전에서 유전된 결함을 해결하였고, 단국대 103장본은 '군담 4'를 설정하여 '3년 후의 만남 예고'를 실현하였다. 두 이본을 제외한 원전 계열의 나머지 이본에는 '구슬 두 개'의 사용처가 마련되지 않았고, 3년 후의 만남도 성사되지 않은 채 마무리되고 있다.

47) 정준식, 「<홍계월전> 이본 재론」, 『어문학』 제101집, 한국어문학회, 248-252쪽.

다. 따라서 연세대 57장본 계열과 계명대 57장본 계열은 '원전의 서사를 **생략**한 이본'이고, 영남대 46장본 계열은 '원전의 서사를 **생략·변개**한 이본'이라 할 수 있다.

이상과 같이 <홍계월전>은 원전의 서사가 지속, 부연, 생략, 변개 등의 복잡한 과정을 겪으면서 유통되었기 때문에 다양한 성격을 지닌 이본 계열이 생성되었다. 그런데 원전 서사의 지속, 부연, 생략, 변개는 주로 군담을 중심으로 이루어진바, 무엇보다 군담의 기능과 의미를 제대로 검토해야 <홍계월전>의 이본 계열을 온전히 이해할 수 있을 것으로 보인다.

2. 각 계열에 나타난 군담의 양상과 의미

<홍계월전>의 서사를 추동하는 것은 '예언'과 '군담'이다. 이 둘은 밀접한 관련이 있어서 예언이 어떻게 설정되느냐에 따라 군담의 횟수나 방식도 달라진다. '예언'은 <홍계월전>의 이본을 크게 원전 계열과 축약 계열로 나누는 기준이 되고, '군담'은 두 계열의 하위 계열을 나누는 기준이 된다. 앞서 <홍계월전>의 이본을 다섯 계열로 나눈 것도 바로 이 둘을 근거로 삼은 것이다. 여기서는 다섯 계열의 선본을 대상으로 <홍계월전>에 설정된 군담의 양상과 의미를 검토하고자 한다.

군담 1만 그려내고 있는 이본은 계명대 57장본 계열이다. 이 계열은 원전을 계승한 단국대 96장본 계열의 군담 1, 2, 3에서 군담 1만 수용하였기 때문에 수집된 완질본 21종 가운데 분량이 가장 적을 수밖에 없다. 계명대 57장본 계열의 도입부에는 '세 번 죽을 액'이 명시되기도 하고 그렇지 않기도 한데, 실제로는 계월에게 닥친 액운이 장사랑의 난과

서번·서달의 난에 불과하므로 '세 번 죽을 액'이 명시되지 않는 것이 타당하다고 볼 수 있다.[48] 장사랑의 난으로 부모와 헤어진 계월은 여공의 도움으로 과거에 급제한 뒤 군담 1로 명명되는 서번·서달의 난을 진압하는 와중에 도망한 서달 일당을 추격하여 벽파도로 갔다가 그곳에서 함께 지내던 부모와 극적으로 상봉한다. 말하자면 장사랑의 난이 계월 가족의 이산을 초래한 사건이라면, 서번·서달의 난은 계월 가족의 재회를 가능하게 한 사건인 셈이다.

군담 1은 보국과 계월의 우열을 다루기보다 계월 가족의 분리와 재회에 서사의 초점이 놓여있다. 이로 인해 군담 1은 계월의 영웅적 활약을 통한 가족의 이산과 재회의 계기를 마련할 뿐, 계월과 보국의 갈등을 야기하고 우열을 조장하는 수단으로는 작용하지 않는다.[49] 사실 가족의 이산과 재회는 영웅소설에 흔히 나타나는 서사인데, <홍계월전>의 군담 1은 주인공을 남성에서 여성으로 대체했을 뿐이다. 따라서 군담 1만을 수용하여 가족의 이산과 재회를 그려내고 있는 계명대 57장본 계열은 그만큼 여성영웅소설로서의 독자성은 부족한 편이다. <장풍운전>, <최현전> 등의 초기 영웅소설에 비추어볼 때 계명대 57장본 계열은 주인공을 남성에서 여성으로 바꾸어 부모 봉양을 남성이 아닌 여성도 감당할 수 있음을 보여줄 뿐, 계월과 보국의 성별 갈등

---

48) 이 계열에 속하는 이본은 2종이다. 계명대 57장본에는 '세 번 죽을 액'이 명시되지 않았고 단국대 46장본에는 명시되어 있다. 두 이본에는 실제로 두 번 죽을 액만 서사로 실현되므로, 오히려 곽도사의 예언에 '세 번 죽을 액'을 구체적으로 명시하지 않는 것이 결함을 없애는 방법일 수 있다.

49) <홍계월전>에는 서번·서달의 난이 진압된 후 계월과 보국이 혼인하기 직전에 계월이 천자의 허락을 받아 보국에게 '망종군례'를 행하는 장면이 있다. 원래 이 장면은 보국의 위신을 추락시키기 위한 목적에서 삽입된 것이다. 그런데 계명대 57장본 계열에는 이 장면도 생략된바, 군담 1과 함께 남녀 갈등을 피하려는 필사자의 의도가 반영된 증거라 할 수 있다.

을 통해 새로운 여성의 정체성을 적극적으로 모색하는 군담 2는 아예 생략되었다.

이상과 같이 계명대 57장본 계열은 원전 계열의 <홍계월전>에 반복되는 군담과 가족 이합이 한 번으로 축소되면서 '여성 영웅의 서사'가 아닌 '가족 이합의 서사'에 가까운 면모를 보인다. 이를 통해 가족의 고난을 해결하고 부모를 봉양할 수 있는 능력이 여성에게도 있음을 확인시켜 준다. 이런 간절한 메시지를 담아내려다 보니 자칫 남녀의 우열을 통속적으로 조장하는 것처럼 보일 수 있는 군담 2를 의도적으로 생략하였다.

군담 1, 2를 그려내고 있는 이본은 연세대 57장본 계열이다. 이 계열의 군담 1, 2는 원전의 서사를 계승한 단국대 96장본 계열의 군담 1, 2를 그대로 수용한 것이다. 이에 따라 여기서도 군담 1은 계월이 이산된 가족과 재회하기 위한 수단으로서의 의미를 지닌다. 이에 비해 군담 2는 <홍계월전>의 군담 1~4를 통틀어 계월과 보국의 갈등을 가장 선명하게 드러내는 구실을 한다는 점에서 주목된다. 군담 2는 오·초 양국의 난 1을 진압하는 과정을 다룬 것인데, 여기서 계월은 보국을 압도하는 영웅적 능력을 과시하며 적에게 포위되어 죽을 위기에 처한 보국을 구출한 후에 그를 위협하고 조롱하는 모습까지 보인다.

사실 계월과 보국의 실질적인 갈등은 두 사람의 혼인 직후에 비롯된다. 계월이 보국의 애첩 영춘을 무례하다며 무사를 시켜 처단한 것인데, 이 일로 보국이 계월에게 불만을 품고 그의 처소를 찾지 않는 상황에서 군담 2를 맞게 된 것이다. 군담 1이 계월의 영웅적 활약만 부각하여 이산된 가족의 재회를 매개하고 있다면, 군담 2는 추락한 보국의 위신과 고양된 계월의 영웅성을 대비적으로 그려내는 데 집중한다. 군담

2에서 보국은 적장 구덕지와 싸우던 중 그의 유인책에 말려 죽을 위기에 처했다가 계월에게 구출된 바 있다. 그리고 이후 지속된 전투에서도 보국은 별다른 활약을 보여주지 못하지만, 계월은 종횡무진 적진을 누비며 오·초 양국을 물리치는 데 주도적 역할을 한다.

군담 2는 계월이 명국의 대원수로 출정하여 국난을 타개하는 동안 황제, 태자, 홍시랑, 여공 등으로 대표되는 지배층 남성들의 무능과 비겁함을 여과 없이 폭로하는 데도 적지 않은 지면을 할애한다. 그들은 전란이라는 국가적 위기 상황에서 하나같이 자신들의 안위만 돌보며 숨거나 도망하기에 급급한데, 계월과 남성 인물들의 이런 대비적 모습을 통해 계월의 영웅성은 더욱 빛을 발할 수밖에 없다.

군담 2는 또한 계월과 보국의 성별 대결도 흥미롭게 그려낸다. 보국은 이미 군담 1에서 죽을 위기를 맞았다가 계월에게 구출된 바 있고, 혼인 직전의 망종군례를 통해 계월에게 망신을 톡톡히 당했으며, 혼인 직후에는 계월이 자신의 애첩을 처단했음에도 무기력하게 그냥 지켜볼 수밖에 없는 수모를 겪었다. 이미 계월에게 수차례 체면을 구긴 보국은 군담 2에서도 경거망동하다 위기에 빠져서 계월에게 구출된 바 있고, 계월이 천자의 제안으로 적장인 체하고 보국과 무예를 겨룰 때도 보국은 그 사실을 전혀 모른 채 계월에게 덜미를 잡힌 상황에서도 계월만을 애타게 부르짖는 촌극을 연출하고 있다.

이처럼 연세대 57장본 계열의 군담 2는 기본적으로 우월한 계월과 열등한 보국의 선명한 대비를 기반으로 둘의 능력 대비와 갈등을 그려내고 있으므로, 상승하는 계월과 추락하는 보국의 낙차 또한 그만큼 클 수밖에 없다. 군담 2를 통해 계월의 우월함이 극에 달한 반면, 보국은 계월 앞에서 눈조차 바로 뜨지 못할 정도로 심한 열등감과 무력감에 시

달린다. 연세대 57장본 계열은 계월과 보국의 갈등에서 계월이 뛰어난 능력으로 보국을 압도한 군담 2에 경도된 나머지 보국이 단독 출정해서 영웅적 능력을 발휘하는 군담 3을 의도적으로 생략하였다. 이를 통해 여성도 공적 영역에서 남성보다 뛰어난 능력을 발휘할 수 있음을 강조하고, 그렇게 될 수 있기를 희망하고 있다.

군담 1, 2를 그려내면서 군담 2를 변개한 이본은 영남대 46장본 계열이다. 이 계열은 앞서 검토된 연세대 57장본 계열과 거의 동시대에 생성된 것으로 추정되며 도입부, 군담 2, 결말에서 연세대 57장본 계열과 차이를 보인다. 그중에서도 군담 2는 여타 계열의 군담 2와 두드러진 차이를 보이는데, 이는 오·초의 장군으로 '맹길' 대신 '맹달'이 설정된 점, 계월과 보국이 천자 앞에서 무예를 겨루는 장면이 생략된 점, 홍시랑 일행의 피난 여정이 생략된 점 등으로 요약된다. 이하 이들을 구체적으로 검토해 보기로 한다.

먼저, 영남대 46장본 계열의 군담 2에는 오·초의 장군으로 '맹길' 대신 '맹달'이 새롭게 설정되어 있다. 물론 '맹길'이든 '맹달'이든 둘의 역할은 계월이 전장에 있는 동안 황성을 급습하여 천자에게 항복을 받아내는 것이다. 그런데 '맹길'은 앞서 장사랑의 난 때 피난 가던 계월 모녀를 붙잡아 계월을 강물에 던지고 양씨 부인을 데려간 수적(水賊)이다. 한낱 수적에 불과한 자가 구체적 계기도 마련되지 않은 채 느닷없이 오·초의 대원수로 등장하니 독자로서는 의아할 수밖에 없다. 이런 서사적 모순을 해소하기 위해 영남대 46장본 계열의 군담 2에는 '맹길'과 관련 없는 '맹달'이 오·초의 대원수로 설정된 것이다. 그런데 이로 인해 이어지는 서사에서 '맹길'의 행방이 계속 묘연하다가 결말 직전에야 급작스럽게 황성으로 소환되어 처형받는 어색함이 연출되고 있다.

말하자면 원전 계열의 서사적 결함을 해결하려다 또 다른 문제가 야기된 셈이다.

다음, 영남대 46장본 계열의 군담 2에는 계월과 보국의 무예 시합이 생략되었다. 원래 이 장면은 앞선 전투에서 적에게 죽을 위기에 처했다가 계월에게 구출된 보국을 더욱 우스꽝스럽게 만들기 위해 기획된 것이다. 천자의 장난기로 촉발된 이 시합에서 보국은 계월을 적장으로 오인하여 매우 비굴하고 나약한 모습을 보인다. 앞서 언급했듯이 그는 계월과의 한판 겨루기가 천자와 계월이 자신을 골려주기 위해 꾸민 일임을 전혀 알지 못한 채, 적장을 가장한 계월에게 덜미를 잡힌 상황에서도 계월을 부르짖으며 도움을 요청하는 촌극을 연출한다. 이 장면은 전체 서사에서 볼 때 보국의 위신을 가장 크게 깎아내리는 역할을 한다.

그런데 영남대 46장본 계열에는 이 장면이 통째로 생략되었다. 이는 작품 내에서 끝없이 추락하는 보국의 처지를 동정하여 계월에게 편중된 서술의 불균형을 제거함으로써 그의 위신을 조금이라도 지켜주려한 의도로 볼 수 있다. 이와 관련하여 영남대 46장본 계열의 이본에는 계월이 천자를 구출하러 간 사이 보국이 혼자서 적과 싸워 승리하는 장면이 공통적으로 나와 있다. 본래 원전 계열의 이 대목은 계월이 천자를 구하러 간 사이 진문을 굳게 닫고 대기하던 보국이 계월이 돌아오자 비로소 그와 함께 적을 공격하여 오·초 양왕을 사로잡는 것으로 되어 있다. 이를 통해 보국과 계월의 능력 격차를 조금이라도 좁혀보려 했던 영남대 46장본 계열 필사자의 의도를 짐작할 수 있다.

마지막으로, 영남대 46장본 계열의 군담 2에는 홍시랑 일행의 피난 여정이 생략되었다. 사실 원전 계열의 군담 2에 형상화된 홍시랑 일행의 피난 여정은 전란에 대처하는 조정의 무능과 나약함을 여과 없이 드러내는 역할을 한다. 앞서 보국의 위신을 높이기 위해 무예 시합이 생략되었듯, 이 대목 또한 원전 계열에서 남성들을 지나치게 부정적 인물로 전락시킨 것에 대한 반작용으로 생략되었을 가능성이 크다. 나아가 계월 가족의 이합 과정은 이미 군담 1에 한 번 나타났기 때문에 그것이 군담 2에서 반복되는 것에 대한 독자들의 거부감도 적지 않게 작용했을 것으로 보인다.

이상과 같이 영남대 46장본 계열은 계월에게 편중된 능력의 불균형을 가능한 제거하는 방법으로 끝없이 추락한 보국의 위신을 회복하려 애쓴 정황을 여실히 보여준다. 나아가 전쟁의 와중에서 천자, 보국, 홍시랑, 여공 등 지배층 남성들의 나약함과 비겁함을 여과 없이 폭로한 대목을 의도적으로 생략하려 한 흔적도 드러내고 있다. 이는 기본적으로 우월한 여성과 열등한 남성의 선명한 대조를 통해 여성 우월의식을 한껏 부추겨놓은 군담 2에 대한 강한 거부감의 표현으로 해석된다. 이렇게 볼 때 영남대 46장본 계열의 군담 2는 원전 계열의 군담 2에서 남성 인물들이 보인 열등감, 비겁함, 무능함을 의도적으로 은폐하기 위한 목적에서 변개된 것이고, 그 변개는 여성 독자보다 남성 독자가 주도했을 가능성이 크다.

군담 1, 2, 3을 그려내고 있는 이본은 단국대 96장본 계열이다. 앞서 검토된 계명대 57장본 계열과 영남대 46장본 계열의 군담 1, 그리고 연세대 57장본 계열의 군담 1, 2는 모두 단국대 96장본 계열의 해당 부분을 그대로 수용한 것이고, 영남대 46장본 계열의 군담 2는 단국대 96장본 계열의 군담 2를 의도적으로 변개한 것이다. 단국대 96장본 계열은 기존 논의에서 원전의 서사와 그 결함까지 고스란히 물려받은 계열로 추정된 바 있다. 그런 만큼 이 계열의 선본인 단국대 96장본은 <홍계

월전> 논의의 핵심 자료로서의 가치를 지닌다.[50]

단국대 96장본 계열의 군담 1, 2는 앞서 검토된 연세대 57장본 계열의 군담 1, 2와 다르지 않으므로 그와 동일한 맥락에서 이해할 수 있다. 그런데 이 계열은 군담 1, 2뿐만 아니라 군담 3까지 그려내고 있는바, 그 기능과 의미가 궁금해진다. 군담 2가 우월한 계월과 열등한 보국의 성별 갈등을 통해 보국이 계월보다 열등한 존재임을 입증한 것임에 비해, 군담 3은 보국의 단독 출정을 통한 영웅적 활약과 승리를 그려냄으로써 보국이 계월보다 열등한 존재가 아님을 입증하고 있다. 이런 맥락에서 군담 3은 군담 1, 2에서 실추된 보국의 위신을 추켜세우기 위해 후대에 부연된 것이란 주장[51]이 묘한 설득력을 지닌다.

그런데 보국이 군담 3에서 단독 출정하여 공을 세울 수 있었던 것은 곽도사의 특별한 배려와 계월의 지지가 있었기에 가능했던 것임을 기억해야 한다. 사실 곽도사에게 보국은 늘 아픈 손가락이었다. 보국은 처음 그에게 수학할 때부터 늘 계월보다 열등했고, 과거에서도 계월에게 장원을 내주고 자신은 부장원에 만족해야 했다. 그리고 전장에서 적에게 죽을 위기에 처할 때마다 계월이 자신을 구해주었고, 혼인을 앞두

---

50) 기존 <홍계월전> 연구에서는 활자본을 대상으로 한 논의가 수십 년 지속되었고, 한중연 45장본이 활자본의 모본이라는 주장이 제기된 이후에는 한중연 45장을 중심으로 한 논의가 이루어졌다. 한편 활자본과 한중연 45장본은 후대에 축약된 이본이므로 원전 계열의 이본인 단국대 103장본 계열을 논의 대상으로 삼아야 한다는 주장이 최근에 제기된 이래, 단국대 103장본을 대상으로 한 논의가 주류를 이루고 있다. 그러다가 단국대 96장본과 단국대 103장본은 군담 4의 유무가 분명히 확인되므로 동일 계열의 이본으로 보기 어렵다는 논의가 있었다. 이에 따라 단국대 96장본 계열이 원전의 서사를 가장 잘 계승한 이본이고, 단국대 103장본은 단국대 96장본 계열의 결함을 해결한 후대의 이본임을 짐작할 수 있다.

51) 박경원, 「홍계월전의 구조와 의미」, 부산대 대학원 석사학위논문, 1991, 18쪽. 필자는 단국대 96장본 계열을 원전의 서사를 계승한 이본으로 추정하기 때문에 군담 3이 후대에 추가된 것이라는 박경원의 주장에 동의하지 않는다.

고는 계월에게 망종군례로 망신을 톡톡히 당했으며, 혼인 후에는 애첩 영춘이 계월에게 처단되는 수모를 겪고도 한마디 말조차 할 수 없었다. 이처럼 끝없이 추락하는 보국의 초라한 모습에 곽도사는 누구보다 마음이 편치 않았을 것이다. 그래서일까. 군담 2가 마무리된 시점에서 곽도사가 계월에게 전한 편지에는 머지않아 또 전쟁이 발발할 것이고, 그 땐 반드시 보국이 단독 출정하여 공을 세울 수 있게 하라는 당부가 들어 있었다. 이를 통해 그간 계월에 비해 상대적으로 위축되었던 보국을 특별히 배려하려던 곽도사의 절절한 심정을 읽어낼 수 있다.

군담 3에서 계월은 곽도사의 당부로 인해 전장으로 달려가고픈 욕망을 억누르고 보국의 단독 출정을 지지하며, 그가 오·초 양국과의 전쟁에서 승리하고 귀환할 수 있도록 도왔다. 보국은 오·초 양국과의 싸움에서 종횡무진 활약하다 위기에 처하기도 했지만, 곽도사의 도움으로 전세를 뒤집고 적을 섬멸하는 성과를 올렸다. 앞의 군담 1, 2와 비교할 때 군담 3은 보국의 위상을 높이려는 의도가 명확히 드러난다. 군담 3에서 무엇보다 중요한 것은 계월이 비로소 보국을 동등한 파트너로 인정하고 지지했다는 사실이다. 물론 그것이 곽도사의 권유에 따른 것이긴 하지만, 계월은 군담 3에서 이전까지의 경직된 태도를 버리고 보국과의 관계 개선을 위해 노력하는 모습을 보인다.

군담 1, 2, 3, 4를 그려내고 있는 이본은 단국대 103장본 계열이다.[52)] 단국대 103장본은 최근 원전 계열의 선본으로 평가된 이래 <홍계월

---

52) 단국대 103장본 계열의 이본은 단국대 103장본 한 종밖에 없는데도 이를 단국대 96장본 계열과 분리한 까닭은 수집된 완질본 21종 가운데 단국대 103장본만 유일하게 예언 1의 군담 1·2와 예언 2의 군담 3·4를 완벽하게 그려내고 있기 때문이다. 단국대 96장본 계열이 예외 없이 군담 4를 그려내지 않은 채 마무리된 점을 고려할 때, 단국대 103장본은 원전을 계승한 단국대 96장본 계열의 결함을 해결한 후대의 이본일 가능성이 높다.

전> 연구의 핵심 텍스트로 활용되는 경우가 빈번하다.53) 물론 단국대 103장본에 나타나는 군담 1, 2, 3은 앞서 검토된 단국대 96장본 계열의 그것과 다르지 않으므로 그와 동일한 맥락에서 이해할 수 있다. 단국대 103장본에서 가장 주목되는 것은 군담 4이다. 군담 4는 완질본 21종을 통틀어 단국대 103장본에만 수용된 것으로 확인된다. 이로 인해 이 이본은 예언 1의 '세 번 죽을 액'과 예언 2의 '세 번 죽을 액'이 모두 구체적인 서사로 실현된 유일한 이본으로 평가된다. 군담 4는 원전을 계승한 단국대 96장본 계열이 하나같이 곽도사의 '3년 후의 만남 예고'가 성사되지 않은 채 서사가 마무리되자, 이를 성사되도록 하여 작품의 완성도를 높이기 위해 부연된 것으로 보인다.

군담 4는 오·초 양국이 세 번째로 침공하자 계월과 보국이 함께 출정하여 승리하고 귀환하는 것을 골자로 삼고 있다. 그런데 그 내막을 들여다보면 계월의 동향이 심상치 않다. 계월은 행군한 후 오초강 주변에서 적을 맞아 싸워 적장 달복매를 죽이는 전과를 올렸지만, 다른 적장의 도술전에 휘말려 자욱한 안개 속에 갇혀 죽을 위기를 맞게 된다. 이때 먼 곳에서 전쟁을 지켜보던 곽도사가 급히 남해 용왕을 시켜 계월을 구하라고 하자, 남해 용왕이 직접 붉은 용으로 변하여 적을 섬멸하고 계월을 구함으로써 군담 4는 명국의 승리로 귀결된다.

군담 4의 특징은 계월도 보국도 두드러진 활약을 보이지 않는다는 점이다. 그래도 계월은 전투라도 수행했지만, 보국의 존재는 아예 확인

---

53) 이기대, 「고등학교 교과서를 통해 본 <홍계월전>의 정전화 과정」, 『우리문학연구』 37, 우리문학회, 2012 ; 김정녀, 「타자와의 관계를 통해 본 여성영웅 홍계월」, 『고소설연구』 35, 한국고소설학회, 2013 ; 조민경, 「갈등양상을 통해 본 <홍계월전>의 지향가치」, 『한국어와 문화』 18, 숙명여대 한국어문화연구소, 2015 ; 김현화, 「홍계월전의 여성영웅 공간 양상과 문학적 의미」, 『한민족어문학』 70, 한민족어문학회, 2015.

조차 되지 않는다. 그는 곽도사가 계월을 구하고 전쟁을 승리로 이끈 후에야 곽도사 앞에 나타나 마지막 이별의 정을 나눌 뿐이다. 그 자리에서 계월이 "삼연 전 보국 편의 ᄒ찰 보옵고 오날날 이 익 당할 듈과 사부 이리 오실 듈"[54] 알았다고 하니, 곽도사가 두 사람에게 "이 후난 익니 업실 거시니 피츠 볼 날 업"[55]다며 무사히 귀환할 것을 당부한다. 이처럼 군담 4는 계월 혹은 보국의 영웅적 활약을 그려내기 위한 것이 아니라 두 사람과 곽도사의 마지막 만남을 위한 장으로 마련된 것이다. 그 마지막 만남에서 계월에게만 일부러 패배를 안김으로써, 혹시라도 계월이 지난날의 승리에 취하여 보국을 가벼이 볼 수 있는 여지를 차단하고 있다.

사실 계월이 자신의 압도적 능력을 바탕으로 보국을 조롱하고 업신여긴 것이 한두 번이 아니다. 그는 집 안팎에서 동료이자 남편인 보국을 수하로만 여길 뿐 가장으로 대접한 적이 한 번도 없다. 그러다가 군담 3에서 곽도사가 보국의 단독 출정을 권유하자 이를 수락한 이후부터 보국을 지지하고 협력할 뿐 아니라 전장에서 승리하고 귀환한 후에는 그의 영웅적 능력을 인정하게 된다. 군담 3을 통해 둘 사이에 새로운 부부관계가 확립되었음에도 단국대 103장본은 이후 군담 4를 별도로 추가하여 전장에서 계월의 일방적 위기를 조성하고 그 위기를 곽도사가 해결하는 것으로 그려내고 있다. 도대체 단국대 103장본에 군담 4가 새롭게 추가된 까닭이 무엇일까.

계월은 그간 수많은 전투에서 탁월한 능력을 발휘하며 거듭 승리를 거두어왔다. 하지만 그가 보여준 영웅적 활약과 빛나는 승리는 모두 곽도사의 결정적 도움이 있었기에 가능했음을 부인할 수 없다. 즉 계월은

---

54) 단국대 103장본 <홍계월전>, 101장a.
55) 단국대 103장본 <홍계월전>, 101장b.

군담 1에서 적의 화공작전에 말렸다가 몸에 지니고 있던 부적을 던져 가까스로 위기를 면했고, 군담 4에서 적의 도술작전에 말렸다가 오방신장의 도움으로 목숨을 보전했다. 부적과 오방신장은 모두 곽도사가 주거나 보낸 것으로, 만약 그의 도움과 지시가 없었다면 전장에서 계월의 생존과 승리는 장담하기 어려웠을 것이다. 단국대 103장본은 결말 직전에 군담 4를 별도로 설정하여 계월에게 또 다른 패배감을 안겨줌으로써, 남녀는 상호 존중과 협력을 통해 상생하고 공존할 수 있음을 일깨우고 있다.

3. 군담의 변화가 작품에 끼친 영향

최근 <홍계월전>의 이본에 관한 연구가 진척되면서 이 작품이 원작에서부터 부분적 결함을 지닌 채 유포되었을 가능성이 제기된 바 있다.[56] 21종의 완질본을 검토한 바에 따르면 <홍계월전>은 애초부터 결말 직전의 서사에서 완성도가 떨어지는 원작이 유포된 탓에 후대 독자들이 그 결함을 인식하고 해결하기 위해 부단히 노력한 흔적들이 여럿 발견되었다. 원작의 결함을 해결하는 과정에서 가장 두드러진 변화를 보인 것이 군담이므로, 본서에서도 군담을 중요한 기준으로 삼아 이본 계열을 나누고 각 군담의 양상과 의미를 살펴본 것이다. 이를 토대로 여기서는 군담의 변화가 작품에 끼친 영향을 몇 가지 짚어보고자 한다.

첫째, <홍계월전>의 군담은 원전이 지닌 서사적 결함을 해결하는 주요 수단으로 활용되어 이본 계열을 파생하는 계기가 되었다. 군담 1,

---

56) 정준식, 「<홍계월전> 원전 탐색, 단국대 103장본 계열을 중심으로」, 『어문학』 제 137집, 한국어문학회, 335쪽.

2, 3을 그려낸 단국대 96장본 계열은 원전의 서사를 계승한 이본인데, 하나같이 군담 4를 그려내지 않은 채 마무리되어 예언 2의 '세 번 죽을 액' 가운데 세 번째 액이 실현되지 않은 결함을 드러내고 있다. 이런 사실을 인식한 독자들에 의해 그 결함을 해결하기 위한 시도가 네 방향으로 나타났다. 하나는 예언 2의 '세 번 죽을 액' 중에서 마지막 액에 해당하는 군담 4를 부연하여 원전의 결함을 해결한 것으로, 단국대 103장본 계열이 이에 해당한다. 둘은 예언 2와 관련된 서사를 통째로 생략하고 예언 1의 군담 1, 2만 남겨 원전의 결함을 해결한 것으로, 연세대 57장본 계열이 이에 해당한다. 셋은 예언 1의 군담 1, 2만 남기되 군담 2를 변개시켜 원전의 결함을 해결한 것으로, 영남대 46장본 계열이 이에 해당한다. 넷은 예언 1의 군담 1만 남겨 남녀의 우열 구도를 아예 배제한 것으로, 계명대 57장본이 이에 해당한다, 이상과 같이 <홍계월전>의 원전이 지닌 서사적 결함을 해결하기 위한 노력은 주로 군담의 변화로 표출되었고, 그 과정에서 원전을 계승한 단국대 96장본 계열과 분명한 차이를 보이는 네 계열이 새롭게 생성되었다.

둘째, <홍계월전>의 이본에서 확인되는 군담의 변화는 작품의 서사에도 영향을 끼쳐 주제의 변화를 초래하였다. 주지하듯 <홍계월전>의 주요 서사는 군담으로 채워져 있다. 군담을 제외하면 주인공의 행적을 달리 꼽기조차 어려울 정도로 군담은 작품 내에서 절대적인 비중을 차지한다. 그런데 <홍계월전>의 군담은 이본 계열에 따라 그 횟수와 내용이 매우 다채롭다. 따라서 이들의 상호작용으로 빚어지는 주제도 계열에 따라 다를 수밖에 없다.

계명대 57장본 계열에는 군담 1만 설정되어 있다. 군담 1은 계월과 보국의 우열을 조장하는 일에 관심을 두는 대신 계월이 국난을 타개하고 헤어진 가족과 상봉하는 데 초점이 놓여있다. 이 계열은 전란을 극복하고 부모를 봉양하는 일이 남성이 아닌 여성에 의해 주도되는 과정을 그려냄으로써 여성을 차별하는 가부장제의 모순을 고발하고 있다.

연세대 57장본 계열에는 군담 1, 2가 설정되어 있는데, 군담 1보다 군담 2의 비중이 큰 것으로 보인다. 군담 1에는 계월과 보국의 우열이 미약하게 감지될 뿐이다. 그런데 여기에 군담 2가 추가되자 사정이 달라졌다. 군담 2가 함께 설정되자 계월이 보국보다 뛰어난 능력으로 국난을 타개하고 황실을 구하는 내용이 서사의 핵심을 이루게 되었다. 그리고 그 과정에서 보국을 포함한 모든 남성이 무능하고 비겁한 모습으로 희화화되며, 그로 인해 계월의 영웅성이 극대화되는 효과를 발휘한다. 이 계열은 군담 2를 통해 가정 및 국가적인 영역에서 여성이 남성보다 뛰어난 능력을 발휘할 수 있으니 여성에게 균등한 기회가 보장되기를 희망하고 있다.

영남대 46장본 계열에는 군담 1, 2가 설정되면서 군담 2가 변개된 모습을 보인다. <홍계월전>의 이본 가운데 군담 2가 변개된 것은 이 계열뿐이며, 나머지 이본에는 원전의 군담 2가 고스란히 수용되어 있다. 영남대 46장본 계열의 군담 2에는 남성의 무능과 비겁함을 희화적으로 그려낸 대목이 생략되었고 계월에게 편중된 서사의 비중도 크게 줄어들었다. 이 계열의 군담 2는 기존 서사에 대한 강한 불만의 표시로 읽힌다. 여타 이본의 군담 2에는 모두 수적(水賊) 맹길이 적국의 대원수로 등장하고, 계월 가족의 두 번째 이합이 나타나며, 모든 남성이 비겁하고 무능한 인물로 묘사되어 있다. 그런데 영남대 46장본 계열은 군담 2의 '맹길'을 '맹달'로 바꾸고 계월 가족의 두 번째 이합과 남성의 위신을 실추시키는 대목을 생략함으로써 원전의 결함을 바로잡고 남녀의 우열구도를 의도적으로 파괴했다. 이를 통해 우월한 여성과 열등한 남성의 대립 구도를 바탕으로 여성 우월의식을 고취하려 한 원전 계열의 군담 2에 강한 반감을 드러낸다.

단국대 96장본 계열에는 군담 1, 2, 3, 부임길의 매복 공격이 설정되어 있다. 군담 1, 2는 계월에게 편중된 서사 세계를 통해 계월의 압도적 능력을 보여주고 있다. 이에 비해 군담 3, 부임길의 매복 공격은 보국에게 편중된 서사 세계를 통해 보국의 단독 출정과 입공을 그려내고 있다. 군담 3에서 보국은 결코 계월보다 열등한 인물이 아님을 독자들에게 증명이나 하려는 듯, 곽도사의 믿음과 계월의 지지를 등에 업은 채 당당하게 출정하여 빛나는 전공을 세우고 귀환한다. 이를 통해 군담 1과 2에서 계월보다 열등한 존재로 각인되며 끝없이 실추되었던 자신의 위신을 추켜세운다. 이후 여공과 홍시랑이 각기 오왕과 초왕으로 부임하는 길에 오·초 양국 잔당들의 매복 공격으로 위기에 처하자, 몰래 뒤따르던 보국이 적을 단번에 제압하고 두 사람을 구출한다. 이처럼 군담 3, 부임길의 매복 공격에 주목하면 보국을 계월보다 못한 존재로 볼 수 없고, 계월과 보국이 늘 갈등하기만 한 것도 아님을 알 수 있다. 군담 3, 부임길의 매복 공격은 계월의 신뢰와 지지에 힘입어 보국이 영웅적 활약을 발휘하는 모습을 연이어 그려냄으로써 두 사람에게 갈등보다 신뢰와 협력이 더 필요함을 강조하고 있다.

단국대 103장본 계열에는 원전 서사의 군담 1, 2, 3에 더하여 군담 4가 설정되어 있다. 이계열은 두 가지 면에서 새로운 성취를 보여주고 있다. 하나는 예언 1의 군담 1, 2와 예언 2의 군담 3, 4를 완벽하게 갖추어 그간 원전 계열의 이본이 공통적으로 지니고 있던 서사적 결함을 말끔히 해결함으로써 원전의 서사를 계승한 이본 가운데 가장 완성도 높은 작품세계를 갖추게 된 점이다. 그리고 다른 하나는 이와 같은 두 번의 예언 구도를 통해 계월과 보국이 상호 존중과 협력을 통해 상생하고 공존할 수 있음을 핵심 주제로 구현한 점이다. 이것이 본래 <홍계월전> 원작이 구현하고자 한 주제였는데, 예언과 그 서사적 실현 사이의 부분적 결함 때문에 원작의 주제가 온전히 구현되지 못했던 것으로 보인다.57) 이로 볼 때 단국대 103장본은 원전 계열의 서사에 군담 4를 새로 추가함으로써 원전에서 비롯된 결함을 해결하고 <홍계월전>의 원작가가 의도했던 주제를 온전히 구현한 이본으로 평가된다.

셋째, <홍계월전>의 이본에 나타난 군담의 변화는 독자들이 시차를 두고 논쟁하며 자신들의 요구를 관철해왔음을 확인시켜 준다. 군담의 변화가 분명한 <홍계월전>의 다양한 이본들은 고소설 독서 교육의 자료로서 가치가 높다. 따라서 이를 중등학교 학생들의 자기 주도적 독서 능력 향상을 위한 프로그램에 활용하면 적지 않은 도움이 될 것이다. 오늘날의 작가들 가운데 일부도 독자들과 교감하며 그들의 요구를 작품 창작에 반영하여 쌍방향 소통의 관행을 만들어가는 경우가 있다. 앞서 검토된 <홍계월전>의 이본은 고소설에서도 쌍방향 소통을 통해 원전의 결함을 해결하고 작품의 완성도를 높여 간 작품이 존재했음을 증명해준다. 원작의 결함을 인지한 독자들이 군담을 늘리거나 줄이거나 고치는 방법으로 원작의 결함을 해소해가는 과정에서 작품세계와 주제의 변화가 초래되었으니, 그 자체가 흥미로운 독서 교육 자료가 될 수 있다. 학생들이 군담 1만 있는 이본부터 군담 1~4까지 모두 구비된 이본의 차이를 명확히 인지한 후 <홍계월전>의 독자들이 작품을 다

---

57) <홍계월전>에 관한 기존 논의에서는 보국을 계월보다 열등한 존재로 해석하는 경우가 많았는데, 이는 원전 계열의 단국대 96장본 계열과 단국대 103장본 계열을 도외시한 탓이다.

양하게 수용한 사례를 자유롭게 토론함으로써 스스로 작품 이해 방법을 터득할 수 있을 것으로 본다.

이상과 같이 <홍계월전>은 여성영웅소설 중에서도 유독 군담의 차이가 작품에 끼친 영향이 적지 않다. 이제 논의를 마무리하면서 한 가지 드는 의문이 있다. 그것은 <홍계월전>이 여성영웅소설의 대표작인데도 방각본으로 간행된 적이 없다는 사실이다. 이 작품은 18세기 말에 창작된 이래 원전 계열이 1961년까지 필사본으로 전승된 증거가 있고[58], 1913년을 필두로 활자본으로도 몇 차례 간행된 적은 있지만,[59] 방각본으로는 단 한 번도 간행되지 않았다. 18세기 초반에 창작되어 <홍계월전>의 창작에 영향을 끼친 것으로 추정되는 <이현경전>도 방각본이 없고 필사본과 활자본만 있다.[60] 이에 비해 두 작품보다 늦게 창작된 것으로 추정되는 <정수정전>은 필사본, 방각본, 활자본이 모두 존재한다.

<홍계월전>의 이본에 대한 그간의 논의로 볼 때 이 작품이 방각본으로 간행될 수 없었던 가장 큰 원인은 원전 계열의 서사적 결함 때문이었을 것으로 추정된다. 그렇다면 <홍계월전>이 독자들에게 큰 인기를 얻게 된 시기는 대략 언제였을까? 그것은 아마도 예언 2와 그 서사적 실현을 통째로 생략하는 방식으로 원전 계열의 서사적 결함을 말끔히 해결한 연세대 57장본 계열이 생성된 이후가 아닐까 한다. <홍계

---

58) 가장 이른 시기의 이본은 1861년에 필사된 단국대 96본이고, 가장 늦은 시기의 이본은 1961년에 필사된 연세대 29장본이다.

59) 활자본 <홍계월전>은 1913년에 신구서림, 1916년에 광동서림, 1926년에 회동서관에서 각기 간행되었지만, 그 내용은 모두 같다. 이주영, 『구활자본 고전소설 연구』, 월인, 1998, 233쪽 ; 권순긍, 『활자본 고소설의 편폭과 지향』, 보고사, 2000, 326쪽 ; 최호석, 『활자본 고전소설의 기초 연구』, 보고사, 2017, 90쪽.

60) 이병직, 「<이현경전>의 이본 연구」, 『한국문학논총』 제53집, 한국문학회, 2009, 165-170쪽.

월전>의 이본 가운데 연세대 57장본 계열이 우리에게 가장 익숙한 것도, 이 계열을 저본으로 삼은 활자본이 독자들에게 널리 보급되었기 때문이다. 이로 볼 때 <홍계월전>이 독자들에게 높은 인기를 얻게 된 시기는 연세대 57장본 계열이 주류로 부상하게 된 19세기 말경으로 추정된다.

IV. 장편 계열의 서사적 특징과 원전 탐색

그간 <홍계월전>의 원전 탐색을 위한 시도는 한 번도 없었지만, 이본에 관해서는 박경원, 정준식, 조광국의 논의가 있었다. 박경원은 이본 14종의 결말 시점을 기준으로 삼아 <홍계월전>의 이본을 세 유형으로 나누었다. 그에 따르면 Ⅰ유형은 부모 상봉으로 결말을 지은 이본을, Ⅱ유형은 부모 상봉과 원수 갚음까지 이루어진 이본을, Ⅲ유형은 부모 상봉과 원수 갚음 이후에 오·초 양왕이 일으킨 난을 추가한 이본을 가리킨다. 하지만 <홍계월전>에는 계월과 부모의 이합이 두 번 반복되고 계월이 부모의 원수를 갚는 방법과 시점이 이본에 따라 다르므로 그가 내세운 분류의 기준이 적절치 않다. 그리고 최근 오·초 양왕의 손자들이 일으킨 난이 원전에서부터 갖추어진 것이라는 주장이 제기된바 뚜렷한 근거 없이 이를 후대의 추가로 보는 것도 설득력이 부족하다.

필자는 근래 <홍계월전>의 이본 16종을 검토한 후 예언 1과 예언 2가 모두 설정된 이본을 '단국대 103장본 계열'로, 예언 1만 설정된 이본을 '한중연 45장본 계열'로 분류하였다. 그리고 단국대 103장본 계열에 속하는 단국대 96장본의 필사 후기[61]를 근거로 삼아 단국대 103장본 계열을 원전의 서사를 계승한 이본으로 추정하였다.[62] 그런데 필자의

---

61) 단국대 96장본은 1861년에 필사된 이본이다. 이 이본의 필사 후기에는 소장자가 기묘년(1819)에 등서된 <홍계월전>을 오랫동안 소중히 간직하며 애독하던 중 일부가 훼손되자 완전히 훼손될 것을 우려하여 신유년(1861)에 남동생 수철을 시켜 시중에 유통되던 <홍계월전>을 빌려와 다시 필사한 것임을 소상히 밝히고 있다. 이를 통해 단국대 96장본과 같이 예언 1과 예언 2가 모두 설정된 <홍계월전>이 1819년 이전부터 유통되고 있었던 사정을 짐작할 수 있다.

62) 정준식, 「<홍계월전> 이본 재론」, 『어문학』 제101집, 한국어문학회, 2008,

논의는 단지 예언의 설정 방식에 따라 이본을 두 계열로 나누다 보니, 계열 내의 개별 이본들이 지닌 특징들을 충분히 고려하지 못한 한계를 보였다.

조광국은 한중연 45장본을 중심으로 <홍계월전>의 가치를 새롭게 논의하였다. 그는 <홍계월전>의 가치로 '여성의 양성성을 수용·공인함으로써 새로운 성-젠더 시스템을 창출한 점'을 꼽으면서 특히 '한중연 45장본은 그 연장선에서 둘째 아들로 가문의 후사를 잇게 하는 혁신적인 세계를 구현'한 것으로 높게 평가했다.[63] 그런데 그가 이러한 주장을 위한 전제로 <홍계월전>의 이본 계열을 설정한 방식에는 약간의 문제가 있다. 그는 단국대 103장본 계열을 제 1계열과 제 2계열로 나누고, 한중연 45장본 계열을 제 3계열과 제 4계열로 나누고 있다. 제 1 계열과 제 2계열을 나누는 기준은 오·초 양왕이 주도하는 매복 공격의 유무인데, 이를 지닌 이본을 제 1계열로, 이를 생략하고 4차 출정을 별도로 그려낸 이본을 재 2계열로 나눈 것이다. 하지만 이는 단국대 103장본 계열의 실상을 명확히 파악하지 못한 데서 비롯된 오류로 추정된다. 이 계열의 이본 가운데 매복 공격은 단국대 103장본, 단국대 96장본, 단국대 59장본, 충남대 61장본 등에 두루 수용되어 있다. 특히 단국대 103장본에는 매복 공격과 4차 출정이 나란히 서술되어 있는데도, 조광국은 이를 매복 공격이 있던 자리에 4차 출정이 대신 설정된 것으로 곡해하고 있다.

한편, 한중연 45장본 계열을 둘로 나눈 것도 문제 될 수 있다. 그는

268-273쪽.

63) 조광국, 「고전소설 교육에서 새롭게 읽는 재미 : 홍계월의 양성성 형성의 양상과 의미, -<홍계월전> '한중연 45장본'을 중심으로-」, 『고전문학과 교육』 28, 한국고전문학교육학회, 2014, 82-85쪽.

한중연 45장본 계열에 속하는 이본 가운데 1차・2차 출정을 통해 보국보다 우월한 계월의 영웅적 활약상이 강조된 이본을 제 3계열로, 둘째 아들의 성을 '홍'이라 하고 친정 가문을 잇게 할 만큼 계월의 영웅적 활약상을 두드러지게 구현한 이본을 제 4계열로 설정하였다. 그런데 그의 주장처럼 둘째 아들의 성을 '홍'이라 하고 친정 가문을 잇게 한 것은 한중연 45장본에만 예외적으로 나타나는 것이 아니라, 같은 계열에 속하는 한중연 35장본, 한중연 47장본, 연세대 57장본 등에 두루 수용되어 있다.[64] 따라서 '둘째 아들의 친정 가문 계승'을 새로운 성취로 볼 경우, 이는 한중연 45장본 개별 이본의 성취라기보다 한중연 45장본 계열의 성취로 해석하는 것이 바람직하다.

최근 필자는 <홍계월전>이 애초부터 부분적으로 결함을 지닌 채 창작된 후 독자들에게 유포되었을 가능성을 조심스럽게 제기한 바 있다.[65] 원전 계열의 이본 중 대부분이 예언 2의 서사적 실현이 미처 완료되기 전에 작품이 종결되는 모순을 보일 뿐 아니라, 그 모순을 해결하기 위한 시도들이 이본마다 각기 달리 이루어지고 있음이 이를 말해준다. 이 문제는 <홍계월전>의 원전을 탐색할 때 중요한 단서가 될 수 있으므로 보다 타당한 근거를 바탕으로 신중히 논의될 필요가 있다.

이상과 같이 <홍계월전>의 이본에 관한 기존 논의는 유익한 성과를 축적하기보다 후속 연구자에게 해결해야 할 과제를 더 많이 남긴 셈이다. 게다가 최근 학계에 새로 소개된 이본 중에는 그간 연구자들이

---

64) 둘째 아들의 친정 가문 계승에 관한 내용은 여성영웅소설로 알려진 <설저전>, <이대봉전>의 여러 이본에도 수용되어 있다. 따라서 이는 <홍계월전>의 특정 이본에서 처음 마련된 것이 아니라, 여성영웅소설의 결말에서 종종 활용되던 관습적 표현으로 보는 것이 타당하다.

65) 정준식, 「<홍계월전>의 군담 변이와 이본 분화의 상관성」, 『한국문학논총』 제75집, 한국문학회, 2017, 61-91쪽.

쉽게 예단할 수 없었던 중요한 정보들을 지닌 것으로 확인된다. 이런 정황들은 <홍계월전>의 이본 연구 및 작품론을 위해 무엇보다 원전 탐색이 선행되어야 함을 말해준다. 그런데 기존 논의에서 단국대 103 장본 계열을 원전의 서사를 계승한 이본으로 추정한 바 있으므로 여기서는 장편 계열에 속하는 개별 이본들을 대비적으로 살피면서 <홍계월전>의 원전을 탐색하고자 한다.

1. 장편 계열 이본의 대비적 검토

근래 필자가 단국대 103장본을 <홍계월전>의 원전에 가장 근접된 이본일 것으로 추정한 이후 이를 대상으로 한 새로운 논의가 지속되고 있다. 그 후에도 필자는 새로운 이본 발굴에 심혈을 기울여 현재까지 총 27종의 이본을 수집하였다. 말하자면 처음 <홍계월전>의 이본을 검토할 때 활용했던 16종에 새로 11종이 추가된 셈이다. 논의의 편의를 위해 여기서는 수집된 27종 가운데 예언 1과 예언 2가 모두 설정된 이본을 '장편 계열'로 명명하고, 예언 1만 설정된 이본을 '단편 계열'로 명명하고자 한다.

<홍계월전>의 이본 가운데 예언 1과 예언 2가 모두 설정된 장편 계열의 이본은 모두 9종이다. 이 가운데 단국대 59장본, 단국대 96장본, 단국대 103장본, 박순호 63장본, 연세대 29장본, 충남대 61장본, 한중연 60장본 등 7종은 완질본이고, 단국대 57장본, 단국대 74장본 등 2종은 낙질본이다. 완질본 7종은 예언 2의 서사적 실현과 관련하여 다채로운 모습을 보이므로, 이 부분을 대비적으로 검토하면서 개별 이본들의 특징을 확인해보기로 한다.

1) 예언 2의 '세 번 죽을 액'의 실현 여부

장편 계열의 모든 이본에는 예언 1의 '세 번 죽을 액'이 한 치의 오차도 없이 구체적 서사로 실현되는 모습을 보인다. 홍시랑과 양씨 부인 사이에서 무남독녀로 태어난 계월이 '장사랑의 난'으로 부모와 분리되어 죽을 위기에 처하지만, 여공에게 구출된 뒤 그의 도움으로 보국과 함께 곽도사에게 수학하고 과거에 급제하여 환로에 오른다. 그러던 차에 '서번·서달의 난'이 발생하여 계월과 보국이 함께 출정하여 적과 싸우다가 벽파도에서 우연히 부모를 만나 함께 귀환하게 된다. 이후 스스로 여성임을 밝히고 보국과 혼인한 상황에서 '오·초 양왕의 난 1'을 당해 또다시 대원수로 출정하여 대공을 세우고 돌아와 피난 갔던 가족과 상봉한다.

이상과 같이 장편 계열의 모든 이본에는 예언 1의 '세 번 죽을 액'이 장사랑의 난, 서번·서달의 난, 오·초 양왕의 난 1로 실현되어 곽도사의 예언이 한 치의 오차 없이 적중되는 모습을 보인다. 그리고 이 내용은 후대의 축약 계열에도 대부분 수용된 것으로 확인된다. 이로 볼 때 예언 1과 그 서사적 실현 사이에는 원작에서부터 별다른 결함이 없었기 때문에 장편 계열의 모든 이본에 가감 없이 그대로 수용된 것이 아닌가 싶다.

그런데 예언 2의 '세 번 죽을 액'과 그 서사적 실현 여부는 개별 이본이 사뭇 다른 양상을 보여 주목을 요한다. <홍계월전>에서 예언 1은 계월이 세 살 되던 해에 곽도사가 홍시랑의 집으로 초대되어 계월의 상을 보고 구두로 제시한 것이다. 이에 비해 예언 2는 계월이 예언 1의 '세 번 죽을 액'을 차례로 극복한 뒤에 곽도사가 편지로 계월에게 전달한 것이다. 그 내용은 다음과 같다.

그 셔에 ᄒᆞ엿시되 ᄉᆞ부ᄂᆞᆫ 이 편지을 평국 보국의게 붓치노라 ᄒᆞᆫ 번 이별ᄒᆞᆫ 후의 셔로 보지 못ᄒᆞ나 싱각은 ᄒᆞ히 갓티엿짜 몸니 산중 풍경만 됴화ᄒᆞ고 션풍의 홍을 졔워 ᄉᆞ곡의로 몸을 숨게 청풍명월과 두견 졉동 긔린 오죽의로 벗을 ᄉᆞ마 단니고 너희ᄂᆞᆫ 청운의 올나 잇 셔 운숭이 일노 좃ᄎᆞ 이별이 되야시니 실푼 눈물니 흑창의 젹셔도 다 너희 아름다온 셩명니 빅운동 심쳐까지 밋쳐시니 그 위염과 장 ᄒᆞᆫ 긔운은 벽파도의 물결니 다 움지긔니 술법 가르친 ᄉᆞ부ᄂᆞᆫ 빅운 션을 놉피 드러 질기ᄂᆞᆫ 주을 뉘 알이요 이졔 비록 천ᄒᆞ 틱평ᄒᆞᄂᆞ 니 압푸 셰 번 죽을 익을 당홀 거시니 십푼 조심ᄒᆞ라 지금 오왕의 아달 덕숨과 초왕 아달 슌숨과 밍길 동싱 밍손이며 그 형 그 부의 원수을 갑푸려 ᄒᆞ고 천츅 도영슨의셔 진을 치게 ᄒᆞ고 공도ᄉᆞ을 어더 위공 을 숨고 쳔병만마을 거ᄂᆞ려 오니 그 도적을 가비야이 못홀 도적이 라 그러나 늬 친니 도을 거시니 〃 마을 입 박ᄭᅴ 늬들 말고 잇다가 보국이 ᄌᆞ원ᄒᆞ고 딕원 되어 큰 공을 셰오라 천긔을 누셜치 못ᄒᆞ기 로 이 압푸 ᄯᅩ 익니 잇스되 발셜도 못ᄒᆞ건니와 급ᄒᆞᆫ 딕악니 잇씨니 십푼 됴심ᄒᆞ라 졍니 집푼니 틱슨 갓타ᄂᆞ 그만 긋치노라 ᄒᆞ여거날 양인니 션싱의 은혜을 못늬 치ᄉᆞ ᄒᆞ고 늄방 소식을 탐지ᄒᆞ더라[66]

앞의 인용문은 '오·초 양왕의 난 1'이 평정된 후에 곽도사가 홍시랑 을 통해 계월에게 전달한 편지의 전문이다. 계월은 이미 수년에 걸쳐 예언 1의 '세 번 죽을 액'이 현실에 전란으로 실현되자 이를 하나씩 물 리치며 죽을 운명을 극복해온 터였다. 그런데 또다시 불길한 예언이 든 곽도사의 편지가 그에게 전달된 것이다. 장편 계열에 속하는 9종의 이 본 가운데 예언 2에 '세 번 죽을 액'이 명시된 것은 단국대 96장본을 비 롯해서 7종에 이른다.[67] 이에 비해 연세대 29장본에는 '큰 악'으로, 충

---

66) 단국대 96장본 <계월전>, 85장a-86장a.
67) 단국대 96장본, 단국대 103장본, 단국대 74장본, 단국대 59장본, 단국대 57장본, 박순호 63장본, 한중연 60장본이 이에 해당한다.

남대 61장본에는 '흔 악'으로 명시되어 있다. 원래 '세 번 죽을 액'으로 설정되어 후대로 전승되는 가운데 일부 이본에서 '큰 악'이나 '흔 악'으로 수정된 것이 아닌가 싶다.

그렇다면 실제로 장편 계열의 개별 이본에는 예언 2에 명시된 '세 번 죽을 액, 큰 악, 흔 악'이 어떻게 실현되고 있을지 궁금하다.

먼저, 장편 계열의 이본 9종 가운데 예언 2에 '세 번 죽을 액'이 명시되고 그것이 모두 구체적 서사로 실현되는 이본은 단국대 103장본이 유일한 것으로 보인다. 여기에는 곽도사가 편지로 계월에게 전달한 예언 2의 '세 번 죽을 액'이 오·초 양왕의 난 2, 오·초 양왕의 매복 공격, 오·초 양왕의 난 3으로 실현된다. 이처럼 오·초의 왕이 세 번에 걸쳐 명을 침공하는 것으로 그려내다 보니 이본에 따라 침공 주체가 달리 설정되기도 한다.

물론 대부분의 이본에서는 오·초 양왕이 명을 침공했다가 패하고 죽으면 두 왕의 아들이 새로운 왕이 되어 재침하고, 그들이 또 패하여 죽으면 두 왕의 손자가 왕이 되어 할아버지와 아버지의 원수를 갚기 위해 명을 침공한다. 그런데 명의 장수인 계월과 보국은 바뀌지 않고 계속 출정하는데 오·초 양국에서만 오·초 양왕, 오·초 양왕의 아들, 오·초 양왕의 손자로 교체되는 것은 매우 부자연스럽다.[68] 이것을 의식해서인지 단국대 103장본에는 그것이 오·초 양왕, 오·초 양왕의 아들, 오·초 양왕의 아들로 바뀌어 나타난다. 아마도 죽은 오·초 양왕의 아들이 여럿일 수 있다는 생각을 바탕으로 세대의 간격을 줄이기 위해 2대까지만 설정한 것으로 추정된다. 이처럼 단국대 103장본은 장편 계열의 이본 가운데 유일하게 예언 2에 제시된 '세 번 죽을 액'이 한

---

68) 정준식, 「<홍계월전>의 군담 변이와 이본 분화의 상관성」, 『한국문학논총』 제75집, 한국문학회, 2017, 74-75쪽.

치의 오차 없이 모두 실현된다는 점에서 중요한 의미를 지닌다.

다음, 장편 계열의 이본 가운데 단국대 96장본, 단국대 59장본, 박순호 63장본, 한중연 60장본에는 예언 2에 '세 번 죽을 액'이 명시되어 있지만, 실제로는 그 가운데 일부만 실현되고 있다. 단국대 96장본과 단국대 59장본은 두 번째 액까지 실현되는 것으로 확인된다. 두 번째 액이란 계월과 보국의 거듭되는 전공에 보답하기 위해 천자가 계월의 부친 홍무와 보국의 부친 여공을 각기 초왕과 오왕에 봉하게 되는데, 두 사람의 부임 길에 미리 매복해 있던 오·초 양왕이 공격한 사건을 일컫는다. 이 사건은 홍무와 여공의 뒤를 몰래 따르던 보국에 의해 해결되며, 두 사람은 보국의 호위 속에 각기 새로운 초왕과 오왕으로 즉위하게 된다. 이후 단국대 96장본과 단국대 59장본은 세 번째 액이 실현되지 않은 채 서사가 마무리되는 결함을 드러내고 있다.

박순호 63장본과 한중연 60장본은 예언 2에 '세 번 죽을 액'이 명시되어 있음에도 첫 번째 액만 실현되는 양상을 보인다. 박순호 63장본은 첫 번째 액인 오·초 양왕의 난 2가 종결되면 곧바로 결말로 이어진다. 반면 한중연 60장본은 첫 번째 액이 실현된 뒤에 여공과 홍무가 각기 오와 초의 왕으로 부임하기 위해 황성을 떠나는 것으로 종결된다. 두 이본에는 단국대 103장본, 단국대 96장본, 단국대 59장본, 충남대 61장본 등에 두 번째 액으로 실현된 '부임길의 매복 공격'이 통째로 생략되어, 두 번째와 세 번째 액이 실현되지 않은 채 서사가 마무리되는 결함을 드러내고 있다.

마지막으로, 장편 계열의 이본 가운데 충남대 61장본과 연세대 29장본의 예언 2에는 '세 번 죽을 액'이 각기 '흔 악'과 '큰 악'으로 바뀌었다. 이는 곧 예언 2에서 계월이 죽을 액을 한 번만 겪는다는 의미로 해석된다. 하지만 충남대 61장본에는 첫 번째와 두 번째 액이 실현되어 있어서 예언된 '흔 악'과 맞지 않는다. 반면 연세대 29장본에는 첫 번째 액만 실현된 뒤에 보국이 새로운 오·초 양왕으로 부임하는 여공과 홍시랑을 호송하되 출발에서 즉위식까지 순조롭게 진행되는 것으로 나타난다. '부임길의 매복 공격'이 '단순한 부임'으로 바뀐 것은 예언 2에 설정된 '큰 악'과의 호응을 위한 배려로 보인다. 이상과 같이 충남대 61장본과 연세대 29장본은 예언 2의 '세 번 죽을 액'을 '흔 악'과 '큰 악'으로 바꾸었지만, 그 액이 서사 논리에 맞게 실현된 이본은 연세대 29장본이고, 충남대 61장본은 예언과 그 서사적 실현이 호응하지 않는 결함을 보인다.

이상의 논의로 볼 때 장편 계열의 이본 가운데 단국대 103장본과 연세대 29장본은 선행 이본들이 예언 2의 서사적 실현과 관련하여 부분적인 결함을 보이자 이를 바로잡기 위해 해당 부분을 개작하는 과정에서 생성된 것으로 추정된다. 그 개작은 예언 2의 '세 번 죽을 액'에서 세 번째 액에 해당하는 군담 4를 새로 추가하거나 '세 번 죽을 액'을 '한 번의 액'으로 줄이는 방향으로 이루어졌다. 물론 장편 계열의 다른 이본에서도 이러한 결함을 해결하기 위한 다양한 시도가 있었지만, 예언과 그 서사적 실현 사이의 불일치를 끝내 극복하지 못한 것으로 보인다. 논의 과정에서 드러난 한 가지 중요한 사실이 있다. <홍계월전>의 이본 중 가장 이른 시기에 필사된 단국대 96장본에 처음 보이던 서사적 결함이 후대 이본에도 그대로 수용되다가 가장 늦은 시기에 필사된 연세대 29장에서 비로소 해결되고 있다는 점이다.[69] 예언 2와 그 서사적

---

69) 단국대 96장본 <계월전>은 1861년(辛酉)에 필사되었고 연세대 29장본은 1961년(檀紀 四二九四)에 필사되었으니 두 이본 사이에 정확히 100년의 시간적 거리가 있다. <홍계월전>이 활발히 읽히던 시기에 해결되지 못한 서사적 결함이 20세기 중

실현 사이의 불일치가 원전에서 유전되었을 가능성이 제기되는 이유
가 바로 여기에 있다.

2) '구슬 두 개의 사용처'와 '3년 후 만남'의 실현 여부

앞서 검토된바 장편 계열의 이본들은 예언 2의 설정과 그 서사적 실
현 방식에서 다양한 양상을 보인다. 그런데 예언 2에서 비롯된 이러한
차이는 이후의 서사에도 영향을 끼쳐 결말의 시점과 방식이 개별 이본
에 따라 다른 모습을 보인다.

> 보국이 평국다려 일너 ᄀ로딕 전장으셔 적장과 싸오다가 공도스
> 으 부술노 죽께 되엿던니 슈부 곽도스의 부술노 스라는 스연을 일
> 통셜화ᄒ고 슘연 후의면 도스 도라오난 말슴을 이며 품으로셔 봉
> 셔을 늬여 평국을 주며 보라 ᄒ거늘 평이 봉셔을 셥〃옥수로 바
> 드 들고 션셩의 공을 싱각ᄒ여 딕셩통곡ᄒ고 봉셔을 써여보니 졔
> 비알 만ᄒ 구슬 ᄒᄂ와 오리알 만ᄒ 구실 ᄒᄂ며 그 봉셔 씌여써라
> 그 셔의 ᄒ엿시되 슈부는 ᄒ 자 글노써 뎡을 붓치노라 푸른 구실 누
> 런 구실을 젼ᄒᄂ니 추후의 주려 죽게 되거던 일노써 주림을 면ᄒ
> 라 ᄂ니 가셔 보고 이 마을 일으고즉 ᄒ여도 지리 달너 못 가노라
> 슘연 후의 희도즁으셔 만ᄂ보리라 ᄒ엿거늘 보기을 드ᄒ 후의 션
> 싱으 은혜을 못늬 치스ᄒ고 구실과 봉셔을 안히 간수ᄒ 니라70)

앞의 인용문은 보국이 대원수로 단독 출정하여 오·초 양왕의 난 2
를 평정한 후 곽도사가 보국을 통해 계월에게 전한 편지의 전문이다.
원래 장편 계열에는 곽도사가 계월에게 편지를 보내는 장면이 두 번 설

반을 훌쩍 넘긴 시기에 어설프게나마 해결된 셈이다.
70) 단국대 96장본 <계월전>, 93장.

정되어 있다. 첫 번째 편지는 오·초 양왕의 난 1이 평정된 시점에서 홍시랑을 통해 계월에게 전달된 것이고, 두 번째 편지는 오·초 양왕의 난 2가 마무리된 시점에서 보국을 통해 계월에게 전달된 것이다. 앞의 인용문에는 곽도사의 두 번째 편지 내용이 담겨 있는데, 그 내용은 밑줄 친 부분에 드러나 있듯이 두 가지로 요약된다. 하나는 '구슬 두 개'를 보내니 그것으로 굶주렸을 때 죽음을 면하라는 것이고, 다른 하나는 '3년 후의 만남'을 예고한 것이다. 이 두 가지는 작품의 결말 방식과 긴밀히 연관되므로 장편 계열의 개별 이본에 변주된 양상을 자세히 검토할 필요가 있다.

장편 계열의 이본에는 곽도사가 계월에게 보내 준 '구슬 두 개' 및 '3년 후의 만남 예고'와 관련하여 어떤 서사가 마련되어 있을까. 9종의 이본 가운데 결말까지 나와 있는 7종에는 곽도사가 계월에게 '구슬 두 개'를 전하는 내용 및 '3년 후의 만남'을 예고하는 내용이 대부분 수용되어 있다.[71] 그런데 독자들의 일반적인 기대와 달리 이 두 가지가 구체적 서사로 실현된 이본은 연세대 29장 외에 달리 찾아보기 어렵다. 다만 단국대 103장본에는 '3년 후의 만남'이 군담 4의 추가를 통해 실현되고 있어서 그나마 다행이다.

연세대 29장본 <桂月傳>은 최근에 소개된 이본으로 비교적 늦은 시기인 1961년에 필사되었지만 '구슬 두 개'의 사용처가 명확히 마련된 유일한 이본이다. 여기서는 곽도사가 계월에게 보낸 '구슬 두 개'가 노

---

71) 다만 충남대 61장본 <桂月傳>에는 '구슬 두 개'를 보낸 것만 있고 '3년 후의 만남 예고'와 관련해서는 "모 늘 기약 망연ᄒ니 조히 잇시라"(59장b)는 내용으로 대체되어 있다. 이는 충남대 61장본의 예언 2에 '세 번 죽을 액'이 '흔 악'으로 변개되자 그와 조응되도록 고친 결과로 추정된다. 그리고 박순호 63장본에는 곽도사가 편지 대신 보국에게 구두로 두 가지를 전하고 있어서, 장편 계열의 완질본 7종 가운데 이 이본에만 두 번째 편지가 생략되었음을 알 수 있다.

쇠한 계월과 보국의 수명 연장을 위한 명약으로 활용되고 있다. 즉 계월과 보국이 70세가 되어 기력이 쇠퇴하자 지난날 곽도사가 보내 준 '구슬 두 개'를 갈아서 나눠 먹고 120세까지 장수했다고 하니 세상에 그만한 명약이 또 어디 있을까 싶다. 그뿐 아니라 연세대 29장본의 결말에는 그렇게 해서 회춘한 계월과 보국이 곽도사를 다시 만나 죽는 날까지 고금사를 담론하며 사는 것으로 그려진다.[72] 이처럼 연세대 29장본은 '구슬 두 개'의 사용처와 '3년 후의 만남 예고'가 한꺼번에 해결되는 내용을 별도로 추가하여 원전에서부터 한 세기 이상 뿌리 깊게 유전되어 온 서사적 결함을 말끔히 해소하였다.

단국대 103장본 <홍계월전>에는 '구슬 두 개'의 사용처가 마련되어 있지는 않지만 '3년 후의 만남'을 성사하기 위한 서사가 설득력 있게 그려지고 있다. "어연간 삼 연니 당ᄒᆞᆼᆺ 엿ᄂᆞᆫ지라"[73]로 시작되는 이 새로운 사건은 독립된 군담으로 실현된다. 이는 오·초 양왕의 아들이 아비의 원수를 갚기 위해 일으킨 마지막 전쟁으로, 앞의 군담 1, 2, 3에 이어 군담 4로 명명할 수 있다.

군담 4에서 오·초 양왕은 백만 군사를 이끌고 황성을 향해 진격하다가 대풍을 만나 잠시 오초강 주변에 유진하게 된다. 이 소식을 들은 계월은 보국과 함께 자원 출정하여 적진으로 달려가 적장 '달복미'의 목을 베는 전과를 올리지만, 이내 다른 적장의 도술전에 휘말려 자욱한 안개 속에 갇히는 신세가 된다. 그러나 곽도사의 명을 받은 남해 용왕이 스스로 붉은 용으로 변해 적을 함몰함으로써 마지막 전쟁도 명국의

---

72) 연세대 29장본 <桂月傳>, 28장b, "平國과 保國의 年壽가 七十이 된니 기운이 屠弱ᄒᆞ야 죽엄이 머지 안이한 줄을 알고 道士 쥬던 젹玉珠와 빅玉珠을 갈라 머거던니 도로 還少ᄒᆞ야 年이 一百二十의 師父 郭道士을 만나 古今事을 說話하고 못닉 질겨ᄒᆞ시다라"
73) 단국대 103장본 <홍계월전>, 99장b.

승리로 마무리된다. 앞의 여러 차례 군담에 비해 계월과 보국의 영웅적 능력이 현저히 약화된 것으로 보이는 군담 4는 예언 2의 '세 번 죽을 액' 가운데 마지막 액의 서사적 실현이다. 오・초 양왕의 난 3에 해당하는 군담 4는 필자가 수집한 이본 27종 가운데 단국대 103장본에만 수용되어 있으므로, 이 이본의 회소적 가치도 그만큼 클 수밖에 없다.

그런데 예언 2의 '세 번 죽을 액' 가운데 마지막 액에 해당하는 군담 4가 다른 이본에는 나타나지 않는 것은 단국대 103장본이 이들보다 후대에 생성되었음을 입증해주는 유력한 근거가 될 수 있다. 군담 4가 마무리된 후 계월이 곽도사에게 "삼연 젼 보국 편의 흣찰 보옵고 오날 날이 익 당할 둘과 사부 이리 오실 둘"74) 알았다고 하니, 곽도사 또한 계월과 보국에게 "이 후난 익니 업실 거시니 피츳 볼 날 업난지라 부듸 무사이 도라가라"75)며 영별을 알린다. 여기서 계월의 발언은 '3년 후의 만남'이 비로소 성사되었음을 확인시켜 주고, 곽도사의 발언은 두 차례의 '세 번 죽을 액'이 빠짐없이 현실에 실현되고 계월이 이를 모두 극복했으니 작품이 마무리될 것임을 예고하는 구실을 한다. 이처럼 단국대 103장본은 곽도사가 언급한 '3년 후의 만남'을 성사하기 위해 군담 4를 별도로 부연함으로써 전대 이본에서 유전된 서사적 결함을 해결하고 있다. 다만 여기서도 '구슬 두 개'의 사용처가 마련되지 않은 채 마무리된 것은 아쉬움으로 남는다.

이상과 같이 장편 계열의 완질본 7종은 예언 2의 설정 및 실현 방식의 차이, 구슬 두 개의 사용처 마련 여부, 3년 후 만남의 성사 여부에 따라 다양한 결말 방식을 보인다. 필사 시기가 앞서는 단국대 96장본에서 가장 늦은 연세대 29장본에 이르기까지 대략 한 세기 동안 장편 계열

---

74) 단국대 103장본 <홍계월전>, 101장a.
75) 단국대 103장본 <홍계월전>, 101장b.

내에서 지속된 이본 변이의 실상은 원전에서 물려받은 서사적 결함을 나름의 방식으로 해결하는 과정이었다고 볼 수 있다.

2. 〈홍계월전〉의 원전 탐색

〈홍계월전〉은 〈김희경전〉과 함께 여성영웅소설 중에서도 이본 간의 차이가 크고 분명한 작품이다. 그런데도 두 작품의 이본에 대한 연구자들의 이해는 매우 부족한 편이다. 〈홍계월전〉의 경우 이본 간의 차이가 별로 없다는 단정 하에 한중연 45장본을 선본으로 삼아 연구하거나 현대어로 번역하는 일이 반복되었다. 이런 사정을 고려해볼 때 〈홍계월전〉 연구에서 가장 시급히 해결해야 할 과제는 원전을 탐색하여 정본을 구축하는 일이다.

〈홍계월전〉의 전체 서사를 추동하는 것은 '예언'과 '군담'이다. 이 둘은 밀접한 연관이 있어서 '예언'을 어떻게 설정하느냐에 따라 '군담'도 달라질 수밖에 없다. 곽도사가 제시한 두 차례의 예언은 모두 계월이 '세 번 죽을 액'을 겪는다는 것인데, 그 액은 모두 전란으로 실현되고 있다. 그런데 여섯 번의 전란 가운데 군담이 온전한 장면으로 축조되고 있는 것은 예언 1의 '서번·서달의 난'과 '오·초 양왕의 난 1', 예언 2의 '오·초 양왕의 난 2'와 '오·초 양왕의 난 3'인데, 기존 논의에서 이들은 각기 군담 1, 군담 2, 군담 3, 군담 4로 명명되고 있다.[76] 따라서 〈홍계월전〉은 본래 예언 2의 군담 1과 군담 2, 예언 2의 군담 3과 군담 4를 모두 그려내야 '예언'과 '군담' 사이의 논리적 정합성을 온전히

---

76) 정준식, 「〈홍계월전〉의 군담 변이와 이본 분화의 상관성」, 『한국문학논총』 75, 한국문학회, 2017, 70쪽.

갖춘 작품이 될 수 있다.

그런데 실상은 전혀 그렇지 않아 <홍계월전>의 이본은 군담 1만 지닌 이본에서 군담 1~4를 모두 지닌 이본까지 매우 다채로운 양상을 보인다. 이 가운데 원전의 서사를 계승한 것으로 추정되는 장편 계열의 완질본 7종은 모두 군담 1, 2, 3을 함께 지니고 있으면서 이후의 서사에서 다양한 차이를 드러내고 있다.

> ① 군담 1, 군담 2, 군담 3, 결말 : 박순호 63장본
> ② 군담 1, 군담 2, 군담 3, 부임, 결말 : 연세대 29장본, 한중연 60장본
> ③ 군담 1, 군담 2, 군담 3, 부임 길의 매복 공격, 결말 : 단국대 59장
> 　본, 단국대 96장본, 충남대 61장본
> ④ 군담 1, 군담 2, 군담 3, 부임 길의 매복 공격, 군담 4, 결말 : 단국대
> 　103장본

위에 제시된 ①~④는 장편 계열의 완질본 7종이 군담 1, 2, 3 이후에 보이는 차이를 간략히 정리한 것이다. 군담 1과 군담 2는 예언 1의 서사적 실현에 해당하는데, 7종의 이본에 모두 나타나고 그 내용이 같으므로 전혀 문제 될 것이 없다. 이에 비해 군담 3, 부임 길의 매복 공격, 군담 4는 예언 2의 서사적 실현에 해당하는데, 개별 이본에 따라 군담 3 이후의 그 내용이 다른 것으로 확인된다. 이에 따라 여기서는 군담 3 이후의 서사에서 확인되는 차이를 단서로 삼아 <홍계월전>의 원전을 탐색하고자 한다.

①과 ④에 해당하는 이본은 각기 1종에 불과하다. ①의 박순호 63장본은 군담 1~3이 마무리되면 곧바로 결말로 이어진다. 군담 3은 예언 2의 세 번 죽을 액 가운데 첫 번째 액에 해당한다. 박순호 63장본은 두

번째와 세 번째 액이 구체적 서사로 실현되지 않은 채 종결되어 예언과 그 서사적 실현이 조응하지 않는 결함을 보인다. 이에 비해 ④의 단국대 103장본은 예언 2의 세 번 죽을 액이 군담 3, 부임 길의 매복 공격, 군담 4로 형상화되어 예언과 그 서사적 실현이 완벽하게 조응하는 모습을 보인다. 두 이본은 그 희소성으로 보아 전대의 서사를 그대로 계승한 것이 아니라 각기 생략과 부연을 거친 이본일 가능성이 크다.

②에 해당하는 연세대 29장본과 한중연 60장본은 군담 1~3이 마무리된 후에 보국의 부친 여공과 계월의 부친 홍무가 각기 새로운 오왕과 초왕에 제수되어 부임하는 장면이 설정되어 있다. 연세대 29장본은 예언 2의 '세 번 죽을 액'을 '큰 악'으로 변경한 후 그에 맞추어 군담 3만 그려냄으로써 예언과 그 서사적 실현이 잘 조응하는 모습을 보인다. 다만 군담 3에 이어 설정된 여공과 홍무의 부임 장면은 군담 3이 끝난 시점에서 곽도사가 계월에게 "이 後의 익이 만하니 조심하라"[77]고 말한 것과 어긋나기 때문에 결함으로 지적될 여지가 있다. 한편 한중연 60장본은 예언 2에 '세 번 죽을 액'을 겪는 것으로 설정되어 있는데도 실제로는 첫 번째 액만 군담 3으로 실현되고, 부임 길의 매복 공격은 단순한 부임으로 간략히 서술되어, 예언과 그 서사적 실현이 조응하지 않는 결함을 보인다.

③에 해당하는 단국대 59장본, 단국대 96장본, 충남대 61장본은 군담 1~3이 마무리된 후에 '부임 길의 매복 공격'을 함께 그려내고 있다는 점에서 강한 동질성이 확인된다.[78] 7종의 이본 가운데 3종이 동일한

---

77) 단국대 29장본 <桂月傳>, 27장b.
78) 단국대 59장본은 '계월'을 '영월'로 바꾼 점, 홍시랑이 직접 곽도사를 찾아가서 계월의 관상을 보게 한 점이 특징적이다. 그리고 단국대 96장본은 군담 3에 다른 이본에 없는 '승만 삽화'가 설정된 점이 특징적이고, 충남대 61장본은 예언 2의 '세 번 죽을 액'을 '한 악'으로 바꾼 점과 군담 3에서 맹순이 죽는 방식이 여타 이본과 다른

서사 원리를 보인다는 것은 예사롭지 않다. 특히 단국대 96장본은 1819년에 필사된 <홍계월전>을 수십 년간 읽어오던 독자가 그것이 부분적으로 훼손되자 1861년에 밖에서 빌려온 <홍계월전>을 다시 필사한 것이므로, 원전의 서사가 비교적 온전히 계승된 이본일 가능성이 크다. 세 이본은 예언 2에 '세 번 죽을 액'이 예고되어 있는데도 실제로는 첫째와 둘째 액만 구체적 서사로 실현되고 셋째 액은 실현되지 않은 채 작품이 종료되는 모순을 보인다.

이상과 같이 예언 2의 '세 번 죽을 액'이 현실에 실현되는 방식과 관련하여 장편 계열에 속하는 개별 이본들은 다채로운 모습을 보인다. 그런데 한 가지 주목되는 것은 <홍계월전>의 이본 27종 가운데 필사 시기가 가장 앞서는 단국대 96장본과 가장 늦게 필사된 연세대 29장본이 강한 유사성을 보인다는 사실이다. 여기서는 특정 대목이 지속, 변개, 부연되는 현상을 중심으로 두 이본 사이의 유사성을 확인하고자 한다.

먼저, 연세대 29장본은 군담 3의 일부에서 단국대 96장본과 강한 친연성을 보인다. 두 이본은 군담 3으로 명명되는 '오·초 양왕의 난 2'에서 보국의 중군장이 적장 맹손에게 피살되자 보국 휘하의 한 장수가 자원하여 맹손과 싸우다가 그의 칼에 맞아 죽는 장면을 다음과 같이 그려내고 있다.

> 원수 거동을 보고 분기 등등ㅎ여 아모란 줄을 몰나 분긔을 이기
> 지 못ㅎ니 장ㅎ의 ㅎ 장수 츌반 주왈 소장니 비록 직조 업스오나
> 적장으 머리을 베혀 즁ㅎ의 올일 거시오니 원수는 분긔을 잠깐 차
> 므소서 ㅎ니 원수 ㅎ락ㅎ시거늘 승문이 마을 듯고 즉시 마을 닉여

점이 특징적이다. 이로 볼 때 세 이본이 직접적인 영향 수수 관계를 맺고 있다고 보기는 어렵다.

모라 밍손을 취ᄒ려 싸와 슴십여 홉의 밍손의 칼니 빗ᄂ며 승만으
머리 말 아릭 ᄂ려씨거늘[79)]

元帥 그 거동을 보고 忿을 이긔지 못ᄒ야 馬계 올를 차의 帳下의
한 將帥 츌반 奏曰 少將이 비록 才調 업사오나 賊將 孟孫을 자버 머
리을 베여 들일 쩌신니 元帥은 忿을 잠간 참으소서 하거날 元帥 許
諾한딕 心萬이 말을 몰나 孟孫을 取ᄒ야 싸올식 三十餘合의 孟孫의
칼이 빗ᄂ며 심만의 머리 마하의 나려지거날[80)]

위에 인용된 내용은 <홍계월전>의 이본 가운데 단국대 96장본과
연세대 29장본에만 수용되어 있다. 군담 3에서 보국은 명의 대원수로
출정하여 계월 없이도 오·초의 난을 진압하는 위용을 과시함으로써
자신이 결코 열등한 존재가 아님을 입증하고 있다. 그런데 위의 인용문
은 다른 이본의 군담 3에는 나오지 않는 것으로 확인된다. 이로 볼 때
1861년에 필사된 단국대 96장본의 해당 내용이 1961년에 필사된 연세
대 29장본에까지 '지속'된 것으로 추정된다.

다음, 연세대 29장본에는 군담 1, 2, 3이 마무리된 직후에 여공과 홍
무가 각기 새로운 오왕과 초왕으로 부임하는 장면이 설정되어 있다. 장
편 계열의 이본 가운데 군담 3이 끝난 시점에 여공과 홍무의 부임을 독
립된 장면으로 그려내면서도 이를 '부임 길의 매복 공격'으로 발전시키
지 않은 이본은 연세대 29장본이 유일하다. 이는 군담 3에서 곽도사가
보국에게, 이후에도 액이 많다며 각별히 조심할 것을 당부한 내용과 상
충되어 어정쩡해 보인다. 이로 볼 때 연세대 29장본의 '부임 장면'은 단
국대 96장본과 동일 계통의 이본에 나와 있던 '부임 길의 매복 공격'이

---

79) 단국대 96장본 <계월전>, 88장.
80) 연세대 29장본 <桂月傳>, 26장a.

필사자의 의도에 따라 '변개'된 것으로 추정된다.

　마지막으로, 연세대 29장본은 장편 계열의 공통적 결함으로 지적되고 있는 '구슬 두 개의 사용처' 및 '3년 후의 만남 예고'가 구체적 서사로 실현된 유일한 이본이다. 원전의 서사를 계승한 것으로 추정되는 장편 계열의 완질본에는 군담 3이 끝나는 시점에 곽도사가 보국을 통해 계월에게 편지를 전하는 대목이 나와 있다. 계월에게 전달된 곽도사의 편지에는 3년 후에 해도 중에서 다시 만날 것이란 예고와 함께 구슬 두 개가 들어 있었다. 그 구슬은 계월이 만약 죽을 위기를 맞게 되면 그것을 모면하는 데 쓰라고 보낸 것이다. 그런데 장편 계열에 속하는 대부분의 이본은 '구슬 두 개의 사용처'가 마련되어 있지 않고 '3년 후의 만남 예고'도 성사되지 않은 채 서사가 마무리되어 공통적인 결함을 노출하고 있다.

　그런데 <홍계월전>의 이본 가운데 이런 결함이 가장 먼저 확인되는 것은 단국대 96장본이고, 그 결함이 완벽하게 해결된 이본은 연세대 29장본이다. 앞서 검토된바 단국대 96장본은 1861년에 필사되었고 연세대 29장본은 1961년에 필사되었다. 말하자면 가장 이른 시기에 필사된 이본에서 두 가지 결함이 함께 발견된 이래 그 결함이 마지막 시기에 필사된 이본에서 겨우 해결된 사실은 결코 가볍게 보아넘길 일이 아니다. 단국대 96장본이 예언 2의 '세 번 죽을 액' 가운데 마지막 액이 실현되지 않은 채 마무리된 점을 고려하면 <홍계월전>이 애초부터 여러 결함을 지닌 채 창작되어 독자들에게 유포되었을 가능성마저 없지 않다.

　여기서 잠시 장편 계열의 낙질본인 단국대 57장본과 단국대 74장본에 주목할 필요가 있다. 두 이본은 뒷부분에 낙장 된 곳이 있어서 결말까지의 내용을 확인할 수 없다. 다만 단국대 57장본은 군담 1, 2에 이어 군담 3이 시작되는 지점까지 필사되어 있어서 최소한 군담 1, 2, 3까지는 그려낸 이본으로 추정된다. 한편 단국대 74장본은 군담 1, 2, 3이 마무리된 후 계월이 곽도사의 편지를 읽는 대목까지 필사되어 있다. 그 편지에는 "三年 후 수 익"이 닥칠 것이니 보내 준 구슬 두 개로 그 액을 면하라는 곽도사의 당부가 들어 있다. 따라서 단국대 74장본은 단국대 96장본처럼 군담 1, 2, 3에 이어 '부임 길의 매복 공격'이 서술되었을 가능성이 크다. 이렇게 되면 장편 계열의 이본 9종 가운데 단국대 59장본, 단국대 74장본, 단국대 96장본, 충남대 61장본 등 4종이 동일한 서사 원리를 보이고 있으니, 이들이 지닌 공통의 서사적 결함은 원전에서 비롯된 것이라 할 수밖에 없다.

이상과 같이 장편 계열의 이본은 예언 2의 세 번 죽을 액 가운데 '마지막 액'의 실현 여부, '구슬 두 개의 사용처'의 마련 여부, '3년 후의 만남 예고'의 성사 여부에 따라 다양한 양상을 보인 것으로 정리된다. 그리고 <홍계월전>의 이본 가운데 장편 계열은 '군담 1, 2, 3, 부임 길의 매복 공격'을 공통의 서사 원리로 삼았음을 알 수 있다. 그런데 장편 계열은 이미 19세기 초반에 존재한 것이 분명하므로[81], 이들에서 발견되는 공통의 서사 원리는 원전에서 유전되었다고 보는 것이 타당하다. 처음에는 원전의 서사가 큰 변화 없이 전승되다가 차츰 원전 계열의 서사적 결함이 독자들에게 인지되자 이를 해결하기 위한 노력도 뒤따른 것으로 보인다.

이렇게 볼 때 단국대 96장본이 필사된 1861년부터 연세대 29장본이 필사된 1961년까지 대략 한 세기 동안 장편 계열의 이본들이 군담 3 이후의 서사에서 보여준 다양한 모습들은 원전에서 비롯된 결함을 해결하기 위해 후대 독자들이 시공을 달리하여 펼친 적극적인 논쟁의 산물

---

81) 단국대 96장본 말미에서 이 이본의 소장자는 1819년에 필사된 <홍계월전>을 수십 년간 간직하며 남동생과 함께 읽었다고 진술하고 있다.

이라고 할 수 있다. 이런 과정을 거쳐 예언 1의 '세 번 죽을 액'과 예언 2의 '세 번 죽을 액'을 서사로 실현한 단국대 103장본, '구슬 두 개의 사용처'를 마련하고 '3년 후의 만남 예고'를 실현한 연세대 29장본이 생성될 수 있었다.

이제 지금까지 논의된 바를 토대로 삼아 <홍계월전>의 원전에 결함이 초래된 원인을 분석하고, 장편 계열의 이본 가운데 그 원인이 고스란히 남아있는 이본을 가려 <홍계월전>의 원전 서사를 가장 충실히 계승한 이본으로 선정하고자 한다.

먼저, <홍계월전>의 원전에는 예언 1과 예언 2가 함께 설정되어 있다. 그런데 원전의 서사를 계승한 장편 계열의 이본을 보면 예언 1의 서사적 실현에 해당하는 군담 1, 2는 모든 이본에 나타나고 있지만, 예언 2의 서사적 실현에 해당하는 군담 3, 4는 모든 이본에 나타나는 것이 아니다. 장편 계열의 완질본 7종 가운데 3종이 군담 3만 실현된 후에 '부임 길의 매복 공격'이 추가되면서 작품이 마무리된다. 즉 단국대 59장본, 단국대 96장본, 충남대 61장본은 예언 2의 '세 번 죽을 액' 가운데 마지막 액에 해당하는 군담 4를 그려내지 않고 작품이 종결된 것이다. 이것이 바로 <홍계월전>의 원전에 결함이 초래된 첫 번째 원인이다. 그런데 이런 결함을 지닌 세 이본 가운데 단국대 59장본과 충남대 61장본은 단국대 96장본에 비해 생략, 변개의 흔적을 보이므로[82] 원전과는 일정한 거리가 있어 보인다. 따라서 원전의 서사를 계승하면서 예언 2

---

82) 단국대 59장본은 '계월'을 '영월'로 바꾸고 홍시랑이 직접 곽도사를 찾아가서 계월의 관상을 보게 하는 등의 변개된 모습을 보인다. 그리고 충남대 61장본은 예언 2의 '세 번 죽을 액'을 '한 액'으로 바꾸고 군담 3에서 맹순이 죽는 방식이 달리 설정되는 등의 변개된 모습을 보인다. 나아가 두 이본에는 단국대 96장본의 군담 3에 나와 있는 '승만 삽화'가 생략되었다. 두 이본에 비해 단국대 96장본은 변개 및 생략된 곳이 없다.

의 마지막 액이 실현되지 않은 결함까지 고스란히 물려받은 이본은 단국대 96장본이라 할 수 있다.

다음, <홍계월전>의 원전에는 군담 1, 2, 3이 마무리된 후에 곽도사가 계월에게 편지를 통해 '구슬 두 개'를 전하고 '3년 후의 만남'을 예고하지만, 그것이 현실에 실현되지 않은 채 작품이 마무리된다. 이것이 <홍계월전>의 원전에 결함이 초래된 두 번째 원인이다. 장편 계열의 이본 중에서 단국대 103장본에는 '3년 후의 만남'이 군담 4로 실현되고 있고, 연세대 29장본에는 '구슬 두 개'의 사용처가 명확히 마련되어 있고 '3년 후의 만남'도 실제로 성사되고 있다. 이처럼 두 이본은 오히려 원전의 서사적 결함이 해결되는 방향으로 변개된 모습을 보이므로 원전과는 거리가 있을 수밖에 없다. 결국 원전이 지녔을 법한 두 번째 결함을 고스란히 지닌 이본은 단국대 59장본, 단국대 96장본, 충남대 61장본 뿐이다. 그런데 앞서 언급한바 단국대 59장본과 충남대 61장본은 특정 대목에서 변개 및 생략된 곳이 있기 때문에, 원전에 결함이 초래된 두 번째 원인을 충족하고 있는 이본은 단국대 96장본이라 할 수 있다.

이상과 같이 장편 계열의 이본 가운데 <홍계월전>의 원전에 결함을 초래한 두 가지 원인이 모두 확인되고 있는 이본은 단국대 96장본이 유일하다. 사실 단국대 96장본은 1819년부터 <홍계월전>을 필사해서 수십 년간 읽어 오던 독자가 1861년에 다시 필사한 것이므로 여타 이본보다 원전의 내용을 온전히 지니고 있을 가능성이 크다. 이제 본서의 논의로 그 가능성이 더욱 분명해졌으니, 단국대 96장본을 원전의 서사는 물론 그 결함까지 온전히 계승한 이본으로 선정한다. 이렇게 되면 필자가 기존 연구에서 원작에 가장 근접된 이본으로 추정했던 단국대 103장본은 원전을 계승한 장편 계열의 이본 가운데 부분적 결함이 해결된 후대의 이본으로 볼 수밖에 없다.

단국대 96장본이 원전의 서사와 그 결함까지 온전히 계승한 이본일 것이라는 본서의 논의 결과는 향후 <홍계월전>에 대한 연구와 관련해서 어떤 의미를 지닐 수 있을까? 대략 두 가지로 정리해 볼 수 있다. 하나는 고소설에서 작가가 창작한 원작이 가장 완성도가 높을 것이라는 믿음이 때로는 근거 없는 과신이 될 수 있음을 구체적 사례를 통해 입증했다는 점이다. 이러한 사실은 이본의 생성 혹은 분화의 계기가 작품마다 다를 수 있음을 예고하는 것이므로, 개별 작품의 특수성을 충분히 고려한 기준이 마련될 필요가 있다. 다른 하나는 <홍계월전>의 이본 생성 및 계열 분화가 기본적으로 원전의 서사적 결함을 나름의 방식으로 해결하기 위한 과정이었다는 점이다. 이에 따라 향후 <홍계월전>의 이본에 대한 논의는 원전의 서사와 그 결함까지 고스란히 물려받은 단국대 96장본을 기준으로 삼아 진행되어야 할 것이다.

<홍계월전>의 원전에 관한 본서의 논의는 이 작품의 이본 가운데 원전의 서사를 계승한 장편 계열의 이본만 대상으로 삼고 후대의 축약본인 단편 계열은 논외로 하였다. 단편 계열에는 예언 2와 그 실현에 해당하는 후반부의 서사가 통째로 생략되어 애초부터 장편 계열과는 비교의 대상이 될 수 없기 때문이다. 하지만 <홍계월전>의 원전 탐색에 관한 본서의 논의 결과로 볼 때 단편 계열은 예언 2와 그 실현에 관한 서사를 생략하는 방식으로 원전의 결함을 해결함으로써 장편 계열의 이본보다 완성도를 높인 것으로 추정된다.

V. 단편 계열의 서사적 특징과 이본적 가치

Ⅳ장에서 검토된 장편 계열의 이본들이 두 번의 예언과 그 서사적 실현을 핵심으로 삼은 것임에 비해 Ⅴ장에서 다루게 될 단편 계열의 이본들은 한 번의 예언과 그 서사적 실현을 핵심으로 삼은 것이다. 원전의 서사를 계승한 장편 계열의 이본들은 주로 군담 4의 수용 여부에 따라 그것이 수용된 '단국대 103장본 계열'과 수용되지 않은 '단국대 96장본 계열'로 나뉜다.

본서의 Ⅲ장에서는 <홍계월전>의 이본을 다섯 계열로 나누었다. 원전의 서사를 계승한 장편 계열을 '단국대 103장본 계열'과 '단국대 96장본 계열'로 나누고, 후대에 축약된 단편 계열을 연세대 57장본 계열, 영남대 46장본 계열, 계명대 57장본 계열로 나누었다. 그런데 계명대 57장본 계열은 2종, 단국대 103장본 계열은 1종에 불과하여 다수의 독자에게 읽혔을 가능성을 가늠하기 어렵다. 이런 까닭에 앞의 Ⅳ장에서는 원전의 서사를 계승한 단국대 96장본 계열을 논의하여 원전을 탐색하였고, 이제 여기서는 후대에 축약된 연세대 57장본 계열과 영남대 46장본 계열의 특징과 가치를 살펴보고자 한다.

1. 연세대 57장본 계열의 특징과 가치

연세대 57장본 <홍계월전>은 이본 목록[83]에 이름만 올라 있을 뿐

---

83) 조희웅, 『고전소설이본목록』, 집문당, 1999, 844쪽.

아직 이에 대한 본격적인 논의는 없었다. 박경원이 <홍계월전>의 이본을 검토하면서 연세대 57장본의 서지사항을 간략히 소개한 바 있지만[84] 이를 구체적으로 다루지는 않았다. 연세대 57장본 <홍계월전>은 1冊 57장으로 된 국문 필사본으로 작품의 시작부터 끝까지 훼손된 곳이 전혀 없고 필사 상태도 양호하다. 앞표지에 '辛亥十一月'이라고 표기된바 '辛亥'는 여러 정황으로 보아 1911년일 것으로 추정된다. 이 작품 뒤에는 "늘그믈 탄식ᄒ난 곡죠라"는 제목의 가사가 합철되어 있다.

<홍계월전>의 이본은 크게 원전의 서사를 계승한 장편 계열과 후대의 축약본인 단편 계열로 나뉜다. 두 계열은 작품의 서사를 추동해가는 곽도사의 예언이 한 번에 그치는가 두 번 반복되는가의 차이를 근거로 나뉜 것이다. 즉 장편 계열은 예언 1의 '세 번 죽을 액'과 예언 2의 '세 번 죽을 액'이 서사로 실현되는 이본이고, 단편 계열은 예언 1의 '세 번 죽을 액'만 서사로 실현되는 이본이다. 여기서 검토될 연세대 57장본 <홍계월전>은 예언 1의 '세 번 죽을 액'만 서사로 실현되는 것으로 보아 단편 계열로 분류될 수 있다.

필자가 수집한 단편 계열의 이본으로는 연세대 57장본을 비롯하여 한중연 35장본, 한중연 45장본, 한중연 47장본, 한중연 73장본, 단국대 62장본 A, 활자본 등이 있다. 그런데 연세대 57장본 <홍계월전>은 이들 중에서도 유독 한중연 45장본 및 활자본과 친연성이 강하다. 그 친연성이란 전체 서사의 내용은 물론 세부 표현까지 대부분 일치하는 정도를 말한다. 이런 현상은 <홍계월전>의 다른 이본들 사이에서는 확인되지 않으므로 연세대 57장본의 미세한 특징을 이해하기 위해서는 한중연 45장본 및 활자본과 대비하는 것이 바람직하다.

---

84) 박경원, 「홍계월전의 구조와 의미」, 부산대 석사학위논문, 1991, 12쪽.

본 장에서는 연세대 57장본 <홍계월전>의 이본적 특징과 가치를 논의하고자 한다. 이를 위해 먼저 연세대 57장본, 한중연 45장본, 활자본의 유사성을 추출하여 세 이본이 동일 저본에서 파생된 것임을 확인할 것이다. 나아가 세 이본의 상호 관계와 차이점을 세밀히 검토하여 연세대 57장본의 개별적 특징을 드러낼 것이다. 그리고 이러한 작업을 토대로 연세대 57장본의 자료적 가치를 가늠해보고자 한다. 이를 통해 <홍계월전>이 필사본에서 활자본으로 전환된 양상을 분명히 이해할 수 있을 것이다.

1) 연세대 57장본 <홍계월전>의 서사적 특징

① 단편 계열로서의 보편성

연세대 57장본 <홍계월전>은 서사 내용이 단편 계열의 한중연 45장본 및 활자본의 내용과 거의 일치한다. 그런데 연세대 57장본은 두 이본하고만 직접적 연관이 있을 뿐 나머지 이본과는 필치나 디테일이 확연히 다른 모습을 보인다. 따라서 연세대 57장본의 이본적 특징을 파악하기 위해서는 이를 굳이 다른 계열의 이본과 대조하기보다 단편 계열 내에서도 유사성이 높은 한중연 45장본, 활자본과 견주는 것이 바람직하다. 물론 세 이본은 서사의 시작부터 끝까지 대부분 그 내용이 일치하므로 여기서 이들을 일일이 대조할 필요는 없다. 이에 따라 여기서는 편의상 작품의 처음, 중간, 끝부분의 원문 일부를 발췌하여 세 이본의 유사도를 확인하기로 한다.

① 각셜 딕명 셩화 연간의 형쥬 구계촌의 혼 스람이 잇스되 셩은
홍이요 명은 무라 셰딕 명문거족으로 소년 급제ᄒᆞ야 베살이 ″
부시랑의 잇셔 충효 강즉ᄒᆞ니85)

各說 大明 셩화 年間의 荊州 九溪村의 혼 스람니 닛스되 姓은 洪
이요 名은 무라 世代 명문거족으로 少年 급제ᄒᆞ여 베살이 니부시
랑의 잇셔 忠孝 강즉ᄒᆞ니86)

화셜 딕명 셩화 년간에 형쥬 구계촌에 혼 스람이 잇스되 셩은 홍
이오 명은 무라 셰딕 명문거족으로 쇼년 급제ᄒᆞ야 벼살이 리부
시랑에 이르러 튱효 강직ᄒᆞ기로87)

　인용문 ①은 <홍계월전>의 도입부이다. <홍계월전>의 시공적 배
경은 본래 '딕명시절 연간 셔쥬(셩주·쳥주) 구계촌'으로 설정되었다
가 후대로 전승되는 과정에서 계열에 따라 다양하게 바뀐 것으로 보인
다. 그 가운데 단편 계열에는 '딕명 셩화 연간의 형쥬 구계촌'으로 설정
된 것이 일반적이다. 그런데 이처럼 단편 계열의 시공적 배경이 동일하
게 설정되어 있음에도 불구하고 홍무에 대한 소개가 정확히 인용문 ①
과 동일한 문장으로 되어 있는 이본은 연세대 57장본, 한중연 45장본,
활자본 외에 달리 없다.

　② 이젹의 평국이 젼중의 단여 온 후로 ᄌᆞ연 몸이 곤ᄒᆞ야 병이 침
줌ᄒᆞ니 가닉 경동ᄒᆞ야 듀야 약으로 치요ᄒᆞ더니 천자 이 말을 드
르시고 딕경ᄒᆞᄉᆞ 명의을 급피 보닉여 병셰을 ᄌᆞ셰이 보고 오라

---

85) 연세대 57장본, 1장a.
86) 한중연 45장본, 1장a.
87) 활자본 1쪽.

만일 위즁ㅎ면 짐이 가보리라 ㅎ시고[88]

이젹의 平國이 젼쟝의 단여 온 후로 自然 몸이 곤ㅎ여 病이 침重
ㅎ니 가닉 경동ㅎ여 쥬야 藥으로 치료ㅎ더니 天子 이 말을 들으
시고 딕경ㅎᄉ 명의을 급피 보닉여 병셰을 ᄌ셔이 보고 오라 만
일 위즁ㅎ면 짐이 친이 가보리라 ㅎ시고[89]

이젹에 평국이 젼쟝에 드여 온 후로 자연 몸이 곤ㅎ야 병이 침즁
ㅎ니 가닉 경동ㅎ야 쥬야 약으로 치료ㅎ니 텬ᄌ게셔 이 말을 드
르시고 딕경ㅎᄉ 명의를 보닉여 병셰를 자셔이 보고 오라 만일
위즁ㅎ면 짐이 친니 가보리라 ㅎ시고[90]

인용문 ②는 계월이 서관·서달의 난을 평정하고 돌아온 후에 우연
히 병이 들자 천자가 급히 어의를 보내는 장면이다. <홍계월전>에서
계월의 남장 해제를 유도하는 결정적 계기가 되는 '어의 진맥'은 대부
분의 이본에 수용되어 있다. 하지만 인용문 ②와 동일한 문장으로 된
이본은 연세대 57장본, 한중연 45장본, 활자본 외에 달리 없다.

③ 이씨 천자 성덕ㅎᄉ 시화연풍ㅎ고 빅셩이 격낭가을 부르고 함
포고복ㅎ니 슨무도젹ㅎ고 도불습유ㅎ야 요지일월이요 순지건
곤이라 계월이 자손이 딗″로 공후작녹을 우리고 지우만셰ㅎ야
젼지무궁ㅎ니 이런 쟝ㅎ고 긔이흔 날이 쏘 힛스리요 딕강 긔록
ㅎ야 셰승 ᄉ람을 뵈이계 함일너라[91]

88) 연세대 57장본, 34장b.
89) 한중연 45장본, 27장a.
90) 활자본, 34쪽.
91) 연세대 57장본, 57장a.

이씩 天子 聖德ᄒᆞᄉᆞ 時化年豐ᄒᆞ고 百姓이 擊壤歌을 불르고 함
포고복ᄒᆞ니 산無도젹ᄒᆞ고 도不습유ᄒᆞ여 堯之日月이요 舜之乾
坤이라 桂月이 子孫이 되〃 공후작녹을 누리고 至于萬世ᄒᆞ여 傳
之無窮ᄒᆞ니 이런 장ᄒᆞ고 긔이ᄒᆞᆫ 일이 쏘 잇스이요 되강 긔록ᄒᆞ
여 世上 스람을 뵈이게 함이라92)

이젹에 텬ᄌᆞ의 셩덕이 셰계를 진동ᄒᆞ시니 시화년풍ᄒᆞ고 ᄉᆞ방이
무일ᄒᆞ야 빅셩이 격양가를 부르고 함포고복ᄒᆞ니 산무도젹ᄒᆞ고
도불습유ᄒᆞ야 요지일월이요 슌지건곤이라 이젹에 계월이 자손
이 되되로 공후작록을 누리고 지우만셰ᄒᆞ야 젼지무궁ᄒᆞ니 이런
고로 장ᄒᆞ고 긔이ᄒᆞᆫ 일이 고금에 쏘 잇스리오 셰샹ᄉᆞ가 텬륜지
졍이 그러ᄒᆞ기로 ᄉᆞ젹을 되강 긔록ᄒᆞ야 텬하 쳠군ᄌᆞ의게 유젼
ᄒᆞ야 효칙게 ᄒᆞ노라93)

인용문 ③은 작품의 결말 부분이다. <홍계월전>의 결말은 이본에
따라 실로 다양한 모습을 보이는데94), 인용문 ③은 한자어가 상투적으
로 나열된 점이 특이하다. 연세대 57장본과 한중연 45장본은 내용이 완
전히 일치하며, 활자본 또한 두 이본과 동일한 내용을 보이되 군데군데
밑줄 친 내용이 부연된 점만 다르다. <홍계월전>의 이본 가운데 결말
부분의 내용이 인용문 ③처럼 되어 있는 것은 연세대 57장본, 한중연
45장본, 활자본 외에 달리 없다.

이상과 같이 연세대 57장본, 한중연 45장본, 활자본은 서사의 처음,
중간, 끝부분의 내용이 거의 일치한다. 물론 인용문 ①②③이 아닌 다

---

92) 한중연 45장본, 44장a.
93) 활자본, 59-60쪽.
94) 정준식, 「<홍계월전>의 군담 변이와 이본 분화의 상관성」, 『한국문학논총』 제75
집, 한국문학회, 2017, 70-82쪽.

른 어느 부분을 비교하더라도 세 이본의 높은 유사도를 어렵지 않게 확인할 수 있다. 이는 곧 세 이본이 동일 저본에서 파생된 이본임을 의미[95]하므로 연세대 57장본을 단편 계열의 보편성을 두루 갖춘 이본으로 볼 수 있다.

② 세 이본의 관계에서 본 개별성

(ㄱ) 연세대 57장본과 한중연 45장본의 관계

앞서 확인된바 연세대 57장본, 한중연 45장본, 활자본은 서사 전반의 내용이 대부분 일치하므로 동일 저본에서 파생된 이본임이 분명하다. 하지만 세 이본은 각기 다른 부분에서 이루어진 생략, 변개, 부연 등으로 인해 디테일에서는 다양한 차이를 보이기도 한다. 따라서 세 이본의 구체적 관계를 검토하면 연세대 57장본의 개별적 특징이 드러날 것으로 본다. 이를 위해 먼저 연세대 57장본과 한중연 45장본에만 나와 있고 활자본에는 없는 예를 몇 가지 들어보기로 한다.

> ④ 이쩌 女僧이 빈을 聖敬門 박게 딕이고 닉리라 ᄒ니 부인이 빈의 닉려 女僧을 좃ᄎ 고소딕로 올나가니 山明水麗ᄒ고 花草는 滿發 ᄒ딕 各色 금슈 슬피 우난 소릭 스람의 心懷을 돕난지라 근〃이 行ᄒ여 僧堂의 올나가 諸僧게 再拜ᄒ고 안지니[96]

> 이쩌 녀승이 빈을 승경문 박기 딕이고 닉리라 ᄒ니 부인이 빈예

---

95) 일례로 계월 가족에게 고난을 안겨 준 적장이 여타 이본에는 '밍길'로 되어 있는데 세 이본에만 '장밍길'로 되어 있다. 추정컨대 이는 의도적인 변개가 아니라 전대 이본의 '격장 밍길'이 '장밍길'로 잘못 표기된 것인데, 그 잘못된 것까지 그대로 세 이본에도 수용되어 있다.

96) 한중연 45장본, 7장.

나려 녀승을 싸라 고소디로 올나갈싀 산명수려ᄒ여 화초은 만
발ᄒ되 각싀 김싱의 소릭 스람의 심회을 돕ᄂ지라 근〃이 힝ᄒ
야 승당의 올나가 졔승게 졀ᄒ고 안지니97)

이쩐 녀승이 빅를 승경문 밧게 다히고 ᄂ리라 ᄒ니 부인니 빅에
나려 녀승을 싸라 고소디로 올나가 졔승의게 졀ᄒ고 안지니98)

인용문 ④는 장사랑의 난으로 집을 나온 양씨 부인이 길에서 우연히
만난 여승을 따라 고소대 일봉암으로 피신하는 장면이다. 한중연 45장
본과 연세대 57장본의 밑줄 친 부분이 활자본에는 나오지 않지만, 밑줄
친 부분을 제외한 나머지 내용은 활자본에도 수용되어 있다. 그런데 밑
줄 친 부분이 없으면 양씨 부인이 승려들을 만난 곳이 고소대의 '일봉
암'이 아닌 '고소대'가 되어 앞뒤 문맥이 통하지 않으므로 활자본에서
무리한 생략이 있었음을 알 수 있다.

⑤ 여공이…다시 문曰 너 나희 몃치며 일홈이 무어시야 對曰 나희
五歲읍고 일홈은 桂月이노소이다 <u>쏘 間曰 너 父親 일홈은 무엇
시며 수던 地名은 무엇시야</u> 桂月이 對曰 아바임 일홈은 모로읍
건와남이 부리기을 홍侍郞이라 ᄒ읍고 수던 지명은 모로나이다
呂公이 혜오디 洪侍郞이라 ᄒ니 分明 냥반의 子息이노다 ᄒ고99)

여공이…다시 문왈 네 나희 몃치며 일홈은 무엇신다 디왈 나흔
오셰읍고 일홈은 계월이로소이다 <u>쏘 문왈 네 부친 일홈은 무엇
시며 수던 지명은 무엇신지 아난다</u> 계월이 디왈 아바님 일홈은

---

97) 연세대 57장본, 9장b.
98) 활자본, 9쪽.
99) 한중연 45장본, 8장.

모르옵건니와 남이 부르기을 홍시랑이라 ᄒᆞ옵고 스던 지명은 모
로나이다 <u>여공이 헤오듸 홍시랑이라</u> ᄒᆞ니 분명 냥반의 ᄌᆞ식이
로다 ᄒᆞ고100)

여공이…다시 문왈 네 나히 몃치며 일홈이 무어인다 답왈 나흔
오세옵고 일홈은 계월이로소이다 스던 지명은 어듸뇨 계월이 답
왈 아바님 일홈은 모로옵거니와 남이 부르기를 홍시랑이라 ᄒᆞ나
이다 ᄒᆞ니 이 분명ᄒᆞᆫ 양반의 자식이로다 ᄒᆞ고101)

　인용문 ⑤는 맹길에게 잡혀 강물에 던져진 계월이 여공에게 구출되
는 장면이다. 인용문의 내용은 여공과 계월이, 계월의 나이와 이름 및
계월 부친의 성명과 살던 곳을 묻고 답하는 순서로 되어 있다. 그런데
활자본에는 한중연 45장본과 연세대 57장본의 밑줄 친 내용이 생략된
탓에, 살던 곳을 물었는데 부친의 이름을 말하는 엉뚱한 상황이 연출되
고 있다. 이 역시 무리한 축약의 결과로 보인다.

　⑥ 적장 雲平이 이 소리 듯고 듸로ᄒᆞ여 말을 모라 ᄊᆞ호더니 三合이
　　못ᄒᆞ여 보국의 칼이 빗나며 雲平의 머리 마하의 써러지니 賊將
　　雲景이 雲平 죽음을 보고 듸분ᄒᆞ여 말을 모라 달려들거날 보국
　　이 勝氣 등등ᄒᆞ여 창금을 놉피 들고 셔로 ᄊᆞ호더니102)

　　적즁 운평이 소리을 듯고 듸로ᄒᆞ야 말을 모라 ᄊᆞ호더니 슈합이
　　못ᄒᆞ여 보국이 칼이 빗나며 운평의 머리 마ᄒᆞ의 써러지니 적즁
　　운경이 운평 죽음을 보고 듸분ᄒᆞ여 말을 모라 달여들거날 보국
　　이 승긔 등등ᄒᆞ야 장검을 놉피 들고 셔로 ᄊᆞ호더니103)

100) 연세대 57장본, 10장b.
101) 활자본, 10쪽.
102) 한중연 45장본, 33장b-34장a.

적장 운평이 그 소리를 듯고 되로ᄒ야 말을 모라 달녀들거늘 보국이 승세 등등ᄒ야 쟝검을 들고 셔로 싸호더니104)

인용문 ⑥은 오·초 양국이 침공했을 때 보국이 계월의 명을 받고 적진으로 달려가 적장과 겨루는 장면이다. 보국은 이 싸움에서 적장 운평과 운경을 차례로 베고 구덕지와 대결하던 중 적군에 둘러싸여 죽을 위기를 맞았다가 계월의 도움으로 겨우 살아나게 된다. 이 장면은 보국이 경솔히 행동하다 계월에게 망신당하는 대표적 사례로 꼽힌다. 그런데 활자본에는 보국과 운평의 대결만 있고 보국과 운경의 대결은 생략된 탓에 보국이 승승장구를 믿고 경거망동하다 적에게 포위되는 상황이 생동감 있게 연출되지 못하는 한계를 보인다.

이상과 같이 한중연 45장본과 연세대 57장본에만 있고 활자본에는 없는 내용은 앞서 예로 든 것 외에도 작품 곳곳에서 확인된다. 여기서는 이들 가운데 생략되어서는 안 될 내용이 생략된 예만 몇 가지 더 소개하기로 한다.

⑦ 도스 층츈 왈 하날이 너을 ᄂᆡ신 바은 명계을 위ᄒ미라 웃지 쳔ᄒ을 근심ᄒ리요 용병지계와 각식 슐법을 다 가르치니 검슐과 지략이 당셰의 당하리 읍실지라 <u>계월의 일홈을 곳쳐 평국이라 ᄒ다</u>…(중략)…<u>이젹의 두 아히 나히 십오셰 되야ᄂᆞᆫ지라</u> 이ᄯᅢ 국가 티평ᄒ여 빅셩이 격양가을 일슴더라105)

인용문 ⑦의 밑줄 친 두 문장은 대부분의 이본에 수용된 것으로 절

---

103) 연세대 57장본, 43장b.
104) 활자본, 44쪽.
105) 연세대 57장본, 16장b-17장a. 한중연 45장본에도 같은 내용이 나와 있음(13장b).

100 「홍계월전」의 이본과 원전

대 생략되어서는 안 될 내용이다. 곽도사가 계월과 보국에게 병서와 무예를 가르치면서 보국에 비해 계월의 능력이 뛰어남을 보고 그에 걸맞게 계월의 이름을 '평국'으로 고쳐 준 것이다. '평국'이란 이름은 곧 발발할 전쟁에서 계월이 뛰어난 활약으로 나라를 구한다는 의미를 담고 있으므로 절대 생략되어서는 안 될 내용이다. 그리고 계월과 보국이 수학을 마치고 세상에 나갈 무렵의 나이가 15세였다는 사실 또한 독자들에게 마땅히 제공되어야 할 중요한 서사 정보라 할 수 있다. 그런데도 활자본에는 이 내용이 생략되었다.

> ⑧ 과거날이 당ᄒᆞ미 평국과 보국이 디명젼 들어가니 천즈 뎐좌ᄒᆞ시고 글졔을 놉피 거러거날 경각의 글을 지여 일필휘지ᄒᆞ니 용ᄉᆞ비등ᄒᆞ지라 션즁의 밧치고 보국은 이천의 밧치고 쥬인 집의 도라와 쉬더니 이씩 천즈 이 글을 보시고 <u>좌우을 도라보와 왈 이 글을 보니 그 지조을 가히 알지로다</u>106)

인용문 ⑧은 계월과 보국이 함께 과거에 응시하여 급제하는 장면이다. 그런데 밑줄 친 부분을 생략하면 문장도 성립되지 않을 뿐 아니라 과거를 치르는 주체가 계월과 보국이 아닌 천자가 되므로 문맥에도 맞지 않는다. 그리고 그 아래 밑줄 친 내용도 생략되면 문장이 어색해질 수밖에 없는데 활자본에는 두 내용이 모두 생략되었다.

> ⑨ 원슈…보국의 손을 줍고 장즁의 드러가 희 〃 낙 〃 ᄒᆞ여 왈 천문동 화지에 죽계 되얏더니 션싱의 봉서을 보고 이리 〃 〃 ᄒᆞ여 버셔ᄂᆞᆫ 말과 본진으로 오다가 젹진을 파ᄒᆞ고 셔달 등은 도망ᄒᆞ여 잡지 못ᄒᆞᆫ 말이며 세 〃 셜화ᄒᆞ고 쉬더니 <u>날이 발거며 군스 보ᄒᆞ</u>

---

106) 연세대 57장본, 17장. 한중연 45장본에도 같은 내용이 나와 있음(14장a).

되 셔달 등이 도망ᄒ야 벽파도로 갓다 ᄒ오니 급피 도적을 잡게
ᄒ옵소셔 원슈 이 말을 듯고 딕회하여 즉시 군수을 거나리고 강
변의 이르러107)

　인용문 ⑨는 서관·서달의 난 때 천문동 어귀에서 적의 매복·화공
에 휘말렸던 계월이 그 위기를 벗어나 본진에 있던 보국과 함께 벽파도
로 달아난 서달을 추격하는 대목이다. 계월이 천문동 화재를 피해 본진
으로 가던 중 파죽지세로 적을 무찌르자 서달은 불리함을 간파하고 몰
래 벽파도로 도망간 것이다. 이때 계월은 서달을 쫓다가 보국을 만나
본진에 머물렀기 때문에 누가 알려주지 않으면 서달이 벽파도로 달아
난 사실을 전혀 알 수 없다. 따라서 밑줄 친 부분이 생략되면 앞뒤 문맥
이 통하지 않는데도 활자본에는 이 내용이 생략되었다.

　　⑩ 이적의 승승 보국이 나히 사십 오셰라 슴남 일녀을 두어스니 영
　　민 총혜ᄒ지라 장자로 오국 틱자을 봉ᄒ야 보닉고 ᄎ자은 성을
　　홍이라 ᄒ야 초국 틱자을 봉ᄒ야 보닉고 슴자는 공문거족의
　　셩취ᄒ야 베슬할 시 츙셩으로 인군을 셤기고 빅셩을 인의로 다
　　ᄉ이는지라108)

　인용문 ⑩은 결말 대목의 일부이다. <홍계월전>의 이본 가운데 한
중연 45장본 계열의 일부 이본에는 밑줄 친 부분처럼 계월의 차자에게
홍씨 성을 주어 외가의 가문을 계승하게 하는 파격적인 내용이 설정되
어 있다. 그런데 활자본에는 이 대목이 연세대 57장본, 한중연 45장본
과 동일하게 되어 있으면서도 유독 "성을 홍이라 ᄒ야"라는 내용만 생

---

107) 연세대 57장본, 27. 한중연 45장본에도 같은 내용이 나와 있음(21장b).
108) 연세대 57장본, 56장b-57장a. 한중연 45장본에도 같은 내용이 나와 있음(44장a).

략되었다.109)

이상과 같이 연세대 57장본과 한중연 45장본에는 인용문 ④~⑩의 밑줄 친 부분이 동일하게 수용되어 있는데 활자본에는 이 부분이 모두 생략되었다. 이는 곧 세 이본 가운데 연세대 57장본과 한중연 45장본이 가장 높은 유사도를 보이고 있음을 의미한다. 반면 인용문 ④~⑩의 밑줄 친 부분이 모두 생략된 활자본은 세 이본 가운데 가장 많은 결함을 지닌 이본으로 평가될 수밖에 없다.

ⓛ 연세대 57장본과 활자본의 관계

앞서 검토된바 연세대 57장본은 한중연 45장본과 유사도가 가장 높다. 하지만 그럼에도 불구하고 특정 부분의 디테일에서는 오히려 활자본과 일치되는 모습을 보이기도 한다. 이는 곧 연세대 57장본이 활자본과도 밀접한 관련이 있음을 의미하는바, 여기서 그 몇 가지 예를 들어 보기로 한다.

> ⑪ 부인이 놀닉야 계월을 안고 딕슈풀로 드러가 숨어더니 그 빅 각
> 가이 와 정자 압피 딕이고 흔 놈이 이로딕 악가 강승의셔 바라
> 보니 여인 흐나 안겨던니 우리을 보고 져 슈풀로 드러 갓스니 급
> 피 츠즈리라 흐고110)

> 부인이 놀나여 계월을 안고 딕슈풀로 드러가 쉬더니 빅 점점 갓
> 가이 와 정ᄌ 압히 믹이고 한 놈이 일오딕 앗가 강상에셔 ᄇ라

---

109) 이 외에도 연세대 57장본과 한중연 45장본의 4장(3장b), 36장(28장b), 40장(32장), 44장a(34장a), 44장b-45장a(34장b), 45장(36장a) 등에 활자본에는 나오지 않는 내용이 보인다. 괄호 안의 숫자는 한중연 45장본의 면수를 표기한 것이다.
110) 연세대 57장본, 5장b.

보니 녀인 하나히 <u>안잣더니 우리를 보고 져</u> 슈풀로 드러 갓스니 급히 ᄎ지리라 ᄒ고111)

　인용문 ⑪은 장사랑의 난을 만나 피신하던 양씨 부인이 강가의 정자에서 쉬고 있을 때 수적 맹길이 이를 발견하고 급히 배를 저어 오는 장면이다. 연세대 57장본과 활자본의 밑줄 친 부분이 한중연 45장본에는 나오지 않는다. 물론 이를 생략해도 문장은 성립되지만, 그럴 경우 양씨 부인이 수풀로 들어간 까닭이 모호해져서 문맥이 매끄럽지 못한 흠은 남는다.

　　⑫ 밍길이 소ᄅᆡᆯ 크게 길너 쟝졸을 지쵹하 달여오거날 녀승이
　　　비을 밧비 져어 가니 <u>ᄲᅳ으기 살 갓튼지라</u> 밍길이 바라보다가 할
　　　일 읍셔 셔 〃 탄식만 ᄒ다가 도라가니라112)

　　밍길이 소ᄅᆡ를 크게 질너 졔젹을 지쵹하 따라오거늘 녀승이
　　비를 밧비 져어 가니 <u>ᄲᅡᄅᆞ기 살 갓흔지라</u> 밍길이 바라보다가 흘
　　릴 업셔 탄식만 ᄒ고 도라가더라113)

　인용문 ⑫는 맹길에게 납치된 양씨 부인이 먼저 잡혀간 춘낭과 함께 탈출을 감행한 이후 맹길이 뒤늦게 이를 알고 추격해오는 대목의 한 부분이다. 양씨 부인 일행이 맹길에게 잡히기 직전의 긴박한 상황에서 자유로울 수 있었던 것은 이들을 태운 여승들이 배를 '살 같이 빨리' 저어 갔기 때문이다. 그런데 한중연 45장본처럼 밑줄 친 내용이 생략되면 독

---

111) 활자본, 5쪽.
112) 연세대 57장본, 9장.
113) 활자본, 8-9쪽.

자들은 맹길이 할 일 없어 탄식만 하고 돌아간 까닭을 온전히 이해할
수 없다.

> ⑬ 보국의 칼이 빗나며 문길이 머리 마하의 닉려지는지라 충 싯틱
> 쎄여 들고 틱호 왈 적중은 익미 흔 장슈만 죽이지 말고 쌜이 나
> 와 항복흐라 흐니 총셔중군 츙관이 <u>문길이 죽엄을 보고 급피 닉</u>
> <u>다라 쓰홀 식 삼십여 합의 이르러 츙관이</u> 거짓 픽흐여 본진으로
> 다라나거날114)

> 보국의 칼이 빗나며 무길의 머리 마하에 나려지는지라 칼 싯히
> 쇠여 들고 크게 불너 왈 적장은 익미 흔 장슈만 죽이지 말고 쌜
> 이 나와 항복흐라 흐니 총셔장군 튱관이 <u>무길의 죽음을 보고 급</u>
> <u>피 닉다라 싸홀 식 슴십여 합에 이르러 츙관이</u> 거짓 픽흐야 본
> 진으로 다라나거늘115)

인용문 ⑬은 서관·서달의 난에 각기 대원수와 중군장으로 출정한
계월과 보국의 우열을 대비적으로 그려낸 대목이다. 이 전쟁에서 보국
은 계월의 만류에도 불구하고 패할 경우 어떠한 처벌도 달게 받겠다는
다짐을 두면서까지 출전한다. 그는 정서장군 무길(문길)의 목을 벤 뒤
에 승세를 타고 방심하다가 총서장군 충관의 유인책에 말려든다. 충관
이 무길의 죽음을 보고 보국을 유인할 목적으로 그와 겨루는 척하다가
본진으로 도망한 것인데, 보국은 그 계략을 모른 채 무작정 충관을 따
르다가 적에게 포위되어 죽을 위기를 맞게 된 것이다. 그런데 한중연
45장본에는 인용문 ⑬의 밑줄 친 내용이 무리하게 생략되어 이런 문맥

---

114) 연세대 57장본, 23장a.
115) 활자본 <홍계월전>, 23쪽.

을 충분히 살려내지 못하고 있다.

⑭ 이젹의 원슈 본진으로 도라와셔 장뒤의 놉피 안져 보국을 잡어
드리라 호령이 츄숑 갓거날 무스 넉슬 일코 즁군을 잡어 장뒤
압피 쑬니니116)

이젹에 원슈 본진에 도라와 장대에 놉피 안자 보국을 잡아 드리
라 호령이 추상 ㄱㅅ거늘 군식 넉슬 일코 즁군을 잡아 쟝대에 쑬
니니117)

인용문 ⑭는 인용문 ⑬에 이어 계월이 위기에 처한 보국을 구한 뒤
본진으로 돌아와 보국을 치죄하는 장면의 한 부분이다. 보국을 잡아들
이라고 명을 내린 자는 대원수 계월이지만 그를 잡아와서 장대 앞에 꿇
린 자는 계월의 명을 받은 무사이다. 연세대 57장본과 활자본에는 밑줄
친 부분이 나와 있어 이런 의미가 제대로 전달되고 있다. 이에 비해 한
중연 45장본에는 이 내용이 생략된 탓에, 마치 계월이 직접 보국을 잡
아와서 장대 앞에 꿇린 것처럼 오인될 여지가 있다.118)

사실 한중연 45장본의 결함은 여기서 그치지 않는다. 이 이본에는 국
한문이 혼용되고 있는데, 자세히 보면 틀린 한자가 적지 않다. 예컨대
"년즁사십"119)을 "長年四十"120)으로 표기한 것은 잘못이다. 한중연 45
장본 필사자는 "長年四十"이라 표기한 뒤 '長年'이란 글자의 오른쪽에

116) 연세대 57장본 <홍계월젼>, 24장a.
117) 활자본 <홍계월젼>, 23쪽.
118) 이 외에도 연세대 57장본과 활자본에만 있고 한중연 45장본에는 없는 내용이 한중
연 45장본의 2장b(8쪽), 6-7면(13쪽), 11장b(43쪽), 24장b(56쪽), 30장a(57쪽) 등에
서 확인되고 있다. 괄호 안의 숫자는 활자본의 해당 쪽수를 표기한 것이다.
119) 연세대 57장본 <홍계월젼>, 1장a.
120) 한중연 45장본 <洪桂月傳>, 1장a.

작게 표시를 두어 두 글자의 순서가 바뀌었음을 알리고 있다. 그렇다면 '年長四十'이 될 터인데, 이렇든 저렇든 틀린 것은 매한가지다. 연세대 57장본의 "년중사십"은 '나이가 장차 사십에 가깝다'는 뜻이므로 이를 굳이 한자로 나타내려면 '年將四十'이라고 표기해야 옳다.

이 외에도 한중연 45장본에는 "셰존"이 "帝尊"(2면)으로, "여람 북촌"이 "南北村"(5면)으로, "쥬즁 스람"이 "水中 스람"(10면)으로, "양강 노의 여식"이 "梁江道의 女息(11면)으로, "경등은 밧비 되원슈 할 스람을 졍ᄒ여"가 "卿等은 밧비 大元帥 한임을 請ᄒ와"(30면)로, "즁군장 무ᄒ영"이 "즁군장 마하의 영"(38면)으로, "일엇틋 만나니 웃지 질겁지 아니ᄒ리요"가 "일어틋 만나니 이 웃지 질거우리요"(46면)로, "어의을 명송ᄒ시니"가 "女의을 명ᄒ여 보늬시니"(53면)로 되어 있는데, 이들도 모두 잘못 표기된 사례이다.

이상과 같이 연세대 57장본과 활자본에만 나와 있고 한중연 45장본에는 없는 인용문 ⑪~⑭ 밑줄 친 부분은 아예 생략될 수 없거나 생략되면 문맥이 어색해지는 내용이다. 따라서 한중연 45장본에 이 부분이 없는 것은 앞뒤 문맥을 고려하지 않은 무리한 생략이라고 할 수밖에 없다. 게다가 한중연 45장본에는 곳곳에 잘못 표기된 글자가 적지 않으므로, 이 이본은 연세대 57장본에 비해 표기의 정확성과 서사의 완성도가 떨어지는 것으로 평가된다.

㉢ 한중연 45장본과 활자본의 관계

앞서 확인된바 <홍계월전>의 이본 가운데 연세대 57장본은 전체 서사의 대부분이 한중연 45장본과 가장 흡사하면서도 특정 부분의 디테일에서는 활자본과 일치되는 모습을 보이기도 한다. 그런데 연세대

57장본과 활자본에만 나오는 내용이 있듯이 한중연 45장본과 활자본에만 나오는 내용도 없지 않은데, 여기서 몇 가지 예를 들어보기로 한다.

> ⑮ 生은 武陵浦의 스는 呂公이옵던니 늦게야 子息을 두어스온바 영민ᄒ기로 도스의 덕틱으로 스람이 될가 ᄒ와 왓나이다 <u>도스 曰 아희을 부르라 ᄒ니 呂公이 두 아희을 불너 뵈인데</u>121)

> 싱은 무릉포의 스는 여공이옵더니 늦게야 ᄌ식을 두엇스되 영민ᄒ기로 도스의 덕틱으로 스람이 될가 ᄒ야 왓ᄂ니다 <u>도스 답왈 아희를 부르라 ᄒ니 여공이 두 아해를 불너 뵈온듸</u>122)

> 싱은 무릉포의 스는 여공이옵더니 ᄂ씨야 ᄌ식을 두엇스온바 녕민ᄒ기로 도스의 덕틱으로 스람이 될가 ᄒ와 왓난이다 ᄒ고 두 아히을 불너 뵈인듸123)

인용문 ⑮는 여공이 맹길에게 화를 당해 강물에 떠내려가던 계월을 구한 후에 자신의 아들 보국과 함께 곽도사에게 데리고 가서 가르침을 당부하는 대목이다. 한중연 45장본과 활자본의 밑줄 친 부분이 연세대 57장본에는 나오지 않지만, 도사의 직접 발화 부분을 요령 있게 생략하였기 때문에 문맥에는 별다른 지장을 초래하지 않는다.

> ⑯ 문득 ᄒ 쏨의 衣服이 남누ᄒ고 一身의 털이 도다 보기 참혹ᄒ 스람이 江邊의 단이며 고기을 쥬어 먹다가 ᄒ 골로 들어가거날 梁允이 그 스람을 짜라가 보니 ᄒ 초막으로 들어가거날 양윤이 소

---

121) 한중연 45장본, 8장b-9장a.
122) 활자본, 10쪽.
123) 연세대 57장본, 11장a.

릭을 크게 ᄒ여 曰 相公은 조곰도 놀닉지 마르소서124)

문득 혼 곳에 의복이 람루ᄒ고 일신에 털이 도다 보기 참혹혼
스람이 강변으로 왕닉하면셔 고기를 쥬어 먹다가 혼 골로 드
러가거늘 양뉸니 그 스람을 싸라가 보니 혼 초막으로 드러가ᄂ
지라 양윤니 소릭를 크게 질너 왈 상공은 조곰도 놀나지 마르
소서125)

문득 혼 곳의 〃복이 남누ᄒ고 일신의 털이 도다 보기 참혹혼
스람이 강변의 단이며 고기을 쥬어 먹다가 혼 굴노 들어가거날
양뉸이 소릭을 크계 ᄒ여 왈 상공은 조곰도 놀닉지 마르소서126)

　인용문 ⑯은 장사랑의 난에 억울하게 연루되어 벽파도로 유배된 홍
시랑이 짐승처럼 고기를 주워 먹으며 참혹한 생활을 하던 중 그곳을 찾
아온 양씨부인과 해후하는 장면이다. 여기서 홍시랑과 먼저 대면한 자
는 시비 양윤인데, 인용문 ⑯은 양윤이 홍시랑을 발견하고 조심스럽게
접근하는 상황을 그려낸 것이다. 그런데 연세대 57장본에는 한중연 45
장본과 활자본의 밑줄 친 부분이 없는데도 문맥 파악에는 지장이 없으
므로 생략이 자연스럽게 이루어졌다고 할 수 있다.

　⑰ 한임이 눈물을 흘너 왈 그딕는 父母 兩親이 게시니 영화을 뵈련
　　이와 나는 父母 읍는 人生이라 영화을 웃지 뵈리요 ᄒ며 슬피 체
　　읍ᄒ니 보는 스람이 뉘 안이 낙누ᄒ리요 이젹의 한임과 부져혹
　　탑젼의 들어가 父母前의 들어가 영화 뵈올 말을 쥬달ᄒ니127)

---

124) 한중연 45장본, 11장b.
125) 활자본, 14쪽.
126) 연세대 57장본, 14장b.
127) 한중연 45장본, 14장b.

흔림 왈 그딕는 량친니 계시니 영화를 뵈려니와 <u>는는</u> 부모 업
는 스룸이라 영화를 뉘계 뵈리오 흐며 슬피 쳬읍흐니 보는 스
<u>람이 뉘 아니 락누흐리오</u> 이젹의 흔림과 부계휘 탑젼의 드러가
부모의게 영화 뵈일 말숨을 쥬달흐니128)

한림이 눈물을 흘여 왈 그딕은 부모 냥친이 계시니 영화을 뵈련
니와 나는 부모 읍는 인싱이라 영화을 웃지 뵈이리요 흐며 <u>실피</u>
<u>쳬읍흐더라</u> 이젹의 한림과 부졔혹 탑젼의 들어가 부모젼의 영
화 뵈일 말을 쥬달흐니129)

인용문 ⑰ 계월과 보국이 과거에 급제한 후 계월이 보국에게 장원급
제의 영광을 나눌 부모가 없음을 한탄하는 대목이다. 밑줄 친 부분을
보면 한중연 45장본과 활자본에 나와 있는 "슬피 쳬읍흐니 보는 스룸
이 뉘 안이 낙누흐리요"가 연세대 57장본에는 "실피 쳬읍흐더라"로 축
약되었다. 하지만 이는 군더더기로 여겨질 수 있는 부분을 요령 있게
추려낸 것이기에 전혀 잘못되거나 어색한 곳이 없다.

⑱ 天子 보시고 딕경흐스 졔신을 도라보와 曰 卿等은 밧비 大元帥
한임을 請흐와 防賊할 모칙을 <u>의논흐라</u> 흐시며 龍淚을 흘이시
거날 諸臣이 奏曰 平國이 비록 年少흐오나 天地造化을 胸中의
품은 듯흐오니 이 스룸을 都元帥을 定흐와 도젹을 방비할가 흐
나이다130)

쳔즛 보시고 딕경흐스 졔신을 도라보와 왈 경등은 밧비 딕원슈
할 스룸을 정하여 방젹할 모칙을 <u>의논흐라</u> 흐시니 졔신이 쥬왈

128) 활자본, <홍계월전>, 18쪽.
129) 연세대 57장본, 19장.
130) 한중연 45장본, 15장b-16장a.

평국이 비록 년소ᄒᆞ나 천지조화을 흉즁의 품은 듯ᄒᆞ오니 이 ᄉᆞ
람으로 도원슈을 졍ᄒᆞ와 도적을 방비할가 ᄒᆞ나이다131)

인용문 18은 서관·서달이 침공했다는 소식을 접한 천자가 급히 백
관을 모아 방비책을 의논하는 대목이다. 한중연 45장본의 밑줄 친 부분
은 활자본에도 똑같게 나와 있음에132) 비해 연세대 57장본에는 "의논
ᄒᆞ라 ᄒᆞ시며 龍淚을 흘이시거날"이 "의논ᄒᆞ라 ᄒᆞ시니"로 되어 있다.
이 역시 문맥에 지장이 없는 범위에서 이루어진 효과적인 축약으로 보
인다. 그 밖에 "위공이 皇后와 틱ᄌᆞ을 모시고 열어 부인과 시녀을 다리
고 그 산즁으로 들어가니"133)의 밑줄 친 부분이 연세대 57장본에 생략
된 것도134) 같은 맥락이다.

19 위공이…이튼날 힝ᄒᆞ여 波州 셩문 박긔 다다르니 守門將이 문을
구지 닷고 군스로 ᄒᆞ야금 문曰 너의 힝식이 괴이ᄒᆞ니 너희는
웃던 사람이관ᄃᆡ 힝식이 초초ᄒᆞ요 바로 일너 實情을 긔지 말나
ᄒᆞ고 셩문을 여지 안이ᄒᆞ니 侍女와 魏公이 크게 소릭ᄒᆞ여 왈 우
리는 이번 난의 황후와 틱ᄌᆞ을 모시고 파란ᄒᆞ엿다가 지금 황셩
으로 가난 길이니 너희는 의심치 말고 셩문을 밧비 열나 ᄒᆞ니 군
스 이 말 듯고 관슈의게 급피 아뢴ᄃᆡ 관슈 놀나 급피 나 셩문을
열고 복지ᄒᆞ여135)

위공이…잇튼날 발힝ᄒᆞ야 파쥬 셩문 박기 다다르니 슈문중이
문왈 너희은 힝식이 괴이ᄒᆞ니 웃던 사람인뇨 발로 일너 실정을

---

131) 연세대 57장본, 19장b.
132) 활자본 <홍계월전>, 19쪽.
133) 한중연 45장본, 41장a 및 활자본, 54-55쪽.
134) "위공이 황후와 틱자을 모시고 그 산즁으로 들어가니"(연세대 57장본, 53장a)
135) 한중연 45장본, 42장a.

긔이지 말나 ᄒ고 문을 여지 아니ᄒ니 시녀와 위공이 크게 워어
왈 우리ᄂ 이번 난의 황후와 틱자을 모시고 피란ᄒ엿다가 지금
황셩으로 가ᄂ 길이이 너희는 의심치 말고 셩문을 밧비 열나 ᄒ
니 <u>군ᄉ 이 말을 듯고 관슈계 고ᄒ니</u> 관슈 놀닉 급피 나와 셩문
을 열고 복지ᄒ야136)

　　인용문 19는 오·초 양국의 침공으로 피난길에 올랐던 홍시랑 일행
이 전쟁이 끝난 후에 황성으로 복귀하는 대목의 한 부분이다. 홍시랑은
오·초 양국이 침공하자 가족을 이끌고 피난하던 중 황후와 태자 일행
을 만나 함께 익주 천명산에 있는 곽도사의 거처에 은신하게 된다. 그
러다가 난이 진압된 후에 황성으로 돌아가는데, 인용문 19는 홍시랑 일
행이 파주 성문에 이르러 수문장과 실랑이하는 대목이다. 한중연 45장
본의 밑줄 친 두 부분은 활자본에도 동일하게 나와 있다.137) 이에 비해
연세대 57장본에는 "守門將이 문을 구지 닷고 군ᄉ로 ᄒ야금 문曰"이
"슈문장이 문왈"로 축약되어, 수문장이 직접 홍시랑 일행에게 질문하
는 것처럼 되어 있다. 하지만 그렇게 되면 뒤에 나오는 "군ᄉ 이 말을
듯고 관슈계 고ᄒ니"와 호응되지 않는 문제가 발생된다. 앞에서는 홍
시랑 일행에게 묻는 사람을 '수문장'이라고 해놓고 뒤에서는 '군사'가
이 말을 수문장(관수)에게 고했다고 하니 앞뒤 문맥이 통하지 않는다.
따라서 "守門將이 문을 구지 닷고 군ᄉ로 ᄒ야금 문曰"을 "슈문장이 문
왈"로 바꾼 것은 무리한 축약이다.138)

---

136) 연세대 57장본, 54장.
137) 활자본, 56쪽.
138) 이 외에도 한중연 45장본과 활자본에만 있고 연세대 57장본에는 없는 내용이 한중
　　연 45장의 17장b(21쪽), 42장a(54-55쪽) 등에서 확인되고 있다. 괄호 안의 숫자는
　　활자본의 해당 쪽수이다.

이상과 같이 한중연 45장본과 활자본에만 있고 연세대 57장본에는 없는 내용은 대부분 앞뒤 문맥에 지장을 초래하지 않는 범위에서 이루어진 생략 혹은 축약에 해당한다. 이런 점에서 연세대 57장본은 단지 인용문 [19]에서만 약간의 문제가 발견될 정도로 서사 전반에 걸쳐 매우 신중하고도 효과적인 생략과 축약이 이루어진 이본으로 평가할 수 있다.

(ㄹ) 활자본에만 나와 있는 내용

본 장에서 검토되는 세 이본 가운데 활자본에만 나오는 내용은 다른 두 이본에만 나오는 내용보다 현저히 적을 뿐 아니라 문맥상 그리 중요해 보이지도 않는다. 예컨대 "츈낭은 외로온 사람이라 혼즈 도라안즈 슬피 우니"[139]의 밑줄 친 부분, "셔관과 셔달이…자스 양기덕을 버히고 황셩을 범코즈 ᄒ야 작란이 즈심ᄒ니"[140]의 밑줄 친 부분은 한중연 45장본과 연세대 57장본에는 없는데, 굳이 이 내용이 없어도 서사 논리나 문맥에는 아무 지장이 없다.

> [20] 교비를 파ᄒ고 일모ᄒ민 신랑이 촉을 잡고 정침에 이르니 시녀 화촉을 디령ᄒ야 드러가민 일위 션녀 홍군취삼으로 이러 마져 양신인이 촉ᄒ에 상디ᄒ니 남풍녀모 일월이 정휘ᄒ더라 보국이 만면춘풍을 쯰여 숙시양구에 흠신공슈 왈 젼일 디원슈 디위에 놉히 안져서 보국을 무든이 죄로 얼거 꿀닐 젹에 오ᄂᆞᆯ늘이 잇슬 쥴 뜻ᄒ얏스리오 신뷔 운환을 숙이고 미소부답ᄒ니 보국니 나로여 촉을 멸ᄒ고 옥슈을 잇그러 금쟝슈막에 나아가 동침ᄒ니 원앙비취지락이 극진ᄒ더라[141]

---

139) 활자본, 15쪽.
140) 활자본, 19쪽.
141) 활자본, 49-50쪽.

인용문 20은 보국과 계월이 혼인을 마치고 신방에 든 이후의 상황을 묘사한 것이다. 그런데 밑줄 친 부분이 한중연 45장본과 연세대 57장본에는 없고 그 자리에 "그날 밤"[142) 혹은 "그날 밤의"[143)라는 내용만 있을 뿐이다. 물론 이 내용이 없어도 앞뒤 문맥에는 별다른 지장을 초래하지 않는다. 사실 인용문 20의 밑줄 친 부분은 필자가 수집한 모든 필사본에 나오지 않는 점으로 보아 필사본이 활자본으로 기획될 때 추가되었을 가능성이 크다.

> 21 계월이 그릇 궁로궁비를 죽인다 ㅎ야도 뉘라서 그르다 ㅎ리오 너는 조금도 과렴치 말고 마음을 변치 말나 만일 영츈을 죽엿다 ㅎ고 혐의를 두면 부부지의도 변홀 거시오 쏘흔 텬지 쥬쟝ㅎ신 빈라 네게 히로오미 잇슬 거시니 부듸 조심ㅎ라 ㅎ신듸 <u>보국이 엿즈와 왈 부친게셔눈 부당지셜을 ㅎ시누이다</u> 셰상에 듸쟝부 되야 계집의 괄셰를 당ㅎ오릿가 ㅎ고 그 후로붓터눈 계월의 방에 드지 아니ㅎ니[144)

인용문 21은 보국의 애첩 영춘을 매개로 계월과 보국이 갈등하는 대목이다. 계월은 혼인 직후 영춘의 목을 벤 일이 있다. 영춘이 계월의 행차를 보고도 난간에 걸터앉아 예를 갖추지 않자 계월이 무사를 시켜 목을 벤 것이다. 이 일로 심기가 불편해진 보국은 부친 여공에게 고자질하며 강한 불만을 드러내는바, 인용문 21은 바로 그 상황에서 오간 부자의 대화이다. 여공이 분기로 가득한 보국을 타이르며 계월의 권세가 높으니 삼갈 것을 권하자, 보국이 "부친게셔눈 부당지셜을 ㅎ시누이

142) "爻拜를 파ㅎ고 <u>그날 밤</u> 동침ㅎ니", 한중연 45장본, 31장a.
143) "교빙을 파ㅎ고 <u>그날 밤의</u> 동침ㅎ니", 연세대 57장본 <홍계월젼>, 39장b.
144) 활자본, 41쪽.

다"라고 반응한 것이다. 그런데 이는 계월에 대한 보국의 격한 감정을 십분 고려하더라도 권세가의 자제가 부친에게 할 수 있는 말은 아닌 듯하다. 이 부분 역시 모든 필사본에는 나오지 않으므로 활자본 간행 시에 추가된 것으로 볼 수 있다.

> 22 깃거ᄒᆞ시며 눈물을 흘니시거늘 위공이 위로 왈 금번 변란은 엇지홀 수 업ᄉᆞ오나 텬직 셩덕이 호탕ᄒᆞ시니 엇지 ᄒᆞ늘이 무심ᄒᆞ시리잇고 복원 황후젼하ᄂᆞ 옥톄를 보호ᄒᆞ옵소셔 ᄒᆞ더니 문득 남다히로셔 ᄉᆞ름의 쇼ᄅᆡ 들니거늘 살펴보니 압해 틱산니 잇셔 ᄒᆞ늘에 다흔 듯ᄒᆞ고 갈 곳이 업ᄂᆞᆫ지라[145]

인용문 22는 오·초 양국의 침공으로 황성을 떠난 홍시랑 일행이 중로에서 황후와 태자를 만나 함께 피난하는 대목이다. 밑줄 친 부분은 홍시랑이, 자기를 만난 반가움에 눈물 흘리는 황후와 태자를 위로하는 내용인데, 다른 이본에는 이 내용이 보이지 않는다. 황후와 태자의 눈물은 피난하는 과정에서의 고단함과 홍시랑을 만났다는 안도감이 교차되어 나온 것일 터, 이런 상황에서 아무 위로의 말이 없다는 것이 부자연스럽게 여겨질 수 있다. 따라서 인용문 22의 밑줄 친 부분은 활자본을 기획할 때 저본의 해당 대목에 서사 공백이 있는 것으로 인식하고 이를 보완하기 위해 추가된 것으로 볼 수 있다.

> 23 ᄎᆞ시 텬직 위공의 벼살을 승품ᄒᆞᄉᆞ 홍무를 초왕을 봉ᄒᆞ시고 여공으로 오왕을 봉ᄒᆞ시고 치단을 마니 상ᄉᆞᄒᆞ시며 갈오ᄉᆞ듸 오쵸 양국이 졍ᄉᆞ를 폐흔 지 오ᄅᆡ미 지쳬치 못홀 거시니 경등은 급히 치힝ᄒᆞ야 직위한 후 국ᄉᆞ을 잘 다ᄉᆞ리라 ᄒᆞ시고 길을 직

145) 활자본, 54쪽.

촉ᄒ시니…중략…ᄎ시를 당ᄒ야 부ᄌ부녀로 리별ᄒᄂ 졍회
비홀 ᄃ 업더라 양왕이 길을 ᄯ나 여러 ᄂ만에 각각 국디에 다
다르ᄆ 문무빅관이 례로 나와 마ᄌ 직위ᄒ고 국호를 곳치고 치
민치졍을 일심으로 다스리니 일국이 칭송ᄒ더라 이젹에 승상
보국의 나히 ᄉ십 오셰라146)

인용문 ⃞23은 작품이 마무리되기 직전에 여공과 홍시랑이 오왕과 초
왕으로 부임하는 대목이다. 천자는 계월과 보국이 두 차례의 전쟁에서
승리한 공을 기리기 위해 그들의 부친을 각기 오왕과 초왕으로 삼아 부
임하게 한 것이다. 그런데 인용문 ⃞23의 밑줄 친 부분은 한중연 45장본
과 연세대 57장본에는 나오지 않고 활자본에만 있는 내용이다. 이것 역시
활자본을 기획할 때 두 필사본에 오왕과 초왕의 부임에 관한 언급이 없는
것에 의문을 품고 그 공백을 메우기 위해 추가하였을 가능성이 크다.

이상과 같이 연세대 57장본과 한중연 45장본에는 없고 활자본에만
나오는 인용문 ⃞20~⃞23의 밑줄 친 부분은 꼭 필요한 내용이 아니기 때
문에 설령 이들이 없더라도 문맥에는 전혀 지장을 초래하지 않는다. 이
로 볼 때 인용문 ⃞20~⃞23의 밑줄 친 부분은 활자본 <홍계월전>을 기획
할 때 저본의 해당 대목에 서사 공백이 있는 것으로 판단되자, 이를 메
우기 위해 새롭게 추가한 것으로 추정된다.

2) 연세대 57장본 <홍계월전>의 자료적 가치

앞의 논의로 연세대 57장본이 <홍계월전>의 이본 가운데 한중연
45장본 및 활자본과 가장 유사도가 높으면서 두 이본이 지닌 부분적 결

---

146) 활자본, 59쪽.

함은 거의 보이지 않는다는 사실이 새롭게 확인되었다. 이를 바탕으로 여기서는 <홍계월전>의 이본 중에서 연세대 57장본이 지닌 자료적 가치를 몇 가지 가늠해보기로 한다.

첫째, 연세대 57장본 <홍계월전>은 단편 계열을 대표할 만한 가치를 지니고 있다. 주지하듯 단편 계열은 원전의 서사를 계승한 장편 계열보다 후대에 생성된 이본이다. <홍계월전>의 핵심을 이루고 있는 군담을 기준으로 볼 경우, 장편 계열은 군담 1, 2, 3 혹은 군담 1, 2, 3, 4를 그려낸 이본이고, 단편 계열은 군담 1, 2만 그려낸 이본이다. 기존 논의에서는 장편 계열의 이본을 '단국대 103장본 계열'로, 단편 계열의 이본을 '한중연 45장본 계열'로 분류한 바 있다. 그런데 단편 계열의 이본 중에는 군담 2에서 장편 계열의 군담 2와 분명한 차이를 보이는 이본이 존재한다.[147] 이들은 도입부, 군담 2, 결말부의 서사 내용이 여기서 검토한 한중연 45장본, 연세대 57장본, 활자본과 현저히 다른 모습을 보이므로, 이들을 별도의 계열로 설정하는 것이 바람직하다.[148] 이들을 제외하면 단편 계열의 이본들은 디테일에서 미세한 차이를 보일 뿐이다. 그런데 이들 중에서 연세대 57장본, 한중연 45장본, 활자본은 전체 서사의 내용과 디테일이 대부분 일치하므로 동일 저본에서 파생된 이본으로 추정한 것이다.

앞서 검토된 세 이본 가운데 한중연 45장본은 1910년에 필사되었고, 연세대 57장본은 1911년에 필사되었으며, 활자본은 1913년에 간행되

---

147) 단국대 38장본 <홍평국전>, 단국대 62장본B <洪桂月傳>, 연세대 41장본 <홍계월전>, 영남대 46장본 <계월전>, 충남대 63장본 <홍계월전> 등이 이에 해당한다.

148) 필자가 10년 전에 <홍계월전>의 이본을 검토할 때 수집된 이본은 16종에 불과했다. 그 이후 11종을 더하여 지금은 27종에 이른다. 새로 수집된 이본 중에는 기존 논의에서 설정된 두 계열에 속하지 않는 것이 적지 않으므로 본서의 III장에서 전면적으로 재검토한 것이다.

었다.149) 이들이 필사 혹은 생성된 시기의 간격은 고작 3년에 불과하며, 가장 늦은 시기에 생성된 활자본은 앞의 두 이본과 직접적인 연관이 있다. 그런데 한중연 45장본과 활자본에만 있고 연세대 57장본에는 없는 내용은 대부분 생략 혹은 축약되어도 문맥에는 별다른 지장이 없다. 이에 비해 연세대 57장본과 활자본에만 있고 한중연 45장본에 없는 내용은 대부분 생략하면 안 될 내용이 무리하게 생략된 탓에 문맥이 통하지 않거나 자연스럽지 못한 문장이 적지 않다. 게다가 한중연 45장본에는 표기가 바르지 못한 우리말과 한자가 곳곳에 있으므로, 연세대 57장본에 비해 상대적으로 결함이 많은 이본으로 평가될 수밖에 없다. 따라서 본서에서는 연세대 57장본은 한중연 45장본 계열의 선본 혹은 대표본으로 삼고 명칭도 '연세대 57장본 계열'로 바꾼 것이다.

둘째, 연세대 57장본을 활자본의 생성에 결정적인 영향을 끼친 것으로 추정된다. <홍계월전>은 여성영웅소설 중에서도 이본 간의 차이가 두드러진 작품이다. 기존 논의에서 <홍계월전>의 이본을 원전의 서사를 계승한 '단국대 103장본 계열'과 후대에 축약된 '한중연 45장본 계열'로 나눈 것도 두 계열의 서사 내용이 작품 해석을 달리해야 할 만큼 적지 않은 차이를 드러냈기 때문이다. 사정이 이러한데도 <홍계월전>에 대한 기존 연구는 이본 간의 차이를 전혀 고려하지 않은 채 특정 이본 1종만을 논의 대상으로 삼은 경우가 대부분이다.150) 더구나

---

149) 한중연 45장본은 "庚戌二月一五日"(45장a)에, 연세대 57장본은 "辛亥十一月日"(앞 표지)에 필사되었고, 활자본은 1913년 신구서림에서 발행되었다는 기록만 있고 실물이 남아있는 것은 1916년 광동서국에서 발행된 것이 가장 앞선다.

150) 이 작품에 대한 연구가 시작된 이래 2007년까지는 활자본 혹은 한중연 45장본을 대상으로 한 논의가 대부분이었고, 2008년 이후에는 단국대 103장본을 텍스트로 삼은 논의가 증가하고 있다. 향후 생산적인 논의를 위해서는 원전을 계승한 장편 계열과 후대에 축약된 단편 계열의 차이를 십분 고려하여 작품 세계의 변모 양상과 그 의미를 올바로 짚어내는 작업이 요구된다.

<홍계월전>의 이본은 본서에서 처음으로 그 전모가 드러난 상태이기 때문에 앞으로도 이본에 대한 다각적인 논의가 요구된다.

<홍계월전>의 경우 이본 간의 차이가 계열과 계열 사이에만 나타나지 않고 동일 계열 내의 개별 이본들 사이에도 존재하고 있다.[151] 여기서 후대의 축약본인 단편 계열의 이본 중에서 연세대 57장본, 한중연 45장본, 활자본에 주목한 것도 바로 이 때문이다. 세 이본은 동일 계열에 속하는 한중연 35장본, 한중연 47장본, 한중연 73장본, 단국대 62장본 A 등과는 필치와 디테일을 달리 한 채 그들끼리만 긴밀한 관계를 형성하며 유통된 것으로 보인다. 따라서 세 이본의 상호 관련성에 주목하면 활자본의 생성 배경을 이해할 수 있다.

활자본의 생성에 대한 논의는 여태껏 한 번도 없었다. 이 작품은 여러 출판사에서 반복적으로 간행되었지만, 그 내용은 모두 같다.[152] 필자는 한중연 45장본과 활자본의 관계에 대하여 "현재로서는 명확한 판단을 내리기 어렵지만 두 이본이 동일 계통의 이본이고 모두 부분적인 결함을 지니고 있다는 점은 분명하다."[153]고 지적한 바 있다. 말하자면 한중연 45장본과 활자본의 높은 유사도에도 불구하고 두 이본의 직접적 수수 관계를 단언할 만한 구체적 증거는 없다는 뜻이다. 이제 연세대 57장본의 발굴로 활자본의 생성과정을 좀 더 분명하게 이해할 수 있게 되었다.

앞서 검토된 세 이본 가운데 연세대 57장본과 한중연 45장본이 가장

---

151) 정준식, 「<홍계월전>의 군담 변이와 이본 분화의 상관성」, 『한국문학논총』 제75집, 한국문학회, 2017, 82-86쪽.

152) 활자본은 1913년 신구서림에서 처음 간행된 이래 광동서국(1916년), 회동서관(1926년), 대산서림(1926), 세창서관(1952년) 등에서도 간행되었으며 내용은 모두 동일하다. 李周映, 『舊活字本 古典小說 硏究』, 月印, 1998, 233쪽 ; 權純肯, 『活字本 古小說의 편폭과 지향』, 보고사, 2000, 326쪽 ; 최호석, 『활자본 고전소설의 기초 연구』, 보고사, 2017, 90쪽.

153) 정준식, 「<홍계월전> 이본 재론」, 『어문학』 제101집, 한국어문학회, 2008, 262쪽.

높은 유사도를 보이지만, 그렇다고 두 이본이 직접적인 영향 수수 관계에 놓여 있다고 보기는 어렵다. 연세대 57장본과 활자본에만 있고 한중연 45장본에는 없는 내용 및 한중연 45장본과 활자본에만 있고 연세대 57장본에는 없는 내용이 각기 존재하고 있기 때문이다. 이 가운데 연세대 57장본과 활자본에만 나오는 내용이 상대적으로 주목되는 까닭은 그것이 생략된 한중연 45장본의 해당 대목은 문맥이 통하지 않아 비문이 되는 경우가 대부분이기 때문이다.154) 게다가 한중연 45장본에는 잘못 표기된 글자 및 한자 표기가 적지 않은데, 연세대 57장본과 활자본에는 이들이 모두 바르게 표기되어 있다. 이것으로 볼 때 활자본의 생성에 핵심 자료가 된 이본은 한중연 45장본보다 연세대 57장본일 가능성이 크다. 연세대 57장본은 지금까지 수집된 이본 가운데 활자본에 부분적으로 생략, 축약, 부연된 곳을 제외하면 전체 서사와 디테일이 활자본과 완전히 일치되는 유일한 이본이다.

이상의 논의로 볼 때 연세대 57장본은 한중연 45장본 및 활자본과 직접적인 관련이 있는 것으로 파악된다. 연세대 57장본이 두 이본과 개별적으로 관련을 보이는 부분은 각기 다른 곳이기 때문에 활자본 <홍계월전>의 생성에 연세대 57장본과 한중연 45장본이 모두 영향을 끼쳤을 가능성도 고려해볼 만하다. 그런데 앞서 확인했듯이 활자본과 한중연 45장본에만 나오는 내용보다 활자본과 연세대 57장본에만 나오는 내용이 더 많고 중요한 것임을 고려하면 활자본은 연세대 57장본을 핵심 자료로 삼고 한중연 45장본을 보조 자료로 삼아 생성되었다고 보는 것이 타당하다.

근래 한중연 45장본이 후대에 축약된 단편 계열의 선본(善本)이라는

---

154) 앞서 검토된 인용문 ⑪~⑭의 밑줄 친 부분이 이에 해당한다.

주장이 제기된 이래, 최근 이를 교주(校註)하고 현대어로 번역한 책이 속속 출간되고 있다.155) 이본의 차이를 전혀 고려하지 않고 활자본 중심의 논의만 지속해온 그간의 잘못된 관행에 비추어볼 때 이는 <홍계월전>에 대한 올바른 독서는 물론 객관적인 연구 환경의 조성을 위해 꼭 필요한 작업이다. 다만 본서의 논의로 한중연 45장본이 부분적 결함과 오류를 지닌 이본임에 비해 연세대 57장본은 그러한 결함과 오류가 거의 없는 이본임이 확인되었다. 따라서 향후 <홍계월전>에 대한 연구에서 후대의 변모 양상을 검토할 경우 한중연 45장본 대신 연세대 57장본 <홍계월전>을 선본(善本)으로 삼아야 할 것이다.

이상의 논의로 한중연 45장본은 부분적 결함과 오류를 지닌 이본임에 비해 연세대 57장본은 그러한 결함과 오류가 거의 없는 이본임이 확인되었다. 즉 연세대 57장본은 한중연 45장본 계열의 선본(善本)이면서 활자본의 핵심 자료로 활용된 이본이다. 따라서 향후 <홍계월전>에 대한 연구에서 후대에 축약된 단편 계열을 논의할 경우 연세대 57장본 <홍계월전>을 텍스트로 삼는 것이 타당하다.

<홍계월전>이 여성영웅소설의 대표작임은 누구도 부인할 수 없다. 그런데도 아직 이 작품의 이본을 온전하게 이해하고 있는 연구자는 매우 드물다. 이는 무엇보다 그간 이 작품에 대한 무성한 작품론에 비해 이본 연구를 너무 소홀히 한 탓이 크다. 본서의 논의에서 드러난 바와 같이 <홍계월전>의 이본은 우리가 생각했던 것보다 훨씬 다채롭고 이본 간의 차이도 매우 큰 편이다. 따라서 향후 <홍계월전>에 대한 연구에서는 이 점을 충분히 고려하여 대상과 목적에 부합하는 텍스트를 선정하는 것이 마땅하다고 본다.

---

155) 장시광, 『홍계월전』, 한국학술정보(주), 2011 및 조광국, 『홍계월전』, 문학동네, 2017.

2. 영남대 46장본 계열의 특징과 가치

영남대 46장본 <계월전>은 영남대학교 중앙도서관에 소장된 국문 필사본이다. 이 이본은 목록에만 이름이 올라 있을 뿐[156) 아직 학계에서 한 번도 논의된 적이 없다. 기존 연구에서 <홍계월전>의 이본은 예언의 설정 방식에 따라 단국대 103장본 계열과 한중연 45장본 계열로 분류되고 있다. 단국대 103장본 계열에는 곽도사가 제시한 예언이 두 번이고 한중연 45장본 계열은 한 번에 그친다. 두 예언은 모두 계월이 '세 번 죽을 액'을 겪는다고 되어 있으며, 그것이 구체적인 서사로 실현된다.[157) 여기서 검토할 영남대 46장본 <계월전>은 예언이 한 번 설정되고 그것이 구체적 서사로 실현되고 있는 점으로 보아 한중연 45장본 계열에 가까운 이본으로 분류될 수 있다.

그런데 영남대 46장본 <계월전>은 한중연 45장본 계열의 이본들에 비해 여러 대목에서 두드러진 차이를 보일 뿐 아니라 그로 인한 의미 변화까지 수반하고 있으므로 이에 대한 별도의 논의가 요구된다. 이와 관련하여 필자는 최근 단국대 38장본을 한중연 45장본과 대조하여 이 이본이 한중연 45장본 계열에 포괄될 수 없는 근거를 밝히고 새로운 계열 설정의 필요성을 제기한 바 있다.[158) 그 후에 <홍계월전>의 이본을 수집하는 과정에서 단국대 38장본과 동일한 서사 내용과 디테일을 지닌 영남대 46장본 <계월전>을 수득했는데, 단국대 38장본보다 필사 시기가 앞서고 전체 내용상의 결함도 적은 것으로 확인되었다. 이에 따라 본 장에서는 <홍계월전>의 이본에 관한 필자의 기존 관점을

---

156) 조희웅, 『고전소설이본목록』, 집문당, 1999, 834쪽.
157) 정준식, 「<홍계월전> 이본 재론」, 『어문학』 제101집, 한국어문학회, 2008, 248-252쪽.
158) 정준식, 「<홍계월전>의 군담 변이와 이본 분화의 상관성」, 『한국문학논총』 제75집, 한국문학회, 2017, 75-82쪽.

계승하되 영남대 46장본 <계월전>의 서사적 특징과 자료적 가치를 논의하고자 한다.

기존 논의에 따르면 <홍계월전>의 이본은 대략 원전의 서사를 계승한 장편 계열과 후대에 축약된 단편 계열로 나뉜다. 이를 고려하여 여기서는 장편 계열의 선본으로 알려진 단국대 103장본과 단편 계열의 선본으로 알려진 연세대 57장본을 비교의 대상으로 삼는다.

1) 영남대 46장본 <계월전>의 서사적 특징

영남대 46장본 <계월전>은 예언 1과 그 서사적 실현을 핵심으로 삼고 있어서 얼핏 보면 연세대 57장본 계열159)의 이본들과 차이를 발견하기 어렵다. 그러나 영남대 46장본 <계월전>은 도입부, 군담 2, 홍시랑 일행의 피난 여정, 결말부 등에서 연세대 57장본과 뚜렷한 차이를 보인다. 이에 따라 여기서는 이들 네 요소를 중심으로 영남대 46장본 <계월전>의 서사적 특징을 검토하고자 한다.

① 도입부의 상황 부연과 서사 논리의 강화

영남대 46장본 <계월전>의 도입부에는 다른 계열의 해당 부분에 비해 시공적 배경이 달리 설정되어 있다. 즉 원전의 서사를 계승한 단국대 103장본160)에는 "딕명 시절 연간의 셔쥬 구계촌"161)으로, 연세대

---

159) 앞서 '한중연 45장본'보다 '연세대 57장본'이 여러 면에서 안정된 모습을 보이므로 기존의 '한중연 45장본 계열'을 '연세대 57장본 계열'로 바꾸어 명명해야 한다는 필자의 주장에 따른 것이다.

160) 기존 논의에서 필자는 원전의 서사를 계승한 이본을 모두 '단국대 103장본 계열'로 분류했다. 그러다가 후속 논의에서 군담 4의 수용 여부에 따라, 이를 수용하지 않은 '단국대 96장본 계열'과 이를 수용한 '단국대 103장본 계열'로 나누고, '단국대 96장

57장본에는 "ᄃᆡ명 셩화 연간의 형쥬 구계촌"162)으로 되어 있음에 비해, 영남대 46장본 <계월젼>에는 "ᄃᆡ명 홍무 년간의 쳥쥬 구계촌"163)으로 설정되어 있어서 앞의 두 계열과는 분명한 차이를 보인다. 이를 통해 <홍계월젼>의 시공적 배경이 처음에는 '대명 시절'로 막연히 설정되었다가 후대에 이르러 '대명 셩화 연간'과 '대명 홍무 연간'으로 설정된 새로운 계열이 생성된 것임을 알 수 있다.

한편 영남대 46장본 <계월젼>의 도입부에는 다른 이본에 나오지 않는 '시주 발원 대목'이 설정되어 있다. 단국대 103장본과 연세대 57장본의 도입부에는 늦도록 자식이 없어 애태우던 홍무의 부인 양씨가 우연히 태몽을 얻고 잉태하는 것으로 되어 있다. 그런데 영남대 46장본의 도입부에는 자식이 없어 애태우는 상황과 태몽 사이에 별도로 '시주 발원 대목'이 다음과 같이 독립된 장면으로 설정되어 있다.

하로난 시비 고ᄒᆞ되 박기로셔 ᄒᆞᆫ 여승이 와 보옵고져 한다 ᄒᆞ거
날 부인 ᄃᆡ왈 들어오라 ᄒᆞ며 본이 과년 단졍한 여승이라 승다려 문
왈 무슴 일노 찬난다 승이 시랑 양위계 졀ᄒᆞ고 살오되 쇼승은 고소
ᄃᆡ 일봉암의 잇난 승 츄경이옵더니 졀이 퇴락ᄒᆞ와 관셰음보살이 풍
우을 피치 못ᄒᆞ옵기로 즁슈코자 ᄒᆞ오되 재력이 읍ᄉᆞ와 경영ᄒᆞ온

본 계열'을 원전의 서사에 가장 가까운 이본으로, 단국대 103장본 계열을 '단국대 96장본 계열'의 결함을 해결한 후대의 이본으로 추정하였다. 두 계열이 모두 원전의 서사를 계승하고 있지만, 단국대 103장본이 단국대 96장본에 비해 완성도가 높으므로 이를 장편 계열의 대표본으로 활용함을 밝혀 둔다.

161) 단국대 103장본, 1장a. 물론 장편 계열의 개별 이본에 따라 공잔적 배경이 '셩주, 쳥주, 셔주' 등으로 되어 있지만, '대명 시절'이라는 시간적 배경은 동일하게 설정되어 있다.

162) 연세대 57장본, 1장a.

163) 영남대 46장본, 1장a. 영남대 46장본에만 '대명'이란 국호 없이 '홍무 년간의 쳥쥬 구계촌'으로 되어 있고, 동일 계열로 추정되는 단국대 38장본, 연세대 41장본, 충남대 63장본 등에는 모두 'ᄃᆡ명 홍무 연간'으로 되어 있다.

제 오릭옵던니 듯스온 즉 상공댁의셔 젹션을 조와훈다 훈옵기로
불원쳘이훈옵고 완나이다 부인이 왈 직력이 얼마나 훈면 즁슈훈
올잇가 승이 답왈 물력 다소난 알 질이 읍스오니 부인틱 쳐분틱로
훈옵소셔 부인이 탄식 왈 니의 셰간이 만훈되 젼훈올 고시 읍스오
니 차라리 붓쳐임계 딕려 훗길이나 닥글지라 훈고 은지 오뵈 양을
쥬어 왈 울리 무즈훈온 일을 붓쳐임계 발원훈옵셔 자식이나 지시
훈야 쥬옵소셔 승이 부복 슈왈 지셩이면 감쳔이라 훈오니 부쳐임계
공을 들려 보스이다 훈고 시랑 싱월 싱시을 기록하여 가지고 시랑
양위계 훈직훈고 가더라 니젹의 부인이 여승을 보닉고 믹일 축슈
훈여 쳔힝으로 자식을 볼가 훈더니[164]

인용문은 자식이 없어 설워하던 홍무 부부가 퇴락한 절의 중수를 위
해 시주를 청하러 온 고소대 일봉암의 여승에게 은자 오백 냥을 시주하
고 부처님께 자식 점지를 발원하는 방면이다. 이 장면은 단국대 103장
본과 연세대 57장본에는 수용되지 않은 것으로 보아 영남대 46장본에
서 독자적으로 마련되었을 것으로 추정된다.[165] 그렇다면 두 계열에
없던 이 장면이 영남대 46장본에 새로 추가된 까닭은 무엇일까.

<홍계월전>에서 계월의 수난을 견인하는 첫 번째 사건은 장사랑의
난이다. 그 난은 계월이 다섯 살 되던 해에 부친 홍무가 먼 곳으로 벗을
찾아간 사이에 발생한다. 계월의 어미인 양씨 부인은 계월과 함께 정처
없이 피난하던 중 강가에서 수적 맹길에게 붙잡혀 계월은 강물에 던져
지고 자신은 강제로 끌려가는 불운을 겪는다. 그런데 다행히 강물에 떠

---

164) 영남대 46장본, 1장b-2장a.
165) 물론 영남대 46장본의 저본이 별도로 존재했을 가능성이 없지 않다. 하지만 현재로
　　 서는 이를 확인할 수 없으므로 여기서는 수집된 <홍계월전>의 이본 중에서 도입
　　 부에 이 장면이 가장 먼저 수용된 이본이 1901년에 필사된 영남대 46장본 <계월
　　 젼>임을 밝혀 둔다.

내려가던 계열은 부릉포에 사는 여공에게 구출되어 그의 집에 의탁하게 되고, 맹길에게 납치된 양씨 부인은 먼저 잡혀 있던 춘양(춘향)과 함께 탈출한 후에 우연히 만난 여승을 따라 고소대 일봉암으로 가서 머물게 된다. 장사랑의 난은 수집된 모든 이본에 빠짐없이 수용된 것으로 보아 <홍계월전>의 서사를 구성하는 필수 요소임을 알 수 있다.

그런데 영남대 46장본 <계월전>의 도입부에 설정된 '시주 발원 대목'은 맹길에게 잡혀갔던 양씨 부인이 그곳을 탈출하여 고소대 일봉암으로 간 것이 예정된 일임을 강조하기 위한 서사적 장치로 볼 수 있다. 사실 단국대 103장본과 연세대 57장본에는 양씨 부인이 왜 하필 고소대 일봉암으로 피신하게 되었는지, 그 의문을 해소할 수 있는 서사적 장치가 마련되어 있지 않아 독자들에게는 우연한 일로 비춰질 수밖에 없다. 따라서 영남대 46장본 <계월전>의 도입부에 설정된 '시주 발원 대목'은 이러한 서사 공백을 메꾸어 독자들의 궁금증을 해소하기 위해 후대에 마련된 것으로 볼 수 있다.

다음, <영남대 46장본 <계월전>의 도입부에 설정된 예언 1에는 계월이 앞으로 '세 번 죽을 액'을 겪을 것이라는 문구가 구체적으로 명시되어 있다.

> 부모 양위 그 아히 죠달함을 염예ᄒ여 강호쌍의 곽도스을 쳥ᄒ여 계월의 상을 뵈올 시 도스 왈 아히 상을 보니 오시의 부모을 이별ᄒ고 동셔의 픠리ᄒ여 거의 죽을 지경의 당ᄒ엿다가 어진 스람을 만나 그 스람의 은혜을 입어 몸이 장셩ᄒ여 <u>셰 번 죽을 익을 지닌 후의 몸이 귀이 되여</u> 영화로 부모을 만날 것시니 초분은 흉하나 즁후분은 부귀 쳔하의 진동ᄒ리라166)

---

166) 영남대 46장본, 3장a.

곽도사가 계월의 상을 보고 언급한 예언 1에 계월이 '세 번 죽을 액'을 겪을 것이란 내용은 원전의 서사를 계승한 장편 계열의 모든 이본에 명시되어 있다. 그런데 후대에 축약된 단편 계열의 이본 가운데 연세대 57장본 계열에는 이 내용이 모두 생략되었는데, 영남대 46장본을 비롯한 몇몇 이본에는 장편 계열의 이본과 같이 이 내용이 그대로 수용되었다. 영남대 46장본 <계월전>은 예언 1만 설정된 점에서는 연세대 57장본 계열과 친연성이 있고, 예언 1에 '세 번 죽을 액'이 명시된 점에서는 장편 계열과 친연성이 있다. 실제로 대부분의 이본에는 예언 1의 '세 번 죽을 액'에 해당하는 장사랑의 난, 서번·서달의 난, 오·초 양왕의 난이 구체적인 서사로 실현되어 있으므로 그것을 명시하거나 하지 않거나 크게 달라질 것은 없다.

이상과 같이 영남대 46장본 <계월전>의 도입부에는 시공적 배경이 '대명 홍무 연간 청주 구계촌'으로 되어 있고, 다른 계열에는 없는 '시주 발원 대목'이 새로 추가되었으며, 장편 계열의 예언 1에 명시된 '세 번 죽을 액'이란 내용이 그대로 수용되었다. 여타 계열의 도입부에는 이들 세 요소가 모두 갖추어진 경우가 없는 점으로 보아 후대에 의도적인 개작이 이루어진 일련의 이본이 생성된 것으로 추정된다.

② 군담 2의 변개와 보조 인물의 역할 변화

장편 계열의 선본인 단국대 103장본을 대상으로 삼을 경우, <홍계월전>에는 모두 네 차례의 군담이 그려지고 있다. 예언 1의 '세 번 죽을 액' 중에서는 서번·서달의 난과 오·초 양왕의 난 1이 각각 군담 1과 군담 2로 장면화 되어 있고, 예언 2의 '세 번 죽을 액' 중에서는 오·

초 양왕의 난 2와 오·초 양왕의 난 3이 각각 군담 3과 군담 4로 장면화되어 있다. 곽도사가 예언한 대로라면 <홍계월전>에는 군담 1, 2, 3, 4가 모두 나타나야 마땅하지만, 수집된 이본 27종 가운데 실제로 네 차례의 군담을 차질 없이 그려낸 이본은 단국대 103장본이 유일한 것으로 확인된다. 그 외에는 원전의 서사를 계승한 장편 계열의 이본들이 모두 군담 1, 2, 3만 그려내고 있다. 바로 이 때문에 <홍계월전>이 애초부터 결함을 지닌 채로 독자들에게 유포되었을 가능성이 제기된 것이다.167)

원전을 계승한 장편 계열이 군담 1, 2, 3 혹은 군담 1, 2, 3, 4를 그려내고 있음에 비해 후대에 축약된 단편 계열에는 군담 1, 2만 존재하는 경우가 대부분이다.168) 이러한 차이는 단편 계열이 장편 계열에서 예언 1과 그 서사적 실현만 수용하고 예언 2와 그 서사적 실현은 통째로 생략한 데서 비롯되었다. 기존 논의에서는 군담 1, 2만 그려낸 이본을 뭉뚱그려 '한중연 45장본 계열'로 묶었지만169) 이제 영남대 46장본 <계월전>의 존재가 알려지면서 수정이 불가피하게 되었다. 한중연 45장본 계열은 후속 논의에서 연세대 57장본 계열로 명칭이 변경되었는데, 이 계열에는 장편 계열의 군담 1, 2가 고스란히 수용되어 있다. 이에 비해 영남대 46장본 <계월전>에는 군담 1은 장편 계열의 군담 1이 그대로 수용되었지만 군담 2는 적지 않은 차이를 보이는바, 그 특징은 다음 두 가지로 요약된다.

---

167) 정준식, 「<홍계월전> 원전 탐색, -단국대 103장본 계열을 중심으로-」, 『어문학』 제137집, 한국어문학회, 2017, 328-335쪽.
168) 물론 단편 계열에는 군담 1만 존재하는 이본도 2종 있지만 크게 성행하지는 못했다. 본서의 III장에서는 이들 2종을 단편 계열의 다른 이본들과 분리하여 '계명대 57장본 계열'로 설정하였다.
169) 정준식, 「<홍계월전> 이본 재론」, 『어문학』 제101집, 한국어문학회, 2008, 249쪽.

첫째, 영남대 46장본 <계월전>의 군담 2에는 오·초 양국의 장수로 '맹달'이란 인물이 설정되어 있다. 본래 오·초 양왕의 협공으로 시작된 군담 2에는 오·초의 대표적인 장수로 '구덕지'와 '맹길'이 등장한다. 구덕지는 선봉에서 명군과 대적하다 보국의 칼에 맞아 죽고, 맹길은 명군이 모두 전장에 나간 사이 황성을 급습하여 천자를 포위한 상황에서 항서를 강요하다가 뒤늦게 이를 알고 추격해온 계월에게 사로잡혀 황성으로 끌려간 뒤 무참히 살해된다. 장편 계열이든 단편 계열이든 대부분 이본의 군담 2는 이와 동일한 내용으로 되어 있다.

그런데 맹길은 본래 배를 타고 강으로 다니며 노략질을 일삼는 수적(水賊)으로, 장사랑의 난을 피해 급히 도망가던 계월 모녀를 강가에서 붙잡아 계월은 깅물에 던지고 양씨 부인은 납치해간 자이다. 이처럼 재물 약탈과 여성 납치를 일삼던 매우 불량한 자가 느닷없이 오·초를 대표하는 장수로 등장하여 서사 논리에 어긋나는 일이 발생했으니 의식 있는 독자들은 의아할 수밖에 없었을 것이다. 그래서인지 영남대 46장본 <계월전>에는 '맹달'이란 장수가 별도로 설정되어 '맹길'의 역할을 대신 수행하는 것으로 바뀌어 있다. 이렇게 되면 계월 입장에서는 가문의 원수가 전혀 다른 인물로 대체된 격이니, 두 인물을 대하는 그의 태도 또한 달라질 수밖에 없다.

단국대 103장본과 연세대 57장본의 군담 2에서 맹길은 구덕지가 보국과의 접전에서 쉽게 패하여 죽는 것을 보고 자신이 직접 결사대 수천 명을 이끌고 한밤중에 방비가 허술한 황성을 급습하여 도망가던 천자를 포위한 후 항서를 바칠 것을 강요한다. 맹길의 겁박에 두려워하던 천자가 용포 자락을 찢고 손가락을 깨물어 치욕스럽게 항서를 쓰려는 순간 뜻하지 않게 계월이 쏜살같이 달려들어 극적으로 천자를 구출한다. 결박한 맹길의 등에 행군 북을 매달고 크게 울리며 황성으로 복귀한 계월은 천자가 보는 앞에서 맹길을 나무에 매단 채 엄히 문초하여 지난날의 죄상을 낱낱이 실토케 한 후 그의 살을 점점이 도려내고 간을 끄집어내는 살벌한 복수 장면을 연출한다. 전체 서사를 통틀어 가장 잔인한 장면으로 기억될 이 부분은 맹길에 대한 계월의 원한과 복수심이 어느 정도였던가를 말해주고도 남음이 있다.

이에 비해 영남대 46장본 <계월전>의 군담 2에는 '맹길'이 '맹달'로 대체되면서 상황이 딴판으로 변한 것처럼 보인다. 여기서 맹달은 황성을 급습하여 천자를 겁박하며 항서를 강요하다가 천기를 보고 달려간 계월에게 그 자리에서 피살된 후 서사에서 완전히 사라진다. 말하자면 적장이 '맹길'에서 '맹달'로 바뀌자 맹길은 수적(水賊)으로만 존재하고 '맹달'은 적장으로만 존재하는 역할 분담이 이루어진 셈이다. 여기에는 가문의 원수와 국가의 적대자를 분리하려던 개작자의 의도가 반영되었을 법하다. 하지만 그렇게 개작된 궁극적 원인은 '한낱 도적질을 일삼던 불량한 자가 어떻게 한 나라를 대표하는 장수가 될 수 있었는가'라는 서사적 의문이 강하게 작용하였기 때문이 아닐까 싶다. 어쨌든 적장을 '맹달'로 바꾸어 그런 의문은 해소된 듯하지만, 그로 인해 이전 서사에서 계월을 강물에 던지고 양씨 부인을 납치했던 '맹길'의 행방이 더욱 묘연해지는 결과가 초래되었다.

둘째, 영남대 46장본 <계월전>의 군담 2에는 천자의 제안으로 계월과 보국이 무예를 겨루는 장면이 생략되었다. 이 장면은 단국대 103장본과 연세대 57장본을 포함한 대부분의 이본에 수용된 점으로 보아 원전에서 유전되었을 가능성이 크다.

이젹의 보국이 오초 냥왕을 잡어 압세우고 황셩을 향ᄒ야 올 ᄉᆡ 바라본니 ᄒᆞᆫ 장슈 ᄉᆞ장의 드려 오거날 살펴보니 슈긔와 칼 빗슨 원슈의 칼과 슈긔로ᄃᆡ 말은 쥰총마가 아니여날 보국이 의심ᄒ여 일변 진을 치며 ᄉᆡᆼ각ᄒ되 젹장 ᄆᆡᆼ길이 복병ᄒ고 원슈의 모양을 본바다 나을 유인함이라 ᄒ고 크계 의심ᄒ거날 쳔ᄌ 그 거동을 보시고 평국을 불너 왈 보국이 원슈을 보고 젹즁인가 ᄒ야 의심ᄒᄂᆞᆫ 듯ᄒ니 원슈은 젹즁인 쳬ᄒ고 즁군을 쇠겨 오날 ᄌᆡ조을 시험ᄒ야 짐을 구 경 식키라 ᄒ시니 원슈 쥬왈 폐ᄒ ᄒ교 신의 ᄯᆺ과 갓ᄉ오니 그리 ᄒᄉ이다 ᄒ고 갑옷 우의 거문 군복을 닙고 ᄉᆞ장의 나셔며 수긔을 놉피 들고 보국의 진으로 향ᄒ니 보국이 젹즁인 쥴 알고 달여 들거 날 평국이 곽도ᄉᆞ의게 빈운 슐법을 베푸니 경각의 ᄃᆡ풍이 일어나며 흑운 안긔 자옥ᄒ며 지쳑을 분별치 못할너라 보국이 아모리 할 쥴 을 모로고 황겁ᄒ여 ᄒ더니 평국이 고함ᄒ고 달여들어 보국의 충 검을 아셔 손의 들고 산먹을 잡어 공즁 치들고 쳔ᄌ 계신 곳시로 갈 ᄉᆡ 이ᄯᆫ 보국이 평국의 손의 달여오며 소ᄅᆡ을 크게 ᄒ여 원슈을 불 너 왈 평은 어ᄃᆡ 가셔 보국이 죽난 쥴을 모로ᄂᆞᆫ고 ᄒ며 우ᄂᆞᆫ 소ᄅᆡ 진즁이 요란ᄒ니 원슈 이 말을 듯고 우슈며 왈 네 웃지 평국의계 달 여오며 평국은 무슴 일로 부르ᄂᆞᆫ뇨 ᄒ며 박중ᄃᆡ소ᄒ니 보국이 그 말을 듯고 정신을 ᄎᆞ려보니 과연 평국이여날 슬품은 간ᄃᆡ 읍고 도 로여 부ᄭᅳ러워 눈믈을 거두더라 쳔ᄌ ᄃᆡ소ᄒ시고 보국의 손을 잡 으시고 위로 왈 즁군은 원슈의계 욕봄을 츄호도 과염치 말나 원슈 ᄌᆞ의로 함이 아니라 짐이 경등의 ᄌᆡ조을 보랴 ᄒ고 시킨 비라[170)]

위의 인용문은 군담 2에서 위기에 처한 천자를 극적으로 구한 계월이 황성으로 돌아가 맹길을 처단한 후에 천자와 함께 보국을 마중하러 가던 중 천자 일행을 적으로 오인한 보국을 골려주는 장면이다. 천자와 계월의 장난기로 시작된 계월과 보국의 무예 시합에서 계월은 맹길의

---

170) 연세대 57장본, 55장a-56장a.

말과 갑옷을 입고 적장인 체하며 보국과 한 판 승패를 겨룬다. 이 시합에서 보국은 계월에게 멱살을 잡힌 채 끌려가는데도 전혀 그 상황을 인식하지 못한 채 애절하게 계월의 도움만 구걸하는 우스꽝스러운 상황을 연출하고 있다.

그러고 보면 <홍계월전>에서 보국은 곽도사에게 수학할 때부터 늘 계월보다 열등한 존재로 평가되기 일쑤였다. 수학 과정에서부터 계월이 보국보다 월등했고, 과거에서도 계월은 장원인데 보국은 부장원으로 급제했으며, 군담 1에서는 대원수인 계월의 중군으로 출전하여 적에게 죽을 위기에 처한 것을 계월이 구해준 바 있다. 이에 더하여 혼인 직전에는 계월의 '망종군례'에 불려가 망신을 톡톡히 당했을 뿐 아니라, 혼인 직후에는 그의 애첩 영춘이 계월에게 처단되는 수모를 감내해야 했다. 이런 일련의 사태로 보국은 심기가 매우 불편했지만, 기껏해야 부친에게 계월의 소행을 고자질하거나 계월의 방에 들지 않는 소극적인 대처로 불만을 달랬을 뿐이다. 그러던 차에 군담 2에서 경거망동하다 적에게 죽을 위기에 처한 것을 계월이 구해주었고, 급기야 천자와 계월의 계략에 말려 자신의 무능과 졸렬함이 여과 없이 폭로되는 조롱까지 당하게 된 것이다.

이처럼 <홍계월전>은 원전에서부터 계월의 우월함을 부각하기 위해 보국의 위신을 지나치게 훼손한 감이 없지 않았다. 보국을 중심에 놓고 보면 <홍계월전>은 마치 보국이 점점 위축되고 망가지는 모습을 그려낸 서사인 듯 그의 추락은 끝이 없어 보인다. 그나마 원전을 계승한 장편 계열의 이본에는 보국 혼자서 대원수로 출정하여 적과의 싸움에서 당당히 승리하고 돌아오는 군담 3이 설정되어 있어서 군담 1, 2에서 추락한 그의 위신이 어느 정도 회복된다고 할 수 있다. 반면 군담

1, 2만 나와 있는 단편 계열에는 우월한 계월과 열등한 보국의 대립 구도가 너무도 선명하여 보국에게 어떤 반전도 기대할 수 없다.

  <홍계월전>이 창작 유포된 18세기 말경부터 연세대 57장본 계열이 성행하던 19세기 말경까지 보국은 이처럼 늘 초라한 모습으로 독자들에게 각인되면서 동정 또는 조소의 대상이 되어왔던 것으로 보인다. 그러다 보니 끝없이 추락하는 보국의 초라한 모습에 불만을 지닌 독자도 더러 생겨났을 법한데, 영남대 46장본 <계월전>은 천자의 제안으로 계월과 보국이 무예를 겨루는 장면을 통째로 생략함으로써 이 문제를 부분적으로 해결하려 한 흔적을 보인다. 따라서 이는 기존 <홍계월전>에서 보국이 지나치게 조롱당한 것에 대한 불만의 표출이자 그나마 남아있던 그의 위신을 지켜내기 위한 소극적 전략이었다.

  이상과 같이 영남대 46장본 <계월전>은 군담 2에서 적장 '맹길'을 '맹달'로 바꾸어 수적 '맹길'과 오·초의 장군 '맹달'이 별개의 인물임을 명확히 하고, 천자의 권유로 계월과 보국이 무예를 겨루는 장면을 통째로 생략하여 실추된 보국의 위신을 조금이나마 지키려는 의도를 드러내고 있다. 맹달을 별도로 설정한 배경에는 일부 독자들 사이에 '평소 재물 약탈과 여성 납치를 일삼던 맹길이 어떻게 오·초의 장수가 될 수 있는가'라는 서사적 의문이 없지 않았을 터, 이를 해소하기 위해 군담 2의 내용 일부를 바꾼 것으로 추정된다. 그리고 계월과 보국의 겨루기를 생략한 것은 이미 수학 단계에서부터 지속되어 온 보국의 위신 추락이 도를 넘었다고 판단한 일부 독자들의 소극적 반응인 셈이다.

③ 피난 여성의 생략과 예언 구도의 파괴

<홍계월전>에는 계월을 중심으로 한 가족의 이합이 두 번 그려지고 있다. 계월은 여섯 번의 액운을 겪는 동안 부모와 헤어졌다가 다시 만나는 과정을 두 번 반복한다. 첫 번째는 계월이 장사랑의 난으로 부모와 헤어진 후에 군담 1에서 도망가는 서달을 추격하여 벽파도로 갔다가 그곳에 함께 있던 부모와 우연히 상봉하게 된다. 두 번째는 군담 2에서 계월이 대원수로 출전하여 오·초 양국과 싸우는 동안 그의 부모는 황후, 태자, 여공의 처와 함께 익주 천명산에 있는 곽도사의 거처에 피신해 있다가 난이 평정된 후에 황성으로 복귀하여 서로 만나게 된다. 그런데 군담 2에 형상화된 두 번째 가족이합은 단순히 계월 가족의 이합에 그치지 않고 남성 인물들이 자신의 목숨을 부지하기 위해 숨거나 도망하는 과정을 보여주는 것이므로 피난 여정이라는 큰 틀에서 해석될 필요가 있다.

<홍계월전>의 군담 2는 군담 1만 그려낸 2종의 이본[171]을 제외하면 모든 완질본에 수용되어 있다. 군담 2는 전란의 와중에서 남성들이 보여준 무능과 비겁함을 여과 없이 적나라하게 까발린다는 점에서 매우 주목된다. 계월과 보국이 적과 싸우는 동안 천자는 황성을 버리고 신하의 등에 업힌 채 달아나고, 태자와 황후는 궁을 빠져나가 정처 없이 떠돈다. 그리고 홍시랑 부부는 여공의 아내를 데리고 피난하며, 여공은 미처 황성을 벗어나지 못한 채 수채 구멍에 몸을 숨긴다. 그런가 하면 전장에서는 보국이 적과 대치한 상황에서 경거망동하다 적의 계략에 속아 죽을 위기에 처한다. 이처럼 군담 2에는 남성 인물들이 하나

---

171) 계명대 57장본과 단국대 46장본이 이에 해당한다.

같이 부정적으로 형상화되어 있으니, 가히 남성들의 무능과 비겁함을 폭로하는 장이라고 할 만하다. <홍계월전>에 등장하는 남성 인물들은 모두 나라의 경영에 직간접적으로 간여하는 자들인데, 그들을 싸잡아 지나치게 희화화한 면이 없지 않다. 이 내용은 단국대 103장본과 연세대 57장본을 비롯한 장편 계열과 단편 계열에 거의 수용되어 있다.

이에 비해 영남대 46장본 <계월전>에는 여공이 수캣구멍에 드나드는 장면과 홍시랑 일행과 황후·태자의 피난 여정이 통째로 생략되었다. 다른 이본에서 황후와 태자는 피난 도중 홍시랑 일행을 만나 곽도사의 거처에서 함께 지내다가 전쟁이 끝난 뒤 황성으로 복귀할 때까지 모든 여정을 함께 하는 것으로 되어 있다. 이를 고려하면 영남대 46장본 <계월전>의 군담 2에 생략된 것은 계월 가족의 이합이라기보다 피난 여정에 가깝다고 할 수 있다. 이 피난 여정이 생략된 것은 여타 이본에서 계월의 우월성을 부각하기 위해 천자·태자·여공·홍시랑·보국 등의 남성 인물들을 지나치게 부정적으로 형상화한 것에 대한 반작용이 아닐까 싶다. 원작에서부터 계승되어 온 우월한 계월과 열등한 보국의 대립 구도가 일부 독자들에게는 균형을 상실한 남녀관계로 비춰질 수 있기 때문이다. 나아가 계월 가족의 이합 과정이 두 번 반복된다는 것은 그러잖아도 계월에게 편중된 서술의 불균형을 더욱 조장하는 것이기도 하다. 이렇게 볼 때 군담 2의 피난 여정이 생략된 것은 서술의 균형을 맞추고 반복의 지루함을 없애기 위한 방안이었던 것으로 해석된다.

그런데 영남대 46장본 <계월전>의 군담 2에 홍시랑 일행의 피난 여정이 생략되자 서사의 근간이 되는 예언구도가 파괴되는 새로운 문제가 야기되었다. 앞서 검토된바 예언 1과 예언 2의 핵심은 모두 계월이 '세 번 죽을 액'을 겪는다는 것이다. 여섯 번의 액운 가운데 구체적인 장면으로 비중 있게 실현되는 것은 예언 1의 군담 1과 군담 2, 예언 2의 군담 3과 군담 4이다. 영남대 46장장본 <계월전>에는 예언 1만 설정되었기 때문에 군담 1, 2가 마무리되면 곧바로 작품이 종결된다.

여타 이본의 군담 2에서 홍시랑 일행이 피난한 곳은 곽도사의 거처이다. 홍시랑은 피난 중에 길에서 우연히 황후·태자 일행을 만난 후 그들과 함께 익주 천명산의 곽도사 거처로 피신해 있다가 전쟁이 끝난 후에 그곳을 떠난다. 곽도사는 황성으로 복귀하는 홍시랑에게 편지 한 통을 주며 계월에게 전할 것을 당부한다. 물론 편지의 내용은 계열에 따라 달라서 장편 계열에는 이후에 다시 세 번 죽을 액을 겪을 것이라는 예고인 데 반해, 단편 계열에는 이제 모든 액이 사라졌다며 이별을 통보하는 내용으로 되어 있다.

그런데 영남대 46장본 <계월전>의 군담 2에는 홍시랑 일행의 피난 여정이 생략되어 곽도사와 계월 사이에 편지가 오갈 수 있는 서사적 통로도 막히고 말았다. 즉 곽도사의 편지는 그의 거처로 피난 온 홍시랑을 통해 계월에게 전달된 것인데, 영남대 46장본에는 이 피난 여정이 생략되었으니 편지를 전할 서사적 수단을 잃은 셈이다. 이는 곧 원전에서부터 견고하게 유지되어 온 예언 구도가 부분적으로 파괴된 것을 의미한다. 그래서인지 영남대 46장본 <계월전>의 군담 2는 매우 어설프게 마무리된다. 본래 군담 2에 수반된 계월 가족의 이합은 독자들에게 이별의 슬픔에서 재회의 감격에 이르기까지 낙차 큰 정서적 반응을 유발하며 서서히 안정된 마무리를 예비하는 기능을 수행한다. 그런데 그것이 통째로 생략되자 군담 2의 끝부분에서 작품의 결말에 이르는 과정이 매우 엉성하고 촉급하다는 느낌이 든다.

이상과 같이 영남대 46장본 <계월전>의 군담 2에는 홍시랑의 피난 여정이 생략된바, 이는 기존 이본들의 군담 2가 하나같이 계월을 높이고 보국을 깎아내리는 서술의 불균형을 보이자, 가족 이합의 반복에서 오는 지루함도 극복하고 보국과의 서술 균형도 맞추기 위한 서사 전략으로 이해할 수 있다.

④ 무리한 지연에 따른 촉급한 결말

영남대 46장본 <계월전>은 결말 방식에서도 기존의 이본들과 뚜렷한 차이를 보인다. 연세대 57장본의 경우 군담 2가 막바지에 이르자 홍시랑 일행의 피난 여정도 마무리되면서 가족 상봉과 논공행상이 유기적으로 이루어진다. 그 뒤에는 후일담이 제시되면서 서사가 결말로 치닫는다. 단국대 103장본의 경우 군담 2의 마무리 단계에서 예언 2가 새롭게 제시되면 계월이 또다시 '세 번 죽을 액'을 극복하는 과정이 군담 3, 4를 중심으로 펼쳐진다. 그리고 군담 4가 끝나는 시점에 곽도사가 계월과 보국에게 나타나 모든 액이 소멸된 사실을 알리고 떠나면 후일담이 제시되면서 서사가 마무리된다. 이처럼 두 이본의 결말은 모든 사건이 해결된 뒤에 서서히 안정적으로 이루어지는데, 이것이 바로 고소설의 일반적인 결말 방식이다.

그런데 영남대 46장본 <계월전>의 결말은 두 이본에 비해 매우 어색하고 촉급하게 이루어진다. 먼저, 어색함은 군담 2에 오·초의 장수로 맹길 대신 맹달이 설정된 탓에 맹길의 행방이 오랫동안 묘연하다가 느닷없이 결말 직전에서 그에 대한 처벌이 이루어졌기 때문이다. 맹길은 장사랑의 난으로 피난하던 양씨 부인을 납치하고 어린 계월을 강물

에 던진 인물이다. 그런데 맹길이 술에 취해 잠든 사이에 양씨 부인이
탈출을 감행하게 되는데, 이를 뒤늦게 안 맹길이 적당을 이끌고 추격했
지만 결국 양씨 부인을 붙잡지 못한다. 단국대 103장본과 연세대 57장
본에는 이런 맹길이 오·초의 장수가 되어 명을 침공하는 일에 가담했
다가 계월에게 붙잡혀 죽임을 당하는 것으로 되어 있다. 반면 영남대
46장본 <계월전>에는 맹길이 도망간 양씨 부인을 추격하다 실패한
이후 그의 행방에 대한 언급이 전혀 없다가, 갑자기 결말 직전에서 그
가 황성으로 소환되어 양씨 부인에게 도륙되는 것으로 되어 있다. 말하
자면 맹길의 행방과 관련된 서사 공백이 어색한 결말을 견인한 것이라
할 수 있다. 다음, 촉급함은 앞서 언급했듯이 홍시랑 일행의 피난 여정
이 통째로 생략되면서 예언 구도가 부분적으로 파괴되자 군담 2의 끝
자락과 후일담 사이에서 결말을 안정적으로 매개할 만한 서사적 장치
가 사라졌기 때문이다. 요컨대 영남대 46장본 <계월전>의 어색하고
촉급한 결말은 군담 2의 변개에 따른 맹길에 대한 처벌의 지연과 피난
여정의 생략에 따른 예언 구도의 파괴에서 비롯된 것이다.

이상과 같이 영남대 46장본 <계월전>은 전승되던 전대 이본의 서
사적 결함과 의문을 해소하기 위해 부분적으로 생략, 변개, 부연하는
방식으로 개작을 시도한 이본이다. 개작을 통해 전대 이본의 서사적 결
함과 의문이 상당히 해소된 것은 인정되지만 그로 인해 새로운 문제가
야기된 것 또한 사실이다.

2) 영남대 46장본 <계월전>의 자료적 가치

앞의 논의로 영남대 46장본 <계월전>의 서사적 특징이 대략 드러

낳다. 그런데 <홍계월전>의 이본 중에는 영남대 46장본 <계월전>과 일치되는 서사 내용을 지닌 이본이 4종이나 더 있는 것으로 확인된다. 단국대 38장본 <洪桂月傳>, 단국대 62장본 B <洪桂月傳>, 연세대 41장본 <홍계월전>, 충남대 63장본 <계월전>이 바로 그것이다.172) 따라서 이들도 당연히 앞의 논의에서 확인된 영남대 46장본의 서사적 특징을 공유하고 있다. 즉 이들은 도입부의 상황을 부연하여 서사 논리를 강화하였고173), 군담 2의 적장을 '맹길'에서 '맹달'로 변개하여 '맹길'의 역할을 축소하였으며174), 계월과 보국의 무예 시합 장면을 생략하여 계월에게 편중된 서사의 불균형을 해소하려 하였다. 이에 더하여 홍시랑 일행의 피난 여정을 통째로 생략함으로써 가족 이합의 반복으로 인한 지루함을 극복하려 하였다.

이처럼 단편 계열의 이본 가운데 영남대 46장본을 포함한 5종의 이본은 특정 대목을 생략, 변개, 부연하는 방식을 통해 원전에서 유전된 서사적 공백과 결함을 어느 정도 해결하는 성과를 거두었다. 하지만 그로 인해 맹길의 행방이 묘연하고 그에 대한 처벌이 지연됨에 따라 본래 완만하고 안정적이던 결말이 어색하고 촉급하게 이루어지는 문제를 낳기도 했다.

이들 5종의 이본 가운데 영남대 46장본은 1901년에 필사되었고, 단

---

172) 이들 4종 가운데 단국대 38장본 <洪桂月傳>은 국한문 혼용 필사본이고 나머지는 모두 국문 필사본이다.

173) 도입부의 시공적 배경을 '대명 홍무 연간'으로 설정하고 다른 계열에 없던 '시주 발원 대목'을 새롭게 추가한 것을 말한다. 다만 단국대 62장본 B는 첫 장이 낙장이라 내용을 확인할 수 없지만, 전체 서사 내용이 나머지 세 이본과 동일하므로 도입부의 내용 또한 이들과 다르지 않았을 것으로 추정된다.

174) 단국대 38장본 <洪桂月傳>, 34장-35장 ; 단국대 62장본B <洪桂月傳>, 54장-59장 ; 연세대 41장본 <홍계월전>, 36장-39장 ; 충남대 63장본 <계월전>, 54장-59장 참조.

국대 38장본은 1093년에, 연세대 41장본은 1915년에, 충남대 63장본은 1910년에 필사된 것으로 추정된다.[175] 5종의 이본 가운데 4종의 필사 시기가 1901년에서 1915년 사이에 걸쳐 있는데, 이를 연세대 57장본 계열의 필사 시기[176]와 견주어 볼 때 두 계열은 같은 시기에 공존하면서 독자들에게 수용되었음이 분명하다. 이는 곧 19세기 말에서 20세기 초반 사이에 원전 계열의 서사에서 예언 2와 그 실현에 해당하는 내용을 통째로 생략하면서 새롭게 생성된 이본이 적어도 두 계열 이상이었음을 의미한다.

본서의 앞장에서 필자는 단국대 96장본 <계월전>을 원전의 서사는 물론 그 결함까지 고스란히 계승한 이본으로 추정하였다. 작품에 설정된 곽도사의 예언에 따라 서사가 진행된다고 가정할 때 <홍계월전>에는 예언 1의 '세 번 죽을 액'과 예언 2의 '세 번 죽을 액'을 합쳐 모두 여섯 번의 액운이 실현되어야 마땅하다. 하지만 실제로 원전을 계승한 것으로 추정되는 장편 계열에서 단국대 103장본을 제외한 다른 이본들은 모두 예언 2의 '세 번 죽을 액' 가운데 마지막 액이 실현되지 않은 채로 마무리된다. 그래서 필자는 이를 포함한 여러 정황을 근거로 삼아 <홍계월전>이 애초부터 서사적 결함을 지닌 채 독자들에게 유포되었을 가능성을 제기하고, 그 결함을 해결하기 위한 후대 독자들의 적극적인 개입이 결과적으로 이본 생성과 계열 분화를 촉진한 것으로 보았다.[177]

---

175) 영남대 46장본 마지막 장에 "신축 십일월 초십일 필서"라고 되어 있고, 단국대 38장본 앞표지에 "癸卯年 二月"로, 연세대 41장본 앞표지에 "을묘 정월"로, 충남대 63장본 마지막 장에 "경술 삼월 □일 필서"라고 표기되어 있다.

176) 연세대 57장본 계열에 속하는 이본 가운데 한중연 47장본이 1907년(정미 이월)에 필사되었고, 한중연 45장본이 1910년(庚戌 二月), 연세대 57장본이 1911년(辛亥 十一月), 한중연 35장본이 1917년(경사 이월)에 필사된 것으로 추정된다.

본서의 논의로 볼 때 <홍계월전>의 원전에서 비롯된 서사적 결함을 해결하기 위한 시도는 크게 세 방향에서 진행된 것으로 보인다. 하나는 원전의 서사를 그대로 수용하면서 부분적 결함을 해결하려 한 단국대 103장본 계열이고, 둘은 원전의 서사에서 예언 1의 군담 1, 2만 수용하면서 부분적 결함을 해결하려 한 연세대 57장본 계열이며, 셋은 원전의 서사에서 군담 1, 2만 취하되 군담 2를 변개하면서 부분적 결함을 해결하려 한 영남대 46장본 <계월전>을 포함한 5종의 이본이다.

앞서 검토한바 영남대 46장본 <계월전>을 포함한 5종의 이본은 기존 논의에서 설정된 이본 계열에 비해 도입부, 군담 2, 홍시랑 일행의 피난 여정, 결말에서 확연한 차이를 보이며 의미 변화까지 수반하고 있으므로 이들을 기존 계열에서 분리하여 새로운 계열로 설정하는 것이 바람직하다. 이에 따라 본서에서는 영남대 46장본 <계월전>을 포함한 5종의 이본을 기존 계열에서 분리하여 '영남대 46장본 계열'로 설정한 것이다.

영남대 46장본 계열의 생성 시기는 정확히 가늠하기 어렵다. 다만 영남대 46장본 <계월전>이 1901년에 필사되었고, 그 뒤에 필사된 나머지 4종의 내용이 영남대 46장본의 그것과 크게 다르지 않은 점으로 보아, 영남대 46장본 계열은 대략 19세기 말경에 생성된 것으로 추정될 뿐이다. 그렇다면 영남대 46장본 계열은 19세기 말에서 20세기 초반까지 연세대 57장본 계열과 경쟁 관계를 형성하며 전승되다가, 1910년대 초반 연세대 57장본 계열을 저본으로 삼은 활자본이 널리 보급되면서 차츰 경쟁에서 밀려난 것으로 볼 수 있다. 두 계열의 주도권 경쟁에서 영남대 46장본 계열이 밀려날 수밖에 없었던 원인에 관해서는 별도의

177) 정준식, 「<홍계월전>의 군담 변이와 이본 분화의 상관성」, 『한국문학논총』 제75집, 한국문학회, 2017, 64-86쪽.

논의가 필요하지만, 무리한 개작에 따른 원전의 훼손과 새로운 결함의 노출이 주된 원인이 아니었을까 한다.

영남대 46장본 계열의 이본 5종은 전체 서사의 내용이 대체로 일치하므로 두드러진 차이를 발견하기 어렵고, 다만 세부 표현의 차이, 인명과 지명의 차이, 특정 구절의 유무 정도만 확인된다. 그런데 5종의 이본 가운데 영남대 46장본과 단국대 38장본은 다른 세 이본보다 먼저 필사되었고 그 시기가 연세대 57장본 계열의 이본보다 앞서므로 영남대 46장본 계열이 생성되던 시기의 서사 내용을 비교적 잘 지니고 있을 것으로 추정된다. 이에 따라 여기서는 영남대 46장본과 단국대 38장본의 몇몇 대목을 대비적으로 검토하여 영남대 46장본 계열의 선본을 가리고자 한다.

소승은 고소디 일봉암의 잇난 승 츄졍이옵더니 졀이 퇴락ᄒ와 관셰음보살이 풍우을 피치 못ᄒ옵기로 즁슈코자 ᄒ오되 재력이 읍ᄉ와 경영ᄒ온 제 오리옵더니 듯ᄉ온 즉 상공댁의셔 젹션을 조와ᄒ다 ᄒ옵기로 불원쳘이ᄒ옵고 완나이다 부인이 왈 지력이 얼마나 ᄒ면 즁슈ᄒᄋ올잇가 승이 답왈 물력 다소난 알 질이 읍ᄉ오니 부인 되 쳐분되로 ᄒ옵소셔 부인이 탄식 왈 니의 셰간이 만ᄒ되 젼ᄒ올 고시 읍ᄉ오니 차라리 붓쳐임계 덜려 훗길이나 닥글지라[178]

소승은 고소디 일봉암의 잇삽던니 졀이 퇴락ᄒ와 관셰암 불견니 풍우을 폐치 못ᄒ와 즁슈코져 ᄒ오되 지력니 읍ᄉ와 僧니 듯ᄉ온 즉 상공젹에서 정셩얼 일삼난다 ᄒ옵기로 불원쳘니ᄒ압고 왓ᄉ온 니 상공임 젹션ᄒ옵소셔 부인니 되왈 을마나 ᄒ면 즁슈할고 하며 우리 셰간니 비록 만으나 믹길 고지 읍사온니 차알니 불도의 들여

───────────────────

178) 영남대 46장본, 1장.

홋길나 닥그리라[179]

위의 인용문은 장차 계월의 부모가 될 홍무와 양씨 부인이 늦도록 자식 없음을 서러워하다가 시주를 위해 방문한 여승 추경과 대화하는 장면이다. 영남대 46장본의 인용문은 문맥상 별다른 문제가 없어 보인다. 이에 비해 단국대 38장본의 인용문에는 영남대 46장본의 밑줄 친 부분이 생략된 탓에 문맥이 매끄럽지 못하여 상황이 온전히 전달되지 않는다.[180]

일일은 양부인이 곤ᄒ여 침석의 비겨던니 문득 하날로셔 션여 두리 나려와 부인게 졀ᄒ고 왈 첩등은 월궁 션여옵던니 부인의 정성이 하날리 사모키로 상계계옵셔 불상이 여긔ᄉ 계화 일지을 부인 젼의 젼ᄒ라 ᄒ옵기로 부인게 드리오니 어여비 여기소셔 ᄒ고 드리거날 바드라 할 제 문득 씪다른니 남가일몽이라 마암의 고이 여겨 즉시 시랑을 쳥ᄒ여 몽ᄉ을 고ᄒ니[181]

일일은 부인니 몸니 곤ᄒ여 첨석의 의지ᄒ여썬니 문득 하날노셔 一仙女 구름을 타고 날여와 부닌 젼의 졀ᄒ고 曰 妾은 月宮 仙女옵던니 부닌의 정셩니 ᄒ날의 사못ᄎ기로 上帝 불상니 여기ᄉ 계화 일지을 쥬시며 부닌게 젼ᄒ라 ᄒ옵기로 항아의 명을 밧ᄌ와 부닌게 젼ᄒ온니 부닌은 어엿비 여기소셔 ᄒ더라 부닌이 시랑을 쳥ᄒ여 몽ᄉ을 젼흔 디[182]

---

179) 단국대 38장본, 1장.
180) 충남대 63장본의 해당 대목은 영남대 46장본과 동일하고, 연세대 41장본에는 "노승이 디왈 물역 다소난 아올 거시 읍사온이"와 "찰아리 부쳬임게 들여 후길을 닥글이라"의 사이에 꼭 있어야 할 내용이 생략된 탓에 재물을 바치고 훗 길을 닦는 주체가 양씨 부인이 아닌 여승으로 오인될 여지가 있다.
181) 영남대 46장본, 2장.
182) 단국대 38장본, 1장.

위의 인용문은 양씨 부인이 태몽을 꾸고 남편 홍무에게 알리는 장면이다. 영남대 46장본에는 꿈에 옥황상제의 명을 받고 내려온 선녀가 양씨 부인에게 계화 한 가지를 전하는 장면과 이를 받으려 할 때 양씨 부인이 꿈을 깨는 장면이 무리 없이 서술되어 있다. 이에 비해 단국대 38장본의 경우, 꿈을 꾼 내용은 영남대 46장본과 다를 바 없지만 꿈을 깬다는 서술이 생략된 탓에 꿈과 생시가 명확히 구분되지 않는 흠결을 보인다.

일일은 몸이 곤ᄒ여 첨석의 의지ᄒ여더니 비몽ᄉ몽 간의 한 노승이 와 부인을 찍여 왈 부인은 산즁의 오리 잇서 풍경만 ᄉ랑ᄒ고 엇지 시랑과 계월을 싱각지 안이 ᄒ시나잇가 지금 시랑이 말이 변성의 외로이 잇서 부인과 계월을 싱각ᄒ여 병이 골수의 집퍼스니 밧비 황셩으로 가시면 즁노의셔 시랑을 만나 보리이다 급피 힝장을 ᄎ려 가소셔 하고 문득 간ᄃᆡ 읍거날 부인이 놀ᄂᆡ여 ᄭᅵ다르니 남가일몽이라[183]

일일은 부인니 몸니 곤ᄒ여 침석의 의지ᄒ여 ᄒ오련니 조흐던니 웃던 老僧니 압페 와 夫人을 흔드러 曰 夫人은 山中의 오리 잇서 풍경을 구경ᄒ고 웃지 侍郞과 桂月을 싱각ᄒ여 병니 골슈의 들어 올이지 안니ᄒ여 죽게 데면 웃지 슬푸지 안니할니요 夫人은 이제 밧비 황셩으로 가오면 즁노의셔 侍郞을 만나볼 거시니 급피 힝장을 ᄎ려 발힝하옵소셔 ᄒ고 간 ᄃᆡ 읍거날 취침 즁의 눈물을 흘니다가 놀ᄂᆡ ᄭᅵ달으니 남가일몽너라[184]

위의 인용문은 장사랑의 난으로 남편 및 딸과 헤어진 양씨 부인이 우

183) 영남대 46장본, 14장-15장.
184) 단국대 38장본, 10장.

여곡절 끝에 고소대 일봉암으로 피신하여 여승으로 지내다가 꿈을 꾸는 장면이다. 여기서도 영남대 46장본의 꿈 내용은 별다른 문제가 없어 보인다. 이에 비해 단국대 38장본의 해당 장면에는 영남대 46장본의 밑줄 친 부분이 생략된 채 무리하게 앞뒤 내용이 연결되어 문장이 자연스럽지 못하다. 본래 밑줄 친 부분은 벽파도로 귀양 간 홍시랑이 부인과 계월을 생각하여 병이 골수에 들었다는 내용이다. 그런데 단국대 38장본에는 그 주체가 양씨 부인으로 바뀌고 "웃지"가 두 번 반복되어 문맥이 통하지 않는 결과를 초래했다.

    일일은 후 팔능원에 관ᄌᄒ여 밍길을 잡어 황셩으로 보ᄂᆞ니라 이젹의 후 별궁의 좌긔ᄒ고 국공과 부인을 모시고 밍길을 잡아들려 초ᄉᆞ 바들 시 부인이 밍길을 보고 노기 등쳔하여 말을 다 못하고 □ 슈하고 이 ᄉᆞ연을 쳔ᄌᆞ계 쥬달하니라185)

    일일은 후기 촬농 튀수 한틱의계 관ᄌᄒ여 무넝길 ᄒᄂᆞᆫ 수젹을 ᄌᆞᆸ 황셩으로 보ᄂᆞ니라 ᄒ시이 잇ᄶᅥ 촬능 太守 밍길을 잡아 황셩으로 보ᄂᆞ니라 이젹의 元帥 밍길리 잡어 왓단 말을 듯고 별능의 좌긔ᄒ고 국공과 부인을 뫼시고 밍길을 잡아드려 죄목을 물을 시 부인니 밍길을 보시고 분기 등쳔ᄒ여 말을 뭇지 안니ᄒ고 ᄉᆞ연을 天子쎄 주달ᄒ니 天子 분기을 니긔지 못ᄒ여 밧비 버히라 ᄒ시덜라186)

  위의 인용문은 영남대 46장본 계열의 결말 직전에서 수적 맹길을 처단하는 장면이다. 원전 계열에서 볼 때 맹길은 자신을 강물에 던지고 어머니 양씨 부인을 납치해 간 가문의 원수이자 명국을 침범하여 천자

---

185) 영남대 46장본, 45장.
186) 단국대 38장본, 37장.

를 욕보인 국가의 직대자이다. 이런 까닭에 영남대 46장본 계열을 제외한 모든 이본의 군담 2에서 계월은 맹길을 사로잡아 황성으로 끌고 간 뒤에 나무에 묶어놓고 그의 살점을 점점이 도려내고 간을 끄집어내는 살벌한 복수극을 펼친 것이다.

이에 비해 영남대 46장본 계열에서는 맹길에 대한 처벌이 계속 지연되다가 결말 직전에 와서야 급박하게 이루어진다. 이 계열에서 맹길은 계월 모녀에게 씻을 수 없는 상처를 안긴 뒤에 한동안 서사에서 사라졌다가 결말 직전에 느닷없이 소환되어 처형된다. 영남대 46장본에는 양씨 부인이 울분을 참지 못해 잡혀 온 맹길을 직접 처단하여 그간 가슴에 맺혔던 원한을 씻어내는 것으로 되어 있다.[187] 반면 단국대 38장본에는 양씨 부인 대신 천자가 맹길의 처단을 명령했다고 되어 있어서 복수의 주체가 불분명하고 의미 또한 퇴색된 느낌이 든다.

물론 이외에도 영남대 46장본에 비해 단국대 38장본이 결함이 많은 이본임을 증명해주는 근거는 여럿 있다. 예컨대 계월이 탄생하기 직전에 선녀가 양씨 부인에게 알려 준 계월의 전생 신분이 영남대 46장본에는 "서해 용녀"로, 단국대 38장본에는 "서해 용왕"으로 되어 있다. 본래 계월과 보국은 전생연분이 중하여 현생에서 서로 만나게 한 것이라는 서술자의 변[188]을 고려할 때 계월의 전생 신분은 영남대 46장본처럼 '여성'으로 설정하는 것이 타당하다. 그리고 결말 직전의 맹길 처단 장면에서 계월이 맹길을 붙잡아 황성으로 보내라는 관문을 보낸 곳이 영남대 46장본에는 "팔능원"[189]으로, 단국대 38장본에는 "좔능태수"[190]

---

187) 단국대 62장본A, 연세대 41장본, 충남대 63장본의 해당 부분도 이와 동일하다.
188) 영남대 46장본 9장a, 단국대 38장본 9장a, 단국대 62장본A 12장a, 연세대 41장본 10장a, 충남대 63장본 16장b 참조.
189) '팔릉'은 '삼경팔릉'에서 나온 말이다. 삼경은 북송의 수도인 개봉, 낙양, 귀덕의 세 성을 일컫고, 팔릉은 북송시대 8대에 걸친 황제의 무덤을 일컫는다.

로 되어 있다. "팔능원"이란 표기는 문제가 없지만 "촬능태수"란 표기는 잘못된 것임이 분명하다. 물론 '팔릉'이 지명은 아니므로 어느 경우이든 관직명으로는 적절치 않다.

이상과 같이 영남대 46장본 <계월전>은 기존의 이본 계열에 비해 도입부, 군담 2, 홍시랑 일행의 피난 여정, 결말에서 분명한 차이를 보여 의미의 변화까지 초래하므로 새로운 계열 설정의 근거가 충분하다고 할 수 있다. 나아가 이 영남대 46장본은 같은 계열의 이본 가운데 가장 이른 시기에 필사되었고 내용상 결함도 거의 없는 것으로 확인된다. 따라서 '영남대 46장본 계열'로 분류하게 된 것이다.

---

190) 단국대 38장본의 '촬능'은 영남대 46장본의 '팔능'을 잘못 표기한 것으로 추정된다. 이외에도 단국대 62장본 B에는 "팔도원"으로, 연세대 41장본에는 "명츈원"으로, 충남대 63장본에는 "무릉원"으로 표기되어 있다. 이처럼 이본마다 관문을 보낸 곳이 달리 표기되어 있으므로, 가장 이른 시기의 이본인 영남대 46장본의 표기를 따르는 것이 적절하다고 본다.

VI. 원전 계열로 본 <홍계월전>의 형성과정

그간 <홍계월전>에 대한 연구가 적지 않았음에도 불구하고 이 작품의 형성과정에 대한 논의는 본격적으로 이루어진 적이 없다. <홍계월전>은 <이현경전>, <정수정전>과 함께 여성 우위형 여성영웅소설로 분류되어 논의될 만큼 세 작품은 우월한 여성과 열등한 남성의 불균형적 성별 갈등을 주축으로 삼아 여성도 공적 영역에서 남성을 능가하거나 남성 못지않은 능력을 발휘할 수 있음을 핵심 서사로 그려내고 있다. 기존 연구에서는 이러한 유사성에 주목하여 세 작품의 관련성과 선후 문제를 밝히려는 논의가 있었지만, 실상을 객관적으로 이해할 만한 성과를 거두지 못한 것으로 보인다. 이런 까닭에 본장에서는 원전의 서사를 비교적 온전하게 계승한 것으로 추정되는 단국대 96장본을 대상으로 이 문제를 다루고자 한다.

<홍계월전>의 서사를 구성하는 핵심은 두 차례의 예언, 네 번의 군담, 여성 우위의 성별 갈등, 가족의 이산과 재회 등으로 파악된다. 이하 이들을 중심으로 <홍계월전>의 형성과정을 탐구하기로 한다.

1. 예언 구도의 연원과 숙명론의 함의

<홍계월전>은 예언의 제시와 그 서사적 실현이 두 번 반복되는 특징을 보인다. 두 번의 예언은 곽도사가 계월을 대상으로 시차를 두고 한 것인데, 그 내용은 모두 계월이 '세 번 죽을 액'을 겪는다는 것이다.

그간 <홍계월전>에 대한 연구가 적지 않았음에도 불구하고 이 작품이 곽도사의 예언과 그 실현과정을 그려내고 있다는 사실에 주목한 연구자는 매우 드물다.[191]

<홍계월전>에는 계월의 스승이자 조력자인 곽도사가 등장한다. 작중의 주요 사건은 모두 그의 예언에 따라 발생하고 그 해결 또한 그의 적극적인 조력과 개입이 있어야만 가능하므로, 그의 작중 역할은 절대적이라 해도 과언이 아니다. 이런 점에서 <홍계월전>의 예언은 여타 고소설에 관습적으로 설정된 예언과는 성격을 달리한다.

<홍계월전>의 도입부에서 곽도사는 홍시랑의 요청으로 그의 집을 방문하여 세 살 된 계월의 상을 보고 앞날을 예언한다.

> 시랑이 계월의 단슈홀가 의심ᄒ여 광호짜 곽쏘사을 쳥ᄒ여 계월의 상을 비오니 도사 이윽키 보다가 이르듸 이 아희 슝을 보니 오셰에 부모을 이별ᄒ고 거리로 다니다가 세 번 죽을 익을 보고 우연이 어진 스름을 만나 공후쟉녹을 바다 명망이 쳔ᄒ을 진동홀 거시니 슈흔은 나도 모르노라 ᄒ거날 시랑이 쏘 도스의게 쳥ᄒ여 가로듸 이 아희 부모 이별홀 곡절과 다려가 질을 사람을 가르치심을 바라ᄂᆞ이다 도스 답왈 ᄂᆞᄂᆞ 이 박기난 아지 못할 쑨 안이라 쳔기을 누셜치 못ᄒ기로 가난이다 ᄒ고 팔을 덜치고 나가거날[192]

<hr>

191) 차충환은 <숙향전>의 도입부에 제시된 '관상가 왕균이 숙향의 상을 보고 운명을 점치는 대목'이 <장경전>, <장풍운전>, <홍계월전> 등에 수용된 사실을 들면서 <숙향전>이 후대 영웅소설의 형성에 일정하게 기여한 것으로 추정하였다. 정준식은 <홍계월전>이 두 차례의 예언 구도를 바탕으로 삼았다고 하면서 그 구성원리와 미학적 기반을 검토하였다. 차충환, 『숙향전 연구』, 월인, 1999, 261-262쪽 ; 정준식, 「<홍계월전>의 구성원리와 미학적 기반」, 『한국문학논총』 제51집, 한국문학회, 2009.

192) 단국대 96장본, 3장.

곽도사의 예언은 현실에 그대로 실현되어 계월은 5세에 부모와 이별하고 세 번 죽을 액을 차례로 겪는데 장사랑의 난, 서번·서달의 난, 오·초 양왕의 난이 그것이다. 첫 번째 액을 당해 부모와 이별한 계월은 두 번째 액을 극복하는 과정에서 재회하지만, 세 번째 액을 당해 다시 부모와 헤어졌다가 그 액을 극복한 뒤에 완전한 상봉을 이룬다. 이런 맥락에서 <홍계월전>은 예언 구도를 기반으로 삼은 작품이라 이를 만하다.

예언 구도란 작품의 도입부에서 초월적인 인물이 주인공의 앞날을 예언하면 이후의 서사에서 그 예언이 하나씩 실현되고 작품이 마무리되는 '예언-적중'의 서사 원리를 일컫는다. 이와 같은 예언 구도는 초기 영웅소설로 알려진 <장풍운전>에도 수용되어 있다. 풍운은 이부시랑을 지내다가 낙향한 장회와 양씨 부인 사이에서 출생한 후 8세 되던 해에 장회가 풍운의 단명을 염려하여 절강부에 사는 장진인에게 가서 아들의 관상을 부탁한다. 풍운의 상을 본 장진인은 '10세 전에 부모를 잃고 다니다가 20세에 용문에 올라 부귀영화를 누리며 3처 1첩과 6자 5녀를 둘 것'이라고 예언한다. 물론 이 예언은 한 치의 오차 없이 서사로 실현되어 풍운의 일생을 지배하는 삶의 원리로 작용한다.

그런데 <홍계월전>의 예언 구도는 <장풍운전>의 그것과 달리 여성 수난과 긴밀히 결합되어 있는데, 이러한 모습은 17세기 후반에 창작된 <숙향전>에서도 확인된다. <숙향전>의 도입부에서 관상가 왕균은 숙향의 상을 보고 다음과 같이 예언한다.

왕균니 크게 웃고 왈 스람의 팔즈난 아지 못ᄒ나니 닉 비록 직죠 업스오나 잇긔 스쥬와 숭을 보오니 **오셰의 부모를 이별**ᄒ고 졍쳐 업시 단니다가 십오셰 당ᄒ여 다섯 번 죽을 익을 지니고 십칠셰의

부인을 봉ᄒ고 니십의 부모을 만나 틱평으로 지닉다가 칠십이 되오
면 도로 쳔ᄉ으로 올나갈 팔ᄌ니다193)

왕균은 숙향이 5세에 부모를 이별하고 15세에 죽을 액을 다섯 번 겪
어야 할 운명임을 예언하고 있다. 실제로 숙향은 5세에 부모와 헤어진
이후 "다섯 번 죽을 일"194)을 차례로 만나지만 갖은 노력과 주변의 도
움으로 이를 모두 극복하고 마침내 이선과의 애정을 성취하게 된다.

이처럼 <홍계월전>과 <숙향전>은 예언 구도를 기반으로 여성 수
난과 그 극복과정을 핵심 서사로 삼은 점에서 강한 동질성을 보인다.
특히 5세에 부모를 이별하고 정처 없이 다니다가 여러 번 죽을 액을 겪
을 것이라는 구체적 내용은 <숙향전>과 <홍계월전>에서만 확인되
므로195) 이야말로 둘 사이의 직접적인 관계를 입증해주는 명확한 근거
가 된다.

<홍계월전>은 <숙향전>의 예언 구도를 그대로 수용하지 않고 적
절히 변용하고 있다. <숙향전>의 왕균은 도입부에서 숙향의 관상을
봐주고 사라지면 다시 등장하지 않는다. 반면 <홍계월전>의 곽도사
는 단순히 남의 운명을 점치는 관상가가 아니라 계월과 보국의 생사여
탈은 물론 나라의 운명까지 좌우할 만큼 초월적인 능력을 지닌 존재로

---

193) 이대본 <숙향전>, 4장b.
194) 숙향은 왕균의 예언에 따라 5세에 부모와 헤이진 이후, 반야산에서 도적을 만나 죽
  을 액을 겪는 것을 필두로 명사계에 출입하여, 표진강에 빠져, 갈대밭에서 화재를
  만나, 낙양 옥중에서 각기 죽을 액을 만나게 된다. 차충환, 『숙향전 연구』, 월인,
  1999, 145쪽.
195) 예언 구도는 <숙향전> 외에 <창선감의록>, <사씨남정기> 등에서도 확인되고
  있다. 17세기 후반을 전후한 시기의 소설들은 거의 예외 없이 이 구도를 취하고 있
  는데 <홍계월전>의 예언 구도는 이 가운데 <숙향전>의 그것과 가장 유사하다.
  차충환, 앞의 책, 261-262쪽 ; 정길수, 『한국 고전장편소설의 형성 과정』, 돌베개,
  2005, 158-164쪽.

부각된다. 그는 이런 능력을 바탕으로 항상 계월 주변에서 그녀의 생각과 행동을 추동하고 그녀에게 닥친 문제를 해결하는 데 가장 확실한 조력자로 기능한다. 사정이 이렇다 보니 곽도사가 없는 계월의 존재는 상상조차 하기 어려울 지경이다.

물론 <홍계월전>에는 곽도사 외에도 적지 않은 타자들이 등장한다. 계월은 그들과의 관계 속에서 영웅 탄생의 기틀을 마련하고 여성영웅으로 성장해갈 뿐 아니라 여성임이 밝혀진 이후에도 그 존재가치를 계속 유지해 나갈 수 있게 된다.[196] 하지만 이들 중에서 서사 전개에 동력을 제공하고 주인공의 운명을 좌우하는 곽도사를 여타 인물과 동일한 층위에서 다룰 수 없는바, 작품에 설정된 예언 구도를 통해 이를 확연히 이해할 수 있다.

곽도사의 첫 번째 예언에 명시된 '세 번 죽을 액'과 그 서사적 실현은 작품의 전반부를 이루고, 두 번째 예언에 명시된 '세 번 죽을 액'과 그 서사적 실현은 작품의 후반부를 이룬다. 이런 점에서 <홍계월전>은 예언 구도를 핵심으로 삼은 작품이라 할 수 있다.[197] 예언 1에는 다소 경망스럽고 덤벙대며 허점투성이인 보국에 비해 탁월한 능력을 갖춘 계월의 적극적이고 진취적인 활약이 돋보인다. 물론 보국을 결코 무능한 인물이라 할 순 없지만, 유독 계월 앞에서만 용렬하고 왜소해 보이

---

196) 김정녀는 여성영웅의 탄생과 성장이 타자와의 관계 속에서 가능하다는 가설하에 <홍계월전>을 대상으로 여성영웅과 타자와의 관계를 구체적으로 탐색하였다. 여기서 그는 홍계월이라는 여성영웅은 영웅으로 성장할 수 있도록 기틀을 마련해 준 인물들(계월의 부모, 곽도사, 여공), 그 영웅성을 발현할 수 있도록 경쟁하고 협력했던 인물(보국), 여성임이 드러난 이후에도 영웅성을 펼쳐나가도록 지지하고 옹호했던 인물들(천자, 조정 대신, 시부)과의 관계 속에서 탄생할 수 있었다고 하였다. 김정녀, 「타자와의 관계를 통해 본 여성영웅 홍계월」, 『고소설연구』 제35집, 한국고소설학회, 2013, 110-132쪽.
197) 정준식, 앞의 논문, 54-58쪽.

는 것이 사실이다. '예언 1'에서 두 차례 전쟁을 통해 부각된 '우월한 계월과 열등한 보국의 선명한 대조'는 중세사회의 고정된 성별정체성과 남녀차별의 부당함을 드러내는 유용한 장치로 활용된다. 하지만 이처럼 전도된 남녀관계의 틀 속에서 벌어지는 경쟁과 대립은 결국 서로불신과 갈등만 부추길 뿐이다.

한편, <홍계월전>에는 곽도사의 예언에 따라 '세 번 죽을 액'이 현실에 모두 실현되고 난 지점에 또 다른 예언이 설정되어 있다.

> 이졔 비록 쳔ᄒ 티평ᄒᄂ 니 압푸 셰 번 죽을 익을 당흘 거시니 십분 조심ᄒ라 지금 오왕의 아달 덕슴과 초왕 아달 순슴과 밍길 동싱 밍손이며 그 형 그 부의 원수을 갑푸려 ᄒ고 쳔츅 도영손의셔 진을 치게 ᄒ고 공도ᄉ을 어더 위공을 ᄉ고 쳔병만마을 거ᄂ려 오니 그 도젹을 가빅야이 못흘 도젹이라198)

앞의 인용문은 계월이 오·초 양왕과의 전쟁에서 승리한 뒤 홍시랑을 통해 계월에게 전달된 곽도사의 편지 내용 중 일부이다. 여기서 곽도사는 계월이 앞으로도 '세 번 죽을 액'을 한 번 더 겪을 것임을 예고하고 있다. 그런데 이 예언 2는 <홍계월전>의 이본 가운데 원전의 서사를 계승한 '장편 계열'에만 나와 있으며, 후대에 축약된 '단편 계열'에는 편지 내용에 계월과 보국에 대한 곽도사의 당부와 마지막 인사만 있을 뿐이다.

곽도사가 계월에게 보낸 편지에서 예고한 '세 번 죽을 액'은 ①오·초 양왕 아들의 난, ②오·초 양왕 손자의 기습사건, ③오·초 양왕 손자의 난으로 실현된다. 물론 이본에 따라 ①만 있는 경우, ①②만 있는

---

198) 단국대 96장본, 85장.

경우, ①②③이 모두 있는 경우로 나뉘지만, 예언과 그 서사적 실현 여부를 고려할 때 '세 번 죽을 액'에 해당되는 ①②③이 모두 나와야 논리적으로 합당하다고 볼 수 있다.

첫 번째 액인 ①은 보국이 대원수로 출정하여 적을 섬멸하고 돌아온다는 내용을 골자로 삼고 있다. 계월은 이 전쟁에 참여하지 않는데, 이는 계월 스스로 결단한 것이 아니라 곽도사의 명을 따른 것이다.[199] 앞서 '예언 1'에서 보국은 대원수 계월의 중군으로 출전하여 번번이 적에게 포위되는 위기를 맞게 되고, 그때마다 계월의 도움을 받고서야 가까스로 목숨을 부지하게 된다. 이러다 보니 보국은 아내인 계월에게 온갖 멸시와 조롱을 받고서도 가장의 권위만 내세우는 못난 인물로 각인될 수밖에 없었다. 그런 보국이 ①에서는 대원수로 단독 출정하여 대승을 거두고 귀환하였으니 놀라운 반전이 아닐 수 없다. 물론 보국의 이와 같은 영예로운 귀환은 곽도사의 조력[200]이 있었기에 가능했다.

두 번째 액인 ②는 오·초 양왕의 손자가 ①에서 계월에게 죽은 오·초 양왕 아들의 원수를 갚기 위해 기획된 매복·습격 사건이다. ①이 마무리된 이후 대명 황제는 계월과 보국의 공을 생각하고 그들의 부친인 홍시랑과 여공을 각기 초왕과 오왕으로 삼는다. 이렇게 해서 홍시랑과 여공이 새로운 왕으로 부임하게 되는데, ②는 바로 그 과정에서 일어난 매복·습격 사건을 그려낸 것이다. 여기서도 보국은 계월 없이 혼

---

199) 곽도사는 계월에게 보낸 편지에서 장차 오·초 양왕의 아들이 침공할 것임을 예고하고, 그때는 보국을 단독 출정시켜 공을 세우게 하라고 당부한다. 나중에 실제로 전쟁이 발발하자 계월은 보국과 함께 출정하고 싶은 욕망이 있었음에도 곽도사의 뜻을 존중하여 보국을 단독 출정케 한 후에 자신은 집에 머물며 보국의 무사 귀환을 염원한다.

200) 오·초 양국 아들이 일으킨 전쟁에서 보국이 적장 맹손과의 접전에서 위기에 처하자 곽도사는 높은 수준의 도술전을 선보이며 적국 장졸들을 모두 제압하고 보국의 승리를 돕는다.

자서 두 사람을 뒤따르다 위기에 처한 여공과 홍시랑을 구하고 그들의 즉위식을 무사히 마친 뒤 귀가한다. 물론 이 일은 계월이 자신을 절제하는 한편 보국을 배려하고 인정했기 때문에 가능했던바, 계월을 그렇게 하도록 타이르고 지도한 인물 또한 곽도사이다.

세 번째 액인 ③은 ①②를 통해 거듭 패전한 오·초 양국의 손자들이 다시 세력을 규합하여 명국을 침공한 것을 말한다. 이 전쟁에서 계월은 적장 달복매를 한 칼에 죽이고 적진을 향해 돌진하다 적의 도술전에 휘말려 안개 속에 갇히는 신세가 된다. 그런데 그때 곽도사의 명을 받은 남해 용왕이 용으로 변한 뒤 풍운을 몰고 와서 단번에 적진을 쓸어버리고 계월을 살려낸다. 이쯤 되면 ③에서는 계월도 보국도 전공을 입에 담기 민망하다. 마지막 군담에 이르러 계월과 보국 사이에는 더 이상 우열의 논리도 성립되지 않는다. 이제 두 인물은 곽도사의 도움을 받고서야 가까스로 목숨을 부지하는 평범한 장수로 전락하고 만 것이다.

앞서 '예언 1'에서는 계월이 능력의 우위를 앞세워 보국 위에 군림하는 상황에서 둘의 경쟁이 지속되어 갈등이 증폭될 수밖에 없었다. 비록 천자의 중재로 두 사람이 표면적으로는 화해한 듯하지만, 그것이 구체적 서사로 입증된 것은 아니다. 그런데 '예언 2'에서는 계월에 대한 곽도사의 요구 혹은 개입이 빈번해진다. 그는 전쟁을 예고하고 출정할 장수까지 직접 정해 줌은 물론, 전투를 지켜보다 위기에 처한 보국과 계월을 살려내는 일에까지 적극적으로 개입한다. 특히 그가 보국을 단독 출정케 하여 거듭 공을 세울 수 있게 조력한 것은 예사로운 일이 아니다. 그것을 통해 보국이 결코 계월보다 열등한 존재가 아니란 사실이 객관적으로 증명되었기 때문이다.

이상과 같이 <홍계월전>은 <숙향전>의 예언 구도를 변용하여 두 차례의 예언과 그 실현과정을 핵심 서사로 삼고 있다. 예언 1에서는 계월과 보국의 우열과 경쟁을 통해 극단적 성별 갈등은 남녀 모두에게 해악이 될 수 있음을 경고하고, 예언 2에서는 계월과 보국의 상호 존중과 협력이야말로 남녀의 상생과 공존을 위한 최상의 선택임을 강조하고 있다. <홍계월전>의 작가는 두 차례의 예언 구도를 설정하여 젠더 갈등의 위험성을 알리는 한편, 그 극복방안으로 남녀의 존중과 협력을 제안하고 있다. 이것이 바로 작가가 예언 구도를 통해 구현하고자 한 숙명론의 함의라고 할 수 있다.

2. 군담과 가족이합담의 변용과 확장

<홍계월전>에는 다른 여성영웅소설에 비해 군담이 다채롭게 형상화되어 있다. 주지하듯 군담은 영웅소설의 필수 요소로서 주인공의 영웅성을 효과적으로 부각할 수 있는 가장 유용한 수단이다. 이런 까닭에 영웅소설에는 으레 군담이 설정되기 마련인데, <홍계월전>에는 군담이 네 번이나 설정되어 있다는 점에서 매우 이례적이다. 이들 군담은 모두 명에 대한 주변국의 침공으로 야기된바 서번·서달의 난, 오·초 양왕의 난, 오·초 양왕 아들의 난, 오·초 양왕 손자의 난이 그것이다. 논의의 편의를 위해 이들을 각기 군담 1, 군담 2, 군담 3, 군담 4로 약칭하기로 한다.

군담 1에서 중군장 보국은 대원수 계월의 만류에도 불구하고 적진으로 달려가 싸우다가 거짓 패한 척 달아나던 적장의 유인책에 말려들어 죽을 위기를 맞는다. 그런데 그 광경을 지켜보던 계월이 급히 가서 보국을 구한 뒤 그를 군법으로 다스려 죽이려다 장수들의 만류로 마지못

해 살려준다. 첫 번째 접전에서 보기 좋게 패한 보국은 계월에게 목숨을 구걸해야 할 만큼 위신이 크게 손상된 모습을 보인다. 한편, 계월은 다시 전열을 가다듬고 직접 적장 악대의 머리를 베자 위기를 느낀 철통골이 특단의 계교를 제시하는데, 그것은 천문동 어귀에 몰래 군사를 매복시켜 둔 후에 계월을 그곳으로 유인해 불살라버리려는 매복 및 화공작전이다. 서달이 철통골의 계교를 즉시 실행하자, 여기에 보기 좋게 걸려든 계월이 천문동 어귀에서 적진에 포위되어 꼼짝없이 죽을 위기에 처했지만, 지난날 곽도사가 준 부적으로 그 위기를 모면하고 벽파도로 도망간 서달과 철통골을 사로잡으면서 전쟁에서 승리한다.

그런데 <홍계월전>의 군담 1에 형상화된 '천문동 매복 및 화공작전'은 <소대성전>의 군담 중 일부와 흡사하여 주목을 요한다. <소대성전>의 군담은 호왕와 선우가 합심하여 변방을 침범하는 것으로 시작된다. 이에 명군에서는 평장군 서경태, 좌장군 유문영 등이 80만 대군을 거느리고 출정하지만, 호왕과 선우의 협공으로 두 장수가 모두 죽고 명군은 대패한다. 비보를 접한 천자는 직접 중군이 되어 출정하며, 소대성도 천문을 보고 적의 내침을 인지한 뒤 곧바로 천자가 있는 곳으로 달려간다. 그런데 명군이 호군과 싸우다가 선봉장 호협을 비롯한 8명의 장수가 차례로 죽자, 명국 장수들이 두려워 아무도 출전하지 않으려 한다. 이때 소대성이 몰래 적진에 뛰어들어 단숨에 선우의 목을 베어온다. 화가 난 호왕이 소대성과 대적하여 쉽게 승패를 가르지 못하자, 대장 성진과 부장 섬한으로 하여금 각기 군사를 이끌고 자운동 남쪽과 북쪽 어귀에 매복해 있다가 자신이 소대성을 유인해 골 어귀에 들면 남북에서 불을 놓기로 계략을 짠다. 물론 이 계략은 그대로 실행되어 소대성은 적에게 속아 죽을 위기를 맞지만, 화덕진군의 도움으로 회

생한 뒤 호왕과 적장을 죽이고 전쟁을 승리로 이끈다.201)

이처럼 <홍계월전>의 군담 1과 <소대성전>의 군담은 적의 매복 및 화공작전에 속아 죽을 위기에 처한 주인공이 초월적 인물의 도움으로 위기를 모면하고 적을 물리친다는 내용을 거의 유사하게 지니고 있다. 그러므로 일단 두 작품의 직접적인 영향 수수 관계를 고려해볼 필요가 있다.

군담 2에서 천자는 계월을 대원수로, 보국을 중군장으로 삼아 군사들을 이끌고 출정하게 한다. 보국이 적진으로 나아가 적장 운평, 운경을 차례로 벤 뒤 구덕지와 그의 군사들에게 둘러싸여 위급해지자, 계월이 급히 가서 구덕지를 베고 보국을 구한 뒤 적군을 격파한다. 이에 오·초 양왕이 크게 근심하자 맹길이 계교를 낸다. 그는 호왕에게 본진을 굳게 지켜 문을 열고 나가 싸우지 말 것을 당부한 뒤, 삼경에 군사를 이끌고 황성으로 가서 천태령을 넘어 달아나는 천자를 추격하여 항서를 바치라고 위협한다. 이에 천자가 용포를 찢어 항서를 쓰려고 할 때, 천기를 보고 급히 달려온 계월이 맹길을 죽이고 천자를 구해 황성으로 돌아온다.

<홍계월전>의 군담 2도 군담 1과 마찬가지로 <소대성전>의 군담 중 일부와 매우 유사한 모습을 보인다. <소대성전>의 경우, 앞선 전투에서 두 장수를 잃은 호왕은 부장 섬한을 시켜 군사 오천을 거느리고 황성을 공격하게 한다. 이를 알게 된 소대성이 황성을 구하러 간 사이 호왕이 명진을 공격하여 황제를 추격하니, 황제는 북문으로 급히 도망하여 황강가에 이르게 된다. 하지만 호왕이 줄곧 그 뒤를 쫓아 황제를 포위한 후 겁박하며 용포자락을 떼어 항서를 써서 바칠 것을 강요한다.

---

201) 활자본 <소대성전>, 38-70쪽.

이에 황제가 어쩔 수 없이 항서를 쓰려고 할 때 소대성이 비호처럼 나타나 황제를 구하고 적을 물리쳐 승리를 거둔다.

이상과 같이 <홍계월전>의 군담 2와 <소대성전>의 군담에 수용된 '황제구출담'은 그 내용이 매우 유사한데, 그렇다고 차이가 없는 것은 아니다. <소대성전>의 경우 소대성과 황제가 같은 전장에 있는 상황에서 소대성이 급습을 당한 황성을 구하러 간 사이 호왕이 황제를 공격하는 방식을 취하고 있다. 반면 <홍계월전>의 경우 황제는 황성에 있고 계월은 전장에 있는 상황에서 적이 황성을 급습하자, 계월이 황제를 구출하기 위해 전장을 떠나 황성으로 달려가는 방식을 취하고 있다. 원래 '황제구출담'은 <설인귀전>에 근원을 둔 것으로 알려져 있는데202) <홍계월전>의 '황제구출담'은 <설인귀전>의 그것과는 다소 차이가 있고 <소대성전>의 해당 대목과는 친연성이 강하다. 따라서 군담 2에서도 <홍계월전>과 <소대성전>의 직접적인 영향 수수 관계를 고려해볼 필요가 있다.

물론 <홍계월전>의 군담 1, 2와 유사한 것이 <소대성전>이 아닌 다른 작품에도 있을 수 있지만, <홍계월전>보다 앞서 창작된 영웅소설 가운데 앞의 군담 1, 2와 유사한 내용을 지닌 작품은 <소대성전> 외에 달리 찾아보기 어렵다. 사정이 이러하므로 <홍계월전>의 군담 1에 형상화된 '천문동 매복 및 화공작전'과 군담 2에 나오는 '황제구출담'은 <소대성전>의 군담에서 핵심을 이루는 '자운동 매복 및 화공작전'과 '황제 구출담'을 작중 상황에 맞게 적절히 변용한 것으로 볼 수 있다.

<홍계월전>의 군담 1과 군담 2가 <소대성전>의 군담을 변용한 것임에 비해 군담 3과 군담 4는 독창적으로 마련된 것으로 보인다. 군

---

202) 서대석, 『군담소설의 구조와 배경』, 이화여대 출판부, 2008, 386-388쪽.

담 3과 군담 4는 원전의 서사를 계승한 이본에만 나와 있고 후대에 축약된 이본에는 생략된 것으로 확인된다. 이본에 따라 군담이 달리 설정된 모습은 장을 달리하여 자세히 논의하기로 하고 여기서는 다만 군담 3과 군담 4의 성격만 간략히 살피기로 한다.

군담 3은 오·초 양왕의 아들과 맹길의 아우가 군담 ②에서 계월에게 죽임을 당한 부친과 형의 원수를 갚기 위해 일으킨 전쟁이다. 군담 3은 네 차례 전쟁 가운데 유일하게 계월이 제외되고 보국 혼자서 출전한 것인데, 군담 1, 2에 비해 도술전의 성향이 강하다. 적의 침공에 황성에서 대군을 이끌고 출정한 대원수 보국은 장사에서 맹손을 만나 접전했으나 쉽게 승패를 가르지 못한다. 이에 맹손의 스승 공도사가 오색 구슬을 신장으로 변하게 하여 보국을 공격하니 보국이 위험에 빠지게 된다. 하지만 그때 멀리서 이 광경을 지켜보던 곽도사가 오색 종이를 공중에 던져 학으로 변하게 하니, 오색 학이 날아가 공도사의 다섯 신장을 묶어 옴으로써 전쟁은 명국의 승리로 마무리된다. 이 과정에서 침략을 주도한 순삼·덕삼·맹손은 곽도사의 도술에 걸려 포로가 되었다가 나중에 보국에 의해 처단된다.

군담 4는 오·초 양왕의 손자들이 각기 부친과 조부의 원수를 갚기 위해 명국을 침공하는 것에서 비롯된다. 그런데 군담 4는 원전의 서사를 계승한 장편 계열 중에서도 단국대 103장본에만 설정되어 있고 나머지 이본에는 나오지 않는다. 군담 4도 군담 3과 마찬가지로 도술전의 양상을 보인다. 오·초 양왕의 손자가 명장 달복매를 앞세워 침공하자 계월과 보국이 각기 대원수와 부원수로 출정하여 오초강가에서 적과 접전하게 된다. 계월이 호기롭게 적장 달복매를 단칼에 죽이고 호영과 싸우는데, 갑자기 한 장수가 붉은 부채를 부치자 일시에 안개가 명진을 엄습하여 계월은 삼천여 겹에 둘러싸이는 위기를 맞는다. 이때 곽도사가 산상에서 바라보다가 급히 남해 용왕을 보내 계월을 구한 후 전쟁을 승리로 이끈다.

이상과 같이 <홍계월전>의 군담 3, 4는 앞서 검토된 군담 1, 2와 달리 신비로운 도술전의 양상을 보인다. 이러한 도술전은 <봉신연의>와 같은 중국 신마소설의 영향일 가능성을 고려해볼 만한데[203] 그렇더라도 <봉신연의>와의 직접적인 영향 관계를 상정하기는 어렵다. 다만 17세기 후반 이래 유입된 <봉신연의>류의 중국 신마소설에 대한 풍부한 독서 경험이 <홍계월전>의 군담 3, 4와 같은 도술담을 창안하는 데 중요한 자양분이 되었을 가능성은 고려해볼 수 있다.

<홍계월전>의 군담 3, 4에 설정된 전쟁 발발의 원인은 <최현전>의 두 번째 군담과 연관이 있어 보인다. <최현전>에는 군담이 두 차례 나온다. 첫 번째 군담은 서달이 스스로 황제를 칭하고 모반하자 최현이 대원수로 80만 대군을 이끌고 가서 적진의 도사 민지영의 신술(神術)을 누른 뒤 서달의 항복을 받는다는 내용이다. 그 후 황제가 죽고 태자가 즉위하자, 과거에 반역죄로 최현에게 처형된 세 간신(소경, 양철영, 황윤)의 아들들이 부친의 원수를 갚기 위해 가달국의 선봉이 되어 재차 침입하는데, 이것이 바로 두 번째 군담이다. 여기서 공도사는 최현의 아들 최홍을 불러 외적을 막게 하니, 최홍이 공도사의 계교와 지시로 가달을 섬멸하고 항복 받는다. 이처럼 <최현전>의 두 번째 군담은 부친의 원수를 갚기 위해 자식들이 난을 일으키고, 이에 대적하기 위해

---

203) 정길수 교수는 17세기 후반 장편소설의 형성과정을 탐구하면서 <창선감의록>의 군담 가운데 도술 대결 부분이 <봉신연의>류 신마소설의 수법을 일부 받아들이면서 시도된 것으로 보고 있다. 국내소설에 본격적인 군담이 거의 없던 17세기 소설사의 지형을 고려할 때 타당성 있는 견해라고 생각된다. 정길수, 『한국 고전장편소설의 형성 과정』, 돌베개, 2005, 136-137쪽.

조력자인 도사가 출정할 장수를 직접 선택하여 그의 승리를 돕는다는 내용을 골자로 삼고 있다. 이런 내용이 <홍계월전>의 군담 3, 4에도 유사하게 수용된바, <최현전>의 두 번째 군담이 <홍계월전>에 부분적으로 차용되었을 것으로 추정된다.

<홍계월전>은 전란으로 인한 가족의 이합 과정을 비중 있게 다루고 있다. 계월이 5세 되던 해에 부친 홍시랑이 옛 친구를 방문한 사이에 장사랑이 난을 일으켜 양씨 부인은 어린 딸 계월과 함께 피난길에 오른다. 하지만 불행히도 양씨 부인은 강가에서 수적(水賊) 맹길에게 잡혀가고 계월은 강물에 던져지는 불운을 겪는다. 잡혀간 양씨 부인은 먼저 납치된 취양과 함께 몰래 탈출한 후 고소대 일봉암으로 가서 여승이 되고, 강물에 던져진 계월은 무릉촌에 거주하는 여공에게 구출되어 그의 집에 의탁한다. 그러는 사이 홍시랑은 친구를 만난 후 귀가하다가 장사랑에게 붙잡혀 어쩔 수 없이 함께 황성으로 향한다. 하지만 장사랑 일당이 친정(親征) 나온 천자에게 대패하자, 홍시랑은 적과 내통했다는 누명을 쓰고 벽파도로 유배된다. 한편 고소대에서 여승으로 지내던 양씨 부인은 수년이 흐른 뒤에 곽도사의 권유로 하산하여 벽파도에 있는 홍시랑을 만나 함께 세월을 보낸다. 그리고 여공에게 구출된 계월은 그의 도움으로 곽도사에게 수학한 후 평국이란 이름으로 과거에 급제하고, 서번·서달의 난에 대원수로 출정하여 대승을 거둠은 물론, 벽파도에서 꿈에 그리던 부모를 만나 회군한다.

전란이나 유배 등으로 인한 가족의 분리와 재회는 초기 영웅소설인 <장풍운전>, <최현전> 등에 두루 수용되어 있다. 특히 <최현전>은 <홍계월전>의 군담에도 부분적인 영향을 끼친바, <홍계월전>의 가족이합담 창안에도 동인을 제공했을 것으로 보인다. <장풍운전>의

경우, 가달의 침공으로 장시랑이 황제의 명을 받아 가달에 격서를 전하러 간 사이 양씨 부인은 장풍운과 함께 피난하다가 금계산에서 풍운을 잃게 된다. 그 후 양씨 부인은 단원사로 가서 여승이 되고, 풍운은 이통판에게 구출되어 그의 딸과 혼인했다가 이통판이 죽자 장모의 모해로 집을 떠난다. 한편, 집을 나온 아내 경패는 단원사로 가서 여승이 되고, 풍운은 입신 후 서번·서달의 침공을 격퇴하고 회군 길에 부모 및 아내와 재회한다. <최현전>의 경우, 우복야로 있던 최윤성이 간신의 참소로 원찬되자 석부인이 아들 최현을 데리고 적소로 가다가 번양호에서 수적을 만나게 된다. 석부인은 도망하여 군산 수월암의 여승이 되고, 최현은 수적에 의해 강물에 던져졌다가 유소사를 만나 그의 수양자가 된다. 그러나 유소사 내외의 구몰 후 집을 나와 유리걸식하던 중 공손술 도사를 만나 능력을 기르게 되고, 과거에 급제하여 형주 도어사로 부임한 후에 부모와 재회한다.

이렇게 볼 때 <장풍운전>과 <최현전>의 가족이합담은 <홍계월전>의 그것과 별반 다르지 않다. 부친 부재의 상황에서 주인공과 모친이 분리된 점, 주인공이 구출 양육자를 만나 수학하는 동안 모친은 유리표박하다 절에 의탁하여 여승이 된 점, 주인공이 입신 후 부모와 상봉한 점 등에서 세 작품은 강한 유사성을 보인다. 그런데 좀 더 세밀히 살펴보면 두 작품과 <홍계월전>의 관련성이 균일한 것은 아니다. <홍계월전>의 도입부에 '곽도사의 예언'이 제시되고 계월의 모친이 '양씨 부인'으로 설정된 점과 중원을 침범한 적이 '서번·서달'로 설정되고 계월과 부모의 상봉이 '전승 후 회군 길'에 이루어진 점 등은 <장풍운전>의 수법을 빌려온 것이다. 반면 수적에게 잡혀 강물에 던져진 계월이 다른 사람에게 구출되는 장면은 <최현전>의 해당 대목을 활용한 것이다.

다만 <홍계월전>의 가족이합담은 한 번에 그치지 않고 두 번 반복된다. 이 작품에는 <장풍운전>과 <최현전> 등의 초기 영웅소설에 관습화된 가족이합담을 차용한 것 외에 황제가 황후·태자와 헤어졌다가 다시 만나는 과정 및 계월이 가족과 헤어졌다가 다시 만나는 과정이 합쳐져서 보다 확장된 피난 여정을 이루고 있다. 이 피난 여정은 조정과 가문의 남성들이 거의 도망간 상황에서 계월 혼자서 위기에 처한 나라를 구한다는 내용을 골자로 삼고 있다. 이 대목에서는 황성을 버리고 도망간 황제, 미처 피난하지 못해 수채에 몸을 숨긴 여공, 계월을 전장에 보내고 피난 간 홍무 등 지배층 남성들의 나약하고 무책임한 모습들이 다양하게 그려져 있다. 이렇게 볼 때 두 번째 가족이합담은 임병양난을 겪으면서 보여준 양반 남성들의 무능과 비겁함을 노골적으로 풍자하기 위해 마련된 것이라 할 수 있다.

이상과 같이 <홍계월전>의 군담은 <소대성전>의 주요 전법을 적극적으로 차용하고 <최현전>의 군담에서 일부 수법을 활용하되 전쟁의 횟수와 전투 장면을 늘리는 방향으로 서사가 확장되어 있다. 그리고 <홍계월전>의 가족이합담은 <장풍운전>의 해당 대목을 적극적으로 차용하고 <최현전>의 일부 수법을 활용하되 가족 이합의 과정을 두 번 반복하는 방향으로 서사가 확장되어 있다. 이를 통해 <홍계월전>이 초기 영웅소설의 군담과 가족이합담의 변용과 확장을 통해 독자성을 확보하게 된 것임을 알 수 있다.

3. 젠더갈등담의 전변과 갈등 극복의 논리

<홍계월전>이 <숙향전>의 예언 구도와 초기 영웅소설의 군담 및 가족이합담을 변용하고 확장한 것 외에 젠더갈등담을 계승한 것으로 확인된다. 우월한 여성과 열등한 남성의 선명한 대조를 근간으로 삼은 젠더갈등담은 초기 여성영웅소설로 알려진 <이현경전>에서 마련된 이래 후대 여성영웅소설에도 지속적인 영향을 끼쳤는데 <홍계월전>의 젠더갈등담 또한 여기에 연원을 두고 있다.

여성영웅소설 중 <이현경전>, <홍계월전>, <정수정전>의 관련성에 대해서는 기존 논의에서 종종 논의된 바 있는데, 이들의 수수 관계에 관해서는 보다 신중한 태도가 요구된다. <이현경전>은 최근 들어 연구자들의 주목을 받고 있다.[204] 이 작품은 가부장제의 모순을 절감한 여성이 자신의 새로운 정체성을 모색하는 과정을 담고 있다는 점에서 형성기 여성영웅소설의 중요한 작품으로 평가되고 있다. 이에 비해 <홍계월전>과 <정수정전>은 <이현경전>의 젠더갈등담을 근간으로 삼되 전대 소설에서 각기 다른 요소들을 활용하는 방식으로 형성된 후대 여성영웅소설로 추정된다.[205] 두 작품의 선후는 불분명하여 견해차가 있지만, 이들이 <이현경전>의 젠더갈등담을 근간으로 삼았을 것이란 주장에는 이론의 여지가 없다.

<이현경전>의 주인공 이현경은 애초부터 여도와 결혼에는 관심이

---

204) 지연숙은 <여와전> 연작인 <투색지연의>에 <이현경전>의 주인공 '이현경'에 관한 언급이 있는 점을 근거로 들어 <이현경전>의 창작시기를 17세기 말에서 18세기 초반으로 추정하고 있다. 지연숙, 『장편소설과 여와전』, 보고사, 2003, 248-251쪽.

205) 정준식, 「<홍계월전>의 구성원리와 미학적 기반」, 『한국문학논총』 제51집, 한국문학회, 2009, 62쪽.

없었다. 그녀는 태생적으로 남아의 기질을 지닌 까닭에 3세부터 남복을 입고 남자처럼 성장한다. 그러다가 8세에 부모를 여읜 후 본격적으로 남자의 삶을 추구하며 과거에 급제하고 환로에 올라 관료로서의 능력을 인정받음은 물론 외적의 침입을 격퇴하는 위용을 과시한다. 수학에서 입신까지 거의 같은 길을 함께 걸어온 장연과 이현경은 이때까지만 해도 서로를 아껴주는 절친일 뿐 전혀 갈등을 보이지 않는다.

두 인물의 갈등은 이현경의 부친이 장연의 꿈에 나타나 이현경이 여자임을 알려주는 데서 비롯된다. 장연은 이현경과 함께 급제하여 환로에 오른 후 이현경의 재주와 용모에 매료되어 과도한 동료애를 보이곤 했다. 그럴 때마다 이현경은 자신의 남장 사실이 노출될까 두려워 과민하게 반응하기 일쑤였다. 그러던 중 이현경의 부친이 장연의 꿈에 나타나 딸의 신분을 알려주며 빨리 혼인할 것을 종용하게 된다. 이때부터 이현경의 신분 노출을 둘러싼 이현경-장연, 이현경-유모, 이현경-이연경 사이의 지루한 공방이 가열되면서 이현경과 장연의 갈등이 점점 증폭되는 모습을 보인다.

이러한 갈등은 이현경이 자신의 정체를 밝히고 나면 쉽게 끝날 것으로 보였는데, 실상은 전혀 그렇지 않다. 이현경의 신분 노출은 엉뚱하게도 어의의 진맥을 통해 이루어진다. 즉 어의가 병든 이현경을 진맥하는 과정에서 여성임을 눈치채자 이현경이 할 수 없이 천자에게 상소하여 자신의 신분을 실토하게 된다. 이현경이 그토록 신분 노출을 꺼렸던 까닭은, 자신이 세속 여자로 되돌아가면 지금껏 남성으로 위장된 삶을 살면서 이룬 공명이 모두 물거품이 될 것이란 우려 때문이었다.[206] 하지만 이런 우려와 달리 실제로 이현경은 여성으로 복귀한 뒤에도 천자

---

206) 박양리, 「초기 여성영웅소설로 본 <이현경전>의 성격과 의미」, 『한국문학논총』 제54집, 한국문학회, 2010, 91-94쪽.

의 배려로 '청주후 겸 대사마'의 지위를 계속 유지한 채 장연과 혼인하게 된다. 이에 따라 이현경은 더 이상 장연과의 갈등을 겪을 필요가 없을 것처럼 보인다.

그러나 장연과 이현경의 혼인은 애초부터 태자를 매개로 한 천자와 장연의 계략에 의해 이루어졌다. 그러니 이현경을 향한 장연의 무한한 애정에도 불구하고 두 사람의 부부생활이 원만할 리 없었다. 실제로 이현경은 혼인 후에도 지속적으로 장연과 갈등을 겪게 되는데, 시간이 지날수록 그 강도가 점점 격해지는 양상을 보인다. 혼인 후 이현경은 장연의 애첩 위영의 무례함을 곤장으로 다스린 적이 있는데, 이를 빌미로 위영이 간부서(姦夫書)를 위조하여 이현경을 시모(媤母)인 여부인에게 참소한다. 그러자 여부인이 장시랑과 장연 부자를 불러 이현경을 내칠 것을 요구하니, 이현경이 이를 듣고 격분하여 스스로 본가로 돌아간다. 그 후의 서사에서는 이현경-위영, 이현경-장연의 갈등이 더욱 증폭되면서 이현경의 강직하고 영웅다운 모습과 장연의 졸렬하고 비루한 모습이 대조적으로 부각된다.[207]

앞서 이현경과 장연의 갈등이 고조된 상황에서 천자까지 나서 이현경의 시가 복귀를 권유했으나 이현경은 이마저도 듣지 않는다. 그러던 이현경이 장시랑·장연 부자가 직접 찾아와 허물을 뉘우치고 진심으로 돌아갈 것을 간청하자 마지못해 시가로 복귀하게 된다. 하지만 이현경의 복귀가 곧장 두 사람의 화해를 뜻하는 것은 아니다. 작품 말미에서 이현경이 장연의 간청과 진정에 마음을 움직여 혼인한 지 7년 만에 비로소 동침을 허락했다고 하니, 두 사람의 갈등은 거의 결말까지 지속

---

207) 이현경이 본가로 돌아간 뒤에도 위영이 자객을 매수하여 이현경 살해를 시도한 사건, 장연이 예고 없이 이현경을 찾아와 둘이 격렬히 다툰 사건 등이 이어지며 둘의 갈등은 점점 더 걷잡을 수 없는 지경으로 치닫는다. 박양리, 앞의 논문, 96-97쪽.

된 셈이다. 이처럼 장연과 이현경의 갈등은 중반 이후 지속적으로 고조되다가 말미에서 긴박하게 화해 모드로 전환된다. 이는 곧 두 인물의 실질적인 화해가 그만큼 요원할 수밖에 없었음을 시사한다.

이와 같은 <이현경전>의 젠더갈등담은 <홍계월전>에도 직접적인 영향을 끼친 것으로 보인다. <홍계월전>의 홍계월 또한 이현경처럼 남장한 채 성장하여 수학, 응과급제, 출정입공의 과정을 거치며 당대 최고의 영웅으로 부상한다. 그러다가 어의의 진맥으로 신분이 노출된 뒤 보국과의 혼인을 계기로 두 사람의 갈등이 본격화된다. 이렇게만 보면 <홍계월전>의 젠더갈등담은 <이현경전>의 그것과 별반 차이가 없는 듯하다.

하지만 <홍계월전>과 <이현경전>은 젠더갈등담을 공유한 것 외에는 적지 않은 차이를 보이는데, 이러한 차이는 18세기 후반에 확립된 영웅소설 장르 관습의 수용 여부에서 비롯되었다. <이현경전>은 영웅소설의 장르 관습이 마련되기 전에 창작된 작품이기에 군담이 작품 초반에 나타나며, 이후 서사는 이현경의 남장 사실이 노출되는 과정을 지루하게 그려낸다. 반면 <홍계월전>은 영웅소설의 장르 관습이 확립된 이후 이를 차용하였기에 군담이 주요한 흥미소로 작용할 뿐 아니라 군담을 통해 모든 문제가 해결되는 서사 원리를 보인다.208) 일반적으로 영웅소설의 주인공은 세속적 조력자를 통해 능동적인 인물형으로 변하고 신이한 조력자에게 영웅적 능력을 획득하면서 모든 문제를 적극적으로 해결해 나간다는 공통점을 지닌다.209) 그만큼 주인공에게

---

208) 류준경, 「영웅소설의 장르관습과 여성영웅소설」, 『고소설연구』 제12집, 한국고소설학회, 2001, 24-27쪽.
209) 류준경, 「방각본 영웅소설의 문화적 기반과 그 미학적 특징」, 서울대 대학원 석사논문, 1997, 44쪽.

조력자의 역할이 중요하다는 것인데, <홍계월전>에서도 세속적 조력자인 '여공'과 신이한 조력자인 '곽도사'가 등장하여 이와 동일한 역할을 수행하므로 초기 영웅소설의 서사 방식을 차용한 것으로 볼 수 있다.

그런데 <홍계월전>의 곽도사는 단순한 조력자가 아니라 홍계월의 생사여탈은 물론 나라의 운명까지 좌우할 만한 초월적인 능력을 지닌 존재이다. 더욱이 <홍계월전>의 서사가 기본적으로 홍계월에게 전한 곽도사의 두 차례 예언의 실현과정으로 되어 있다는 점은 중요한 의미를 지니고 있다. <홍계월전>은 두 차례 예언 구도의 연쇄적 결합을 통해 처음엔 극단적으로 갈등하던 계월과 보국이 나중엔 상호 인정하고 협력하는 관계로 발전하는 과정을 여실히 보여준다. 비록 <홍계월전>의 젠더갈등담이 <이현경전>에서 차용된 것이지만, 곽도사라는 조력자를 매개로 하여 계월과 보국의 갈등을 상생과 공존의 관계로 전환함으로써 젠더갈등의 근본적 해결책을 제시하고 있다. 물론 이러한 전환이 있기까지 천자, 여공, 홍시랑 등의 지지와 협력도 적지 않았지만[210] 곽도사의 역할과 비중에는 비할 바가 아니다. <홍계월전>은 젠더갈등담과 예언 구도의 절묘한 결합을 통해 남녀가 극단적인 갈등 대신 상호 존중과 협력의 관계를 유지할 때 공존하고 상생할 수 있음을 환기한다.

---

210) 김정녀, 앞의 논문, 130-132쪽.

Ⅶ. <홍계월전>의 정본 구축 방안

　근래 <홍계월전>의 이본이 원전을 계승한 장편 계열과 후대에 축약된 단편 계열로 존재해 왔다는 주장이 제기된 이래 오랫동안 단편 계열의 활자본을 대상으로 했던 기존 논의가 점차 장편 계열의 단국대 103장본을 대상으로 한 논의로 바뀌고 있다. 그런데 그 후에 원전을 계승한 장편 계열의 이본들이 대부분 서사적 결함을 지니고 있다는 사실 및 이러한 결함이 원작에서부터 유전되었을 가능성이 제기되면서 과연 어느 이본을 텍스트로 삼을 것인가에 대한 고민도 깊어질 수밖에 없다. 본 장은 이에 대한 답을 찾는 과정을 담고 있다.

　필자가 지금까지 수집한 <홍계월전>의 이본은 모두 27종이다. 이 가운데 원전을 계승한 장편 계열의 이본이 9종이고 후대에 축약된 단편 계열의 이본이 12종이며, 나머지 6종은 낙장이라서 계열을 판별하기 어렵다. 장편 계열은 예언 1의 서사적 실현인 군담 1, 2와 예언 2의 서사적 실현인 군담 3, 4를 모두 갖추어야 서사 논리에 어긋나지 않고, 단편 계열은 군담 1, 2를 갖추어야 서사 논리에 어긋나지 않는다. 그런데 실제로 장편 계열에서는 군담 1, 2, 3, 4를 모두 갖춘 이본을 찾기 어렵고, 단편 계열은 개별 이본에 따라 장편 계열의 군담 1, 2가 다채롭게 변용된 모습을 보인다. 그러므로 단순히 '예언'을 기준으로 <홍계월전>의 이본을 장편 계열과 단편 계열로 나누어서는 이본의 구체적 실상을 이해하기 어렵다. 이에 따라 본서의 Ⅲ장에서는 '예언'과 '군담'을 함께 고려하여 <홍계월전>의 이본을 다섯 계열로 나누고 각각의 특징을 검토한 것이다.

그렇다면 다섯 계열 가운데 <홍계월전> 연구에서 활용될 수 있는 선본은 어느 계열의 어느 이본으로 삼아야 할 것인가? 물론 이 물음에 대한 답을 찾기가 쉽지 않겠지만, <홍계월전>에 관한 생산적인 논의를 위해서는 반드시 해결해야 할 과제이기도 하다. 이런 문제의식을 기반으로 본 장에서는 <홍계월전>의 정본 구축 방안을 모색하고자 한다. 원전을 계승한 장편 계열의 여러 결함을 지적하여 정본 구축의 필요성을 제기하고, 그 결함들이 말끔히 해결될 수 있는 정본 구축 방안을 모색하고자 한다. 이 논의를 통해 <홍계월전> 연구에 신뢰할 만한 텍스트를 제공하고 현대어 번역을 위한 저본을 마련할 수 있을 것으로 기대한다.

1. 장편 계열의 결함과 정본 구축의 필요성

그간 <홍계월전> 연구에서 가장 많이 활용된 텍스트는 활자본이다.[211] 활자본은 연구자들의 주된 논의 대상이 되었을 뿐 아니라 현대역의 저본으로 활용되기도 하였다. 그러다가 근래 <홍계월전>의 이본에 대한 연구가 진척되면서 원전을 계승한 장편 계열에서는 단국대 103장본이, 후대에 축약된 단편 계열에서는 한중연 45장본이 연구 텍스트 및 현대역의 모본으로 선택되고 있다.[212] 그런데 최근 논의에서

---

211) 활자본 <홍계월전>은 언제 어디서 간행되었건 그 내용은 모두 동일하다. 활자본 <홍계월전>의 간행 정보에 관해서는 이주영, 『구활자본 고전소설 연구』, 월인, 1998, 233쪽 ; 권순긍, 『활자본 고소설의 편폭과 지향』, 보고사, 2000, 326쪽 ; 최호석, 『활자본 고전소설의 기초 연구』, 보고사, 2017, 90쪽 참조.

212) <홍계월전>을 현대어로 번역한 최근 사례를 몇 가지 들면 다음과 같다. 장시광, 『홍계월전』, 한국학술정보(주), 2011 ; 유광수, 『홍계월전』, 현암사, 2011 ; 조광국, 『홍계월전』, 문학동네, 2017. 장시광과 조광국 교수는 후대 축약본인 한중연 45장

는 기존에 설정된 두 계열과 내용을 달리하는 영남대 46장본 계열이 추가로 설정되었고,[213] 새로 수집된 이본 중에는 기존에 분류된 계열에 포함되지 않는 것도 존재한다.

이처럼 최근 들어 새로운 이본이 속속 발굴되고 이에 대한 논의가 진척되면서 <홍계월전>의 이본이 우리의 예상보다 훨씬 더 다양한 스펙트럼을 형성했던 것으로 추정된다. 그러므로 자의적으로 어느 한 이본만을 논의 대상으로 삼아서는 <홍계월전>의 작품 세계를 온전히 이해하기 어려울 것임이 자명하다. 이런 혼란을 극복하기 위해서는 우선 수집된 이본을 대비적으로 검토하여 원전을 탐색하고 정본을 구축하는 작업이 절실히 필요하다. 앞장에서 검토했듯이 <홍계월전>은 원작에서부터 부분적인 결함을 지닌 채 유포되었고, 후대 이본에서 그 결함을 해결하기 위한 다양한 노력이 있었던 것으로 보인다. 이런 이유로 근래 <홍계월전>에 관한 연구에서는 원전을 계승한 장편 계열의 이본 중에서 서사적 결함이 대부분 해결된 단국대 103장본을 논의 대상으로 삼는 경우가 대부분이다.

단국대 103장본은 원전을 계승한 장편 계열의 이본 가운데 예언 1의 '세 번 죽을 액'과 예언 2의 '세 번 죽을 액'이 모두 구체적 서사로 실현된 유일한 이본이다. 이런 가치를 지녔기에 기존 논의에서 이를 원전의 서사를 가장 잘 계승한 선본으로 간주하여 '단국대 103장본 계열'로 명명했던 것이다. 하지만 이런 가치를 지녔음에도 불구하고 단국대 103장본을 <홍계월전> 연구의 대표본으로 활용하기 어려운 이유는, 곳곳에 적지 않은 결함이 드러나고 있기 때문이다. 여기서 그 몇 가지 사

본을, 유광수 교수는 원전을 계승한 단국대 103장본을 저본으로 삼았다.
213) 정준식, 「영남대 46장본 <계월전>의 특징과 가치」, 『어문학』 제142집, 한국어문학회, 2018, 218쪽.

례만 확인해보기로 한다.

> ① 시양니 니 말을 듯고 도스게 쳥ᄒ여 왈 이 아히 부모을 이별ᄒ면
> 과려다가 길을 스람을 어더 빅스을 가라치심을 바라노라 <u>도스</u>
> <u>답왈 이러ᄒ기로 말을 못ᄒ노라</u> ᄒ고 소믹을 썰치고 가거날²¹⁴⁾

인용문 ①은 계월이 3세 되던 해에 곽도사가 홍시랑의 요청으로 계
월의 관상을 본 후에 두 사람이 주고받은 대화이다. 그런데 밑줄 친 부
분의 "도스 답왈"과 "이러ᄒ기로 말을 못ᄒ노라"의 사이에 분명 어떤
내용이 생략된 것으로 보인다. 단국대 96본의 이 부분은 "도스 답왈 ᄂ
ᄂ 이 박기는 아지 못할 쑨 안이라 쳔긔을 누셜치 못ᄒ기로 가난이
다"²¹⁵⁾로 되어 있다. 본래 단국대 96장본의 해당 내용처럼 되어야 하는
데, 단국대 103장본에는 이 부분이 무리하게 생략되어 앞뒤 문맥이 통
하지 않는 비문이 되었다.

> ② 시양이 베실할 쩍 졀친ᄒ 봉우 상우을 보라ᄒ고 효과을 장만 가
> 지고 갈 길의 계월을 어로만지며 부인을 힝ᄒ여 부탁ᄒ고 인ᄒ
> 여 호계쵼으로 ᄎ쳐갈 시 <u>호계쵼이을 싀양ᄒ고</u> 이고딕 와 슨초
> 못과 갓치 셰월을 보닉기로 찬난 붕우을 보지 못ᄒ야더니²¹⁶⁾

인용문 ②는 계월이 5세 되던 해에 홍시랑이 과거 벼슬했을 때 친한
벗이었던 정생을 찾아가는 대목의 일부이다. 그런데 밑줄 친 "호계쵼
이을 싀양ᄒ고"는 도무지 무슨 말인지 알 수 없다. 단국대 96장본의 이

---

214) 단국대 103장본 <홍계월전>, 3장b.
215) 단국대 96장본 <계월전>, 3장.
216) 단국대 103장본 <홍계월전>, 4장a.

부분에는 "귀계촌으셔 <u>회계촌이</u> 삼빅 사십이라 쩌난 지 삼일마으 호계 촌을 득달ㅎ여 졍싱을 ᄎᄌ 호과로셔 뎡예을 베플싀 뎡싱이 시랑의 손을 잡고 치ᄒ하여 왈 이 몸이 <u>벼살을 싀양하고</u>"[217)로 되어 있다. 단 국대 103장본에는 이 내용에서 밑줄 친 부분만 남기고 나머지를 무리 하게 생략한 탓에 앞뒤 문맥이 통하지 않는 비문이 되었다.

> ③ 여공이 혀오되 수적의 환을 만난 아희로다 ᄒ고 불상이 여계 눈 물을 흘이며 문왈 네 나희 멷치며 일홈은 무어신다 <u>계월리 디왈 붓친년 남이 부르기을 홍시량이라 ᄒ옵고 ᄉ든 고즌 모로난이 다.</u> 여공이 이 아희 졍영코 양반의 ᄌ식니로다 이 아희 니 ᄌ식 과 동갑이라 얼골도 비상ᄒ이 다려다 보국과 ᄒ가지로 글을 가 르치리라[218)

인용문 ③은 장사랑의 난으로 피난 가던 계월이 수적 맹길에게 잡혀 강물에 던져진 후 여공에게 구출되는 장면이다. 강물에 떠내려가던 계 월을 구한 여공이 계월에게 "네 나희 멷치며 일홈은 무어신다"라고 물 었는데, 계월은 엉뚱하게도 자신의 나이와 성명 대신 부친에 관하여 말 하고 있다. 단국대 96장본의 이 부분에는 밑줄 친 내용 앞에 "게월이 디 왈 나흔 오셰옵고 일홈은 게월이로소이다 여공 무러 가로디 네 붓친의 셩명과 사던 지명을 아난다"라는 내용이 더 있다. 원래 이 내용이 있어 야 여공의 물음에 대한 계월의 대답이 서로 조응하는데, 단국대 103장 본에는 이 내용이 무리하게 생략되어 여공의 물음과 계월의 대답이 서 로 맞지 않는 결과를 낳았다.

---

217) 단국대 96장본 <계월전>, 4장b.
218) 단국대 103장본 <홍계월전>, 16장.

4 잇써 오초강가의 다〃른니 님칙덕과 왕공윤니 복병ᄒ여다가 닉
다라 오초 양왕과 일힝을 절박ᄒ니 잇써 청듀후 말을 타고 뒤의
오다가 갑쥬을 갓초고 나난다시 달여드러 님치덕과 왕윤을 다
버히고 각각 제국으로 모셔 직위ᄒ 후의 보국니 도라와 평국과
셰월을 보닉더니[219]

인용문 4는 군담 3이 끝난 후에 보국의 부친 여공과 계월의 부친 홍
무가 각기 오나라와 초나라의 왕으로 부임하는 대목이다. 여공과 홍무
일행은 길을 재촉하여 오·초 양국으로 향하다가 앞선 전투(군담 2)에
서 전사한 오·초 양왕 후손의 기습 공격을 받아 포로가 된다. 하지만
여공과 홍무 일행은 몰래 뒤따르던 보국에게 구출되어 새로운 오·초
의 왕으로 무사히 즉위한다. 여기서 단국대 96장본의 해당 대목은 4면
에 걸쳐 하나의 온전한 장면으로 그려지고 있는데,[220] 단국대 103장본
에는 인용문 4와 같이 이 내용이 지나치게 간략하여 여공과 홍무의 부
임 과정이 촉급하게 처리된 느낌이 든다.

이상과 같이 단국대 103장본에는 단국대 96장본에 비해 무리하게
생략되어 문맥이 통하지 않는 곳이 적지 않은데, 여기 제시된 것은 단
지 몇몇 사례에 불과하다. 사실 그 외에도 단국대 103장본에는 무리한
생략이 이루어진 곳이 많고,[221] 표기가 잘못되어 문맥이 통하지 않거
나[222] 다른 이본에 비해 내용이 변개된 곳[223] 등도 발견된다. 게다가

---

219) 단국대 103장본 <홍계월전>, 98장b-99장a.
220) 이 장면은 단국대 96장본 외에 충남대 61장본과 단국대 59장본에도 수용되어 있다.
221) 단국대 103장본, 6장, 9장a, 16장b-17장b, 25장b, 29장a, 32장b, 37장a, 40장a, 44장
a, 52장a, 63장b-64장a, 67장b, 91장a.
222) 단국대 103장본, 5장a, 11장a, 12장, 27장b, 28장a, 30장a, 31장a, 54장a, 63장b, 81
장a, 90장b.
223) 단국대 103장본, 92장b-94장a.

단국대 103장본은 단국대 96장본에 비해 서사 전반에 걸쳐 오·탈자가 너무 많고 디테일이 부족하다는 점에서도 적지 않은 단점을 보인다. 단국대 103장본의 실상이 이러한데도 이를 계속 <홍계월전>의 연구 텍스트로 활용하기는 어려울 듯하다.

그렇다면 단국대 96장본은 단국대 103장본을 대신해서 연구 텍스트로 활용할 만한 가치를 지니고 있는가? 안타깝게도 이 물음에 대한 긍정적인 답을 기대하기 어렵다. 우선 단국대 96장본의 가장 큰 결함은 군담 4가 없다는 점이다. 원래는 예언 2의 '세 번 죽을 액'이 각기 군담 3, 부임 길의 매복 공격, 군담 4로 형상화되어야 예언과 그 서사적 실현이 서로 조응하여 온전한 논리를 갖추게 된다. 그런데 단국대 96장본은 예언 2의 마지막 액인 군담 4가 서사로 실현되지 않은 채 작품이 종결되어 논리적 정합성을 갖추지 못했다. 물론 이 외에도 단국대 96장본에는 부분적으로 훼손된 곳, 내용이 생략된 곳, 다른 이본과 내용이 다른 곳 등이 적지 않다.224) 따라서 단국대 96장본 또한 단국대 103장본과 마찬가지로 그대로는 <홍계월전>의 연구 텍스트로 활용하기 어려운 것이 사실이다.

이상과 같이 장편 계열의 이본 가운데 원전을 온전히 계승한 단국대 96장본은 오히려 원전의 결함까지 고스란히 물려받은 점이 문제가 되고, 단국대 103장본은 두 차례의 예언을 통해 군담 1, 2, 3, 4를 모두 그려낸 유일한 이본임에도 서사 전반에 걸쳐 크고 작은 문제를 보인다. 그러므로 <홍계월전>에 대한 엄정한 연구를 위해서는 작가의 의도가 무리 없이 실현되는 방향으로 대표성을 지닌 정본을 구축할 필요가 있다. 이런 요구에 따라 여기서 <홍계월전>의 정본 구축 방안을 신중하

---

224) 단국대 96장본에 나타나는 결함과 차이는 다음 장에서 상세히 검토될 것이다.

게 모색하고자 한다. 이를 위해 앞서 검토된 두 이본의 결함과 가치를 함께 고려하여 단국대 96장본을 핵심 자료로 삼고 단국대 103장본을 보조 자료로 삼는다.

2. 단국대 96장본을 활용한 정본 구축 방안

주지하듯 <홍계월전>은 곽도사의 두 차례에 걸친 예언과 그 서사적 실현을 핵심으로 삼은 작품이다. 예언 1과 예언 2에는 모두 계월이 '세 번 죽을 액'을 겪을 것이라 예고되어 있는데, 실제로는 각기 두 번의 죽을 액만 두 번의 군담으로 장면화된다. 따라서 이론적으로 예언 1의 군담 1, 2와 예언 2의 군담 3, 4를 모두 그려내야 서사 논리가 온전히 갖추어질 수 있다.[225] 그런데 수집된 이본 가운데 이에 부합되는 이본은 단국대 103장본 뿐이므로, 기존 논의에서 원전의 결함 가능성이 제기된 것이다. 즉 <홍계월전>이 원전에서부터 서사적 결함을 지닌 채 유포되었고, 그 결함을 해소하기 위한 다양한 노력이 결국 여러 편차를 지닌 이본 계열을 낳게 되었다는 것이다. 이렇게 볼 때 군담 4가 유일하게 추가된 단국대 103장본은 원작의 결함을 해소하는 과정에서 생성된 가장 완성도 높은 이본이라 할 수 있다.

그런데 이런 가치에도 불구하고 단국대 103장본은 서사 전반에 걸쳐 내용이 무리하게 생략되거나 잦은 오·탈자로 인해 문맥이 통하지 않는 곳이 많고, 여타 이본에 비해 군데군데 변개된 곳이 있다. 물론 단국대 96장본도 이런 문제가 없는 것은 아니지만, 단국대 103장본에 비해 원전의 서사를 잘 계승하고 있고 디테일도 상대적으로 괜찮은 편이다.

---

225) 정준식, 「<홍계월전> 원전 탐색」, 『어문학』 제137집, 한국어문학회, 2017, 336쪽.

이런 이유로 여기서는 단국대 96장본을 핵심 자료로 삼고 단국대 103장본을 보조 자료로 삼는다. 정본 구축의 구체적 방법으로는 단국대 96장본과 단국대 103장본을 면밀히 대조하여 단국대 96장본의 생략, 변개, 부연 여부를 엄정하게 판단한 후 본래대로 복원하고, 오탈자가 분명한 것은 바르게 고치되 필자의 자의적 판단은 최대한 배제하기로 한다.

1) 단국대 96장본에 생략된 내용의 해결 방안

단국대 96장본은 단국대 103장본에 비해 결함이 적고 서사 전반에 걸쳐 디테일이 자세하여 실제 분량은 오히려 단국대 103장본에 비해 조금 더 많다. 하지만 단국대 96장본도 부분적으로 결함을 보이는 곳이 없지 않으므로 이에 대한 보완이 요구된다.

> ⑤ 일″은 양부인이 몸이 곤ᄒ야 침석의 ″지ᄒ여더니 비몽간의
> □□ □□□ □□ □□□ □□□□ 옥황상계쎄□□ □□
> 의 무자ᄒ믈 불□이 너기수 계화 다슌 가지를 쥬시민 샹뎨의
> 명의로 이 곳슬 가져 왓수오니 부인은 지게ᄒ시고 이 곳슬 바드
> 소셔 반다시 귀남즈을 어더 문호의 극홀 거시니 잘 기르소셔
> ᄒ고 문득 간 디 업거날226)

인용문 ⑤는 양씨 부인이 계월을 잉태하기 전에 태몽을 얻는 대목이다. 그런데 단국대 96장본에는 첫째 장의 왼쪽 모서리가 훼손되어 밑줄 친 빈 칸의 내용을 알 수 없다. 다행히 단국대 103장본에는 이 부분이 "선여 오운을 타고 나러와 부인게 고왈 옥황겨옵셔 부인의 무즈ᄒ시믈

---

226) 단국대 96장본, 1장.

불<u>상니</u>"(1-2면)로 되어 있다. 따라서 단국대 96장본의 빈칸에 단국대 103장본의 밑줄 친 내용을 그대로 가져다 채우면 이 부분의 결함을 해소할 수 있다.

> ⑥ 부인이 발도 압푸고 긔운도 진ᄒᆞ여 쵼보을 걸지 못ᄒᆞ이 양운은 부인의 숀을 줍고 익썰며 춘향은 부인의 등을 밀어가며 슴인이 ᄒᆞ날게 츅슈ᄒᆞ며 제우 십이을 가니 동방이 발고져 ᄒᆞ며 쇠북 소리 아츰 안기 쇽의 은〃□ 들이미 ᄆᆞ음 반겨 슈리을 드러가니 <u>긔운이 진ᄒᆞ여 쵼보을 가지 못ᄒᆞ니 수젹이 뒤을 ᄯᅩ로면 도젹 손의 쥭나니 차라리 무르나 ᄲᅢ져 게월의 혼을 쏠고져 ᄒᆞ오니 그ᄃᆡ</u> 난 쳡을 싱각지 ᄆᆞ웁고 양운을 다리고 도망ᄒᆞ여 살긔을 도모ᄒᆞ웁소셔 ᄒᆞ며 말을 맛치고 물의 ᄲᅡ지려 ᄒᆞ거날227)

인용문 ⑥은 장사랑의 난으로 피난하던 중 강가에서 수적 맹길에게 납치된 양씨 부인이 맹길 일당의 감시를 피해 달아나는 대목이다. 인용문 ⑥의 밑줄 친 내용에서 "긔운이 진ᄒᆞ여"와 "쵼보을 가지 못ᄒᆞ니 수젹이 뒤을 ᄯᅩ로면~" 사이에 생략된 내용이 있다. 기운이 없어서 걷기를 마다하며 도적의 손에 죽는 것보다 물에 빠져 죽기를 원하는 주체는 계월의 어미인 양씨 부인이다. 양씨 부인은 이미 맹길에게 납치되어 오기 전에 계월이 도적에게 붙잡혀 강물에 던져지는 참혹한 일을 겪었다. 그래서 자신마저 맹길에게 잡혀 죽느니 차라리 강물에 투신하는 편이 낫다고 생각한 것이다.

그런데 인용문 ⑥의 밑줄 친 부분에는 발화자에 대한 정보가 없어 발화 내용이 누구의 것인지 정확히 알 수 없다. 이에 비해 단국대 103장

---

227) 단국대 96장본, 12장.

본의 해당 장면에는 "긔운이 진ᄒᆞ여"와 "쵼보을 가지 못ᄒᆞ니 수적이 뒤을 ᄯᆞ로면~" 사이에 "쵼부을 가지 못ᄒᆞ니 ᄒᆞ날을 불변치 못ᄒᆞ닌지라 하일 업셔 죽게 되이 부인이 양운을 도라 보와 왈 동방이 발고"228)라는 내용이 있어서 발화자가 양씨 부인임을 분명히 알 수 있다. 따라서 단국대 103장본의 이 내용을 단국대 96장본의 해당 부분에 채워야 결함을 해소할 수 있다.

> ⑦ 문득 ᄒᆞᆫ ᄉᆞ름이 강변 바회 우희 안ᄌᆞ 고기을 ᄂᆞ거날 <u>양운이 ᄂᆞ여가 졀ᄒᆞ고 문왈 셤이 무슴 셤이라 ᄒᆞᄂᆞᆫ잇가 딕왈 그 셤이 ᄌᆞ고 인젹 업습더니 슈연 젼의 딕국 형쥬 싸의셔 귀양 온 션비 ᄒᆞᆫᄌᆞ 잇ᄉᆞ오딕 초막을 짓고 날마다 울고 초목과 각식 짐싱으로 버슬 ᄉᆞᆷ아 고기와 굴만 쥬어 먹고 잇쓰니</u> ᄉᆞ름의 얼골은 업고 귀신의 형용을 가져 지금 사싱을 모롭ᄂᆞ이다 불숭ᄒᆞ고 ᄎᆞ목ᄒᆞ더니다229)

인용문 ⑦은 장사랑의 난으로 고소대 일봉암에 피신해 있던 양씨 부인이 꿈에 나타난 부처님의 지시에 따라 남편 홍시랑이 유배된 벽파도로 찾아가는 대목이다. 그런데 밑줄 친 부분을 보면 시비 양운이 길에서 만난 상대에게 무슨 섬이냐고 물었는데, 그는 엉뚱하게도 형주에서 귀양 온 선비에 대한 말만 할 뿐이다. 이렇게 된 까닭은 "셤이 무슴 셤이라 ᄒᆞᄂᆞᆫ잇가"와 "그 셤이 ᄌᆞ고 인젹 업습더니" 사이에 "노옹 왈 벽파도라 ᄒᆞ난이다 ᄯᅩ 문왈 그 셤중에 인가 잇난잇가"230)란 내용이 생략되었기 때문이다. 따라서 단국대 103장본의 해당 내용을 단국대 96장

---

228) 단국대 103장본, 13장a.
229) 단국대 96장본, 21장b.
230) 단국대 103장본, 22장b.

본의 생략된 곳에 채워 넣어야 결함을 해소할 수 있다.

> ⑧ 시랑이 넉슬 일코 업더졋다가 제유 인스을 츠려 수러 스로디 젼
> 일으 베실 ᄒᆞ옵다가 소인의게 익미 홈의 즙피여 고향으로 갓슙
> 다가 집의로 도라오옵던 지르 장시랑의게 잡펴 적군중으 잇슙
> 다가 쳔즈의게 죄을 입습고 이 셤즁의 귀양을 보닉시미 이 셤즁
> 의 와 세월을 보닉옵더니 이런 익을 당ᄒᆞ미로소이다²³¹⁾

인용문 ⑧은 계월이 서번·서달의 난에 출정하여 적을 무찌른 뒤 달
아난 서달 일당을 추격하여 벽파도로 갔다가 그곳에서 우연히 부모와
상봉하는 장면이다. 계월은 5세 때 장사랑의 난을 만나 양씨 부인과 함
께 달아나다 맹길에게 잡혀 강물에 던져진 후 줄곧 여공에게 의탁한 채
성장하였다. 그 때문에 부모를 만나고도 전혀 알아보지 못하고 오히려
적과 내통한 자로 오인하여 죽이려 했다. 이에 홍시랑이 계월에게 자신
을 소개하고 벽파도로 오게 된 내력을 상세히 말하자, 그제야 홍시랑
내외가 자신의 부모임을 알게 된다. 그런데 단국대 96장본에는 홍시랑
이 계월에게 자신을 소개하면서 "젼일으 베실 ᄒᆞ"였다고만 말해 어디
서 무슨 벼슬을 하였는지 알 수 없다. 이에 비해 단국대 103장본의 해당
부분은 "소인니 젼일 듸국셔 시랑 벼슬 ᄒᆞ엿다가"(82면)로 되어 있어
이런 궁금증이 말끔히 해소되었다. 따라서 단국대 96장본의 "젼일으
베실 ᄒᆞ옵다가"를 없애고 그 자리에 단국대 103장본의 해당 내용을 채
워야 결함을 해소할 수 있다.

한편, 단국대 96장본에는 홍시랑이 소인의 참소를 피해 고향으로 갔
다가 집으로 돌아오는 길에 장사랑에게 잡힌 것으로 되어 있다. 그런데

---

231) 단국대 96장본, 39장.

'고향으로 갔다가 집으로 돌아온다는 것'은 문법에 맞지 않는다. 홍시랑이 장사랑에게 잡힌 것은 '고향에 갔다가 돌아오는 길'이 아니라 고향에 가서 살던 중 '친구를 찾아갔다가 집으로 돌아오는 길'이었다. 단국대 103장본의 해당 대목에는 이 내용이 바르게 되어 있음232)에 비해 단국대 96장본에는 이 내용이 무리하게 축약되어 비문이 되었다. 따라서 인용문 ⑧의 "고향으로 갓습다가"와 "집의로 도라오옵던 지르" 사이에 단국대 103장본에 나와 있는 "맛츰 회계로촌의 붕우을 보려 갓삽다ㄱ"를 기워야 결함을 해소할 수 있다.

> ⑨ 천즈 이윽키 정신을 츠려 원수의 덕으로 격장의 카을 면ㅎ고 스직을 안보키 하니 원수의 은혜는 스후는망이라 ㅎ시며 쏘 무러 ㄱ로딕 원수 말니 변방의 가셔 이런 줄을 엇지 알고 필마 단긔로 와 급ㅎ믈 구ㅎ는요 ㅎ신딕233)

인용문 ⑨는 오·초 양왕이 명을 침범하여 계월과 보국이 출전한 사이 적장 맹길이 몰래 군사를 이끌고 황성을 급습하여 천자에게 항서를 강요하는 순간에 계월이 이를 알고 황성에 득달하여 천자를 구출한 직후의 장면이다. 단국대 96장본에는 인용문 ⑨의 밑줄 친 부분처럼 "천즈 이윽키 정신을 츠려"와 "원수의 덕으로 격장의 카을 면ㅎ고"가 곧바로 연결되어 어색한 느낌이 든다. 단국대 103장본에는 둘 사이에 "치스ㅎ여 가로딕 짐이 ㅎ마 마상고혼 될 거슬"(150면)이란 내용이 있어서 문맥이 자연스럽다. 따라서 단국대 103장본의 이 내용을 단국대 96

---

232) "소인이 전일 딕국셔 시랑 벼술 ㅎ엿다가 소인의계 잡필가 ㅎ야 고향의 도라왓삼다가 맛츰 회계로촌의 붕우을 보려 갓삽다ㄱ 집으로 오난 질의 장ㅅ랑의계 잡펴 군즁의 잇삽다ㄱ 천즈계 잡피오니", 단국대 103장본, 41장b-42장a.
233) 단국대 96장본, 69장b.

장본의 생략된 곳에 채워 넣어야 결함을 해소할 수 있다.

이상과 같이 단국대 96장본에 생략된 내용 때문에 앞뒤 문맥이 통하지 않게 된 곳은 단국대 103장본의 해당 부분에서 그 내용을 가져와 결함을 해결할 수 있다. 물론 이 외에도 단국대 96장본에는 무리한 생략으로 인해 문맥이 통하지 않는 곳이 있을 수 있는데, 이 경우도 앞서와 같이 단국대 103장본의 해당 부분에서 생략된 내용을 찾아 메우면 무리 없이 결함을 해소할 수 있다.

2) 두 이본 간 차이를 보이는 부분의 해결 방안

앞서 검토된 것은 단국대 96장본이 단국대 103장본과 동일한 대목 또는 장면에서 일부 구절이나 문장의 생략으로 결함이 야기된 경우이다. 이제 여기서는 단국대 96장본과 단국대 103장본이 명백한 차이를 보이는 대목 혹은 장면을 검토하기로 한다. 두 이본의 차이는 세 가지 관점에서 정리할 수 있다.

첫째, 단국대 96장본에만 있고 단국대 103장본에는 없는 내용이다. 이에 해당하는 것은 군담 3의 '승만 삽화'이다. '승만 삽화'란 군담 3에서 보국의 부장이 적장 맹손과 대결하다가 그의 칼을 맞고 죽자, 보국의 또 다른 부장 승만이 자원하여 맹손과 싸우다 죽는 사건을 말한다. 군담 3은 원전을 계승한 장편 계열의 모든 이본에 공통적으로 설정되어 있지만 '승만 삽화'는 단국대 96장본과 연세대 29장본에만 나와 있다. 앞서 언급한바 두 이본은 각기 <홍계월전>의 이본 중에서 가장 이른 시기(1861)와 가장 늦은 시기(1891)에 필사된 것임에도 그 내용은 다른 이본에 비할 수 없을 만큼 높은 유사도를 보인다. 단국대 96장본이 원전의 서사를 온전히 계승한 이본임을 고려할 때 '승만 삽화'는 원전에서부터 존재했을 가능성이 큰 것으로 보인다. 그러므로 단국대 96장본의 군담 3에 설정된 '승만 삽화'는 그대로 남겨두는 것이 바람직하다.

둘째, 단국대 96장본에는 없고 단국대 103장본에만 있는 내용이다. 이에 해당하는 것은 매우 드물어 전체 서사에서 두 곳에만 있다. 우선, 군담 2에서 천자를 구하러 황성으로 간 계월이 천자와 함께 보국의 진으로 되돌아가는 장면을 꼽을 수 있다.

> ⑩ 원수 분긔 등″ᄒ야 무ᄉ을 호령ᄒ여 <u>밍기를 급피 원문 밧긔 ᄂ</u>
> <u>여 베히라 ᄒ신ᄃᆡ 무ᄉ 영을 듯고 일시에 ᄂᆡ다라 밍길을 ᄌ버</u>
> <u>ᄂᆡ여 원문 밧긔 베희고 올 지음으 멀니 바라보니</u> 쳔병만마 풍셜
> 갓치 ᄂᆡ러오거늘 화셜 이젹의 즁군 보국니 싱각ᄒ되 분명 젹장
> 밍길니 황셩을 엄습ᄒ다가 우리 원수의게 페ᄒ여 본진으로 가
> 다가 ᄂᆡ 진을 보고 거짓 우리 원슈 쳬ᄒ고 늘을 유인ᄒ여도[234]

인용문 ⑩은 오·초 양국이 침공하자 계월이 보국과 함께 전장에 있다가 황성으로 가서 위기에 빠진 천자를 구한 뒤 다시 돌아와 보국과 만나는 장면이다. 그런데 밑줄 친 부분의 "밍길을 ᄌ버ᄂᆡ여 원문 밧긔 베히고 올 지음으"와 "멀니 바라보니"의 사이에는 계월이 천자에게 맹길을 죽여 원수를 갚게 해 준 것에 깊이 감사하는 장면과 계월이 천자를 모시고 보국의 진으로 가는 장면[235]이 나와야 하는데, 단국대 96장

---

234) 단국대 96장본, 73장.
235) 단국대 103장본 <홍계월전>, 79장, "원슈 등계의 ᄂᆡ다라 밍길의 목을 벼혀 들고 ᄒ날계 소비ᄒ고 쳔ᄌ 젼 ᄉ은쥬왈 널부신 덕으로 평싱 유ᄒᆞᆫ을 풀엇ᄉ오니 이졔 죽어도 ᄒᆞᆫ이 업슬가 ᄒᆞᄂᆞ이다 쳔ᄌ 층춘ᄒ여 왈 ᄂᆡ는 경의 츙셩을 명쳔니 ᄒᆞᆷ감ᄒ심이로다 ᄒ시고 층찬을 못ᄂᆡ ᄒ여 왈 짐과 ᄒᆞᆫ가지로 보국의 진의 ᄀ ᄉᆞ성을 알고져 ᄒ노라 ᄒ시니 원슈 쥬왈 펴ᄒ 엇지 친님ᄒ 실잇가 쳔ᄌ 왈 짐도 (ᄯ)라 가셔 과

본에는 두 내용이 모두 생략되었다. 이로 인해 보국은 전장에 있고 천자와 계월은 황성에 있는 상황인데 느닷없이 이들이 대면하는 엉뚱한 장면이 연출되고 있다. 따라서 단국대 96장본의 서사 공백이 있는 부분에 단국대 103장본의 해당 내용을 가져다 채워야 결함을 해소할 수 있다.

다음, '군담 4'도 단국대 96장본을 비롯한 다른 이본에는 없고 단국대 103장본에만 나오는 내용이다. 그런데 단국대 103장본은 다른 이본에 비해 지질이 양호하고 필사된 글씨가 깨끗한 것으로 보아 비교적 후대에 필사되었을 가능성이 매우 크다. 본래 원전 계열의 <홍계월전>에는 두 번의 예언이 나와 있고, 그것은 모두 계월이 '세 번 죽을 액'을 겪는다고 되어 있다. 그런데 예언 1의 '세 번 죽을 액'에서는 첫 번째 액이 간략히 서술되고 두 번째와 세 번째 액은 군담 1과 군담 2로 장면화된다. 그리고 예언 2의 '세 번 죽을 액'에서는 두 번째 액이 간략히 서술되고 첫 번째와 세 번째 액은 군담 3과 군담 4로 장면화된다. 따라서 두 예언대로 서사가 실현되면 <홍계월전>에는 군담이 네 차례 나타나야 마땅한데, 단국대 96장본에는 '군담 4'가 나오지 않는다.

> ⑪ 어연간 삼연니 당ᄒ엿ᄂ지라 광세장니 급피 장계ᄒ여시되 젼의 초왕의 아달과 오왕의 아달니 제 아비 원슈을 갑고져 ᄒ여 명장 쳔여 원과 군ᄉ 빅(만)을 거나리고 딕국을 향ᄒ야 오며 관셔 오십여 셩을 향복 밧고 셔관을 향ᄒ다가 딕풍을 맛ᄂ 황젹강을 건닉지 못ᄒ고 유진ᄒ여시니 바람 ᄌ기 젼의 명장과 군졸을 보닉여 막으소셔 ᄒ엿거날 만조졔신을 모와 가로ᄉ딕 이 일을 엇지ᄒ리요236)

광코ᄌ ᄒ노라 ᄒ시니 원슈 쳔ᄌ을 모시고 즁군의 진의 갈 ᄉ 원슈의 토ᄉ말은 쳔ᄌ 타시고 원슈ᄂ 밍길의 말을 타고 십여 일 만의 보국의 진듕에 가이라 각셜 잇젹의 보국이 원슈 황셩을 구ᄒ려 간 후로 지다이지 못ᄒ여 ᄒ변 북을 쳐 만국을 항복 밧고 도라오라 할 지음의 멀이 바라보니"

236) 단국대 103장본, 99장.

12 원슈 말계 나려 사비 왈 소장이 사부 슬ᄒ을 쩌ᄂᆞᆫ 후로 듀야 사모ᄒᆞ옵던 ᄎᆞ 삼연 전 보국 편의 ᄒᆞ찰 보옵고 오날날 이 익 당할 듈과 사부 이리 오실 듈 아라삼거이와 소장의 ᄌᆞ명과 보국을 보존ᄒᆞ야 사직을 밧듈게 ᄒᆞ옵시니 황공 감스 ᄒᆞ여이다 이럿틋 슈작할 시 부원슈 보국은 되원슈 청천 속의셔 듁어다 ᄒᆞ여 통곡ᄒᆞ더니 원슈 ᄉᆞ부 곽도ᄉᆞ을 모시고 오거날 부원슈 밧비 나가 도사 전의 사비ᄒᆞ고 엿ᄌᆞ오되 ᄉᆞ부 오실 듈은 임의 아라ᄉᆞ오되 조금 더듸덕들 평국의 위퇴할 번ᄒᆞ여난이다 도ᄉᆞ 왈 너희난 밧비 가 군병을 호귀ᄒᆞ고 무사니 도라가라 이 후난 익니 업실 거시니 피ᄎᆞ 다시 볼 날 업난지라 부듸 무사이 도라가라237)

인용문 [11]과 [12]는 각기 단국대 103장본에 나오는 군담 4의 시작과 끝부분이다.238) 이에 앞서 곽도사는 군담 3이 끝난 시점에 계월에게 보낸 편지에서 3년 후에 또 죽을 액을 볼 것이라 했는데, 이는 예언 2의 '세 번 죽을 액' 가운데 마지막 액에 해당한다. 그의 말대로 정확하게 3년이 지난 뒤에 오·초 양국의 아들이 합세하여 아비의 원수를 갚기 위해 명을 침공하는데, 이것이 바로 군담 4이다. 군담 4는 군담 1, 2, 3처럼 계월과 보국의 영웅적 활약을 그려낸 것이 아니라, 계월이 위기에 처한 상황을 설정한 뒤 이를 곽도사가 직접 도술로 해결하는 내용으로 되어 있다. 이를 통해 곽도사는 이전까지 계월과 보국이 보여준 대립과 갈등 대신 상호 존중과 협력을 통한 상생과 공존이 더 중요함을 일깨우고 있다. 말하자면 군담 4로 인해 원작의 주제가 부각되는 효과를 거두고 있는 셈이다.

이상과 같이 군담 4는 예언 2의 '세 번 죽을 액'에서 마지막 액에 해당

---

237) 단국대 103장본, 101장.
238) 단국대 103장본의 군담 4는 4장에 걸쳐 형상화되고 있다.

하므로 이것이 없으면 중대한 결함이 될 수밖에 없다. 그런데도 이러한 결함이 단국대 96장본 뿐만 아니라 단국대 103장본을 제외한 장편 계열의 모든 이본에서 확인되고 있다. 군담 4는 곽도사가 예언한 '마지막 액운'의 실현이자 '3년 후의 만남'을 매개하는 서사적 장치이므로, 이 대목이 없으면 작품의 완성도가 그만큼 떨어질 수밖에 없다. 따라서 단국대 96장본에서 예언 2의 '세 번 죽을 액' 가운데 두 번째 액이 마무리된 지점에 단국대 103장본의 '군담 4'를 가져다 채워야 예언 2와 그 서사적 실현 사이의 논리적 정합성이 갖추어져 단국대 96장본의 가장 큰 결함이 해소될 수 있다.

셋째, 두 이본이 특정 대목에서 서로 다른 내용을 보이는 경우이다. 이런 경우는 군담 3의 일부에서만 확인된다. 군담 3은 오·초 양국의 2차 침공으로 야기된 전쟁이다. 오·초 양국은 1차(군담 2), 2차(군담 3), 3차(군담 4)에 걸쳐 집요하게 명을 침공한다. 1차 침공에서 오·초 양왕이 계월과 보국에게 죽자 그의 아들들이 아비의 원수를 갚기 위해 2차 침공을 하지만 또 실패하여 계월과 보국에게 죽는다. 이에 마지막으로 남은 아들들이 세력을 규합하여 3차로 침공하지만, 그들 역시 패하여 죽음으로써 오·초는 완전히 멸망하고 명에서 파견된 인물이 새로운 오·초 양국의 왕으로 즉위한다. 이처럼 <홍계월전>의 군담 2, 3, 4는 명과 오·초 양국 사이에 대를 이어 지속되는 전쟁으로 다분히 복수전의 양상을 보인다.

원전을 계승한 장편 계열의 이본 중 대부분은 군담 1, 2, 3에서 동일한 내용을 보인다. 그런데 단국대 103장본과 충남대 61장본의 경우, 군담 1, 2는 여타 이본과 같지만 군담 3은 이들과 약간의 차이를 보인다. 그 차이는 명국 대원수 보국과 적장 맹손(맹순)의 대결 장면에 국한되어 있다. 단국대 96장본을 포함한 장편 계열의 대부분이 두 인물의 대결에서 보국이 맹손을 단칼로 베어 죽이는 것으로 되어 있다. 그런데 단국대 103장본과 충남대 61장본에는 두 사람의 대결이 승부를 가르지 못한 채 중단되었다가 나중에 맹손이 곽도사에게 사로잡힌 후 보국에 의해 처단되는 것으로 되어 있다. 군담 3은 군담 1, 2에서 줄곧 계월에게 묻혀 제대로 능력을 발휘하지 못한 보국의 영웅적 활약을 부각하기 위해 마련된 것이다, 그래서 곽도사가 일부러 계월을 설득하여 보국을 단독으로 출정하게 한 것이다. 이를 고려할 때 원전의 서사를 온전히 계승한 단국대 96장본의 내용을 그대로 유지하는 것이 바람직하고 판단된다. 보국의 탁월한 능력을 효과적으로 드러내기 위해서라면 그가 곽도사의 도움 없이 적장을 직접 베는 것이 효과적이기 때문이다.

지금까지 검토된 것 외에도 단국대 96장본에는 사소하지만 가볍게 보아 넘길 수 없는 결함이 하나 더 있다. 그것은 바로 군담 3이 완료된 시점에서 곽도사가 계월에게 보낸 편지와 그 뒤에 이어지는 서사의 불일치이다. 앞서 언급된바 군담 3은 오·초 양왕 아들의 침공에 보국이 단독 출정해서 승리를 거두는 전쟁이다. 곽도사는 군담 3이 완료된 후에 보국을 통해 계월에게 보낸 편지에서 '3년 후의 만남을 예고'하고 봉투 속에 '구슬 두 개'를 넣어 보내면서 그것으로 죽을 위기를 모면하라고 당부한다.[239] 이 내용은 비단 단국대 96장본 뿐만 아니라 장편 계열의 이본 대부분에 수용된 것으로 보아[240] 원전에서부터 존재했을 가능

239) 단국대 96장본, 93장, "평국이 봉서을 셤 〃 옥수로 바드 들고 션싱의 공을 싱각ᄒ여 딕셩통곡ᄒ고 봉셔을 ᄡᅥ여보니 제비알 만흔 구슬 흔ᄂ와 오리알 만흔 구실 ᄒᄂ며 그 봉셔 ᄡᅵ여쎠라 그 셔의 ᄒ엿시딕 ᄉ부는 흔 자 글노쎠 뎡을 붓치노라 푸른 구실 누런 구실을 견ᄒ노니 ᄎ후의 주려 죽게 되거던 일노쎠 주림을 면ᄒ라 닛 친니 가셔 보고 이 마을 일으고즈 ᄒ여도 지리 달너 못 가노라 삼연 후의 ᄒ 도즁으셔 만ᄂ보리라 ᄒ엿거늘"

성이 크다.

곽도사가 편지에서 예고한 두 가지 과제 중 '3년 후의 만남 예고'는 오직 단국대 103장본에서만 군담 4로 실현된다. 군담 4에서 계월은 적과 싸우다 죽을 위기에 빠졌다가 그를 구하기 위해 나타난 곽도사에 의해 가까스로 목숨을 건지게 되는데, 이것이 바로 3년 후에 다시 만날 것이라던 곽도사의 예언이 구체적으로 실현된 것이다. 이처럼 '3년 후의 만남'이 성사되기 위해서는 반드시 군담 4가 필요한데, 단국대 103장본을 제외한 장편 이본에는 모두 이것이 설정되지 않아 공통된 결함을 보인다. 앞서 단국대 103장본의 군담 4를 단국대 96장본에 채워 넣어야 온전한 서사가 될 수 있다고 한 것은 바로 이 때문이다.

한편, '구슬 두 개'의 행방에 관해서는 연세대 29장본에만 구체적으로 제시되어 있다. 곽도사는 계월에게 '구슬 두 개'를 보내면서 그것으로 죽을 위기를 면하라고 하였다. 그런데 실제로 장편 계열의 이본 가운데 구슬의 사용처가 구체적으로 마련된 경우는 연세대 29장본 외에 달리 찾기 어렵다. 연세대 29장본에서 곽도사가 보내 준 '구슬 두 개'는 엉뚱하게도 결말 직전에서 계월과 보국이 생명을 연장하는 수단으로 활용된다. 즉 기력이 노쇠한 계월과 보국이 곽도사가 준 '구슬 두 개'를 갈아 먹고 건강을 회복하여 120세까지 살았다고 하니,[241] 원전에서 유전된 서사적 결함을 메워야 한다는 후대 독자들의 고민과 부담이 어느 정도였는지 짐작할 만하다. 하지만 연세대 29장본이 1961년에 필사된 이본임을 감안할 때 <홍계월전>이 활발히 향유되던 시기에는 어느 이

---

240) 단국대 103장본 계열의 완질본 가운데 박순호 63장본을 제외한 모든 이본에 이 내용이 갖추어져 있다. 박순호 63장본은 예언 2의 '세 번 죽을 액' 중에서 첫 번째 액만 실현되고 곧바로 마무리되는 점으로 보아 이 부분이 생략되었을 것으로 추정된다.
241) 연세대 29장본, 28장b.

본에도 '구슬 두 개'의 사용처가 마련되어 있지 않았을 가능성이 크다. 이처럼 고소설이 향유되던 시기에 단 한 번도 마련되지 않았던 '구슬 두 개'의 사용처가 1961년에 와서야 억지스럽게 마련되었으니, 이는 오히려 생략하는 것이 바람직하다.

마지막으로 단국대 96장본에 종종 발견되는 오탈자는 단국대 103장본을 참조하여 보완할 수 있다. 만약 단국대 103장본으로 보완이 어려우면 충남대 61장본, 한중연 60장본 등과 같은 원전 계열의 다른 이본을 활용하면 된다. 그리고 두 이본에서 인명과 지명은 거의 일치하되 일부에서 약간의 차이를 보이므로 원전의 서사를 가장 잘 계승한 단국대 96장본을 기준으로 명칭을 통일할 필요가 있다. 예컨대 단국대 96장본의 군담 1에 적장으로 등장하는 평서장군 '문길'이 단국대 103장본에는 '독길, 못길, 무길' 등으로 혼용되고 있고,[242] '총관'은 동일하게 나타나며, '약듸'는 '우지희'로 대체되어 있다. 이 경우 단국대 96장본에 나와 있는 '문길, 총관, 약듸'로 통일하는 것이 바람직하다. 그리고 나머지 인명, 지명도 동일한 방식으로 통일할 필요가 있다.

3. 새로 구축된 정본의 활용 가치

<홍계월전>의 이본을 수집하고 검토하는 작업은 근래에 시작되었기 때문에 아직 축적된 성과가 만족할 만한 수준에 이르지 못했다. 그러나 <홍계월전>의 이본에 대한 최근의 지속적인 논의에 힘입어 타당한 근거도 없이 활자본만을 텍스트로 삼아왔던 과거의 관행이 점차 사라지고 한중연 45장본 혹은 단국대 103장본을 연구 텍스트로 삼는

---

242) 단국대 103장본, 32장b.

경우가 두드러지고 있다. 이런 변화는 단국대 103장본을 원전 계열의 선본(善本)으로, 한중연 45장본을 후대 축약 계열의 선본으로 추정한 필자의 주장이[243] 어느 정도 반영된 결과이다.

그런데 수집된 <홍계월전>의 이본 가운데 후대의 축약 계열에는 완성도 높은 이본이 적지 않은데[244] 원전 계열의 이본은 앞서 검토된 바처럼 서사적 결함이 있는 경우가 대부분이다. 더구나 원전 계열의 이본 중에서 가장 가치가 높은 것으로 평가되는 단국대 96장본과 단국대 103장본마저 적지 않은 결함을 보이고 있으니 어느 것이든 그대로는 연구 텍스트로 활용하기 어렵다. 사정이 이러한데도 최근 단국대 103장본을 대상으로 한 논의에서 이 이본의 결함과 문제점을 지적한 경우는 없다. 이제 본서의 논의로 원전의 서사를 고스란히 계승하되 원전 계열의 이본들이 공동으로 보이는 서사적 결함은 말끔히 보완한 새로운 정본이 구축되었다. 그렇다면 새로 구축된 <홍계월전>의 정본은 어떤 가치를 지닐 수 있을까? 이를 몇 가지 짚어보면서 논의를 마무리하기로 한다.

첫째, 본서에서 제시한 방안에 따라 구축된 정본을 대상으로 <홍계월전>에 대한 엄정하고 객관적인 작품론이 가능해질 것으로 본다. <홍계월전>은 예언 구도를 근간으로 삼은 작품인데, 곽도사의 예언과 그 서사적 실현이 일부 조응하지 않는 결함을 보인다. 나아가 그 결함을 원전 계열에 속하는 대부분의 이본이 공유하고 있으므로, <홍계월전>이 애초부터 결함을 지닌 채 독자들에게 유포된 것이다. 사정이 이러한데도 기존 논의에서는 이를 전혀 고려하지 않고 연구자의 자의

243) 정준식, 「<홍계월전> 이본 재론」, 『어문학』 제101집, 한국어문학회, 2008, 253-267쪽.
244) 한중연 45장본, 한중연 47장본, 한중연 73장본, 단국대 62장본A, 연세대 57장본, 활자본 등이 이에 해당한다.

적 판단에 따라 주로 활자본, 한중연 45장본, 단국대 103장본 중의 하나를 텍스트로 삼아왔다. 그런데 활자본과 한중연 45장본은 후대에 생성된 축약본이므로 <홍계월전>을 대표할 만한 가치를 지니지 못하고, 단국대 103장본은 서사 전반에서 적지 않은 결함을 보이기 때문에 그대로는 연구 텍스트로 활용하기 어렵다. 이를 고려하여 본서는 <홍계월전>의 정본 구축 방안을 적극적으로 모색하여 신뢰할 만한 연구 텍스트를 복원하였다.

필자가 파악한 기존 <홍계월전> 연구의 문제점은 두 가지로 요약된다. 하나는 <홍계월전>의 이본으로 원전 계열과 축약 계열이 따로 있는데도 그간의 논의가 축약 계열을 중심으로 이루어졌다는 점이다. 그리고 다른 하나는 원전 계열을 중심으로 연구를 하려고 해도 이 계열의 모든 이본이 원전에서 유전된 서사적 결함을 공유하고 있다는 점이다. 축약 계열은 이본으로서의 대표성을 지니지 못하므로 후대의 변모상을 확인하는 자료로 활용하는 것이 바람직하고, 원전 계열에서 확인되는 결함은 간과할 수 없으므로 그 결함이 해소된 정본을 구축해서 논의하는 것이 바람직하다. 이제 본서에서 제시된 방안에 따라 새로운 정본이 구축되어 원전 계열이 지닌 서사적 결함이 말끔히 해소되었으므로, 이를 대상으로 향후 <홍계월전>에 관한 엄정하고 객관적인 작품론이 가능해질 것으로 본다.

둘째, 새롭게 구축된 <홍계월전>의 정본은 작품세계의 변모 과정을 탐구하는 데 중요한 기준이 될 것이다. 지금까지 수집된 <홍계월전>의 이본은 기존 논의에서 주장한 것보다 훨씬 다채롭고 역동적인 모습을 보이는데도 아직 그 실상을 온전히 이해하지 못한 것이 사실이다. 이제 구축된 정본을 기반으로 삼아 <홍계월전>이 시대에 따라 혹은 독자의 지향에 따라 변모된 양상을 정밀하게 추적하는 일이 새로운 과제로 제기되고 있다. 사실 <홍계월전>은 <김희경전>과 함께 초기 여성영웅소설의 정착을 선도한 작품으로 평가된다.[245] 두 작품 모두 18세기 말경에 창작된 것으로 추정되며, 이후 1910년대까지 활발히 유통되는 과정에서 분량이 축소되는 변모를 겪었다. <김희경전>이 원전 계열 후반부의 '결연담'을 생략하면서 단편화를 시도한 작품이라면, <홍계월전>은 원전 계열 후반부의 '군담'을 생략하면서 단편화를 시도한 작품이라 할 수 있다. 어쨌든 두 작품은 오랜 기간 유통되면서 여타 작품에 비해 다양한 이본을 파생한 것이 사실이다. 따라서 새로 구축된 정본을 기준으로 삼아 보다 정밀한 이본 연구가 가능할 것으로 본다.

사실 <홍계월전>과 <김희경전>은 결함이 없는 이본을 찾기 어렵다. 이런 이유로 <김희경전>의 경우 원전 계열의 선본인 숙대본 A를 핵심 자료로 삼아 정본이 구축된 바 있듯이[246] 본서에서는 <홍계월전>의 원전 계열에 속하는 단국대 96장본을 핵심 자료로 삼아 정본 구축을 시도하였다. <홍계월전>과 <김희경전>은 18세기 말에 창작되어 1910년대까지 독자들에게 활발히 읽힌 점, 그러면서도 방각본으로 간행될 기회가 없었던 점, 지속적인 자기 변신의 결과 이본 간의 편차가 매우 크다는 점 등에서 공통점을 보인다. 이제 구축된 두 작품의 정본을 기반으로 삼아 이런 특징을 지니게 된 원인을 추적하고 그 의미를 밝히는 작업이 가능할 수 있을 것으로 본다.

본서의 논의 결과 <홍계월전>은 창작 당시부터 부분적 결함을 지

---

245) 정준식, 「초기 여성영웅소설의 서사적 기반과 정착 과정」, 『한국문학논총』 제61집, 한국문학회, 2012, 45-53쪽.
246) 정준식, 「숙대본 A를 활용한 <김희경전>의 정본 구축 방안」, 『어문학』 제132집, 한국어문학회, 2016.

닌 채 독자에게 유포된 것으로 추정되므로 원작에 작가의 창작 의도가 충분히 구현되었다고 보기 어렵다. 수집된 이본 27종 가운데 원전의 서사를 가장 잘 계승한 것으로 평가되는 단국대 96장본에는 예언 2의 '세 번 죽을 액' 가운데 마지막 액인 '군담 4'가 마련되지 않고, '3년 후의 만남 예고'가 성사되지 않을 뿐 아니라 '구슬 두 개의 사용처'가 마련되지 않은 채 작품이 종결된다. 본서에서는 단국대 96장본이 보이는 이러한 결함을 해소하는 차원에서 정본 구축을 시도하되 필자의 자의적 판단은 최대한 배제하고자 하였다. 이제 본서에서 마련한 방안에 따라 두 번의 예언과 그 서사적 실현이 완벽히 조응하는 정본이 구축되었으니, 이를 기반으로 <홍계월전>에 대한 논의가 한 단계 도약할 수 있기를 기대한다.

VIII. 결론

    <홍계월전>에 대한 연구 성과는 여성영웅소설 중에서 가장 많이 축적되었다. 하지만 그 내막을 들여다보면, 기존 연구의 대부분은 이본 검토도 없이 후대에 축약된 한두 종의 이본만을 텍스트로 삼은 것이라서, <홍계월전>의 실상을 객관적으로 이해하는 데는 한계가 따를 수밖에 없었다. 이런 까닭에 본서는 <홍계월전>의 이본을 본격적으로 수집·검토하여 계열을 나누고 원전을 탐색하며, 이를 토대로 작품의 형성과정을 살펴보고 정본을 구축한 후 그 결과물을 함께 제공함으로써, <홍계월전>에 관한 객관적 연구의 토대를 마련하는 데 목적을 두었다. 앞서 논의된 바를 요약하면 다음과 같다.

    <홍계월전>의 이본 27종의 서지사항을 소개하고 '예언'과 '군담'을 기준으로 이본 계열을 분류하였다. 완질본 21종은 예언 설정 방식에 따라 두 계열로 나뉘는데, 곽도사의 예언이 두 번 제시되고 그에 따라 서사가 전개되는 이본을 '장편 계열'로, 곽도사의 예언이 한 번 제시되고 그에 따라 서사가 전개되는 이본을 '단편 계열'로 분류하였다. 예언 1의 '세 번 죽을 액' 중에는 서번·서달의 난과 오·초 양왕의 난 1이 군담으로 실현되는데, 이를 각각 군담 1과 군담 2로 명명하였다. 그리고 예언 2의 '세 번 죽을 액' 중에는 오·초 양왕의 난 2와 오·초 양왕의 난 3이 군담으로 실현되는데, 이를 각각 군담 3과 군담 4로 명명하였다. 한편 완질본 21종은 군담 설정 방식에 따라 다섯 계열로 나뉜다. 즉 장편 계열은 군담 1, 2, 3, 4를 그려낸 이본을 '단국대 103장본 계열'로, 군담 1, 2, 3을 그려낸 이본을 '단국대 96장본 계열'로 분류하였다. 단편 계열

은 군담 1, 2를 그려낸 이본을 '연세대 57장본 계열'로, 군담 1, 2를 그려 내되 군담 2를 변개한 이본을 '영남대 46장본 계열'로, 군담 1만 그려낸 이본을 '계명대 57장본 계열'로 분류하였다.

'계명대 57장본 계열'에는 군담 1만 설정되어 있다. 군담 1은 전란을 극복하고 부모를 봉양하는 일이 여성에 의해 주도되는 과정을 그려냄 으로써 여성을 차별하는 가부장제의 모순을 고발하고 있다. '연세대 57 장본 계열'에는 군담 1, 2가 설정되어 있는데 군담 2의 비중이 크다. 군 담 2는 계월이 보국보다 뛰어난 능력으로 국난을 타개하고 황실을 구 하는 내용이 서사의 핵심을 이룬다. 그 과정에서 보국을 포함한 모든 남성이 무능하고 비겁한 모습으로 형상화된다. 이를 통해 가정 및 국가 적인 영역에서 여성이 남성보다 뛰어난 능력을 발휘할 수 있으니 여성 에게도 공적 영역에서 균등한 기회가 보장되기를 희망한다. '영남대 46 장본 계열'에는 군담 1, 2가 설정되면서 군담 2가 변개된 모습을 보인 다. 이 계열은 군담 2의 '맹길'을 '맹달'로 바꾸고 계월 가족의 두 번째 이합과 남성의 위신을 실추시키는 대목을 생략함으로써 원전의 결함 을 바로잡고 남녀의 우열 구도를 의도적으로 파괴했다. 이를 통해 우월 한 여성과 열등한 남성의 대립 구도를 바탕으로 여성 우월의식을 고취 하려 한 원전 계열의 군담 2에 강한 반감을 드러낸다.

'단국대 96장본 계열'에는 군담 1, 2, 3, 부임길의 매복 공격이 설정되 어 있다. 군담 1, 2는 계월에게 편중된 서사 세계를 통해 계월의 압도적 능력을 보여주고 있다. 이에 비해 군담 3, 부임길의 매복 공격은 보국에 게 편중된 서사 세계를 통해 보국의 단독 출정과 입공을 그려내고 있 다. 군담 3에서 보국은 결코 계월보다 열등한 인물이 아님을 독자들에 게 증명이나 하려는 듯, 곽도사의 믿음과 계월의 지지를 등에 업은 채 당당하게 출정하여 빛나는 전공을 세우고 귀환한다. 이후 여공과 홍시랑이 각기 오왕과 초왕으로 부임하는 길에 오·초 양국 잔당들의 매복 공격으로 위기에 처하자, 몰래 뒤따르던 보국이 적을 단번에 제압하고 두 사람을 구출한다. 군담 3, 부임길의 매복 공격은 계월의 신뢰와 지지에 힘입어 보국이 영웅적 활약을 발휘하는 모습을 연이어 그려냄으로써 두 사람에게 갈등보다 신뢰와 협력이 더 필요함을 강조한다. 한편 '단국대 103장본 계열'에는 원전 서사의 군담 1, 2, 3에 더하여 군담 4가 설정되어 있다. 이 계열은 두 가지 면에서 새로운 성취를 보여준다. 하나는 예언 1의 군담 1, 2와 예언 2의 군담 3, 4를 완벽하게 갖추어 그간 원전 계열의 이본이 지니고 있던 서사적 결함을 말끔히 해결함으로써 원전의 서사를 계승한 이본 가운데 가장 완성도 높은 작품세계를 갖추게 된 점이다. 다른 하나는 이와 같은 두 번의 예언 구도를 통해 계월과 보국이 상호 존중과 협력을 통해 상생하고 공존할 수 있음을 핵심 주제로 구현한 점이다. 이로 볼 때 단국대 103장본은 원전 계열의 서사에 군담 4를 새로 추가함으로써 원전에서 비롯된 결함을 해결하고 <홍계월전>의 원작자가 의도했던 주제를 온전히 구현한 이본으로 평가된다.

<홍계월전>의 형성에는 전대 소설의 예언 구도, 군담과 가족이합담, 젠더갈등담 등이 영향을 끼친 것으로 보았다. <홍계월전>은 <숙향전>의 예언 구도를 변용하여 두 차례의 예언과 그 실현과정을 핵심 서사로 삼았다. 예언 1에서는 계월과 보국의 우열과 경쟁을 통해 극단적 성별 갈등은 남녀 모두에게 해악이 될 수 있음을 경고하고, 예언 2에서는 계월과 보국의 상호 존중과 협력이야말로 남녀의 상생과 공존을 위한 최상의 선택임을 강조한다. 작가는 두 차례의 예언 구도를 설정하여 젠더갈등의 위험성을 알리는 한편, 그 극복 방안으로 남녀의 존중과

협력을 제안한다. 이것이 바로 예언 구도를 통해 구현하고자 한 숙명론의 함의이다. <홍계월전>의 군담은 <소대성전>의 주요 전법을 차용하고 <최현전>의 군담에서도 일부 수법을 활용하되 전쟁의 횟수와 전투장면을 늘리는 방향으로 서사가 확장되었다. <홍계월전>의 가족 이합담 또한 <장풍운전>의 해당 대목을 차용하고 <최현전>의 일부 수법을 활용하되 가족 이합의 과정을 두 번 반복하는 방향으로 서사가 확장되었다.

<홍계월전>의 젠더갈등담은 우월한 여성과 열등한 남성의 선명한 대조를 근간으로 삼았다. 이는 <이현경전>에서 마련된 후 <홍계월전>에도 영향을 끼친 것이다. 그런데 <홍계월전>의 젠더갈등담은 두 차례의 예언 구도와 결합되어 처음엔 극단적으로 갈등하던 계월과 보국이 나중엔 상호 인정하고 협력하는 관계로 발전하는 과정을 여실히 보여준다. <홍계월전>은 젠더갈등담과 예언 구도의 절묘한 결합을 통해 남녀가 극단적인 갈등 대신 상호 존중과 협력의 관계를 유지할 때 공존하고 상생할 수 있음을 환기한다.

<홍계월전>은 원전에서부터 서사적 결함을 지닌 채 유포되었고, 그 결함을 해소하기 위한 다양한 노력이 여러 편차를 지닌 이본 계열을 낳게 되었다. 그런데 장편 계열의 이본 가운데 원전을 온전히 계승한 단국대 96장본은 오히려 원전의 결함까지 고스란히 물려받은 점이 문제가 되고, 단국대 103장본은 두 차례의 예언을 통해 군담 1, 2, 3, 4를 모두 그려낸 유일한 이본임에도 서사 전반에 걸쳐 여러 결함을 보인다. 이에 따라 본서에서는 단국대 96장본을 핵심 자료로 삼고 단국대 103장본을 보조 자료로 삼아 작가의 의도가 무리 없이 실현되는 방향으로 정본을 구축하였다. 본서에서 구축된 <홍계월전>의 정본은 원전 계

열이 지닌 서사적 결함이 말끔히 해소된 것이다. 이를 대상으로 향후 <홍계월전>에 관한 엄정하고 객관적인 작품론이 가능해질 것이고, 작품세계의 변모 과정을 탐구하는 데 기준이 될 것이다.

본서의 논의 결과 <홍계월전>은 창작 당시부터 부분적 결함을 지닌 채 독자에게 유포된 것으로 보이므로 원작에 작가의 창작 의도가 충분히 구현되었다고 보기 어렵다. 본서에서는 이러한 결함을 해소하는 차원에서 정본 구축을 시도하되 필자의 자의적 판단은 최대한 배제하였다. 이제 본서에서 마련한 방안에 따라 두 번의 예언과 그 서사적 실현이 완벽히 조응하는 정본이 구축되었으니, 이를 기반으로 <홍계월전>에 대한 논의가 한 단계 진전될 수 있기를 기대한다.

제2부

홍계월전 의 이본과 원전 자료

異本 原典

【일러두기】

■ 원전 복원의 저본은 단국대학교 율곡기념도서관 고전자료실에 소장된 96장본 <계월전>이다. 단국대 96장본은 원전 계열의 이본 중에서도 원전의 서사 및 결함까지 온전히 계승한 것이므로 최고본(最古本)으로서의 가치가 있다.

■ 원전 복원은 단국대 96장본 <계월전>을 핵심 자료로 삼아 진행하되 생략된 내용, 오자나 탈자, 문맥이 자연스럽지 못한 곳에 한정하여 교감하는 방식을 취했다. 이에 따라 복원된 원전의 표제를 핵심 자료의 표제를 따라 "단국대 96장본 <계월전>"으로 삼았다.

■ 단국대 96장본 <계월전>의 부분적 결함은 원전 계열의 단국대 103장본 <洪桂月傳>의 내용을 참조하여 해결하였다. 단국대 103장본은 원전 계열의 이본 가운데 단국대 96장본의 부분적 결함의 보완에 도움이 되는 유일한 이본이다.

■ 교감은 오기가 분명한 곳, 의미 차이가 나는 곳, 뜻이 모호한 곳을 중심으로 했으며, 단국대 103장본에서 가져온 것을 본문에 채워 넣고 해당 부분을 ' '로 묶어 짙게 표시한 후 각주에 저본의 내용을 소개했다. 저본에 생략된 내용이 긴 경우 본문에 단국대 103장본 <洪桂月傳>에서 가져온 내용을 채워 넣고 해당 부분을 [ ]로 묶어 짙게 표시했다.

■ 연세대 57장본 <홍계월전>은 '연세대 57장본 계열'의 선본(善本)으로 연세대학교 학술정보원 국학자료실에 소장되어 있고, 영남대 46장본 <계월전>은 '영남대 46장본 계열'의 선본(善本)으로 영남대학교 중앙도서관 고문헌실에 소장되어 있다. 두 이본은 <홍계월전>의 작품세계의 변모를 살펴볼 수 있는 귀중한 자료이므로 함께 수록했다.

■ 저본의 면수에 따라 원문을 표기하고 면과 면 사이를 띄웠으며, 저본의 면수를 괄호에 넣어 맨 끝에 표기했다.

■ 글자 판독이 어려운 부분은 글자 수만큼 □로 표기하였다.

단국대 96장본 〈계월전〉

딕명 시졀의 쳥주 구계촌의서 〈난 홍무라 ᄒ난 사람니 잇시딕 할님어〈의 숀이요 그 쳐난 '양북'1)의 여식이라 쳥년 등과ᄒ야 이부시랑 베슬 ᄒ다가 간신의 참쇼을 만나 고향의 도라 와 농업을 힘쓰니 부귀 쳔ᄒ의 웃씀이로딕 남녀 간의 ᄌ식이 업셔 쥬야 시러ᄒ던니 일〃은 양부인이 몸이 곤ᄒ야 침셕의 〃지ᄒ여더니 비몽 간의 '션녀 오운을 타고 나려와 부인계 고왈'2) (1)

옥황샹졔쎄 '옵셔 부인'3)의 무자ᄒ믈 불상이 너기〈 게화을 가지를 쥬시민 샹데의 명의로 이 곳쓸 가져 왓〈오니 부인은 직계ᄒ시고 이 곳슬 바드소셔 반다시 귀남ᄌ을 어더 문호의 극홀 거시니 잘 기르소셔 ᄒ고 문득 간 딕 업거날 부인 〈려(謝禮)ᄒ려 ᄒ고 몸을 두루다가 씨다르니 남가일몽이라 션녀 ᄒ든 마리 귀에 졍〃ᄒ고 얼굴이 눈의 암〃ᄒ고 향닉 〈는 듯ᄒ거날 즉시 오슬 염오고 ᄒ날쎄 축수ᄒ고 시랑을 쳥ᄒ야 몽〈을 셜화ᄒ니 '시랑 (2)

---

1) 양부(梁府)의 오기.
2) 저본에는 이 부분이 훼손되어 단국대 103장본의 내용을 가져옴.
3) 저본에는 이 부분이 훼손되어 단국대 103장본의 내용을 가져옴.

이'⁴⁾ 부인으 손을 잡고 듸희 왈 이계 평싱의 원을 일워워시니 반다시 귀즈을 어드리라 ᄒ고 깃거ᄒ더니 과연 그달부텀 틱긔 잇셔 십삭이 차믹 힝혀 둥남홀가 ᄒ날쎄 츅슈ᄒ더니 ᄒ로난 집안의 향늬 진동ᄒ더니 호련 션녀 두리 나려와 ᄒ나흔 옥호을 들고 ᄯ 흔나흔 게화 흔 가지을 가지고 부인 압픠 나아가 안지며 말씀을 엿즈오듸 첩둥은 월궁의 희슨 가리난 션녀옵더니 상계의 명을 밧즈와 부인의 희복을 가리려 왓ᄉ오니 부인은 오슬 '벗고 침'⁵⁾ (3)

셕의 평안이 누어옵소셔 ᄒ거날 부인이 아모리 홀 쥴 모르고 누엇던니 벌셰 아희을 나허난지라 션녀 옥병을 지우려 향슈을 부어닉여 익기을 식겨 뉘이고 나가랴 ᄒ거날 부인이 스려ᄒ여 ᄀ로듸 션녀난 첩을 위ᄒ여 누추한 집의 와 슈고을 익기지 안이ᄒ고 가려 ᄒ옵시니 그 은혜난 늣망이로소이다 션녀 답비 왈 ᄒ로ᄂ 더 유ᄒ여 옛 정회ᄂ 베풀고 시푸듸 천긔을 누셜치 못홀 써시오 오릭지 안이ᄒ여셔 '다시'⁶⁾ 비올ᄂ리 잇ᄉ이리다 ᄒ고 문득 간듸 업더라 부인니 시비을 명ᄒ여 시(4)

랑을 쳥ᄒ거날 시랑니 쳥ᄒ물 보고 닉당의로 드러가 ᄋ히 상을 보니 희당화 아츰 이실을 머금난 닷ᄒ고 몸의 향늬 진동ᄒ거늘 시랑의 부″ 질거움을 이기지 못ᄒ나 다만 늡즈 아이물 흔ᄒ고 아희 일홈을 게월이라 ᄒ고 게월이 나히 슴 셰에 당ᄒ여 얼골이 씩″ᄒ고 비오지 아이 흔 글을 능히 아러 보니 남이 ″르기를 왕소군과 조비련이 셰상으 다시 왓다 ᄒ더라 시랑이 게월의 단슈홀가 의심ᄒ여 광호 짜 곽쏘

---

4) 저본에는 '시랑을 청ᄒ여 □ᄒ야'로 되어 있음.
5) 저본에는 이 부분이 훼손되어 단국대 103장본의 내용을 가져옴.
6) 저본에는 '다'로 되어 있음.

사을 쳥ᄒᆞ여 계월의 상을 비오니 도사 이윽키 보다가 이르 (5)

딕 이 아희 숭을 보니 오셰에 부모을 이별ᄒᆞ고 거리로 다니다가 셰 번 죽을 잌을 보고 우연이 어진 ᄉᆞ롬을 만나 공후쟉녹을 바다 명망이 쳔ᄒᆞ을 진동홀 거시니 슈ᄒᆞ은 나도 모르노라 ᄒᆞ거날 시랑이 ᄯᅩ 도ᄉᆞ의게 쳥ᄒᆞ여 가로딕 이 아희 부모 이별홀 곡졀과 다려가 질을 사람을 가르치심을 바라ᄂᆞ이다 도ᄉᆞ 답왈 ᄂᆞᄂᆞᆫ 이 박기난 아지 못할 쑨 안이라 쳔기을 누셜치 못ᄒᆞ기로 가난이다 ᄒᆞ고 팔을 덜치고 나가거날 시랑이 ᄆᆞ음으셥〃ᄒᆞᄂᆞᆫ 도ᄉᆞ ᄒᆞ던 말슴을 부인게 젼ᄒᆞ고 힝여 니별이 잇실 (6)

가 주야 염여ᄒᆞ여 겨월을 남복을 ᄒᆞ야 초당의 두고 글을 '가라치이'7) 영민ᄒᆞ미 귀신 갓틱여 시셔빅가어와 육도숨약을 '무불통지ᄒᆞ니'8) 시랑이 탄식ᄒᆞ여 ᄀᆞ로딕 실푸다 네 만일 남ᄌᆞ 되여쓰면 '옛'9) 당ᄂᆞ라 이 틱빅을 비홀 거시요 ᄯᅩ 검술은 삼국 시졀의 관운장을 당홀 거셜 '규즁 쳐ᄌᆞ라 엇지 슬푸지 아니ᄒᆞ리요'10) ᄒᆞ시며 사랑ᄒᆞ기을 금옥 갓치 ᄒᆞ시며 일시을 ᄯᅥ나지 못ᄒᆞ게 ᄒᆞ더라 게월리 나히 오 셰을 당ᄒᆞ엿난디라 시랑이 벼살 홀 ᄯᅥ예 회계촌에서 사난 평젹상을 보랴 ᄒᆞ고 호과을 쟝만ᄒᆞ여 가지고 가려 홀 제 계월로 더부러 부인을 쳥ᄒᆞ여 위로ᄒᆞ며 계월 (7)

---

7) 저본에는 '가오치시'로 되어 있음.
8) 저본에는 '무불통'으로 되어 있음.
9) 저본에는 '엿'으로 되어 있음.
10) 저본에는 '듀즁쳐랴 무가닉로다'로 되어 있음.

을 맛기고 양주자 회계촌으로 향호여 갈새 귀계촌으서 회계촌이 삼
빅 사십이라 써난 지 삼일 마으 호계촌을 득달호여 졍싱을 츠자 호과
로세 뎡예을 베플 식 뎡싱이 시랑의 손을 잡고 치호하여 왈 이 몸이 벼
살을 식양하고 이고듸 와 초목으로 버슬 사마 무졍호 셰월 보늬기로
'찬난'[11] 버슬 보지 못호여더니 쳔만 으외에 시랑이 불원쳘니호여 몸
을 슈고로니 아이호시고 오옵서 호과로써 발닌 몸을 위로호옵시이 짓
분 졍을 주거 구쳔의 가와도 못다 가풀가 호난이다 호며 서로 술로써
위로호다가 시랑이 호직호로라 호이 졍상이 시랑의 소믜을 잡고 (8)

중문의 나와 호직호여 이별홀 제 그 연〃호 졍은 비할 듸 업더라 시
랑이 집을 향호여 오더니 남복촌의서 호로 밤을 지늬고 잇튼날 식벽
의 써나오랴 홀 제 군마 징소릐 나며 함셩 소리 쳔지 진동호거날 시랑
이 놀늬여 쥬졈 박그로 나와 슬퍼보니 피란호는 '사람이'[12] 질이 미여
거날 시랑이 피란가난 사람을 쳥호여 년고을 무른니 답왈 북방 도적
'셕쟝 긔스랑'이 반호여 양주 목스 두우즁과 흡셰호여 군스 심만 명을
거나리고 셩주 구십여 셩을 쳐 황복을 밧고 긔쥬ㅈ스 쟝기덕을 베히고
즉금 군스을 모라 황셩을 멸호랴 호고 작난이 (9)

심호여 빅셩을 살히호고 부녀을 탈취호기로 살기을 도모호여 피란
이 분쥬호다 호거날 시랑이 그 말을 듯고 쳔지 아득호여 집으로 향치
못호고 난을 피호여 즁노의서 피란호여 샨즁의 드러가며 부인과 게월
을 '부로지지며'[13] 호날세 츅슈호며 층암졀벽쌍의로 몸을 감초려 호

---

11) 저본에는 '착호'으로 되어 있음.
12) 저본에는 '사스람이'로 되어 있음.
13) 저본에는 '부로지며'로 되어 있음.

며 부인과 게월을 잇지 못ᄒ여 계시니 긔운이 진ᄒ고 눈의셔 피가 나더라 각셜 이젹의 부인과 게월리 시랑을 호계촌의 보닉고 도라오기을 귀다리다가 밤중이나 당ᄒ여 들닉는 소릭 요란ᄒ거날 부인이 ᄌ시다가 놀닉여 시비 양운을 급피 (10)

불너 무른딕 양운이 급고 왈 북방 도젹이 천병만마을 거나리고 빅셩을 다 죽기며 사방의로 짓쳐 드러오믹 빅셩드리 피란들 ᄒ노라고 요란ᄒ나니다 ᄒ며 엇지 ᄒ랴 ᄒ신잇가 부인니 그 말을 듯고 천지 아득ᄒ여 계월을 아는 비복을 다리고 호천통곡ᄒ여 왈 인졔 시랑은 중노의와 이 도젹을 만나 모진 칼 면치 못ᄒ여 계실 듯ᄒ이 닉 이졔 사라 무엇 ᄒ리요 ᄎ라리 죽어 황천의나 가셔 시랑을 만ᄂ보미 올타 ᄒ고 손의로 가삼을 쑤다리며 쟈결코져 ᄒ거날 양운이 울며 붓들고 스로딕 부인은 너무 이 (11)

통치 마르소셔 명천이 셜마 무심ᄒ오잇가 이졔 부인니 시랑의 존망을 모르시다가 천힝으로 다시 〃랑을 만날 줄을 어이 알이요 그 슬기을 바라읍고 집푼 슌슈의로 피란ᄒ여 가시리다 ᄒ거날 부인니 올히 너겨 게월을 양운의게 업피고 남의로 '향ᄒ여'[14] 다라ᄂ 멀이 바라보니 태슨이 빅이거날 그 슌즁의로 몸을 피ᄒ여 다라ᄂ며 뒤흘 도라보니 도젹이 천병만마을 거나리고 쏘ᄎ오니 긔치창검이 평원광야 더퍼오며 고홈 소릭 샨쳔니 뒤눕난 닷 샬긔 하날의 다흔 듯ᄒ고 좃ᄎ오니 양운이 등의 익긔을 업고 부인의 손을 (12)

---

14) 저본에는 '샹ᄒ여'로 되어 있음.

잡고 잇그러 닷던니 슘심이를 가미 아피 강이 닛시되 물결이 흐날의 다흔 듯흐고 건널 비 업거늘 니졔난 죽게 되야난지라 부인이 게월을 안고 양운은 부인을 붓들고 울며 뒤흘 도라보니 도적이 뒤의 등흐여시니 남의 손의 죽나니 ᄎ라리 물의 ᄲᅡ져 괴기 밥이 됨만 ᄀᆞᆺ지 못ᄒᆞ도다 ᄒᆞ고 두 손의로 게월을 안고 물가온되 ᄲᅡ져죽그려 ᄒᆞ올 졔 북씨 희로셔 옥졔 소리 들니거날 ᄌᆞ셰히 바라보니 션여 두리 '연녑주'15)을 투고 져어 오며 위여 왈 부인은 ᄌᆞᆷ간 머무르소셔 ᄒᆞ며 비을 되이고 오리기을 쳥ᄒᆞ거날 황망ᄒᆞ여 오르니 션여 비을 셔되히로 져어가며 부인다려 왈 우리 (13)

을 아르시는 잇가 우리난 부인 되의 희슌 가리러 갓던 ᄋᆞ 희로소이다 부인니 그 말을 듯고 씨다러 왈 굿쎄에 뉘지여 와셔 흐 셥〃이 〃별흐온 후의 싱각ᄒᆞ난 ᄆᆞ음이 간졀ᄒᆞ옵더니 쳔만의외여 오날〃 쥬즁의 고혼을 구졔ᄒᆞ오시니 은혜 빅골난망이로소이다 션여 답왈 우리도 여동빈 션싱과 옥화슈로 놀너 ᄀᆞᆺ옵더니 쳡등이 만일 늣씨 오옵더면 구치 못홀 번 ᄒᆞ여난니다 ᄒᆞ고 말을 맛치며 능화곡을 〃푸니 비 쌧니기 슬갓듯 가더라 이익ᄒᆞ여 비을 타고 부인니 게월과 양운을 다리고 물가의 당ᄒᆞ여 ᄂᆞ리 ᄉᆞ니 션여 벌셰 문득 간 되 업거날 부인이 능금목을 향ᄒᆞ여 ᄉᆞ려 ᄒᆞ고 졍쳐 업시 갈밧 소그로 가며 ᄉᆞ면을 바라보니 슌은 (14)

즁〃ᄒᆞ여 녹기난 ᄒᆞ나르 다흔 듯ᄒᆞ고 ᄉᆞᆫ 압푸 강무리 잇거날 자셰이 슬펴 보니 오초지경이라16) '온호는 쳔쳡이요 존호난 만곡이라'17)

---

15) 저본에는 '연녑줄'로 되어 있음.
16) 저본에는 '온호지경이라'로 되어 있음.
17) 연세대 57장본에는 이 부분이 '층슈은 만곡이요 오순은 쳔봉이라'로, 한중연 45장

순천은 험악ᄒ고 사람이 ᄒ 썩도 머물 고지 아일네라 긔갈이 심ᄒ여
게월을 안쳐두고 양운과 흔가로 가 칡샛리와 버들가야지을 훌터다가
게월과 먹고 게월을 업고 물가의로 ᄂ가자 ᄒ고 이심 이을 가니 '고
을'18)의 인가 질비ᄒ고 강가의 흔 졍ᄌ 잇거날 드러가니 션판이 닛거
날 슬펴보니 엄ᄌ릉의 조딕라 ᄒ엿거날 부인은 아긔을 안고 졍ᄌ 가
을 향ᄒ여 가고 양운은 밥을 빌너 말노 보닉고 홀노 안ᄌ 아기을 만지
며 고향을 싱각ᄒ (15)

　고 셔운 ᄆ음을 머금고 진졍홀 고지 업셔 ᄒ날을 우러〃 툰식ᄒ며
양운 오기을 지다리며 문득 강상을 바라보니 큰 빅 도슬 들고 졍ᄌ을
향ᄒ여 오거날 부인니 게월을 안고 졍ᄌ 아릭 슙풀 소긔로 슙의려 ᄒ고
가며 도라보니 그 빅 각가니 오거날 자셰희 보니 젹션이러라 젹즁 밍
기리 빅을 졍ᄌ 아릭 딕이고 젹졸을 분부ᄒ여 가로딕 강상의셔 바라
보니 단졍흔 부인이 안ᄌᄯ가 우리 오난 양을 보고 즘님 쇽의 숨어시니
급피 ᄎᄌ 오라 ᄒ니 젹졸니 영을 듯고 즘님의 가 부인을 자바 가랴 흘
졔 천지 아득ᄒ여 양운을 아무리 부린들 밥 빌너 간 양운이 엇 (16)

　지 엇더흔 줄을 알이요 여러 도젹이 부인의 등을 미러 빅머리여 쓸
니〃 도젹 밍기리 부인의 화용을 보고 ᄆ암의 셰오딕 닉 부족ᄒ미 업
시딕 평싱 소원이 '일색'19)을 구ᄒ난 빌너니 명쳔이 감동ᄒᄉ 져런 부
인을 닉게 지시ᄒ미라 ᄒ고 희식이 마ᄂᄒ야 가로딕 부인은 어딕 졔

　　본에는 '草水 萬谷이요 吳山는 千峯이라'로 되어 있다. 계곡과 산봉우리가 많다는
　　뜻이다.
18) 저본에는 '고를'로 되어 있음.
19) 저본에는 '일싹'으로 되어 있음.

　　　　　　　　　　　　제2부 「홍계월전」의 이본과 원전 자료 209

시며 무슴 연고로 이곳듸 왓느요 부인 울며 왈 느는 쳥쥬 구겨촌의셔 수난 홍시랑의 안희옵더니 증시지난을 ᄆᆞ나 어린 ᄌᆞ식 ᄃᆞ리고 물가의 와 쥬그랴 ᄒᆞ엿습더니 ᄌᆞ연 아희 구심을 만나 이고듸 두고 가옵기로 아무 듸로 가올 줄을 몰ᄂᆞ 이고듸 왓습더니 숭공은 길을 가오치소셔 ᄒᆞ며 게월을 (17)

ᄆᆞ지며 실피 울거늘 믱기리 ᄀᆞ로듸 이곳의셔 구게촌이 말이 밧기라 부인은 고향을 ᄎᆞ즈 가려 ᄒᆞ여도 몸으 날기 업시난 못갈 거시니 부질 업시 고향을 '싱각지'20) 말고 이고듸셔 금의옥식의로 셰월을 보ᄂᆡ겨 ᄒᆞ옵소셔 ᄒᆞ듸 부인이 그 마을 드르시고 신혼이 황〃ᄒᆞ여 게월을 안고 물의 ᄲᅡ져 죽그려 ᄒᆞ고 물가의로 궁그러 ᄀᆞ며 통곡ᄒᆞ니 게월니 부인 의 목을 안ᄭᅩ 낫쳘 흔틔 듸이고 실피 울거날 믱기리 쟝조르게 분부ᄒᆞ 여 왈 부인의 슈족을 놀이지 못ᄒᆞ게 비단으로 몸을 동이고 그 아희ᄂᆞ 자리에 싸셔 물의 드리치라 ᄒᆞ니 쟝졸이 영을 듯고 비단의로 부인을 동여ᄆᆡ고 게월을 물의 동여 너흐려 ᄒᆞ거날 (18)

부인은 손을 놀이지 못ᄒᆞ난 틱시로 입으로 게월의 옷지슬 물고 죽기 을 가슬 숨고 듸셩통곡 ᄒᆞ거날 믱기리 친이 ᄂᆡ다라 게월의 옷지슬 ᄲᅦ 여 녹코 자리에 싸셔 물으 너으니 게워리 부인을 부르며 산려지라 하난 소ᄅᆡ 익원이 비창하여 초목금슈 다 스러하난 듯하더라 부인이 목젼의 그리 차목흔 졍샹을 보ᄆᆡ 넉시 몸으 붓지 안니한난지라 슬푸다 양운은 이런 쥬을 모르고 밥을 비러 가지고 오며 바라보니 졍자의 스람이 무수 의 잇셔 들ᄂᆡ여 분쥬하거날 이윽키 쥬져하다가 급피 와보니 비단으로

20) 저본에는 '싱지'로 되어 있음.

부인을 동여미고 여러 스람이 약으로셔 부인을 먹겨 구완하거날 양운이 비러온 밥을 바리고 산람 (19)

을 허치고 '**달여드러**'²¹⁾ 부인의 목을 안고 하나을 부르며 딕셩통곡하여 왈 츠라리 물의 빠져 죽으면 이러한 차목한 졍싱을 아이 볼 거슬 도로여 구ᄒᆞ던 니을 원망ᄒᆞ거날 밍기리 분 〃 ᄒᆞ딕 그 계집마즈 동여 무리 너흐라 ᄒᆞ다가 도로 싱각ᄒᆞ고 집의로 뫼시라 ᄒᆞ고 군졸을 거나리고 스난 쇠지로 도라와 졔 본쳐 추양을 보고 달닉여 가로딕 내게 순죵ᄒᆞ게 ᄒᆞ면 네 일싱을 평안케 ᄒᆞ리라 ᄒᆞ딕 춘향이 허락ᄒᆞ거날 밍기리 두 사람을 졍츔의로 보닉고 츈향으로 모셔 딕후ᄒᆞ라 ᄒᆞ딕 츈향이 물너가 부인다려 문왈 부인은 무ᄉᆞᆷ 연고로 잡펴와 졍싱이 져리 차목ᄒᆞ신잇가 부인 왈 주 (20)

인은 주거 가난 인싱을 구졔ᄒᆞ옵소셔 ᄒᆞ고 젼후수말을 다 ᄒᆞ니 춘향 왈 부인의 졍싱을 드러보오니 불상ᄒᆞ고 가련ᄒᆞ여이다 이 도적이 본딕 수젹의로셔 사람을 무수이 주기고 쏘 용밍이 잇셔 ᄒᆞ로 쳘이을 다 이오니 이 몸이 도망코져 ᄒᆞ여도 환을 면치 못ᄒᆞᆯ 거시니 졍즈 가의셔 죽지 안니ᄒᆞᆫ 거시이 익달나 ᄒᆞ나이다 이고딕셔 죽그려 ᄒᆞ여도 죽지 못ᄒᆞᆯ 거시니 엇지 불쌍치 아니ᄒᆞ오리잇가 첩도 본딕 이 도적의 게집이 아니오라 딕국 여가의 '**여식이옵더니**'²²⁾ 겁칙ᄒᆞ물 입스와 이쏘딕셔 모진 목숨이 죽지 못ᄒᆞ고 잇스오나 고향을 싱각ᄒᆞ오면 간장이 녹난 듯ᄒᆞ여이다 쏘ᄒᆞᆫ 분인 졍상을 보오니 (21)

---

21) 저본에는 '달여들어드러'로 되어 있음.
22) 저본에는 '여식이옵더'로 되어 있음.

엇지 불쌍코 가런치 아니ᄒ리잇가 차라리 쳡이 먼져 주거 모로고져
ᄒ나니다 그러ᄒ오나 심즁의 부인 살일 겨교을 싱각ᄒ여스오니 쳔항
의로 게고을 싱각ᄒ오면 쳡도 부인 ᄒ가지로 도망ᄒ여 평싱 고락을
ᄒ가지로 ᄒ올 거시니 쳡을 염여 마옵소셔 ᄒ고 직시 문을 열고 ᄂ가
젹졸 인ᄂᆫ 고질 가셔 가만니 여어보니 부을 발키고 젹졸을 좌우의 안
치고 잔치ᄒ여 도젹ᄒ여 온 긔물을 닉여 노코 주효을 셩비히 쟝만ᄒ
여 노코 각″ 잔을 들고 밍길을 주며 치ᄉ 왈 오날늘 쟝군이 어진 부인
을 어더쏘오니 ᄒᆫ 준 술노쎠 '치하ᄒ난이다'23) ᄒ며 차러로 슐을 부어
주이 밍기리 술 취ᄒ여 안진 즈리여 썩쑤러 지 (22)

니 모든 도젹이 ᄯᅩ 쓸어지난지라 츈향이 '크게 짓거'24) 밧비 드러와
부인과 양운을 끌너 노코 이로딕 도젹이 다 딕취ᄒ엿스오니 후원 즁
문의로 도망ᄒᄉ이다 만일 도젹이 다 슐을 씌면 우리을 ᄎ질 거시니
급피 도망ᄒᄉ이다 ᄒ고 슈건의 밥을 싸가지고 부인과 양운을 다리고
강변 조분 질노 도망ᄒ여 갈쌔 부인이 발도 압푸고 긔운도 진ᄒ여 쵼
보을 걸지 못ᄒ니 양운은 부인의 손을 즙고 익쓸며 춘향은 부인의 등
을 밀어가며 슘인이 ᄒ날게 츅슈ᄒ며 졔우 십이을 가니 동방이 발고져
ᄒ며 쇠북 소ᄅᆡ 아ᄎᆷ 안긔 속의 은″ 들이ᄆᆡ '므옴에'25) 반겨 슈리을
드러가니 긔운이 진ᄒ여 쵼보을 가지 못ᄒ니 (23)

수젹이 뒤을 ᄯᅩ로면 도젹 손의 죽나니 차라리 무르나 ᄲᅢ져 게월의
혼을 쫄고져 ᄒ오니 그딕난 쳡을 싱각지 므옵고 양운을 다리고 도망

---

23) 저본에는 '치하난이다'로 되어 있음.
24) 저본에는 '크 짓거'로 되어 있음.
25) 저본에는 '므 옴'으로 되어 있음.

호여 살긔을 도모호옵소셔 호며 말을 맛치고 물의 싸지려 호거날 양운과 춘향이 부인을 붓들고 우더니 문득 녀셩 두리 녹임으로 ᄂ려와 부인다려 이로딕 엇던 '부인이관딕'[26] 슈즁고혼이 되랴 호난잇가 부인이 젼후슈말을 다 이로며 실피 운이 여셩이 그 말을 듯고 답왈 부인의 졍상을 보오니 실노 가련호고 춤목호도소이다 그러호면 소싱을 짜러 싱방의 가 환을 피하옵소셔 호거날 부인 왈 션사는 어닉 졀의 졔시관딕 이고딕 왓ᄂ이닛가 싱이 답왈 우리는 고소딕 일 (24)

봉암의 잇습썬니 흔ᄎᄉ난 남승이 잇는 고로 그 졀로 양식을 가지러 갓습다가 익원흔 우름 소릭 안긔 속의 들이오믹 뭇고져 호여 완난이다 강가의 배을 딕이고 왓다 호더라 각셜 이젹의 빙기리 술을 씌여 안을 드러와 부인을 ᄎ진직 종젹이 업난지라 주셔희 살펴보니 습인니다 도망호고 업난지라 쟝졸을 다 호령호여 사쳐로 차지되 종젹이 업는 고로 주져호다가 싱각호딕 분명 춘향과 흔가지로 도망호엿도다 호고 직시 칼을 쎗여들고 닉달ᄂ 쫏더라 이젹의 부인이 횡역의 진호여 아모리 흘 줄을 모로거날 시비 양운과 춘향과 노승이 부인게 고왈 분명 도젹이 줌을 씌여 뒤을 짜 (25)

올 쩌시니 어셔 빈여 오르소셔 부인이 졍신 업난 즁의도 문득 씌닷고 빈여 올나 뒤을 슬피니 도젹이 벌셰 강변의 다들나 분을 춤지 못호여 다만 신만 동갈ᄂ 무릭 너흘 쏀일네라 이윽고 빅 어덕의 다이거날 부인이 '시장호여'[27] 빅여 ᄂ리지 못호니 춘향이 가져온 밥을 나화 먹고 〃소딕 일봉암으로 올나가며 좌우 순경을 살펴보니 빅화난 만발호

---

26) 저본에는 '부인이이관딕'로 되어 있음.
27) 저본에는 '시잔호여'로 되어 있음.

고 비취 공작과 잉무 쌍〃이 놀며 '준닉비 비월ᄒᆞ여'28) 슬피 우난 우롬 소리난 수심ᄒᆞᄂᆞᆫ 스람의 간중을 슨는지라 긔암은 층〃ᄒᆞ고 절벽 간의 만장 폭포난 빅룡이 셜잇 듯ᄒᆞ고 홧쵸 속의 잠든 흑은 쳘 간나줄 몰나 잇고 창송녹죽은 암승의 은〃ᄒᆞ야 멱겨울 (26)

덥피쓰니 별유천지비인간을 일노 두고 이름일네라 졈〃 드러가니 젝경소리 슨금 박그 은〃이 들이거날 수리을 드러가니 ᄒᆞᆫ 졀니 잇스되 심이 졍결흔지라 스문의 다〃라니 이뤼 노성이 잇서 뉘비쟝습을 입고 뉵환장을 집고 나와 마즈 방중의 드러가 쥬긱지에을 마치미 노승이 문왈 부인 어딕 게시며 무슴 연고로 이 집푼 산중의 욕되이 오시잇가 부인니 눈물을 머금고 전후수말을 난낫치 설화ᄒᆞ니 졔승이 모다 잔잉니 여기더라 노승이 문왈 부인으 일신을 산중의 〃탁고자 ᄒᆞ시난잇가 부인 왈 과연 그러ᄒᆞ오니 존스난 쳡의 고단흔 신셰을 어엿비 녀기옵소셔 노승 왈 부인이 실노 그러시오면 반다시 발흔 거시오미 수셰 는쳐ᄒᆞ여이 (27)

다 부인 왈 이난 쳡의 평싱 원이로소이다 노승 왈 부인의 소원이 그러ᄒᆞ올진딕 맛당이 미욕직게ᄒᆞ고 길일을 가래와 불젼의 축원 일온 후 매일 힝ᄒᆞ옵고 수일 착시리 죠리ᄒᆞ게 ᄒᆞ옵서 칙셜 원닉 이 노승은 경셩 고열후 니부시랑 김샹누의 여식의로셔 손연으 청샹이 되야쓰되 시연이 팔십 이세네라 이젹의 부인이 셥방으 드러가 양운을 붓들고 신셰을 자탄ᄒᆞ며 실피 늑기니 츈양 왈 스람의 팔즈 도망키 어려올 쑨더러 도시 부인의 쉬니 스라마옵소셔 노승이 〃 부인과 츈향을 뫼욕 시겨 머리을 싹쓰니 부인이 더옥 스라하더라 부인은 노승 샹즈 되고 양운은

---

28) 저본에는 '준닉비월ᄒᆞ여'로 되어 있음.

춘향으 샹즈 되야 슘인이 각〃 슈졔지의을 베푸러 서로 위로하며 (28)

염불노 셰월을 보니니 그 즌인흔 졍샹과 이원흔 거동은 춤아 보지 못 흘네라 부인이 불젼의 북향직비ᄒ며 발원ᄒ여 왈 물의 바져 주근 게월을 쑴속의나 잠간 보게 ᄒ옵소셔 ᄒ며 자탄일셩의 즈로 기졀ᄒ니 양운니 부인을 붓들고 위로ᄒ미 부인니 양운의 지극흔 졍셩을 감동ᄒ야 실푼 심수을 억졔ᄒ야 셰월을 보니더라 각셜 이젹의 슈젹 밍기리 게월을 물속의 너어시니 엇지 술기을 바라리요 풍낭의 밀리여 만경창파의 써나 가더니 잇디 여중포의셔 수난 여공이라 ᄒ난 스람이 비을 타고 셔촌의로 오더신이 빈젼 붓들거날 여공이 스공을 불너 비여 올으미 흔 아희을 돗즈리에 씬미여거날 여공이 (29)

약으로써 구하미 강수을 무슈니 토ᄒ고 졈〃 호흡을 통ᄒ거날 더온 물과 미음으로 구ᄒ니 식경 후의 어모을 부르거날 여공이 스공을 직촉ᄒ여 셔촌의 나려가 더온 방을 치우고 구완ᄒ니 수일 후난 능히 말을 이위거날 여공이 문왈 너난 어디셔 살며 무삼 연고로 이러흔 참화을 당ᄒ엿는다 게월니 명주 갓탄 양안의 두 줄 눈물니 흐르난 흔젹이 도화 양협의 가득ᄒ며 사로되 부인 흠긔 비을 타고 가옵다가 엇더흔 사름이 부인을 다려 가옵고 늘을 노회로 동여미여 물의 너어스오니 그 후 일은 아지 못ᄒ나니다 여공이 문왈 네 나흔 몃치나 ᄒ며 일홈은 무어신요 게월이 디왈 나흔 오 셰옵고 일홈은 게월이로소이다 여공 무 (30)

러 가로디 네 붓친의 셩명과 사던 지명을 아난다 게월니 답왈 붓친은 남이 불으기을 홍시랑이라 ᄒ옵고 스던 지명은 구게촌이라 ᄒ더니다 여공이 안마암으 셰오디 홍시랑이라 ᄒ니 분명 양반의 즈식이로다 ᄒ

고 닉 즈식 보국과 동갑이요 얼골도 비샹ᄒ니 딕려다 ᄀ 보국과 ᄒ가지 지르리라 ᄒ고 딕려다가 ᄒ 집의 두고 친자식 갓치 사랑ᄒ더라 두 아희 셔로 샤랑홈이 친동기 갓치 ᄒ니 여러 스름이 다 일캇더라 잇딕에 강호다 곽도스라 ᄒ난 스람이 직스을 만이 다리고 호슨 '명현동'29)의 와 공부ᄒ다 ᄒ거날 여공이 〃 스연을 듯고 '자기'30) 두 아희을 다리고 '명현동'31)으로 ᄎᄌ 가며 좌우을 살펴보니 쳔슨 기암과 비금쥬슈 뭇싱덜은 춘흥을 이기지 못ᄒ여 오락가락 (31)

왕닉ᄒ고 만장 폭포는 쳔 쳑이나 더러지니 진실노 별건곤니요 벼류쳔지비인간일네라 공이 층암절벽샹의 졈 〃 드러ᄀ니 삼간 초당을 산수 간의 졍결이 지여두고 여러 시동이 좌우의 옹위ᄒ 가온딕 삼쳑 탄금을 무릅 우의 녹코 ᄒ 곡졸을 을푸니 빅흑은 졔지유ᄒ고 날기을 썰쳐 츔츄며 모란직악과 취쥭충송이 곡졸을 지음ᄒ난 듯ᄒ더라 여공이 완 〃이 드러가 당샹으 오르미 도스 탄금을 물이치고 좌졍 후 피차 수즉을 다 맛치미 여공이 여단을 드리거날 도스 문왈 존공은 어딕 졔시관딕 이 심곡협곡의 욕도이 오신잇가 여공 왈 싱은 무쥬촌의셔 스난 여공이옵더니 늣게야 둣낫 즈식을 두워스오딕 일직 가르칠 곳 맛당치 못ᄒ여 염여ᄒ옵던 ᄎ의 (32)

존공의 어지신 현셩을 듯습고 불원쳘이 ᄒ고 왓스오니 바릭옵건딕 더럽다 바리기나 마옵소셔 도스 왈 존공이 실노 허언을 듯습고 욕도니 오시도소이다 닉 여간 산중을 사랑ᄒ 는 고로 수십 졔자로 쳥풍과 명월

29) 저본에는 '명헌동'으로 되어 있음.
30) 저본에는 '지기'로 되어 있음.
31) 저본에는 '명헌동'으로 되어 있음.

흠씩 잠깐 니고딕 일신을 머물 쭌이요 실노 무슴 시견이 닛스올잇가 여공 왈 존공은 너무 졈양치 무옵고 두 즈식을 잘 지도ᄒ옵시면 브릭 옵ᄂ니 쳔추보은 ᄒ오리다 도ᄉ 딕왈 그 아희을 다려 왓나닛가 여공 왈 밧기 왓ᄂ니다 도ᄉ 시동을 명ᄒ야 두 아희을 부른딕 두 아히 드러 와 뵈옵고 ᄭᅮ러 안지니 도ᄉ 이윽키 보다가 너희 몃 슬식이ᄂ 먹것나 요 딕왈 칠셰로소이다 도ᄉ 왈 엇지 형계라 이로난다 골격이 다르이 날을 소 (33)

기지 말나 ᄒ거날 여공이 그 말슴을 듯고 다시 이려나 졀ᄒ여 왈 션 싱의 지인지감이 귀신 갓도소이다 ᄒ고 계월 엇던 젼후슈말을 자셔이 아뢰오이 도사 딕왈 그딕 이르지 아이 ᄒ여도 닉 먼져 알거이와 닉겨 두고 가면 추효을 잘 가르쳐 명젼후셔예 빗나겨 ᄒ리라 ᄒ거날 여공이 빅빅 사은ᄒ고 집의로 도라오더라 각셜 잇딕 홍시랑이 몸을 산중의 감 추고 잇더이 도젹이 홍시랑을 보고 주기려 ᄒ다가 '장사랑'[32]이라 ᄒ ᄂ 도젹이 시랑을 보고 승을 살피다가 졔장을 도라보와 왈 사람이 무슴 직조 잇슬 듯ᄒ이 군중의 두미 엇더ᄒ요 졔장이 다 엿즈오딕 군 (34)

중의 두미 맛당ᄒ여이다 ᄒ거날 장사랑이 홍시랑을 불너 ᄒ가지로 황셩을 향ᄒ여 갈시 홍시랑이 마지 못ᄒ여 황복ᄒ고 황셩으로 ᄯᅡ라 가 난지라 쳔즈 '중낭장'[33]으로 ᄒ여곰 딕장을 삼아 딕군을 거나리고 임 치 ᄶᅡᆼ으로 와 젹병을 파하고 장사랑을 즈버 황셩의로 갈시 홍시랑이 도 젹의 진중의 잇짜가 스로잡핀 빅 되어 황셩으로 ᄒ가지로 가ᄂ지라 쳔즈 황극젼의 젼좌ᄒ시고 반젹의 무리을 다 원문 박긔 닉여 베히라

32) 저본에는 '장시랑'으로 되어 있음.
33) 저본에는 '중낭쟌'으로 되어 있음.

ᄒ시니 홍시랑도 죽세 되앗ᄂᆞᆫ지라 시량이 크게 소ᄅᆡᄒᆞ여 ᄀ로ᄃᆡ 소신은 피란ᄒᆞ여 산즁의 잇습다가 도젹 장사랑으게 즙퍼 슈말을 아뢰온ᄃᆡ 잇싸에 양쥬 목ᄉᆞ 두위이 닛다가 이 말을 듯고 다 아ᄂᆞᆫ 일이오니 이 말이 무소가 아니라 ᄒᆞ거날 쳔ᄌᆞ 오리 녀겨 직시 율관을 명ᄒᆞ여 홍 (35)

무을 원츤ᄒᆞ라 ᄒᆞ시니 율관니 귀양을 벽파도로 졍ᄒᆞ엿ᄂᆞᆫ지라 황셩의셔 벽파도가 일만 일쳘이라 치관이 질을 직쵹ᄒᆞ니 시량이 고향의 가 부인과 계월을 보지 못ᄒᆞ고 황셩의셔 젹소의 가ᄆᆡ 심ᄉᆞ ᄌᆞ연 망극ᄒᆞ여 ᄒᆞ날을 우러〃 슬피 통곡ᄒᆞ니 장안 만민이 뉘 아니 슬허ᄒᆞ리요 좌우 산쳔초목이 다 춤누ᄒᆞ고 비금쥬슈도 다 슬허ᄒᆞ난 듯ᄒᆞ더라 발행ᄒᆞᆫ 삼 식만의 빈소의 드려가니 의관 문물니 달나 ᄉᆞ람이 일시도 머물 고지 안일네라 치관이 시량을 '셥'34)의 안치고 가거날 시랑은 쥬야 부인과 계월 ᄉᆡᆼ각ᄒᆞ여 마암이 미친 ᄉᆞ람 갓드라 도ᄒᆞᆫ 양식이 진ᄒᆞ여 긔ᄉᆞ의 당ᄒᆞ니 아무리 ᄉᆡᆼ각ᄒᆞ여도 죽을 박긔 슈 업셔 물가의로 단이면셔 쥬근 고기 (36)

와 굴만 쥬어 먹고 탄식의로 셰월을 보ᄂᆡ더라 각셜 이젹의 부인이 일〃은 ᄒᆞᆫ ᄭᅮᆷ을 어드니 ᄒᆞᆫ 즁이 와 졀ᄒᆞ고 이로ᄃᆡ 부인은 엇지 샨즁의 와 풍경만 귀경ᄒᆞ고 시랑과 계월은 ᄎᆞᆾ지 안니ᄒᆞ시난잇가 지금 시량이 말이 벤방의 와 부인과 계월을 ᄉᆡᆼ각ᄒᆞ여 병이 골슈의 드러ᄉᆞ오니 밧비 황셩의로 향ᄒᆞ여 ᄀᆞ고 ᄯᅩ 즁노의셔 소식을 듯ᄉᆞ오리다 ᄒᆞ고 문득 간ᄃᆡ 업거날 부인이 ᄌᆞᆷ을 ᄭᆡ여 양운과 츈향을 불너 몽ᄉᆞ을 일너 왈 가장 고이ᄒᆞ니 황셩으로 ᄎᆞᆽ ᄌᆞ가다가 죽어 오죽의 밥비 될지라도 차ᄌᆞ가리

---

34) 저본에는 '셩'으로 되어 있음.

라 ᄒ시고 즉시 노승게 ᄒ여 가로ᄃᆡ 쳡이 말니 타국의 와 죤ᄉ의 ᄒᆞᄒᆡ 갓ᄉ온 덕으로 삼춘을 ᄒᆞᆫ가지로 (37)

보내오며 구이 사랑ᄒᆞ옵신 은혜난 ᄲᅵᆨ골리 진퇴록 만분지 일나나 갑ᄉ올가 원이옵더니 간밤으 ᄭᅮᆷ을 ᄭᅱ오니 붓쳬님게옵셔 이리 지시ᄒᆞ시ᄆᆡ 안이 ᄎᆞᄌᆞ가옵기ᄂᆞᆫ 졍의 졀박ᄒ고 오늘ᄂᆞᆯ 슬ᄒᆞᆯ 쩌나오니 만셰 무양ᄒᆞ옵소셔 죽어 황쳔의 가와도 은혜을 만분지 일나나 갑ᄉ오리다 ᄒᆞ고 눈물을 흘니니 노승이 그 말을 듯고 부인으 손을 줍고 울며 가로ᄃᆡ 나도 부인을 만ᄂᆞᆫ 후로 만ᄉ을 잇고 졍니 가득ᄒᆞ더니 이졔 이별ᄒᆞ게 되여ᄉ오니 셔로 실푸기 칭양치 못ᄒᆞ것ᄂᆞ이다 노승이 나히 만치 ᄋ니ᄒᆞ면 부인을 ᄯᅡ라가고 시푸오나 막쩌 ᄒᆞᄂᆞᄒᆞᆯ 이기지 못ᄒᆞ오니 다로지 못ᄒᆞ고 이별을 당ᄒᆞ오니 쳔힝으로 시량과 계월을 (38)

만나 영화을 보고 귀이 되야 늘근 몸을 잇지 마옵소셔 ᄒᆞ고 셥방으로 들어가더니 이윽허여 봉지 ᄒᆞᆫ ᄂᆞ을 가지고 나와 부인을 쥬며 가로ᄃᆡ 쳥연의 이고ᄃᆡ 드러올 졔 은ᄌᆞ 삼ᄲᅵᆨ양을 지고 왓습더니 ᄲᅵᆨ양은 팔아 의복을 쥬만ᄒᆞ옵고 다만 이ᄲᅵᆨ양 ᄲᅮᆫ이오니 졍으로 가져다ᄀ 구츳ᄒᆞᆫ ᄃᆡ에 ᄶᅳ옵소셔 ᄒᆞ고 쥬거날 부인이 ᄉ양ᄒᆞ여 왈 쳡이 지물니 잇ᄉ오면 졍의로 포젼ᄒᆞ올 거슬 도로혀 은ᄌᆞ을 가져가올잇가 노승이 답왈 ᄂᆡ 연견의 쥬만ᄒᆞᆫ 긔물도 젼흘 고지 업ᄉ오니 두어도 ᄶᅮᆯ 고지 업ᄉ오니 ᄉ양치 ᄆᆞ옵소셔 ᄒᆞ고 간졀니 쳥ᄒᆞ거늘 부인니 ᄉ양치 못ᄒᆞ고 양운을 막기고 세 ᄉᆞ룸이 '이별ᄒᆞ고'[35] ᄉ문의 ᄂᆞ와 노승과 계승을 이별ᄒᆞ고 부인 (39)

_____

[35] 저본에는 'ᄒᆞ고ᄒᆞ고'로 되어 있음.

과 두 능즈 북편 슨골노 나려가니 쳡〃산즁의 아무 딕로 갈 줄을 몰
나 바장이다가 북편의로 져근 길이 닛거날 그 길노 ᄂᆞ려가더니 한 곳
딕 다〃르니 압피 큰 강이 닛고 강 우희 누각 잇거날 누 아릭 다〃라 보
니 션판의 금으로 써씨되 '악양루'36)라 ᄒᆞ여거늘 그 우희 올나 동졍호
칠빅이을 바라보니 오쵸는 동남틱이요 건곤은 일야부라 슌니 남의로
슌힝ᄒᆞᄉ 챵오야으 붕ᄒᆞ시니 두 쌀 아황 여영이 상민의 우러시니 이
론바 소상반쥭이라 구의슨의 구름니 일고 소상강 밤비 오고 동졍호의
달이 발고 황능뫼의 두견이 슬피 울졔 슈심 업난 스람이라도 쳑연니
눈물 지우고 우연이 흐슴 지우지 '아니ᄒᆞ리'37) 업거날 ᄒᆞ물며 부인 갓
탄 이 (40)

야 일너 무슴 ᄒᆞ리요 이ᄂᆞ 쳔고 원인의 읫을 슫는 고지라 부인이 누
각 우의 안ᄌᆞ 고향을 바라보며 슬피 '통곡ᄒᆞ다가'38) 졍지ᄒᆞ오더니 ᄒᆞ
고딕 다〃르니 큰 물 우희 달이 닛시되 놉기ᄂᆞ 열지리 놉고 쟝은 슴십
쳑이요 광은 십쳑이ᄂᆞ ᄒᆞ거날 그곳 스름다려 무른 직 장판교라 ᄒᆞ거
날 황셩을 가랴 ᄒᆞ면 얼마나 ᄒᆞ온잇가 딕왈 이곳의셔 황셩이 일만 팔
쳔 이라 ᄒᆞ나니다 도 문왈 황셩의셔 쳥쥬 ᄊᆞ이 얼마ᄂᆞ ᄒᆞ온잇가 답왈
그 징노난 자셰니 모로난이다 그러ᄒᆞ오나 자셰니 알고ᄌᆞ ᄒᆞ오면 이 달
이럴 건네 빅 이을 가오면 옥문관이 〃쓰되 벽파도라 ᄒᆞ난 셤의 딕국
셔 귀양 온 스람이 형쥬셔 왓다 ᄒᆞ온니 그고딕 가 무르면 직노을 자셰
히 아로시리다 (41)

---

36) 저본에는 '양뉘'로 되어 있음.
37) 저본에는 '아ᄒᆞ리'로 되어 있음.
38) 저본에는 '통ᄒᆞ다가'로 되어 있음.

ᄒᆞ거날 부인이 도 문왈 귀양 온 ᄉᆞᄅᆞᆷ의 셩명은 뉘라 ᄒᆞ던잇가 답왈 그난 ᄌᆞ셔히 모로ᄂᆞᆫ다 ᄒᆞ직ᄒᆞ고 그 다리을 건너 ᄉᆞᆷ일 만의 옥문관의 다〃르니 과연 벽파도라 ᄒᆞᄂᆞᆫ 셤이 닛거날 ᄌᆞ셰히 슬펴보니 직노 머지 안이ᄒᆞ더라 문 밋틔 안져시되 무을 ᄉᆞᄅᆞᆷ이 업셔 쥬져ᄒᆞ더니 문득 ᄒᆞᆫ ᄉᆞᄅᆞᆷ이 강변 바회 우희 안ᄌᆞ 고기을 ᄂᆞᆨ거날 양운이 ᄂᆞ여가 졀ᄒᆞ고 문왈 셤이 무슴 셤이라 ᄒᆞᄂᆞᆫ잇가 되왈 그 셤이 ᄌᆞ고 인적 업습더니 ᄉᆞᆷ연 젼의 되국 형쥬 ᄯᅡ의셔 귀양 온 션비 혼ᄌᆞ 잇ᄉᆞ오되 초막을 짓고 날마다 울고 초목과 각식 짐싱으로 버슬 ᄉᆞᆷ아 고기와 굴만 쥬어 먹고 잇쓰니 ᄉᆞᄅᆞᆷ의 얼골은 업고 귀신의 형용을 가져 지금 사싱을 모롭ᄂᆞ이다 불숭ᄒᆞ고 ᄎᆞ목ᄒᆞ더니다 양운이 그 말을 (42)

듯고 부인겨 '젼ᄒᆞ니'[39] 부인니 탄식ᄒᆞ고 왈 셰상으 ᄉᆞᄅᆞᆷ의 팔ᄌᆞ가 일헐가 ᄒᆞ고 눈물을 지우고 가로되 그 션비을 ᄉᆞᄅᆞᆷ이 닐오되 쳥쥬 션비라 ᄒᆞ니 쳔힝으로 시랑의 사싱존망과 고향 소식을 드러도 져 셤으로 가리가 ᄒᆞ시고 가려 ᄒᆞ거늘 양운이 ᄉᆞ로되 황계 공문 업시는 가지 못ᄒᆞᆫ다 ᄒᆞ오니 엇지 ᄒᆞ올잇가 ᄒᆞ고 안져던니 마츰 왕닉ᄒᆞ난 비 져어 오거늘 양운니 우룸을 근치고 션인을 쳥ᄒᆞ여 왈 우리ᄂᆞᆫ 고소되 일봉암의 잇습던니 벽파도 가 고향 소식을 알고ᄌᆞ ᄒᆞ옵더니 지쳑이 쳘니옵기로 못 건너 가옵더니 쳔힝으로 션인을 만ᄂᆞᄉᆞ온니 바라옵건되 ᄒᆞᆫ ᄶᆞ 슈고을 ᄋᆞᆰ기지 ᄆᆞ옵고 소싱의 가련ᄒᆞ온 인싱을 위로ᄒᆞ야 졈관 건너 주심을 바라ᄂᆞ니두 (43)

ᄒᆞ고 실피 운니 그 션인이 부인의 가긍ᄒᆞᆫ ᄉᆞ졍을 듯고 허락ᄒᆞ고 빅

---

39) 저본에는 '쳥ᄒᆞ니'로 되어 있음.

을 딕이거늘 셰 스룸이 빅어 오른니 빅머리을 두르고 도슬 단니 빅 쌔르기 살 갓트여 줌관 식이여 강변으 다니거늘 빅어 ᄂ려 섬을 두루 슬펴보니 좌우의 슈목이 팅쳔ᄒ고 인가 업ᄂ지라 아모 딕로 갈 쥴을 몰나 강변으로 단니며 그 션빅 잇난 고질 츳던니 흔 고딕 바라보니 의복이 남누ᄒ고 왼 몸의 털 도든 스룸이 강ᄀ의 두로 다니면셔 쥬근 고기을 주어먹고 갈 밧칠 허치고 드러ᄀ거날 부인이 양운을 불너 보닉여 션빅 뒤을 싸라간니 그 션빅 초막의로 드러가다ᄀ 양운을 보고 몸을 감초거늘 양운니 크게 소릭을 질너 가로딕 상공은 소셩을 의심치 마르시고 (44)

줌관 머무옵소셔 ᄒ니 시랑이 그 말을 듯고 초막 밧긔 나셔며 ᄀ로딕 이 집푼 셤즁의 ᄂ을 츠ᄌ 오리 업거늘 뉘시관딕 이 집푼 셤즁의 무슴 말을 뭇고ᄌ ᄒ여 ᄂ을 말유ᄒᄂ잇가 양운니 압픠 나와 졀ᄒ고 안ᄌ 왈 소셩이 〃 셤의 드러 올이 다름이 은오라 간졀니 무를 말슴이 잇스와 승공을 츠ᄌ 와습ᄂ이다 시랑이 딕왈 '무슴 말을'40) 뭇고ᄌ ᄒ신잇가 양운이 부복 딕왈 소셩은 딕국 쳥주 구계촌의셔 스옵던니 장사랑의 난을 만ᄂ 고향을 바리옵고 이곳가지 난을 피ᄒ여 와습던니 지금 고향으로 도라가옵난 질의 젼츠로 듯ᄉ오니 승공이 형주셔 이고스로 졍빅을 와 거시다 'ᄒ온이'41) 고향 소식과 직노을 알가 ᄒ여 불원 쳘니 ᄒ옵 (45)

고 왓ᄂ이다 시랑이 그 말을 듯고 눈물을 흘이며 목이 메여 말을 못ᄒ다가 이윽ᄒ여 딕왈 쳥쥬 구계촌의셔 스노라 ᄒ니 뉘 집 일가 되시

---

40) 저본에는 두 번 반복 표기됨.
41) 저본에는 '온니'로 되어 있음.

는잇가 흐니 양운 디왈 소성은 홍시랑딕 수환이옵더니다 흐며 쏘흔
오신 부인은 양쳐수의 쌀이옵고 소성은 양운이로소이다 시랑이 그 말
을 듯고 양운아 네가 일덩 양운인다 흐고 안고 궁굴며 통곡흐여 왈 양
운아 염에 마라 느난 홍시랑이라 흐시고 시러흐시기럴 마지 아니흐거
늘 양운니 〃 말을 듯고 쳔지 아득흐여 시랑의 오슬 붓들고 셔로 아무
말도 못흐고 긔졀흐엿짜가 졔우 인수을 츠려 시랑으게 엿즈오딕 지
금 부인이 강가의 게시오니 가스이다 흐니 시랑이 그 말을 듯고 신도
벗고 딕셩통곡 흐며 부인을 (46)

부르시며 강가의로 츠젼간니 부인이 빅스장의셔 양운이 오기을 지
달이다가 흔 번 우룸 소릭 느거날 즈승이 슬펴보니 왼 몸의 털 도든
스름이 가슴을 쑤다리며 부인을 향흐여 왈 부인은 슬피옵소셔 느난
홍시랑이로소이다 흐며 느난다시 오거늘 부인니 혜오딕 미친 스름 겁
칙흐려 오난가 흐여 곳가을 버셔 빅스장의 후리치고 두 쥬먹을 불근
쥐고 턴방지방 강가의로 다란는니다 양운니 싸러가며 소릭을 크게 위
여 엿즈오딕 부인은 겁 닉지 마르소셔 여긔 가신는 이는 시랑이로소
이다 부인이 그졔야 양운의 마을 듯고 안진니 시랑이 통곡흐며 왈 부인
은 그 스여 나을 이져난잇가 느는 게월니 부친 홍시랑이로소이다 흐니
부인니 홍시랑니란 말을 (47)

듯고 인수을 츠리지 못흐고 업더져 긔졀흐거날 시랑이 목을 안고
부인은 진졍흐옵소셔 흐니 부인도 시랑의 목을 안고 말을 못흐고 졍신
을 슈십지 못흐거날 양운이 붓드러 위로흐니 시랑이 손을 줍고 부인이
죽어 혼빅이 왓는잇가 스라 육신이 완난잇가 이거시 싱신가 꿈인가

힝여 쑴의로 씰가 하난이다 하 반갑고 하 시러하니 초목금수 드 실어
하난 듯하더라 춘향이 외로이 안즈 텰 도든 스름을 보니 묵〃이 안즈
보난 눈의서 눈물니 쇼스나더라 시랑이 부인을 다리고 초막의로 들어
가 정신을 츠려 부인을 자셰희 보니 속발위싱하고 얼골이 젼의 보던
얼골이 의〃한 (48)

지라 부인도 시랑을 슬펴보니 시랑은 분명하나 젼의 업던 터리 숭상
하더라 아모리 숭상하여도 반갑기 칭양 업더라 부인니 정신을 츠려 가로
딕 피란하여 가다가 수젹 밍길을 만느 게월을 물으 동혀 너흔 말과 춘향
이 구하여 고소딕 즁을 만느 속발위싱한 말이며 젼후수말을 낫〃치 다
말하니 시랑이 게월을 물으 너허단 말을 듯고 긔졀하다가 졔우 인스을
츠려 왈 나도 부〃의 즙피여 단이다가 쳔즈게 스로줍핀 빅 되여 벽파도
로 구양 온 말을 낫〃치 하며 춘향 압픠 스려 왈 부인을 슬여 닌 은혜 빅
골난망이로소이다 치스하고 〃소딕 노싱 주던 은자을 파라 네 사름이
셔로 의지하고 셰월을 보닉더라 게월을 써〃로 싱각하고 안이 (49)

우난 늘이 업더라 츠셜 이젹의 게월이 명현동의 잇서 보국과 한가
지로 글을 빅온니 시셔빅가어을 무불통지하고 의스 광활하여 하는
일니 영민하니 도스 칭찬하여 왈 하날이 너희 형졔을 닉여 명졔을 위
하여 닉게 잇신니 명졔 엇지 쳔하을 근심하리요 하시고 쏘 사르딕 용
병지술을 빅호라 하시고 긔묘한 술법을 가르치신니 직조 과인하여 용
병지술은 관우 도즈룡 지상이라 뉘 능희 당하리요 다시 칭춘 왈 너희
난 당셰에 당할 리 업고 도한 당딕여 영화 빗느리로다 하시며 게월을
일홈을 가라 평국이라 하시고 셰월니 여류하여 평국과 보국의 나희 십

삼세에 당ᄒ니 도ᄉ 두 아희을 불너 안치고 왈 너희 용병기지ᄂ 비와 시ᄂ 일후난 풍 (50)

　운변화지술을 빈오라 ᄒ시고 칙 ᄒ권 넉여 주시며 왈 니 법은 긔묘ᄒ 술법인니 심쎠 빈호라 ᄒ신니 평국은 일슉 만의 빈호고 보국은 일연 만의도 빈호지 못ᄒ니 도ᄉ 왈 평국의 직조난 고금의 업난 직조라 ᄒ시고 칭찬ᄒ시던니 셰월니 여류ᄒ여 두 아희 나희 십오 세에 당ᄒ엿ᄂ지라 잇쩌 쳔ᄌ 사히에 인직을 갈니고져 ᄒ여 사히에 힝관ᄒ시니 쳔ᄒ 션비 황셩의 구름 뫼듯 ᄒ난지라 각설 이젹의 도ᄉ 이 말 듯고 평국과 보국을 불너 가로딕 쳔ᄌ 과거을 뵈니신다 ᄒ니 너희도 올나가셔 공명을 이위여 일홈을 쥭빅의 빗ᄂ게 ᄒ라 ᄒ시고 힝장을 ᄎ려 주신딕 도ᄉ의게 ᄒ직ᄒ고 무주촌의 와 여공게 ᄒ직ᄒ고 집을 쎠ᄂ 황셩을 향ᄒ여 가니 쳔ᄒ (51)

　션비 구름 뭇듯 ᄒ엿ᄂ지라 주인을 졍ᄒ고 과거 날을 지다리던니 과거 날니 다ᄃ라거날 평국과 보국이 장중의 드러가니 쳔ᄌ 황극젼의 젼좌ᄒ시고 글졔을 닉여 거러거늘 평국이 글을 지여 밧치고 도 보국의 글을 지여 밧치고 주인의 집의 나와 쉬던니 쳔ᄌ 평국의 글을 보시고 빅관을 도라보와 왈 이 글을 보니 화려ᄒ미 진실노 긔특ᄒ 인직로다 ᄒ시고 쏘 보국의 글을 보시고 칭찬ᄒ여 왈 니 그런 악가 글만 못ᄒ나 쏘ᄒ 긔특ᄒ 직조로다 ᄒ시고 방목을 황극젼의 걸고 장원의 홍평국이요 두ᄎᄂ 보국이라 ᄒ시고 실닉 부르난 소릭 장안의 진동ᄒ더라 노복이 딕방ᄒ다가 실닉 부르난 소릭을 듯고 급피 드러오며 소릭 크게 불너 왈 두 (52)

상공은 실니 부르오니 어셔 드러가옵소셔 ᄒᆞ거날 평국 보국이 드러가 게ᄒᆞ의 복지ᄒᆞᆫᄃᆡ 쳔ᄌᆞ 인견ᄒᆞ시고 충찬ᄒᆞ여 왈 경등의 글을 보니 손칙 주유의 풍유 잇난지라 짐이 경등을 어드니 소렬 황졔 봉용봉취을 어듬 갓턴지라 어지 ᄉᆞ직을 안보치 못ᄒᆞ리요 ᄒᆞ시고 평국으로 홀님흑 ᄉᆞ을 졔수ᄒᆞ시고 보국으로 부졔흑을 ᄒᆞ이시고 유지와 어ᄉᆞ화을 주시니 홀님과 부졔흑의 숙빈ᄒᆞ고 머리여 어ᄉᆞ화을 ᄭᅩᄭᅩ 몸의 홍포을 입고 쳥홍기을 밧치고 금의화동을 ᄶᅡᆼᄶᅡᆼ이 압셰이고 장안 ᄃᆡ도상으로 나오니 억만 장안의 굿보난 ᄉᆞ람니 구름 못ᄃᆞᆺ ᄒᆞ여 칭찬 안니ᄒᆞ리 업더라 홀님이 눈물을 흘니며 부졔흑을 도라보며 왈 그ᄃᆡ난 부모 양위을 (53)

모셔시니 영화 비ᄒᆞᆯ ᄃᆡ 업건이와 나ᄂᆞᆫ 부모 양친니 업난 ᄉᆞ름이라 이런 영화을 뉘게 빗히리요 ᄒᆞ고 탄식ᄒᆞ시니 부졔흑도 비창ᄒᆞᆷ을 니기지 못ᄒᆞ여 왈 ᄉᆞ름니 ᄯᅥ가 잇난니 아즉 그ᄃᆡ 부모 업슴을 흔치 마옵소셔 일후의 질걸 나리 잇슬 거시니 너무 ᄉᆞ러 마르소셔 ᄒᆞ고 위로ᄒᆞ더라 평국 보국이 '어젼의 드려가'[42] ᄉᆞ은숙빈ᄒᆞ고 고향으로 도라와 보국으 부모 양위게 영화을 '뵈이니 그 질거ᄒᆞ시미'[43] 비ᄒᆞᆯ ᄃᆡ 업더라 명일으 '명현동의'[44] 가 '도ᄉᆞ게 복지ᄒᆞ여 빗온ᄃᆡ'[45] 도ᄉᆞ 보시고 질거흠을 측양치 못ᄒᆞ시고 평국 보국을 일시도 슬ᄒᆞ의 ᄯᅥ나지 못ᄒᆞ게 ᄒᆞ시고 충효을 겸젼쿄져 ᄒᆞ더니 ᄒᆞ로 밤은 도ᄉᆞ 쳔문을 보시고 드러와 평국 보국을 ᄶᅴ여 왈 북방 도젹이 황셩을 침범ᄒᆞ랴 ᄒᆞ엿기로 수셩과 화셩 (54)

---

42) 저본에는 '어젼'으로 되어 있음.
43) 저본에는 '뵈미'로 되어 있음.
44) 저본에는 이 내용이 생략됨.
45) 저본에는 '도ᄉᆞ 뵈온ᄃᆡ'로 되어 있음.

이 자미성을 덥퍼시니 급피 황성의 올나가 국가을 보전ᄒ고 빅셩을
안보케 ᄒ라 ᄒ시며 일봉셔 ᄒ나을 평국을 주며 왈 젼장의 나아가셔
혹 죽을 고즐 당하거던 니 봉셔을 보고 가르치난 딕로 ᄒ라 ᄒ시고 가
기을 직촉ᄒ난지라 두 ᄉ람이 즉시 ᄒ직ᄒ고 무주촌의 가 여공의게
뵈이려 ᄒ니 도ᄉ 왈 ᄉ셰 위급ᄒ니 바로 가라 ᄒ시거날 마지 못ᄒ여
바로 가난 사연을 젼ᄒ고 말을 치쳐 주야로 가난지라 각셜 이젹의 옥
문관 수문장이 급피 장겨을 올니거날 급피 써여 보이 그 셔의 ᄒ여ᄉ
딕 셔번관 셔달니의 비ᄉ장군 악딕와 비룡장군 쳘골통을 어더 션봉을
ᄉᆷ아 졍병 이십만과 용장 쳔여원을 거나려 북국 칠십여 셩 (55)

을 항복 밧고 ᄌᄉ 장기덕을 베히고 황셩을 범ᄒ랴 ᄒ오니 급피 명
즁을 갈ᄒ여 방비ᄒ게 ᄒ옵소셔 ᄒ여거날 황졔 딕경ᄒᄉ 만조빅관을
모와 방젹홀 뫼칙을 으논ᄒ시니 '계신니'46) 흡쥬 왈 할님 평국이 비록
나희 져그오나 직조 둑ᄒ옵고 지혜 유여ᄒ오니 평국으로 도젹을 막으
소셔 황졔 올히 녀겨 직시 조셔ᄒ여 평국을 부르라 홀졔 황극젼 수문
즁이 급피 '아르딕'47) 할님 평국과 보국이 문 밧긔 딕령ᄒ연ᄂ이다 쳔
ᄌ 드르시고 딕희ᄒᄉ 급피 입시ᄒ라 ᄒ신딕 평국 보국이 계ᄒ의 복
지ᄒ딕 상이 보시고 희식이 만안ᄒ여 왈 직금 도젹이 북주 칠십여 셩
을 항복밧고 당기덕을 베이고 황셩 (56)

을 범ᄒ랴 ᄒ고 벽파원의 진을 쳣다 ᄒ니 ᄉ직이 위틱ᄒ지라 경등
은 충셩을 다ᄒ야 나라을 편안케 ᄒ라 ᄒ시고 평국으로 딕원수을 봉
ᄒ시고 보국으로 즁군장을 ᄉ마 졍병 니십만을 됴발ᄒ야 용장 쳔여 원

---

46) 저본에는 이 내용이 생략됨.
47) 저본에는 "아아르딕"로 되어 있음.

을 쥬니 원수 상임원의 유군ᄒ고 갑즈일의 힝군ᄒᆞ시 쳔즈 친니 친필
노 사명의 써쓰되 옥당 부제혹 홀님혹ᄉ 듸도독 겸 듸원수 홍평국이
라 ᄒ엿더라 원수 순금투고의 순은갑을 닙고 좌수의 홀기을 들고 우수
의 수긔을 줍바 '삼창윤거'48)의 놉퍼 안ᄌ 군ᄉ을 호령ᄒ니 살긔 등 〃
ᄒ고 위염이 싁 〃ᄒ더라 힝군ᄒᆫ 숨일 만의 옥문관의 듯 (57)

〃르니 관수 셕담니 원수을 마ᄌ 관의로 가 삼일을 유ᄒᆫ 후의 벽파
도을 지니여 쳔문동의 지니여 벽파도원을 바라보니 '이십만'49) 졍병과
쳔여 원 제장이 평수장 수십니에 덥퍼스니 긔치검극이 심이 엄슉ᄒ더
라 원수 젹진을 듸ᄒᆞ야 진을 구지 치고 군즁의 졀영ᄒ되 장영을 어긔
오면 군법으로 시힝ᄒ리라 ᄒ니 군즁이 황겁지 안이ᄒᆞ리 업더라 닛튼
날 원수 순금투고의 녹포운갑을 입고 좌수의 칠쳑 장검을 들고 우수의
수긔을 들고 비룡마을 타고 나셔며 크겨 워여 왈 지금 쳔즈의 덕틱이
사히여 덥퍼 븩셩이 함포고복의로 '경양가'50)을 부르난니 됴졍이 홍셩
ᄒ여 (58)

븩공이 상화ᄒ난 ᄯᅥ에 '쳔은을'51) 모르고 외람이 듸국을 침범ᄒ기
로 늬 쳔즈의 명을 밧ᄌ와 반젹을 베히고 북방을 평졍ᄒ려 ᄒᆞᄂᆞ니 젹
장은 ᄲᆞᆯ니 나와 목을 늘니여 늬 칼을 바드라 ᄒ며 이 칼이 오날 젼장으
처음이라 피로써 칼날을 싯치리라 ᄒ니 비사장군 악듸 이 말을 듯고
듸로ᄒᆞ여 진젼의 나셔며 구지져 왈 너을 보니 황구유아로다 감이 어린

48) 저본에는 '삼십 유긔'로 되어 있음. 단국대 59장본의 내용을 가져옴.
49) 저본에는 '이십'으로 되어 있음.
50) '격양가'의 오기. 저본에는 '계진기'로 되어 있음.
51) 저본에는 '천으을'로 되어 있음.

을 디ᄒ여 큰말을 ᄒᄂᆫ다 ᄒ고 장창을 두로며 달여들거날 원수 우워
왈 늬 칼노 너 갓튼 도젹을 베히기ᄂᆫ 더러오나 쳔수 이러ᄒ니 네 쏘ᄒᆫ
셜워 말나 ᄒ고 칼을 들고 츔추며 달여 드러 슴십여 ᄒᆸ의 승부을 결단
치 못ᄒ니 잇 (59)

딕 셔달니 장딕의셔 '바라보니'52) 약딕의 칼빗친 졈 〃 뉘둔ᄒ고 평
국의 칼빗친 졈 〃 등 〃 하니 셔다리 딕졍ᄒ여 북치을 싸히 더지고 징
을 치니 두 장수 각 〃 말을 둘여 본진으로 도라오며 피츳 양 〃 ᄒ더라
등군 보국이 원수게 아뢰딕 명일은 소즁이 나가 셔다리 머리을 베혀
밧치리다 ᄒᆫ딕 원수 분 〃 왈 즁군니 만일 젹장을 베히지 못ᄒ면 엇지
ᄒ랴 하ᄂᆫ요 보국이 주왈 만일 젹즁을 베히지 못ᄒ오면 군범을 시힝
ᄒ옵소셔 원수 변식 왈 군즁의난 수졍니 업난니 굴영 다짐을 두라 ᄒ
시니 보국이 투고을 벗고 다짐 두고 잇튼 늘 갑주을 갓초오고 토손마
을 밧비 모라 방용검을 놋피 들고 원수을 도라 (60)

보아 왈 젹장을 베히지 못ᄒ와던 징을 치지 ᄆ옵소셔 ᄒ고 밧기 나
셔며 워여 왈 젹장은 어졔 미결ᄒᆫ 수홈을 결단ᄒᄌ ᄒᄂᆫ 소릭 산쳔이
무어지ᄂᆫ 듯ᄒ고 북히가 글ᄂᆫ 듯ᄒ며 나ᄂᆫ 다시 달여드러 왈 나ᄂᆫ 딕
국 즁군 여보국일어니 원수의 명을 밧ᄌ와 너의을 함몰코ᄌ ᄒ난니 늬
의 젹슈가 잇ᄂᆫ야 ᄒ고 진젼의 왕늬ᄒ며 비양을 무수이 ᄒ거날 약딕
〃로ᄒ여 평셔장군 문길을 명ᄒ여 치라 ᄒ니 문길이 영을 듯고 비신상
마ᄒ야 진 밧긔 나와 쌋홈을 도 〃 오니 불과 슈습여 ᄒᆸ의 보국의 칼이
빗나며 문길의 머리 말ᄒ의 나려지거날 총관의 문 (61)

<hr />

52) 저본에는 '바보니'로 되어 있음.

길 죽는 양을 보고 바로 닉다려 수호던니 숨십여 흡이 못호야 도한 총관을 베히니 약딕 쏘한 두 장수 죽난 양을 보고 급피 말을 모라 쓰호더니 육십여 흡의 불결승부런니 약딕 거짓 픽호여 본진으로 다라난니 보국이 승셰호여 싸로더니 적병니 일시여 고흠 호고 보국을 어우니 벌셔 수십여 접의 싸니는지라 적중 천여 원으 흠셩을 지른니 보국이 흘 질 업셔 죽게 되연난지라 호늘을 우러〃 탄식호더니 잇딕 원수 보국의 급호물 보고 북치을 드호 더지고 급피 말게 올느 진문 밧기 나셔며 크게 워여 왈 적장은 닉의 중군을 히치 말나 호고 에운 진을 헤치고 드러 가 보국을 엽푸 찌고 좌충 (62)

우돌호며 적장 오십여 원을 한 칼의 베혀 들고 본진으로 도라오니 셔달니 약딕을 도라보며 왈 평국은 천신이 안이면 귀왕니로다 뉘 능히 당호리요 호며 탄식호기을 마지 아니호더라 원수 보국을 엽패 찌고 칼춤 추며 본진으로 도라와 장딕여 놋피 안쇠 무스을 명호여 중군을 즈바드리라 호니 무스 일시여 고흠 호고 달여드러 보국을 즈바드려 장딕 아릭 쑬이거날 원수 크게 쑤지져 왈 군중으난 스정이 업난니 원문 밧게 나혀 베히라 도적의게 죽엄을 구호기난 더러온 칼의 죽지 안니케 흠이런이와 군법으로 너을 베여 다른 졔장을 본밧게 흠이로다 죽기을 셔러 말나 호고 무스을 호령호니 졔장이 복지 주왈 (63)

중군 보국의 죄난 군법으로써 시힝호오미 맛당호오딕 졔 용역으로 적장을 베여옵고 의긔 양〃호와 적진을 막쏘져 호옵다가 패호온 비 오니 그 공의로써 졔 죄을 사호옵소셔 호고 졔장군졸니 다 빌거날 원수 이윽키 싱각호다가 분〃 왈 너흘 베여 다른 졔장을 본밧게 호즈 호

엿던니 졔장으 낫츨 보화 죄을 스호노라 호고 늬치시니 보국이 빅빅
스려호고 스쳐로 도라오니라 잇튼날 원수 갑주을 갓초오고 말게 올나
진문 밧긔 나셔며 크게 워여 왈 어졔난 중군이 지략이 젹은 타스로 픽
호물 당호여스나 오날은 젹장으 머리을 베여 어졔 픽흔 분을 싯고져
호난니 젹장은 목을 느리여 늬 칼을 바드라 호니 비스장군 약듸 분긔
을 이기지 못호여 마 (64)

을 모라 수십여 합을 싸호더니 원수 충으로 약듸 탄 마을 지르니 거
꾸러지거날 다시 달여드러 약듸의 머리을 버히고 젹진을 헷치고 드러
가 중군 마흥용을 베히고 칼춤 추며 본진으로 도라오니 졔장 군졸니 진
문 밧긔 나와 치하 분〃호더라 원수 약듸의 머리을 흠의 봉호여 쳔즈
게 올니이라 잇듸여 셔달니 앙쳔통곡호여 왈 이졔는 달국이 망호리로
다 약듸 죽어슨니 뉘 능히 평국을 당호리요 호니 쳘골통이 복지 주왈
소장이 흔 뫼칙을 싱각호여쓰오니 너머 염여 마옵소셔 오날 밤의 두
장수을 명호여 각〃 일쳔군식 주어 쳔문동 어귀여 믹복호엿다가 늬일
젹장을 유인호여 골의 들거던 불 지르오면 아모리 쳔신인들 엇지 버셔
나리요 호고 뫼칙 (65)

을 싱각호더라 잇튼날 원수 진젼의 나셔며 싸홈을 지쵹호니 쳘골통
이 〃 말을 듯고 진젼의 나셔며 워여 왈 우리 원수 실수호여 너의게 픽
호여건이와 늬 칼노 너흐을 버여 약듸의 원수을 갑고 명졔을 스로 자
바 쳔하을 평정호리라 원수 듸로 왈 무도흔 오랑키야 쳔위을 모로고
무슴 말을 호난야 호고 말을 모라 '칠십'53)여 흡의 승부을 결단치 못호

---

53) 저본에는 '칩십'로 되어 있음.

더니 쳘골통이 거짓 피호여 쳔문동으 다라나거날 원수 승셰호여 다로더니 쳔문동 어귀여 들며 나리 져물거날 그졔야 젹즁으 쇠여 소긴 줄을 알고 말을 급피 두로더니 좌우의 불니 이러나며 화광이 충쳔호연난지라 몸의 날기 업스니 〃 불을 피홀 질이 업셔 호늘을 우러 〃 축수호고 칼 (66)

을 비여 재결코즈 호더니 문득 도스 주시던 봉셔을 싱각호고 급피 쎠여 보니 식조히 오싴이 잇스디 쳔문동의셔 화즈(직)을 만느거던 가르치난 디로 시힝호라 호여거날 디희호여 호늘게 세 번 축수호고 종회 식을 보아 각 〃 방위디로 츠즈 날니이 〃 윽호여 거문 구룸이 스면으로 이러나며 급흔 비 쌜린 다시 오거날 불쏘시 일시에 쩌지며 동역의 달니 도다오난지라 원수 죽기을 면호고 쳔문동 어귀여 나셔며 본진을 향호여 다라오며 바라보니 셔달의 십만 군병도 간디 업고 본진도 간디 업난지라 진 쳣던 디 말을 미고 홀노 싱각호되 일졍 도젹이 날을 불타셔 죽은가 호고 마암을 노코 디진을 치고 황셩을 범코즈 호미로다 호고 홀노 안즈 (67)

호늘을 울어 〃 탄식호며 왈 달은 희미흔디 아모 디로 갈 줄을 몰나 주져홀 츠의 옥문관 다리로셔 바람지리 금고함셩 소리 들니거날 원수 말을 치쳐 함셩 소리 나난 디로 쏘차가더니 칠십이을 쏘차가며 바라보니 화광이 창쳔호고 함셩이 진동호고 벽역 갓턴 소리 들니거날 마을 '머물고'[54] 즈셔니 드르니 그 소리여 호여쓰되 평국으 즁군 보국은 닷지 말고 늬 칼을 바드라 이졔야 평국이 쳔문동 '화직'[55]의 불탓신니 너

54) 저본에는 '머물고'로 되어 있음.
55) 저본에는 '화즈'로 되어 있음

의 십문 군병과 쳔여원 졔장이라도 우리을 당치 못홀 거시니 밧비 황
복ᄒ라 ᄒ며 보국을 취ᄒ려 ᄒ고 달여들거날 원수 이 거동을 보고 분
긔 등〃ᄒ여 크게 소ᄅᆡ 질너 왈 젹중은 늬의 중군을 희 (68)

치 말나 ᄒ고 번기 갓치 달여드니 쳘골통과 졔장 등이 그 소ᄅᆡ을 듯
고 도라보니 명장 평국이여날 셔달니 쳘골통을 도라보아 왈 쳔문동 '화
진에'56) 평국이 불으 타 주근가 ᄒ엿써니 화ᄌᆞ을 버셔나고 우리 진을
엄슬ᄒ니 이졔 우리 도망ᄒ여 목숨을 도모ᄒ여 본국으로 도라가 다시
명장을 보늬여 쳔병만마을 거나리고 '드시'57) 승부을 결단홀만마 갓치
못다 ᄒ며 울니 등이 평국을 등ᄒ려 ᄒ여도 졔장이 반나나 업고 군
졸니 졀반나나 업쓰니 쏘ᄒᆫ 군중이 다 평국으 위풍의 즐기ᄒ여 고함
소ᄅᆡ에 다 쓰러지니 엇지ᄒ여 당ᄒ오며 엇지ᄒ여 살기 도모ᄒ리요 ᄒ
니 쳘골통이 눈물을 지우고 왈 급피 가사이다 연이나 만일 우리 도망
ᄒ야 벽파도로 간 줄 (69)

을 알면 엇지 ᄒ려 ᄒ시난잇가 셔달이 가로디 지금 밤이 '깁고'58) 달
빗친 희미ᄒ고 군중이 슬난ᄒ니 평국이 울이 도망ᄒ여 벽파도의 든 줄
을 엇지 알이요 날니 ᄉᆡ면 분명 벽파도을 차ᄌᆞ 올지라도 밧비 도망ᄒ
여 벽파도로 가ᄌᆞ ᄒ고 졔장 삼십여 원을 다리고 강가의 어부의 ᄇᆡ을
도젹ᄒ여 타고 벽파도로 간니라 이디 평국이 필마단창으로 젹진을 지
치니 칼 빗치 공중의 번기 갓치 ᄒᆞᆫ 번 두로면 죽엄이 뫼 갓고 피 흘너
셩쳔ᄒ니 죽난 '지'59) 부지기수라 갑옷시 피빗지 되연난지라 제유 목

---

56) 저본에는 '화ᄌᆞ여'로 되어 있음.
57) 저본에는 'ᄉᆡ'로 되어 있음.
58) 저본에는 '좁고'로 되어 있음.

숨만 보존흔 군시 '빅여 명으'[60] 우름 소리 '쳔지을'[61] 진동흐는지라 원수 만군중으 충동하며 엄슬흐되 종시 쳘골통과 셔달 등을 춧지 못 흐난지라 분기을 참지 못 (70)

흐여 군스 죽엄 가온되 말을 머물고 스면을 두로 살펴보니 종시 간 고즐 모르더니 흐날을 우러〃 보니 쳥쳔의 발근 명월이 검광의 빗취여 칼날만 빗나고 원쳔의 놀난 '계명셩'[62]은 늘 시기을 지촉흔지라 원수 쏘 쳐량흔 마암을 이기지 못흐야 주졔하더니 문득 옥관되의로셔 군마 웅거흐는 소리 들니거날 원수 싱각흐되 일졍 셔달 등이 옥문관을 향 흐는쏘다 흐고 말을 치쳐 듯춧 가더라 잇되여 중군 보국이 원수 스러 나셔 젹진을 소멸흐난 줄을 아지 못흐고 평국이 쳔문동 불을 주근 주 을 싱각흐고 가슴을 쑤다리며 되셩통곡흐며 젹병이 조추오난가 흐야 옥문관을 향흐며 군스를 지촉흐야 가더니 원수 칠쳑 장검을 두르며 마을 달여 고함 (71)

흐되 젹장은 닷지 말고 목을 늘히여 뇌 칼을 바드라 흐며 좃춧가니 보국이 싱각하되 힝여 쳘골통이 오난가 흐야 원수을 부르지〃며 군스 을 지촉흐야 가더니 후군니 급피 보흐되 뒤흐로 좃추오며 고함흐난 니 분명 쳔문동 화직 본 우리 원슝가 흐난다 보국이 놀닉여 가로되 엇지 아는 듯 군스 답왈 달빗퇴 얼픗 보니 타옵신 말니 젹토마 갓습고 투고 쳘갑이며 고흠 소릭 옥을 긔치는 듯흐오니 아모리 싱각흐와도

59) 저본에는 생략되어 단국대 103장본의 내용을 가져옴.
60) 저본에는 '빅여 명으'로 되어 있음.
61) 저본에는 '쳐진을'로 되어 있음.
62) 저본에는 '계명성'으로 되어 있음.

우리 원수의 혼신인가 시푸오니다 보국이 말을 듯고 반게 군亽을 머물고서 슬퍼 보니 원수의 소릭 분명ᄒ니 반가온 마암을 이긔지 못ᄒ여 크게 위여 왈 소즁은 즁군 보국이로소이다 적장이 아니 (72)

오니 긔역을 허비치 마옵소서 평국이 〃 말을 듯고 마를 머므르고 가로딕 네 일정 그리ᄒ거던 군亽을 명ᄒ야 칼과 수긔을 바다 올나라 ᄒ딕 그졔야 보국이 말게 닉려 투고을 벗고 칼과 수긔을 쓸너 올니 〃 원수 바다보시고 말게 닉려 보국을 붓들고 장즁으 드러가 안지며 가로딕 천문동 화즈의 거의 죽게 되어써니 션싱님 주시던 봉셔을 보오니 이리 〃 ᄒ라 ᄒ옵신 비결을 읏옵고 화즈을 버셔 나오믹 적병을 지쳐 '버히되'63) 죵시 셔달 가달 쳘골통 등을 잡지 못ᄒ야 전장으셔 주졔ᄒ더니 힝군 소릭을 듯고 쳘골통으 군亽을 알고 좃츠오되 죵시 잡지 못ᄒ던 亽연을 일통 셜화ᄒ던니 〃날니 발그믹 옥문관수 급고 왈 셔 (73)

달 쳘골통이 졔장 삼십여 명을 다리고 강상 어션을 도적ᄒ여 타고 벽파도로 드러가오니 이 도적을 급피 〃 〃 줍게 ᄒ옵소서 'ᄒ엿거날'64) 원수 딕희ᄒ야 군즁의 급피 졀영ᄒ야 밥을 지여 군亽을 먹이고 힝군ᄒ야 강가으로 가며 전션을 모와 군亽을 실코 쏘 쎼을 '물에'65) 너여 군亽을 실코 빙마탄의 긔치검극을 가초와 원수 션즁의 단을 뭇고 갑주을 갓초고 칠쳑 장검과 '삼지창'66) 부월을 좌우의 갈나 셰오고 우수의 수긔을 줍아 즁군을 호령ᄒ니 군졸니 일시여 빅을 져어 드러가니 '식식흔 우

---

63) 저본에는 '벼히되'로 되어 있음.
64) 저본에는 'ᄒ엿것거날'로 되어 있음.
65) 저본에는 '무어'로 되어 있음.
66) 저본에는 '심지창'으로 되어 있음.

염'67)과 웅즁 혼 긔운은 측양치 못홀네라 셔달니 '아모리'68) 역발순 ᄒ던 초픽왕이라도 엇지 당ᄒ리요 화셜 이젹의 홍시랑의 가속 (74)

되이 도적의게 좃치여 그 셤의 근슨니 잇스민 산봉 우의 올ᄂ 몸을 감쵸오고 잇더니 이(튼)날 평명으 강수 우으로 혼 일원 디장이 '황금투고'69) 빈운갑을 입고 손의 수긔을 줍아 군즁을 진후의 넛코 오난 거동을 보니 웅장ᄒ물 층양치 못홀네라 부인이 눈물을 지우고 왈 엇더혼 스름은 져러혼 자식을 두언난고 ᄒ시며 탄식ᄒ더라 고각 흠성은 천지 진동ᄒ며 드러가니 '셔달니며 쳘골통이'70) 아모디로 갈 줄을 모르고 서로 붓들고 ᄒ늘을 우러〃 통곡ᄒ니 원수 토슨말을 모라 좌우 제장을 호령ᄒ며 셔달 쳘골통과 적장 등을 결박ᄒ여 드리라 ᄒ니 제장과 모든 군수 일시여 달여들어 결박ᄒ니 그 셰을 불가당이 (75)

라 이러홀 제 시랑 부쳐도 쏘혼 사로 줍핀 바 되엿ᄂ지라 원수 강가진을 치고 당상으 놉피 안즈 좌우 제장을 각〃 비갑을 둘여 셰우고 셔달 쳘골통 '등'71) 숩십여 명을 자바드려 장디여 쑬니고 무수을 명ᄒ야 가로디 도적의 죄목을 다 거두어 군문 밧기 즈로 닉여 베히라 호령이 '추숭'72) 갓턴니 무수 영을 듯고 쳘골통을 몬져 베히라 ᄒ고 나문 제장을 차려로 나여 베히라 ᄒ니 셔달니 눈물을 흘이고 장디 아리 복지ᄒ여 왈 간졀니 슬기을 청ᄒ난지라 잇디여 혼 제장이 고ᄒ디 '사나희'73)

---

67) 저본에는 '슬〃 혼 우염'으로 되어 있음.
68) 저본에는 '이모리'로 되어 있음.
69) 저본에는 '황금투기'로 되어 있음.
70) 저본에는 '셜니며 쳘골등'으로 되어 있음.
71) 저본에는 생략되어 단국대 103장본의 내용을 가져옴.
72) 저본에는 '추순'으로 되어 있음.
73) 저본에는 '사아희'로 되어 있음.

흔 놈과 '세 계집'74)을 결박ᄒ야 군문 밧기 ᄃᆡ령ᄒ엿난니다 원수 이 말을 듯고 크게 고흠ᄒ여 왈 이난 쳘골통의 흔 도젹이라 ᄒ며 급피 ᄌ바드리라 ᄒᄂᆞᆫ 소ᄅᆡ 산쳔니 (76)

무너지난 듯ᄒ더라 무스 일시여 고흠ᄒ며 달여드러 시랑의 가소를 다 결박ᄒ여 장ᄃᆡᄒ의 자바 업지르니 원수 창검을 드러 셔안을 치며 고흠ᄒ여 왈 너의을 보니 힝ᄉᆡᆨ이 ᄃᆡ국 으복을 입고 잇시ᄆᆡ 젹병이 도망ᄒ여 너의 등을 ᄎᆞ자 이 셤으 드러왓다가 ᄂᆡ게 잡핀 ᄇᆡ 되야신니 네 분명 도젹과 동심 되여 ᄂᆡ응ᄒᄂᆞᆫ 바니 실상을 바로 아ᄅᆡ라 ᄒ시며 지쵹이 셩화 갓탄지라 시랑이 넉슬 일코 업더졋다가 졔유 인ᄉᆞ을 ᄎᆞ려 쑤러 ᄉᆞ르ᄃᆡ 젼일으 베실 ᄒ옵다가 소인의게 ᄋᆡᄆᆡ 흠의 ᄌᆞᆸ피여 고향으로 갓습짜가 '맛츰 회계촌의로 붕우를 보려 갓삽다ㄱ'75) 집의로 도라오옵던 지르 장사랑의게 잡펴 젹 군중으 (77)

잇습다가 쳔ᄌᆞ의게 죄을 입습고 이 셤중의 귀양을 보ᄂᆡ시ᄆᆡ 이 셤중의 와 셰월을 보ᄂᆡ옵더니 이런 익을 당ᄒ미로소이다 원수 이 말을 듯고 ᄃᆡ왈 쳔ᄌᆞ의 덕을 ᄇᆡ반ᄒ고 역젹 장시랑의게 부탁ᄒ여거날 쳔ᄌᆞ 엇지 쳐 죽이지 안니ᄒ시고 이곳스로 졍ᄇᆡ을 보ᄂᆡ여 게신고 실졍을 ᄉᆡᆼ각홀진ᄃᆡ 흉게를 ᄂᆡ여 젹장이 되얏다가 쳔되 무심치 안이ᄒ와 ᄌᆞᆸ핀 ᄇᆡ 되얏시니 엇지 발명홀니요 자로 ᄂᆡ여 베히라 ᄒᄂᆞᆫ 소ᄅᆡ 추상 갓탄지라 무스 영을 듯고 일시여 달여드러 시랑을 잡어ᄂᆡᆫ니 양부인이 목젼의 이런 졍ᄉᆡᆨ을 보고 ᄒ날을 부오지지며 ᄃᆡ셩통곡 왈 차라리 강물의 게월을 안은 ᄎᆞ 흔가지로 물의 ᄲᅡ (78)

---

74) 저본에는 '세 계집'으로 되어 있음.
75) 저본에는 생략되어 단국대 103장본의 내용을 가져옴.

져 죽어써면 이런 차목훈 셩식을 보지 안이홀 거슬 죽지 못훈 게 훈이로다 ㅎ며 이리 궁굴며 통곡ㅎ거날 원수 이 말을 듯고 딕경질식ㅎ여 왈 그 죄인을 도로 올나라 ㅎ시고 제장을 시겨 급피 나려가 '죄인'[76] 졀박훈 거슬 고이 그르라 ㅎ며 네 '죄인'[77]을 가즈기 불으라 ㅎ시니 무스 일시에 달여드러 장딕 앞피 굴니니 원수 분부 왈 악가 드러니 게월과 훈가지로 물으 쌔져 죽지 못훈 거슬 훈ㅎ니 게월은 뉘라 ㅎ오며 네 스름의 거지셩명을 무어시라 ㅎ며 엇지ㅎ여 이 모양이 되연는요 실승을 자상이 알고즈 ㅎ오니 부인은 진졍을 그이지 마르소셔 ㅎ시며 무른딕 부인이 졍신을 츠려 스르딕 쳡은 딕국 쳥주 구게촌의셔 스옵던 (79)

니 중간 풍핑 되여습써이와 쳡은 양쳐스의 여식이옵고 져 스름은 일직 급졔ㅎ와 시랑 벼슬 ㅎ엿습기로 홍시랑이라 ㅎ옵고 제 겨집은 반비옵고 게월은 싸리로소이다 ㅎ며 젼후의 국기던 스연을 셜화ㅎ니 원수 이 말을 자셰이 듯고 어마님 나는 돗즈리여 싸이여 강물희 죽어든 게월이로소이다 ㅎ며 양부인을 안고 딕셩통곡ㅎ니 양부인과 시랑이 듯고 쳔지 아득ㅎ여 아모리 홀 '줄'[78]을 모르고 붓들고 셔로 통곡ㅎ니 제장군졸니 쏘훈 아모리 홀 줄을 모르고 비회만 머금고 장영만 고딕ㅎ더라 중군 보국은 게월으 근본을 아난지라 사인이 훈 몸 되여 ㅎ 슬피 우니 산쳔초목과 쳔병만마가 다 스러ㅎ난 듯 쳔지일월니 다 무광 (80)

ㅎ난 듯ㅎ더라 보국이 세 스름을 붓들어 위로ㅎ며 진중의 들어가 좌졍 후의 원수 졍신을 진졍ㅎ야 부인과 시랑을 뵈옵고 꾸러 스로딕

---

76) 저본에는 '죠인'으로 되어 있음.
77) 저본에는 '죠인'으로 되어 있음.
78) 저본에는 생략되어 단국대 103장본의 내용을 가져옴.

과연 젼亽을 되강 셜화ᄒ나니다 그뻐여 소자 물결의 쩌나가미 무릉포
의셔 亽난 여공이라 ᄒ난 亽름이 마참 비을 타고 셔촌의로 지닉가옵
다가 구ᄒ여 다려다 친자식 보국과 갓치 질너 명현동 곽도亽의게 보닉
여 팔연 공부ᄒ여 글과 검술과 용법풍운변화술을 비와 도亽의 덕의로
황셩으 올나가 보국과 ᄒ방 급졔ᄒ와 소ᄌᄂ 홀님흑亽 ᄒ옵고 보국
은 부졔흑을 ᄒ여숩더니 마춤 셔달니 반ᄒ여 되국으로 가 침범ᄒ오
미 천ᄌ의 명으로 소ᄌ난 되원수을 ᄒ옵고 보국으로 중군을 (81)

　　亽마 '셔달 가달'79)을 亽오ᄌ바 쳔ᄒ을 평졍ᄒ든 말슴을 일통 셜화
ᄒ오며 못닉 반기니 시랑과 부인니 쏘ᄒ 곽도亽 ᄒ던 말을 낫″치 싱
각ᄒ여 왈 너을 삼셰에 이르미 혹 단수홀가 의심ᄒ여 곽도亽을 쳥ᄒ
여 네 상을 뵈이 오셰에 부모을 이별ᄒ리라 ᄒ고 후亽을 이르지 아니
ᄒ고 사미을 썰치고 가던니 진실노 여공이 너을 '구홀'80) 줄 알고 이르
지 안니ᄒ시니라 ᄒ시고 곽도亽의 공과 여공의 은혜을 못닉 치사ᄒ시
더라 평국이 쏘ᄒ 못친의 목을 안고 옷고름을 풀고 져슬 만쥐며 사르
되 이 졋슬 비부르게 먹지 못ᄒ고 돗자리에 싸이여 쩌나갈 졔 ᄒ 스러
ᄒ더니 ″졔난 슬토록 만쳐보亽이다 ᄒ고 되셩 (82)

　　통곡ᄒ다가 쏘 양운으 등을 어로만지며 가로되 너을 옷초마 갓치 밋
고 닉 몸을 업피여 난을 피하여 단니다가 부인을 뫼시고 죽을 익을 당
ᄒ야 천위신조ᄒ亽 이 셤중의 와셔 부인과 붓친을 만나게 ᄒ문 다 너
의 덕인니 황천의 도라가도 은혜을 만분지 일도 갑지 못ᄒ노라 쏘 츈
향을 쳥ᄒ여 예ᄒ고 왈 황천 후토의 가셔 만나보올 부모을 만나게 ᄒ

───────────────

79) 저본에는 '셔가달'로 되어 있음.
80) 저본에는 '귀홀'로 되어 있음.

옴문 그듸의 튁손 갓탄 은혜 빅골난망이로소이다 ㅎ고 부인니 나을
친자식 일체로 ㅎ옵고 만세 후 은혜을 만분지 일니ᄂ 갑풀가 ㅎ오니
소ᄌ을 공경치 마옵고 친자식 갓치 일홈을 부르소셔 ㅎ니 춘향이 오히
려 황공ㅎ더라 잇튼날 평명의 (83)

원수 군중의 좌기ㅎ고 무ᄉ을 불너 셔달 등 절박ㅎ 거슬 쓸너 ᄶ회
쓸니고 항셔을 바든 후 졔장의로 ㅎ여곰 셔달을 장듸여 올여 안치고
도로 헷치고 ᄉ려ㅎ여 왈 만일 그듸 등이 도망ㅎ여 니 셤중의 안니 드
러왓시면 늬의 부모임 양위을 엇지 만나기 바라올잇가 호천망극지원
을 푸러ᄉ오니 일후난 은인 되얏도다 ㅎ시니 셔달 등이 〃 말을 듯고
감ᄉㅎ여 빅빅 사려ㅎ며 뭇도적이 다 원수 손의 죽기만 바릭옵더니
도로혀 치ᄉ을 밧ᄌ오니 인제 죽어도 은혜을 잇지 못홀가 ㅎ나이다
ㅎ며 무수히 치ᄉㅎ더라 원수 셔달의게 바든 항셔을 봉ㅎ고 부모 양위
을 오세에 (84)

장사랑의 난을 만나 일코 주야 전투ㅎ옵더니 전상의 너른 덕으로 도
적을 좃차 벽파도의 드러와 도적을 파ㅎ옵고 오세에 이별ㅎ엿던 부모
양친 만나던 전후슈말슴을 난〃치 써셔 셩문ㅎ여 항셔 흔틱 동봉ㅎ여
황셩의 올니고 셔달 등을 졔 본국으로 보늬고 ᄶ 시랑과 부인을 뫼시
고 힝군홀 ᄉ 춘향과 양운을 교자 틱와 앞픠 세우고 원수난 일쳔 **졔장
삼만**[81] 군병을 거날이고 벽파도 강을 건네여 옥문관의 다〃르니 졔장
군졸니 다 만세을 불으더라 잇듸에 쳔자 약듸의 머리을 바다 보시고
원수 소식을 듯지 못ㅎ여 주야 근심ㅎ시더니 잇듸에 황셩 수문장이 급

81) 저본에는 생략되어 단국대 103장본의 내용을 가져옴.

피 아뢰되 원수의 (85)

승전장게 문밧긔 왓나니다 알외오니 쳔즈 되회ᄒᆞᄉ 급피 올이라 시
신니 원수의 픠을 올니거날 쳔즈 친니 '찰견ᄒᆞ시니'[82] 그 셔의 ᄒᆞ엿시
되 셔달 등을 좃ᄎᆞ 벽파도의 드러가 승젼ᄒᆞ옵고 부모 양친 만난 사연
장게ᄒᆞ엿거날 쳔즈 만조졔신을 도라보와 왈 평국이 한 번 북쳐 젹병
십만과 쳔여원 졔장을 베히고 북방을 평졍ᄒᆞ고 분찬ᄒᆞ엿던 부모을 만
나닷ᄒᆞ니 〃난 고금 쳔지간의 업난 일리로다 ᄒᆞ날니 평국의 츙셩을 감
동ᄒᆞ옵셔 말니 젼장의 가 부모을 만나보시게 ᄒᆞ니 원수 도라오면 승상
이 될 거시니 엇지 기 부의 관작이 업시리요 ᄒᆞ고 홍무로 위공 봉작을
쳬관의로 ᄒᆞ야곰 옥문 (86)

관의로 보닉실ᄉᆡ 쳔즈 쏘 가로사딕 평국의 부친을 짐이 어지지 못
ᄒᆞ여 북히 졀도의 원찬ᄒᆞ여 고생ᄒᆞ다가 쳔우신조ᄒᆞ야 원수을 만나 영
화로 도라온다 ᄒᆞ니 짐이 엇지 영화로 오난딕 영화을 도웁지 아니ᄒᆞ리
요 ᄒᆞ시고 삼쳔 시여을 녹으홍상으로 부인을 호송ᄒᆞ라 ᄒᆞ시고 신여을
명ᄒᆞ야 금동을 벌니고 황셩가지 오게 ᄒᆞ시고 몬져 어젼풍유ᄒᆞ야 금의
화동을 지쵹ᄒᆞ야 원수을 뫼시려 옥문관으로 보닉실ᄉᆡ 치관이 시여 등
을 지쵹ᄒᆞ여 가거날 옥문관의 드러가 봉비직쳡과 위공의 봉작을 드리
니 원수와 시랑이 북향사빅ᄒᆞ며 쳔은을 축수 (87)

ᄒᆞ고 흠ᄉᆡ 황셩으로 올나올ᄉᆡ 졍열부인을 금덩을 틱이시고 삼쳔 시
여로 메이고 금의화동은 덩 압피 쌍〃이 시위ᄒᆞ고 어젼 풍유의 곳바시

---

82) 저본에는 '찰건ᄒᆞ시니'로 되어 있음.

되여 오난듸 춘향 양운은 '교자'83)을 틱여 등 압피 세우고 원수난 삼천 군졸을 옹위ᄒᆞ여 위공을 뫼시고 오니 굿보난 스름이 '뉘 아니 칭찬ᄒᆞ 리요'84) 황성으로 올나올식 천ᄌᆞ 시신을 거느려 친이 원수을 마져오니 원수와 시랑니 질를 머물고 말게 나려 마진 후의 천자 원수의 손을 잡 고 쏘ᄒᆞᆫ 보국을 도라보와 가라사듸 말니 전장으 가 도적을 ᄒᆞᆫ 칼의 버 이고 도탄 중의 든 빅성을 건지니 천ᄒᆞ의 웃듬이요 쏘ᄒᆞᆫ 분산ᄒᆞ (88)

엿던 부모 양위을 만나 영화로 도라오니 이난 고금의 드문지라 ᄒᆞ시 고 못늬 칭찬ᄒᆞ시니 시랑이 드러가 숙빅ᄒᆞ시니 천자 시랑으 손을 잡고 가로듸 짐이 박지 못ᄒᆞ여 그듸의 충성을 아지 못ᄒᆞ고 오릭 찻지 안이 ᄒᆞ엿시니 이난 짐의 '과시리라'85) ᄒᆞ시고 친이 잔을 드러 시랑과 원수 을 권ᄒᆞ시니 시랑과 원수 준을 들고 북향ᄉᆞ빅ᄒᆞ고 만세을 부르니 일 진이 다 만세을 부르더라 친니 중군이 되시고 원수로 션봉을 삼고 보국 으로 후군을 슴고 장안으로 드러가니 만조빅관이며 노소인민니 뉘 안 니 질거ᄒᆞ며 뉘 안니 층찬ᄒᆞ리요 천ᄌᆞ 황극젼의 견좌ᄒᆞ시고 국공의 공 을 도〃올식 평국으로 우의졍을 봉ᄒᆞ시 (89)

고 보국으로 듸원수 겸 병부상셔을 봉ᄒᆞ시고 그 나문 졔장은 각〃 공을 차려 도〃시고 듸연을 빅셜ᄒᆞ여 삼군을 호귀ᄒᆞ시고 노ᄒᆞ시니 삼 군이 만세을 부르며 각〃 잔을 들고 원수의 공을 축수ᄒᆞ더니 천ᄌᆞ 무 릉 여공의 부쳬을 부르시고 여공으로 이부상셔을 봉ᄒᆞ시고 여공의 부 인 왕시로 졍열부인 봉ᄒᆞ야 봉비즉쳡과 공후봉작을 치관을 명ᄒᆞ여 무

---

83) 저본에는 '조자'로 되어 있음.
84) 저본에는 '뉘 아니 칭찬 아니ᄒᆞ리요'로 표기됨.
85) 저본에는 '과시라라'로 되어 있음.

룽포로 호송ᄒ시니 여공의 부〃 이날의 길을 ᄎ려 황셩으 올나가 쳔은을 축수ᄒ고 물너 도라와 잇써니 '국공과 졍열부인니 ᄎ다을 올여 치사 왈'86) 국공과 졍열부인의 너부신 덕으로 게월을 친자식 갓치 사랑ᄒ옵셔 교휸하여 분찬ᄒ 부모을 만나게 (90)

ᄒ 은혜난 빅골난망니요 치ᄉ 분〃ᄒ온 말삼이 업ᄂ이다 ᄒ시니 여공의 부〃 감ᄉᄒ여 ᄃ답지 못ᄒ더라 화셜 평국과 보국이 게ᄒ의 복지ᄒ여 보옵고 좌차을 졍ᄒ실시 국공과 졍열부인니시며 그 뒤ᄒ난 공열부인과 춘향이며 양운니 모든 부인을 모시고 ᄃ연을 빅셜ᄒ여 삼일을 낙〃ᄒ더라 상이 드르시고 시신을 도라보아 왈 이 ᄉ름을 ᄒ날니 금의게 지시ᄒ ᄉ름이라 ᄒ시고ᄒ 궁궐 닉여 살게 ᄒ리라 ᄒ시고 남ᄉᆫ ᄒ의 집을 쳔여 간을 짓고 노비 일쳔과 수경군 이쳔과 금의치단 수빅 동을 상사ᄒ시니 원수와 국공이 사은숙비ᄒ고 물너 ᄂ와 ᄒ 궁궐의 거쳐을 졍ᄒ고 잇시니 우의 거동이 '쳔ᄌ'87)나 다 (91)

옴이 업더라 '좌복야'88) 쳥주후 젼장으 단여 온 후로 신음 도일ᄒ여 병이 졈〃 위중ᄒ니 가ᄂ 경동ᄒ여 주야 약으로 치료ᄒ되 조금도 회흠이 업난지라 황졔 이 말을 드르시고 ᄃ경ᄒ여 직시 의원을 명ᄒ여 왈 급피 '나가 홍평국의'89) 병셰을 자셔히 보고 오라 ᄒ시니 의원니 봉명ᄒ고 직시 나가 집믹ᄒ니 어렵지 안니ᄒ 병이여늘 혹 환약을 지어 달여 먹이고 급피 드러가 쳔자게 아뢰되 병셰을 보오니 광겻치 아니 ᄒ옵

86) 저본에는 '천자 층찬ᄒ여 왈'로 되어 있음.
87) 저본에는 생략되어 단국대 103장본의 내용을 가져옴.
88) 저본에는 '죄보야'로 되어 있음.
89) 저본에는 '나가'와 '홍평국의' 사이에 '좌입 쳥국'이란 내용이 있음.

씨로 속흔 약을 지여 주어시나 또흔 고히흔 일리 닛습기로 그 말씀을 '상달ᄒ올 ᄎ로 왓ᄂ이다'90) ᄒ니 천지 디경ᄒ여 '왈'91) 무슴 말닌지 자셔이 알고ᄌ ᄒ노라 ᄒ시니 의원이 복지 주왈 평국으 믹을 (92)

보니 남믹이 아니오라 여믹이 분명ᄒ옵기로 상달ᄒ나이다 ᄒ니 천지 이 마을 드르시고 왈 평국이 만일 제집이면 '용병지략'92)이 관운장의 지닐씨라 그러나 엇지 게집으로 변방의 가 십만 적병을 파ᄒ여 천아 일셩으 천여 원 제장을 흔 칼노 파ᄒ고 천하을 평정ᄒ리요 종츳 알ᄊ시니 마을 닛지 말나 ᄒ시고 싱각ᄒ시되 평국으 얼골니 삼춘도화 빗시오 음셩이 산회치을 드러 옥반의 환약 씌친 듯ᄒ고 또흔 '형용이'93) 심이 괴히ᄒ니 혹 그러ᄒ던가 의심ᄒ여 병 낫기을 지다리더라 잇딕에 평국이 의원 지여 주던 약을 먹고 병이 나션는지라 부모 왈 천ᄌ 의원을 보닉여 집믹ᄒ고 약을 주고 가믹 그 약을 먹고 소홈을 (93)

보왓다 ᄒ시니 평국이 〃 말을 듯고 딕경질식ᄒ여 왈 어의 쳡의 집믹을 ᄒ옵고 갓ᄉ오니 일정 제집빈 줄을 알고 천ᄌ게 밋칠 듯ᄒ오니 이졔난 '여복'94)을 ᄒ옵고 규즁의 '숨어'95) 셰월을 '보닉여 부모를'96) 뫼셔 만셰을 밧들게사오니 쳡의 영화 외람ᄒ와 나라을 소기옵고 조졍을 더러인 죄로 승소ᄒ옵고 벼슬을 유지의 봉ᄒ여 올니ᄉ이다 ᄒ고 직시 남복을 벗고 여복을 ᄒ여 녹으홍상으로 압뒤 단즁ᄒ고 안ᄌ 슬허

---

90) 저본에는 '상달치 못ᄒᄂ니다'로 되어 있음.
91) 저본에는 생략되어 단국대 103장본의 내용을 가져옴.
92) 저본에는 '병지략'으로 되어 있음.
93) 저본에는 '셩용이'로 되어 있음.
94) 저본에는 '에복'으로 되어 있음.
95) 저본에는 '수어'로 되어 있음.
96) 저본에는 생략되어 단국대 103장본의 내용을 가져옴.

흐는 거동은 왕소군이 요지연을 향흐여 비회을 머금난 듯흐고 ″국을 싱각흐여 우난 거동이더라 '궁즁'97) 시여더니 그 형상을 보고 낭누 안 니흐리 업더라 게워리 용지연의 먹을 가라 섬 ″옥수의 산호필을 (94)

잡바 상소을 지엇시되 흘님흑사 부시랑 '겸'98) 청주후 홍평국은 탑젼의 근빅비 돈수흐읍고 상달흐읍나이다 신첩이 오셰에 장시랑의 난을 만나 부모을 일삽고 도적의 모진 환을 만나 수즁고혼니 '될 거슬'99) 여공의 너부신 은혜을 입스와 사러사오니 어린 소견의 게집의 도리을 흐오면 규즁의셔 늘거 부모으 히골을 찻지 못흐고 평싱 유흔니 되여 구천의 도라가와도 '원혼 이'100) 되올 듯흐오미 여즈의 힝실을 바리읍고 외람니 공후의 쳐흐여 천즈을 쇠기읍고 조정을 더러스오니 신첩이 죽어 맛당흐오니 벼슬을 유지의 거두시고 폐흐 쇠킨 죄로 사속키 체참흐읍 (95)

고 후셰에 다른 죄신을 경계케 흐읍소셔 신첩이 평싱 심원을 일워사오니 이졔 죽스와도 흔니 업스오니 복원 폐흐난 사속키 체참흐읍소셔 흐엿거날 천즈 승소을 보시고 손으로 용상을 치시며 졔신을 도라보와 왈 평국을 뉘라셔 졔집인 줄 알어 보리요 '듸쳬 이런'101) 여즈의 직조난 천흐의 업난지라 천흐 비록 광듸흐나 문무 '겸젼'102)흐고 '상장지 지난 남즈라도'103) 이에셔 밋치 리 업신니 이런 여자난 여즁군즈요 인

---

97) 저본에는 '국즁'으로 되어 있음.
98) 저본에는 '겸'으로 되어 있음.
99) 저본에는 '될 거슬이'로 되어 있음.
100) 저본에는 '원홈 이'으로 되어 있음.
101) 저본에는 생략되어 단국대 103장본의 내용을 가져옴.
102) 저본에는 '쳡쳡'으로, 단국대 103장본에는 '겸션'으로 되어 있음.
103) 저본에는 '상장지지라도'로 되어 있음.

중호걸이로다 호시며 제 비록 여주나 벌슬을 엇지 거두리요 호시고 황사을 명호야 '상소을'104) 닉여 주시며 왈 '짐의 말노'105) 평국의게 젼호고 유지와 상소을 도로 주라 호시니 (96)

상의 명을 밧자와 유지 조서을 가지고 군문 밧기 '들며'106) 천자 하교을 '젼호거날'107) 계월이 바다보니 그 셔 호엿시되 짐이 경의 상셔을 바다보니 일변은 놀납고 일변은 비창호지라 나라 '셤기긔야'108) 엇지 남여간 다름이 잇시리요 천지조화을 수중의 감초와 충셩을 다호야 짐을 도와 반적을 베혀 북방을 평졍호고 사직 안보키 호기난 다 경으 호히 갓탄 '덕을 이분 빈니 은혜'109) 사후난망이라 엇지 여자의 몸을 '혐의호리요'110) 유지와 병부을 도로 환송호니 추호도 과렴치 말고 짐을 심쎠 도라 호엿거날 원수 다시 상소치 못호고 여자의 복식을 호고 '규중의'111) 쳐호야 잇스나 여복 우의 조복을 걸치고 부 (97)

리던 졔장 빅여 원과 군쫄 쳔여 원을 문밧긔 진을 치니 졔장이 원수을 옹위호여 장영을 지다리니 그 웅장호고 식〃호미 셜니 갓타여 바로 보기 어려온지라 차시에 쳔즈 피죠로 국공을 부르시니 국공이 '승명하여'112) 용상 하의 이의니 천지 인견호시고 가로스되 평국이 '여화위남

---

104) 저본에는 '항소을'으로 되어 있음.
105) 저본에는 '짐이 말로'로 되어 있음.
106) 저본에는 '나가 들어오며'로 되어 있음.
107) 저본에는 '쳔호 거날'로 되어 있음.
108) 저본에는 '셩기긔야'로 되어 있음.
109) 저본에는 '이분 빅 사후난망이라'로 되어 있음.
110) 저본에는 '혐핍호리요'로 되어 있음.
111) 저본에는 '추중의'로 되어 있음.
112) 저본에는 '싱명호여'로 되어 있음.

ㅎ야'113) 북방을 평정ㅎ고 부모 차진 덕은 거룩ㅎ 줄노 못닉 칭찬 ㅎ오나 짐이 원수의 상쇼을 본 후의 사렴이 집프니 국공도 다른 자식 업고 다만 평국 쑨이라 쏘ㅎ 평국이 구중의셔 홀노 늘거 죽의면 혼빅이라도 의틱홀 고지 업시니 비감치 아니ㅎ리요 평국이 비록 여자나 충효와 지예을 '겸젼ㅎ여'114) ″중군지라 분명 졔의 (98)

본바들 자식을 ㄴ흘 듯ㅎ니 엇지 홀노 늘키기 악갑지 안이ㅎ리요 이혼인은 짐이 주장되야 중미ㅎ여 줄 거시니 '졍의'115) 듯지 엇더ㅎ요 국공이 복지주왈 폐ㅎ의 ㅎ교을 신의 싱각과 '갓스오나'116) 졔 쓰슬 모르오니 폐히게옵셔 ㅎ교ㅎ옵시면 신의 부 ″도 실정을 권ㅎ여 보스이다 그러ㅎ오나 평국의 워낭을 눌노 ㅎ려ㅎ시난잇가 ″로스딕 평국의 동낙지인 보국의로 졍ㅎ여 '죵신되사을'117) 졍코자 ㅎ난이 경으 듯시 엇더ㅎ요 딕왈 졍ㅎ미 맛당ㅎ여이다 죽을 목숨을 여공이 구ㅎ여 친자식 갓치 질너 영화로 이별흔 부모을 만나게 ㅎ옴도 다 여공의 덕이오며 귀치흔 사부게 수학ㅎ여 동방급졔 ㅎ야 '쳔즈의'118) 너부신 덕의로 말이 박긔 가와 '사싱고 (99)

락을'119) 흔가지로 지닉옵고 도라와 궁궐의 잇삽다가 복식이 달나사오나 쳔졍인가 ㅎ나이다 ㅎ고 물너나와 계월을 불너 안치고 쳔자 ㅎ교을 견ㅎ시니 계월니 옷지슬 염무오며 다시 쑤러 사로딕 소여 평싱을

---

113) 저본에는 '영화위남ㅎ야'로 되어 있음.
114) 저본에는 '쳠젼ㅎ여'로 되어 있음.
115) 저본에는 '졍의'로 되어 있음.
116) 저본에는 '갓스오니'로 되어 있음.
117) 저본에는 '죵시되사을'로 되어 있음.
118) 저본에는 '쳔ㅎ의'로 되어 있음.
119) 저본에는 '사싱고이락을'로 되어 있음.

홀노 '늘거 죽은'120) 후의 다시 환싱ᄒ야 남ᄌ 되여 공밍의 힝실을 본 밧자 ᄒ와 구즁의 세월을 보닉리라 ᄒ여삽더니 근본니 낫타나와 폐ᄒ 이러틋 ᄒ옵시니 이런 망극ᄒ 이리 어딕 잇사오릿가 즁군 보국은 전장의 부리던 휘하오니 망극ᄒ오나 신ᄒ 되여 임군의 ᄒ교을 거역ᄒ오며 자식이 되야 부모의 영을 엇지 어긔오리요 이딕로 ᄒ여 보국을 셍게 (셤계) 여공의 은혜을 '만분지일이나'121) 개부올가 ᄇᆐᄅᆡ옵ᄂ나이다 연유을 상달 (100)

ᄒ옵소셔 ᄒ며 '빅옥 갓탄 얼골의'122) 구실 갓탄 눈물을 흘인 흔적이 도화 갓탄 '양협'123)우 가득ᄒ니 보ᄂ ᄉ롬이며 비복이 안이 스러ᄒ리 업더라 국공이 게월의 말을 듯고 딕희ᄒ여 직시 게월니 쳔ᄌ ᄒ교 시힝ᄒ난 '사연을 상달ᄒ니'124) 쳔자 보시고 회식이 만난ᄒ여 〃공을 명픽로 부르시니 (여공이) 승명ᄒ여 드러와 계ᄒ의 복지ᄒ니 쳔자 가로사딕 평국 보국이 부〃지의을 슴고자 ᄒ나니 경으 듯시 엇더ᄒ요 여공이 복지사은ᄒ여 알외되 폐ᄒ 너부신 덕의 어진 며나리을 엇게 ᄒᄉ오니 ᄒ교 지당ᄒ여이다 ᄒ고 '본궁'125)의 도라와 공열부인과 보국을 불너 안치고 쳔ᄌ ᄒ교을 일통셜화ᄒ니 일변 질겁고 일변 경 (101)

동ᄒ여 ᄒ더라 쳔자 틱ᄉ관을 명ᄒ야 틱일을 졍ᄒ라 ᄒ시니 엿ᄌ오되 임진 츄 칠월 초ᄉ임일노 졍ᄒ엿ᄂ이다 쳔ᄌ 틱일단ᄌ을 봉ᄒ고

---

120) 저본에는 '늘근'으로 되어 있음.
121) 저본에는 '만분지이라나'로 되어 있음.
122) 저본에는 '빅옥 갓탄 얼골의 옥빗 화안의'로 되어 있음.
123) 저본에는 '양엽'으로 되어 있음.
124) 저본에는 '사연을 ᄒ니'로 되어 있음.
125) 저본에는 '본국'으로 되어 있음.

혼수 범절을 혼가지로 위국공의게 보닉니 국공의 부〃딕희혼난지라 게워리 붓친게 스로딕 '보국은'126) 소여 전장의서 부리던 중군이오니 보국의 안히 되여넌 은혜로 섬길 사정이오니 '망동군례을'127) 차리려 호오니 〃연유로 상달호옵소서 국공이 〃 말을 듯고 박장딕소 호시며 직시 궐닉의 드러가 게월의 차의을 천자끽 상달호니 천자 용상을 치시며 딕소호여 가로사딕 이런 말은 고금의 쳐엄이라 평국은 여중선여요 인중호거리라 (102)

호시고 직시 조정 군말을 조발호고 제장 빅여 원과 '긔치검극을'128) 갓초와 위공의로 호여곰 갑주을 갓초와 평국의 궁의로 보닉시니 평국이 여복을 벗고 남복을 호고 전장의 입버던 빅운갑을 입고 황금 '투고을'129) 쓰고 허리에 '보군활과 비룡살'130)을 추고 손의 수긔을 잡고 힝군호여 별궁의 좌긔호고 군졸을 각〃 방위을 차려 진을 치고 보국의겨 중군 절영을 호니 보국이 절영을 보고 분호미 칭양 업시나 젼일의 게월의 위풍을 아난지라 거스리지 못호여 갑주을 갓초고 문밧긔 딕령호니 게워리 좌우 제장의 분부호되 중군 현신을 즈로 시기라 호는 소릭 닉성벽역 갓탄지 (103)

라 '보국이'131) 황겁호여 우수의 수긔을 드러 일광을 가리오고 갑주을 갓초와 허리에 궁시을 차고 몸을 굽펴 드러가니 '좌우'132) 제장 군조

---

126) 저본에는 '보국은'이 생략됨.
127) 저본에는 '망동군에을 부부지에을'로 되어 있음.
128) 저본에는 '긔치거극을'로 되어 있음.
129) 저본에는 '투긔을'로 되어 있음.
130) 저본에 '보국활 셰용자'로 되어 있음.
131) 저본에는 '보국'으로 되어 있음.
132) 저본에는 '차우'로 되어 있음.

리 중군은 주로 기라 ᄒᄂᆫ 소ᄅᆡ 산천니 무너지난 듯ᄒᄂᆫ니 보국이 밧비 기여 드러가 장듸 아ᄅᆡ '현신ᄒᆞ야'[133] 복지ᄒᆞ니 게워리 정식 듸왈 중군이 장영 나기만 지다리고 진작 듸령ᄒᆞ지 아니ᄒᆞᆯ기로 중군의 도리야 엇지 장영을 보아시면 군영을 즁ᄒᆞᆫ 줄을 모르고 긔회에 밋지 못ᄒᆞ엿시니 긔회불참지죄을 군법으로 시ᄒᆡᆼᄒᆞᆯ 거시니 제장을 본밧게 ᄒᆞ그라 ᄒᆞ며 무ᄉᆞ을 '명ᄒᆞ여'[134] (104)

중군을 주로 늬입ᄒᆞ라 ᄒᄂᆫ 소ᄅᆡ 뇌셩벽역 갓튼지라 무ᄉᆞ 넉슬 일코 일시에 달여드러 즁군을 늬입ᄒᆞ니 보국이 '투고을'[135] 벗고 장듸 ᄒᆞ의 복지하니 겨월이 크게 호령ᄒᆞ여 왈 큰 ᄆᆡ을 드리라 ᄒᆞ니 보국이 아뢰되 소장으 몸으 병이 잇셔 늘노 신음ᄒᆞ옵기로 약을 셔 칠효ᄒᆞ옵던니 천만 의외여 원수 장영을 보옵고 죽기을 망졍ᄒᆞ옵고 병인 나 긔효에 밋지 못ᄒᆞ온 죄는 죽거 맛당ᄒᆞ오나 만일 죽ᄉᆞ오면 빅발 부모난 보국 '뿐이요이'[136] 옛 졍을 싱각ᄒᆞ옵소셔 (105)

ᄒᆞ며 간졀니 빌거날 평국니 〃 마을 듯고 위워 가로듸 네 병 드러노라 ᄒᆞ고 장수을 소겨 무소ᄒᆞ니 가지록 괘심ᄒᆞ다 병이 드러시면 ᄋᆞ첩 영춘을 다리고 취양각의셔 밤을 ᄉᆡ에 오는 줄을 늬 아러거날 장수을 무소ᄒᆞ야 소기니 비록 간ᄉᆞᄒᆞ나 사졍이 업지 안니ᄒᆞ기로 '치죄을'[137] 사ᄒᆞᄂᆫ니 중군을 거나려 장영을 지다리라 ᄒᆞ시니 보국이 사려ᄒᆞ고 물너나 중군소로 나와 장영을 지다리던니 날니 장차 져무러 일낙함지ᄒᆞ고 '월출

<hr>

133) 저본에는 '션신ᄒᆞ야'로 되어 있음.
134) 저본에는 '명ᄒᆞ시'로 되어 있음.
135) 저본에는 '투기을'로 되어 있음.
136) '뿐이오니'의 오기.
137) 저본에는 '치을'로 되어 있음.

동영ᄒᄂᆞ니'[138] 원수 방군ᄒ고 궁으로 도라오니 보국도 궁으로 (106)

와 붓친게 '곤욕'[139] 본 사연을 아뢰니 여공이 〃 말을 듯고 크게 창찬ᄒᆞ여 왈 늬 며ᄂᆞ리 '겨월은'[140] 고금 천지간의 업는 여중호거리라 ᄒ시고 보국을 도라보와 왈 겨월니 너을 곤욕 뵈미 다롬니 안이라 천ᄌᆞ으 명을 바다 너와 비필을 ᄒᆞ엿시니 '젼일'[141] ᄉᆞ싱동고ᄒ던 졍을 셔로 홍동ᄒ 비라 너난 '추호도 과렴치 말나'[142] ᄒ시며 ᄆᆞᆫ늬 사랑ᄒ시더라 쳔ᄌᆞ 겨워리 보국을 굴에로 조롱ᄒᄂᆞᆫ 마을 드르시고 듸소ᄒᆞ옵시며 질거ᄒ시더라 혼인 날니 다 〃ᄒ엿거날 게워리 단장을 졍이 ᄒ고 치복을 (107)

입고 그 우으 조복을 걸치고 칠보화관으 진주명월픽을 빗기 ᄎᆞ고 빗난 얼고를 명주 두어 수을 드러시니 비컨듸 월궁황아 인간의 젹거ᄒᄂᆞᆫ 듯ᄒᆞ더라 삼쳔 국여 각 〃 '황초'[143]을 들고 듸려쳥의 듸위ᄒᆞ난 거동은 굴이산상의 경달의 우미인니 군중 작막 가온듸 용픽을 부여줍고 션난 거동이요 십오야 발근 명워리 원슨의 빗치온 듯 옥 갓탄 얼골의 반분의로 ᄃᆞ사리고 연지로 단장을 졍이 ᄒ 거동은 연화가 아참 이슬을 머금ᄉᆞ 츈풍을 자랑ᄒᄂᆞᆫ 듯 (108)

ᄒᆡ당화 봄빗슬 닷토ᄂᆞᆫ 듯ᄒᆞ더라 장막 밧기 부리던 제장이 갑주을 갓초오고 차우의 갈나 셔고 뒤히ᄂᆞᆫ 군병니 긔치창검을 들고 차우로 둘너

138) 저본에는 '월추동영ᄒᄂᆞ니'로 되어 있음.
139) 저본에는 '곡욕'으로 되어 있음.
140) 저본에는 '겨월'로 되어 있음.
141) 저본에는 '젼'으로 되어 있음.
142) 저본에는 '추호도 과렴치 말나 그 욕 보믈 알나'로 되어 있음.
143) 저본에는 '황착'으로 되어 있음.

진을 첫시니 우의 심이 웅장ᄒᆞ너라 보국이 '위의을'144) 갓초와 ᄃᆡ려셕의 나아가니 모든 시에 게워리럴 붓드러 가ᄂᆞᆫ 허리을 반만 굽퍼 에을 정ᄒᆞ거날 ᄯᅩ 보국니 팔을 드러 에을 만ᄂᆞᆫ 거동은 틔을선관이 옥황상제 전의 반도 진상ᄒᆞᆫ 거동 갓더라 전안의 에을 맛친 (109)

후의 침셕의 드러 '습습'145) 고비 권ᄒᆞ고 원근 제족이 각지귀금ᄒᆞ니 〃날 밤의 동침ᄒᆞ여 원앙 빗취낙은 두로 충양치 못ᄒᆞ고 의〃ᄒᆞᆫ 정이 시롭더라 잇튼날 평명의 두 ᄉᆞ름니 국공과 정열부인의게 비오니 부인은 게월으 옥슈을 잡고 국공은 보국으 손을 잡고 희식이 마ᄂᆞᆫ ᄒᆞ여 질거ᄒᆞ시더라 게워리 즉시 우의을 갓초고 긔지후 양위 전의 신부 에로 뵈온ᄃᆡ 여공의 부〃 질거움을 이긔지 못ᄒᆞ여 왈 낭ᄌᆞ의 존귀ᄒᆞᆫ 몸이 천ᄌᆞ의 명의로 보국의 비필이 되야시니 미련ᄒᆞᆫ ᄌᆞ식이 병ᄉᆞ(범ᄉᆞ)을 잘 못 (110)

ᄒᆞ여도 고정을 싱각ᄒᆞ야 ᄒᆞ물치 말나 ᄒᆞ시니 게워리 이러나 다시 졀ᄒᆞ고 피셕 되왈 자부 죽을 목슘을 너부신 덕으로 구ᄒᆞ옵서 수슘 연을 금의옥식의로 길ᄂᆡ습거날 그 근본을 아ᄅᆡ지 못ᄒᆞ온 죄ᄂᆞᆫ 만ᄉᆞ무셕이옵고 천위신조ᄒᆞᆞ ᄉᆞ 공을 '셤기게 되어ᄉᆞ오니'146) 첩의 소원을 이룬 비로소이다 날이 맛도록 말ᄉᆞᆷ ᄒᆞ다가 본궁의로 올ᄉᆡ 금등을 타고 도라올 제 중문의 드러 눈을 드러 보니 중군의 익첩 영춘의 취양각 난간의 거러 안져 힝ᄎᆞ을 구버보며 조곰도 요동치 (111)

안이ᄒᆞ거날 게워리 되로ᄒᆞ여 등을 머물고 죽낭과 무ᄉᆞ을 명ᄒᆞ여 영

---

144) 저본에는 '우을'로 되어 있음.
145) 저본에는 '습유'로 되어 있음.
146) 저본에는 '셤기것ᄉᆞ오니'로 되어 있음.

춘을 즈바 드리라 ᄒ난 소리 추상 갓탄이 무스와 군스 일시에 고홈ᄒ고 누승의 칩더다라 영춘을 구어 등 압푸 굴인니 게월니 크게 ᄭ지져 왈 네 즁군의 사랑ᄒ물 '밋고'147) 교만ᄒ여 놉푼 난간의 거러 안즈 닌 힝츠을 구버보며 요동치 안니ᄒ니 요망ᄒ다 조정 디신도 날을 보면 언연이 안즈지 못ᄒ거던 ᄒ물며 네만ᄒ 연이 즁군의 스랑만 밋고 날을 업슈니 에기니 너을 베여 군 (112)

즁 법을 세오리라 ᄒ며 죽기을 셜워말나 ᄒ고 무스을 명ᄒ여 군문 밧긔 닌 베희라 ᄒ니 무스 영을 듯고 치달여 드러 영춘을 자버닌여 군문 밧기 닌여 베희니 궁즁 시여 등이 〃 거동을 보고 잘겁ᄒ여 게월을 바로 보지 못ᄒ더라 게월니 영춘을 베희고 분니 조곰 풀이난지라 즉시 '본궁'148)의로 오니라 ᄎ셜 잇써 보국이 영춘 죽어단 ᄆ을 듯고 분을 춤지 못ᄒ야 부모 젼의 스로디 게워리 젼일 디원수로 잇쓸 쩨는 소즈을 즁군의로 불녀스오니 소즈을 (113)

능멸이 아러건이와 지금은 소즈의 안히 되엿스오니 엇지 영춘을 계 임으로 죽이오릿가 ᄒ며 분을 이긔지 못ᄒ거늘 여공이 ᄀ로디 게월이 네 안히 되엿시ᄂ 병부을을 요디여 ᄎ시니 지금도 너을 족키 '부릴'149) 스람이라 드믄 은혀로쎠 너을 셤기ᄂ 엇지 여즈의 심스을 가져슬이 요 영춘은 천쳡으로 거만ᄒ 쳬ᄒ다가 죽어쓰니 드 졔 죄라 게월이 '궁노'150) 궁비을 다 베인들 뉘라서 무습 ᄆ을 ᄒ리요 추호도 과렴치 말ᄂ

---

147) 저본에는 생략되어 단국대 103장본의 내용을 가져옴.
148) 저본에는 '본국'으로 되어 있음.
149) 저본에는 '불을'로 되어 있음.
150) 저본에는 '궁즁'으로 되어 있음.

부〃지 (114)

　의을 변ᄒ면 장닉 네겨 희로옴이 닛쓸 거시니 미〃우 조심ᄒ라 ᄒ
시니 보국이 엿즈오되 늡즈 되야 엇지 안히의게 굴복ᄒ리닛가 소즈
ᄂ 게위리 간쳥ᄒ기만 지다리ᄂᆞᄂ이다 웅등 소즈 제 궁의 가 싱면ᄒ오
면 더욱 슈이 알가 ᄒᄂ니다 ᄒ고 그 후의부탐 게월게 투족을 안니 ᄒ
니 게위리 더욱 괘심니 알더라 화셜이라 잇딕여 늡관장니 장게을 올니
거늘 쳔즈 퇵견ᄒ시니 장게 ᄉ연의 ᄒ엿시되 오왕 달과 초왕 소귄니
흡셰ᄒ와 황 (115)
　셩을 항ᄒ오딕 오왕이 '구덕지 운평 정운슈'151) 셰 ᄉ름을 어더 딕
원슈 션봉 후군장을 슴고 초왕은 밍길과 운평 두 ᄉ름을 어더 딕원슈
을 슴고 제장 쳔여 원과 군졸 십만 명을 거ᄂ리고 북궐 칠십여 셩을 쳐
황복 밧고 셩쥬 즈ᄉ 임진퇴을 베히고 군ᄉ을 뫼와 황셩을 향ᄒ여 오
니 소장의로 당치 못ᄒᆯ 거시오니 어진 명장을 보닉여 막게 ᄒ옵소셔
허엿거늘 쳔즈 딕경질식ᄒ여 만조빅관을 뫼와 ᄀ라ᄉ되 원슈을 밧비
퇵츌ᄒ여 이 도적을 믁게 (116)

　ᄒ라 ᄒ시니 흔 신히이 복지 쥬왈 만죠을 다 거ᄂ려 가와도 니 도적
을 당치 못ᄒᆯ 거시오니 아모리 ᄒ와도 평국의로 딕원슈을 보닉옵지
아니ᄒ오면 ᄉ직니 안보키 어렵ᄉ옵니ᄃ 쳔즈 양구의 싱ᄀ ᄒ옵시다
가 ᄀ로ᄉ딕 평국을 '견일은'152) 여즌 '줄을'153) 모르고 불너쩌니와 지
금은 여즌 '줄을'154) 알고 부리기 불가ᄒ ᄃ ᄒ시니 제신니 다시 주왈

---

151) 저본에는 '구억 덕지 쳥운'으로 되어 있음.
152) 저본에는 생략되어 단국대 103장본의 내용을 가져옴.
153) 저본에는 '조을'로 되어 있음.

평국의 장명니 스히여 진동ᄒ엿스오니 엇지 여ᄌ을 혐의ᄒ오리닛가 이뤈디 쳔ᄌ 올히 에겨 평국을 명픽로 부르시니 평국이 여복을 벗고 조복을 입고 ᄉ관 (117)

을 ᄯ라 계ᄒ의 복지ᄒ온디 쳔ᄌ 봉안의 희싴이 만안ᄒ여 가로디 규즁의 쳐ᄒ 후의 오리 보지 못ᄒ여 쥬야 ᄉ모ᄒ더니 오날〃 '경의'155) 화용을 보니 벽히슈의 용이 여어쥬을 어듬 갓탄지라 ᄒ시며 왈 오초 양국니 지금 반ᄒ여 ᄒ주 북궐 칠십여 셩을 황복 밧고 셩쥬 ᄌ스 임진틱을 베히고 ᄂᆞ관을 치고 황셩을 범ᄒ랴 ᄒ고 지쳐 드러온디 ᄒ니 사셰 급박ᄒ믜 도젹 묵을 장수을 틱졍ᄒ려 ᄒ니 만조졍니 공논ᄒ 기을 경 박긔 보닐 장슈 업다 ᄒ고 ᄉ직을 안보ᄒ리라 ᄒ기로 부르기 가 치안니 (118)

ᄒ되 불고염치ᄒ고 불너시니 ᄒ 번 '수고'156)을 악기지 말고 사직을 안보케 ᄒ라 ᄒ시며 용안의 용누을 흘니시니 게월리 ᄒ교을 듯고 복지 쥬왈 신쳡니 영화위ᄂᆞᆷᄒ와 용안을 쇠기옵고 '공후장녹을'157) 밧ᄌ와 몸니 영화로 닛습ᄂᆞᆫ 죄년 만수무셕니오나 죄을 ᄉ ᄒ옵시고 이럿틋 공 경ᄒ옵시니 신쳡니 비록 젹진의 가와 ᄆᆞᆫ군즁의 ᄡ여 도라오지 못ᄒ 옵고 죽ᄉ와도 심을 ᄃᆞᆨ ᄒ와 젼ᄒ의 둉ᄒᆞᆫ 은혀을 '만분지일리ᄂᆞ'158) 갑ᄉ올가 바라옵나니다 ᄒ고 펴ᄒᆞᆫ 근심치 ᄆᆞ옵소셔 ᄒᆞᆫ디 쳔ᄌ 딕 회ᄒᆞᄉ 쳔병만ᄆᆞ을 조발ᄒ여 (119)

---

154) 저본에는 '조을'로 되어 있음.
155) 저본에는 '졍의'로 되어 있음.
156) 저본에는 '슈긔'로 되어 있음.
157) 저본에는 '봉후장녹을'로 되어 있음.
158) 저본에는 '만분지리ᄂᆞ'로 되어 있음.

'상림원'159)의 진을 치고 원슈의 베슬을 도도시니 원슈 슈은슉비 ᄒ고 '황금투고'160)에 빈운갑을 입고 우슈의 칠쳑 장검을 들고 '좌슈의'161) 긔을 드러 장ᄃᆡ에 놉피 안잔 후의 쳔ᄌᆞ쎄 즉시 보ᄒᆞ되 보국의게 즁군 졀영 쎠 보ᄂᆡ오리다 ᄒ고 즁군 졀영을 쎠 보ᄂᆡ니 닛쎡 보국니 졀영을 보고 분심니 그지 업시ᄂᆞ 젼닐 평국의 위풍을 아ᄂᆞ지라 아모리 분ᄒᆞᆫ들 엇지ᄒᆞ리요 즉시 갑쥬을 갓초오고 '진소로 나가'162) 장ᄃᆡ ᄒ의 복지ᄒᆞᆫ되 원슈 변식ᄒᆞ여 분ᄺᄒᆞ여 ᄀ로되 즁군은 장영을 드르라 만일 영 어긔옴니 잇스면 (120)

군법으로 시ᄒᆡᆼ홀 거시니 각별 거ᄒᆡᆼᄒᆞ라 ᄒ니 보국니 영을 듯고 즁군소로 도라와 분홈을 참고 즁영 ᄂᆞ기만 지다리더라 원슈 각ᄭ 졔장을 졍졔ᄒᆞ여 소임을 믹기고 쥬구월 님ᄌᆞ일의 ᄒᆡᆼ군ᄒᆞ여 십이월 십ᄉᆞ일의 ᄂᆞᆷ관으로 ᄀ니 관슈 곽복기 '슈셩군을'163) 거ᄂᆞ리고 원슈을 마ᄌᆞ 관의 드러가 숨일 쉬여 군졸을 호궤ᄒᆞ고 즉시 더ᄂᆞ 삼일 만의 쳔츅산을 지ᄂᆡ여 만경 아ᄅᆡ ᄃᆞᆷ르니 젹병니 ᄭ십이을 덥퍼 긔치검극니 셔리 갓고 구듬니 쳘셕 갓턴지라 원슈 '젹진을 향ᄒᆞ야'164) 진을 치고 진즁의 (121)

호령ᄒᆞ여 왈 만일 장영을 어긔오미 잇시면 ᄎᆞᆺᄭ치 베희리라 ᄒ고 호령을 츄상 갓치 ᄒ니 졔장 군졸니 다 황겁ᄒᆞᄂᆞ 즁의 보국은 더욱 황겁

---

159) 저본에는 '슈어님원'으로 되어 있음.
160) 저본에는 '황금투긔'로 되어 있음.
161) 저본에는 '차슈의'로 되어 있음.
162) 저본에는 '진친 쇽긔 가'로 되어 있음.
163) 저본에는 '슈졍군을'로 되어 있음.
164) 저본에는 '젹진을 ᄒᆞ야'로 되어 있음.

ᄒ여 조심ᄒ더라 그 잇튼날 평명으 원슈 즁군의게 분〃하여 적장의 머
리을 베혀 장ᄒ의 밧치라 ᄒ시니 보국니 장영을 듯고 갑쥬을 갓초오고
칠쳑 방용검을 놉피 들고 진문 밧긔 나셔며 칼을 드러 적진을 가로쳐
호령ᄒ여 왈 나ᄂ 명국 즁군 여보국일넌니 우리 원수 늘노 ᄒ야곰 한
클노 너의 머리을 베여 (122)

드리라 ᄒ기로 장영을 바ᄃ 평싱 지조을 다ᄒ야 너의 머리을 늬 칼
노 베희고 오초 양국을 소멸ᄒ리라 당홀 장슈 뉘 잇ᄂ지 밧비 ᄂ와 승
부을 결단ᄒ라 ᄒ며 마상의셔 칼츔 츄며 조롱이 무슈ᄒ니 적장 운평니
딕로ᄒ여 갑쥬을 갓초오고 진문 밧기 ᄂ셔며 셔로 싸오더니 십여 흡의
이로러 보국의 칼니 공즁의 번듯ᄒ며 운평의 '머리 마하의 ᄂ려지
니'[165] 졍운슈 운평의 죽어믈 보고 믈을 달여ᄂ와 십여 흡의 싸오더니
보국니 크게 소릭ᄒ여 운슈의 (123)

칼 쥔 손을 치니 운슈 창 쥔 치 공즁의 ᄂ려지거늘 보국이 칼을 들고
운슈의 머리을 베여들고 칼츔 츄며 본진으로 도라 오고ᄌ ᄒ더니 적장
덕지 운슈 주거믈 보고 '사모장충'[166]을 들고 말을 늬여 모라 크게 소
릭ᄒ여 보국을 취ᄒ려 ᄒ거늘 보국이 말머리을 두로려 홀 제 실슈ᄒ
여 창니 덕지 칼을 마ᄌ 삼등의 부러지니 보국의 손의 '쳑촌지병'[167]이
'엽시니'[168] 〃제는 ᄒ일 업셔 덕지 손의 죽게 되야 사셰 급박ᄒ더니
〃적의 원슈 장딕에셔 북을 치던니 보국의 급ᄒ믈 (124)

---

165) 저본에는 '머리을 말게 ᄂ리치니'로 되어 있음.
166) 저본에는 '사도충'으로 되어 있음.
167) 저본에는 '쳑촌지명'으로 되어 있음.
168) 저본에는 '엇시니'로 되어 있음.

보고 칠척 장검을 들고 말혁을 들치며 셕진을 향ᄒᆞ야 나는 제비 갓치 들여드러 보국을 구ᄒᆞ여 엽푸 씨고 고흠 일셩의 덕지을 베혀 보국의 요듸에 달고 '좌충우돌'169)ᄒᆞ야 적장 오십여 원을 베희고 번창휘마ᄒᆞ야 본진으로 도라오니 보국니 원슈 갑옷슬 줍고 팔 밋틔 달여오며 칼빗만 치야ᄃᆞ 보고 차마 원슈 모양을 바로 보지 못ᄒᆞ더라 그 '분한'170) 중의도 붓ᄭᅳ럽나 칭양 업더라 원슈 믈을 달여 오며 마ᅌᅳᆼ의셔 눈을 올여 보국을 도라보며 목안의 소ᄅᆡ로 ᄭᅮ지져 가로듸 보국아 평이 (124)

르 남즌 쳬ᄒᆞ고 나을 박듸ᄒᆞ며 업수니 여기더니 일후도 그런 ᄒᆡᆼ실을 ᄒᆞ려 하ᄂᆞᆫ다 ᄒᆞ거늘 보국이 〃 말을 듯고 붓ᄭᅳ럼을 이긔지 못ᄒᆞ여 눈을 감고 죽은 스람 갓치 오더니 원수 장듸 ᄒᆞ의 다달어 보국의 옷지슬 ᄌᆞ바 마ᅌᅳᆼ의셔 싸회 던지니 보국니 제유 인스을 ᄎᆞ려 장듸 ᄒᆞ의 가 복지ᄒᆞ고 중군소로 도라오니 원슈 장듸여 좌긔ᄒᆞ고 군ᄉᆞ을 '호궤'171)ᄒᆞ고 진을 구지 치고 인ᄂᆞᆫ지라 잇듸 오초 양국 '왕이'172) 니ᅌᅳ키 보고 ᄀᆞ로듸 '평국이'173) 제장 '군졸을'174) 발고 보국을 구ᄒᆞ여 가믈 보니 크게 놀닙도다 밍길을 도라 보와 왈 평국의 용병지략 (125)

이 ᄒᆞᆫ장 마초의셔 더ᄒᆞ니 〃졔ᄂᆞᆫ 오초 양국이 평국의 ᄒᆞᆫ 칼로 망ᄒᆞ리로다 ᄒᆞ고 눈물을 흘리거늘 밍길니 ᄭᅮ러 스로듸 두 폐ᄒᆞᄂᆞᆫ 염녀치 무로소셔 소장니 ᄒᆞᆫ 뫼칰을 싱각ᄒᆞ엿ᄉᆞ오니 평국이 아모리 쳔ᄒᆞ 영웅이라도 이 뫼계을 아지 못ᄒᆞᆯ 거시오니 근심 무옵소셔 '흔듸'175) 오초

---

169) 저본에는 '차충우돌'로 되어 있음.
170) 저본에는 '분항'으로 되어 있음.
171) 저본에는 '회군'으로 되어 있음.
172) 저본에는 생략되어 단국대 103장본의 내용을 가져옴.
173) 저본에는 '평국의'로 되어 있음.
174) 저본에는 '군졸은'으로 되어 있음.
175) 저본에는 생략되어 단국대 103장본의 내용을 가져옴.

양왕니 무러 ᄀ로딕 무슴 픠칙인지 알고ᄌ ᄒ노라 밍길니 주왈 쳔ᄌ 평국과 보국을 쳔병만ᄆ을 주어 우리을 치라 ᄒ고 보닉시니 장안의ᄂ 드ᄆ 시신과 쳔ᄌ 쑨니오니 평국 모로게 군을 거ᄂ리고 옥포동을 너 머 양ᄌ강을 건네여 (126)

황성을 '쳐'176) 엄슬ᄒ면 쳔ᄌ ᄒ일 업셔 항셔을 품으 품고 옥식에 신을 드러 목으 걸고 소장 탄 말머리 압푸 무릅을 ᄭᅮᆯ고 스러지라 익걸 홀 거시니 엇지 황성 치기을 근심ᄒ오며 평국을 염여 ᄒ올잇가 '양왕 이'177) 〃 말을 듯고 딕희ᄒ여 ᄀ로딕 진실노 경의 말 갓탄진딕 엇지 평국을 근심ᄒ리요 밧비 쇠을 힝ᄒ라 ᄒ시니 밍길니 장딕여 좌긔ᄒ 고 '관영을'178) 가만니 불너 왈 그딕ᄂ 본진을 직키여 평국이 아모리 싸오ᄌ ᄒ여도 진문을 구지 닷고 요동치 말고 잇스면 닉 오날 밤으 평 국 모르게 장졸을 거ᄂ리고 (127)

황성을 향ᄒ야 갈 거시니 부딕 조심ᄒ여 근을 직키오고 요동 말ᄂ 분부ᄒ고 이늘 ᄉ경의 제장 빅여 원과 군ᄉ 오쳔식을 거ᄂ리고 황성 을 향ᄒ여 옥포동으로 드러가니라 화셜 잇딕에 쳔ᄌ 딕지 머리 바다 보시고 ᄆ음을 놋코 틱평으로 지닉시더니 옥포동 관슈 급고 왈 양ᄌ 강 사장의 도젹니 진을 치고 ᄇ로 황성을 향ᄒ여 오라 ᄒ오니 급피 막 게 ᄒ옵소셔 말니 맛지 못ᄒ여 젹장 션봉니 셩문을 ᄭᅵ치고 드러와 억 만 궁안의 다 불을 지르고 엄슬ᄒ니 화광니 츙쳔ᄒ여 장안 빅셩니 불 틱 죽ᄂ (128)

---

176) 저본에는 '치'로 되어 있음.
177) 저본에는 '왕이'로 되어 있음.
178) 저본에는 '각병을'로 되어 있음.

즈 '**부지기슈라 천즈**'179) 니 한을 보시고 손으로 가슴을 뚜다리며 ᄋ모리 홀 줄을 몰ᄂ 긔졀ᄒ시거늘 즁셔령 흔황틱 천즈을 '**둥에**'180) 업고 불을 므릅쓰고 북문으로 도망홀 제 승상 졍쳠니 시신 빅여인을 거ᄂ리고 옥식와 ᄉ직을 안보ᄒ여 천즈을 모시고 셩 밧긔 닉드라 천틱령을 향ᄒ여 갈식 젹장 밍길니 천즈 도망ᄒ야 천틱령 너므를 보고 말을 치쳐 칼을 들며 크게 고홈ᄒ며 나ᄂ 드시 조ᄎ가니 금고홈셩니 천지에 진동ᄒ여 급피 달여오며 크게 워여 왈 명졔ᄂ 둣지 말고 닉 칼을 바드라 ᄒ니 천즈 니 소릭을 (129)

듯고 간장니 녹ᄂ 듯ᄒ여 넉슬 일코 시신도 기운니 진ᄒ여 ᄒ일 업셔 젹장의 칼의 죽게 되야ᄂ지라 죽기을 ᄀ슬 숨고 닷던니 천만의외여 무변딕히 읍풀 막아ᄂ지라 슬푸다 역발산 긔ᄀ셔 ᄒ던 용밍이라도 엇지 건네리요 ᄒ며 탄식ᄒ고 천즈 업븐 치 강변 ᄉ즁의 업더지니 젹즁 밍길니 발셔 뒤을 밋쳐 딕질 왈 명졔ᄂ 목슘을 액기거던 급피 항셔을 쎠 올나라 만일 닉 영을 거스려 황복지 안니ᄒ면 식각을 머믈지 아니ᄒ고 베희리라 ᄒ고 비수을 용포의 딕며 고홈ᄒᄂ 소릭 벽역 ᄀ튼지라 천즈 소릭을 드르믹 신혼니 몸의 붓지 안니ᄒ (130)

야 긔졀ᄒ시거날 좌우 '**시신니**'181) 죽기을 흔ᄉᄒ고 밍길의게 비러 왈 지필니 업시니 황셩으로 드러가 항셔을 쎠올일 거시니 장군은 목슘을 슬니소셔 ᄒ고 죽기로쎠 익걸ᄒ니 밍길니 눈을 부릅쓰고 크게 쑤지져 왈 죽기을 두러워홀진딕 손까락을 씨쳐 피을 닉고 용포 ᄉ믹 더

---

179) 져본에는 '부지기슈라'와 '천즈' 사이에 '쥬을 아지 못홀네라'라는 내용이 있음.
180) 져본에는 '둥'으로 되어 있음.
181) 져본에는 '신신니'로 되어 있음.

여 그리ᄒ여 못쎠 올일가 ᄌ로 황복ᄒ라 지축이 셩화 갓튼지라 천ᄌ 넉슬 일코 눈물을 흘여 용포 압풀 적시여ᄂ지라 ᄒ일 업셔 용포 ᄉ미 더여 노코 손가락을 씨물여 홀 ᄉ 이적 평국이 진즁의셔 ᄆ음니 ᄌ로 놀납고 몸니 심니 번열ᄒ거ᄂ (131)

충 밧긔 ᄂ와 천긔을 슬펴보니 ᄌ미셩니 ᄌ리을 더ᄂ 잇고 모진 악 셩니 괴승ᄒ거날 원수 크게 놀닌여 즉시 즁군을 불너 왈 천기 보니 도 적니 황셩을 침범하엿ᄂ지라 '반ᄃ시'182) ᄉ직니 윗틱ᄒ미 경각으 잇 슬지라 닉 군졸을 ᄃ리고 황셩을 구ᄒ려 ᄒ니 즁군은 군을 구지 '지키 여'183) 도적니 아모리 쓰오ᄌ ᄒ여도 접견치 말고 잇스면 닉 황셩을 구ᄒ고 도라올 거시니 ᄂ 오기을 지ᄃ리라 ᄒ고 이러ᄂ 갑주을 갓초 오고 투고 ᄊ믈 다시 졸ᄂ미고 토ᄉ말 워낭을 ᄃ시 졸ᄂ 칩셔 타고 필 마ᄃ창으로 이ᄂ 밤 삼경의 쩌ᄂ (132)

청천의 힝운 갓치 달여갈 ᄉ 마른 비룡 갓고 ᄉ람은 픠연ᄒ 신선 갓 더라 닛튼ᄂ 평명의 황셩의 다ᄃ르니 장안 만호며 ᄃ궐니 다 불로 타 고 빈 셩만 둘너 잇ᄂᄃ 가막간치ᄂ ᄉ람의 불튼 쎼을 물고 긔쳔 가 의 안ᄌ 셔로 안니 튼 쎼을 다토와 먹의니 슬품을 칭양치 못ᄒ여 빈 ᄃ 궐 터의 말을 믹고 ᄒᄂ을 우러〃 탄식ᄒ여 왈 이졔ᄂ 속졀 업시 천ᄌ 도적의 환을 면치 못ᄒ리로다 ᄒ며 ᄃ시 장안을 둘너보니 물을 곳지 업ᄂ지라 ᄒ고 주졔홀 지음의 북궐문 수치궁긔로 ᄒ 노인이 드러가거 ᄂ (133)

---

182) 저본에는 'ᄃ시'로 되어 있음.
183) 저본에는 '키여'로 되어 있음.

크게 위여 왈 져 수치 궁긔로 드러가는 노인은 겁니지 말고 닉 말을 드르소셔 '나는 도적이 아니요 딕국 딕원수 홍평국이라'184) 천주 가신 고즐 아지 못ᄒ오니 가신 고즐 알거든 밧비 이르소셔 ᄒ니 그졔야 노인니 이 말을 듯고 궁의로 나와 원수 말머리에 셔며 딕셩통곡ᄒ거늘 주셰니 슬퍼보니 시부 여공이여날 원수 놀닉여 말겨 나려 복지 주왈 시부님은 엇지 혼츠 수치 궁긔 몸을 피ᄒ는잇가 여공이 원수의 갑오슬 붓들며 ᄀ로딕 도적이 부지불각의 천병만마을 거느리고 셩문의 들며 딕궐 (134)

과 장안 억만호을 부을 지르고 엄슬ᄒ니 사름마득 슬기을 도모ᄒ여 동셔늠북의로 순지사방ᄒ니 '국공'185) 양위며 가닉 일항니 부지거쳐ᄒ고 슬기을 도모ᄒ여 언겁결의 슈치 궁긔 몸을 피ᄒ여 슬퍼보니 계신 중의 혼 신히 천주을 등의 업고 불소슬 므릅쓰고 이 문의로 도망ᄒ여 천틱령을 너머 갓시니 어딕로 가는지 모르노라 ᄒ시니 원수 ᄀ로딕 적장니 천주을 접칙ᄒ러 갓스오니 소부 천주을 구ᄒ여 뫼시고 오올 거시오니 시부님은 니곳에셔 소부 천주을 구ᄒ여 도라 (135)

오기을 지다리옵소셔'186) ᄒ고 토순말을 칩더 틱고 말혁을 들치며 칙을 혼 번 치니 그 말니 소릭을 지르고 네 굽을 헤치며 힝운 갓치 천틱령을 올ᄂ 보니 깅변 빅사중니 싑니을 덥퍼 진을 치고 긔치검극이 눈의 셔리 친 듯ᄒ고 적장 군졸니 항셔을 주로 쎠올이라 ᄒ난 소리 쳔

---

184) 저본에는 '나는 도적이요 틱국 딕원수 홍평국이라'로 되어 있음.
185) 저본에는 '부공'으로 되어 있음.
186) 저본에는 '소부 급피 천주을 구ᄒ옵고주 ᄒ오니 시부님은 이곳딕 졔셔 고승ᄒ옵소셔'라는 내용이 중복됨.

지 진동ᄒ거늘 원수 분긔을 이기지 못ᄒ여 말을 치쳐 적진을 향ᄒ여 갈시 칠쳑 장검을 놉피 들고 위여 왈 무도ᄒ 적장은 늬의 임군을 히치 말ᄂ ᄒ며 좌충우돌ᄒ여 번긔 갓치 달여드러 장졸을 엄슬ᄒ니 군ᄉ 머리 '추풍낙엽'187) (136)

갓고 밍길은 평국의 소ᄅᆡ여 놀ᄂᆡ여 칼 쥔 치 믈게 더러진니 원수 마ᄉᆼ의셔 장창을 드러 밍길의 칼 쥔 손을 치니 두 팔니 강물의 써러진지라 쳔ᄌ와 제신니 원수을 모로고 '적장 밍길의 위풍만 역여'188) 정신을 일코 손가락을 씌물여 ᄒ고 입회 너희려 ᄒ 졔 원수 말게 ᄂᆞ려 복지ᄒ여 녓ᄌ오되 폐ᄒ난 정신을 진정ᄒ옵소서 적장니 안니오라 평국니로소이다 ᄒ고 아뢴되 쳔ᄌ 원수란 말을 드르시고 '일희일비ᄒ여'189) '원수의 갑주을'190) 줍고 도로려 긔졀ᄒ시거늘 원수 쳔ᄌ의 옥체을 줍고 위로 (137)

ᄒ니 쳔ᄌ 이윽키 정신을 ᄎᆞ려 '치ᄉᄒ여 가로되 짐이 ᄒᆞ마 마샹고혼 될 거슬'191) 원수의 덕으로 적장의 카을 면ᄒ고 ᄉ직을 안보키 하니 원수의 은혜ᄂᆞ ᄉ후ᄂᆞ망이라 ᄒ시며 쏘 무러 ᄀᆞ로되 원수 말니 변방의 가셔 이런 줄을 엇지 알고 필마 단긔로 와 급ᄒ믈 구ᄒᄂ요 ᄒ신되 원수 답여 왈 쳔긔을 보옵고 군졸을 중군의게 믹기옵고 주야로 황성을 달여 보오니 불튼 터만 잇ᄉ오니 폐ᄒ 계신 고즐 모르와 주계ᄒ옵던니 쳔만 의외에 시부 여공을 만ᄂ 못ᄌ온 즉 폐ᄒ 게옵셔 이리로 오시더라

---

187) 저본에는 '추풍낙엽엽'으로 되어 있음.
188) 저본에는 '적장 밍여'로 되어 있음.
189) 저본에는 이 내용 뒤에 '일변은 반갑고 일변은 두려워'라는 내용이 중복됨.
190) 저본에는 '원수 갑을'로 되어 있음.
191) 저본에는 생략되어 단국대 103장본의 내용을 가져옴.

ᄒ옵기여 ᄎᄌ온 ᄉ연 다 갓초워 알외고 다시 엿ᄌ오ᄃᆡ '젹장 밍길의 손목을'192) ᄯᅳ어ᄉ오니 (138)

종ᄎ 쳐치ᄒ여이다 그 남은 졔장은 다 싱금ᄒ여 올 거시니 폐ᄒ난 옥체을 진졍ᄒ옵소셔 ᄒ고 우션 밍길을 졀박ᄒ며 그 나문 도젹은 ᄎ 리로 졀박ᄒ여 압푸 셰오고 황셩을 향ᄒ여 올ᄉᆡ 원수 타던 토손ᄆᆞ른 쳔ᄌ ᄐ시고 밍길이 타던 빅총마른 원수 타시고 힝군북을 밍길의게 지우고 졔장으로 ᄒ야 북을 쳐 울이고 황셩을 향ᄒ여 올ᄉᆡ 그 질거워 양〃ᄒ옴을 엇지 다 칭양ᄒ리요 쳔ᄌ 마ᄉᆼ의셔 용포 ᄉᄆᆡ을 드러 튬 츄며 오시니 모든 졔장덜니 다 츔을 추며 밍길의 등의 지운 북을 ᄌ로 치며 쳔틱 (139)

령을 올나 황셩을 바라보니 장안 '만민니며'193) ᄃᆡ궐리 다 ᄌᆡ빗시 되 엿고 외로온 셩만 둘넛스니 쳔ᄌ 지리 탄식ᄒ시며 시신을 도라보와 왈 ᄌᆷ니 이곳슬 다시 보며 만민을 승ᄃᆡᄒᆞᆫ 다 원수의 덕니라 ᄌᆷ이 어 지〃 못ᄒ여 타국니 ᄌ로 반ᄒ여 무죄ᄒᆞᆫ 빅셩니며 황후 틱ᄌ가 다 '화 즁고혼니'194) ᄃᆡ엿시니 ᄌᆷ니 ᄒ면목의로 다시 쳔ᄌ 우에 안ᄌ 쳔ᄒᆞ을 ᄃᆞ스리며 ᄯᅩᄒ 구쳔의 도라간들 무슴 낫치로 션졔을 뵈오리요 ᄎ라리 ᄌᄉ수ᄒ여 죽고ᄌ ᄒ노라 ᄒ시고 ᄃᆡ셩통곡 ᄒ시니 시신이 다 말머리 에 업쓰여 울며 (140)

위로ᄒ더라 원수 말게 ᄂᆞ려 복주 왈 폐하 너머 ᄌᆞ툰 ᄆᆞ옵소셔 이 역

___

192) 저본에는 '젹 밍길의 혼목을'로 되어 있음.
193) 저본에는 '인간니며'로 되어 있음.
194) 저본에는 '황즁고혼니'로 되어 있음.

천수옵고 소장의로 천ᄒ을 평정ᄒ옵게 흠도 쏘흔 ᄒ늘니 정ᄒ신 비 오니 옥체을 진정ᄒ옵소서 위로ᄒ니 천ᄌ 비회을 '참지'[195] 못ᄒ시고 정신을 안정ᄒ시거늘 원수 다시 엿ᄌ오딕 황후와 틱ᄌ 양위 ᄉ생을 탐지ᄒᄉ나다 ᄒ고 ᄉ로딕 천ᄌ ᄀ로ᄉ딕 '궁궐과 인가'[196] 다 틋ᄉ 니 승승은 어딕 가 몸을 안보ᄒ신고 ᄒ시며 힝군ᄒ여 셩중의로 향ᄒ 시 천ᄌ을 마ᄉᆼ의 믹시고 장안의 드〃르니 잇ᄶ 여공니 망토만 차고 수치 궁기로 나와 천ᄌ게 복 (141)

지ᄒ여 아뢰되 소신을 쳬츰ᄒ옵소서 ᄒ거늘 천ᄌ ᄀ로ᄉ딕 경니 시신 중의 잇다가 니 변을 '당ᄒ여시니'[197] 엇지 그름 닛스리요 과렴치 말나 ᄒ시니 여공이 다시 ᄉ로되 폐ᄒ 아직 안첩ᄒ실 고지 '업수오 니'[198] 그리로 옥체을 모실가 ᄒ난니다 상니 드르시고 직거 ᄀ로딕 어 닉 곳지 비엿는요 여공니 주왈 딕원수 평국의 집니 부을 면ᄒ여 '빈집 만'[199] 잇ᄉ오니 그리로 위을 뎡ᄒᄉ이다 아뢴딕 천ᄌ 짓거ᄒᄉ 시신 의게 분〃ᄒ여 밍길 등의 진 북을 ᄌ로 치며 동남산 어귀을 향ᄒ여 가 니 외로운 집만 나마 잇는지라 평국 (142)

닛던 황화정을 수쇄ᄒ고 천ᄌ을 뫼셔 즉위ᄒ옵신 후의 신민니 시우 ᄒ여 인난지라 그 잇튼날 밍길과 모든 도적을 황화정 쁠의 꿀니고 원 수 천ᄌ긔 아뢰되 도적 베힐 무ᄉ 업ᄉ오니 소신니 자완ᄒ와 베히려 ᄒ오니 폐ᄒ는 관광ᄒ옵소서 ᄒ고 밍길은 제금 닉여 안치고 남은 제

---

195) 저본에는 '참'으로 되어 있음.
196) 저본에는 '궁궐과 인간'으로 되어 있음.
197) 저본에는 '본 빅 안이라'로 되어 있음.
198) 저본에는 '잇ᄉ오니'로 되어 있음,
199) 저본에는 '집만'으로 되어 있음.

장은 다 원수 칠척 장검을 들고 고흠 일성의 다 베희고 원수 피무든 칼을 닥가 손의 쥐고 천ᄌ게 ᄉ로ᄃᆡ 젹장 밍길은 소신의로 더부러 불고 ᄃᆡ천지원수오니 제 지은 죄을 문속ᄒᆞ옵고 죽이려 ᄒᆞ오니 페ᄒᆞᄂᆞᆫ 밍길을 쵸ᄉ 븐듬을 보옵소서 (143)

ᄒᆞ고 원수 황화정 즁게에 올나 안ᄌ 제장을 호령ᄒᆞ여 밍길을 ᄭᅳ어ᄂᆡ여 게하의 ᄭᅮᆯ니고 크게 소ᄅᆡᄒᆞ여 왈 이놈아 네 드르라 '네'[200] 살기 난 초 ᄶᅡ의셔 ᄉ더라 ᄒᆞ니 ᄉᄂᆞᆫ 지명을 ᄌ셔이 아뢰라 'ᄒᆞ이'[201] 밍길니 아뢰되 살기ᄂᆞᆫ 소상강 어됴ᄃᆡ여셔 사던니다 ᄒᆞ거늘 원수 ᄯᅩ ᄀᆞ로ᄃᆡ 실상을 일분도 그이지 말고 바로 아뢰라 네 슈젹 되야 단니며 상고션을 노략ᄒᆞ야 먹은 니리 인ᄂᆞᆫ야 ᄒᆞ시니 밍길니 〃 말을 듯고 ᄃᆡ경ᄒᆞ여 왈 미연 숭연을 당ᄒᆞ와 긔ᄉᄒᆞᆯ 지경의 당ᄒᆞ여 빅게 뭇칙인 고로 장졸을 거ᄂᆞ리고 수젹 (144)

니 되엿ᄯᅥ이다 원수 ᄯᅩ 무러 ᄀᆞ로ᄃᆡ 네 ᄌ셔니 드르라 아모 연분의 엄ᄌ릉 교ᄃᆡ여셔 홍시랑의 부인을 겁탈ᄒᆞ랴 ᄒᆞ고 비단의 손목을 동이고 부인 품의 아기을 돗ᄌ리여 싸셔 강물의 되리친 이리 잇난야 바로 아뢰라 고흠 ᄒᆞᄃᆡ 밍기리 아뢰되 과연 죽을 ᄶᅵ로 죄을 지여ᄉ오니 족키 죽여지이다 아뢴ᄃᆡ 원수 분긔 등〃ᄒᆞ야 무ᄉ을 호령ᄒᆞ여 밍길을 급피 원문 밧긔 ᄂᆡ여 베히라 ᄒᆞ신ᄃᆡ 무ᄉ 영을 듯고 일시에 ᄂᆡ다라 밍길을 ᄌ버ᄂᆡ여 원문 밧긔 베희고 'ᄒᆞ날계 소빅ᄒᆞ고 천ᄌ 젼 ᄉ은 쥬왈 널부신 덕으로 평싱 유흔을 풀엇ᄉ오니 이제 죽어도 흔이 업슬가 ᄒᆞᄂᆞ이다 천ᄌ 충춘ᄒᆞ여 왈 니ᄂᆞᆫ 경의 춤셩을 명쳔니 ᄒᆞ감ᄒᆞ심이로다

---

200) 저본에는 생략되어 단국대 103장본에서 가져옴.
201) 저본에는 생략되어 단국대 103장본에서 가져옴.

ㅎ시고 충찬을 못닉 ㅎ여 왈 짐과 ㅎ가지로 보국의 진의 ㄱ 스싱을 알고겨 ㅎ노라 ㅎ시니 원슈 쥬왈 펴ㅎ 엇지 친님ㅎ실잇가 쳔즈 왈 짐도 가셔 과광코즈 ㅎ노라 ㅎ시니 원슈 쳔즈을 모시고 즁군의 진의 갈시 원슈의 토손말은 쳔즈 타시고 원슈ㄴ 밍길의 말을 타고 십여일 만의 보국의 진듕에 가이라 각셜 잇젹의 보국이 원슈 황셩을 구ㅎ려 간 후로 지다이지 못ㅎ여 ㅎ변 북을 쳐 만국을 항복 밧고 도라오라 할 지음의'202) 멀니 바라보니 쳔병만마 풍셜 (145)

갓치 닉러오거늘 화셜 이젹의 즁군 보국니 싱각ㅎ되 분명 젹장 밍길니 황셩을 엄슐ㅎ다가 우리 원수의게 패ㅎ여 져의 본진으로 가다가 닉 진을 보고 거짓 우리 원슌 쳬ㅎ고 늘을 유인ㅎ여도 종시 응치 아니ㅎ니 도로 말머리을 둘너 아모 난을 가ㅎ여 다시 간스ㅎ 쇠을 닉여 우리을 유인ㅎ미 잇ㄴ가 져도 궁튝ㅎ 도젹니라 닉 친니ㄴ 싿와 목을 베히면 공이 젹지 안니 ㅎ리라 ㅎ고 갑주을 갓초오고 장창을 들고 다시 ㄴ오기을 지다리던니 잇띤 쳔즈 원수다려 ㄱ로되 즁군니 '원수을 젹장 밍길로 역겨'203) 의심ㅎㄴ가 시푸 (146)

니 원수 젹장인 쳬ㅎ고 소겨 보국의 지략을 보고즈 ㅎ노라 ㅎ시니 원수 답왈 그리 ㅎ스니다 소신의 지조와 보국의 지조을 보옵소셔 ㅎ고 수긔을 쓰르고 푸른 '군복'204) 스미을 쪄여 수긔을 드라 왼손의 들고 갑옷 우의 거문 군복을 입고 단교 우의셔 보다가 스즁의 ㄴ셔〃 보

202) 단국대 103장본, 157-158면. 저본에는 '베히고'와 '멀니 바라보니'의 사이에 평국이 천자와 함께 보국의 진으로 가는 장면이 생략되어 단국대 103장본의 내용을 가겨옴.
203) 저본에는 '원수을 적장 밍겨'로 되어 있음.
204) 저본에는 '굼복'으로 되어 있음.

국의 진을 향ᄒ야 ᄂ셔니 그졔야 보국니 져장인 줄올 진실노 알고 날을 ᄂ여 모라 진문 밧긔 ᄂ와 칼을 놉피 들고 〃흠ᄒ며 평국을 취ᄒ랴 ᄒ거늘 평국니 도스의게 빅운 술법을 베푸러 일시에 듸풍이 〃라ᄂ며 거믄 구름니 ᄉ면으로 이러나 지쳑을 분 (147)

별치 못ᄒ여 보국니 구름과 안기 속의셔 아모 듸로 갈 주을 몰나 주져ᄒ니 평국니 고흠 ᄒ여 달여 드러 보국의 '**수모장창**'205)을 아사 손의 들고 보국의 옷지슬 잡아 공즁의 들고 쳔즈 게신 고듸로 나ᄂ 듯시 '**달여드니**'206) 보국니 평국의게 달여가며 졍신을 추리지 못ᄒ여 소릭 나ᄂ 주을 ᄭᆡ닷지 못ᄒ고 크게 소릭ᄒ여 왈 평국은 어듸 가고 날을 구치 아니 ᄒᄂ고 ᄒ며 우는 눈물니 비오듯 흘이거날 원수 이 말을 듯고 듸소ᄒ여 ᄀ로되 즁군은 엇지 평국 손의 달여오며 평국을 불너 살기을 쳥ᄒ난다 '**ᄒ니**'207) 보국니 〃 말을 (148)

듯고 '**졍신을 추려 보니 과연 평국이여날 슬품은 간듸 업고**'208) 도로혀 붓ᄭ려워 눈을 감고 죽은 사람 갓치 공즁의 달여 단교 우의 와 쳔즈 타신 말하의 노흔니 쳔즈 마승의셔 박장듸소 ᄒ시며 말게 ᄂ려 ᄀ로스듸 즁군은 원수게 욕보물 됴곰도 과렴치 말나 원수 '**스스로**'209) ᄒ난 니리 안니라 짐니 경등의 직조와 평국의 직조을 보고즈 ᄒ미라 경의 직죠을 보니 슙국 시졀의 관운장 마초라도 당치 못홀 듯ᄒ니 짐니 엇지 쳔ᄒ을 근심ᄒ리요 다시 싱각ᄒ니 원수의 사졍니 불상ᄒ고 가긍ᄒ

---

205) 저본에는 'ᄉ모창'으로 되어 있음.
206) 저본에는 '달여드러'로 되어 있음.
207) 저본에는 생략되어 단국대 103장본의 내용을 가져옴.
208) 저본에는 생략되어 단국대 103장본의 내용을 가져옴.
209) 저본에는 'ᄌᄒ로'로 되어 있음.

도다 지금은 전장을 당ᄒ엿스미 원수의 곤욕 보와거니와 ᄉ히을 평정
ᄒ야시니 (149)

집으 도라간 후의면 예로 중군을 섬길 거시니 평국의 일싱고락니며
싱ᄉ 중군의게 달어슨니 뉘라서 시비ᄒ리요 중군은 원수게 곤욕 보물
이졔버리라 ᄒ시고 ᄯ 원수ᄂ 중군의게 욕보미 일연 삼ᄇᆡᆨ 육십일니 거
문 머리 ᄇᆡᆨ발니 되도록 당홀 거시니 과렴치 말나 ᄒ시니 원수 복지 주
왈 펴ᄒ 〃교 지당ᄒ여니ᄃ 곤욕은 쳔지 기벽 후의로 '규중'²¹⁰⁾ 부여가
다 보난 욕니온니 소신만 보오릿가 아뢰오니 쳔ᄌ 이 말을 드르시고 더
옥 칭찬ᄒ시고 인ᄒ야 힝군ᄒ여 황셩을 향ᄒ야 나 (150)

올시 오초 양국 왕게 북을 지우고 황셩으 ᄃ들ᄂ 종남산 위궁 구화
문 밧긔 진을 치고 쳔ᄌ 황화졍의 젼좌ᄒ옵시고 무ᄉ을 호령ᄒ여 ᄀ
로ᄃᆡ 오초 양왕과 젹장을 졀박ᄒ야 게ᄒ의 ᄭᅮᆯ니고 크게 ᄭᅮ지져 왈 '너
희'²¹¹⁾ 반젹니 되여 쳔위을 모르고 외람니 ᄃᆡ국을 침범코ᄌ ᄒ이 쳔도
무심치 안니ᄒ야 ᄉ로잡편 ᄇᆡ 되여쓰니 네 죄을 싱각건ᄃᆡ 살지 무셕
이라 너을 다 베혀 화중고혼을 위로ᄒ리라 ᄒ시고 무ᄉ을 호령ᄒ야
문 밧긔 ᄂᆡ여 베히고 직시 화중고혼을 (151)

위로ᄒ여 졔문 지여 졔ᄒ옵시고 군ᄉ을 호군ᄒ시고 졔장을 각 〃 공
을 도 〃시고 ᄉᆡ로히 터을 ᄌᆞ바 도읍ᄒ시고 쳔하의 ᄃᆡᄉ을 나리와 과
거을 보니시니 질거홈이 비홀 ᄃᆡ 업더라 보국으로 승상을 봉ᄒ시고 평
국의 베스을 도 〃시라 ᄒ시니 평국니 복지 주왈 신쳡니 영화 외람ᄒ와

---

210) 저본에는 '주중'으로 되어 있음.
211) 저본에는 '너의'로 되어 있음.

천은을 입어 만종녹을 밧줍고 천흥을 평정흐엿스오니 〃제는 다른 소원니 업습고 몸니 깁피 쳐흐야 '아여즈의 도리을'212) 츠려 보국을 섬겨 즈손을 두어 선영봉스을 밧드러 쳔츄 (152)

만세흐와 여공과 홍문의 일후의 죄 되지 안니허옵고 부모의 유원을 졔바리지 안니흐올 드슬 두어쓰오니 복원 폐흐는 신쳡의 망극흐옵신 스졍을 통촉흐옵소서 쳡니 '금닐노'213) 됴졍을 흐직흐옵고 여복을 갓쵸와 규즁의 몸을 감쵸옴을 상달흐오니 신쳡의 베살 유지을 환송흐느니다 흐고 병부와 상장군 '졀월과'214) 딕원수 인신을 밧치고 늑누흐며 복지흐니 쳔즈 비회을 머금고 ㄱ로스딕 경니 규즁의 쳐흐옴을 '쳥흐야'215) 인신을 '밧치니'216) 벼슬을 갓지 못흘 거시니 비록 규즁 (153)

의 닛셔도 국스을 밧드러 신희의 도리을 일위고 일식의 세 변식 인견흐야 보게 흐라 '흐시고 인신을 도로 주시니'217) 평국니 사양흐다가 마지 못흐야 인신을 도로 가지고 스은숙빅흐고 보국과 두리 궐문의 느오니 만조빅관니며 모든 인민더리 '원수을'218) 안니 불버흐리 업더라 본궁의 도라와 여복을 닙고 그우의 조복을 걸치고 여공게 뵈오니 여공니 안즈 밧지 못흐여 몸을 이러 공경흐야 마지니 평국니 '불란이'219) 여기더라 일후부탐 보국을 예로 셤기니 보국니 일변 직거흐고 일변 두

212) 저본에는 '이여즈의 도려을'로 되어 있음.
213) 저본에는 '금니론'으로 되어 있음.
214) 저본에는 '졀과'로 되어 있음.
215) 저본에는 '졉운흐여'로 되어 있음.
216) 저본에는 '밧밧치니'로 되어 있음.
217) 저본에는 '흐시니'로 되어 있음.
218) 저본에는 '보국의 팔즈'로 되어 있음.
219) 저본에는 생략되어 단국대 103장본의 내용을 가져옴.

려워 ᄒ더라 '일일은'220) 희롱ᄒ (154)

　여 ᄀ로딕 전장의셔 볼 졔ᄂ 밍호의 거동일넌니 지금은 이련ᄒ여 양구비 틱도와 왕소군의 화룡을 겸ᄒ 여쓰니 그 변화을 두로 칭양치 못 ᄒ리로다 ᄒ며 질거ᄒ미 비홀 딕 업더라 원앙이 녹수 '만늄'221) 갓고 빗춰 예리지 ᄯ름 갓더라 차시에 원수 주야 싱각ᄒ되 부모 양위와 궁 노 궁비의 ᄉ싱을 몰나 눈물노 세월을 보ᄂ니 질결 나리 만치 안니ᄒ 더라 화셜 잇ᄯᅥ에 홍시랑니 화ᄂᄂ을 피하야 여공 부인과 양운 춘향 등 시비을 거ᄂ리고 동희로 가더니 황하수 가의 다〃른니 시신 (155)

　위덕지니 황후와 틱즈을 모시고 강가의 안즈 물을 건네지 못ᄒ여 셔로 붓들고 울거날 시랑이 그 경상을 보시고 급피 ᄂ아가 복지ᄒ여 뵈온딕 반긔시며 빅을 엇지 못ᄒ여 건네지 못홈을 흔ᄒ시더라 천만 의외여 늄딕이로 무슴 소리 들니거늘 바라보니 큰 틱산니 잇스되 놉 기ᄂ ᄒ늘희 드흔 듯ᄒ고 경기 절승ᄒ거늘 시랑니 황후와 틱즈며 모 든 시비을 다 거ᄂ리고 상산 절벽의로 '드러가며'222) 좌우 산천을 둘너 보니 왼갓 화초며 무셩흔 초목니 울밀ᄒ여 세상의 보지 못ᄒ던 거시 만터라 삼천 졔싱ᄂ 농춘화답 쪽을 지 (156)

　여 쌍〃니 ᄂ라든니 별유천지비인간 별건곤일네라 초힝노슉ᄒ여 발셥도〃ᄒ여 이럿틋 험흔 산즁의로 드러가니 발도 츠〃 붓고 이가 읍파 촌보도 힝보홀 질니 업ᄂ되 인간원 업고 빅 곱파 긔운니 다 쇠진

---

220) 저본에는 '일월은'으로 되어 있음.
221) 저본에는 '맘늄'으로 되어 있음.
222) 저본에는 '도라가며'로 되어 있음.

ᄒᆞ여 셔로 붓들고 쥭기을 가슬 삼고 동의로 향ᄒᆞ더니 눈을 드러 ᄒᆞᆫ 곳 즐 바라보니 진묘ᄒᆞᆫ 집니 잇거늘 '국공니 직시 황후 황ᄐᆞᆼ ᄌᆞ며 두 부인 과 일힝을'223) 다리고 상산 우로 올나가 네 ᄉᆞ람을 문 밧긔 셰우고 시랑 니 즁문의 '드러셔니 곽도ᄉᆞ'224) 삼간 초당의 안ᄌᆞ다가 시랑을 보고 급 피 당ᄒᆞ의 ᄂᆞ려 시랑으 옷소ᄆᆡ을 줍고 문왈 무슴 연고로 이 집푼 산즁 의 차ᄌᆞ 오신닛가 시랑니 도ᄉᆞ의 (157)

말을 듯고 반겨 왈 피란ᄒᆞ여 온 젼후 사연을 일통셜화ᄒᆞ니 도ᄉᆞ 듯 고 가로ᄃᆡ 황후와 ᄐᆡᄌᆞ와 부인과 일행은 다 어ᄃᆡ 게신잇가 시랑이 ᄃᆡ 왈 지금 문밧긔 와 게신이다 도ᄉᆞ 왈 황후와 모든 부인니며 시비 등을 안의로 모시고 시랑과 ᄐᆡᄌᆞ은 초당의 계시다가 'ᄐᆡ평ᄒᆞᆫ 후의 황셩으 로'225) 가시게 ᄒᆞ옵소셔 ᄒᆞ니 '황후와'226) 모든 부인니며 시비 등니 산 즁의 잇셔 몸은 편ᄒᆞ나 황셩 소식을 몰나 주야 근심으로 지ᄂᆡ던니 일 이른 도ᄉᆞ 상산으 올나 망기ᄒᆞ고 나려와 시랑을 청ᄒᆞ여 왈 이졔는 평 국과 보국이 도젹을 파ᄒᆞ고 쳔ᄌᆞ 싯 터을 ᄌᆞ바 도웁ᄒᆞ시고 쳔ᄌᆞ의 ᄃᆡ ᄉᆞ을 ᄂᆡ리와 만과을 뵈 (158)

이시며 조졍 우으를 셰우고 평국은 조졍을 ᄒᆞᆼ 직ᄒᆞ고 본궁으로 도라 가 여복을 갓초오고 예로써 여공과 보국을 셍기나 주야 원니 시랑과 부 인의 사싱 돈망을 몰나 눈물노 셰월을 보ᄂᆞ니 급피 황셩으로 도라가웁 소셔 ᄒᆞ거늘 시랑니 〃 말을 듯고 ᄃᆡ희ᄒᆞ여 황후게 이 ᄉᆞ연을 알외니

---

223) 저본에는 생략되어 단국대 103장본의 내용을 가져옴.
224) 저본에는 '드러셔니 의'로, 단국대 103장본에는 '드러ᄀᆞ니 션닌 곽도ᄉᆞ'로 되어 있음.
225) 저본에는 생략되어 단국대 103장본의 내용을 가져옴.
226) 저본에는 '황후'로 되어 있음.

황후 드르시고 급피 도라가기을 지촉흐거늘 시랑니 도亽의겨 흐직흐
여 왈 도亽의 너부신 덕의로 오연을 산중의 몸을 붓쳐 아름다온 풍경의
셰워을 보닉여 눈을 피흐옵고 목슘을 보둔흐여 도라가오니 은혜 亽후
는망이로소이다 뭅씁는니 〃 짜흔 어느 (159)

짜회며 이 亽은 무슴 산니라 흐는 잇가 아옵고 도라가 쳔즈게 곽공의
너부신 덕을 주달흐와 亽관을 보닉여 곽공의 은혀을 치亽코즈 흐는니
다 도亽 딕왈 이 짜흔 익주 짜회요 산은 쳥용산이라 흐고 이 亽 어귀는
'빅운동이라'227) 흐옵건이와 나는 지쳐 업시 단니는 사람으로셔 산중
풍경을 쪼차 귀경흐옵던니 상공과 모든 부인을 구흐랴 흐옵고 이 산중
의 유흐야 눈중의 급흐물 구흐야亽오니 ᄀ옵신 후의 종츠 쎠ᄂ 총명
산을 구경흐러 ᄀ오니 다시 만ᄂ기 밍연흐여이다 부딕 됴심흐여 ᄀ옵
소셔 흐며 흐늘을 향흐여 흐직홀 졔 도亽 일봉 셔간 (160)

을 닉여 주시며 가로딕 타인니 모르게 간수흐엿다가 평국과 보국을
주옵소셔 흐시고 질을 지촉흐시거늘 시랑과 모든 부인니며 시비 등니
도亽을 흐직흐고 황후와 틱즈을 뫼시고 산흐 졀벽의로 향흐여 빅운동
어구에 ᄂ려오니 예 보던 '황흐슈'228)와 좌의 경기난 더옥 반갑더라 강
가의로 나오며 '견일을'229) 싱각흐고 눈물을 지우며 황흐슈 빅상장을
지닉고 소봉딕을 너머 부춘동을 지닉 영셩누의셔 흐로밤을 유흐고 잇
튿날 쎠나 팔무영을 넘며 오동영을 지닉여 슈람셩 밧긔 다 〃른이 슈람
관슈 곽틱 셩문을 구지 닷고 무亽로 흐여곰 셩 우의 셔셔 위여 (161)

---

227) 저본에는 '빅운동이라'로 되어 있음.
228) 저본에는 '황고슈'로 되어 있음.
229) 저본에는 '견전일을'로 되어 있음.

왈 너흐을 본니 향식니 고니하기로 우리 관슈 뭇고자 ᄒ노라 너희
등은 셩문 밧긔 온 연고를 자상이 아뢰라 ᄒ니 무사게 크게 일너 왈 '우
리는'230) 다른 연고 안나라 '오연 견 는을 맛느'231) 황후와 틱자을 모시
고 익쥬 쳥용산의 피란ᄒ고 잇다가 지금 황셩으로 향ᄒ여 간니 츄호도
으심치 '말고'232) 셩문을 열나 ᄒ니 이 말을 듯고 관슈'게 고ᄒ니 관
슈'233) 딕경실식ᄒ여 셩문으 나려가 문틈의로 여혀 보니 홍시랑이 황
후와 틱즈을 모시고 셧거날 놀닉여 셩문을 급피 열고 나려가 복지ᄒ여
왈 문을 진직 못 연 죄를 '쳥ᄒ난니다'234) ᄒ거날 시랑이 가로디 엇지
죄 잇시리요 웅당 관슈 도리로 그리 ᄒᆯ 듯ᄒ니 과렴치 말나 (162)

ᄒ시고 황후와 틱즈며 모듯 사람을 다리고 셩즁으로 드러 관안으로
모시고 관슈 니 스연을 '장계ᄒ니라'235) 잇디에 쳔자 황후와 틱즈며
다 불회 타셔 죽것다 ᄒ고 불탄 딕궐쳐의 신위을 비셜ᄒ고 만조빅관
을 거ᄂ리고 졔문 지에 황후와 틱즈의 고혼을 위로ᄒ여 졔문을 갓초오
고 쳔즈 통곡ᄒ시니 용안의 눈물니 비오듯 ᄒ여 용포을 젹시더라 만조
빅관도 곡ᄒᆯ식 수문장니 급피 장계을 올이거늘 쳔즈 '놀닉시고'236)
틱견ᄒ시니 황후와 틱즈 스라 도라오시는 장계여늘 쳔즈 딕경딕희
하여 반가온 소식을 드르시고 질긔심을 두로 층양치 못ᄒ야 장계을
(163)

---

230) 저본에는 '우리'로 되어 있음.
231) 저본에는 '유연 난 즁'으로 되어 있음.
232) 저본에는 생략되어 단국대 103장본의 내용을 가져옴.
233) 저본에는 생략되어 단국대 103장본의 내용을 가져옴.
234) 저본에는 '쳥 ᄒ난니니다'로 되어 있음.
235) 저본에는 '장계ᄒ 리라 이디 장계ᄒ 리라'로 되어 있음.
236) 저본에는 '놀닉시"로 되어 있음.

직시 평국의 궁의로 보닌시고 황후와 틴즈 튼실 연을 지여 노코 '졍
열부인'237)과 공열부인 타실 덩과 원말 교즈을 가쵸오고 군스 일만과
삼쳔 시여며 '각실'238) 풍유을 맛게 수셩관으로 보닌시고 쳔즈 만조빅
관을 거느리시고 셩 밧긔 빅이 외지원까지 나가시고 평국은 여공을 모
시고 금덩을 타고 궁중 시여 등을 거나리고 빅니 외 만월되가지 나아가
힝ᄎ을 지다리더라 오시 '보국이'239) 군스와 신여을 거느리고 수셩관
으 다〃러 군스을 셩문 박긔 유진ᄒ고 셩의 드러가 황후와 틴즈게 뵈
옵고 물 (164)

너 나와 국공과 숨부인겨 뵈오니 국공과 부인니 아름다온 심스을 졍
치 못ᄒ여 비통ᄒ여 국기던 스연을 다ᄒ시며 능누ᄒ시거늘 보국이
엿즈오디 쳔ᄒ을 평졍ᄒ옵고 평국은 규즁의 쳐ᄒ옵고 소즈은 군을
거느리옵고 온 스연을 일통셜화ᄒ며 힝ᄎ ᄒ실 원과 덩을 디령ᄒ엿
스오니 급피 황셩을 향ᄒ스이다 ᄒ고 모든 힝ᄎ을 셩문의 늬 황후와
틴즈을 옥연의 모시고 삼부인은 금덩을 튼시고 츈향 양운은 교즈을
튼고 국공과 여공은 다 토손마을 튼시고 삼쳔 시여는 녹의홍상으로 향
(165)

초을 들이고 연과 덩을 시위ᄒ여 오며 압푸는 어젼 풍유을 셰오고
황셩을 향ᄒ여 올 졔 보국은 쳔병만마을 거느려 뒤의 옹위ᄒ여 온니
그 '영화'240) 질거옴을 칙양치 못ᄒ네라 발힝ᄒ 오일 만의 만월되의

---

237) 저본에는 '졍열분'으로 되어 있음.
238) 저본에는 '각싱'으로 되어 있음.
239) 저본에는 '보국의'로 되어 있음.
240) 저본에는 '형화'로 되어 있음.

다〃른니 평국이 여복을 갓초오고 연과 덩 압푸 나아가 복지ᄒ여 비옵고 금덩 우희ᄂ 부인을 다 뫼시고 올ᄉᆡ 요지원의 다〃른니 천ᄌᆞ 졔신을 거ᄂ리고 젼좌ᄒ여 게시거늘 일힝이 다 천ᄌᆞ게 복지ᄒ여 뵈온니 천ᄌᆞ 반가옴니 긔지 업셔 피란ᄒ엿던 젼후ᄉᆞ을 무르시니 황후와 틱ᄌᆞ ᄀᆞ로듸 피란ᄒ여 ᄀᆞ옵다 (166)

가 국공을 만ᄂᆞ ᄉᆞ라난 '젼후수말을'[241] 일통ᄒ오니 천ᄌᆞ 니 말슴을 드르시고 국공의게 치ᄉᆞᄒ여 ᄀᆞ로듸 경등의 공원 ᄉᆞ후ᄂᆞᆫ망이라 ᄒ시고 천ᄌᆞ 연을 틱시고 션봉니 되여 오시니 그 졍〃ᄒ믈 칭양치 못흘네라 츳〃힝ᄒ야 황셩을 다〃른니 천ᄌᆞ ᄒ교ᄒ시되 국공과 모든 부인은 평국 보국이 호위ᄒ여 바로 후궁의로 가라 ᄒ시고 천ᄌᆞᄂ 황후와 틱ᄌᆞ을 다시리고 바로 궐ᄂᆡ로 드러가시니 평국 보국은 모든 부인을 모시고 후궁의로 드러가 질거옴을 못ᄂᆡ 이기지 못ᄒ야 방으로 드러가 어린 아희을 안어다가 부인게 드린니 졍열부인니 문왈 이 아기는 뉘집 아희관듸 ᄃᆡ (167)

려 왓ᄂᆞ요 평국이 늑누ᄒ여 가로듸 손여 ᄂᆞ혼 아희로소이다 ᄒ니 모든 부인니〃 마을 듯고 다 놀ᄂᆡ여 추려로 안어 보고 칭춘ᄒ여 ᄀᆞ로듸 이 아희 상을 보니 어미 본을 바다 명셩을 후셰에 견ᄒ리라 ᄒ시고 이 아희 몃슬닉ᄂ 먹것ᄂᆞ요 평국이 딕왈 숨 셰로소이다 ᄒ니 졍열부인과 공열부인니 질거홈이 층양 업더라 국공이 평국을 불너 안치고 곽도ᄉᆞ 주시던 봉셔을 품으로셔 닉 주시며 왈 곽도ᄉᆞ가 주시더라 ᄒ시니 양인니 바다 녹코 ᄉᆞ빅 후의 쩨여 보니 그 셔에 ᄒ엿시되 ᄉᆞ부는 이

241) 저본에는 '젼후수말슴을'로 되어 있음.

편지을 평국 보국의게 붓치노라 흔 번 이별흔 후의 셔로 보지 못ᄒ나 싱각은 ᄒᆞ희 갓틔엿짜 몹니 (168)

산중 풍경만 됴화ᄒᆞ고 션풍의 흥을 졔워 ᄉᆞ곡의로 몸을 숨게 쳥풍명월과 두견 졉동 그린 오죽의로 벗슬 ᄉᆞ마 단니고 너희는 쳥운의 올나 잇셔 운슈이 일노 좃ᄎ 이별이 되야시니 실푼 눈물니 흑창의 젹셔도다 너희 아름다온 셩명니 빅운동 심쳐까지 밋쳐시니 그 위염과 장흔 긔운은 벽파도의 물결니 다 움지기니 슐법 가르친 ᄉᆞ부는 빅운션을 놉피 드러 질기는 주을 뉘 알이요 이졔 비록 쳔ᄒᆞ 틱평ᄒᆞᄂᆞ니 압푸 셰 번 죽을 익을 당홀 거시니 십푼 조심ᄒᆞ라 지금 오왕의 아달 덕슴과 초왕 아달 순슴과 밍길 동싱 밍손이며 그 형 그 부의 원수을 갑푸려 ᄒᆞ고 쳔 (169)

축 도영슌의셔 진을 치게 ᄒᆞ고 공도ᄉᆞ을 어더 위공을 ᄉᆞᆷ고 쳔병만마을 거ᄂᆞ려 오니 그 도적을 가븨야이 못홀 도젹이라 그러나 닉 친니 도을 거시니 〃 마을 입 박쎡 닉들 말고 잇다가 보국이 ᄌᆞ원ᄒᆞ고 '딕원수 되어'[242] 큰 공을 셰오라 쳔기을 누셜치 못ᄒᆞ기로 이 압푸 쏘 익니 잇스되 발셜도 못ᄒᆞ건니와 급흔 딕악니 잇씨니 십푼 됴심ᄒᆞ라 졍니 집품니 틱슨 갓타ᄂᆞ 그만 긋치노라 ᄒᆞ여거날 양인니 션싱의 은혜을 못 닉 치ᄉᆞᄒᆞ고 ᄂᆞᆷ방 소식을 탐지ᄒᆞ더라 각셜 잇딕 쳔ᄌᆞ 홍시랑과 여공을 인견ᄒᆞ시고 시랑으로 '초왕을'[243] 봉ᄒᆞ시고 여공의로 오왕을 봉ᄒᆞ시고 만조빅관을 '보와 의논ᄒᆞ더니'[244] (170)

---

242) 저본에는 '딕원 되어'로 되어 있음.
243) 저본에는 '초황을'로 되어 있음.
244) 저본에는 'ᄎᆞ려로 황논ᄒᆞ더니'로 되어 있음.

문득 형순 군수 장계을 올니거늘 천주 디경ᄒᆞᄉ 급피 '퇴견ᄒᆞ시니'245) 그 글의 ᄒᆞ엿쓰되 지금 초왕의 아들 순슴과 오왕의 아달 덕슴니며 밍길의 '아우 밍손이'246) ᄒᆞᆸ세ᄒᆞ여 제장 천여 원과 군슈 일만을 거느리고 ᄒᆞ북 칠십 셩을 쳐 항복 밧고 빅셩을 살히ᄒᆞ여 빅셩 집을 다 불질너 소화ᄒᆞ며 즉난을 무수히 ᄒᆞ고 의기 양〃ᄒᆞ며 '쳔츅디을'247) 지니여 운무평을 너머 장ᄉᆞ 싸희 진을 치고 '쳔ᄉᆞ관을 치랴'248) ᄒᆞ오니 소장의 힘의로난 막을 지리 업ᄉᆞ오니 명중을 급피 보니여 막게 ᄒᆞ옵소셔 ᄒᆞ엿거늘 쳔주 장게을 보시고 디경ᄒᆞ여 문죠을 뫼와 ᄒᆞ교ᄒᆞ시되 이 도적은 숭ᄒᆞᆫ 강적이라 됴신 (171)

의로ᄂᆞᆫ 당치 못ᄒᆞᆯ 거시니 평국을 쳥코주 ᄒᆞ노라 ᄒᆞ시니 보국이 복지 주왈 소신니 비록 지조 업ᄉᆞ오나 ᄒᆞᆫ 번 북쳐 도적으 머리을 베혀 오초 양국을 평정ᄒᆞ여 폐ᄒᆞ의 근심을 덜가 ᄇᆞ라ᄂᆞ니다 일외니 쳔주 디희ᄒᆞ여 보국으로 디원수을 봉ᄒᆞ시고 인신을 주시니 보국니 복지지빅ᄒᆞ고 궁으로 도라와 평국을 보니 평국이 구로되 ᄂᆞᆼ군이 디원수 되여 젼장의 가오니 쳡니 쳔주 모르게 디오 짜르고 십푸되 ᄉᆞ부의 봉셔만 밋고 안니 가오니 부디 됴심ᄒᆞ여 '군길을'249) 줄 다시리고 ᄂᆞᆷ을 경이 에기지 말며 적병니 만약 급ᄒᆞ거던 긔별ᄒᆞ면 쳡니 구올 거시오니 부디 〃〃 조심ᄒᆞ여 디공을 일위시고 편 (172)

안니 도라 오옵소셔 ᄒᆞ니 보국이 소답ᄒᆞ고 여공 양위게 ᄒᆞ직ᄒᆞ고

---

245) 저본에는 '칙견ᄒᆞ시니'로 되어 있음.
246) 저본에는 '아의 밍손'으로 되어 있음.
247) 저본에는 '쳔츈디을'로 되어 있음.
248) 저본에는 '관을 치랴'로 되어 있음.
249) 저본에는 '문길을'로 되어 있음.

직시 갑주을 갓초오고 토슌말을 투고 졔장 빅여 원과 군스 심만긔을 거나려 쳔즈게 ㅎ직슉빅ㅎ고 힝군흔 삼십일 만의 쟝스의 다〃러 '격셰을'250) 슬퍼보니 젹진 구듬니 쳘셕 갓튼지라 젹진을 딕ㅎ여 진을 치고 즁군으겨 졀영ㅎ여 그로딕 진을 구지 딕켜 힝오을 일치 말고 일심 거힝ㅎ라 ㅎ시니 군스 영을 듯고 진 친 일튼날까지 진을 구지 즉키고 진문을 여지 아니ㅎ여 구지 닷고 요동치 아니ㅎ니 젹장 밍손니 갑주을 갓초오고 우슈의 칠쳑 쟝검을 들고 마을 모라 진문 밧긔 ㄴ셔며 크계 워여 왈 (173)

평국은 드르라 무죄흔 오초 양왕과 닉의 형을 죽여스니 닉 흔 칼노 네 머리을 베혀 간을 닉여 형으 원수을 갑고 황셩을 쳐 쳔즈을 스로줍버 '항셔을 바드리라 밧비 ㄴ와 목을 느리혀 닉 칼을 바드라'251) ㅎ며 무수니 곤욕ㅎ거늘 원수 딕로ㅎ여 즁군의로 하여곰 밍손의 머리을 베혀 드리라 ㅎ니 즁군니 〃 말을 듯고 즉시 진문 밧긔 닉드라 쌋오니 십여 흡의 승부을 졀단치 못ㅎ더니 밍손으 칼니 공즁의 번듯ㅎ며 즁군의 머리 짜흐 써러지거늘 밍손니 칼 긋틱 씌여여 들고 진즁의 횡힝ㅎ여 좌츙우돌ㅎ거늘 원수 거동을 보고 분긔 (174)

등〃ㅎ여 아모란 줄을 몰나 분긔을 이기지 못ㅎ니 쟝ㅎ의 흔 쟝수 츌반 주왈 소쟝니 비록 직조 업스오ㄴ 젹쟝으 머리을 베혀 즁ㅎ의 올일 거시오니 원수는 분긔을 잠깐 차므소셔 ㅎ니 원수 허락ㅎ시거늘 승문이 마을 듯고 즉시 마을 닉여 모라 밍손을 취ㅎ려 쌋와 슴십여 흡의 밍손의 칼니 빗ㄴ며 승만으 머리 말 아릭 ㄴ려씨거늘 밍손니 의긔

---

250) 저본에는 '격셔의'로 되어 있음.
251) 저본에 '바드리라'와 '밧비 ㄴ와' 사이에 'ㅎ고'가 표기되어 있음.

양〃ᄒ여 크게 '워여'252) 왈 보국은 무죄흔 즁졸을 듁기지 말고 밧비
ᄂ와 늬의 칼을 바드라 ᄒ거늘 보국니 〃 말을 듯고 직시 갑주을 갓초
오고 토순마을 타고 좌수의 장충을 들고 우수의 수긔을 줍아 크게 호
령ᄒ여 왈 적즁은 닷지 말고 늬 칼을 (175)

　바드라 ᄒᄂ 소릭ᄂ 쳔지 진동ᄒᄂ지라 밍손니 밋쳐 딕답지 못ᄒ
여 비호 갓치 달여드러 ᄊ오니 쎵용니 여의주을 닷토ᄂ 듯 형슌 밍호
입을 듯토ᄂ 듯 양장으 말굽은 피츠 분별치 못홀네라 이십여 홉을 ᄊ
호되 종시 승부을 절단치 못홀네라 쏘 이십여 홉을 이로되 보국으 카
리 공즁의 번듯ᄒ여 밍손의 머리 창쳔 '빅운간의'253) 쩌러진니 보국니
승젼ᄒ여 칼춤 추며 본진으로 도라올 제 공도스 구슬 세 슬 늬여 노코
홍션으로 흔 번 붓치니 그 구실니 화ᄒ여 세 장수 되여 공즁을 ᄂ려와
장창을 놉피 들고 보국을 취ᄒ랴 홀 지음의 곽도스 보국으 급ᄒ믈 보
고 오싴 조흐을 올여 공 (176)

　도스 흔나씩 쎠셔 동셔늠북으로 응ᄒ여 노코 쳥션으로 붓치니 오
싴 조흐에 ᄊ휘여 압푸 ᄂ려씌거늘 곽도스 그 구실을 주셔 집피 간수
ᄒ고 시아리되 공도스 쏘 술법을 홀 거시니 급피 가셔 공도스의 술법
을 아스면 제 나을 엇지 등ᄒ리요254) 잇씌 공도스 '딕경 왈 보국의 진
듕의 분명 신인니 잇쏘다'255) 나의 제일 주옥 '신즁을'256) 곽도스의게
이러시니 늬 몸이 뭇도록 ᄊ와 보국과 곽도스을 줍고 늬으 구실과 주

---

252) 저본에는 '워'로 되어 있음.
253) 저본에는 '빅운간의'로 되어 있음.
254) 저본에는 이 부분에 'ᄒ고 술법을 아스리릭'라는 내용이 중복됨.
255) 저본에는 생략되어 단국대 103장본에서 가져옴.
256) '신츙을"로 되어 있음.

옥을 드시 츠지리ᄅ ᄒ고 낭즁의로서 믹은병을 늬여 든 우으 노코 붓치로 빅은병을 즁스로 향ᄒ여 붓치니 불근 무지게 장스로조츠 셔니 졔즁군졸니 무지게 속의 다 드러 '동셔남북을 (177)

　분별치 못ᄒ거날'257) 곽도스 이 거동을 보고 급피 단 우의 올나 ᄒ늘닙게 폐빅ᄒ고 스싁 조회을 올여 글 흔ᄌ싁 쎠 스방의로 붓치니 무지게 이러ᄂ며 곽도스 크게 불너 왈 스히 용왕은 ᄂ려와 급ᄒ믈 구ᄒ라 ᄒ니 말니 맛지 못ᄒ여 쳥의 신장이 좌ᄒ의 임ᄒ거늘 곽도스 ᄌ셔히 보니 빅의 신장이며 흑의 신장이며 여러 즁수 등이 와 보오거늘 도스 분부ᄒ여 왈 듸국의 원수 보국니 군사을 거ᄂ리고 도젹을 막으려 왓듯가 공도스으 희얼 입어 스셰 급박ᄒ기로 스히 용신을 쳥흔 빅라 급피 변화를 쎠 옥호을 아스오라 ᄒ니 네 용신니 영을 듯고 든ᄒ의 ᄂ셔며 운풍니 듸작ᄒ며 (178)

　늬셩벽역니 쳔지 뒤눕ᄂ 듯ᄒ며 용왕니 변ᄒ여 빅용쳥용과 황용흑용니 되여 늬셩벽역을 쪼츠 구리슨의 가 공도사으 옥호을 씰어 온니라 잇듸여 공도스 듸경질싁ᄒ여 밋쳐 것줍지 못ᄒ여 쳔축듸로 향ᄒ여ᄂ니라 공도스 옥호을 일코 놀늬여 ᄀ로듸 곽도스의 술법은 드무도다 ᄒ고 이졔 옥호와 군병을 일어쓰니 도인이라 ᄒ기 붓쓰럽지 안니ᄒ리요 이졔ᄂ 아모리 ᄒ여도 곽도스의 신긔흔 직조을 당치 못ᄒ리로다 흘 질 업셔 ᄌ튼ᄒ여 왈 츠라리 스히 평졍ᄒᄂ 술법을 빔옴만 갓지 못ᄒ듯 ᄒ고 직시 쎠ᄂ 공운도로 드러ᄀ니라 잇쩌여 스히 용신니 옥호을 씰어다 (179)

가 곽도亽의게 드린니 도亽 직시 옥호을 바다 씩치니 옥병 속의로셔 십만 군병과 보국니며 졔장 등이 다 ᄂ와 긔갈을 이긔지 못ᄒ며 쓰러지거늘 도亽 즉시 동정술 갓튼 거슬 닉여 흔 졈셕 오려 메기니 모든 졔 장군졸리 긔운도 ᄂ고 빅도 곱푸지 안니ᄒ고 마음니 늘덧ᄒ더라 '원 수 인亽을 ᄎ려 보니'258) 곽도亽 완연니 안ᄌ거늘 보국이 반가온 심亽 을 졍치 못ᄒ여 급피 ᄂ어가 복지ᄒ여 알외되 션싱임 좌하의 써ᄂ온 졔 여러 셰워리ᄂ 써ᄂ 후의 션싱님 덕으로 귀히 된 말ᄉ며 평국과 부〃된 마리며 평ᄂ 후의 홍시랑과 양부인이며 다 긱중 고혼을 면ᄒ 옵고 ᄃ시 만ᄂᄉ오니 그도 다 션싱임의 (180)

덕이옵고 쏘흔 젼중의셔도 목숨을 보젼ᄒ와 오초 양국을 ᄃ 쓰러 베여ᄉ오니 그도 다 션싱님 덕이옵고 도라ᄀ와 부모으 얼골 보왓ᄉ오 니 그도 다 션싱님의 덕이옵고 이졔는 쳔ᄌ의 근심을 덜엇쓰오니 〃졔 죽어 황쳔의 도라ᄀ와도 은혜을 만분지 일도 갑지 못홀가 ᄒᄂ다 ᄒ며 인ᄒ야 눈물을 흘니〃 도亽 보국의 소믜을 줍고 위로ᄒ여 ᄀ로 딕 지금 덕슴 슌슴니 닉게 집펴 이 즐니에 셔〃 긔갈을 이긔지 못ᄒ여 거의 죽게 되고 군사ᄂ 틱반니ᄂ 죽어스니 〃고딕셔 군말을 수여 명 일의 힝군ᄒ여 죵사의 가 슌슴과 덕슴을 베혀 승젼ᄒ고 쳘니 '젼장 의'259) 무스니 가라 ᄒ며 ᄂᄂ '거 (181)

처 업시'260) ᄃ니며 슌수 풍경만 귀경ᄒ고 ᄃ니ᄂ 亽람이라 이졔 이 별ᄒ면 슘연 후의라ᄉ 평국을 만경창파의셔 반가니 만늘 거시니 셥〃

258) 저본에는 '인亽을 슬펴보니'로 되어 있음.
259) 저본에는 '쳔변의'로 되어 있음.
260) 저본에는 '거지 업시'로 되어 있음.

니 싱각지 말고 무스니 도라가 쳔즈와 모든 존공과 부인을 모시고 잇다가 스익을 등ㅎ게 ㅎ리라 ㅎ시고 이러나 수슴 보을 걸쩐니 소민로써 초엽을 닉여 공중의 쯰우고 그 우의 올ㄴ 으즈 층암절벽 썅을 오르더니 형용은 업고 봉서 압푸 닉여거늘 '원슈'261) 공중을 향ㅎ여 스빅ㅎ고 잇튼늘 장스로 향ㅎ여 가 덕슴과 순슴을 베히고 직시 승젼 장계을 올니고 군졸을 호궤ㅎ고 힝군ㅎ여 황셩을 향ㅎㄴ지라 차시에 쳔즈 원수 힝군ㅎ여 쩌ㄴ 후으로 소식 (182)

몰ㄴ 줌을 일우지 못ㅎ던 추의 '황경문 수문즁니'262) 원수의 승젼 장계을 올니거늘 쳔즈 딕희ㅎㅅ 직시 쩌여보니 승젼 장계여늘 쳔즈 딕희ㅎㅅ 졔신을 미와 원수의 공을 치스ㅎ시더라 이젹의 원수 황셩을 향ㅎ야 십스일 만으 다〃른니 쳔즈 시신을 거ㄴ리고 문밧긔 ㄴ와 원수을 마즈 드러가 황곽젼의 젼좌ㅎ시고 원수게 치스ㅎ시고 위로ㅎ시니 원수 복지 주왈 이ㄴ 폐ㅎ의 너부신 덕이요 소신의 공니 안니로소이다 아뢰온니 쳔즈 더욱 칭춘ㅎ옵시고 보국으로 좌승상 겸 쳥주후을 봉하시고 여공으로 오왕을 봉ㅎ시니 쳥쥬후 스은숙빅ㅎ고 궁의로 도라온니라 니쩌여 평국이 즁문의 ㄴ와 (183)

보국을 마질졔 질거움을 엇지 다 칭양ㅎ리요 보국이 평국다려 일너 ㄱ로딕 젼장으셔 젹장과 싸오다가 공도스으 부슐노 죽께 되엿던니 스부 곽도스의 부슐노 스라ㄴ 스연을 일통설화ㅎ고 슴연 후의면 도스 도라오난 '말슴을 이르며'263) 품으로셔 봉셔을 닉여 평국을 주며 보

---

261) 저본에는 생략되어 단국대 103장본의 내용을 가져옴.
262) 저본에는 '황경문 즁니'로 되어 있음.
263) 저본에는 '말슴을 이며'로 되어 있음.

라 ᄒ거늘 평국이 봉셔을 셤〃옥수로 바ᄃ 들고 션싱의 공을 싱각ᄒ여 디셩통곡ᄒ고 봉셔을 쩌여보니 졔비알 만흔 구슬 ᄒᄂ와 오리알 만흔 구실 ᄒᄂ며 그 봉셔 씨여쩌라 그 셔의 ᄒ엿시되 ᄉ부ᄂ 흔 자 글노쎠 뎡을 붓치노라 푸른 구실 누런 구실을 젼ᄒᄂ니 ᄎ후의 주려 쥭 (184)

게 되거던 일노쎠 주림을 면ᄒ라 닉 친니 가셔 보고 이 마을 일으고 ᄌ ᄒ여도 지리 달너 못 가노라 슘연 후의 희도즁으셔 만ᄂ보리라 ᄒ 엿거늘 보기을 ᄃ흔 후의 션싱ᄋ 은혜을 못닉 치ᄉᄒ고 구실과 봉셔 을 안히 간수ᄒ니라 각셜 니라 오왕 님지덕과 초왕 조시딕와 쓰옴의 피흔 분을 이기지 못ᄒ야 쳔병만마을 거ᄂ리고 쳥연 지원산 어귀에 복병ᄒ고 황셩을 쳐 원수 갑기을 의논ᄒ더라 ᄎ시여 쳔ᄌ 오초 양국 왕을 인견ᄒ오며 각〃궁으로 보닉실 ᄉᆡ 쳔ᄌ ᄀ로ᄉ되 비록 ᄂ라흔 젹ᄋᄂ '왕덕은'264) 흔 가지니 어진 덕으로쎠 국ᄉ을 ᄃᄉ려 발근 일 홈을 쳔추의 젼ᄒ라 ᄒ (185)

시고 ᄒ교을 ᄂ리시니 양국 왕니 쳔ᄌᄋ 명을 밧ᄌ와 ᄒ직슉비ᄒ고 평국과 보국을 불너 왈 우리 왕위여 쳐ᄒᄆ 다 너의 덕이고 곽도ᄉ의 덕 이라 너희는 부디 츙셩으로 ᄂ라흘 도흐라 ᄒ시고 직시 '발힝ᄒ니'265) 그 연〃ᄒᄆ를 칭양치 못ᄒ더라 양국 왕니 지을 직쵹ᄒ여 오초 양국의로 향ᄒᄂ지라 평국이 '보국을 쳥ᄒ여'266) 왈 요ᄉᆡ에 연일 몽ᄉ 불평ᄒ니 그딕 양국 힝ᄎ을 ᄯᅡ라 가소셔 ᄯᅡ라 즉위ᄒ시믈 보옵고 도라오소셔 ᄒ

---

264) 저본에는 '슝덕은'으로 되어 있음.
265) 저본에는 '발힝ᄒ며'로 되어 있음.
266) 저본에는 '보국을 ᄒ여'로 되어 있음.

니 보국니 되왈 그리 ᄒᆞᄉᆞ나다 ᄒᆞ고 직시 발ᅘᆡᆼᄒᆞ여 갈 ᄉᆡ 던일 젼즁의
셔 입던 갑주와 칼을 실코 뒤을 싸로더라 잇ᄃᆡ 양국 왕니 (186)

　오초강 ᄀᆞ의 다"으니 양국 역관니 '위의을'267) 갓초와 되휘ᄒᆞ엿ᄃᆞ
가 연을 드리거늘 양국 왕니 북향ᄉᆞ비ᄒᆞ고 연으 오른니 양국 졔신니
'모셔 각" 드러갈 식'268) 본국의로 가던니 문득 오왕 님지덕과 초왕 조
시ᄃᆡ 천병만ᄆᆞ을 거ᄂᆞ리고 즁노의셔 양국 일ᅘᆡᆼ을 ᄃᆞ 졀박ᄒᆞ니 모든
ᄉᆞ람니 졍신을 일코 아모리 ᄒᆞᆯ 주을 몰ᄂᆞ 주져ᄒᆞ던니 잇ᄃᆡ 보국니 뒤
ᄒᆞ ᄯᆞ르던니 ᄂᆞᄃᆡ 업는 고흠 소ᄅᆡ 들니거늘 ᄌᆞ셔니 바라보니 오초 양
국니 ᅘᆡᆼᄎᆞ 지을 막아 고흠 ᄒᆞ거늘 보국니 " 거동을 보고 분을 이기지
못ᄒᆞ여 직시 갑주을 갓쵸오고 비수을 놉피 드러 마을 치쳐 모라 ᄀᆞ며
워여 왈 오초 양국 (187)

　은 ᄂᆡ의 붓친을 ᄒᆡ치 말나 ᄒᆞᄂᆞ 소ᄅᆡ 슌쳔니 무너지ᄂᆞ 듯ᄒᆞ거늘 오
초 양국 왕니 밋쳐 ᄃᆡ답지 못ᄒᆞ야 보국으 칼니 번듯ᄒᆞ며 양왕으 머리
마ᄒᆞ의 ᄯᅥ러지거늘 원수 직시 군ᄉᆞ 졀박ᄒᆞᆫ 거슬 다 푸러노코 진즁의
호령ᄒᆞ여 ᄀᆞ로ᄃᆡ 젹졸을 다 졀박ᄒᆞ라 ᄒᆞ니 군ᄉᆞ 일시 영을 듯고 달여
드러 젹졸을 다 졀박ᄒᆞ여 게ᄒᆞ의 굴니"라 원수 양왕 젼의 드러가 복
지ᄒᆞ여 왈 소ᄌᆞ 진직 당도치 못ᄒᆞ와 부왕게 욕을 뵈옵게 ᄒᆞ엿ᄉᆞ오니
죄ᄂᆞ 만ᄉᆞ무셕이로소이다 ᄒᆞ고 복지ᄒᆞ니 왕니 되왈 만일 네가 지금
당치 못ᄒᆞ엿쓴들 이 환을 면치 못ᄒᆞᆯ ᄂᆞᆺ다 ᄒᆞ시고 (188)

　지을 직쵹ᄒᆞ시거늘 졀박ᄒᆞᆫ 젹졸드올 압푸 세오고 승젼곡을 울니며

---

267) 져본에는 '위올'로 되어 있음.
268) 져본에는 '여오를 군마ᄒᆞ고'로 되어 있음.

가득 긋 줌노으셔 양국 졸을 드 베희고 도라가 임군을 각 궁으로 모셔 직위ᄒ니 그 연″ᄒ미 비홀 ᄃᆡ 업더라 왕니 도읍ᄒ신 후으로 국ᄉ을 즐 다스리시고 만빅셩을 ᄉ랑ᄒ시니 빅셩이 다 질거ᄒ여 졔장기을 부르드라 늑슉ᄒ 드 본국으로 도라와 쳔ᄌ게 뵈온ᄃᆡ 쳔ᄌ 보시고 반겨 문왈 지리 무ᄉ니 단녀온ᄃᆡ 보국 왈 가득 긋 줌노의셔 도젹 만ᄂᆞ 욕보던 말ᄉᆞ니며 부왕 직위ᄒ던 말ᄉᆞ니며 다 아외온니 쳔ᄌ 드르시고 ᄃᆡ 경ᄒ시더라 보국니 쳔ᄌ게 ᄒ직ᄒ고 본궁으로 도라오니 잇ᄃᆡ 평국니 중 (189)

문의 ᄂᆞ와 ᄆᆞᄌ 드러가 문왈 말니 질 평안니 단여 오신잇가 보국이 ᄃᆡ왈 긋다가 줌노의셔 욕보던 말니며 부왕 '국ᄒ시던'269) 말ᄉᆞ을 일통 셜화ᄒ며 여러 히 그린 졍을 셔로 셜화ᄒ며 [셰월을 보ᄂᆡ더니 어연간 삼연니 당ᄒ엿ᄂᆞ지라 광셰장니 급피 장계ᄒ여시되 젼의 초왕의 아달 과 오왕의 아달니 졔 아비 원슈을 갑고져 ᄒ여 명장 쳔여 원과 군ᄉ '빅을'270) 거나리고 ᄃᆡ국을 향ᄒ야 오며 관셔 오십여 셩을 향복 밧고 셔단 을 향ᄒ다가 ᄃᆡ풍을 맛ᄂᆞ 황젹강을 건ᄂᆞ (190)

지 못ᄒ고 유진ᄒ여시니 바람 ᄌ기 젼의 명장과 군졸을 보ᄂᆡ여 막 으소셔 ᄒ 엿거날 만조졔신을 모와 가로ᄉᆞ되 이 일을 엇지ᄒ리요 졔신 드리 묵″부답할 ᄎᆞ의 평국이 니 소식을 듯고 ᄃᆡ원슈 되기을 ᄌᆞ쳥ᄒ 야 상소ᄒ여거날 쳔ᄌ '틱견'271)ᄒ시니 ᄒ여시되 지금 젹장 긔슈 님치 덕 왕공윤은 근심 업삽거이와 그 듕의 삼십여 원 장슈ᄂᆞ 만신니 다 무

---

269) '구ᄒ시던'의 오기.
270) '빅만을'의 오기.
271) '탁견(坼見)'늬 오기.

쇠로 삼겨스오니 신첩니 아이오면 방젹할 장슈 업삽기로 상달ᄒ오니 신첩으로 디원슈을 ᄒ옵고 보국을 둥원슈을 ᄒ옵소셔 쏘 상소 짓티 ᄒ여시되 그 도젹니 오초 양국을 지닐 거시니 급피 군스을 조발 (191)

ᄒ옵소셔 ᄒ엿써라 쳔즈 긔특이 여기스 군스을 조발ᄒ여 평국의 '진으로'272) 보니시며 젼교ᄒ여시되 일리 급ᄒ니 슉비도 말고 바로 힝군ᄒ라 ᄒ여거날 이날 질을 써나 가더니 바람이 즈미 도젹이 황젹강 건닌 둘 알고 듀야로 오초지경의 다″른니 도젹이 발셔 오초강가의 유진ᄒ엿난지라 원슈 둥군의 젼영하야 즈스를 쉬이계 ᄒ고 진셰을 살펴보니 셩셰 '엄슉ᄒ지라'273) 격진을 디ᄒ여 진을 치고 밤을 지니더니 잇튼날 평명의 달복미 진젼의 나셔며 워여 왈 젹장 평국은 밧비 나와 늬 칼을 브드라 네 머리을 벼혀 젼일 원슈을 셜치ᄒ리라 홍원슈 이 말 (192)

을 듯고 비신상마ᄒ여 쓰홀 시 슈합니 못ᄒ야 달복미 머리 마ᄒ의 ᄂ려지거날 젹장 호영니 쏘 니다라 삼십여 합의 쓰호더니 잇썬 젹진듕의셔 흔 장슈 불근 붓치을 들고 명진을 향ᄒ야 붓치니 일시의 안기 이러나 원슈을 '엄살하거날'274) 원슈 질을 일코 듀져할 졔 발셔 삼 쳔여 겹의 싸여난지라 원슈 할 일 업셔 하날을 우러″ 탄식ᄒ며 도스 오기을 지다리더니 곽도스 산상의셔 망긔ᄒ다가 이 지경을 보고 남희용왕을 불너 분″ᄒ되 네 용의 몸으로 오초강가의 '가셔'275) 격진을 함몰ᄒ라 ᄒ니 불근 용니 풍운을 모라 가지고 가셔 구비로 격진을 치니 쳥쳔 소니 (193)

---

272) 저본에는 '으로'로 되어 있음.
273) 저본에는 '엄슉ᄒ지라'로 되어 있음.
274) 저본에는 '엄살ᄒ거날'로 되어 있음.
275) 저본에는 '가셔'가 중복됨.

되여 격진을 쎠 업시 둑엇ᄂᆞ지라 되원슈 비바람 기인 후의 정신을 ᄎᆞ려 본진으로 오랴 할 제 곽도ᄉᆞ 압픠 와셔 위로 왈 닉 조곰 더듸더면 욕 볼 번 ᄒᆞ엿쏘다 원슈 말게 나려 ᄉᆞ비 왈 소장이 ᄉᆞ부 슬ᄒᆞ을 쪄ᄂᆞᆫ 후로 듀야 사모ᄒᆞ옵던 ᄎᆞ 삼연 전 보국 편의 ᄒᆞ찰 보옵고 오날날 이 익 당할 듈과 ᄉᆞ부 이리 오실 듈 '아라삼거이와'276) 소장의 ᄌᆞ명과 보국을 보존ᄒᆞ야 사직을 밧들게 ᄒᆞ옵시니 황공 감ᄉᆞᄒᆞ여이다 이럿틋 슈작할 ᄉᆡ 부원슈 보국은 되원슈 쳥쳔 속의셔 듁어다 ᄒᆞ여 통곡ᄒᆞ더니 원슈 ᄉᆞ부 곽도ᄉᆞ을 모시고 오거날 부원슈 (194)

밧비 나가 도사 젼의 ᄉᆞ비ᄒᆞ고 엿ᄌᆞ오되 ᄉᆞ부 오실 듈은 임의 아라 ᄉᆞ오되 조금 '더듸던들'277) '평국이'278) 위틱할 번 ᄒᆞ여난이다 도ᄉᆞ 왈 너희난 밧비 가 군병을 '호귀'279)ᄒᆞ고 무사니 도라가라 이 후난 익니 업실 거시니 피ᄎᆞ 다시 볼 날 업난지라 부듸 무사이 도라가라 ᄒᆞ고 두 어 거름의 간 되 업거날 두 원슈 공듕을 향ᄒᆞ야 ᄉᆞ비ᄒᆞ고 본진의 도라와 승젼 장계와 졔장의 머리을 봉ᄒᆞ여 황셩으로 보닉고 오초 '양국의'280) 편지ᄒᆞ되 이 질리 ᄉᆞ 〃 질리 아니오라 승젼ᄒᆞ고 가옵기로 못 가 뵈오니 ᄒᆞ찰ᄒᆞ옵쇼셔 ᄒᆞ고 회군ᄒᆞ여 황셩으로 향할 ᄉᆡ 쳔ᄌᆞ '빅관 을'281) 거나리시고 (195)

삼십이 밧긔 나와 원슈을 마지이 쳔ᄌᆞ 긔구난 찰난할 ᄯᆞ름이요 원슈 의 위의난 일월이 무광ᄒᆞ더라 '쳔ᄌᆞ는'282) 압픠 셔고 '평국과 보국

---

276) 저본에는 '아라삼거이와'로 되어 있음.
277) 저본에는 '더듸덕들'로 되어 있음.
278) 저본에는 '평국의'로 되어 있음.
279) '호케(犒饋)'의 오기임.
280) 저본에는 '양군의'로 되어 있음.
281) 저본에는 '빅과을'로 되어 있음.
282) 저본에는 '쳔ᄌᆞ지은'으로 되어 있음.

은'283) 후군 되며 장안으로 드러오니 위의 거동 쳔만고 이릭로 업실너라 '쳔즈 환궁ᄒᆞᄉᆞ'284) 제장은 츠례로 공을 도도시고 젼교ᄒᆞ시되 딕원슈난 바로 궁으로 가라 ᄒᆞ시고 보국을 불너 왈 경의 부〃 임의 만종녹을 바다시니 만종녹을 누리라 ᄒᆞ신딕 부원슈 빅빅 고두사례ᄒᆞ고 본궁으로 도라와 부〃 ᄒᆞᆫ가지로 쳔지간의 한가ᄒᆞᆫ 몸이 되야 유즈유손의 계〃승〃ᄒᆞ더라] (196)285)

---

283) 저본에는 생략됨.
284) 저본에는 '쳐즈 황궁ᄒᆞᄉᆞ'로 되어 있음.
285) "세월을(190) ~ 계〃승〃ᄒᆞ더라(196)"는 단국대 103장본 197면~203면의 내용을 가져왔다. 이 내용은 군담 4에 해당하는데 <홍계월전>의 이본 가운데 유일하게 단국대 103장본에만 나와 있다.

연세대 57장본 〈홍계월전〉

각셜 딕명 셩화 연간의 형쥬 구계촌의 흔 스람이 잇스되 셩은 홍이
요 명은 무라 셰딕 명문거쪽으로 소년 급졔ㅎ야 베살이 〃부시랑의 잇
셔 충효 강즉ㅎ니 쳔즈 스랑ㅎ스 국스을 의논ㅎ시니 만죠빅관이 다
시긔ㅎ야 모함ㅎ민 무죄이 삭탈관직ㅎ고 〃향의 도라와 농업을 힘쓰
니 가세는 요부ㅎ나 슬ㅎ의 일졈 혈육이 읍셔 민일 셜워ㅎ더니 일〃은
부인 양씨로 더부러 추연 탄왈 년즁사십의 늠여 간 즈식이 읍시니 우
리 죽은 후의 후스을 뉘게 젼ㅎ며 지ㅎ의 도라 가 조상을 웃지 뵈오리
요 부인이 피셕 딕왈 불 (1)

효 삼쳔의 무후위딕라 ㅎ오니 쳡이 죤문의 의탁ㅎ온 지 이십 년이
라 흔낫 즈식이 읍스오니 하면목으로 상공을 뵈오릿가 복원 상공은 다
른 가문의 어진 슉녀을 취ㅎ야 후손을 보올진딕 쳡도 칠거지악을 면할
가 ㅎ나이다 시랑이 위로 왈 이는 다 닉의 팔즈라 엇지 부인의 죄라 ㅎ
리요 추후는 그런 말슴 마르소셔 ㅎ더라 이썩는 츄구월 망간이라 부인
이 시비을 다리고 망월누의 올나 월식을 구경ㅎ더니 홀연 몸이 곤ㅎ야
난간의 〃지ㅎ민 비몽 간의 션여 나려 와 부인게 직빅ㅎ고 왈 소녀는
상졔 시녀옵던니 상졔게 득죄ㅎ고 인간의 닉치시민 갈 바을 모르던니

셰죤이 부인되으 (2)

로 지시호옵긔로 왓나이다 호고 품의 들거날 놀닉 씌다르니 평싱
되몽이라 부인이 되히호여 시랑을 쳥호야 몽수을 이르고 귀즈 보긔
을 바라던니 과연 그달부텀 틱긔 잇셔 십삭이 츠믹 일"은 집안의 향
취 진동호며 부인이 몸이 곤호야 침셕의 누어더니 아희을 탄싱호믹
녀즈라 션녀 호날노 닉려 와 옥병을 기우려 아기을 식게 뉘이고 왈 부
인은 이 아기을 잘 길너 후복을 바드소셔 호고 인호여 나가며 왈 오릭
지 안호야셔 뵈올 날이 잇스오리다 호고 문득 간딕 읍거날 부인이 시
랑을 쳥호여 아희을 뵈인딕 얼골이 도화 갓고 향닉 진동호니 진실노
월궁 항아러라 깃붐이 측양 읍셔시닉 남즈 안니믈 한 (3)

호더라 일홈을 계월이라 호고 쟝중보옥 갓치 스랑호더라 계월이
졈" 즈라나믹 얼골리 화려호고 쏘흔 영민흔지라 시랑이 계월이 힝
유 단수할가 호여 강호 쌍의 곽도스라 호난 스람을 쳥호여 계월의 상
을 뵈인딕 도스 이윽키 보다가 왈 이 아히 상을 보니 오 셰예 부모을 이
별호고 십 팔 셰예 부모을 다시 만나 공후작녹을 울일 것시요 명망의
쳐호의 가득할 것시니 가쟝 길호도다 시랑이 그 말을 듯고 놀닉 왈 명
박키 가르치소셔 도스 왈 그 박기는 아는 일이 읍고 쳔긔을 누셜치 못
호기로 딕강 셜화호나이다 호고 호직호고 가는지라 시랑이 도스의
말을 듯고 도로여 아니 뵈임만 갓지 못호여 부인을 딕호야 이 말을 이
르고 (4)

넘여 무궁호야 계월을 남복을 입펴 초당의 두고 글을 가라치니 일남

쳡긔라 시랑이 ᄌ탄 왈 네가 만일 남ᄌ 되야던들 우리 문호의 더욱 빗
닐 거슬 잇달ᄯ다 ᄒ더라 세월이 여류ᄒ야 계월의 나이 오 셰가 당흔
지라 이ᄯᄉ 시랑이 친구 뎡소도을 보랴 ᄒ고 ᄎ져 갈 ᄉᆡ 원ᄅᆡ 뎡소도는
황성의셔 흔가지 베살할 졔 극진흔 벗시라 소인 참소을 만나 베슬 하
직ᄒ고 〃향 호계촌의 ᄂᆡ려온 졔 이십 년이라 시랑이 〃날 ᄯ나 양쥬
로 향ᄒ야 호계촌의 ᄎ져갈 ᄉᆡ 삼ᄇᆡᆨ 오십 이라 열어 날만의 다〃르니
뎡소도 시랑을 보고 당의 ᄂᆡ려 손을 잡고 되히ᄒ야 좌을 중흔 후의 젹
연 회표을 위로ᄒ며 이 몸이 베슬 하즉ᄒ고 이곳의 와 초목을 의지ᄒ
야 셰 (5)

월을 보ᄂᆡ되 다른 벗시 읍셔 젹막ᄒ더니 천만 의외예 시랑이 불원천
리ᄒ고 일엇틋 바린 몸을 ᄎ져 와 위로ᄒ니 감격ᄒ야이다 ᄒ며 질거
ᄒ더니 시랑이 슴일 후의 ᄒ직ᄒ고 ᄯ날 ᄉᆡ 졉〃흔 졍을 웃지 측양ᄒ
리요 시랑이 〃날 여람 북촌의 와 ᄌ고 이튼 날 계명의 ᄯ나랴 ᄒ더니
멀니셔 징북 소ᄅᆡ 들니거날 시랑이 나셔 바라보니 열어 ᄇᆡᆨ성이 쏙겨
오거날 급피 무른 즉 답왈 북방 졀도소 쟝소랑이 양쥬 목소 주도와 합
역ᄒ야 군소 십만을 거나리고 형쥬 구십여 셩을 항복 밧고 긔쥬 ᄌᄉ
쟝긔덕을 베히고 지금 황셩을 범ᄒ야 작난이 ᄌ심ᄒ야 ᄇᆡᆨ성을 무슈히
죽이고 가소을 노략ᄒᄆᆡ 살기을 도모ᄒ야 피란ᄒᄂ이다 ᄒ거날 시랑
이 그 말을 듯고 쳔지 (6)

아득ᄒ야 산즁으로 드려가며 부인과 계월을 싱각ᄒ야 슬피 운니 사
셰 가련ᄒ더라 이ᄯᄉ 부인은 시랑 도라 오심을 기다리던니 이날 밤의
문득 들ᄂᆡᄂᆞᆫ 소ᄅᆡ 요란ᄒ거날 잠결의 놀ᄂᆡ ᄭᆡ다르니 시비 양윤이 급

고 왈 북방 도적이 천병만마을 모라 들려오며 빅셩을 무슈이 쥭이고
노략ᄒ니 피란 ᄒ느라고 요란ᄒ오니 이 일을 웃지 ᄒ오릿가 부인이
디경ᄒ야 계월을 안고 통곡 왈 이졔는 시랑이 즁노의셔 도적의 모진
칼의 쥭어쏘다 ᄒ며 ᄌ결코ᄌ ᄒ니 양뉸이 위로 왈 아즉 시랑의 존망
을 모로옵고 일엇틋 ᄒ시나잇가 부인이 그려이 예계 진졍ᄒ야 울며 계
월을 양뉸의 등의 업피고 남방을 향ᄒ야 가더니 십니을 다 못가셔 티
슌이 잇거날 그 슌즁의 드려가 (7)

　의지코ᄌ ᄒ야 밧비 가셔 도라보니 도적이 발셔 즉쳐 오거날 양뉸
이 아기을 업고 ᄒᆞᆫ 손으로 부인의 손을 줍고 진심 갈녁ᄒ야 계오 슴십
이을 가미 디강이 믹켜거날 부인이 망극ᄒ야 앙천통곡 왈 이졔 도적
이 급ᄒ니 ᄎ라리 이 강슈의 쌔져 쥭으리라 ᄒ고 계월을 안고 물의 쒸
여 들냐 ᄒ니 양뉸이 붓들고 통곡ᄒ더니 문득 북희승으로셔 쳐량ᄒᆞᆫ
져 소릭 들이거날 바라보니 ᄒᆞᆫ 션여 일협쥬을 타고 오며 왈 부인은 잠
간 진졍ᄒᆞ소셔 ᄒ며 슌식간의 배을 디이고 오르기을 쳥ᄒ거날 부인이
황감ᄒ야 양뉸과 계월을 다리고 밧비 오르니 션여 빅을 져으며 왈 부
인은 소여을 알어 보시난이가 쇼여는 부인 희복ᄒᆞ실 쎅에 구완ᄒ던
션여로소이다 분인(부인)이 졍신 (8)

　을 슈습ᄒ야 ᄌ셰의 보니 그계야 씐다라 왈 우리는 인간 미물이라
눈이 어두어 몰나 보와쏘다 ᄒ며 치ᄉ 왈 그쎅 누지에 왓다가 총〃이
〃별ᄒᆞᆫ 후로 싱각이 간졀ᄒ야 이질 날이 읍더니 오늘날 의외예 만나오
니 만힝이오며 쏘ᄒᆞᆫ 슈즁 고혼을 구ᄒ시니 감ᄉ 무지ᄒᆞ와 은혜을 웃
지 갑푸리오 션여 왈 소여는 동빈 션싱을 모시려 가옵던니 만일 느지

왓던들 구치 못할 쌘 ᄒ엿도소이다 능파곡을 부르며 져어가니 비 쌔으기 살 갓튼지라 슌식간의 언덕의 듸이고 닉리기을 직쵹ᄒ니 부인이 비예 날려 치스 무궁ᄒ민 션여 왈 부인은 슴가ᄒ와 쳔만 보즁ᄒ옵소셔 ᄒ고 비을 져어 가ᄂ 바을 아지 못할너라 부인이 공즁을 향ᄒ야 무슈히 스례ᄒ고 갈밧 속으로 드러가며 살펴 보 (9)

니 층슈은 만곡이요 오슌은 쳔봉이라 부인과 양눈이 계월을 시닉가의 안치고 두로 단니며 갈근도 캐야 먹으며 버들기야지도 홀터 먹고 계오 인스을 추려 점〃 들어가던니 ᄒ 졍즈각이 잇거날 다가 보니 션판의 엄즈룽의 조듸라 ᄒ얏더라 그 졍각의 올나 줌간 쉬일 식 양눈은 밥 빌너 보닉고 계월을 안고 홀노 안져던니 문득 바라보미 강슝의 ᄒ 듸 범션이 졍즈을 향ᄒ야 오거날 부인이 놀닉야 계월을 안고 듸슘풀로 드러가 슘어더니 그 비 각가이 와 정자 압픠 듸이고 ᄒ 놈이 〃로듸 악가 강슝의셔 바라보니 여인 ᄒ나 안져던니 우리을 보고 져 슈풀로 드러갓스니 급피 추즈리라 ᄒ고 모든 스람이 일시예 닉다라 듸슈풀로 달여 드러 부인을 잡아갈 식 부인이 쳔지 아득ᄒ야 양눈을 (10)

부으며 통곡 ᄒ들 밥 빌너 간 양눈이 웃지 알이요 도젹이 부인의 등을 밀며 잡아다가 비 머리예 쓸이고 무슈히 힐난 ᄒᄂ지라 원닉 이 비ᄂ 슈젹의 물리라 슈승으로 단이며 직물을 탈취ᄒ고 부인도 겁칙ᄒ던니 맛춤 이곳의 지닉다가 부인을 맛ᄂ지라 슈젹 장밍길이라 ᄒᄂ 놈이 부잉의 화용 월틱을 보고 마음의 흠모ᄒ야 왈 닉 평싱 쳔ᄒ 일식을 엇고즈 ᄒ엿던니 하날리 지시ᄒ시미라 ᄒ고 깃거 ᄒ거날 부인이 앙쳔 탄왈 이졔 시랑의 존망을 아지 못ᄒ고 목심을 보젼ᄒ여 오다가 이곳의

와 이런 변을 맛날 쥴을 알엇시리요 ᄒ며 통곡ᄒ니 초목금슈도 다 셔
려ᄒᄂ 듯ᄒ더라 밍길이 부인의 셜워함을 보고 졔인의게 분부 왈 져
부인을 슈죡 놀이지 못 (11)

ᄒ계 비단으로 동여 미고 그 아히ᄂ 즈리예 싸셔 강물의 너흐라 ᄒ
니 졔쥴이 영을 듯고 부인의 슈죡을 동여 미고 계월을 즈리예 쓰셔 물
의 너희라 ᄒ니 부인이 손을 놀이지 못ᄒᄆ 몸을 기우려 입으로 계월
의 옷실 물고 놋치 아니 ᄒ고 통곡ᄒ니 밍길이 달여 드러 계월의 옷지
슬 칼노 베히고 계월을 물의 던지니 그 망칙ᄒ 말이야 웃지 다 측냥ᄒ
리요 계월이 물의 써가며 울러 왈 어만님 이거시 웃지ᄒ 닐이요 어만
님 나ᄂ 쥭닉 밧비 슬여 쥬소서 물의 써간난 즈식은 만경충파의 고기
밥의 되라 ᄒ나잇가 어만님 어만님 얼골이나 다시 보옵시다 ᄒ며 우름
소릭 졈〃 멀이 가니 부인이 쥼즁보옥 갓치 스랑ᄒ던 즈식을 목젼의
물긔 쥭난 양을 보니 정신이 웃지 왼젼ᄒ리요 계월 〃〃아 날과 함
(12)

긔 쥭ᄌ ᄒ며 앙쳔통곡 기절ᄒ니 쥬즁 스람이 비록 도젹이나 낙누
안니 ᄒ리 읍더라 슬푸다 양눈은 밥 빌어 가지고 오다가 바아보니 졍
즈각의 스람이 무슈ᄒ뒤 부닌의 곡셩이 들이거날 밧비 달여와 보니 부
인을 동여미고 분쥬ᄒ거날 양눈이 〃 거동을 보고 으든 밥을 그릇 치
닉던지고 부인을 붓들고 딕셩통곡 왈 이거시 어인 일이요 츠아리 올
썻예 그 물의셔나 싸져 쥭엇던들 일언 환을 아니 당할 거슬 이 일을 엇
지 할가 아기ᄂ 어딕 잇ᄂ닛가 부인 왈 아기ᄂ 물의 쥭엇다 ᄒ니 양눈
이 〃 말을 듯고 가슴을 두달리며 물의 쒸여 들야 ᄒ니 밍길이 쏘ᄒ

적쫄을 호령호야 져 계집을 마즈 동여민라 호니 적쫄이 달여들어 양눈을 동여 (13)

미니 죽지도 못호고 앙쳔통곡 할 쑨닐너라 밍길이 적쫄을 지촉호야 부인과 양눈을 비예 실코 급피 져어 져 집으로 도라와 부인과 양눈을 침방의 가두고 제 지집 츈낭을 불너 왈 닉 이 부인을 다려 왓시니 네 조흔 말노 달닉여 분인의 마음을 슌죵케 호라 호니 츈낭이 부인게 드러와 문왈 부인은 무슴 일노 이곳의 왓나잇가 부인이 딕왈 쥬인은 죽게 된 인싱을 살리소셔 호며 젼후슈말을 다 이르거날 츈낭이 왈 부인의 졍싱을 보니 참혹호여이다 호고 왈 쥬인놈이 본딕 슈적으로셔 스람을 만니 죽이고 쏘흔 용밍이 잇셔 일힝 쳔리 호오니 도망호기도 어렵습고 죽즈 호여도 죽지 못할 것시니 아모리 싱각호여도 불승호야 잇다 쳡도 본 (14)

딕 이 도젹의 계집이 아니라 딕국 번양 짜 양강노의 여식으로 일즉 승부호고 홀노 잇삽던니 이놈의게 잡퍼 와셔 목숨을 도모호야 이놈의 계집이 되얏ᄉ오나 모진 목숨 죽지 못호고 〃향을 싱각호면 졍신이 아득호여이다 글어나 잠간 싱각호니 흔 모칙이 잇스되 쳔힝으로 그 계교딕로 되오면 쳡도 부인과 흔가지 도망호야 평싱고락을 흔가지로 호랴 호오니 의심치 마옵소셔 호고 즉시 당유 뫼인 곳의 가 보니 촉불을 발키고 적당이 좌우의 갈녀 안져 쥰치을 빅셜호고 듀뉵으로 질길 시 각 〃 쟌을 들어 밍길이게 치하 왈 오늘날 장군이 미인을 으더스오니 흔 쥰 슐노 위로호노이다 호고 각 〃 흔 잔식 권호니 밍길이 딕취호여 쓰러지고 모든 당유도 다 즈는지라 츈 (15)

낭이 밧비 드어 와 부인다려 왈 지금 도젹이 줌을 깁피 들스니 밧비 서문을 열고 도망ᄒᆞᆫ스이다 ᄒᆞ고 즉시 수건의 밥을 ᄊᆞ가지고 부인과 양 눈을 다리고 이날 밤의 도망ᄒᆞ여 셔으로 향ᄒᆞ야 갈 식 졍신이 아득ᄒᆞ 야 촌보을 가기가 어려온지라 동방이 발셔 발거ᄂᆞᆫ 듸 강쳔의 외기러기 우난 소ᄅᆡ는 슬픈 마음을 돕ᄂᆞᆫ지라 문득 바라보니 ᄒᆞᆫ 편온 틱슨이요 ᄒᆞᆫ 편은 딕강이라 바듸 가의 갈밧 속으로 드려가며 부인은 긔운이 쇠 진ᄒᆞ야 츈낭을 도라보와 왈 날은 임의 발고 긔운이 진ᄒᆞ야 갈 기리 읍 스니 웃지 ᄒᆞ잔 말고 ᄒᆞ며 앙쳔통곡ᄒᆞ더니 문득 갈밧 속으로셔 ᄒᆞᆫ 여 승이 나와 부인게 졀ᄒᆞ고 엿ᄌᆞ 왈 어이ᄒᆞᆫ 부인이관듸 일언 험지예 왓 나잇가 부인이 왈 존스은 어듸 계신지 준명 (16)

을 구ᄒᆞ소셔 ᄒᆞ며 젼후슈말을 일으고 간쳥ᄒᆞ니 그 여승이 왈 부인 의 졍승을 보니 가긍ᄒᆞ야이다 소승은 고소듸 일봉암의 잇삽던니 흔산 스의 가 양식을 실고 오ᄂᆞᆫ 길의 쳐량ᄒᆞᆫ 곡셩이 들니기로 뭇고ᄌᆞ ᄒᆞ와 비을 강변의 듸이고 ᄎᆞ져 왓ᄉᆞ오니 소승을 ᄯᆞ라 가 급ᄒᆞᆫ 환을 면ᄒᆞ소 셔 ᄒᆞ고 비예 오의길을 직쵹ᄒᆞ니 부인이 감스ᄒᆞ야 츈낭과 양눈을 다 리고 그 비예 오르니라 이ᄯᆡ 밍길이 줌을 ᄭᆡ야 침방의 들어간니 부인 과 츈낭 양눈이 간 듸 읍거날 분을 이기지 못ᄒᆞ여 제졸을 거날리고 두 로 ᄎᆞᆺ다가 강숭을 바라보니 녀승과 녀인 숨인이 비예 안쪄거날 밍길이 쇼ᄅᆡ을 크게 길너 장졸을 직쵹ᄒᆞ야 달여오거날 녀승이 비을 밧비 져 어 가니 ᄲᅢ으기 살 갓튼지라 밍길이 바라보다가 할 일 읍셔 (17)

셔″ 탄식만 ᄒᆞ다가 도라가니라 이ᄯᆡ 녀승이 비을 승경문 박기 듸 이고 ᄂᆡ리라 ᄒᆞ니 부인이 비예 나려 녀승을 ᄯᆞ라 고소듸로 올나 갈 식

산명 슈려ᄒ여 화쵸은 만발흔듸 각식 김싱의 소릐 스람의 심회을 돕
는지라 근〃이 힝ᄒ야 승당의 올나 가 졔승게 졀ᄒ고 안지니 그 즁의
흔 노승이 문왈 부인은 어듸 계시며 무숨 일노 이 산즁의 드려 오신잇
가 부인이 듸왈 형쥬 쌍의 스옵던니 병는의 피신ᄒ야 증향 읍시 가옵
다가 쳔힝으로 죤승을 만나 이곳의 왓스오니 죤스의게 의탁ᄒ와 삭발
위승ᄒ옵고 후싱 길이나 닥고ᄌᆞ ᄒ나이다 노승이 그 말을 듯고 왈 쇼
승의게 상ᄌᆞ 읍스오니 부인의 소원이 그려ᄒ시면 원듸로 ᄒᄉᆞ이다
ᄒ고 즉시 목욕ᄌᆡ계ᄒ고 삭발ᄒ야 부인은 노승 상ᄌᆞ 되고 츈낭과 양
눈은 부인의 승ᄌᆞ 되야 이날부텀 불 (18)

　전의 츅슈ᄒ되 시랑과 계월을 보옵게 ᄒ옵소셔 ᄒ며 셰월을 보늬니
라 각셜 이쩌 계월은 물의 쩌 가며 우는 말이 나은 님의 속졀 읍시 죽
건이와 어만님은 아모쪼록 목심을 보존ᄒ와 쳔힝으로 아바님을 맛나
옵거든 계월이 죽은 쥴이나 알게 ᄒ옵소셔 ᄒ며 슬피 울고 쩌 가더니
이젹의 무릉포의 스는 여공이라 ᄒ는 스람이 빅을 타고 셔쵹으로 가
다가 강상을 바라보니 웃던 아희 ᄌᆞ리예 씨이예 쩌가며 우는 소릐 들
니거날 그곳의 일으러 빅을 머무르고 ᄌᆞ리을 건져 보믹 어린 아히라
그 아히 모양을 보니 인물리 쥰슈ᄒ고 아름다온나 인ᄉᆞ을 ᄎᆞ리지 못ᄒ
야 ᄒ거날 여공이 약으로 구ᄒ니 이윽ᄒ야 씩야나며 어미을 부르는
소릐 ᄎᆞ마 듯지 못할너라 여공이 그 아희을 실고 집의 도라와 물어 왈
웃더흔 아희관듸 (19)

　만경창파 즁의 이런 익을 당ᄒ여는냐 계월이 울며 왈 나는 어만님
과 흔가지로 가옵더니 웃던 스람이 어만님을 동여 믹고 나은 ᄌᆞ리예

쓰셔 물의 던지기로 예 왓나이다 여공이 그 말을 듯고 닉심의 필연 슈적을 만나쏘다 ᄒ고 다시 문왈네 나히 몃치며 일홈은 무엇신다 딕왈 나흔 오셰읍고 일홈은 계월이로소이다 쏘 문왈 네 부친 일홈은 무엇시며 수던 지명은 무엇신지 아난다 계월이 딕왈 아바님 일홈은 모로읍건니와 남이 부르기를 홍시랑이라 ᄒ읍고 수던 지명은 모로나이다 야공이 혜오딕 홍시랑이라 ᄒ니 분명 냥반의 즈식이로다 ᄒ고 이 아희 나히 닉 아들과 동갑이요 쏘흔 얼골이 비범ᄒ니 잘 길너 말닉 영화을 보리라 ᄒ고 친즈식 갓치 예기더라 그 아들 일홈은 보국이라 용모 쏘흔 비범ᄒ고 활달흔 긔남즈라 (20)

계월을 보고 친 동싱 갓치 예기더라 세월이 여유ᄒ야 두 아히 나히 칠셰의 이르믹 ᄒᄂ 일이 비범ᄒ니 뉘 안니 층춘ᄒ리요 여공이 두 아희 글을 가르치고즈 ᄒ야 강동 싸 월호슨 명현동의 곽도스 잇단 말을 듯고 두 아희을 다리고 명현동을 추져가니 도스 초당의 안져거날 들어가 예필 후의 엿즈 왈 싱은 무릉포의 스는 여공이읍더니 느씨야 즈식을 두엇스온 바 녕민ᄒ기로 도스의 덕택으로 스람이 될가 ᄒ와 왓난이다 ᄒ고 두 아히을 불너 뵈인딕 도스 이윽키 보다가 왈 이 아히 상을 보니 흔 동싱은 안니 ″ 글어할 시 분명흔직 긔이지 말나 여공이 그 말을 듯고 션싱의 지인지감은 귀신 갓도소이다 도스 왈 이 아희 잘 갈라쳐 일홈을 죽빅의 빗닉게 ᄒ리라 ᄒ니 여공이 ᄒ직ᄒ고 도라오니라 각셜 이썩 홍시랑은 슨즁 (21)

의 몸을 감츄고 잇더니 도적이 그 산즁의 드려와 빅셩의 직물을 노략ᄒ고 스람을 붓드려 군스을 삼더니 맛춤 홍시랑을 으든지라 위인이 비범ᄒᆞ미 참아 죽이지 못ᄒᆞ고 졔젹과 의논ᄒᆞ되 이 ᄉᆞ람을 군즁의 두미 웃더ᄒᆞ요 졔젹이 낙다ᄒᆞ니 장ᄉᆞ랑이 즉시 홍시랑을 불너 왈 우리와 ᄒᆞᆫ가지 동심 모의ᄒᆞ여 황성을 치ᄌᆞ ᄒᆞ니 홍시랑이 싱각ᄒᆞᆫ 즉 만일 듯지 안니ᄒᆞ면 죽기을 면치 못ᄒᆞ리라 ᄒᆞ고 마지 못ᄒᆞ야 거짓 항복ᄒᆞ고 황성으로 힝ᄒᆞ니라 이ᄱᆡ 쳔ᄌᆞ 유성으로 딕원슈을 삼고 군ᄉᆞ을 거나려 임치 ᄯᅡᆼ의셔 도젹을 파ᄒᆞ고 장ᄉᆞ랑을 잡어 압피 셰우고 황성으로 갈ᄉᆡ 홍시랑도 진즁의 잇다가 잡혀난지라 쳔ᄌᆞ 장원각의 뎐좌ᄒᆞ시고 반젹을 다 슈죄ᄒᆞ시고 베힐 시 홍시랑도 ᄯᅩᄒᆞᆫ 죽게 되얏ᄂᆞ지라 홍시랑이 크계 소 (22)

리을 질너 왈 소인은 피란ᄒᆞ여 산즁의 잇삽다가 도젹의게 잡펴노라 ᄒᆞ며 젼후슈말을 다 아뢴듸 양쥬 ᄌᆞᄉᆞ ᄒᆞ얏던 뎡덕기 이 말을 듯고 복지 쥬왈 져 죄인은 시랑 베슬 ᄒᆞ엿던 홍무로소이다 상이 그 말을 드르시고 자셰히 보시다가 왈 네는 일즉 베슬을 ᄒᆞ여스니 추라리 죽을지언졍 도젹의 무리예 들이요 죄을 의논ᄒᆞ면 죽일 것시로되 옛일을 싱각ᄒᆞ야 원츤ᄒᆞ노라 ᄒᆞ시고 뉼관을 명ᄒᆞ여 즉시 홍무을 벽파도로 졍빅ᄒᆞ라 ᄒᆞ시니 벽파도로 힝할 시 일만 팔쳔 리라 시랑이 고향의 도라가 부인과 계월을 보지 못ᄒᆞ고 만리 타국으로 졍빅 간니 일언 팔ᄌᆞ 어듸 잇시리요 ᄒᆞ며 실피 통곡ᄒᆞ니 보는 ᄉᆞ람이 낙누 안니 ᄒᆞ리 읍더라 ᄯᅥᄂᆞᆫ 제 팔삭 만의 벽파도의 다ᄯᅳ르니 그 ᄯᅡᆼ은 오초지간이라 원릭 벽파도ᄂᆞᆫ 인젹이 부도 (23)

쳐라 이곳의 보ᄂᆡ기는 홍무을 쥬려 죽게 함이너라 뉼관이 시랑을 그곳의 두고 도라 가니 시랑이 쳔지 아득ᄒᆞ여 듀야로 운닐며 긔갈을 견

딘지 못ᄒ여 물가의 단이며 죽은 고기와 바힌 위의 부튼 굴을 만니 쥬어 먹고 셰월을 보닌니 의복은 남누ᄒ야 형용이 괴이ᄒ고 일신의 털이 나스미 김싱의 모양일너라 각셜 이젹의 양부인은 츈낭과 양눈을 다리고 산중의 잇셔 눈믈노 셰월을 보닌던니 일〃은 부인이 ᄒ 꿈을 으드니 ᄒ 즁이 뉵한장을 집고 압피 와셔 졀ᄒ고 왈 부인은 무졍ᄒ 산중의 풍경만 딘ᄒ고 시랑과 계월을 찻지 안니 ᄒ시ᄂ닛가 지금 곳 써나 벽파도을 초져 가 그곳의 잇ᄂ 스람을 만나 고향 소식을 무르면 즈연 시랑을 만나리다 ᄒ고 간 곳 읍거날 부인이 꿈을 꾀고 딘경ᄒ야 양눈과 츈낭을 불 (24)

너 몽ᄉ을 이르고 왈 가다가 노즁고혼이 될지라도 가리라 ᄒ고 곳 힝즁을 초려 노승게 ᄒ즉ᄒ야 왈 쳡이 만리 타국의 와 존ᄉ의 은혜을 입어 쥰명을 보존ᄒ엿스오니 은혜 빅골는망이오나 간밤의 몽ᄉ 여ᄎ〃〃ᄒ오니 부쳐님이 인도ᄒ시미라 하즉을 고ᄒ나니다 ᄒ며 낙누ᄒ니 노승이 쏘ᄒ 체읍 왈 나도 부인 만난 후로ᄂ 빅ᄉ을 부인의게 붓탁ᄒ엿더니 금일 이별ᄒ니 슬푼 심ᄉ을 장츳 엇지 할리요 ᄒ고 은봉지 ᄒ나을 쥬며 왈 일노 졍을 표ᄒ오니 구츳ᄒ 꼐 쓰옵소셔 부인이 감ᄉᄒ야 바다 양눈을 쥬고 하즉ᄒ고 사문의 셔날 시 노승과 졔승이 나와 셔로 낙루ᄒ며 써ᄂ 졍을 못닌 이연ᄒ더라 부인이 츈낭 양눈을 다리고 동녁을 힝ᄒ여 닌려올 시 쳔봉은 눈압피 버려 잇고 초목은 울〃ᄒ딘 무심 (25)

ᄒ 두견셩은 스람의 심회을 둡ᄂ지라 눈믈을 금치 못ᄒ고 어딘로 갈 쥬을 몰나 촌〃 젼진ᄒ여 나가던니 ᄒ 곳슬 바라보니 북편의 겨근

길이 잇거날 그 길노 가며 보니 압피 뒤강이 잇고 우의 누각이 잇거날
나가 보니 션판의 쎠스되 악양누라 ᄒ여더라 ᄉ면(을) 슬펴보니 동졍
호 칠빅 이는 눈 압피 둘너 잇고 무슨 십이봉 구름 속의 소스 잇다 각
식 풍경을 이로 측양치 못할너라 부인이 슈심을 익기지 못ᄒ여 한심
지고 쏘 ᄒ 곳 다〃르니 큰 다리가 잇는지라 그곳 ᄉ람더려 무르니 장
판교라 ᄒ니 쏘 문왈 이곳의셔 황셩이 얼마나 되는뇨 뒤왈 일만 팔쳔
리라 ᄒ오나 져 다리을 근너 가 빅 이만 가면 옥문관이 잇스니 그곳의
가 무르면 즈셰히 알이라 ᄒ니 쏘 문왈 벽파도란 셤이 〃 근쳐의 잇난
잇가 그는 즈셰이 모르 (26)

　나이다 ᄒ거날 할 일 읍셔 옥문관을 ᄎ져 가 ᄒ ᄉ람을 만나 무르니
그 ᄉ람이 벽파도을 가르치거날 그 셤을 ᄎ져 가며 살펴 보니 수로〃
는 머지 아니ᄒ나 근너 갈 길이 읍셔 망연ᄒ지라 물가의 안져 바라보
니 바회 우의 ᄒ ᄉ람이 안져 고기을 낙거날 양눈이 다가 졀ᄒ고 문왈
져 셤은 무슨 셤이라 ᄒ나잇가 어옹이 왈 그 셤이 벽파도라 ᄒ거날 쏘
문왈 그곳의 인가 잇는닛가 어옹 왈 즈고로 인젹이 읍더니 슈삼 연 견
의 형주 쌍의셔 졍빅 온 ᄉ람이 잇셔 초목으로 울을 숨고 김싱으로 벗
슬 삼어 잇셔 그 형용이 참혹ᄒ여이다 ᄒ거날 양눈이 도라와 부인게
고ᄒ니 부인이 왈 졍빅 왓단 ᄉ람이 형쥬 ᄉ람이라 ᄒ니 반다시 시랑
이라 ᄒ며 그 셤을 바라보고 안져더니 홀연 강슝의 일엽 소션이 오거
날 양눈이 그 빅을 (27)

　향ᄒ야 왈 우리는 고소뒤 일봉암의 잇는 즁이옵더니 벽파도을 근너
가고즈 ᄒ되 근너지 못ᄒ고 이곳의 안져삽더니 쳔힝으로 션인을 만나

ᄉ오니 바라옵건디 일시 슈고을 싱각지 마옵소셔 ᄒ며 이결ᄒ니 션인이 비을 디이고 오르라 ᄒ거날 양눈과 춘낭이 부인을 모시고 비예 올의니 슌식간의 디이고 니리라 ᄒ니 빅비 ᄉ례ᄒ고 비예 니려 벽파도로 가며 살펴보니 수목이 충쳔ᄒ고 인젹이 읍ᄂᆞᆫ지라 강가로 단이며 두로 살피더니 문득 ᄒᆞᆫ 곳의 〃복이 남누ᄒ고 일신의 털이 도다 보기 참혹ᄒᆞᆫ ᄉ람이 강변의 단이며 고기을 쥬어 먹다가 ᄒᆞᆫ 굴노 들어가거날 양눈이 소리을 크계 ᄒ여 왈 상공은 조곰도 놀니지 마르소셔 시랑이 그 말을 듯고 초막 박긔 나셔며 이 셤즁의 날 ᄎᆞ즈오 리 읍거날 존ᄉᆞᆫ 무ᄉᆞᆷ 말을 뭇고ᄌᆞ ᄒᄂᆞᆫ (28)

뇨 양눈이 왈 소승은 고소디 일봉암의 잇삽더니 이곳의 오옵기ᄂᆞᆫ 못ᄌᆞᆯ 일이 잇삽긔로 상공을 ᄎᆞ져 왓나이다 ᄒ니 시랑이 왈 무삼 말ᄉᆞᆷ을 뭇고ᄌᆞ ᄒᄂᆞᆫ요 양눈이 복지 디왈 소승의 고향이 형쥬 구계촌이온 바 장ᄉᆞ랑의 난을 만나 피란ᄒ여삽더니 젼어을 듯ᄉ온 즉 숭공이 형쥬 쌍의셔 이 셤으로 졍비 왓다 ᄒ기로 고향 속식을 뭇고ᄌᆞ 하와 왓나이다 시랑이 니 말을 듯고 눈물을 흘녀 왈 형쥬 구계촌의 산다 ᄒ니 뉘 집의 잇던요 양눈이 디왈 소승이 홍시랑되 양눈이온 바 부인을 모시고 왓나이다 ᄒ니 시랑이 〃 말을 듯고 여광여취ᄒ여 밧비 달여드려 양눈의 손을 잡고 디셩통곡 왈 양눈아 너는 나을 모르ᄂᆞ냐 니가 홍시랑이로다 ᄒ니 약눈이 홍시랑이란 말을 듯고 이윽키 긔졀ᄒ엿다가 계 (29)

오 인ᄉ를 ᄎᆞ려 울며 왈 지금 강변의 부인이 안져ᄂᆞ이다 시랑이 그 말을 듯고 일히일비ᄒ여 앙쳔통곡ᄒ며 강가의 밧비 나가니 이젹의 부인이 우룸 소리을 듯고 눈을 들어 보니 털이 무셩ᄒ야 곰 갓튼 스람이 가슴을 두다이며 부인을 향ᄒ야 오거날 부인이 보고 밋친 스람인가 ᄒ야 도망ᄒ니 시랑이 왈 부인은 놀닉지 말르소서 나는 홍시랑이로소이다 부인은 모르고 황겁ᄒ야 쒯갈을 버셔 들고 닷더니 양뉸이 웨여 왈 부인은 닷지 마르소서 홍시랑이로소이다 부인이 양 뉸의 소릭을 듯고 황망이 안지니 시랑이 울며 달여와 가로딕 부인은 그딕지 의심ᄒ나잇가 나는 계월의 아비 홍시랑이로소이다 부인이 듯고 인스을 ᄎ리지 못ᄒ며 서로 붓들고 통곡ᄒ다가 긔졀ᄒ거날 양뉸이 ᄯ흔 통곡ᄒ며 위로ᄒ니 그 졍상은 참아 보지 (30)

못할너라 츈낭은 외로온 스람이라 혼ᄌ 도라 안져 슬피 우니 그 졍상이 ᄯ흔 가련ᄒ더라 시랑이 부인을 붓들고 초막으로 도라와 졍신을 진졍ᄒ여 물어 왈 져 부인은 웃더ᄒ 부인이닛가 부인이 탄왈 피란ᄒ여 가옵다가 수젹 밍길을 만나 계월은 물의 죽고 도젹의게 잡펴 갓더니 져 츈낭의 구함믈 입어 그날 밤의 도망ᄒ야 고소딕의 가 즁 된 말이며 부쳬님이 현몽ᄒ여 벽파도로 가란 말이며 젼후슈말을 다 고ᄒ니 시랑이 계월이 죽어단 말을 듯고 긔졀ᄒ엿다가 계오 인스을 ᄎ려 왈 나도 그ᄯᅦ에 뎡수도 집의 ᄯ여나 오다가 도젹 장수랑게 잡펴 진즁의 잇다가 쳔ᄌ 도젹을 잡어스 나도 〃 젹과 갓치 잡펴더니 동심모의 ᄒ엿다 ᄒ고 이곳의 졍빅 온 말을 다 이르고 닌ᄒ야 츈낭 압픠 나가 졀 (31)

ᄒ고 치스 왈 부인의 구ᄒ신 은혜는 죽어도 갑풀 기리 읍나이다 ᄒ며 치ᄒ을 무슈이 ᄒ더라 이젹의 부인이 노승이 쥬던 은ᄌ을 션인의게 팔아 약식을 이으며 계월을 싱각ᄒ고 아니 우는 날이 읍더라 각셜 이

젹의 계월은 보국과 혼가지로 글월 비올 시 혼 자을 가르치면 열 주을 알고 ᄒᄂ 거동이 비상ᄒ니 도ᄉ 층춘 왈 하날이 너을 ᄂ신 바은 명졔 을 위ᄒ미라 읏지 쳔ᄒ을 근심ᄒ리요 용병지계와 각식 술법을 다 가르 치니 검술과 지략이 당셰의 당ᄒ 리 읍실지라 계월의 일홈을 곳츠 평 국이라 ᄒ다 셰월이 여류ᄒ여 두 아히 나희 십 삼셰에 당ᄒ엿ᄂ지라 도ᄉ 두 아히을 불너 왈 용병지지는 다 비와스나 풍운변화지술을 비우 라 ᄒ고 칙 혼 권을 쥬거날 보니 이ᄂ 젼후의 읍ᄂ 술법이라 평국 (32)

과 보국이 쥬야 불쳘ᄒ고 비온ᄃ 평국은 숨 속 만긔 비와 ᄂ고 보국 은 일연을 비와도 통치 못ᄒ니 도ᄉ 왈 평국의 직조는 당셰의 졔일이 라 ᄒ더라 이젹의 두 아히 나히 십 오셰 되야ᄂ지라 이ᄯ 국가 틱평ᄒ 여 빅셩이 격양가을 일슴더라 쳔ᄌ 어진 신ᄒ을 읏고ᄌ ᄒ야 쳔ᄒ의 힝관ᄒ야 만과을 뵈일 시 도ᄉ 이 소문을 듯고 즉시 평국과 보국을 불 너 왈 지금 황셩의셔 과거을 뵈인다 ᄒ니 부ᄃ 일홈을 빗ᄂ라 ᄒ시고 여공을 쳥ᄒ여 왈 두 아희 과힝을 츠려 쥬라 ᄒ니 여공이 즉시 힝장을 츠려 쥬되 쳔리 쥰총 두 필과 ᄒ인을 졍ᄒ야 쥬거날 두 아히 ᄒ직ᄒ고 길을 써나 황셩의 다〃르니 쳔ᄒ 션비 구름 뫼이듯 ᄒ엿더라 과거 날 이 당ᄒ민 평국과 보국이 ᄃ명젼 들어가니 쳔ᄌ 뎐좌ᄒ시고 글졔을 놉피 거러거날 경각 (33)

의 글을 지여 일필휘지ᄒ니 용ᄉ비등혼지라 션즁의 밧치고 보국은 이쳔의 밧치고 쥬인 집의 도라 와 쉬더니 이ᄯ 쳔ᄌ 이 글을 보시고 좌 우을 도라 보와 왈 이 글을 보니 그 직조을 가히 알지로다 ᄒ시고 비봉 을 긔탁ᄒ시니 평국과 보국이라 장원을 ᄒ이실 시 보국은 부장원을

ᄒ이시고 황경문의 방을 붓쳐 호명ᄒ거날 노복이 문박긔셔 듸방ᄒ다
가 급피 도라와 엿ᄌ오듸 도령님 두 분이 지금 참방ᄒ여 밧비 부르시
니 급피 드려가ᄉ이다 평국이 듸히ᄒ여 급피 황경문의 드러가셔 옥계
ᄒ의 복지ᄒ듸 쳔ᄌ 두 신원을 인견ᄒ시고 두 사람의 손을 잡고 층춘
왈 너히을 보니 충심이 잇고 미간의 쳔지조화을 가져스며 말 소ᄅᆞ 옥을
씌치ᄂᆞᆫ 듯ᄒ니 쳔ᄒ 영쥰이라 짐이 〃졔ᄂᆞᆫ 쳔ᄒ을 근심치 안니 ᄒᆡ이로
다 진심 갈역ᄒ여 (34)

짐을 도의라 ᄒ시고 평국으로 한림학ᄉ을 ᄒ이시고 보국으로 부졔
후을 ᄒ이시고 유지와 어ᄉ화을 쥬시며 쳔리쥰춍 ᄒᆞᆫ 필식 ᄉᆞᆼ급ᄒ시니
한림과 부졔후 ᄉᆞ은슉ᄇᆡᄒ고 나오니 하인 등이 문 박긔 듸후ᄒ엿다가
시위ᄒ여 나올 ᄉᆡ 홍포 옥듸의 쳥홍기을 밧쳐 일광을 가리고 압피ᄂᆞᆫ
어젼 풍유의 쌍옥져 불니며 뒤예ᄂᆞᆫ 틱학관 풍유의 금의화동이 꼿밧치
되야 장안 듸도승으로 두렷시 나오니 보ᄂᆞᆫ 사람이 층춘ᄒ여 왈 쳔상
션관이 하강ᄒ엿다 ᄒ더라 삼일유과 ᄒᆞᆫ 연후의 한림원의 드려 가셔 명
현동 션ᄉᆡᆼ게와 무릉포 여공듸의 긔별을 젼ᄒ고 한림이 눈물을 흘여 왈
그듸ᄂᆞᆫ 부모 냥친이 계시니 영화을 뵈련니와 나ᄂᆞᆫ 부모 읍ᄂᆞᆫ 인ᄉᆡᆼ이라
영화을 웃지 뵈이리요 ᄒ며 실픠 체읍ᄒ더라 이젹의 한림과 부졔후 탑
젼의 들 (35)

어가 부모젼의 영화 뵈일 말을 쥬달ᄒ니 쳔ᄌ 왈 경등은 짐의 슈죡
이라 즉시 도라와 짐을 도의라 ᄒ신듸 한림과 부졔후 ᄒ즉 슉ᄇᆡᄒ고
집으로 도라올 ᄉᆡ 각읍의 지경 나와 젼송ᄒ더라 열어 날만의 무릉포의
득달ᄒ여 〃공 양위게 뵈온 듸 그 질검을 측냥치 못ᄒ여 보ᄂᆞᆫ 사람이

뉘 안니 충츈ᄒ리요 보국은 희식이 만안ᄒ나 평국은 희식이 읍고 얼굴의 눈물 흔적이 마르지 안니 ᄒ거날 여공이 위로 왈 막비쳔슈라 젼ᄉ을 너머 셜워 말나 하날리 도의ᄉ 일후의 다시 부모을 만나 영화을 비일 것시니 웃지 셜워ᄒ리요 흔딕 평국이 부복 쳬읍 왈 희승 고혼을 거두워 이 갓치 귀히 되오니 은혜 빅골ᄂ망이라 갑풀 바을 아지 못ᄒ나이다 여공과 모든 스람이 충츈불이ᄒ더라 이튼 날 명현동의 가 도ᄉ게 뵈인딕 도ᄉ 딕히 (36)

ᄒ여 평국을 압피 안치고 원로의 영화로 도라옴을 충찬ᄒ시고 〃금녁딕와 나라 셤길 말을 경계ᄒ더라 일일은 도ᄉ 쳔긔을 살펴보니 북방 도적이 강셩ᄒ야 쥬셩과 모든 익셩이 ᄌ미셩을 둘너거날 놀닉야 평국과 보국을 불너 쳔문 말씀을 이르며 급피 올나 가 쳔ᄌ의 급함물 구ᄒ라 ᄒ고 봉셔 흔 장을 평국을 쥬며 왈 젼즁의 나가 만일 죽을 곳실 당ᄒ거던 이 봉셔을 쎼여 보라 ᄒ며 밧비 가기을 직쵹ᄒ니 평국이 쳬읍 왈 션싱의 이휼ᄒ신 은혜 빅골난망이오나 일은 부모을 어닉 곳의 가 ᄎᄌ릿가 복원 션싱은 명박키 가르쳐 쥬소셔 도ᄉ 왈 쳔긔을 누셜치 못ᄒ니 다시는 뭇지 말나 ᄒ신니 평국이 다시 뭇지 못ᄒ고 두 스람이 ᄒ직ᄒ고 필마로 듀야 힝ᄒ야 황셩으로 올 (37)

나 가나라 이쎡 옥문관 직키는 김경담이 장계을 올여거날 쳔ᄌ 즉시 긔탁ᄒ여 보시니 ᄒ여시되 셔관 셔달이 비ᄉ장군 악딕와 비용장군 쳘통골 두 장슈로 션봉을 습고 군ᄉ 십만과 장슈 쳔여 원을 거나리고 북쥬 칠십여 셩을 황복 밧고 자ᄉ 양긔덕을 베히고 황셩을 범코ᄌ ᄒ오니 소장의 힘으로는 당치 못ᄒ오미 복원 황승은 어진 명중을 보닉ᄉ

도젹을 막으소서 ᄒ여거날 천ᄌ 보시고 디경ᄒᄉ 졔신을 도라 보와
왈 경등은 밧비 디원슈 할 ᄉ람을 졍ᄒ여 방젹할 모쵝을 의논ᄒ라 ᄒ
시니 졔신이 쥬왈 평국이 비록 년소ᄒ나 천지조화을 흉즁의 품은 듯ᄒ
오니 이 ᄉ람으로 도원슈을 졍ᄒ와 도젹을 방비할가 ᄒ나이다 천ᄌ
디히ᄒᄉ 즉시 ᄉ관을 보닉랴 할 지음의 황경문 수문즁 (38)

이 급고 왈 한림과 부졔후 문박긔 디령ᄒ여나이다 천ᄌ 드르시고
ᄒ교ᄒᄉ 급피 입시ᄒ라 ᄒ시니 평국 보국이 쌜이 옥계 ᄒ의 복지ᄒ
디 천ᄌ 인견ᄒ시고 왈 짐이 어지〃 못ᄒ여 도젹이 강셩ᄒ여 북쥬 칠
십여 셩을 치고 황셩을 범코ᄌ ᄒ니 놀나온지라 졔신과 의논ᄒ 즉 경
등을 천거ᄒᄆ 소관을 보닉여 부르ᄌ ᄒ여더니 명천이 도으ᄉ 경등
이 의외예 님ᄒ여스니 사즉을 안보할지라 츙셩을 극진이 ᄒ여 짐의 근
심을 덜고 도탄 즁의 빅셩을 건지라 ᄒ시니 평국과 보국이 복지 주왈
소신 등이 지조 쳔단ᄒ오나 흔 번 북쳐 도젹을 파ᄒ와 폐ᄒ 셩은을 만
분지 일이나 갑고ᄌ ᄒ오니 복원 폐ᄒ는 근심치 마옵소셔 천ᄌ 디희
ᄒᄉ 평국으로 디원수을 봉ᄒ시고 보국으로 디ᄉ마 즁군디즁을 봉
ᄒ시고 장수 쳔 (39)

여 원과 군ᄉ 팔십 만을 쥬시며 왈 졔즁 군졸을 웃지〃 휘ᄒ랴 ᄒ난
요 도원수 평국이 쥬왈 심즁의 다 졍ᄒ엿ᄉ오니 힝군 시예 각〃소임을
졍ᄒ랴 ᄒ나이다 ᄒ고 즉시 장수 쳔여 원과 군ᄉ 팔십만을 취군ᄒ야
계츅 갑ᄌ일의 힝군할 ᄉ 원수 슘금투고의 빅운견포을 입고 허리예
보궁과 비룡살을 ᄎ고 좌슈의 산호편과 우슈의 수긔을 드려 군즁의 호
령ᄒ여 졔즁 군졸을 지휘ᄒ니 위풍이 엄숙ᄒ더라 천ᄌ 디희 왈 원슈

의 용병지지 일어ᄒᆞ니 웃지 도적을 근심ᄒᆞ리요 ᄒᆞ시고 딘장 긔예 어
필노 한림학ᄉ 겸 딘원수 홍평국이라 쓰시고 층찬불이 ᄒᆞ시더라 원수
힝군할 ᄉᆡ 긔치창금은 일월을 희롱ᄒᆞ고 〃각 함성은 천지 진동ᄒᆞ며 위
엄이 빅이 박긔 버려더라 장졸을 지쵹ᄒᆞ야 옥 (40)

　문관으로 힝할 ᄉᆡ 천ᄌᆞ 원수의 향군을 구경코ᄌᆞ ᄒᆞ야 제신을 거나
리고 거동ᄒᆞᄉ 진 박긔 이르시니 수문장이 진문을 구지 닷거날 전두관
이 웨어 왈 천ᄌᆞ 이곳의 거동ᄒᆞ엿시니 진문을 밧비 열나 수문장이 왈
군즁의 문장군영이요 불문천ᄌᆞ로라 ᄒᆞ니 장영 읍시 열이요 ᄒᆞᄃᆡ 천ᄌᆞ
격셔을 전ᄒᆞ시니 원슈 천ᄌᆞ 오신 줄을 알고 진문의 전령ᄒᆞ야 진문을
크게 열고 천ᄌᆞ을 마지 ᄉᆡ 수문장이 아리되 진즁의는 말을 달이지 못
ᄒᆞ나이다 ᄒᆞ니 천ᄌᆞ 단기로 장딘 아릭 일르니 원수 급피 장딘예 ᄂᆞ려
긔리 읍ᄒᆞ고 왈 갑옷 입은 장ᄉᆞ는 졀을 못 ᄒᆞ나이다 ᄒᆞ고 복지흔딕 상
이 층찬ᄒᆞ시고 좌우을 도라 보와 왈 원수의 진법이 옛날 듀아부을 본
바다스니 무슴 넘여 잇스리요 ᄒᆞ시고 빅모황월과 인검을 쥬시니 군즁
이 더옥 (41)

　엄숙ᄒᆞ더라 천ᄌᆞ 원로의 공을 일우고 도라 옴믈 당부ᄒᆞ시고 환궁ᄒᆞ
시니라 이ᄯᅥ 원수 힝군흔 졔 삼 삭만의 옥문관의 이르니 관수 셕탐이
황성 딘병 온 줄 알고 딘히ᄒᆞ야 성문을 열고 원수을 만져 장딘의 모시
고 제즁을 군례로 바들 ᄉᆡ 군즁이 엄숙ᄒᆞ더라 원수 관슈을 불너 도적
의 형세을 무르니 셕탐이 딘왈 도적의 형세 철통 갓도소이다 ᄒᆞ니 이
틋날 ᄶᅥ나 벽원의 다 〃라 유진ᄒᆞ고 적진을 바라보니 평원 광야의 살긔
츙천ᄒᆞ고 긔치츙금이 일광을 희롱ᄒᆞ더라 원슈 적진을 딘ᄒᆞ야 장딘의

놉피 안져 군즁의 호령 왈 장영을 어기는 지면 군법을 시힝ᄒ리라 ᄒ
니 만진 장졸이 황겁ᄒ야 ᄒ더라 이튿날 평명의 원슈 슘금투고의 빅운
갑을 입고 삼쳑 장검을 들고 쥰춍마을 (42)

달여 진문 박기 나셔며 딕호 왈 젹장은 드르라 쳔자의 셩덕이 어지
스 쳔하 빅셩의 격양가을 부르며 만셰을 충호ᄒ거날 너희놈이 반심을
두어 황셩을 범코즈 ᄒ니 쳔즈 빅셩을 건지랴 ᄒ시고 나을 명초ᄒ야
보니시니 너희 등은 목을 느리혀 닉 칼을 바드라 두렵거던 ᄲᆞᆯ이 나와
항복ᄒ라 ᄒᄂᆞᆫ 소릭 팀순이 움지기ᄂᆞᆫ 듯ᄒ니 비스장군 악딕 이 말을
듯고 딕로ᄒ여 필마단창으로 진문 박긔 나셔며 웨여 왈 너는 구상유
취라 어린 기아지 밍호을 모로미라 네 웃지 나을 당ᄒ리요 ᄒ고 달여
들거날 원슈 웃고 장금을 놉피 들고 말을 치쳐 달여들어 십여 합의 승
부을 결치 못 ᄒ더니 셔달이 장딕의셔 보다가 악딕 칼 비시 졈 〃 쇠진
ᄒ고 평국의 검광은 노셩 속의 번기 갓치 더옥 식 〃 ᄒᆞᆫ (43)

지라 급피 징을 쳐 군스을 거두거날 원수 분함을 머금고 본진의 도
라오니 졔장군졸이 원슈을 층찬 왈 원슈의 변화지슐과 좌츙우돌ᄒᄂᆞᆫ
법은 츈삼월 양유 가지 발암 압피 논이ᄂᆞᆫ 듯 츄구월 초싱달이 흑운을
헤치ᄂᆞᆫ 듯ᄒ더라 ᄒ다 이젹의 즁군장 보국이 아뢰되 명일은 소장이
나가 악딕의 머리을 베혀 휘ᄒᆞ의 올리 〃 다 원슈 말유ᄒ여 왈 악딕은
범숭치 안니ᄒᆞᆫ 장스니 즁군은 물너 잇스라 ᄒ니 종시 듯지 아니ᄒ고
간쳥ᄒ거날 원슈 왈 즁군이 즈쳥ᄒ여 공을 셰우고즈 ᄒ건이와 만일
여의치 못ᄒ면 군법을 시힝ᄒ리라 ᄒ니 즁군이 왈 그리 ᄒ옵소셔 원
슈 왈 군즁은 스졍이 웁ᄂᆞᆫ니 군율노 다즘을 두라 ᄒ니 즁군이 투고을

벗고 다즘을 써 올이 〞라 이튼날 평명의 보국이 갑쥬을 갓초고 용총마 송 (44)

의 올나 원슈는 친이 북치을 들고 만일 위틱ᄒ거던 징을 쳐 퇴군ᄒ 옵소셔 ᄒ고 진문 박긔 나셔며 듸호 왈 어졔 날은 우리 원슈 너희을 용 셔ᄒ고 그져 도라 왓시나 금일은 날로 ᄒ여금 너희을 베히라 ᄒ시믹 쌜이 나와 늬 칼을 바드라 ᄒ니 젹즁이 듸분ᄒ야 정셔장군 문길을 명 ᄒ야 듸젹ᄒ라 ᄒ니 문길이 영을 듯고 졍충출마ᄒ여 합젼ᄒ더니 수 합이 못ᄒ야 보국의 칼이 빗나며 문길이 머리 마ᄒ의 늬려지는지라 충 슷틱 쎼여 들고 듸호 왈 젹즁은 이믹ᄒ 장슈만 죽이지 말고 쌜이 나와 항복ᄒ라 ᄒ니 총셔즁군 츙관이 문길이 죽엄을 보고 급피 늬다라 쌋홀 시 삼십여 합의 이르려 츙관이 거짓 픽ᄒ여 본진으로 다라나거날 보국이 승셰ᄒ여 짜로더니 젹진이 일시예 고함을 지르고 둘너싸니 보 국이 쳔여 겹의 씨여는 (45)

지라 할 일 읍셔 죽게 되야거날 수긔을 놉피 들고 원슈을 향하야 탄 식ᄒ더니 이쎄 원슈 즁군의 급함을 보고 북치을 던지고 준총마을 급피 모라 크게 웨여 왈 젹장은 늬의 즁군을 힉치 말나 ᄒ고 슈다ᄒ 군즁의 좌충우돌ᄒ여 고함을 지르고 헤쳐 들어가니 젹진 장졸이 물결 히여지 듯 ᄒ는지라 원슈 보국을 엽피 찌고 젹즁 오십여 명을 ᄒ 칼노 베히고 만군즁의 횡힝ᄒ이 셔달이 악듸을 도라 보와 왈 평국이 하나뿐 줄을 알어더니 금일로 보건듸 슈십도 나문가 ᄒ노라 악듸 왈 듸왕은 금심치 마옵소셔 〞달이 왈 뉘 능히 당할이요 죽은 슐을 이로 층냥치 못ᄒ리 로다 이젹의 원슈 본진으로 도라 와셔 장듸의 놉피 안져 보국을 잡어

드리라 호령이 츄숭 갓거날 무스 넉슬 일코 즁군을 잡 (46)

어 장듸 압픠 쓸니 〃 원슈 듸질 왈 즁군은 들의라 늬 말유흐듸 자원
흐야 다짐 두고 츌전흐더니 적즁의 쇠예 싸져 듸국의 슈치함을 씨치
니 늬 구치 안니 흐라다가 더려온 도적의 손의 안니 죽이고 법으로 늬
가 죽여 졔즁을 효칙고즈 흐야 구흐미나 죽기을 셜어 말나 흐며 무스
을 호령흐여 원문 박긔 내야 베히라 흐니 졔장이 일시예 복지흐여 왈
즁군의 죄은 군법 시힝이 맛당흐오나 용녁을 다흐야 적장 슙십여 원
을 베히고 의긔 양 〃 흐야 적진을 경히 여기다가 픽을 보와스오니 흔
번 승픽은 일시 승스라 복원 듸원슈은 용셔흐옵소셔 흐며 일시예 고
두스죄흐니 원슈 이윽키 싱각흐다가 속으로 웃고 왈 그듸을 베혀 졔
즁을 본밧게 흐즈 흐엿더니 졔장의 낫칠 보와 용셔흐건이와 차후은
그리 말나 흐며 우신니 보국 (47)

이 빅비 스례흐고 물너난이라 잇튼날 평명의 원슈 갑쥬을 갓초고
말게 올나 칼을 들고 나셔며 듸호 왈 어졔는 우리 즁군이 픽흐여건니
와 오날은 늬 친이 싸와 너희을 함몰흐리라 흐며 졈 〃 나아가니 적진
이 황겁흐야 아모리 할 쥴 모르더니 이적의 악듸 분을 이기지 못흐야
늬다라 싸홀 시 십여 합의 이르려 원슈의 검광이 빗나며 악듸의 머리
마흐의 쩌러지거날 칼 긋틔 씌여 들고 쏘 즁군장 마흐영을 베히고 칼
춤 츄며 본진으로 도라 와 악듸의 머리을 함의 봉흐야 황승계 올니 〃
라 이씌 셔달이 악듸 죽음을 보고 앙천통곡 왈 이졔 명장을 죽여스니
평국을 뉘 잡으리요 흐니 쳘통골이 엿즈오듸 평국을 잡을 계교 잇스
오니 근심치 마옵소셔 져 아모리 용밍 이스나 이 계교의 싸질 것시니

보옵소셔 ᄒ고 이날 밤의 (48)

장졸을 영ᄒ야 군ᄉ 삼쳔식 거나려 쳔문동 어구예 믹복ᄒ엿다가 평
국을 유인ᄒ야 골 어구의 들거던 ᄉ면으로 불을 지르라 ᄒ고 보닉이라
잇튼날 평명의 쳘통골이 갑쥬을 갓초고 진 박긔 나셔며 도젼할 ᄉ l 크
게 웨여 왈 명즁 평국은 쌜이 나와 닉 칼을 바드라 ᄒ니 원슈 딕분ᄒ
야 달여 드려 슈십여 합의 승부을 결치 못ᄒ더니 쳘통골이 거짓 픽ᄒ
와 토고을 버셔 들고 창을 쓸고 말머리을 두류며 쳔문동으로 드려가거
날 원슈 쪼ᄎ 갈 ᄉ l 날이 임의 져무려ᄂᆞ지라 원슈 젹장의 쇠예 쌔진
줄을 알고 말을 둘루려 할 지음의 ᄉ면으로 난딕 읍ᄂᆞ 불이 〃러나 화
광이 충쳔ᄒ거날 원슈 아모리 싱각ᄒ되 피할 길이 읍셔 앙쳔 탄왈 나
ᄒ나 죽어지면 쳔ᄒ 강순이 오랑키 놈의 셰숭이 되이로다 ᄒ물며 일
은 (49)

부모을 다시 보지 못할 것시니 웃지 할이요 ᄒ다가 문득 싱각ᄒ고
션싱이 쥬시던 봉셔을 닉냐 급피 쩨여 보니 ᄒ엿스되 봉셔 속의 부작
을 쩌 너허스니 쳔문동 화직을 만나거던 이 부작을 각 방의 날이고 용
ᄌ을 셰 번 부르라 ᄒ여거날 원수 딕희ᄒ여 하날게 츅슈ᄒ고 부작을
ᄉ방의 날이고 용ᄌ을 셰 번 부르니 이윽고 셔풍이 딕작ᄒ더니 북방으
로셔 흑운이 일어나며 뇌셩 벽녁이 진동ᄒ며 소낙이 비가 닉리니 화광
이 일시예 실어지거날 원슈 바라보니 비 긋치고 월식이 동쳔의 걸여ᄂᆞ
지라 본진으로 도라오며 살펴 보니 셔달의 십만병도 간 딕 읍고 명국
딕병도 간 딕 읍거날 원슈 싱각ᄒ되 셔달이 나 죽은 줄 알고 진을 파ᄒ
고 황셩으로 갓도다 ᄒ며 너룬 ᄉ장의 홀로 셔 〃 갈 곳슬 몰나 탄식ᄒ

더니 이으고 옥문관으로 (50)

서 함성이 들이거날 원슈 말을 치쳐 함성을 좃츠 간니 금고 소릭 진
동ᄒ며 쳘통골이 웨여 왈 명국 즁군 보국은 닷지 말고 닉 칼을 바드라
너의 딕원슈 평국은 천문동 화직의 죽어시니 네 웃지 나을 딕적ᄒ리
요 ᄒ며 횡힝ᄒ거날 원슈 듯고 딕분ᄒ여 웨여 왈 적즁은 닉의 즁군을
히치 말나 천문동 화직예 죽은 평국이 예 왓노라 ᄒ며 번기 갓치 달여
드니 셔달이 쳘통골울 도라보아 왈 평국이 죽은가 ᄒ엿더니 〃 일을
웃지 ᄒ리요 쳘통골이 엿즈 왈 이제 밧비 도망ᄒ여 본국으로 도라 갓
다가 다시 긔병 함만 갓지 못ᄒ여이다 이제 아모리 싸호즈 ᄒ여도 세
궁역진ᄒ여 픽할 것시니 밧비 군쫄을 거나리고 벽파도로 가스이다 ᄒ
고 제장 삼십여 원을 거나이고 강변으로 나가 어부의 배을 쎅셔 타고
벽파도로 간니라 이젹의 원슈 (51)

필마 단검으로 직쳐 들어갈 싀 칼 빗시 번기 갓고 죽엄이 구순 갓튼
지라 원슈 흔 칼노 십만 딕병을 파ᄒ고 셔달 등을 츠즈랴 ᄒ고 살펴 보
니 약간 남은 군ᄉ 각 〃 다라가며 우는 말이 셔달아 이 몹실 놈아 너은
도망ᄒ여 살야 ᄒ고 우리은 외로온 고혼이 되라 ᄒ고 도망ᄒ는냐 ᄒ
며 실픠 운니 드르믹 도로여 쳐량ᄒ더라 원슈 셔달 등을 차지랴 할 제
문득 옥문관으로셔 들닉는 소릭 나거날 원슈 싱각ᄒ되 적장이 그리로
갓도다 ᄒ고 급피 말을 치쳐 가니라 이쎅 보국이 일언 즄은 모으고 가
슴을 두다리며 희미흔 달빗히 보고 적즁 오는가 ᄒ여 다라 나더니 후
군이 엿즈오딕 뒤예 오는 이가 천문동 화직의 죽은 우리 원슈의 혼빅
인가 보외다 ᄒ니 즁군이 딕경 왈 웃지 아는다 후군이 엿즈오딕 희미

흔 달빗틱 보오니 (52)

　타신 말이 쥰총마오 갑옷 빗시며 거동이 언슈의 힝싁인가 ㅎ나이다
보국이 그 말을 듯고 반겨ㅎ야 군스을 머무의고 서〃 기다리니 원슈의
음셩이어날 보국이 딕회ㅎ야 웨여 왈 소즁이 즁군 보국이오니 긔운을
허비치 마옵소셔 원수 듯고 의심ㅎ여 크게 웨여 왈 분명 보국이면 군
스로 ㅎ야금 칼을 보닉라 ㅎ니 보국이 딕회ㅎ여 칼과 슈긔을 보닉니
원슈 보시고 달여와 말게 닉려 보국의 손을 줍고 장즁의 드러가 희〃
낙〃ㅎ여 왈 천문동 화진예 죽게 되얏더니 션싱의 봉셔을 보고 이
리〃〃ㅎ여 버셔는 말과 본진으로 오다가 적진을 파ㅎ고 셔달 등은
도망ㅎ여 잡지 못흔 말이며 셰〃 셜화ㅎ고 쉬더니 날이 발거며 군스
보ㅎ되 셔달 등이 도망ㅎ야 벽파도로 갓다 ㅎ오니 급피 도젹을 (53)

　잡게 ㅎ옵소셔 원슈 이 말을 듯고 딕회ㅎ여 즉시 군스을 거나리고
강변의 이르려 어션을 잡아 타고 근너 갈 식 빅마당 긔치 창검을 셰우
고 원슈는 쥬즁의 단을 놉피 뭇고 갑쥬을 갓초고 삼쳑 즁검을 놉피 들
고 즁군의 호령ㅎ여 빅을 밧비 져어 벽파도로 힝홀 식 식〃흔 위풍과
늠〃흔 거동이 당셰 영웅일너라 이씩 홍시랑은 부인으로 더부려 계월
을 싱각ㅎ고 믹일 셜워ㅎ더니 쯧밧긔 들닉는 소릭 나거날 놀나 급피
초막 박긔 나셔 보니 무슈흔 도젹이 들닉거날 시랑이 부인을 다리고
천방지방 도망ㅎ여 손곡으로 들어가 바회 틈의 몸을 감초고 통곡ㅎ더
니 그 잇튼날 평명의 쏘 강승일 바라보니 빅예 군스을 실고 긔치창검
이 셔리 갓고 함셩이 진동ㅎ여 벽파도로 힝ㅎ거날 시랑이 (54)

더옥 놀닉여 몸을 감초고 잇던이라 원슈 벽파도의 다달나 빅을 강변
믹고 진을 치며 호령 왈 셔달 등을 밧비 잡으라 ᄒ니 졔즁이 일시예 고
함ᄒ고 벽파도을 둘너 ᄊ니 셔달이 하일 읍셔 자결코즈 ᄒ더니 원슈
군ᄉ의게 잡펴ᄂ지라 원슈 장딕의 놉피 안져 셔달 등을 딕ᄒ의 ᄭ울니
고 호령 왈 이 도적을 ᄎ례로 군문 박긔 닉야 베히라 ᄒ니 무ᄉ 일시예
달여드려 쳘통골 먼져 잡아닉야 베히고 그 나믄 졔즁은 ᄎ례로 베히니
라 이ᄯᅥ 군졸이 원슈게 엿즈오딕 웃던 사람이 여인 승인을 다리고 ᄉ
즁의 슘어기로 잡아 다령ᄒ여나니다 ᄒ거날 원슈 잠간 머무르고 그 ᄂ
ᄉ람을 잡아 드리라 ᄒ니 무ᄉ 닉다라 결박ᄒ여 딕ᄒ의 ᄭ울이고 죄목
을 무를 ᄉ이 이 ᄂ 사람이 넉실 일엇더라 원슈 셔안을 치며 왈 너희을
(55)

보니 딕국 복식이라 적병이 너희을 응ᄒ여 동심 협력ᄒ엿던다 바로
아뢰라 시랑이 황급ᄒ야 졍신을 진졍ᄒ야 왈 소인이 젼일 딕국셔 시랑
베슬 ᄒ옵다가 소인 참소의 고향의 도라가 농업을 일삼다가 장ᄉ랑 난
의 잡펴 이리 〃 되냐 이곳스로 졍빅 온 죄인이오니 죽어 맛당ᄒ여지
다 원슈 이 말을 듯고 딕질 왈 네 쳔즈의 셩은을 배반ᄒ고 역적 장ᄉ랑
의게 부탁ᄒ엿다가 셩상이 어지스 너을 죽이지 안니 ᄒ시고 이곳시로
졍빅ᄒ시니 그 은혜을 싱각ᄒ면 백골난망이여날 이졔 ᄯᅩ 적당의 닉
응이 되얏다가 일엇틋 잡펴스니 네 웃지 발명ᄒ리요 ᄒ고 잡아 닉야
베히라 ᄒ니 양부인이 앙쳔통곡 왈 익고 이것시 어인 일인가 계월
아 〃 〃 너와 ᄒᆫ가지 강물의 ᄲᅢ져 죽어더면 일언 욕을 면 (56)

할 거실 ᄒ날이 미워 예긔스 모진 목심 살아다가 이 거동을 보ᄂ도

다 ᄒ며 긔졀ᄒ거날 원슈 이 말을 듯고 문득 션싱의 이르던 말을 싱각ᄒ고 되경ᄒ여 좌우을 다 치우고 압피 각싸이 안치고 가만이 무려 왈 악가 드르니 계월과 ᄒ가지 죽지 못ᄒᄆᆯ 한ᄒ니 계월은 뉘며 그되 셩은 뉘라 ᄒᄂᆫ요 부인이 왈 소년은 되국 형쥬 싸 구계촌의 스읍고 양쳐스의 여식이오며 가군은 홍시랑이옵고 져 계집은 시비 양뉸이요 계월은 소녀의 쌀이로소이다 ᄒ며 전후 슈말을 낫〃치 다 아뢰니 원슈 이 말을 듯고 졍신이 아득ᄒ여 셰승스가 쑴 갓튼지라 급피 쒸여 ᄂᆡ려 부인을 붓들고 통곡 왈 어만님 ᄂᆡ가 물의 들던 계월이로소이다 ᄒ며 긔졀ᄒ니 부인과 시랑이 〃 말을 듯고 셔로 붓들고 통곡 긔졀ᄒ니 쳔여 명 계즁과 팔십만 되병이 〃 광경을 (57)

보고 웃젼 닐인지 아지 못ᄒ고 셔로 도라보며 공동ᄒ여 혹 눈물을 흘니며 쳔고의 읍ᄂᆫ 닐이라 ᄒ며 영 ᄂᆡ리기을 기다리더라 보국은 이왕 평국이 부모 일흔 줄을 아ᄂᆫ지라 원슈 졍신을 진졍ᄒ여 부모을 장되의 모시고 엿즈오되 그찍 물의 쩌가다가 무릉포 여공을 만나 건겨 집으로 도라가 친 ᄌᆞ식 갓치 길너 그 아들 보국과 ᄒ가지 어진 션싱을 갈ᄒ여 동문슈학ᄒ여 션싱의 덕으로 황셩의 올나가 두리 다 동방급졔ᄒ여 한림학스로 잇삽다가 셔달이 반ᄒ여 작ᄂᆫ ᄒᄆᆡ 소ᄌᆞ은 되원수 되고 보국은 즁군이 되야 이번 싸홈의 젹진을 향할 시 셔달 등이 도망ᄒ여 이 곳시로 오옵기에 잡으랴 왓삽다가 쳔ᄒᆡᆼ으로 부모을 만나 〃이다 ᄒ며 젼후수말을 낫〃치 다 고ᄒ니 시랑과 부인이 듯고 〃싱ᄒ던 말을 일〃이 다 셜화ᄒ며 슬 (58)

피 통곡ᄒ니 슌쳔초목이 다 함누하ᄂᆫ 듯ᄒ더라 원슈 졍신을 진졍ᄒ

야 부인의 졋슬 만지며 식로이 동곡ᄒ다가 양눈의 등을 어로 만지며
왈 닉가 네 등의 써나지 아니ᄒ던 경곡과 물의 써갈 졔 익통ᄒ던 닐을
싱각ᄒ면 칼노 베히는 듯ᄒ도다 너는 부인을 모시고 죽을 익을 열어
번 지닉다가 일엇듯 만나니 웃지 질겁지 아니 ᄒ리요 ᄒ며 츈낭 압피
나가 졀ᄒ고 공경 치ᄉ 왈 황천의 만날 모친을 이싱의서 만나 빅옵기
는 부인의 덕이라 이 은혜을 웃지 다 갑푸릿가 츈낭이 희ᄉ 왈 미쳔ᄒ
스람을 이딕지 관딕ᄒ시니 황공ᄒ와 아뢸 말슴이 읍나이다 원슈 붓드
려 딕승의 안치고 더옥 공경ᄒ더라 이쎠 즁군즁 보국이 장딕 압피 드
려와 문후ᄒ고 원슈게 부모 상봉함을 치ᄒ〃니 원슈 딕하의 닉 (59)

　려 보국의 손을 잡고 딕상의 올나가 시랑게 뵈와 왈 이 스람이 소자
와 동문슈학 ᄒ던 여공의 아들 보국이로소이다 ᄒ니 시랑이 듯고 급피
이려나 보국의 손을 잡고 유체 왈 그딕의 부친 덕틱으로 죽엇던 즈식
을 다시 보니 이는 결초보은ᄒ여도 못 갑풀가 ᄒ니 무엇스로 갑푸　리
요 ᄒ딕 보국이 층ᄉᄒ고 물너나니 만진장졸이 쏘ᄒ 원슈게 부모 승
봉함을 치하 분〃ᄒ더라 이튼날 평명의 원슈 군즁의 좌긔ᄒ고 군ᄉ을
호령ᄒ여 셔달 등을 쓸이고 항셔을 바다 든 후의 장딕에 올여 안치고
도로혜 치ᄉ 왈 그딕 만일 이곳의 오지 아니 ᄒ여던들 웃지 닉의 부모
을 만나스리요 이 후로부틈은 도로여 은인이 되얏도다 ᄒ니 셔달 등이
그 말을 듯고 감ᄉᄒ여 복지ᄉ은 왈 무도ᄒ 도적이 원슈의 손 (60)

　의 죽을가 ᄒ엿던니 도로여 치ᄉ을 듯ᄉ오니 이계 죽ᄉ와도 원수의
덕탁은 갑풀 기리 읍나이다 ᄒ더라 원슈 셔달 등을 본국으로 돌여 보
닉고 즉시 근읍 슈령의게 전영ᄒ여 안마와 교즈을 등딕ᄒ니 부친과

모부인을 모시고 일쳔 졔즁과 팔십만 군수을 거나려 옹위ᄒᆞ여 옥문관으로 향할 시 거긔치즁이 쳔자의계 비길너라 옥문관의 다달나 이 수연을 쳔즈계 쥬문ᄒᆞ니라 이쩌 쳔즈 악듸 머리을 바다 보신 후로는 원슈의 쇼식을 몰나 주야 염녀ᄒᆞ시더니 황경문 박긔 장쫄이 장계을 올여거날 쳔즈 기탁ᄒᆞ여 보시니 ᄒᆞ엿시되 한림학수 겸 듸원슈 홍평국은 돈슈빅비 ᄒᆞ옵고 ᄒᆞᆫ 장 글월을 탑ᄒᆞ의 올나나이다 셔달 등 쳐 파할 시 도적이 도망ᄒᆞ여 벽파도로 가옵기로 쏘츠 드려가 적쫄을 다 잡은 후의 이별 (61)

ᄒᆞ엿던 부모을 만나수오니 하감ᄒᆞ옵소셔 아비은 장수랑과 ᄒᆞᆫ가지 잡펴 벽파도로 정빅ᄒᆞ엿던 홍무로소이다. 복원 펴ᄒᆞ는 신의 베슬 거두수 아비 지을 속ᄒᆞ와 후인의 본밧게 ᄒᆞ시면 신은 아비을 다리고 〃향의 도라가 여년을 맛고ᄌᆞ ᄒᆞ노이다 ᄒᆞ여거날 쳔즈 보시고 듸경듸회ᄒᆞ수 왈 평국이 ᄒᆞᆫ번 가 북방을 평정ᄒᆞ고 일흔 부모을 만낫다 ᄒᆞ니 이는 ᄒᆞ날이 감동ᄒᆞ심미라 ᄒᆞ시고 쏘 갈아수듸 원슈 올나오면 승승이 되리니 웃지 그 부의 베슬이 읍시요 ᄒᆞ시고 홍무을 빅ᄒᆞ여 위국공을 봉ᄒᆞ시고 부인의 봉비 직쳡과 위공 봉작을 수관계 명ᄒᆞ여 하송ᄒᆞ시고 왈 짐이 불명ᄒᆞᆫ 탓스로 원수의 부친을 정빅 적년 고싱ᄒᆞ다가 쳔ᄒᆡᆼ으로 원수을 만나 영화로 도라오니 웃지 그 영화을 빗ᄂᆡ지 아니 ᄒᆞ리요 ᄒᆞ (62)

시고 궁여 슘빅 명을 틱취ᄒᆞ여 녹의홍승을 입피고 부인 모실 금덩과 쌍교을 보ᄂᆡ수 시녀로 옹위ᄒᆞ여 황셩까지 오게 ᄒᆞ시고 어젼 풍유와 금의화동 쳔여 명을 거나려 옥문관으로 향ᄒᆞ니라 이쩌 수관이 봉비

직첩과 위공 봉작을 원슈게 드리니 시랑과 부인이 바다 북향 ᄉᆞ빅ᄒᆞ고 기탁ᄒᆞ니 시랑을 위국공을 봉ᄒᆞ시고 부인으로 정열부인을 봉ᄒᆞ신 직첩일너라 ᄯᅩ 비답이 잇거날 보니 ᄒᆞ여쓰되 원슈 ᄒᆞᆫ 번 가ᄆᆡ 북방을 평정ᄒᆞ고 ᄉᆞ직을 안보ᄒᆞ니 그 공이 적지 안니ᄒᆞ며 ᄯᅩ 일어던 부모을 만나시니 일언 닐은 천고의 드문지라 ᄯᅩ흔 짐이 어지〃 못ᄒᆞ야 경의 부친을 원지의 정비ᄒᆞ여 다년 고ᄉᆡᆼᄒᆞ게 ᄒᆞ엿스니 짐이 도로여 경을 볼 면목이 읍도다 글어나 밧비 올나와 짐의 기다리ᄆᆡ 읍게 ᄒᆞ라 ᄒᆞ여거날 위공 (63)

부ᄌᆞ 황은을 축슈ᄒᆞ고 이날 길을 ᄯᅥ나냐 ᄒᆞ더니 ᄯᅩ 부인 모실 금덩과 각ᄉᆡᆨ 긔계을 하송ᄒᆞ여거날 원슈 즉시 위의을 갓초와 부인은 금덩의 모시고 슴빅 시여 옹위ᄒᆞ여 금의화동을 좌우의 갈나 세우고 어젼 풍유을 울이며 ᄭᅩᆺ밧치 되야 오ᄂᆞᆫ듸 츈낭과 양ᄂᆞᆫ은 쇄금 교ᄌᆞ을 틔우고 원슈은 위공을 모셔 올 ᄉᆡ 팔십만 듸병과 제장 천여 원을 즁군장이 거나리고 셔봉이 되야 승젼북을 울니며 ᄉᆞ십 이예 벌여 올 ᄉᆡ 이적의 천ᄌᆞ 빅관을 거나리고 원슈를 맛거날 위공과 원슈 말게 ᄂᆡ려 복지ᄒᆞᆫ듸 천자 반긔ᄉᆞ 왈 짐이 박지 못ᄒᆞ야 위공을 젹년 고ᄉᆡᆼᄒᆞ계 ᄒᆞ엿스니 짐이 도로여 붓그럽도다 ᄒᆞ시며 일변 ᄒᆞᆫ 손으로 위공의 손을 잡고 ᄒᆞᆫ 손으로 원슈의 손을 잡으시 (64)

고 보국을 도라보와 왈 짐이 웃지 슈릭을 타고 경등을 마지리요 ᄒᆞ고 삼십 이을 천자 친니 거려 오시니 빅관이 ᄯᅩ흔 거려올 ᄉᆡ 모든 빅셩이 옹위ᄒᆞ여 듸명뎐까지 드려오니 보ᄂᆞᆫ 스람이 뉘 안니 층찬ᄒᆞ리요 천ᄌᆞ 뎐좌ᄒᆞ시고 원슈로 좌승승 청쥬후을 봉ᄒᆞ시고 보국으로 듸ᄉᆞ마

딕즁군 이부숭셔을 ᄒ이시고 그 나믄 졔즁은 차례로 공을 쓰시고 원
수다려 문왈 경이 오셰 부모을 일엇다 ᄒ니 뉘 집의 가 의탁ᄒ여 ᄌ라
스며 병셔은 뉘게 비우며 경의 모은 십삼 년 고싱을 어딕 가 지닉다가
벽파도의셔 위공을 만나ᄂ요 실ᄉ을 듯고ᄌ ᄒ노라 ᄒ시니 원수 젼후
곡졀을 낫〃치 쥬달ᄒ니 쳔ᄌ 충춘ᄒ시고 왈 이ᄂ 고금의 읍ᄂ 일리
로다 ᄒ시고 쏘 갈로ᄉᄃ 경이 슈즁 고혼이 될 것슬 여공의 덕으로 살
(65)

어 셩공ᄒ여 짐을 돕게 함미니 여공의 공이 읍시리요 ᄒ시고 여공으
로 우복야 긔쥬후을 봉ᄒ시고 부인으로 공녈부인을 봉ᄒᄉ 봉비 직쳡
과 봉후 공쟉을 ᄉ관으로 무릉포의 보ᄂ시니라 이젹의 여공 부〃 그
직쳡을 밧ᄌ와 북향 ᄉ비 후의 즉시 힝즁을 차려 부인과 황셩의 올나
와 여공이 탑젼의 드려가 ᄉ은슉비 ᄒᄃ 쳔ᄌ 반기ᄉ 충찬 왈 경이 평
국을 길너 닉야 짐을 안보케 ᄒ니 그 공이 젹지 안니ᄒ도다 ᄒ시니 여
공이 ᄉ은ᄒ고 물너 나와 위공과 졍렬부인게 뵈온딕 위공과 부인이 다
시 긔좌ᄒ여 치ᄉ 왈 어지신 덕틱으로 계월을 구ᄒᄉ 친 ᄌ식 갓치 길
너 입신양명ᄒ게 ᄒ시니 은혜 빅골ᄂ망이로소이다 ᄒ며 비회을 금치
못ᄒ거날 여공이 덕욱 감 (66)

ᄉᄒ야 공슌 응답ᄒ더라 평국과 보국이 쏘흔 복지ᄒ여 원로의 평
안이 힝츠함을 치ᄒ〃니 위공과 졍열부인이며 긔쥬후와 공열부인과
츈낭도 좌의 참예ᄒ고 양눈이 쏘흔 깃거함을 측양치 못ᄒᄂ지라 이
날 딕연을 빅셜ᄒ고 삼일 질기라 이젹 쳔ᄌ 졔신을 도라 보와 왈 평
국과 보국을 흔 궁궐의 살게 ᄒ리라 ᄒ고 죵남슌 ᄒ의 터을 닥거 집을

지을 식 천여 간을 불일성지로 지의니 그 장험을 층양치 못ᄒᆞ더라 집을 다 지은 후의 노비 천 명과 슈셩군 빅여 명식 ᄉᆞ급ᄒᆞ시고 쏘 칙단과 보화을 슈천 바리을 상ᄉᆞᄒᆞ시니 평국과 보국이 황은을 축슈ᄒᆞ고 한 궁궐 안의 각〃 침소을 졍ᄒᆞ고 거쳐ᄒᆞ니 그 궁궐 안 장광이 십 이가 나문지라 위의 거동이 (67)

천ᄌᆞ나 다름 업더라 이젹의 평국이 젼중의 단여 온 후로 ᄌᆞ연 몸이 곤ᄒᆞ야 병이 침즁ᄒᆞ니 가닉 경동ᄒᆞ야 듀야 약으로 치요ᄒᆞ더니 천자 이 말을 드르시고 딕경ᄒᆞᄉᆞ 명의을 급피 보닉여 병셰을 ᄌᆞ셰이 보고 오라 만일 위즁ᄒᆞ면 짐이 가 보리라 ᄒᆞ시고 어의을 명송ᄒᆞ시니 어의 평국의 침소의 와 병셰을 집믹ᄒᆞ니 병셰 위즁치 안니 ᄒᆞ지라 속히 약을 가릇쳐 쓰라 ᄒᆞ고 도라와 천ᄌᆞ게 아뢰되 병셰을 보오니 위즁치 안니 ᄒᆞ옵고로 속ᄒᆞ 약을 가르쳐 쓰라 ᄒᆞ옵고 왓ᄉᆞ오나 쏘ᄒᆞᆫ 괴이ᄒᆞᆫ 닐이 잇더이다 천ᄌᆞ 놀나 문왈 무슴 연고 잇던요 어의 복지 쥬왈 평국의 믹을 보오니 남ᄌᆞ의 믹이 아니오믹 이승ᄒᆞ여이다 천ᄌᆞ 그 말을 드르시고 왈 평국이 녀ᄌᆞ면 웃지 젼중의 나 (68)

가 젹진을 소멸ᄒᆞ고 왓시리요 평국이 얼골이 도화식이요 쳬신이 잔약ᄒᆞ니 혹 미심ᄒᆞᆫ건이와 아즉 누셜치 말나 ᄒᆞ시고 환ᄌᆞ로 ᄒᆞ여금 ᄌᆞ죠 문병ᄒᆞ신이라 이젹의 평국이 병셰 차〃 나희믹 싱각하되 어의가 닉의 믹을 보와시니 본식이 탈노홀지라 이계는 ᄒᆞᆯ일 읍스니 녀복을 기칙ᄒᆞ고 규즁의 몸을 숨어 셰월을 보닉미 올타 ᄒᆞ고 즉시 남복을 벗고 녀복을 입고 부모 젼의 뵈와 늑기며 낭협의 쌍누 용츌ᄒᆞ거날 부모도 눈물을 흘니며 위로ᄒᆞ더라 계월 비감ᄒᆞ야 우는 거동은 츄규월 연화 소시 셰우을 머금고 초싱 편월이 슈운의 잠긴 듯ᄒᆞ며 요〃정〃ᄒᆞᆫ ᄐᆡ도는 당셰예 제일이라 이적의 계월이 천ᄌᆞ게 상소을 올여거날 ᄉᆼ이 보시니 ᄒᆞ여시되 한림학ᄉᆞ 겸 ᄃᆡ (69)

원슈 좌승ᄉᆼ 청쥬후 평국은 돈슈빅비 ᄒᆞ옵고 아뢰옵나이다 신쳡이 미만오셰의 장ᄉᆞ랑 난의 부모을 일어삽고 도적 ᄆᆡᆼ길이 환을 맛나 수즁고혼이 되올 거슬 여공의 은덕으로 살아 나ᄉᆞ오나 일념의 ᄉᆡᆼ각ᄒᆞ온 즉 녀ᄌᆞ의 ᄒᆡᆼ식을 ᄒᆞ여셔ᄂᆞᆫ 규즁의 늘거 부모의 ᄒᆡ골을 찻지 못ᄒᆞ미 되옵기로 녀ᄌᆞ의 ᄒᆡᆼ실을 바리고 남ᄌᆞ의 복식을 ᄒᆞ와 황ᄉᆼ을 쇠기옵고 조정의 들어ᄉᆞ오니 신쳡의 죄 만ᄉᆞ무셕이옵기로 감소ᄃᆡ죄ᄒᆞ와 유지와 인신을 올니옵나이다 긔군망ᄉᆼ지죄을 ᄉᆞ속히 쳐츰ᄒᆞ옵소셔 ᄒᆞ여거날 천ᄌᆞ 글을 보시고 용ᄉᆼ을 치며 좌우을 도라보와 왈 평국이 뉘가 녀ᄌᆞ로 보와시리요 고금의 읍ᄂᆞᆫ 일이로다 비록 천ᄒᆞ 광ᄃᆡᄒᆞ나 문무겸젼ᄒᆞ고 갈츙보국ᄒᆞ야 충효 (70)

상장지직은 남ᄌᆞ라도 밋치지 못ᄒᆞ리로다 비록 여ᄌᆞ나 베슬을 웃지 거둘리요 ᄒᆞ시고 환ᄌᆞ을 명ᄒᆞ야 유지와 인신을 도로 환송ᄒᆞ시고 비답ᄒᆞ엿거날 계월이 황공감ᄉᆞᄒᆞ야 바다 보니 ᄒᆞ여시되 경의 ᄉᆼ소을 보니 놀납고 일변 ᄌᆞᆼᄒᆞ도다 충효을 겸젼ᄒᆞ야 반적 소멸ᄒᆞ고 ᄉᆞ즉을 안보ᄒᆞ기ᄂᆞᆫ 다 경으 하히 갓튼 덕이라 짐이 웃지 녀ᄌᆞ을 허물ᄒᆞ니요 유지와 인신을 환송ᄒᆞ니 츄호도 과염치 말고 갈츙보국ᄒᆞ야 짐을 도의라 ᄒᆞ엿거날 계월이 ᄉᆞ양치 못ᄒᆞ여 녀복을 닙고 그 우의 죠복을 입고 부리던 제장 ᄇᆡᆨ여 명과 군ᄉᆞ 쳔여 명을 갑쥬을 갓초와 승ᄉᆼ부 문 박기 진을 치고 잇게 ᄒᆞ니 그 위의 엄숙ᄒᆞ더라 일〃은 천자 위국공을 입시ᄒᆞ여

가로되 짐이 원슈의 승소을 본 후로 (71)

    스렴이 만흔지라 평국이 규즁의 홀노 늘그면 홍무의 혼빅이 의지할 곳시 읍실 것시니 웃지 실푸지 아니 ᄒ리요 ᄯᅩᄒᆫ 평국이 규즁의 늘기미 불ᄉᆞᆼᄒ니 평국의 혼인은 짐이 즁ᄆᆡ 되고ᄌᆞ ᄒ니 ᄯᅳᆺ시 웃더ᄒᆞ요 위공이 복지 쥬왈 신의 ᄯᅳᆺ도 글어ᄒ오니 소신이 나가 의논ᄒ오런니와 평국의 빅필을 뉘와 정ᄒ랴 ᄒ시나닛가 쳔ᄌᆞ 왈 평국이 동학ᄒ던 보국으로 정코ᄌᆞ ᄒ니 경의 마음이 웃더ᄒᆞ요 위공이 쥬왈 ᄒ교 맛당ᄒ여이다 평국이 죽을 목슘을 여공의 덕으로 살아삽고 친 ᄌᆞ식 갓치 길너 영화 복녹을 누리고 이별 ᄒ엿던 부모을 맛나게 ᄒ고 ᄯᅩᄒᆫ 보국과 동학ᄒ와 동방급졔ᄒ여 폐ᄒ의 성덕으로 작녹을 바다 만리 젼증의 ᄉᆞᄉᆡᆼ 고락을 ᄒᆞᆫ가지 ᄒ옵고 도라와 ᄒᆞᆫ 집의 거쳐ᄒ오니 쳔증연 (72)

    분인가 ᄒ나이다 ᄒ고 물너 나와 계월을 불너 안치고 쳔ᄌᆞ ᄒ시던 말슴을 낫〃치 젼ᄒ니 게월이 엿ᄌᆞ오디 소녀의 마음은 평ᄉᆡᆼ 홀노 늘거 부모 실하의 잇습다가 죽은 후의 다시 남자 되야 공명의 힝실 비오고ᄌᆞ ᄒ여삽더니 근본이 탈노ᄒ와 쳔ᄌᆞ ᄒ교 일어ᄒ옵시니 부모임도 실하의 다른 자식 읍셔 비회을 품고 션영봉ᄉᆞ을 젼할 곳시 읍셔ᄉᆞ오니 자식이 되야 부모의 영을 웃지 거역ᄒ며 쳔ᄌᆞ ᄒ교을 비반ᄒ오릿가 하교디로 보국을 셤겨 여공의 은혜을 만분지 일이나 갑ᄉᆞ올가 ᄒ오니 부친은 이 ᄉᆞ연을 쳔ᄌᆞ 젼의 승달ᄒ옵소셔 ᄒ며 낙누ᄒ고 남ᄌᆞ 못됨을 한ᄒ더라 이ᄶᅥ 위공이 즉시 궐니의 들어가 계월이 ᄒ던 말을 쥬달ᄒ니 쳔ᄌᆞ 깃거ᄒᆞᄉᆞ 즉시 여공을 불너 (73)

ᄒ교ᄒᄉ 평국과 보국을 부〃로 정코ᄌ ᄒ니 경의 ᄯᆺ시 읏더ᄒ요 여공이 복지 쥬왈 폐ᄒ의 덕ᄐᆨ으로 현부을 결친ᄒ오니 감ᄉᄒ와 아뢸 말ᄉᆷ 읍나이다 ᄒ고 물너 나와 보국을 불너 쳔ᄌ ᄒ교을 젼ᄒ니 보국 이 부복 츙ᄉᄒ고 부인이며 가ᄂᆡ 승ᄒ 다 깃거ᄒ더라 이ᄯᅥ 쳔ᄌ 틱ᄉ 관을 불너 틱일할 ᄉᆡ 맛츰 습월 망일이라 틱일관ᄌ와 예단 할 비단 슈 쳔 필을 봉ᄒ여 위공의 집으로 ᄉ송ᄒ시니라 위공이 틱일관ᄌ을 가지 고 계월이 침소의 드려가 젼ᄒ니 계월이 왈 보국이 젼일 즁군으로셔 소녀의 부리던 ᄉ람이라 늬가 그 ᄉ람의 아ᄂᆡ 될 쥴을 알어ᄉ리요 다 시는 군례을 못 할가 ᄒ오니 이졔 망종군례나 ᄎ리고ᄌ ᄒ오니 이 ᄯᆺ 슬 쳔ᄌ게 승달ᄒ소셔 위공이 즉시 쳔ᄌ게 쥬달ᄒ니 (74)

쳔ᄌ 즉시 군ᄉ 오쳔과 장슈 빅여 원을 갑쥬와 긔치ᄒ검을 갓초와 원슈계 보ᄂᆡ니 계월이 녀복을 벗고 갑쥬을 갓초고 용봉황월과 슈긔을 잡어 ᄒᆡᆼ군ᄒ여 별궁의 좌긔ᄒ고 군ᄉ로 ᄒ여금 보국의게 젼령ᄒ니 보 국이 젼령 보고 분함을 측냥 읍ᄉ니 젼일 평국의 위풍을 보와ᄂᆫ지라 군 령을 거역지 못ᄒ여 갑쥬을 갓초고 군문의 다령ᄒ니라 이젹의 원슈 좌 우을 도라보와 왈 즁군이 읏지 이ᄃᆡ지 거만ᄒ요 밧비 현신ᄒ라 호령이 츄상 갓거날 군쫄의 ᄃᆡ답 소ᄅᆡ 장안이 ᄯᆯᄂᆫ지라 즁군이 그 위엄을 황 겁ᄒ여 갑쥬을 ᄯᆯ고 국궁ᄒ여 드려간니 얼골의 ᄯᆷ이 흘너ᄂᆫ지라 밧비 나가 장ᄃᆡ 압피 복지ᄒᆫᄃᆡ 원슈 정ᄉᆨᄒ고 ᄭᅮ지져 왈 군법이 지즁커늘 즁군이 되야거든 즉시 ᄃᆡ령ᄒ엿 (75)

다가 영 ᄂᆡ림을 기달일 것시여날 장영을 즁이 예긔지 안코 틱만ᄒ 마음을 두어 군령을 만홀이 안니 즁군의 죄는 만〃무엄ᄒ지라 즉시 군

법을 시힝할 것시로되 십분 짐작ᄒ 건이와 그져는 두지 못 ᄒ 리라 ᄒ고
군ᄉ을 호령ᄒ여 즁군을 쌀이 잡아니라 ᄒ 는 소ᄅᆡ 츄ᄉᆼ 갓튼지라 무
ᄉ 일시예 고함ᄒ고 달여드려 장ᄃᆡ 압피 쏠니 〃 즁군이 정신을 일엇
다가 계오 진정ᄒ여 아뢰되 소즁이 신병이 잇셔 치료ᄒ옵다가 밋쳐 당
치 못 ᄒ엿스오니 틱만ᄒ 죄는 만ᄉ무셕이오나 병든 몸이 즁장을 당
ᄒ오면 명을 보젼치 못ᄒ굇습고 만일 죽스오면 부모의게 불효을 면치
못ᄒ오니 복원 〃 슈은 하ᄒᆡ 갓튼 은덕을 ᄂᆡ리스 젼닐 졍곡을 싱각ᄒ
와 소장을 살여 쥬시면 불효을 (76)

면할가 ᄒ나이다 ᄒ며 무슈이 ᄋᆡ걸ᄒ니 원슈 ᄂᆡ심은 우수나 것츠로
호령ᄒ여 왈 즁군이 신병이 잇시면 웃지 영츈각의 ᄋᆡ첩 영츈으로 더부
려 쥬야 풍유로 질거ᄒ 는요 글어나 ᄉ정이 읍지 못ᄒ야 용셔ᄒ거니와
차후는 그리 말나 분부ᄒ니 보국이 빅빅 ᄉ례ᄒ고 물너나니라 원슈
일엇틋 질기다가 군ᄉ을 물니치고 본궁의 도라올 ᄉᆡ 보국이 원슈게 ᄒ
직ᄒ고 도라와 부모 젼의 욕본 ᄉ연을 낫 〃 치 고ᄒ니 여공이 그 말을
듯고 ᄃᆡ소ᄒ여 츙춘 왈 ᄂᆡ 며나리는 쳔고의 녀즁군ᄌ로다 ᄒ고 보국
다려 일너 왈 계월이 너을 욕 뵈ᄆᆡ 달름 아니라 어명으로 너의 빅필을
졍ᄒᄆᆡ 젼일 즁군으로 부리던 연고라 마음이 다시는 못 불일가 ᄒ여
희롱ᄒᄆᆡ니 너는 츄호도 혐의치 말나 ᄒ더라 (77)

쳔즈 계월이 모국을 욕뵈야단 말을 듯고 ᄃᆡ소ᄒ시고 상ᄉ을 만니
ᄒ시니라 이쎡 길일을 당ᄒᄆᆡ 힝녜할 ᄉᆡ 계월이 녹의홍ᄉᆼ으로 단장
ᄒ고 시비 등이 좌우의 부익ᄒ여 나오는 거동이 엄슉ᄒ고 아름다온
틱도와 요 〃 졍 〃 흔 형용은 당셰 제일 〃너라 쏘흔 장막 박긔 제즁군졸

이 갑쥬을 갓초고 긔치검극을 좌우의 갈나 셰우고 옹위ᄒᆞ여시니 그 위의 엄숙함을 측양치 못할너라 보국이 ᄯᅩᄒᆞᆫ 위의을 갓초고 금안쥰마 우의 두렷시 안져 봉비션으로 ᄎᆞ면ᄒᆞ고 계월이 궁의 드려 와 교비ᄒᆞᄂᆞᆫ 거동은 틱을션관이 옥황게 반도 진승ᄒᆞᄂᆞᆫ 거동일너라 교비을 파ᄒᆞ고 그날 밤의 동침ᄒᆞ니 원앙비취지락이 극진ᄒᆞ더라 이튼날 평명의 두 ᄉᆞ람이 위공과 졍녈부인게 뵈 (78)

온듸 위공 부〃 희락을 이기지 못ᄒᆞ며 ᄯᅩ 긔쥬후와 공녈부인게 빈일 ᄉᆡ 긔쥬후 딕희ᄒᆞ야 왈 셰승슈을 가히 측냥치 못 ᄒᆞ리로다 너을 닉 며나리 삼을 쥬을 ᄯᅳ시ᄒᆞ여시리요 ᄒᆞᆫ듸 계월이 다시 졀ᄒᆞ고 왈 소부의 쥭을 명을 구ᄒᆞ옵신 은혜와 십슘 연 길의시되 근본을 아뢰지 아니ᄒᆞ온 죄은 만ᄉᆞ무셕이옵고 ᄯᅩᄒᆞᆫ ᄒᆞ날이 도으ᄉᆞ 구고로 셤기계 ᄒᆞ옵시니 이ᄂᆞᆫ 첩의 원이로쇼이다 ᄒᆞ고 죵일 말슴ᄒᆞ다가 ᄒᆞ직ᄒᆞ고 본궁으로 도라올 ᄉᆡ 금덩을 타고 시녀로 옹위ᄒᆞ야 즁문의 나오다가 눈을 드려 영츈각을 바라본니 보국의 익첩 영츈이 ᄂᆞᆫ간의 거려 안져 계월의 힝ᄎᆞ을 구경ᄒᆞ며 몸을 쏨싹 안커날 계월이 딕로ᄒᆞ야 덩을 머무르고 무ᄉᆞ을 호령ᄒᆞ여 영츈을 잡어닉려 덩 (79)

압픠 쓸니고 ᄭᅮ지져 왈 네 즁군의 셰로 교만ᄒᆞ여 닉의 힝ᄎᆞ을 보고 감이 ᄂᆞᆫ간의 거려 안져 요동치 아니ᄒᆞ고 교만이 틱심ᄒᆞ니 네 갓튼 년을 읏지 살여 두리요 군볍을 셰우리라 ᄒᆞ고 무ᄉᆞ을 호령ᄒᆞ야 베히라 ᄒᆞ니 무ᄉᆞ 영을 듯고 달여드려 영츈을 잡아 닉야 베히니 군졸과 시비 등이 황급ᄒᆞ여 바로 보지 못 ᄒᆞ더라 이적의 보국이 영츈이 쥭엇단 말을 듯고 분ᄒᆞ믈 익이지 못 ᄒᆞ야 부모게 엿ᄌᆞ오딕 계월이 젼일은 딕원

슈 되야 소조을 즁군으로 부리오미 장막지간이라 능빌이 예기지 못 ᄒ
련니와 지금은 소조의 아니오미 웃지 소조의 스랑ᄒᄂ 스람을 죽여
심스을 불평케 ᄒ오릿가 ᄒ딕 여공이 〃 말을 듯고 말유ᄒ여 왈 계월
이 비록 네 아닉는 되야스나 베슬 놋치 아니ᄒ고 의기 당〃ᄒ야 둑히
너을 불일 (80)

　스람이로딕 예로써 너을 셤긔니 웃지 심스을 그르다 ᄒ리요 영츈은
비첩이라 제 거만ᄒ다가 죽어스니 뉘을 한ᄒ며 ᄯᅩᄒ 계월이 그릇 궁
노 궁비을 죽인다 ᄒ여도 뉘라서 그르다 칙망ᄒ리요 너은 조금도 과염
치 말고 마음을 변치 말나 만일 영츈을 죽여다 ᄒ고 혐의을 두면 부〃
지의도 변ᄒᆯ 거시오 ᄯᅩᄒ 쳔조 주장ᄒ신 바라 네게 히로미 잇슬 것스
니 부딕 조심ᄒ라 ᄒ신딕 보국이 엿조 왈 부친님 분부 지당ᄒ오나 셰
승 딕장부 되야 계집의게 괄시을 당ᄒ오릿가 ᄒ고 그 후로부틈은 계월
의 방의 드지 아니ᄒ니 계월이 싱각ᄒ되 영츈의 혐의로 아니 오ᄂᄯᅩ
다 ᄒ고 왈 뉘라서 보국을 남조라 ᄒ리요 녀조의도 비치 못 ᄒ리로다
ᄒ고 남조 못 됨을 분ᄒ야 눈물을 흘니며 (81)

　셰월을 보닉더니 각셜 이젹의 남관장이 장계을 올여거날 쳔조 즉시
기탁ᄒ니 ᄒ여스되 오왕과 초왕이 반ᄒ여 지금 황셩을 범코조 ᄒ옵
ᄂ딕 오왕은 구덕지을 으더 딕원슈을 습고 초왕은 장밍길을 으더 션봉
을 습어 졔즁 쳔여 원과 군스 십만을 거날려 호쥬 북지 칠십여 셩을 황
복 밧고 형쥬조스 이완틱을 베히고 직쳐 오미 소즁의 힘으로ᄂ 방비
할 길리 읍스와 감달ᄒ오니 복원 황승은 어진 명즁을 보닉옵셔 방젹
ᄒ옵소셔 ᄒ여거날 쳔조 보시고 딕경ᄒ스 만조을 모와 의논ᄒ딕 우

승승 뎡연티 쥬왈 이 도젹은 좌승승 평국을 보니냐 막ᄉ올 것시니 급
피 명초ᄒᆞ옵소셔 쳔ᄌᆞ 드르시고 양구이 왈 평국이 젼일은 출셰 (82)

ᄒᆞ여기로 불너것니와 지금은 규즁쳐ᄌᆞ라 웃지 명초ᄒᆞ여 젼즁의 보
니리요 ᄒᆞ신ᄃᆡ 졔신이 쥬왈 평국이 지금 규즁의 쳐ᄒᆞ오나 일홈미 조
야의 잇습고 ᄯᅩ흔 즉녹을 갈지 안니 ᄒᆞ엿ᄉ오니 웃지 규즁을 혐의ᄒᆞ
올릿가 쳔ᄌᆞ 마지 못ᄒᆞ야 급피 평국을 명초ᄒᆞ시니라 이ᄶᅥ 평국이 규
즁의 홀노 잇셔 ᄆᆡ일 시비을 다리고 쟝긔와 바독으로 셰월을 보ᄂᆡ더니
ᄉᆞ관이 나와 명초ᄒᆞ시ᄂᆞᆫ 영을 젼ᄒᆞ거날 평국이 ᄃᆡ경ᄒᆞ야 급피 녀복을
벗고 조복으로 ᄉᆞ관을 ᄯᅡ라 탑ᄒᆞ의 복지흔ᄃᆡ 쳔ᄌᆞ ᄃᆡ히 왈 경이 규즁
의 쳐흔 후로 오ᄅᆡ 보지 못ᄒᆞ여 쥬야 ᄉᆞ모ᄒᆞ더니 이졔 경을 보ᄆᆡ 깃부
긔 측냥 읍건니와 짐이 덕이 읍셔 지금 오초 냥왕이 반ᄒᆞ야 호쥬 북지
을 쳐 항복 밧고 남관을 헛쳐 황셩을 범코ᄌᆞ ᄒᆞᆫ다 ᄒᆞ니 경은 ᄌᆞ당쳐ᄉᆞ
하와 ᄉᆞ (83)

직을 안보케 ᄒᆞ라 ᄒᆞ신ᄃᆡ 평국이 부복 쥬왈 신쳡이 외람ᄒᆞ와 폐ᄒᆞ
을 쇠기옵고 공후즉녹이 놉파 영화로 지ᄂᆡ옵기 황공ᄒᆞ오ᄃᆡ 죄을 ᄉᆞᄒᆞ
옵시고 이ᄃᆡ도록 ᄉᆞ랑ᄒᆞ옵시니 신쳡이 비록 우미ᄒᆞ오나 힘을 다ᄒᆞ야
폐ᄒᆞ의 셩은을 만분지일이나 갑고ᄌᆞ ᄒᆞ오니 근심치 마옵소셔 흔ᄃᆡ 쳔
자 ᄃᆡ희ᄒᆞᄉᆞ 쳔병만마을 즉시 조발ᄒᆞ야 상님원의 진을 치고 원슈 친이
붓슬 잡어 보국의게 젼령ᄒᆞ되 지금 젹병이 급ᄒᆞᄆᆡ 즁군은 밧비 ᄃᆡ령
ᄒᆞ여 군령을 어기지 말나 ᄒᆞ여거날 보국이 젼령을 보고 분함을 이기지
못ᄒᆞ여 부모게 엿ᄌᆞ오ᄃᆡ 계월이 ᄯᅩ 소ᄌᆞ을 즁균을노 부리랴 ᄒᆞ오니
일어 일이 어ᄃᆡ 잇ᄉ오릿가 여공이 왈 닉 젼일의 너더러 무엇시라 이

르던냐 계월을 괄시ᄒ다가 일인 닐을 당ᄒ니 웃 (84)

지 그르다 ᄒ리요 국수 지즁ᄒ니 무가닉하라 ᄒ고 밧비 가물 짓촉
ᄒ니 보국이 하일 읍셔 갑쥬을 갓초고 진문의 나아가 원슈 압피 복지
ᄒ니 원슈 분부 왈 만일 영을 거역ᄒᄂ 지면 군법을 시힝ᄒ리라 ᄒ니
보국이 황겁ᄒ야 즁군 처소로 도라와 영 닉리기을 기달리ᄂ지라 원슈
제즁의 쇼임을 각〃 정ᄒ고 츄구월 갑ᄌ일의 힝군ᄒ야 십일월 초일〃
의 남관의 당도ᄒ야 슘일 유진ᄒ고 즉시 써나 오일의 쳔츅손을 지닉
셔 연경누의 다〃으니 적병이 평원 광야의 진을 쳐ᄂ듸 굿긔가 철통
갓튼지라 원슈 적진을 듸ᄒ여 진을 치고 하령 왈 장영을 어긔온 지면
세워 두고 베히리라 호령이 츄샹 갓거날 제즁 군쫄이 황겁ᄒ와 아모리
할 줄을 모로고 보국이도 조심이 무궁ᄒ더라 잇튼날 원슈 즁군의게 분
부ᄒ되 (85)

승일은 즁군이 나가 ᄊ호라 ᄒ니 즁군이 청영ᄒ고 말게 올나 삼척
장검을 들고 적진을 가르쳐 웨여 왈 나는 명국 즁군 듸즁 보국이라 듸
원슈의 명을 바다 너희 머리을 베히랴 ᄒ니 밧비 나와 닉 칼을 바드라
ᄒ니 적즁 운평이〃 소릭을 듯고 듸로ᄒ야 말을 모라 ᄊ호더니 슈합이
못ᄒ여 보국이 칼이 빗나며 운평의 머리 마ᄒ의 써러지니 적즁 운경이
운평 죽음을 보고 듸분ᄒ여 말을 모라 달여 들거날 보국이 승긔 둥〃ᄒ
야 장검을 놉피 들고 서로 ᄊ호더니 슈합이 못ᄒ야 보국이 칼을 날여 운
경의 칼 든 팔을 친니 운경이 밋쳐 손을 놀이지 못ᄒ고 칼 든 치 마ᄒ의
나려지거날 보국이 운경의 머리을 베혀 들고 본진으로 도라 오던니 적
장 구덕지 듸로ᄒ야 장검을 놉피 들고 말을 모라 크게 고함ᄒ며 (86)

달여들 식 난되 읍는 젹병이 쏘 스방으로 달여 들거날 보국이 황겁
ᄒ여 피ᄒ고즈 ᄒ더니 경각의 젹즁이 함셩을 지르고 보국을 쳔여 겹
예워싼는지라 스셰 위급ᄒ민 보국이 앙쳔탄식ᄒ더니 이쩌 원슈 장되
의셔 북을 치다가 보국의 급함를 보고 급피 말을 모라 장검을 놉피 들
고 좌츙우돌ᄒ며 젹진을 혜치고 구덕지 머리을 베혀 들고 보국을 구ᄒ
여 몸을 날여 젹진을 츙돌할 식 동의 번듯 셔즁을 버히고 남으로 가는
듯 북즁을 베히고 좌우츙돌ᄒ야 젹즁 오십여 원을 한 칼로 소멸ᄒ고
본진으로 도라올 식 보국이 원슈 보기을 붓그려워 ᄒ거날 원슈 보국을
쑤지져 왈 져러ᄒ고 평일 남즈라 층ᄒ고 나을 업슈이 여기더니 인졔도
그리 (87)

할가 ᄒ며 무슈히 조롱ᄒ더라 이젹의 원슈 장되의 좌기ᄒ고 구덕지
머리을 함의 봉ᄒ야 황셩으로 보닉니라 이젹의 오초 냥왕이 승의ᄒ야
왈 평국의 용밍을 보니 옛날 조즈용이라도 당치 못할지니 웃지 되젹
ᄒ며 명즁 구덕지을 죽여쓰니 이졔 뉘로 더부려 되스을 도모ᄒ리요
이졔은 우리 냥국이 평국의 손의 망ᄒ리로다 ᄒ며 낙누ᄒ니 밍길이 엿
즈 왈 되왕은 근심치 마옵소셔 소즁이 ᄒ 모칙이 잇스오니 평국이 아
모리 영웅이라도 이 계교는 아지 못할 것시요 쏘흔 명졔을 스로잡을
것시니 염녀 마옵소셔 지금 황셩의 시신만 잇슬 것시니 평국을 모로게
군스을 거나려 오초동을 너머 양즈강을 지닉여 황셩을 엄슐ᄒ면 쳔즈
필연 황셩을 바리고 도망ᄒ여 살긔을 바라고 항셔을 올 (88)

닐 것시니 그리 ᄒ스이다 ᄒ고 즉시 한평 불너 왈 그되는 본진을 직
키고 평국이 아모리 쌋호즈 ᄒ여도 나지 말고 나 도라 오기을 기다리

라 ᄒᆞ고 이날 밤 삼경의 졔중 빅여 원과 군ᄉᆞ 일쳔 명을 거나리고 황셩
으로 가니라 이젹의 쳔ᄌᆞ 구덕지 머리을 바다 보시고 디회ᄒᆞᄉᆞ 졔신
을 모와 평국의 부〃을 층찬ᄒᆞ시고 틱평으로 지니시더니 이쩌 오초동
관슈 장계을 올여스되 양ᄌᆞ강 광야 슈장의 쳔병만마 들어오며 황셩을
범코ᄌᆞ ᄒᆞ나이다 ᄒᆞ여거날 쳔ᄌᆞ 딕경ᄒᆞᄉᆞ 만조을 모와 의논ᄒᆞ시더니
젹중 밍길이 동문을 씨치고 드려오며 빅셩을 무슈이 죽이고 딕궐의
불을 질너 화광이 충쳔ᄒᆞ며 장안 만민이 물 쓸 듯ᄒᆞ며 도망ᄒᆞᄂᆞᆫ지라
쳔ᄌᆞ 딕경ᄒᆞᄉᆞ 용승을 두다리며 긔졀ᄒᆞ시거날 우승상 뎡연틱 쳔ᄌᆞ을
등의 업고 북문을 열고 도망 (89)

ᄒᆞ니 시신 빅여 명이 싸라 쳔틱령을 너머 갈 시 젹중 밍길이 쳔자
도망함을 보고 크게 웨여 왈 명황은 닷지 말고 황복ᄒᆞ라 ᄒᆞ며 쫏거날
시신도 넉슬 일코 죽기로써 닷더니 압피 딕강이 믹켜거날 쳔ᄌᆞ 탄왈
이졔은 죽으리로다 압피은 딕강이요 뒤예는 젹병이 급ᄒᆞ니 이 닐을 웃
지 ᄒᆞ리요 ᄒᆞ시며 ᄌᆞ결코ᄌᆞ ᄒᆞ시더니 밍길이 발셔 달여들어 창으로
져누며 죽기을 악기거든 항셔을 밧비 올리라 ᄒᆞ니 시신 등이 익걸 왈
지필이 업스니 셩중의 들어가 항셔을 쓸 것시니 장군은 우리 황승을
살여쥬소셔 ᄒᆞ니 밍길이 눈을 부릅쓰고 쑤지져 왈 네 왕이 목숨을 악
기거든 손가락을 씨무려 옷ᄌᆞ락의 쎠 올이라 ᄒᆞ니 쳔ᄌᆞ 혼비빅손ᄒᆞ
여 용포 소미을 쩌여 손가락을 입의 물고 앙쳔통곡 왈 슈빅 년 ᄉᆞ직이
니게 와 망할 쥬을 웃지 알어 (90)

스리요 ᄒᆞ시며 딕셩통곡ᄒᆞ시니 빅일이 무광ᄒᆞ더라 이쩌 원슈 진중
의 잇셔 젹진 파할 모칙을 싱각ᄒᆞ더니 ᄌᆞ연 마음이 산란ᄒᆞ야 장막 박

긔 나셔 쳔긔을 살펴 본니 자미셩이 신지을 써나고 모든 별이 살긔
등〃ᄒ며 한슈의 빗쳐거날 원슈 딕경ᄒ며 즁군장을 불너 왈 늬 쳔긔
을 보니 쳔즈의 위틱함미 경각의 잇는지라 늬 필마로 가라 ᄒ니 장군
는 졔즁군쫄을 거나려 진문을 구지 닷고 나 도라오기을 기다리라 ᄒ고
필마 단검으로 황셩을 향할 식 동방이 발거 오거날 바라보니 일야 간의
황셩의 다달너는지라 셩안의 들어가 보니 장안이 비엇고 궁궐이 소화
ᄒ여 빈 터만 남어는지라 원슈 통곡ᄒ며 두로 단니되 흔 스람도 보지
못ᄒ여 쳔즈 가신 곳슬 아지 못ᄒ고 망극ᄒ여 ᄒ더니 문득 슈치 궁긔
로셔 흔 노인이 나오다가 원슈을 보고 딕경ᄒ야 급피 들 (91)

어가거날 원슈 밧비 쏘츠가며 나은 도젹이 아니라 딕국 딕원슈 평
국인니 놀닉지 말고 나와 쳔즈 거쳐을 일으라 ᄒ니 그 노인이 그계야
도로 나와 딕셩통곡 ᄒ거날 원슈 즈셰희 보니 이는 긔쥬후 여공이라
급피 말계 날려 복지통곡 왈 시부님은 무슴 연고로 이 슈치 궁긔예 몸
을 감초고 잇스오며 소부의 부모와 시모님은 어딕로 피란ᄒ여는지 아
르시나잇가 여공이 원슈 손을 잡고 울며 왈 미의예 도젹이 드려와 딕
궐을 불지르고 노략ᄒ미 장안 만민이 도망ᄒ며 가니 나는 갈 길을 몰
나 이 궁긔예 드려와 피란ᄒ여스니 혼장님 냥위와 네 시모 간 곳슬 아
지 못ᄒ노라 ᄒ고 통곡ᄒ거날 원슈 위로 왈 셜마 만나 볼 날이 읍스오
릿가 ᄒ고 쏘 문왈 황숭은 어딕 계신잇가 답왈 늬 여긔 숨어 보니 흔
신ᄒ가 쳔즈을 업고 북문으로 도망ᄒ야 쳔틱령 (92)

을 너머 가더니 그 뒤예 도젹이 싸려 갓스미 필현 위급할지라 ᄒ거
날 원슈 딕경ᄒ야 왈 쳔즈을 구ᄒ려 가오니 소부 도라 오기을 기다리

소셔 ᄒ고 말계 올나 천틱령을 너머 갈 시 슌식간의 한슈 북편의 다달너 보니 십 이 슈중의 적병이 가득ᄒ고 황복ᄒ라 ᄒᄂ 소릭 슌천이 진동ᄒ거날 원슈 이 말을 듯고 투고을 다시 쓰고 우릭 갓치 소릭ᄒ며 말을 치쳐 달여가며 딕호 왈 적중은 늬의 황승을 히치 말나 평국이 예 왓노라 ᄒ니 밍길이 황겁ᄒ여 말을 돌여 도망ᄒ거날 원수 딕호 왈 네가 ″면 어딕로 가리요 닷지 말고 늬 칼을 바드라 철통 갓치 달여 갈 시 원슈의 쥰총마가 쥬홍 갓튼 닙을 버리고 슌식간의 밍길이 말 쇼리을 물고 느려지거날 밍길이 딕경ᄒ야 몸을 두루여 장충을 눕피 들 (93)

고 원슈게 범코즈 ᄒ니 원슈 딕로ᄒ야 칼을 들어 밍길을 치니 두 팔이 늬려지ᄂ지라 쏘 좌츙우돌ᄒ여 적쥴을 진멸ᄒ니 피 흘너 셩쳔ᄒ고 죽엄미 구슨 갓더라 이썩 천즈 와 졔신이 넉슬 일코 아모란 쥴을 모르고 천즈는 손가락을 닙의 물고 씩물냐 하거날 원수 급피 말게 늬려 복지통곡ᄒ며 엿즈 왈 폐ᄒᄂ 옥체을 안보ᄒ옵소셔 평국이 왓나이다 천자 혼미 중의 평국이란 말을 듯고 일변 반기며 일변 비감ᄒ스 원슈의 손을 잡고 눈믈을 흘이시며 말을 못 ᄒ시거날 원슈 옥체을 보호ᄒ니 이윽고 정신을 진정ᄒ여 원수의게 치스 왈 짐이 방중고혼이 될 거슬 원슈의 덕으로 사즉을 안보케 되야스니 원슈의 은혜을 무엇시로 갑푸리요 ᄒ시며 원슈은 만리 변방의셔 웃지 알고 와 짐을 구ᄒ엿 (94)

ᄂ요 원슈 부복 쥬왈 천긔을 보옵고 군스을 중군의게 부탁ᄒ옵고 즉시 황성의 득달ᄒ온 즉 장안이 뷔여스오며 폐ᄒ 거쳐을 모로옵고 쥬져ᄒ옵더니 시부 여공이 슈치궁긔로 나오거날 뭇잡고 급피 와 적중 밍길을 스로잡은 말삼을 딕강 아릭고 나와 적진 여쥴을 낫″치 결박ᄒ

야 압세우고 황셩으로 힝할 시 원슈의 말은 쳔즈을 모시고 밍길이 탓던 말은 원슈가 타고 힝군북을 밍길이 등의 지우고 시신으로 북을 울이며 환궁ᄒ실 시 쳔즈 마샹의셔 용포 소믹을 들어 춤을 너울〃〃 츄며 질계ᄒ시니 졔신과 원슈도 일시예 팔을 드려 춤을 츄며 질게 쳔티령을 너머 오니 장안이 소조ᄒ고 딕궐이 터만 남어스니 웃지 한심치 아니 ᄒ리요 쳔즈 좌우을 도라보와 왈 짐이 덕이 읍셔 무죄흔 빅셩과 황후 티즈 화즁고혼이 되야 (95)

쓰니 하면목으로 쳔위을 츠지할이요 ᄒ시고 통곡ᄒ시니 원슈 엿자오딕 폐ᄒ는 너무 넘녀치 마옵소셔 하날이 셩슝을 닉실 시 져 무도흔 도젹으로 ᄒ여곰 곤익을 당ᄒ게 함미요 둘치은 신을 닉냐 환을 평졍케 함이오니 하날이 졍ᄒ신 바라 웃지 쳔슈을 변ᄒ릿가 슬품을 참으시고 쳔위을 졍ᄒ신 후의 황후와 티즈 거쳐을 탐지ᄒ스이다 ᄒ니 쳔즈 왈 딕궐이 업셔스니 어딕 가 안졍ᄒ리요 ᄒ시던니 이쩍 여공이 슈칙 궁긔로 나와 복지 통곡 왈 소신이 살긔만 도모ᄒ여 폐ᄒ을 모시지 못ᄒ여스오니 소신을 쇽히 쳐참ᄒ와 후인을 증계ᄒ옵소셔 쳔자 왈 짐이 경으로 ᄒ야금 변을 당ᄒ미 안나라 웃지 경의 죄라 ᄒ리요 츄호도 과염치 말나 여공이 쏘 아뢰되 폐ᄒ 아즉 안졍ᄒ실 곳지 읍스오니 원슈 잇던 집으로 가스이다 쳔즈 즉시 죵 (96)

남순 ᄒ로 와 보시니 외로온 집만 남어ᄂ지라 위공이 잇던 황화졍의 젼좌ᄒ시다 잇틋날 평명의 원슈 아뢰되 이 도젹은 소신이 나가 베히랴 ᄒ오니 폐ᄒ은 보시옵소셔 ᄒ고 도젹을 츠례로 안치고 원슈 삼쳑 장검을 드려 젹쥴을 다 베힌 후의 칼을 빗기 들고 쳔자 젼의 쥬왈 져 도젹은 소신의 원슈라 죄목을 문목커든 보옵소서 ᄒ고 원슈 놉피 좌긔ᄒ고 밍길을 각가이 쓸이고 딕질 왈 네가 초 싸의 잇다 ᄒ니 그 지명을 ᄌ셰이 일으라 밍길이 아뢰되 쇼인이 스옵긔는 소승강 근쳐의 잇ᄂ이다 원슈 왈 네가 슈적 되야 강승으로 단이며 장사 ᄇᆡ을 탈취ᄒ야 먹어ᄂ야 밍길이 주왈 흉년을 당ᄒ와 긔갈을 견듸지 못ᄒ여 적당을 다리고 수적이 되야 스람을 살히ᄒ여ᄂ이다 원슈 쏘 문왈 아모 연분의 엄자릉 조듸의셔 홍시랑 부인을 비단으 (97)

로 동여 밎고 그 품의 안은 유아을 ᄌ리로 싸셔 강물의 너흔 일이 잇ᄂ야 바로 아뢰라 밍길이 그 말을 듯고 쑤려 안지며 왈 이졔는 죽게 되야스오니 웃지 긔망ᄒ오릿가 과연 그려ᄒ여ᄂ이다 원슈 딕질 왈 나은 그쩍 자리예 싸셔 물의 너흔 계월이로다 ᄒ니 밍길이 그 말을 드르니 정신이 아득ᄒ지라 원슈 친니 ᄂᆡ려 밍길이 승토을 잡고 모가지를 동여 ᄇᆡ나무의 ᄆᆡ야 달고 너 갓튼 놈은 졈〃이 싹가 죽이리라 ᄒ고 칼을 드려 졈〃이 외려 노코 ᄇᆡ을 갈나 간을 ᄂᆡᄂᆞ 하날게 표빅ᄒ고 쳔자게 아뢰되 폐ᄒ의 너부신 덕틱으로 평싱 소원을 다 풀어스오니 인졔 죽어도 한이 읍ᄂ이다 쳔ᄌ 층춘 왈 이는 경의 충효을 하날이 감동ᄒ시미라 ᄒ고 질거 ᄒ시더라 이씩 쳔ᄌ 보국의 소식을 몰나 넘여 ᄒ시거날 원슈 쥬왈 신이 보국을 다려 오리다 ᄒ고 이날 써나랴 ᄒ더니 (98)

문득 즁군이 장계을 올여거날 ᄒ여시되 원슈 황성 구ᄒ려 간 식이예 소신이 ᄒᆞᆫ 번 북처 오초 냥왕을 항복 바더나이다 ᄒ엿거날 쳔자 원슈을 보시고 왈 이졔는 오초 양왕을 스로잡엇다 ᄒ니 일런 긔별을 듯고 웃지 안져셔 마조리요 ᄒ시고 쳔ᄌ 졔신을 거나리고 거동ᄒᆞᆺ 평국은 선봉이 되고 천자는 스스로 중군이 되야 좌우의 옹위ᄒ야 보국의 진으로 갈 ᄉ 선봉장 평국이 갑쥬을 갓초고 빅총마을 타고 슈긔을 잡어 압피 나간이라 이젹의 보국이 오초 냥왕을 잡어 압세우고 황셩을 향ᄒ야 올 ᄉ 바라본니 흔 장슈 ᄉ장의 ᄃ려 오거날 살펴보니 슈긔와 칼 빗슨 원슈의 칼과 슈긔로ᄃ 말은 쥰총마가 아니여날 보국이 의심ᄒ여 일변 진을 치며 싱각ᄒ되 젹장 밍길이 복병ᄒ고 원슈 (99)

의 모양을 본바다 나을 유인함이라 ᄒ고 크계 의심ᄒ거날 천ᄌ 그 거동을 보시고 평국을 불너 왈 보국이 원슈을 보고 젹즁인가 ᄒ야 의심ᄒᄂ 듯ᄒ니 원슈은 젹즁인 체ᄒ고 즁군을 쇠겨 오날 직조을 시험ᄒ야 짐을 구경 식키라 ᄒ시니 원슈 쥬왈 페ᄒ ″교 신의 뜻과 갓ᄉ오니 그리 ᄒᄉ이다 ᄒ고 갑옷 우의 거문 군복을 닙고 ᄉ장의 나셔며 수긔을 놉피 들고 보국의 진으로 향ᄒ니 보국이 젹즁인 줄 알고 달여 들거날 평국이 곽도ᄉ의게 빅운 슐법을 베푸니 경각의 ᄃ풍이 일어나며 흑운 안기 자옥ᄒ며 지쳑을 분별치 못할너라 보국이 아모리 할 쥴을 모로고 황겁ᄒ여 ᄒ더니 평국이 고함ᄒ고 달여들어 보국의 충검을 아셔 손의 들고 산먹을 잡어 공즁 치 들고 천ᄌ 계신 (100)

곳시로 갈 ᄉ 이ᄶ 보국이 평국의 손의 달여오며 소ᄅ을 크게 ᄒ여 원슈을 불너 왈 평국은 어ᄃ 가셔 보국이 죽난 쥴을 모로ᄂ고 ᄒ며 우ᄂ 소ᄅ 진즁이 요란ᄒ니 원슈 이 말을 듯고 우슈며 왈 네 웃지 평국의계 달여오며 평국은 무슴 일로 부르ᄂ뇨 ᄒ며 박즁ᄃ소ᄒ니 보국이 그 말을 듯고 정신을 ᄎ려보니 과연 평국이여날 슬품은 간ᄃ 읍고 도로여 부ᄭ려워 눈물을 거두더라 천ᄌ ᄃ소ᄒ시고 보국의 손을 잡으시고 위로 왈 즁군은 원슈의계 욕봄을 츄호도 과염치 말나 원슈 즈의로 함이 아니라 짐이 경등의 직조을 보랴 ᄒ고 시킨 빅라 지금은 전장으로 ᄒ야금 욕을 보와시나 평정 후 도라가면 녜로쎠 즁군을 셤길 것시니 불승ᄒ지라 ᄒ시고 직조을 충츈ᄒ시며 보국을 위로ᄒ시니 보국이 그졔야 웃고 엿 (101)

즈 왈 ᄒ교 지당ᄒ여이다 ᄒ고 힝군ᄒ야 황셩으로 향할 ᄉ이 오초 냥왕의계 횡군북을 지우고 무ᄉ로 ᄒ여금 울니며 평원 광야의 덥퍼 별ᄉ곡을 지나 황셩의 다달나 죵남슌 ᄒ의 들어가 쳔즈 황화졍의 젼좌ᄒ시고 무ᄉ을 명ᄒ야 오초 냥왕을 결박ᄒ야 계ᄒ의 ᄭ울니고 ᄭ지져 왈 녀의 등이 반심을 두어 황셩을 침범ᄒ다가 쳔도 무심치 안니 ᄒᄉ 너희을 잡왓시니 너희을 다 죽여 일국의 빗ᄂ리라 ᄒ시고 무ᄉ을 명ᄒ여 문박긔 ᄂ여 회시ᄒ고 처츰ᄒ니라 쳔즈 인ᄒ야 황후와 틱즈을 위ᄒ야 졔문 지여 졔ᄒ시고 군ᄉ을 호군ᄒ 후의 졔장을 츠례로 공을 쓰시고 ᄉ이로 국호을 곳츠 즉위ᄒ시고 죠셔을 ᄂ여 만과을 뵈야 조졍 위을 졍ᄒ시고 보국으로 좌승슝을 봉ᄒ시고 평국으로 딕ᄉ마 딕도독 위왕 직쳡을 쥬시고 (102)

못ᄂ 깃거ᄒ시더라 평국이 쥬왈 신쳡이 외람ᄒ와 폐ᄒ의 너부신 덕틱으로 봉즉을 입삽고 쳔ᄒ을 평졍ᄒ여ᄉ오니 이ᄂ 폐ᄒ의 하ᄒ 갓튼 덕이옵거날 웃지 신쳡의 공이라 ᄒ오릿가 허물며 친부모와 시모을 일엇ᄉ오니 신쳡이 팔자 긔박ᄒ와 일어ᄒ오니 이졔는 녀자의 도리을 츠려 부모 영위을 직키옵고즈 ᄒ옵ᄂ이다 ᄒ고 병부 졀월과 원슈의 인신이며 슈기을 밧치고 체읍ᄒ거날 쳔자 비감ᄒᄉ 왈 이ᄂ 다 짐의

박덕흔 탓시오믹 경을 보기 부스럽도다 글어나 위공 부〃며 공열부인
니 어닉 곳의 피란흐엿는지 소식이 잇슬 것스니 경은 안심흐라 흐시
고 또 가로스대 경이 규즁의 처흐기을 층흐고 병부 인신을 다 밧치니
다시는 물리지 못 할지로다 그러나 군신지의을 일치 말고 일 삭의 일
츠식 조회흐야 (103)

짐의 울도지경을 덜나 흐시고 인신과 병부을 도로 닉야 쥬시니 평국
이 돈슈복지흐야 열어 번 스양흐다가 마지 못흐야 인신을 가지고 보국
과 흔가지 나오니 뉘 아니 층찬흐리요 평국이 도라와 녀복을 입고 그
우의 조복을 입고 여공게 뵈오니 여공이 딕회흐야 일어나 피셕딕좌흐
니 원슈 마음의 미안흐야 흐더라 평국이 여공을 모시고 계신을 다 정흔
후의 부모 양위와 시모 신위을 빈셜흐고 승상 보국으로 더부러 발승 통
곡흐니 보는 스람이 뉘 안니 낙누흐리요 이후로붓틈은 예로써 승승을
셤기니 일변 깃부고 일변 두려워 흐더라 이쩍 위공은 피란흐야 부인과
여공의 부인이며 춘낭 양뉸을 다리고 동을 향흐야 가다가 흔 물가의
다〃르니 시녀가 황후와 틱즈을 모시고 강가의 안져 근너지 못흐 (104)

고 셔로 붓들고 통곡흐거날 위공이 급피 나가 복지흔딕 황후와 틱
자 보시고 못닉 깃거흐시며 눈믈을 흘니시더니 문득 남딕로셔 스람의
소릭 나는 듯흐거날 놀닉며 살펴보니 틱슨이 잇셔 흐날의 다흔 듯흔
지라 위공이 황후와 틱자을 모시고 그 슨즁으로 들어가니 천봉만학은
눈 압피 둘너는딕 발셥도〃흐야 들어가며 눈을 드려 본니 흔 초당이
뵈이거날 위공이 드려가 쥬인을 쳥흐니 도스 초당의 안져다가 위공을
보고 급피 나와 손을 잡고 무슴 일로 이 산즁의 오시잇가 위공 왈 국운

이 불힝ᄒ야 의외예 난시을 당ᄒ오믹 황후와 틱자을 모시고 왓나이다 ᄒ니 도ᄉ 경문 왈 어딕 계신잇가 문박기 계신이다 도ᄉ 왈 황후와 모든 부인은 안으로 모시고 위공과 틱자은 초당의 계시다가 평정 후의 황셩으로 가시계 ᄒ옵소셔 (105)

ᄒ니 위공이나와 황후와 모든 부인은 안으로 모시고 틱ᄌ와 위공은 외당의 계셔 쥬야 비감ᄒ시더니 일″은 도ᄉ 슌승의 올나가 천긔을 보고 닉려와 위공다려 왈 이졔 평국과 보국이 도젹을 소멸ᄒ고 도라와 여공을 셤기며 상공과 부인 영위을 빅셜ᄒ고 쥬야 이통으로 지닉며 황승계옵셔 황후와 틱ᄌ의 존망을 아지 못ᄒ야 눈물로 지닉오니 급피 나가옵소셔 위공이 놀닉 왈 복이 평국의 아비 되ᄂ 쥴을 웃지 아나잇가 도ᄉ 왈 자연 알 만ᄒ여이다 ᄒ고 흔 장 봉셔을 쥬며 왈 이 봉셔을 평국과 보국을 쥬소셔 ᄒ고 길을 직촉ᄒ니 위공이 치하 왈 존공의 덕틱으로 수다 목심을 보존ᄒ야 도라 가오니 은혜 ᄂ망이언이와 이 싸 지명은 무엇시라 ᄒ나잇가 도ᄉ 왈 이 싸 지명은 익쥬옵고 산명은 천명산이라 ᄒ옵건이와 싱은 정쳐 읍시 단이ᄂ 슈 (106)

람이라 산슈을 구경ᄒ려 단니옵다가 황후와 틱자와 위공을 구ᄒ랴고 이 산즁의 왓ᄉ더니 이졔는 싱도 쩌나 촉즁 명산으로 가랴 ᄒ오니 차후은 다시 뵈올 날이 읍ᄉ오믹 부딕 조심ᄒ야 평안이 힝츳ᄒ옵소셔 ᄒ며 길을 짓촉ᄒ니 위공이 ᄒ즉ᄒ고 황후 틱ᄌ와 열어 부인을 모시고 졀벽 ᄉ이이로 닉려와 빅운동 어구의 나오니 젼의 보던 황하강이 잇거날 강가로 오며 젼일을 싱각ᄒ고 눈물을 흘이며 빅ᄉ장을 지닉 소봉딕을 너머 보츈동을 지나 오경누의 와 일야을 머무르고 잇튼날 발

힝ᄒ야 파쥬셩문 박기 다〃르니 슈문즁이 문왈 너희은 힝식이 괴이ᄒ
니 웃던 스람인뇨 발로 일너 실졍을 긔이지 말나 ᄒ고 문을 여지 안니
ᄒ니 시녀와 위공이 크게 위여 왈 우리ᄂ 이번 난의 황후와 틱자을 모
시고 피란ᄒ엿다가 지금 황셩으로 (107)

　가ᄂ 길이〃 너희는 의심치 말고 셩문을 밧비 열나 ᄒ니 군스 이 말
을 듯고 관슈게 고ᄒ니 관슈 놀닉 급피 나와 셩문을 열고 복지ᄒ야 엿
즈오딕 과연 모로옵고 문을 더듸 열엇스오니 죄을 당ᄒ야지이다 틱자
와 위공이 왈 사셰 글어할 듯ᄒ니 과염치 말나 ᄒ고 관으로 들어갈 ᄉᆡ
관슈 일힝을 다 모시고 관듸ᄒ야 일변 황셩으로 장문ᄒ니라 이젹의
쳔자는 황후와 틱자 죽은 줄을 알고 궐닉예 신위을 빅셜ᄒ고 졔ᄒ시
며 쳬읍ᄒ시더니 이ᄯᆡ 남관장이 장문을 올여거날 ᄲᆡ여 보니 위공 홍무
황후와 틱자을 모시고 남관의 와 유ᄒᄂ이다 ᄒ여거날 쳔자 보시고 일
희일비ᄒᄉ 즉시 계월을 알게 ᄒ니 계월이〃 말을 듯고 딕희ᄒ야 즉
시 조복을 입고 궐닉의 드려가 복지사은ᄒᆫ딕 쳔자 반기ᄉ 왈 경의 부
와 경은 하날이 짐을 위 (108)

　ᄒ야 ᄂᆡ셔쏘다 이번도 위국공이 황후와 틱자을 보호ᄒ야 목심을 보
존케 ᄒ여스니 은혜을 무엇스로 갑푸리요 ᄒ시니 계월이 돈슈 쥬왈 이
ᄂ 다 폐ᄒ의 너부신 덕으로 ᄒ날이 살펴ᄉ 감동ᄒ시미니 웃지 신의
아비 공이라 ᄒ오릿가 ᄒ고 즉시 위의을 갓초와 승승 보국으로 ᄒ야금
보닉이라 쳔자 졔신을 거날리고 오지원의 긔딕ᄒ시고 계월은 딕원슈
위의을 차려 낙셩관까지 연졉ᄒ랴 ᄒ고 나가이라 이ᄯᆡ 보국이 남관의
다달나 위공 냥위와 모부닌을 모시고 복지 통곡ᄒᆫ딕 위공이 승승의 손을

잡고 체읍 왈 하마터면 너을 보지 못할 번 흐여쏘다 흐고 비창함을 마지
안니흐더라 이튼날 황후와 틱자을 옥년의 모시고 부인은 금덩을 타시고
츈낭 냥눈이며 모든 시녀는 교즈을 틱와 좌우의 시위흐고 위 (109)

공은 금안쥰마의 두렷시 안져시며 삼천 궁여 녹의홍숭 흐야 촉불을
들여 연과 덩을 옹위흐고 좌우의 풍유을 세우고 승승은 뒤에 군스을
거나려 오니 그 찰난함미 층냥 읍더라 쩌는 지 슴일 만의 낙성관의
다″르니 이쩌 계월이 낙성관의 와 딕후흐엿다가 황후 힝츠 오시믈
보고 급피 나가 연졉흐야 모시고 평안이 힝츠흐시믈 문후흐고 물너
나와 시모 젼의 복지 통곡흐니 위공과 두 부인이 계월의 손을 잡고 체
읍흐야 왈 하마터면 숭면치 못할 번 흐엿도다 흐며 일희일비흐더라
밤 시도록 설화흐고 잇튼 날 길을 쩌나 쳥운관의 다″르니 쳔자 딕숭
의 좌긔흐시고 황후을 마질 시 상흐 일힝이 딕흐의 일으려 복지흔딕
쳔자 눈물을 흘녀 피란흐던 스연을 무르시니 황후와 틱자 젼후 고싱
흐던 스연을 낫″치 고달흐며 위공을 만나던 말 (110)

을 다 고흐니 쳔자 드르시고 위공계 치스 왈 경 곳 안니던들 황후와
틱즈을 웃지 다시 보리요 흐시며 무슈이 스례흐시니 위공 부″ 층스
흐고 물너 나오니라 이날 쩌나 쳔자 선봉이 되야 환궁흐시고 궁궐을
다시 지여 예와 갓치 번화흐며 무슈이 질겨 흐시더라 일″은 위공이
계월과 보국을 불너 도스의 봉서을 주거날 쩨여 보니 션싱의 필젹이라
그 글의 흐여시되 일편 봉서을 평국과 보국의게 붓치느니 슬푸다 명현
동의셔 흔가지로 공부흐던 졍이 빅운 갓치 즁흐도다 흔 번 이별 흔 후
로 졍쳐 읍시 바린 몸이 산야 젹막흔 딕 쳐흐야 단이면서 너희을 싱각

ᄒᆞᄂᆞᆫ 졍이냐 웃지 다 층냥ᄒᆞ랴만은 노인의 갈 길이 만리예 믹켜스니
슬푸다 눈물이 학창의예 져〃쏘다 이 후ᄂᆞᆫ 다시 보지 못할 것시니 우
희로 쳔ᄌᆞ을 셤게 츙셩을 다 ᄒᆞ고 아ᄅᆡ로(111)

부모을 셤겨 효셩을 다ᄒᆞ야 그류던 유한을 풀고 부ᄃᆡ 무량이 지ᄂᆡ라
ᄒᆞ야거날 평국과 보국이 보기을 다 ᄒᆞᄆᆡ 쳬읍ᄒᆞ며 그 은혜을 싱각ᄒᆞ
야 공즁을 향ᄒᆞ야 무슈히 치ᄒᆞ하더라 이ᄯᅥ 쳔ᄌᆞ 위공의 베슬을 승품
ᄒᆞ실 ᄉᆡ 홍무로 초왕을 봉ᄒᆞ시고 여공으로 오왕을 봉ᄒᆞ시고 쳔단을
만니 ᄉᆞᆼᄉᆞᄒᆞ시며 가로ᄉᆞᄃᆡ 오초 냥국이 졍ᄉᆞ 폐ᄒᆞᆫ 졔 오ᄅᆡ오ᄆᆡ 급피
치힝ᄒᆞ야 국ᄉᆞ을 다ᄉᆞ리라 ᄒᆞ시고 길을 짓촉ᄒᆞ시ᄆᆡ 오초 냥왕이 황
은을 츅ᄉᆞᄒᆞ고 물너 나와 치힝을 차려 ᄯᅥ날 ᄉᆡ 부자 부녀 셔로 이별
ᄒᆞᄂᆞᆫ 졍이 비할 ᄃᆡ 읍더라 이젹의 승승 보국이 나히 ᄉᆞ십 오셰라 슴남
일녀을 두어스니 영민 춍혜ᄒᆞᆫ지라 장자로 오국 ᄐᆡ자을 봉ᄒᆞ야 보ᄂᆡ고
ᄎᆞ자은 셩을 홍이라 ᄒᆞ야 초국 ᄐᆡ자을 봉ᄒᆞ야 보ᄂᆡ고 슴자ᄂᆞᆫ 공문거
족의 셩취ᄒᆞ야 베슬할 ᄉᆡ (112)

츙셩으로 인군을 셤기고 빅셩을 인의로 다스이ᄂᆞᆫ지라 이ᄯᅥ 쳔자 셩
덕ᄒᆞᄉᆞ 시화연풍ᄒᆞ고 빅셩이 격냥가을 부르고 함포고복ᄒᆞ니 슌무도
젹ᄒᆞ고 도불습유ᄒᆞ야 요지일월이요 슌지건곤이라 계월이 자손이
ᄃᆡ〃로 공후작녹을 누리고 지우만셰ᄒᆞ야 젼지무궁ᄒᆞ니 이런 장ᄒᆞ고
긔이ᄒᆞᆫ 닐이 쏘 잇스리요 ᄃᆡ강 긔록ᄒᆞ야 셰샹 ᄉᆞ람을 뵈이게 함일너
라 (113)

辛亥五月□□洪桂月傳結

영남대 46장본 〈계월전〉

각셜이라 홍무 년간의 청쥬 구계촌의 한 양반이 잇시되 셩은 홍씨요 일홈은 무라 딕딕로 쳥염강직ㅎ야 벼살을 싀양ㅎ고 고향의 도라와 산 아리 밧 갈기와 죠딕에 고기 낙기을 일숨아 셰월을 보닉니 쳔지간 일 읍난 스룸일너라 그러나 다만 실하의 일졈 혈육이 읍셔 부인 양씨로 더부러 믹일 염예ㅎ더니 일일은 부인이 시랑게 고하여 왈 불효 삼쳔의 무후한 죄 막딕ㅎ오니 시랑은 쳡을 싱각지 말으시고 양가 슉여을 으더 후스을 젼ㅎ옵소셔 흔딕 시랑이 위로 왈 자식 읍기난 다 닉의 죄라 부 인은 □□ 염예 마옵소셔 지셩이면 감쳔이라 ㅎ오니 울리 셰간이 만 스오나 젼홀 고지 읍신 (1)

이 지셩을 다 ㅎ야 삼신 후토의게 발원ㅎ옵던지 붓쳐임게 셩공ㅎ야 보와지라 믹일 부부 셔러ㅎ던니 하로난 시비 고ㅎ되 박기로셔 흔 여승 이 와 보옵고져 한다 ㅎ거날 부인 딕왈 들어오라 ㅎ며 본이 과년 단졍 한 여승이라 승다려 문왈 무슴 일노 찬난다 승이 시랑 양위게 졀ㅎ고 살오되 쇼승은 고쇼딕 일봉암의 잇난 승 츄경이옵더니 졀이 퇴락ㅎ와 관셰음보살이 풍우을 피치 못ㅎ옵기로 즁슈코자 ㅎ오되 재력이 읍스 와 경영ㅎ온 졔 오릭옵던니 듯스온 즉 상공댁의셔 젹션을 조와흔다

ᄒᆞ옵기로 불원철이ᄒᆞ옵고 완나이다 부인이 왈 지력이 얼마나 ᄒᆞ면 즁슈ᄒᆞ올잇가 승이 답왈 물력 다소난 알 질이 읍ᄉᆞ오니 부인틱 쳐분틱로 ᄒᆞ옵소서 (2)

부인이 탄식 왈 닉의 세간이 만ᄒᆞ되 젼ᄒᆞ올 고시 읍ᄉᆞ오니 차라리 붓쳐임계 덜려 훗길이나 닥글지라 ᄒᆞ고 은직 오빅 양을 쥬어 왈 울리 무즈ᄒᆞ온 일을 붓쳐임계 발원ᄒᆞ옵셔 자식이나 지시ᄒᆞ야 쥬옵소서 승이 부복 슈왈 지성이면 감쳔이라 ᄒᆞ오니 부쳐임계 공을 들려 보ᄉᆞ이다 ᄒᆞ고 시랑 싱월 싱시을 기록하여 가지고 시랑 양위계 ᄒᆞ직ᄒᆞ고 가더라 니젹의 부인이 여승을 보닉고 믹일 축슈ᄒᆞ여 쳔힝으로 자식을 볼가 ᄒᆞ더니 일일은 양부인이 곤ᄒᆞ여 침셕의 비겨던니 문득 하날로셔 선여 두리 나려와 부인계 졀ᄒᆞ고 왈 쳡등은 월궁 선여옵던니 부인의 졍셩이 하날이 사모키로 샹계계옵셔 불샹이 여긔ᄉᆞ 계화 일지을 부인 젼의 젼ᄒᆞ라 ᄒᆞ옵기로 부인계 드러오니 어여비 예시소셔 (3)

ᄒᆞ고 드리거날 바드라 할 졔 문득 ᄭᅢ다른니 남가일몽이라 마암의 고이 여겨 즉시 시랑을 쳥ᄒᆞ여 몽ᄉᆞ을 고ᄒᆞ니 시랑이 딕희 왈 부인의 졍셩이 지극ᄒᆞ기로 귀ᄌᆞ을 졈지ᄒᆞ시도소이다 ᄒᆞ며 죵일 한담으로 만심 셜화ᄒᆞ더니 과연 그달버텀 틱기 잇셔 십삭이 차믹 힝예 남ᄌᆞ을 볼가 바라던니 일일은 친운이 집을 둘러며 향닉 진동ᄒᆞ던니 부인이 몸이 불평ᄒᆞ여 침셕의 누어던니 이윽고 희복ᄒᆞ믹 선여 두리 손의 옥홀을 들고 들고 들러와 아기을 향유로 식겨 누고 부인을 향ᄒᆞ여 왈 이 아기난 셔히의 용여로셔 샹계계 득직ᄒᆞ엿다 ᄒᆞ고 인ᄒᆞ여 나가난지라 아이 상을 본니 비록 여아나 용모 비범한지라 믹일 사랑ᄒᆞ옵기 긋지 읍셔 일홈을

계월이라 ㅎ다 계월이 졈졈 자라ᄂᆡᄆᆡ 영민총예ㅎ여 삼셰예 (4)

당ㅎᄆᆡ ᄇᆡ오지 안니한 글을 무불통지 ㅎ난지라 부모 양위 그 아히 죠달함을 염여ㅎ여 강호쌍의 곽도ᄉᆞ을 쳥ㅎ여 계월의 상을 뵈올시 도ᄉᆞ 왈 아히 상을 보니 오식의 부모을 이별ㅎ고 동셔의 위리ㅎ여 거의 죽을 지경의 당ㅎ엿다가 어진 ᄉᆞ람을 만나 그 ᄉᆞ람의 은혜을 입어 몸이 장셩ㅎ여 셰 번 죽을 익을 지닌 후의 몸이 귀이 되어 영화로 부모을 만날 거시니 초분은 흉ㅎ나 즁후분은 부 귀 천하의 진동ㅎ리라 ㅎ니 계월의 싱일ᄌᆞ을 그록ㅎ여 쥬고 계월을 남복을 입피 ᄂᆡ당의 두고 글을 갈르치니 영민총예ㅎ여 모을 거시 업난지라 ᄉᆞ랑이 탄왈 네 만일 남ᄌᆞ 되야던들 천ㅎ의 무쌍이요 쏘한 금슬은 삼국시졀 관장조을 닷툴 거시니 네 규즁 쳐ᄌᆞ 되엿스니 무가ᄂᆡ하로다 ㅁᆡ (5)

일 탄식ㅎ여 계월을 일시도 실하의 쩌나지 못ㅎ게 ㅎ더라 잇ᄯᆞᆼ예 ᄉᆞ랑이 조와한난 벗시 잇시되 이즁싱이라 호계의 살더니 평싱의 졍의을 잇지 못ㅎ여 조흔 슐을 나귀 등의 실코 길을 쩌날ᄉᆡ 계월을 잇지 못ㅎ여 나 둘러오기을 지다리라 ㅎ고 질을 쩌나 호계을 향ㅎ니 가난 길이 삼ᄇᆡᆨ ᄉᆞ십이라 오일 만 득달ㅎ여 즁싱을 만나 슐을 ᄂᆡ여 셔로 권ㅎ며 의히한 졍을 잇지 못ㅎ여 님의 머문 제 슈일의 즁싱을 이별ㅎ고 도로 나오이 문득 징북 쇼ᄅᆡ 들니거날 그 연고을 물은ᄃᆡ 답왈 북방 도덕 졀도□군 십여 셩을 치고 ᄇᆡᆨ셩을 살히ㅎ고 물 미듯 쳐드러오니 그 형셰 퇴산 갓트니 피난하야 도망하난 소ᄅᆡ 요란ㅎ다 하거날 ᄉᆞ랑이 그 말을 듯고 심혼이 읍셔 심즁의 탄왈 집을 득달치 못ㅎ고 즁노의셔 일헌 변을 보니 평싱 ᄉᆞ랑하난 여아을 (6)

보지 못ᄒ고 쏘한 부인의 사싱을 아지 못ᄒ고 향할 바을 아지 못ᄒ
여 탄식ᄒ더니 할 일 읍서 피난하난 스람을 짜라 집푼 산즁으로 드러
가 몸 감초고 부인과 계월을 잇지 못하더라 잇ᄯ 부인이 시랑을 호계산
의 보ᄂᆡ고 계월을 다리고 시랑을 날노 지ᄃᆡ리더니 촌즁이 요란하거날
시비 양윤을 나가보라 ᄒ니 양윤이 급피 드러와 고하되 지금 북방 도
덕이 니러나 황성을 침범ᄒ와 요란하다 하거날 듯고 통곡 왈 시랑 집
을 득달치 못ᄒ고 즁노의서 죽을 거시니 ᄂᆡ 혼ᄌ 사라 무엇하리요 가
삼을 두다리며 자수코져 거날 시비 양윤이 울며 붓들고 왈 부인은 너머
셔러 마옵소서 황천이 셜마 무심하오리잇가 부인은 안심ᄒ옵소서 시
랑 사싱은 아지 못ᄒ오나 쳔힝으로 됴흔 시졀을 기다려 분명 보죤ᄒ와
집푼 산즁으로 가ᄉ이다 하거날 (7)

부인이 올히 여기ᄉ 계월을 양윤게 업피고 이날 밤 삼경의 남역으로
향ᄒ여 가더니 바라보ᄆᆡ ᄐᆡ산이 이거날 그 산을 바라보고 천망지촉 다
라나며 뒤을 도라보니 쳔병만마 길을 덥퍼 ᄶᅩᆺ추 오난ᄃᆡ 기치챵금은 평
원 광야의 덥퍼 잇고 고각함성은 쳔지을 진동ᄒ며 씌결이 하날이 덥고
급피 ᄶᅩᆺ추오거날 ᄃᆡ겁ᄒ여 아기을 업고 부인을 잇글고 가더니 길이
ᄭᅳᆫ쳐 무변 ᄃᆡ강이 압피 막어 잇고 쏘한 건난 ᄇᆡ가 읍서 죽기예 당ᄒ엿
난지라 부인이 계월을 안고 양윤을 도라 보와 왈 압피로 ᄃᆡ강이 막어
잇고 뒤히로난 도덕이 급하엿스니 그간의 든 자 엇지 살이요 ᄎᆞ라리
남의 숀의 죽을진딘 물의 ᄲᅡ져 시랑의 뒤을 ᄯᅡ름만 갓지 못ᄒ다 ᄒ고
하날을 울얼너 탄식ᄒ고 물의 (8)

ᄲᅱ여 들여 하거날 문득 북ᄃᆡ로셔 옥져 소ᄅᆡ 들이거날 창황간의 살펴

보니 시양머리 싸은 션여 두리 염쥬을 타고 옥져을 불며 급피 빈을 져
어 오거날 부인이 반가 급피 불너 왈 져긔 오난 여동은 길 막킨 스람을
밧비 구하라 ᄒᄃᆡ 션여 오다가 바라보고 그 빈을 급피 ᄃᆡ히니 부인과
양윤이 올르거날 션여 빈을 져어 가며 부인다려 문왈 아러 보시난잇가
울이난 부인 히복하실 ᄶᅦ예 가덧 션여로소이다 부인이 이 말을 듯고
반겨 왈 굿샤예 누지 왓다가 부운 갓치 이별 후 쥬야 잇지 못하엿더니
천만 의외예 수중고혼을 ᄯᅩ 구졔하니 은혜 빅골난망이오이다 션여 답
왈 우리도 여동빈 션싱과 파도의 노자 ᄒᆞ옵고 가옵난 길이옵더니 만일
더듸던들 하마 구치 못할 번 ᄒᆞ엿나이다 말을 맛 (9)

치며 능파곡을 불더니 그 빈 ᄲᅢ르기 살 갓틋지라 이윽고 빈을 ᄃᆡ이
고 ᄂᆡ리기을 청하거날 부인과 영윤이 사례할 지음의 호련이 간ᄃᆡ 읍난
지라 공듕을 향ᄒᆞ여 무슈이 스례ᄒᆞ고 지향 읍시 가더니 노젼 수풀노
나가며 도라보니 큰 산이 잇스되 놉기 창천의 다안 듯ᄒᆞ고 스면으로
강수 둘너 잇스니 ᄶᅡᆼ은 오초 지경이라 옷나라 물은 일쳔 구비 둘예잇고
초나라 산은 일만봉이 놉피 잇스니 산쳔이 흠악ᄒᆞ고 힝인이 임으로 출
입지 못하더라 계월을 안고 양윤과 한가지로 안지며 지향 읍시 가더라
ᄯᅩ한 빈 곱파 촌보 갈 길 읍고 발 압피 기진ᄒᆞ여 누어스니 양윤이 할 수
읍셔 버두남무 ᄀᆡ야지을 싸다가 부인을 권ᄒᆞ여 먹이고 촌촌 젼진하여
산쳔 흠악한 질노 이십여 리을 가니 누각 잇스되 살 (10)

펴보니 엄ᄌᆞ릉의 죠ᄃᆡ라 하여거날 그 북으로 무흥산이 잇고 동으로
고소ᄃᆡ요 남으로난 소상강이 막켜 잇고 셔으로난 악양누각 그려 잇고
동셔남북 산 아릭 물이 두러스되 동졍호의 달리 ᄯᅳ고 소상강의 밤비

오고 황능묘의 두견이 울제 수심이 읍난 과긱이라도 잇썬을 당ᄒ면 수심이 졀노 졀노 나니 이러 허무로 부인이 잇썬을 당하와 수회을 못하여 옛적의 순이 싱하심으로 슌수하며 창오의 붕하시니 안ᄒᆡ 아황 여영이 통곡하고 죽을 적의 눈물을 소상강 ᄃᆡ수풀의 ᄲᅤ려더니 눈물 흔적 점점 반반하야 만고의지지 안하니 ᄌᆞ고로 일은바 소상반죽이라 이곳의 죽어 이비을 좃치리라 하고 실피 우이 그 정상을 ᄎᆞ마 보지 못할지라 양운이 울며 부인을 말유하여 안정하시계 하고 밥을 빌야 ᄒ (11)

고 촌가을 차지니라 부인이 양윤을 밥 빌너 보ᄂᆡ고 계월을 안고 홀로 안져쓰니 졍ᄌᆞ강의 사든 기러기난 실피 울며 나려가고 죽임의 ᄌᆞ든 시는 쌱을 일코 안져 울거날 □□□ 스람 회포을 도웁고 녹슈 잔잔ᄒ고 □성은 소소하다 그 쳐량한 회포를 웃지 다 칙양하리요 시랑과 고향을 싱각ᄒ니 일편 간장이 구ᄇᆡ구ᄇᆡ 봄눈 갓치 ᄉᆞ라지난지라 아물커나 혼자 안져 양윤 오기을 지다리더니 문득 바라보니 큰 ᄇᆡ 점점 갓가이 오거날 부인이 몸을 죽임의 감쵸고 안져 보니 컨는 ᄇᆡ난 슈적의 ᄇᆡ라 슈적 밍길이 ᄇᆡ을 졍ᄌᆞ강의 ᄆᆡ고 적졸의계 분부 왈 강승의셔 바라보니 다졍한 여인이 졍ᄌᆞ강의 안져싸가 울리 오난 양을 보고 ᄃᆡ숨풀로 덜어 갓시니 급피 다려오라 ᄒ니 적졸더리 (12)

영을 듯고 급피 죽임으로 더러가 부인을 잇스러 ᄂᆡ니 부인이 정신이 아득ᄒ야 양윤을 부른덜 밥 빌너 간 양윤이 엇지 급ᄒᆫ 주을 알이오 □ □ 도적 등이 등을 미러 밍길이 부인을 보고 크계 길거 왈 ᄂᆡ 평싱 부죡ᄒ미 읍시되 다만 소원이 천하일식 미인을 구하더니 명천이 ᄂᆡ의 뜻슬 바다 귀한 부인을 지시함이로다 ᄒ고 부인의 옥슈을 잇글고 문왈 부

인은 어딘 기시며 무슴 일로 이곳딘 오시잇가 부인이 울며 왈 청쥬 구
계촌의 살고 홍시랑의 아닌옵더니 장수랑의 난을 만나 시랑을 일코 즈
식과 시비을 다리고 강슈의 죽으랴 ᄒ더니 천만 의외예 선여을 만나
져 물을 건너 쥬미 이곳딘 일르러 갈 바을 아지 못ᄒ더니 그딘난 바라
건딘 잔명을 구계하옵고 길을 안도하 (13)

옵소셔 ᄒ며 계월을 안고 슬피 울거날 밍길이 가로딘 이곳딘셔 청
쥬가 말리 박기라 부인이 고향을 츠져 가고져 하의되 몸이 날기 업스
니 부지 업시 고향을 싱각 말고 금의옥식으로 임계ᄒ리리다 ᄒ딘 부인
이 이 말을 듯르니 심혼이 황망ᄒ여 계월을 안고 물의 썰어져 죽으랴
ᄒ고 궁그러 통곡ᄒ니 계월이 부인의 목을 안고 낫을 한틔 딘고 실피
운니 그 불상함을 츰마 보지 못흘러라 밍길이 젹졸을 불너 분부ᄒ되
슈족을 놀이지 못ᄒ게 ᄒ고 비단으로 동여미고 아히을 쏜한 동여 물의
너코져 ᄒ딘 젹졸이 영을 듯고 계월을 즈리예 싸셔 물의 쳐느니 부인
이 궁굴며 기졀 하거날 여러 스람이 약으로 구안ᄒ니 양윤니 비러 온
밥을 쌍의 던지고 달여드러 (14)

부인의 목을 안고 슬피 울며 왈 이계 웬일인익고 우리 부인계옵셔 이
리 되실 쥴울 웃지 알리오 츠라리 물의나 쌔져여 죽어더면 일러한 츰
목한 욕을 안이 보실 거슬 씌여 우리을 살여 쥬미 도리려 욕을 보계 하
심이로다 ᄒ며 붓들고 통곡ᄒ고 익걸하며 왈 비나이다 수젹 장군의계
비나이다 나을 죽일지라도 부인은 살여 쥬옵소셔 ᄒ며 익연 통곡ᄒ니
밍길이 딘로하야 그 기집을 마져 물의 너라 ᄒ니 그 즁의 늘근 도젹이
왈 그 졍싱이 불숭ᄒ고 쏘한 부인을 위ᄒ야 잔연 익걸ᄒ오니 장군은

짐작ᄒ온소셔 ᄒ니 부인이 도적을 향ᄒ야 무슈이 사례ᄒ더라 잇ᄯ예
밍길이 부인과 양윤 모시라 ᄒ고 빈을 겨어 집의 당ᄒ야 그 쳐 츈양을
불너 졍쇄한 방으로 모시고 위 (15)

로하라 ᄒᄆᆡ 츈양이 부인더러 문왈 무슴 일노 이 지경의 이으난잇가
부인이 울며 왈 부인은 잔잉한 사람을 구ᄒ야 쥬옵소셔 ᄒ며 ᄌ슈할랴
하거날 츈양이 겹츅ᄒ야 왈 부인의 졍상을 보오니 불상ᄒ여이다 이 도
적은 본ᄃᆡ 슈적으로 사람을 죽이고 직물을 취ᄒ고 용밍이 하로 쳘이
가오니 부인이 도망하여도 환을 면치 못할 거시니 ᄎ라리 이곳의셔 죽
지 못ᄒ난 거시 한이로소이다 첩도 본ᄃᆡ 도적의 계집이 안니오라 ᄃᆡ
국 번양ᄯᅡ의 양가 여ᄌ로셔 겹칙한 화을 물읍ᄉ와 이곳ᄃᆡ 입습더니
원연이 지금ᄭᅡ지 죽지 못ᄒ고 잇습다가 부인의 졍상을 보오니 ᄎ라리
먼져 죽어 모르고ᄌ 하ᄂᆞ이다 그러나 살을 모칙이 잇사오니 잠간 진졍
(16)

하옵소셔 하고 직시 문을 열고 적당 모은 곳슬 가보니 도적이 불을
케고 좌우로 각각 갈너 안져 도적한 직물을 노코 각각 잔을 잡아 밍길
을 권하여 왈 오날날 장군이 어진 부인을 어더ᄉ오니 한 잔 술노뼈 권
하노라 차례로 술을 부어 권하거날 밍길이 술을 취토록 먹고 취하물 이
기지 못하여 안져던 ᄌ리례 ᄌ거날 여러 도적이 다 허터져 각각 가난
지라 츈양 그 직시 밧비 드러와 부인과 양윤 동여ᄆᆡ 거슬 다 쓸러 노코
도적이 다 ᄌ리례 쓰러져ᄉ오니 한가지로 도망ᄒ사이다 도적이 술을
씌면 추종할 거시니 가다가 시장ᄒ면 먹을 밥을 수건의 싸가지고 부인
과 양윤을 다리고 후원 셔편으로 나가 조분 길노 갈ᄉᆡ 목심을 도망하야

천방지축으로 밧비 가니 (17)

　부인이 발리 압파고 질역하야 촌보을 살 슈 읍셔 양윤의 손을 잡고
춘양은 부인의 등을 밀고 길을 엇지 붕별하리요 안지며 밀며 졔우 십이
을 가니 동방이 발거 오고 문득 죵명 소릭 들이거날 거름을 지촉허여
가더니 평슈의셔 즈던 갈믹기난 슬피 울러 긱회을 도도난지라 도라보
와 왈 동방이 장츳 발거 오고 긔운이 진하여 촌보을 옴기지 못하니 흉
격이 취동하면 결단고 죽기을 면치 못할지라 닉 물의 쌔져 계월의 고
혼을 싸르고져 하니 그딕난 쳡을 싱각지 말고 양윤과 한가지 가라 하
고 물의 쒸여들거날 양윤이 부인을 붓들고 죽지 못ㅎ계 하더니 문득
여승 두리 송쥭간으로 닉려와 부인을 보고 문왈 부인은 무슴 일노 이
곳의 수즁고혼이 되고져 (18)

　하나잇가 하되 부인이 울음을 긋치고 젼후스을 낫낫치 고한딕 늘근
즁이 듯고 딕경하여 왈 부인은 소승을 몰르시난이잇가 ㅎ고 달려들어
부인을 붓들고 왈 소승은 부인딕 의 가 황금 오빅양을 가져오던 고소
딕 일봉암의 잇난 즁 츄경이로소이다 부인이 이 말을 듯고 노승의 손
을 잡고 통곡 왈 돈스을 이별한 후 다시 보지 못할가 ㅎ여삽더니 이곳
의셔 만날 쥴을 엇지 뜻하엿시리오 나난 요스의 활난을 만나 시랑을
이별ㅎ고 여아의 죽음을 보고 웃지 살기을 발라리요 ㅎ며 슬피 울거날
노승이 답왈 예셔 소승 잇난 졀노 가스이다 부인이 딕왈 졀리 예셔 얼
미나 되난요 노승이 답왈 므지 안니 ㅎ옵쎠니와 한슌스의 양식 가질
너 갓다 오난 (19)

질의 실피 우난 소릭을 들르민 그 소릭 고히하와 빅을 강가의 민이
고 와습다가 부인을 만나오니 차라리 지시하여 다급픠 소승을 싹러귀
하옵소셔 하며 가기을 직촉하더라 이적의 수적이 술리 씌민 안으로
드러가 부인을 츠진딕 종적이 읍고 쏘한 춘양이 읍난지라 밍길이 딕
분하여 젹졸을 거누리고 닉다러 츠지되 종젹을 모르더라 잠간 싱각
흐고 □산을 지나 셩션으로 조차 가더니 문득 바라보니 강가의 여승
두리 계집 삼인으로 안져거날 밍길이 소릭을 크계 질르며 나난 다시
좃차오거날 여승이 보고 딕경하여 왈 져긔 좃츠 오난 거시 도적인가
시푸오니 이리 위급하지라 부인의 손을 익그러 직촉하거날 부인이 빅
에 오를 식 벌셔 강가의 일은지라 (20)

빅을 급피 져어 북딕로 향하야 가니 도적이 무류하여 닥 쏫던 긔을
치이딕 보난 듯하더라 승이 경문을 외오니 빅 싸르기 살 갓튼지라 이
윽하여 빅을 딕이고 닉리기을 쳥한딕 부인이 긔진하여 닉리지 못하거
날 춘양이 수건의 싸던 밥을 닉여 습인이 먹고 고소딕로 향흐니 경긔
결승흐여 왼갓 초목이 무성한딕 각싴 화초 만발흐고 녹음 속의 뭇싀
로 빅ㅅ람의 수회을 도옵난지라 골골마다 폭폭수난 구비구비 흘너가
고 곳곳마다 홍도화난 숭이숭이 써러져 □□□ 흘너가니 그 경긔을
이로 칭양치 못할너라 이윽고 들러가니 상봉의 암즈 잇시되 그림 속의
은은 빗취여 셕경 소릭 바람을 좃츠 각가이 들이거날 셕양의 슬푼 긱
회 쳐양 (21)

한지라 거름을 직촉흐여 사문의 이르니 졔승이 구면 갓치 반기더라
부인이 불젼의 뵈온딕 과연 붓쳐 화상을 식로 그려 족즈 거러씨민 부

인을 보고 반기난 듯 허더라 셕반을 지촉하여 드리거날 부인 노주 삼인
이 졔승의계 치ㅎ 흔디 노승이 우서 왈 부인은 염예 마옵소셔 이 졀은
부인틱 은혜 씨쳐ㅅ오니 즁이 가난ㅎ와도 심연을 염예할오잇가 그러
ㅎ오나 부인 몸을 감초고자 하난익가 부인 왈 이졔난 진틱유곡이라 할
슈 읍ㅅ오니 존ㅅ난 바리지 마옵소셔 이졔 삭발하고 훗길이나 닥그리
라 한디 노승이 답왈 직시 욕실의 모욕 감고 소승의 상ㅈ을 하고 양윤
은 부인의 상ㅈ을 졍ㅎ더라 잇씨 계월이 물결의 좃ㅊ 혹 쓰며 혹 잠기
며 밤이 맛도록 흘 (22)

너 거더니 마츰 무릉도의 사난 여공이란 ㅅ람이 빅을 타고 셔촉으로
오난 길의 들으니 수상의셔 은은이 아희 어미 부르난 소릭 들이거날 여
공이 사공을 불너 빅을 머무르고 건져 닉니 어린 아희라 인ㅅ을 추리
지 못하고 입으로 물을 무수이 토하거날 여공이 불상이 예겨 약으로 구
하니 이윽하여 인ㅅ을 차려 엄미을 부르난 소릭 비창하여 추마 보지
못할너라 이 거동을 보니 잔인하기 칭양 읍셔 달닉여 몸의 품고 왈 엇
던 아희안디 수즁의 화을 당ㅎ얏난다 계월리 우름을 긋치고 살오되 어
미와 한가지 가옵다가 엇던한 ㅅ람이 어미을 동여 가옵고 나난 자리례
싸셔 물의 너코 가더이다 하며 울거날 여공이 닉렴하되 수젹 만난 아
희로다 하고 불상한 마음 칭양치 못하더라 (23)

여공이 다시 문왈 너 나이 멋살이며 일흠은 무어신야 엿ㅈ오되 나은
오셰옵고 일흠은 계월리로소이다 여공이 왈 너의 부친 ㅈ난 무어시며
사던 지명은 어딕야 한디 계월리 딕왈 부친의 함ㅈ난 모르나 남이 하
기을 홍시랑이라 하옵고 사난 지명은 모르나이다 하거날 여공이 시아

려도 이 아희 분명 양반의 집 쳐ᄌ로다 늬 아들과 동갑이오 얼골도 ᄯ한 비범하니 다려다가 보국과 한가지로 길너 장늬을 보리라 하고 심이 불상이 예계 계월을 품의 품고 집으로 도라와 친 ᄌ식 갓치 하더라 보국도 ᄯ한 친 동싱 갓치 여기미 중이 예기니 아희 둘은 쳔싱 연분이 중ᄒ여 이싱의 갓치 만나미러라 셰월이 여류하여 두 아희 나히 칠 셰예 당하미 ᄯ한 영민한여 지죠 셰상의 (24)

읍난지라 스람마다 칭찬 안이 허리 읍더라 여공이 두 아희들을 가리치고져 ᄒ되 맛당한 곳슬 정치 못ᄒ더니 한 스람이 일로되 연전의 강호 ᄊ의 한 명환이 잇스되 칭호을 곽도스라 하고 졔ᄌ을 만이 달리고 월연동의 가 공부한다 하거날 여공이 듯고 두 아희을 다리고 월연동을 츠져가니 곽도스 초당의 안져거날 여공이 드러가 도스계 뵈옵고 예단을 듸려 왈 싱은 무릉도의 스옵더니 늣게야 두 아희을 두어스되 범스가 영민하와 가리치고져 ᄒ여 존공을 츠져 왓난이다 도스 왈 아희을 듸려 완난다 ᄒ니 여공이 왈 지금 문 박기 왓나이다 도스 왈 아희을 불르라 ᄒ니 직시 들어와 도스계 뵈인딕 도스 두 아희을 보고 왈 동싱이라 ᄒ오면 웃지 골격이 달르리요 날 속이지 말나 (25)

여공이 이 말을 듯고 놀닉여 다시 절하고 왈 션싱의 명감이 장ᄒ도소이다 하고 계월의 다려온 스연을 고하니 도스 듯고 왈 일으지 안이하여도 임의 알어노라 닉계 두고 가면 충효을 가르쳐 성명을 후셰예 젼케 하리라 하거날 여공이 빅빅 스례하고 집으로 도라오니라 이젹의 홍시랑이 몸을 산즁의 감추어더니 도적이 산즁의 드러와 숨긴 양식을 노략하고 인민을 잡어 가고 홍시랑을 보고 쥬기랴 하거날 도적 장스랑이 시랑을 보고 졔장을 도라보와 왈 이 스람이 직덕이 잇슬 듯 시부오니 군즁의 두면 엇더한요 졔장이 왈 맛당하여이다 하니 장스랑이 시랑을 장수 삼고 한가지로 황셩으로 가더라 각셜이라 이젹의 쳔즈 듕낭장 듀회을 (26)

보니여 군스을 거나려 입치의 일으러 젹장을 만나 젹병을 파하고 장스랑을 스로잡어 황셩으로 갈시 홍시랑도 잡핀 빈 되어 한가지로 황셩의 일으니 쳔즈 젼좌하시고 젹장을 원문 박긔 벼이라 할시 홍시랑도 그 즁의 드러 죽기예 당한지라 소릭을 크게 왈 소신은 젼일 시랑 홍모옵더니 피난하여 산즁의 잇습다가 도젹의계 잡핀 빈 되 스연을 쥬달하니 잇써에 여주 목사 졍덕이 시위하여더라 홍모난 말 듯고 쳔즈계 왈외온디 쳔즈 듯르시고 율관을 불너 원빈하라 하시니 율관이 직시 아리되 옥문관 벽파도 졍빈하여이다 하니 쳔즈 급피 직쵹하시니 시랑이 공향을 득달치 못하고 부인과 계월을 보지 못하고 황셩의셔 바 (27)

로 벽소로 향할시 슬품을 칙양치 못할너라 길을 쩌난 졔 구색 만의 벽파도을 다다르니 셤은 오초 지경이라 그곳의 의관 문물이 황셩과 다르니 잠시도 머물을 고시 안니로다 스관이 시랑을 그곳의 두고 가미 시랑이 쳔지 망극하여 시시로 부인과 계월을 싱각하고 슬품을 칙양치 못하더라 셰월이 오릭미 양식이 씬어져 할 수 읍난지라 잇써 물까로 단이면서 졀노 죽은 고기와 됴기을 주어 먹고 셰월을 보니더니 의복이 남누하고 안식이 초최하여 스람의 용모 갓지 안터라 차라리 금수의 밥이 되어 셰월을 이지리라 다만 고향을 싱각하고 눈물을 금치 못하더라 잇써 부인이 양윤으로 셰월 보니더니 일일은 몸이 곤하여 침셕의 (28)

의지하여더니 비몽〈몽 간의 한 노승이 와 부인을 씨여 왈 부인은 산즁의 오릭 잇서 풍경만 〈랑하고 엇지 시랑과 계월을 싱각지 안이 하시나닛가 지금 시랑이 말이변셩의 외로이 잇서 부인과 계월을 싱각 하여 병이 골수의 집퍼스니 밧비 황셩으로 가시면 즁노의셔 시랑을 만 나 보리이다 급피 힝장을 츠려 가소셔 하고 문득 간듸 읍거날 부인이 놀닉여 씨다르니 남가일몽이라 노승의 일으던 말리 귀예 징징하여 양 윤과 춘양으로 더부러 몽〈을 의논하고 항장을 차려 왈 황셩으로 가다 가 오작의 밥이 될지라도 닉 필연 가리라 하고 노승계 하직하고 가로 듸 첩이 말이 박긔 와셔 존〈의 하히 갓튼 덕을 입어 의식이 그릴 거시 읍고 몸이 편하여 셰월을 보닉습더니 앗 (29)

가 침셕의 의지하여 일몽을 웃〈오니 부쳐임이 와 여츠여츠 일으시 니 존〈의 실하을 써나 낭군을 츠져가고자 ㅎ와 길을 써나오니 존〈 난 닉닉 무양ㅎ옵소셔 노승이 이 말 듯고 부인의 손을 잡고 왈 부인을 만나 일신을 의지하여 셰월을 보닉더니 이별을 당ㅎ오니 엇지 셥셥지 안이 하리요 부인을 싸러 한가지로 가고져 하오나 막듸 한 긔을 이기 지 못하옵기로 싸러 가지 못하고 이별 ㅎ오니 부인은 쳔힝으로 시랑과 계월을 영화로 진익실 졔 이 늘근 몸을 잇지 마옵소셔 하고 몸을 일회 여 셥방으로 드러가더니 이윽하여 봉지 한 긔을 닉여다가 부인계 드려 왈 언의 히 두터온 덕탁을 입〈와 은진 삼빅양을 가져다가 빅양은 셰 간을 작만하고 이빅양은 나머기로 부인 (30)

게 표하오니 가져다가 구츠한 쎡 쓰옵소셔 하고 주거날 부인이 〈양 하여 왈 첩이 지물이 잇사오면 노승계 표할 거시온듸 도리여 지물을

가져 가오릿가 노승 왈 이 졀리 직물을 젼할 고시 읍고 쏘한 쓸 듸 읍
스오니 웃지 싀양하미 이딧지 심하니잇가 주거날 다시 싀양치 못하고
바더 양윤계 막기고 셔로 하직하고 써날싀 부인이 상즈을 바리고 산곡
을 너머 올 지음의 산은 첩첩하여 갈 길이 망연ᄒ니 갈 바을 아비 못ᄒ
더라 문득 바라보니 북듸로셔 조고마한 길리 잇거날 그 길노 가니 압희
난 큰 강이 잇고 강 위예 누각이 잇쓰되 누하을 구버보니 션판의 금즈
로 써스되 악양누라 하여거날 그 누의 올나 동졍호 칠빅이 구버 보고
촌촌 젼진하여 가더니 한 곳의 다다르니 물 위예 달리 잇거날 광은 (31)

십이요 장은 삼십이라 그곳 스람더러 무르니 장판교라 하거날 쏘 무
르되 황셩으로 가랴 하면 져 다리로 가난잇가 그 스람이 일으되 그리로
가나이다 부인이 듸왈 여기셔 황셩이 얼마나 되나잇가 듸왈 이만 팔쳔
이라 하거날 쏘 문왈 쳥쥬가 얼마나 되난잇가 답왈 그난 즈셔이 아지
못하나이다 그리로 가즈 하면 인졔 빅 이을 가면 옥문관 벽파도라 한
난 셤이 잇스되 듸국 스람이 쳥쥬셔 왓다 하니 그 스람을 츠져 물으면
가난 직노을 알이다 그 스람을 하직하고 그 다리로 간졔 일 삭만의 옥
문관의 이르러 보니 벽파도라 하난 셤이 잇거날 살펴 보니 스면으로
출입할 수 읍거날 물까의 안져 스람을 지다리더니 강 건너 큰 빅 져어
오거날 빅을 쳥한듸 그 스람이 잔잉이 예겨 빅을 듸이거날 슘인이 션
인게 빅례하고 둘너 보니 (32)

그 셤의 수목이 챵쳔하고 인가 읍셔 아모 듸로 갈 쥴을 모르더라 방
황할 지음의 한 스람이 단이며 죽은 고기와 됴기을 주어 먹다가 스람
을 보고 놀닉여 산골노 드러가거날 부인과 춘양은 강변의 안치고 양운

이 홀노 빅을 타고 가더라 그 션빅 양운을 보고 쵸막으로 몸을 감초거날 양운이 소릭을 크게 하여 왈 상공은 소승을 보고 의심치 마읍소셔 하니 시랑이 이 말을 듯고 쵸막의 의 나셔며 왈 이 집푼 절도중의 나을 차지 리 읍건만은 무슴 일노 그딕 친이 와 찻난다 양운이 시랑 압픽 나와 절하고 살오되 소승이 이곳의 읍기난 다름이 안니오라 뭇즈올 말슴이 잇셔 왓나이다 시랑 왈 무슴 말리 잇난야 양운이 복지 딕왈 소승은 본딕 쳥쥬 구계촌의 수옵던이 장수랑의 난을 만나 고향을 쩌나 단

(33)

니읍더니 이졔 고향으로 가올 길리 읍수와 염예ᄒ옵다가 뭇ᄉ온니 상공계옵셔 청주셔 와 계시다 ᄒ오니 고향 소식과 직노을 즈셔이 알고져 하와 문난이로소이다 시랑이 이말을 듯고 눈물을 흘여 왈 그딕 쳥주 구계촌의셔 수럿다 ᄒ니 혹 홍시랑을 아난다 양운이 딕왈 소승딕 부인은 곳 홍시랑의 부인이읍고 양쳐수의 여즈오며 소승은 그딕 비복이로소이다 시랑이 이 말을 듯고 의혹 왈 존수난 김싱 갓튼 사람을 드러움다 말고 수졍을 즈셔이 일르옵소셔 나도 청주 구계촌의 수읍더니 잇곳스로 구양 왓습더니 의외예 고향 소식을 돈수편의 듯자온니 의혹이 무궁한지라 근본을 자셔이 듯고져 하나이다 양운이 다시 엿즈오딕 홍시랑계옵셔 호계예 가시 (34)

고 부인 양씨 홀노 계월 아긔을 다리고 잇쌉더니 천만 의외예 장수랑의 난을 만나 시랑을 다시 모지 못하고 소승이 부인과 계월 아기을 모시고 피난ᄒ엿쏘가 부인이 자슈ᄒ랴 ᄒ던 말리며 의외예 션여 만 수라온 말리며 또 슈적 밍길 만나 계월 아기을 동여 물의 너코 부인을 다

려다가 욕볼 쌘 하엿더니 츈양의 구하유을 만나 명을 도망ᄒᆞ야 고소되
로 가서 일봉암의 삭발위승 ᄒᆞ야 슴연 슈도ᄒᆞ던 말리며 부쳐임이 선몽
ᄒᆞ던 말리며 고향을 차져가랴 하던 말을 낫낫시 고ᄒᆞ니 시랑이 청파의
달여들러 양운의 손을 잡고 통곡 왈 양운아 양운아 날을 몰나 보난야
나은 다른 ᄉᆞ람이 안나라 계월의 부 홍시랑이라 ᄒᆞ고 실피 울거날 양
운이 홍시랑이란 말을 듯고 디경통곡ᄒᆞ며 부인을 불 (35)

르며 천방지축ᄒᆞ야 달여드니 잇쎡예 부인이 양운이 오기을 지달리
더니 의외예 틸 듯은 시랑이 가슴을 두들며 부인을 향ᄒᆞ여 오거날
힝여 밋친 ᄉᆞ람인가 겁을 닉여 쏙갈 버서 손의 들고 강변 조분 길노 다
러난이 양운이 그 두의 오며 소릭을 크계 위여 왈 오시난 게 홍시랑이
로소이다 부인은 다러나지 마옵소서 한되 부인이 홍시랑이란 말을 듯
고 잠간 머무르니 시랑이 밧비 와 부인을 붓들고 디셩통곡 왈 양운의
말을 ᄌᆞ셔이 드러거니와 이곳되 셔로 만나기난 하나리 지시하미로소
이다 계월의 말을 드르니 홍격이 막혀 말리 읍습난이다 부인을 다리고
초막으로 드러가 연접하고 츈양을 되하여 치하 무궁하더라 각셜 이적
의 보국과 계월이 면현동 술법을 (36)

빅오니 도ᄉᆞ 사랑하여 가리치민 일남첩긔ᄒᆞ니 문필은 그만 하여도
능당ᄒᆞ 거씨며 또 용병지슐을 빅오라 쳐음의 금슐을 가리친니 용밍은
관쟝마초을 짜르고 술법은 강틱공 졔갈양을 압두하니 당시의 뉘 능히
당할 직 잇스리요 일홈을 후세예 전하리라 하고 일홈을 평국이라 하다
셰월이 여류하여 두 아희 나이 십삼 세 되엿난지라 용병지직을 빅와쓰
니 천문변화을 빅우라 하고 천문지리젼을 닉여주니 평국은 십일만의

비우고 보국은 일연이라도 비오지 못하니 평국은 고금의 드문 스람이라 하고 심이 스랑하미 기지 읍더라 두 아희 십오 세예 당ᄒ엿난지라 황제 어진 스람을 보고져 하와 과거을 뵈이신다 ᄒ니 도스 그 소식을 듯고 평국 보국을 보와 왈 과거을 뵈이시니 너의난 이번의 가 (37)

면 참방할 거스니 가라 ᄒ고 여공을 청ᄒ여 아희 과힝을 추려 주며 나귀 두 필과 노복을 졍ᄒ여 주거날 도스쎄 하직하고 황셩으로 올나갈시 과거 날리 당하여 쟝즁의 드러가니 쳔하 션비 구름 뫼듯 하엿난듸 글제을 보니 평싱의 숙견이라 일필휘지하야 일쳔의 밧치고 보국은 이쳔의 밧치고 스쳐로 나와 쉬더니 상이 친이 보시다가 평국 보국의 글을 보시고 칭찬하시며 방목의 쎠스되 장원의 홍평국이요 부장원의 여보국이라 하여 실닉 부르거날 양인이 옥계 ᄒ의 복지한듸 상이 친견하시고 극키 스랑ᄒ스 평국을 할임학스을 졔수하시고 보국으로 부졔학을 졔수ᄒ시고 친이 노스 한 필식 샹스하시고 어젼풍뉴을 주시거날 스은숙비 후에 집으로 도라오더라 평국이 귀이 되민 눈물을 흘이며 보국 (38)

다려 왈 그듸난 부모 구존ᄒ엿스니 영화로 위친하려니와 나난 부모 읍난 인싱이라 쳔은을 바드스나 영화 뵈올 곳시 업다 ᄒ며 이통하난 거동을 차마 보지 못할너라 보국이 평국을 위로 왈 셰상 스람이 한째 고상이 잇난니 일즉 보모 업스오나 질거울 날이 잇슬 거시니 너머 슬어 말나 ᄒ고 평국과 보국이 한가지로 집의 도라와 보모 젼의 빅알ᄒ니 스람이 칭찬 안니ᄒ 리 업더라 이튼날 평국이 도스게 뵈온듸 도스 알름다이 여겨 그 양인을 실ᄒ의 두고 날라 셤길 도리을 가라치더니 이날 밤의 도스 천문을 보시고 평국 보국을 불너 왈 천기을 살펴보니 북방 도적이 이러나 황성을 침범코자 ᄒ니 모든 악성이 ᄌ미셩을 둘너난지라 이졔 너의난 필마 (39)

로 황성의 올나가 쳔ᄌ을 위ᄒ여 공을 일워 일홈을 산국의 빗닉계 ᄒ라 ᄒ시며 봉셔을 써 평국을 쥬시며 왈 전장의 나가 급한 썩을 당하거든 이 봉셔을 보고 가라친 딕로 시힝ᄒ라 ᄒ고 길을 직촉ᄒ니 마지 못ᄒ여 가더라 각셜 옥문수 장계을 올려거날 천ᄌ 기탁하시니 셔달 가달노 더부러 합셰하여 비ᄉ장군 약딕로 더부러 쳘골통으로 션봉장 도원수을 졍ᄒ여 군ᄉ 삼만여 병을 조발하여 졔장 쳔여 원을 거나리고 북방 칠십여 셩을 항복 밧고 삼지영을 너머 황성을 범ᄒ오니 소쟝의 심으로난 당치 못하오니 병마을 보닉여 박으소셔 하여거날 쳔ᄌ 견필의 딕경하ᄉ 만됴빅관이 엿ᄌ (40)

오믹 만죠 중의 홍평국이난 쳔지 죠화을 품은지라 도우녀수을 삼어 젹장 약딕을 막게 하소셔 한딕 쳔ᄌ 드르시고 직시 츠관을 명하여 봉셔을 닉리워 평국을 파초할식 황성 수문장이 급피 고왈 평국 보국이 딕령하여나이다 한딕 쳔ᄌ 딕경딕희 왈 할임과 부졔학을 입시ᄒ라 하신딕 양인이 직시 옥계 ᄒ의 숙비ᄒ니 쳔ᄌ 용상의 나려 평국 보국의 손을 잡고 희식이 만안하여 왈 지금 북방 도적이 칠십여 셩을 침범하여 벽파원의 진을 쳣다 하기로 만됴빅관을 모와 도우녀수을 졍하랴 하더니 조졍 공논이 경등 박긔난 읍다 ᄒ니 사셰 위급하기로 마지 못하여 관ᄉ을 명하여 조셔을 닉리워 젼하라 할 지음의 경등이 미리 왓스니 이 역 쳔명이라 경등을 (41)

두어스니 엇지 쳔흐을 근심흐리요 평국 보국이 복지 쥬왈 물리 너무 면 혹으로 막고 병난이 나면 장수로 막난다 흐오니 신등의 나희 미거흐고 지조 업수오나 목이 맛도록 국가을 도우리다 쳔즈 딕회하수 평국으로 도원수을 삼고 보국으로 중군장을 삼고 병마 삼만여 명을 주어 도적을 막으라 하고 딕장기에 써스되 딕수마 딕장군 겸 도원슈 홍평국이라 하고 부원수은 쓰지 안니 흐고 가로딕 수즉은 경등의계 부탁하노니 츙성을 다흐여 집의 근심을 들나 하시고 어주 슘 비을 주신 후 젼별흐시니 두 원슈 쳔은을 밧고 궐문의 나오니 의기 등등흐여 도원슈 힝군하여 삼임원의 주군하고 기츅연 츄구월 갑즈일 힝군할 식 원슈 황금 투고의 박운갑을 입고 허리례 보금과 활과 바룡 (42)

실을 츠고 칠쳑 빅룡금을 노피 들어 일광을 갈리옵고 토산마을 타고 좌수의 수기을 들어 군졸을 호령하여 지츅흐여 물미듯 옥문관으로 향할 식 쳔즈 황딕예 전좌흐시고 원수의 힝군 하난 법을 보시고 계신을 도라보와 갈으사딕 평국 보국 두 수람이 졀어흐니 엇지 쳔흐을 근심흐리요 하시며 환궁흐시다 차셜 원슈 힝군한 졔 슘삭 만의 옥문관의 득달하니 관슈 젹당이 원슈을 마즈 관중의 드러 군수을 호군흐고 십일 만의 힝군하여 벽파도을 지나 쳔문도을 너머 벽파원의 다다르니 젹병이 평원광야의 덥퍼 진을 쳐거날 원슈 젹진 진세을 살펴보니 그치창금은 날빗슬 가리오고 웅장한 정셰은 이로 다 칭양치 못흘너라 원슈 젹병 진을 치고 장딕의 (43)

노피 안져 호령 왈 장영을 어기난 즈난 군법으로 시힝하리라 흐고 호령이 추샹 가튼지라 잇튼날 평명의 원슈 투고와 갑옷슬 갓초고 허리예 궁실을 ᄒᆞ고 손의 칠 척 장금을 들고 좌슈의 산호칠편을 들고 토산마을 빗기 타고 진문을 크계 열고 용모 화월을 세우고 원슈 진젼을 가르치 크계 ᄭᅮ지져 왈 무지한 도적아 감이 쳔시을 모르고 지금 쳔ᄌᆞ 경ᄉᆞ 무고ᄒᆞ사 쳔하 만민니 격양가을 불르며 만세을 불르거날 너희덜은 하날 가튼 덕을 ᄇᆡ반하고 반젹이 되야 불상한 ᄇᆡᆨ셩을 살히ᄒᆞ야 황셩을 침노코져 ᄒᆞ니 쳔ᄌᆞ 질노하ᄉᆞ 하여금 네의 반젹을 잡어 북방을 평정하고 난즁의 든 ᄇᆡᆨ셩을 거져 ᄂᆡ고져 ᄒᆞᄉᆞ 쳔병만마을 빌이ᄉᆞ 쳔ᄌᆞ계 명을 바다 쳔하을 평정ᄒᆞ라 (44)

하시기로 ᄃᆡ젹ᄒᆞ랴 하난니 반젹은 밧비 ᄂᆡ 칼을 바드라 ᄒᆞ니 젹쟝 ᄇᆡᄉᆞ장군 약ᄃᆡ 이 말을 듯고 ᄃᆡ로ᄒᆞ여 ᄭᅮ지져 왈 너희을 보니 구상유취라 칼을 들어 버이기가 불상ᄒᆞ나 쳔운이 잇난지라 엇지 너을 살려 두리요 ᄒᆞ고 달여 들거날 원슈 ᄃᆡ로 ᄭᅮ지져 왈 너을 바로 죽일 거시니 한치 말나 하고 말ᄉᆡ쎄을 들어 나낫 닷시 달여 들거날 십여 합의 불분승부ᄒᆞ던니 잇ᄯᆡ에 젹진 장ᄃᆡ로셔 북을 울이며 양장의 ᄊᆞ옴을 보니 약ᄃᆡ의 칼 빗슨 점점 둔하고 평국의 칼 빗슨 구름 속의 번ᄀᆡ 갓치 셤셤하니 셔달리 ᄃᆡ경ᄒᆞ야 잡어던 북치을 ᄯᅡᆼ의 던지고 징을 쳐 진을 거두니 가달리 보(본)진으로 도라오니라 원슈 분기을 이기지 못ᄒᆞ여 왈 약ᄃᆡ (45)

의 머리을 버이지 못하여 졔장이 드러와 원슈을 살펴 보니 풍치난 거룩하며 ᄐᆡ도난 춘슴월 슴삭 도화 셰우을 이긔지 못하야 잠긴 듯 십오야 명월리 청쳔을 허치난 듯 우미인 양구비라도 밋지 못할너라 잇ᄯᅢ여 보국이 원슈의계 나가 말외되 명일 싸움의난 소장이 공을 이르리다 하거날 원슈 왈 적장을 버히지 못ᄒ면 웃지 ᄒ리오 보국이 왈 만일 즙지 못ᄒ면 군법으로 시힝하소서 한ᄃᆡ 원슈 왈 군법은 ᄉ정이 읍난지라 다시 ᄃᆞ짐을 두라 한ᄃᆡ 보국이 투고을 벗고 ᄃᆞ짐을 쪄 올이거날 원슈 다짐을 밧고 잇튼날 평명의 갑쥬을 갓쵸고 퇴산마을 타고 우슈의 칠척 장금을 들고 좌슈의 산호쳘편을 들고 원슈의게 드러와 보와 왈 (46)

원슈난 친이 북치을 들고 나을 물이치라 적장을 버히지 못ᄒ면 북을 치지 말고 ᄊᆞ홈을 도도소서 소ᄅᆡ을 크게 하여 빅용금으로 적진 중을 가르쳐 왈 어졔날 ᄊᆞ홈의 우리 원슈 너로 더부러 ᄌᆞ웅을 결단치 못ᄒ스니 오날날 ᄂᆡ 너의을 합몰하고 북방을 평정ᄒ여 도탄 중의 든 빅셩을 건지라 하시난 장영을 바더 너의을 합몰하고져 하난이 쌀이 나와 목을 ᄂᆞ려 ᄂᆡ 칼을 바드라 하며 ᄂᆡ의 셩명은 여보국이라 하고 진젼의 횡힝하여 칼춤 츄며 호령ᄒ니 약ᄃᆡ 분긔을 이기지 못ᄒ여 왈 뉘 능히 보국의 머리을 버힐 ᄌᆡ 잇나오 문걸리 듯고 ᄂᆡ다라 보국과 합전하여 수합이 못되야 보국의 창이 번듯하며 문걸리 머리 마하의 써러지거날 금세 ᄃᆡ낙이라 하난 (47)

장슈 문걸의 주그물 보고 츌마하여 ᄊᆞ오더니 삼합이 못ᄒ여 보국의 칼리 빗나며 홍광이 마하의 써러지니 우한충이 두 장슈 죽그물 보고 급피 말을 달여 보국과 ᄊᆞ호더니 삼십여 합의 승부을 결단치 못하더니 한충이 그짓 픽하여 보(본)진으로 향ᄒ여 가거날 보국이 승셰ᄒ여 급피 말을 달여 ᄯᆞ르더니 적진이 일시에 고함하고 보국을 일쳔여 겹을 싸에우고 장ᄃᆡ의셔 북을 울이며 호령ᄒ니 쳔여 졔장이 일시에 ᄂᆡ다러 보국을 진중의 너코 즙으랴 하니 보국이 적진의 ᄊᆞ이여 혀치지 못ᄒ고

하릴 읍서 죽제 되엿난지라 잇씌 원슈 장딕의셔 양진 승셰을 살피다가 보국의 급하믈 보고 북치을 쌍의 던지고 말을 칩더 타고 갑주을 츠리고 (48)

적진을 허쳐 드러가며 크게 웨여 왈 적장은 닉의 중군을 히치 말나 하고 일쳔 이십여 합의 보국을 엽픠 씌고 좌츙우돌하며 적장 일빅 오십여 원을 벼이고 만군중의 횡힝하니 셔달 가달리 악딕을 도라보와 왈 평국이 한아을 우리 진중의셔 뉘 능히 당하리오 진을 거두어 밧비 졈구하니 제장 일빅여 원이 읍고 군스난 수을 아지 못할너라 원슈 보국을 엽희 씌고 본진으로 도라와 장딕의 놉픠 안져 무스을 명하여 추상 갓치 호령하여 왈 중군을 닉입하라 하난 소릭 벽역 갓튼지라 무스 녁을 일코 일시의 달려드러 보국을 잡어 드리거날 원슈 크게 꾸지져 왈 군중은 무스라 무슴 일을 한번 정하고 변통이 읍나니 네 군령 드짐을 (49)

두고 적장의 쇠에 쌰져 죽계 된 목심을 닉 구흐여 오기난 적장의 손의셔 죽지 안케 하고 닉의 장영을 세우즈난 일이니 이졔 너을 벼히여 제장을 본밧게 하미라 죽어도 원치 말나 하여 진문 밧긔 닉여 베이라 하거날 모든 제장이 일시예 복지하여 엿즈오딕 중군의 죄난 군률을 당하미 맛당하오나 용역을 써 적장을 벼히고 의긔 양양하여 적진을 진멸코져 하엿다가 도로 졔 쇠의 쌰져 희을 보와쓰오니 그 공으로 죄을 노아 쥬옵소셔 한딕 원슈 왈 제장의 낫슬 살피거나와 일후난 제장 중의 일런 번이 잇시면 죽기을 면치 못하리라 흐고 군문 박긔 닉치라 흐니 빅비 사례하고 본진으로 도라가니라 잇튼날 평명의 원슈 갑쥬을 가추고 장창을 들고 진문 박긔 (50)

나시며 크계 쑤지져 왈 오늘날 다시 쓰와 너희을 벼히여 어졔 부글
엄을 싯치리라 젹장은 쌜이 나와 목을 너리라 ᄒ며 진젼의 횡힝하거날
젹군이 놀늬여 아모리 할 쥴을 모르더라 빅사장군 약딩 분긔을 이기지
못하여 말을 타고 창을 들고 늬달려 원슈을 마자 구십여 합의 승부을
결단치 못하더라 원슈 약딩을 찔르니 말리 썻구러지난지라 칼노 친니
약딩의 머리 쓰의 쩌러지거날 창 끝틴 씌여 들고 좌츙우돌ᄒ니 졔장
이 진문 박긔 마지 방비ᄒ랴 ᄒ더라 원슈 장딩의 놉피 안져 약딩의 머
리을 쳔즈게 올이고 군쫄을 호군하니 군쫄리 다 질거하더라 이젹의 셔
달 가달리 통곡ᄒ여 왈 이 (51)

졔난 달군이 다 당ᄒ리로다 슈쪽 갓튼 명장을 다 죽어스니 뉘라 명진
장 홍평국을 잡아 쳔ᄒ을 평정ᄒ리오 하며 통곡하니 션봉장 쳘골통이
쥬왈 다시난 홍평국을 잡을 슈 읍스오나 소신의 한 모칙이 잇쓰오니
슴국 시졀의 졔갈양의 직조을 가졋다 하야도 소신의 씌에 버셔나지 못
할 거시오 속졀 읨시 죽을 거시니 딩왕은 염예치 말아소셔 하고 이날
밤의 졔장 등을 명하여 군스을 쳔명식 졍하여 쳔문동 어구의 믹복하엿
쓰가 평국을 유인하여 골 어구의 들거던 좌우편의셔 불을 질으면 화염
이 츙쳔한 가온딩 나난 졔비라도 면치 못할 거시요 화즁고혼이 될 거
시니 평국 잡기을 엇지 근심하리오 ᄒ고 군쫄을 분발하여 이날 밤 (52)

슴경 쳔문동 어구로 보늬고 잇튼날 평명의 쳘통골리 갑주을 가쵸고
말을 모라 크게 워여 왈 명진 장쫄은 드르라 네 어졔 쓰홈의 우리 원슈
실슈하여 네 손의 죽은 빅 되얏시나 오날은 어졔 웬슈을 갑퍼 셜치하고
네의 임금을 즙아 죄을 졍ᄒ리라 하고 쌜이 나와 칼을 바드라 ᄒ며 무

슈이 진욕하니 원슈 되로ᄒ여 갑주을 가초고 말을 달여 ᄊ워 칠십여
합의 승부을 결단치 못ᄒ더니 통골리 것짓 픽하여 천문동으로 향하니
원슈 급피 쏘ᄎ가며 왈 적장은 닷지 말나 ᄒ며 천문동 어구로 달여들
거날 날이 임의 황혼이라 원슈 임의 적장의 쇠에 ᄲᆞ진 줄 알고 말머리
을 물너 골 어구의 나오더니 문득 불리 이러나며 급한 바람이 이러나니
ᄉ세 급하여 (53)

　거의 죽계 되얏거날 원슈 할 일 읍서 불을 무릅씨고 하날을 올얼너
탄식하더니 문득 싱각하고 선싱 쥬던 봉서을 보니 하엿시되 천문동 화
지을 만나거던 하날을 향ᄒ여 세 번 축슈ᄒ고 조히을 네 ᄶᆞ슬 각각 방
의의 달라 하여거날 원슈 되회하여 죠회 네 ᄶᆞ슬 ᄉ방으로 부쳐 풍기
계 하니 오운이 이러나며 급한 비 오며 불이 ᄯ치며 동역의 명월이 도다
오난지라 천문동 화지을 면하고 어구의 나오니 셔달 십만 되병과 보국
이 ᄯᅩ한 업난지라 싱각하되 도적이 나 죽은 줄을 알고 황성으로 범ᄒ여
ᄯᅳ 하고 아모리 할 쥴을 몰나 하날을 울얼너 자탄ᄒ던니 옥문관으로서
함성 소릭 들이거날 원슈 말을 달여 팔십여 리을 향ᄒ니 화광 (54)

　이 츙천하고 함성 소릭 쳔지 진동ᄒ야 적장 소릭 들이거날 명진쟝
보국은 나지 말고 항서을 쎠 올리라 ᄒ고 왈 네의 원슈난 화즁 고혼이
되얏나니 명진을 함몰하리라 너난 나지 말고 항서을 올리라 ᄒ고 보국
을 취ᄒ랴 ᄒ야 달여들거날 원슈 그 그동을 보고 분기을 이기지 못ᄒ
야 크게 워여 왈 늬의 즁군을 히치 말나 하고 늬의 칼을 바드라 소릭
늬성 갓치 지르며 달여오거날 머리을 들어 보니 달런 이 안니라 명진쟝
도원슈 평국이라 셔달 가달리 되경ᄒ야 철통골을 도라보와 왈 평국이

화지의 죽은가 하얏더니 화지을 버서나 도로혜 우리 겁탈켜 되얏씨이
이계난 도망하여 목심을 보존하만 갓지 못ᄒ다 ᄒ고 졔장만 다리고 벽
파도의 가셔 (55)

빈을 도적하여 타고 도라 가니라 철통골이 쏘치지 못ᄒ여 주져하더
니 옥문관 달리로셔 군졸 우난 소릭 들이거날 졔장 만여 원이 쏘차가
니 보국이 젹장 철통골인가 의심ᄒ여 졔장과 죽기을 무럽쓰고 닷더니
후군이 보ᄒ되 뒤의 좃ᄎ오난 계 쳔문동 화지을 버서나고 오시난 원슈
로소이다 한되 보국이 왈 웃지 안난요 후군이 보호되 말은 토산마요
철갑과 호통 소릭 원슈인가 하나이다 보국이 말을 머무로고 보니 과연
원슈라 보국이 하마하야 쥬왈 쇼장은 중군 보국이로소이다 원슈난 웃
지 화지을 면ᄒ시나잇가 진실로 의희ᄒ야 아지 못하것도쇼이다 원슈
왈 화지의 죽계 되얏던니 잠간 신의 션싱 주시던 것스로 화지을 버셔
나 본진으로 오니 셔달 가달을 (56)

만나되 그되은 읍기로 좃ᄎ 왓더니 그되을 만나니 반갑지 안이ᄒ리
오 옥문슈 급피 고하되 셔달 가달리 군스을 거날려 강을 건너 벽파도의
숨어쏘오니 급피 잡게 ᄒ옵소셔 하거날 발힝하여 가던니 잇썩 홍시랑
이 도적의계 죽게 도여 몸을 숨풀 속의 감초고 잇더니 원슈의 되군을
보고 더욱 되경ᄒ여 죽기을 바라더라 원슈 셔달을 즙어 원문 바긔 버
이라 ᄒ며 통골을 먼져 쇼시ᄒ라 ᄒ니 셔달 등이 살기을 익걸ᄒ더라
군스 보하되 숨풀 속의 인젹이 잇삽기로 가 보온 즉 산히 한 노인과 여
인 삼인이 숨어기로 즙어 되령ᄒ얏나이다 원슈 그도 쏘한 도적인가
죽이라 하니 양부인이 되겁ᄒ야 울며 왈 계월과 갓치 죽어더면 이 졍

상을 안이 볼 쩌슬 그쩍 죽지 못한 계 한이로다 (57)

　ᄒ며 통곡하거날 원슈 그 말을 듯고 의혹ᄒ여 왈 그듸 적인인가 ᄒ
엿더니 피화한 스람인가 시푸니 원정을 알오라 계월은 뉘며 언의 쩍
웃더한 스람이요 양부인이 눈물을 거두고 듸왈 첩은 양쳐스의 장여요
첩의 낭군은 홍모요 벼살은 시랑이요 져 여인은 첩ᄂ의 시여요 계월은
첩의 늣계야 나흔 여식일넌니 슈즁의 쌔져 죽어나니다 하거날 원슈 듯
고 정신이 비흘ᄒ여 이 연유을 이로지 못하더니 정신을 츠려 계하의
내려 양친 압피 복지 쥬왈 부모 양친을 이곳의 와 만날 쥴을 웃지 아라
씨리오 활난 즁의 기체후 일향 만강ᄒ신잇가 ᄒ거날 홍시랑 부쳐 울며
왈 너가 계월이야 안이야 쑴인가 의심ᄒ며 부들고 방셩듸곡ᄒ니 제장
은 그 곡졀을 몰나 황황하더라 보국은 근본을 알고 원슈을 (58)

　위로ᄒ니 젼후 사연을 즈셔이 고ᄒ고 여공의 집의 가 의지ᄒ야 명
현동 곽도스의계 공부ᄒ와 일방의 등과ᄒ엿쎱더니 셔달 가달이 반ᄒ
야 아국을 침범ᄒ믹 쳔은이 망극ᄒᄉ 나을 도원슈 인신을 쥬시믹 감
이 밧쑵고 부원슈난 여보국이로소이다 이계난 양친을 뵈온니 오날 죽
ᄉ와도 한이 업슬 거시로소이다 셔달 등을 장ᄒ의 쑬이고 치스 왈 그
듸 등이 벽파도의 드지 아니 ᄒ엿쓰면 늬의 부모을 보지 못할 거시니
외르허 은인이라 ᄒ고 네 나라로 도라가 다시 반심을 두지 말나 ᄒ고
본국으로 보늬고 셔달 등의 항셔와 첩셔을 보고 날노 회군하야 가니라
쳔즈게옵셔 약듸의 머리을 보시고 날노 첩셔 오기을 기다리더니 첩셔
을 보시고 듸희ᄒ야 갈ᄋ스듸 홍평국이 듸공을 셔우고 일엇틋 보모을
(59)

차즈 영화 궁진ᄒ니 천하의 드문 일리로다 ᄒ고 어젼 풍유와 신여로
마지려 보늬고 홍시랑으로 우국공을 봉ᄒ시고 양부인 직첩을 나늬스
회군ᄒ라 ᄒ신듸 이졔 원슈 ᄒ군할 싀 양부인은 옥교 압의 청의동즈
을 나열하고 양운 츈양은 교즈을 타우고 부친을 모셔 어젼 풍유난 산천
을 움지기고 숭견고 소릭난 공즁을 스못 들예듯 하셔 가니 인인이 칭
찬 아니하리 업더라 황셩을 득달ᄒ니 쳔즈 친이 나가 마질 싀 평국이
현알한듸 쳔즈 갈오스듸 경을 흠노의 보늬고 싱각이 간졀ᄒ더니 반
연이 못ᄒ야 듸공을 셰우고 부모을 만나 보니 짐의 마암도 깃부건이와
짐이 일즉 경의 어버이을 바려써니 허물치 말나 짐이 박지 못ᄒ여 경의
부친을 여러 히 고상을 젹그계 ᄒ엿시니 짐의 슈치 (60)

로돗다 ᄒ시고 열어 졔장을 각각 공을 셰울 싀 평국은 청쥬후을 봉
ᄒ시고 보국은 긔쥬후을 봉ᄒ시고 그 나문 졔장은 각각 그 공듸로 픠
ᄒ시다 평국이 젼후 스연을 쥬달ᄒ니 상이 들르시고 기특이 에겨스 장
ᄒ다 여공의 은혜난 장츠 무어스로 갑푸리오 ᄒ시고 여공을 불너 보시
고 듸츤ᄒ스 본국후을 봉ᄒ시고 그 부인은 졍열부인 즉첩을 봉하시다
홍시랑이 여공을 듸ᄒ야 가로듸 셩심이 늬계 상ᄒ야 어린 거실 키여
다가 부지 만나계 ᄒ니 그 은혜를 무어시로 갑푸리요 쏘한 셰쇄한 말
을 웃지 다 기록ᄒ리오 ᄒ니 여공이 왈 웃지 늬 공이리오 홍문 경스요
쳔은이로소이다 ᄒ더니 쏘한 평국이 여공계 현알ᄒ고 피츠 반기ᄒ더
라 쳔즈 듸궐 각가이 일쳔 간 궁실을 스ᄒ시고 뇌비 빅여 명과 상을 만
니 나 (61)

려 쥬시다 평국이 홀연 병이 들어 빅약이 무회ᄒ니 쳔즈 염예ᄒ스

어의로 문병ㅎ신듸 짐믹ㅎ고 명약ㅎ라 한즉 남ㅈ의 몸이 아니라 여
믹이오니 아마도 보이로소이다 쳔ㅈ 왈 웃지 글어혀량이면 적진의 나
가 도적을 파하난 슐법이 잇쓰리오 글어ㅎ나 알오리 닛신이 아직 번
셜치 말나 ㅎ시더라 평국이 부모계 병셰 즉츠ㅎ물 고하니 홍시랑이 왈
병셰가 심하믈 황상이 알르시고 어의 보늬여 진믹ㅎ고 명약ㅎ야 먹은
후 즉츠ㅎ엿다 ㅎ니 평국이 의심ㅎ여 왈 그러ㅎ면 근본이 탈노ㅎ엿
쓰오니 상쇼 ㅎ기가 불가ㅎ다 한듸 공이 듸왈 연ㅎ다 ㅎ더라 남복을
입고 여복을 버셔 상소을 올인듸 ㅎ여씨되 할임학ㅅ 겸 도원슈 홍평국
은 비비 ㅅ은ㅎ옵고 상 탑ㅎ의 올이나이다 신쳡이 오셰의 당ㅎ여 장
ㅅ (62)

랑의 난을 만나 부모을 이별ㅎ고 도적 밍길의 환을 만나 모친 죽계
되오믹 여공의 심을 입어 다힝이 ㅅ라쓰오나 부모 츠질 묘칙이 읍셔
어린 소견 의량이 여ㅈ의 힝식을 가쵸고난 어렵고 남ㅈ의 소업을 학
ㅎ면 난중의 잇쓰온 부모을 츠지미 쉬울 쯧ㅎ와 잇럿틋 당돌리 위으
로 쥬상을 기만ㅎ옵고 아릭로 쳔병만마의 쥬인이 되어 어른 어름의 지
늬간 듯ㅎ오니 셩상의 너부신 덕이라 명쳔이 감동ㅎ와 다힝으로 도적
을 파하고 쏘한 부모을 만나쓰오니 이졔난 죽ㅅ와도 한이 읍쓰오며 승
은을 만분지 일이라 갑ㅅ올가 ㅎ여쑵더니 신의 몸이 만고 당치 안이한
벼살리 잇셔 쇼원을 닐우라 ㅎ오니 당종리 조정의 번득이지 못ㅎ오며
신을 벼살을 환슈ㅎ시고 죄을 ㅅㅎ옵소셔 ㅎ엿더라 상이 기특이 여기
ㅅ 틱감을 (63)

명ㅎㅅ 가로ㅅ되 짐의 복이 읍셔 경이 여ㅈ 되야씨나 ㅅ직을 보호

하신 공을 웃지 바리리오 호며 안심무렴호고 차후난 상소을 올니면 중형을 하려 호시고 상소 반난 중수을 죄로 엄국호시다 일일은 천즈 홍시랑을 명촉호스 갈으스디 짐이 경여의 상소을 보니 죄 천호의 읍시나 츠역천슈라 웃지 글어다 호리오 경이 달은 즈식 읍고 다만 평국이라 호니 경은 장추 웃지호리요 짐이 경의 정을 위로호여 중믹 되리니 경의 뜻시 엇써한요 호신디 시랑이 알오되 셩은 뉘라 호시난잇가 상이 왈 도지신 보국으로 졍호라 호신디 시랑이 왈 졍의 맛당호여이다 상이 여공을 명촉호스 갈으스디 보국의 빙필을 청쥬후로 졍호니 경의 뜻시 엇써한요 여공이 알오디 너부신 셩은 (64)

은 감축고 어진 머나이을 으드니 황공 셩은을 감스호나이다 예판이 틱일호야 위국공의 부즁으로 보닉시니 국공 부부 계탑의 단즈을 가지고 곳 여아을 쥬며 왈 황상이 가로디 보국은 전일 부리던 빙니 이제로써 눈을 나리 쓰고 셤길 쩌시라 호디 평국이 알오되 호 번 다시 군례을 밧고 시푸오니 니 쓰실 상계 쥬달호소셔 호니 공이 청파의 딕쇼호고 즉시 입궐호야 알오니 상이 미쇼 왈 이 말이 호걸 남즈라 호시고 즉시 도성 군스을 죠발호야 기치금극과 군마을 가초와 여후의 궁으로 보닉고 평국이 여복을 벗고 군복을 기츌 시 황금 갑옷과 빅금 투고을 쓰고 영군호여 별궁의 노픠 좌졍호고 졔장군졸을 각가이 셰워 진을 굿게 호고 슈기을 들고 여보국으로 즁군을 숨은니 보국이 졀영을 보고 (65)

분하미 칭양 읍시나 젼일의 위즁을 본지라 마지 못호야 갑쥬을 가쵸고 진문 박긔 딕령호엿더니 잇쎠에 졔장을 불너 호령 왈 즁군은 밧비 딕령호라 호난 소릭 츄상 가틋지라 보국이 황겁호야 우슈의 산호쳘편

을 들고 좌슈의 슈긔을 잡고 드러가니 즈로 들나 흐난 소릭 쳔지 진동
하거날 보국이 까치 거름으로 쳔쳔이 거러가 장틱 아릭에 복지흐니
틱로흐여 꾸지져 왈 중군은 장영이 이스면 직시 틱령하난 계 올커날
굴령이 지엄한 줄을 모르난다 불춤지죄은 군명의 당연하고 이졔 군법
으로 졔장을 보계 하리라 흐고 밍셩으로 밧비 중군을 닉입하라 하난
소릭 뇌셩 갓거날 무스 황겁흐여 일시예 달여드러 중군을 닉입하니 보
국이 장하의 업틱여 틱왈 소장이 웃지 (66)

군법이 중한 줄을 몰르잇가 바로 치래 흐옵더니 뜻박긔 장영을 뵈
옵고 긔회의 틱령치 못흐 엿스오니 원슈난 짐작흐와 심졍을 싱각 용셔
흐옵소셔 소장이 다른 범죄 업습고 진중 군률를 당하온직 죽어미 맛당
하오나 원컨틱 도로혜 스죄 하옵소셔 하거날 원슈 보국의 익걸하믈 모
시고 미소하며 틱질 왈 네 병으로 칭틱하거니와 닉 임의 아난 빈라 주
야로 네 첩 춘양만 틱리고 희롱흐여 시봉도 쎡예 안니 한난 줄 알건이
와 부모의 낫츨 보아 스하노라 하고 이후난 장영을 어기지 말나 하니
보국이 익스하고 중군을 거두어 본진으로 도라가 장영을 지틱리더니
일낙셔션흐고 월출동방이라 원슈 진을 푸러 각각 도라오니라 츠시예
보국이 본궁으로 와 부친게 욕본 스연을 고하니 공이 칭춘하여 왈 일
헌 일은 고금의 희한한 일리라 하고 보국을 도 (67)

라보와 왈 계월리 너을 욕뵈미 다름 아니라 군명으로 졍혼흐미 스
싱동고하던 졍을 희롱흐미니 너난 죠금도 패렴치 말나 하고 틱소하믈
마지 안이 흐시더라 잇써 혼인 날리 당흐미 계월리 아미을 다시리고
칠보 단장의 명월픽을 츠고 빗난 얼골과 은은한 틱도난 비우 폼은 스

람의 긔운을 쇄락하고 무슈한 시여난 녹의홍상하고 좌우의 옹위하여 나오니 쇄락한 안모난 츄팔월 십오야 명워리 동역의 빗치난 듯 츈슴월 슴식 도화 아침 이슬 머금운 듯한 거동 칭양치 못할니라 쳔여 원 졔장 이 창금 줍고 좌우의 옹위하여 진을 치니 위의 추상 갓튼지라 잇찍 보 국이 위의을 갓쵸고 나가니 그 거동이 션관 갓더라 관딕을 입고 손의 봉미션을 들고 교빅셕의 나 (68)

가 젼안을 파하고 이날 동방화쵹 하의 졍의 심밀하니 원앙이 녹슈의 깃드림 갓더라 잇튼날 쳥명의 신랑 신비 국공 양위을 뵈온딕 졍열부인 은 신비의 손을 잡고 국공은 실랑의 손을 잡고 희식이 만안하더라 신비 위의을 가쵸고 시가로 드러 와 현구계 고하기을 맛치미 여공 부부 질거 하믈 이기지 못하여 왈 낭즈난 귀한 몸이 황명으로 아즈의 비필리 되얏 스니 미거한 아즈을 졍셩으로 구졔하기난 현부의게 밋노라 하거날 피 셕 딕왈 소부의 죽을 몸을 너부신 덕으로 지금 와 부모을 만나옵고 황명 으로 양위을 모시고 ㅎ교 갓치 몸이 맛도록 틱산 갓튼 은혜을 만분지 일이나 갑풀가 ㅎ나이다 말슴이 온화하더라 양위게 하직ㅎ고 금교을 타고 본궁으로 도라올 식 즁문의 닉려 츈양각을 보니 츈양이 난간 (69)

의 거러 안져 종시 닉리지 안이하거날 후 딕로하여 하인을 명ㅎ여 츈양을 잡어닉라 하난 소릭 추상 갓튼지라 ㅎ인이 딕경하여 달여드러 츈양을 잡어 압픠 쑬이니 후 쑤지져 왈 노야 스랑하무로 교만ㅎ여 날 을 보고 요동치 안이하니 읍신여기미라 너을 버여 법을 셰우리라 너난 죽기을 한치 말나 말을 지다리지 아니하고 무스을 명하여 효슈하라 하 난 소릭 갈셔리 갓튼지라 무스 황겁ㅎ여 츈양을 효슈하기을 맛치미 궁중 시비 실식하여 후을 바로 보지 못하더라 영을 지촉하여 본국으로 도라오니라 보국이 츈양 버인 말을 듯고 디경 디로하여 부친게 고왈 홍여가 젼일은 도원슈 되여 소주을 즁군으로 부려스나 지금은 니의 가 속이라 소주을 예로써 셤김이 올거날 제 (70)

가 니의 소랑하난 이쳡을 니 말 업시 죽여스니 엇지 원통치 아니하 리오 여공이 왈 제가 비록 여주나 별살리 놉파스니 간디로 경멸치 못 하리니 마음의 엇지 혐의하리오 너난 조금도 패렴치 말고 부부지의을 바리지 말나 우리 집 자손 느지물 근심하노라 하니 보국이 디왈 남주 되야 엇지 여주의게 굴피리오 이후로난 분이 예길 짜름일너라 잇쩌예 남관장 장이 장계을 올여스되 그 셔의 남장은 슉비항옵고 고하나이다 오왕 구덕지 장평 셔셰 두 스람으로 도원슈을 슴어 제장군소 병하여 슴십여 만을 거나리고 후주 칠십여 셩을 항복 밧고 쳥주 주스 이직덕 을 버이고 힝군하여 드러온다 하니 소신 지조로난 방어할 수 읍노이다 쳔주 어진 장수을 구하여 막계 방젹항옵소셔 쳔주 (71)

견필의 디경하여 만조을 모와 도원슈을 퇴정하여 도적을 막계 하라 하시니 쳥쳔회 복지 주왈 조정의난 슴군 조발할 수 읍소오니 홍평국 갓튼 지 읍슬가 하나이다 쳔주 침음양구의 왈 홍평국이 아모리 십만 디병을 거나려씨나 그쩌난 남주만 예쎠건이와 이졔난 근본 알라시니 웃지 귀즁 아여을 보니리요 제장이 합쥬 왈 평국이 소희의 일홈을 들 어스오니 웃지 여주을 혐의하야 소직을 위틱항계 항리요 또 졔 여주 나 웃지 소직을 도라보지 아니 항잇가 쳔주 마지 못항야 소관을 명항 여 부르시니 평국이 옥계하의 복지하거날 쳔주 보시고 희식이 만안항

여 왈 오리 귀중의 쳐하여 군신지의을 가이 기록지 못할너니 이제 보
니 늘근 용이 여의쥬을 어듬 갓도다 ᄒ시고 남관장 (72)

의 상소을 ᄂᆞ리시며 왈 만조을 모와 도적 막을 디장을 퇴정ᄒ니 만
죠 의논이 다 경의게로 말하니 짐의 덕이 박ᄒ야 지죠 읍고 ᄌ됴 활난
을 만나니 특별리 득죠ᄒ여 번을 ᄂᆞ리시미라 ᄒ시고 용안의셔 청누
써러져 왈 군신 체면 읍시 경을 명촉ᄒ엿시니 경은 ᄉ직과 종푀을 도
라보미 웃써한요 평국이 복지 왈 외람이 몸이 열후의 쳐ᄒ여시니 만ᄉ
무셕이라 죄을 ᄉᄒ읍고 용체 불안ᄒ오니 감이 다시 ᄉ양ᄒ릿가 원컨
딘 주상은 안심ᄒ읍소셔 신이 비록 여ᄌᆞ나 적진의 나가 죽어 도라 올
지라도 피치 아니ᄒ오리다 폐ᄒ 보즁ᄒ읍소셔 ᄒ거날 쳔ᄌᆞ 딕희ᄒᄉ
직시 정병을 죠발ᄒ야 상임연 진을 치고 쳔ᄌᆞ 원슈 인슈을 쥬시니 ᄉ
은숙비하고 갑주을 갓추와 좌슈의 장창을 들고 우슈의 슈기을 들 (73)

어 군ᄉ을 지위할 ᄉᆡ 장딕의 놉피 안져 즁군 결영을 써 즁군의게 보
ᄂᆞ니 잇써 보국이 앙앙지심을 푸지 못ᄒ야 ᄆᆡ일 불안ᄒ더니 즁군 명
촉하믈 보고 딕로ᄒ야 이루 칭양치 못ᄒ나 그 위셰을 아난 고로 마지
못ᄒ여 급피 갑쥬을 ᄎᆞ리고 군즁의 드러가 군례로 보인딕 원슈 정식
딕왈 ᄂᆡ 이리 되오믄 군영이 지당황황하여 ᄉᆡ양치 못하고 향하난니 즁
군은 장영을 퇴만치 말지여다 군법 ᄉᄉ 읍난니 즁군은 죠심하라 말슴
다한 직 보국이 듯기을 다하고 즁군소로 가셔 장영을 지다리더라 원슈
제장을 불너 분부ᄒ되 각 소임을 정ᄒ여 추구월 십ᄉ일의 힝군하여 십
ᄉ만의 남관의 다다르니 관수 강북이 관졸이 원슈을 마져 관즁의 드러
가 ᄉ일 유군ᄒ여 호군하고 십일 후의 쳥촉산을 지ᄂᆡ여 만셩의 (74)

갑쥬을 갓쵸고 방표일셩의 를" "갑쥬을 갓쵸고 나와 웨여 왈 원슈 날
노 하야금 너의 머리을 시엄하라 하거날 늬 싱 지 평 죠을 다하여 너의
랄 함몰하고 양국을 죄멸 ᄒ ᄒ ᄌ 리라 며 당할 잇거던 나오라 운영이
듸로하여 갑주을 갓쵸고 방표일셩의 다다르니 젹병이 산하의 진 치고
기치금극이 추상 갓더라 원슈 젹진을 듸하여 진을 치고 군즁의 호령하
여 왈 만일 영을 어긔난 직면 군법을 힝하리라 하니 졔장군돌리 황겁
하난 즁의 보국이 더욱 겁하여 각별 죠심하더라 잇튼날 평명의 원슈
즁군을 부러 분부ᄒ 되 젹장을 벼여 장듸의 올이라 그 ᄉ졸을 지엄하
니 보국이 영을 듯고 갑쥬을 갓쵸고 방표 일셩의 나와 마ᄌ 이십여 합
의 불분승부하더니 보국의 칼의 운영의 머리 마ᄒ의 나려지니 젹장 장
운과 소운이 운영 죽으믈 보고 말을 달여 (75)

항전하더니 보국이 소릭을 크게 질으며 칼노 한 번 두르니 장운의 머
리 마하의 써러지니 보국이 승셰하여 본진으로 도라오더니 구덕지 양
장 주그믈 보고 듸로하여 칼을 들고 늬다러 웨여 왈 보국아 감이 날을
당하고ᄌ 하난야 밧비 칼을 바드라 하니 보국이 듸로하여 마져 ᄊ와
십여 합이 못ᄒ여 보국의 칼리 썩기니 손의 쳑촌이 읍난지라 ᄉ셰 위
급한 거동을 원슈 장듸의셔 살피고 듸경실식하여 칠쳑 장금을 놉피 들
고 말을 달여 젹진의 드러가 보국을 엽피 찌고 구덕지을 마져 ᄊ와 슴
합이 못하여 구덕지 머리 마하의 나려지니 젹진 장쥴이 능회 항거하
리 읍더라 좌츙우돌하여 본진으로 도라오니 보국이 원슈의 갑옷슬 븟
들고 억긔 밋틔 달여오며 원슈의 용금지슐을 (76)

보더니 젼일 분심이 잇난 즁의 도리허 붓그러 보지 못하더라 원슈 말

을 달여오며 왈 보국아 젼일 남즈라 하고 나을 읍슈이 여기더니 이후도
진졍 나을 그리 알가 무슈이 조롱하니 보국이 이 말을 듯고 부그럽기
칭양 읍서 눈을 감고 조는 쳬하고 다러오더니 원슈 장듸에 일르러 마상
의셔 보국의 요듸을 즙어 던지니 보국이 졔우 인스을 츠려 장듸 아리
나가 청죄하거날 원슈 왈 물너가라 하고 좌기을 놉피 하고 구덕지 머리
을 봉하여 황셩으로 보늬고 군스을 호궤하여 연일 쌋홈을 도도더라 오
초 양왕이 양인의 승부을 귀경할 싀 평국이 팔십만 군병을 진치고 드러
와 보국을 엽피 씨고 장졸을 무수이 벼히니 그 장졸의 머리 구시월 단
풍 낙엽 써러지듯 하여 횡힝하니 젹장이 듸경하여 밍달을 도라보아
(77)

왈 평국의 지략과 용밍을 보니 옛날 슘국 시졀 무검산 쌋홈의 관공
마초 쌋이여 거의 죽게 되얏더니 스쳔 직키던 상산 죠즈룡이 드러와
슘국 듸장을 물이치고 관공 마초을 구하여 슘군을 거나리고 도라감 갓
도다 오초 양왕은 이졔 평국의 소손의 망하리라 하고 방셩듸곡할 싀
밍달리 엿즈오듸 염례 마옵소셔 소장이 한 묘칙을 차엿스오니 졔 아
모리 명장이라고 늬 쇠을 아지 못할 거시니 근심 마옵소셔 오초 양왕
이 물어 왈 무슴 묘칙인지 듯고즈 하노라 밍달리 살오듸 평국 보국을
보늬여 우리을 치라 하엿스오니 황셩이 비엿난지라 젹진을 몰르게 본
군을 거나려 옥문관 양즈강을 건너 황셩을 엄살하면 쳔즈 할일 읍셔
옥싀 인슈을 봉하여 보늬오며 항복하올 거시니 죠금도 염례 마옵소셔
(78)

한듸 오초 양왕이 이 말을 듯고 듸희하여 왈 진실노 장군의 말과 갓

틀진딘 웃지 평국을 근심하리요 밧비 쇠을 향하라 하니 밍달리 좌긔하고 가만니 졔장을 불너 왈 그딕난 본진을 직히여 보국과 싸와도 일 읍지 안이 하올 거시니 싸오지 말고 진문을 구지 닷고 요동치 말고 잇스면 닉 오날 밤의 적진을 모르게 군스을 거나려 황성을 향하여 갈 거시니 부딕 죠금도 요동치 말고 조심하여 본진을 구지 닷고 싸오지 말나 하니 영을 시힝하더라 이날 밤 숨경의 졔장 일빅여 원과 군스 오천여 병을 거나려 황성을 향하여 양즈강을 건너 황성을 향하니라 각설 이적의 쳔즈 구덕지 머리을 보시고 두 원슈을 고딕하시더니 관쟝이 보하되 적병이 함진을 파하고 황성을 향하여 범코즈 하니 급피 마 (79)

그소셔 하거날 쳔즈 납필의 딕경하야 아모리 할 줄을 몰으던니 쏘 황성 수문쟝이 장계하되 도적이 양즈강을 건너 스장의 진을 치고 쳔병만마가 들어온다 하니 아모리 할 줄을 몰오고 만조빅관을 도라보아 왈 방적을 의논할 싀 문득 바라보니 적장 선동이 성문을 씌치고 드러오며 억만 장안의 불을 노온니 화광이 충천하여 곡성이 쳔지 진동하거날 쳔즈 그 거동을 보시고 숨이 막커 즈리예 업디려 긔싁ᄒ시니 수성장 황닉 쳔즈을 구하여 업고 닉다러 불을 물읍쓰고 북관 문을 향하여 도망할 싀 적장 모넝달리 쳔즈 도망함을 보고 좃츠갈 싀 칼을 둘르고 크게 소릭을 질으며 비호 갓치 좃츠가니 쳔즈 적장의 소릭을 듯고 정신이 읍셔 창황이 지난 즁의 졔신도 긔진하여 할 일 읍셔 적쟝의게 (80)

죽게 도얏난지라 쳔즈 죽긔을 다하여 다라나난 지음의 쏘 압피 딕강이 막혀시니 웃지 역발산 긔긔셰 하던 초픽왕이 안니 여던 물을 웃지 건너리요 할 일 읍셔 쳔즈 스장의 업디려 긔졀하시니 적장이 크게 고

함하고 발셔 두의 싸러오며 고셩 딕질 왈 명졔난 목심을 악기거던 항
셔을 밧비 쎠 올이라 비수을 놉피 들어 용포의 딕고 고함하니 쳔지 아
득하여 ᄉ장의 업듸려 인ᄉ을 츠리지 못하거날 시신이 죽기을 한하고
젹장의게 비러 왈 할 수 업셔 항셔을 쎠 올일 거시니 장군은 목심을 구
졔하옵소셔 하고 이걸하니 밍달리 꾸지져 왈 죽기을 악길진듸 손까락
을 씌무러 용포을 쎠여 급피 항셔을 쎠 올이라 하며 호령이 추상 갓튼
지라 쳔ᄌ 넉슬 일허 손까락을 입의 너코 씌물야 하시니 ᄎᄆ 압파 견
듸 (81)

지 못한지라 각셜 이젹의 도원슈 홍평국이 연일 싸홈을 도두되 젹장
관평이 밍달의 지위딕로 군문을 구지 닷고 나지 안니 한난지라 잇씨난
하ᄉ월 망간이라 몸이 곰치 아니 하믹 장딕 아릭의 닉려 말을 ᄉ랑하
여 비회하다가 문득 살펴보니 ᄌ미셩이 진지을 쩌나 수심이 가득하고
악셩이 둘너거날 원슈 딕경하여 급피 중군을 불너 왈 닉 잠간 쳔긔을
살펴보니 반다시 황셩의 변이 낫난지라 닉 이졔 본진을 바리고 필마단
창으로 황셩을 가랴 하니 중군은 젹진이 아모리 싸홈을 쳥하여도 싸호
지 말고 잇스라 각셜 이젹의 본진을 중군의 막기고 필마단창으로 표동
을 지나 양ᄌ강을 건너 황셩을 향하여 살딕 갓치 좃ᄎ 드러간니 셩문
이 씩 (82)

야지고 셩닉와 궁궐이 다 소화하여 빈 터만 남문난지라 원슈 하날을
울얼너 탄식 왈 주상은 어듸로 가신고 분명 도젹의게 픽을 보셧다 하
고 이 몸이 맛도록 셩은을 만분지 일이나 갑풀라 하엿더니 닉의 졍셩
이 부족하여 ᄉ직이 위틱케 되얏스니 닉 사라 쓸듸 읍도다 하고 ᄌ결

코즈 하엿더니 맛춤 빅셩더리 부모와 쳔즈을 일코 하날을 부르지지며 거리로 단니며 울거날 원슈 쳔즈의 소식을 몰나 이통하더니 빅셩덜리 엿즈오딕 장군은 반셩 쓰홈의 가시던 홍원슈 아니시온잇가 쳔즈 어딕로 가신지 알고즈 하난잇가 원슈 왈 그러하노라 빅셩이 왈 적장 밍달리 부지불각의 황셩을 치고 집을 소화하고 좃츠 드러오믹 쳔즈 기셰을 당치 못하여 북문으로 피하여 쳔틱영의 너머 가셔난이다 그러하나 적장 밍달리 뒤을 쫏츠가더 (83)

이다 원슈 이 말을 듯고 정신니 아득하여 아난다시 북문으로 향하여 쳔틱영을 너머 황강의 다다르니 이빅 이 스쟝의 적병이 덥허거날 마음의 황홀하여 밧비 말을 달여 번긔 갓치 좃츠 드러가니 밍달리 창을 들어 쳔즈의 가심을 전수며 항셔을 직촉한난 소릭 쳔지 진동하니 쳔즈 혼불부신ᄒ여 정신 읍난 지음의 원슈 소릭을 울레 갓치 지르며 왈 이 도적놈아 늬의 주상을 히치지 말나 나난 원슈 홍평국이로다 하고 만군 중을 헤치고 달여드러 쓰운니 밍달리 밋쳐 손을 놀이지 못하여 평국의 창이 번듯ᄒ며 밍달리 머리 짜의 써러지거날 칼을 들어 나문 군스와 계장을 벼히고 좌츙우돌하니 살별지셩이 쳔지 진동하더라 원슈 적진을 일합이 못하여 다 뭇지르고 투고을 벗고 쳔즈 압희 복지 쥬왈 (84)

펴하난 진정하옵소서 도우너슈 홍평국이 이졔 왓나니다 쳔즈 바라보니 과연 평국이라 쳔즈 평국의 손을 잡고 왈 이거시 꿈이야 싱시야 네가 평국이야 하시며 반기오믈 칭양치 못하시더라 평국이 엿즈오딕 소신이 쳘이 전장의 갓다가 황겁한 말을 듯고 이졔 왓나이다 한딕 쳔즈 딕왈 경의 충성은 하날의셔 도은 빅로다 짐의 목심이 경각의 잇더니 경의 한거름의 ᄉ싱을 도모하고 ᄉ직을 안보하여스니 공을 장ᄎ 무어시로 갑풀리오 천ᄒ을 반분하여 경을 주리라 하니 평국이 복지 주왈 펴ᄒ난 ᄒ교 거두시고 옥체을 안보하옵소셔 천ᄌ 이에 환궁하실 시 평국을 압희 셰우고 만조빅관을 거ᄂ려 도라 오시니 장안이 다 소화ᄒ여 빈 터만 나문지라 천ᄌ 즁노의 나와 불탄 흔적을 보시고 딕경 통곡하시거날 평 (85)

국이 천ᄌ을 위로하여 딕궐노 정좌하시게 하고 다시 엿ᄌ오딕 즁군이 막즁한 딕군을 막어사오니 위틴함이 읍슬 듯하오나 복원 펴ᄒ난 안심ᄒ옵소셔 소신이 급피 그 도적을 파하고 도라와 뵈올려오니 조금도 염에 마옵소셔 하고 인하여 황셩을 쩌나 만경누을 향하니 잇ᄶ예 보국이 도원슈을 황셩의 보닉고 진을 구지 직혀 원슈 오기을 날노 지딕리더니 문득 향로군이 뵈이되 원슈 황셩을 구하여 적장을 벼히고 오신다 하거날 보국이 진문을 크게 열고 나와 원슈을 마ᄌ 장딕의 들어가 좌졍 후의 ᄉ연을 뭇것날 원슈 딕왈 황셩을 구ᄒ여 도적을 벼히고 천ᄌ 환궁ᄒ시게 한 말을 셜화ᄒ고 밍달의 머리을 창긋틱 씌여 들고 ᄊ홈하던 말을 낫낫치 다 ᄒ더라 ᄎ셜 잇ᄶ 오초 양왕이 밍달을 (86)

보닉고 날노 황셩을 파하고 천ᄌ을 항복 밧고 도라오기을 쥬야로 바라든니 문득 졔장이 고하되 적진의셔 밍달의 머리을 궐문 박긔 달엿다 하거날 오초 양왕이 딕경실식 ᄒ야 보니 과연 밍달의 머리라 아모리 할 쥴을 모르여 기절하거날 졔장이 구하여 졍신을 ᄎ리게 하니라 졔장 관평이 쥬왈 이졔난 하일 읍ᄉ오니 본국으로 도라가 다시 긔병ᄒ여 적진을 막난이만 갓지 못하나이다 말을 맛치지 못ᄒ여 명진장 평국이 젼진의 달여들어 위여 왈 오초 양왕은 쌜이 나와 목을 느리려 닉 칼을 바들라 하난 소리 산쳔이 진동하거날 오초 양왕이 할 일 읍셔 셰궁역진ᄒ여 문을 열고 닉리여 항셔을 올이거날 원슈 마상의셔 칼싯틱 쑤여 들고 보니 그 셔의 하여 (87)

스되 신니 망발싱의ᄒ여 일러틋 외람되게 하여쓰오니 만스무셕이라 황공 되죠ᄒ옵고 닐항진무ᄒ여 큰 죄을 지어쓰오니 원슈은 싱각ᄒ옵소셔 하여거날 원슈 제장을 호령하여 오초 양왕을 쓸리고 크게 호령 왈 쳔의을 몰르고 망발싱의 하엿스니 웃지 살긔을 바라이오 그러나 잔명을 싱각하야 너을 살여 보닉니 이후난 쳔명을 순종하여 조공을 틱만치 말나 하고 원문 박긔 닉치라 하고 결곤 슴십도을 쳐노라 하니 오초 양왕이 원슈의 은혜을 못닉 창찬하고 본국으로 도라 가니라 원슈 오초 양왕의 항셔을 봉하여 황셩의 발송하고 쳔여 원 장슈와 슴십만 되병을 호군할 싯 그 산쳔이 진동ᄒ더라 승젼고을 울이고 칠일 슉소하고 잇튼날 (88)

옥초곡을 다다르니 잇써 샹이 원슈 오기을 지되리더라 원슈 젹진을 파하고 횡힝하여 양ᄌ강을 건너오난 말을 듯고 쳔ᄌ 친이 만조을 거나리고 셩외에 나와 마질 싯 원슈 쳔ᄌ 오시믈 보고 말게 나려 복지하거날 쳔ᄌ 평국의 손을 잡고 왈 말이 변셩의 나가 되공을 일우니 엇지 안져 보리오 평국 보국이 스례하고 물너 나니 쳔ᄌ 양즁의 공을 스례하시더라 여양만호후을 봉하시고 나문 제장은 공을 각각 도도고 틱평연을 빅셜하고 심이 칭찬하시고 ᄒ령하시거날 군복을 벗고 여복을 추여 덩을 타고 위의을 베풀고 본가의 도라와 양위 젼의 문안하거날 여공 부처 후의 손을 잡고 못닉 칭찬 왈 후 져러한 약질노 철이 젼장의 가 딕공을 일우고 무ㅅ이 와 늘근 몸을 위로하니 엇 (89)

지 질겁지 안이 하리요 보국을 불너 왈 이후난 틱평이 지닉게 ᄒ라 ᄒ니 보국 ㅅ례하고 ㅅ로딕 젼일 병화 피홈으로 못닉 질거 ᄒ더라 일일은 후 팔능원의 관ᄌᄒ여 밍길을 잡어 황셩으로 보닉니라 이젹의 후 별궁의 좌긔ᄒ고 국공과 부인을 모시고 밍길을 잡아들려 초ㅅ 바들ᄉ 부인이 밍길을 보고 노긔 등쳔하여 말을 다 못하고 쳐슈하고 이 ㅅ연을 쳔ᄌ계 쥬달하니라 셰월이 여류ᄒ여 보국의 부모 양위 득병ᄒ야 구몰하시니 보국이 이통으로 션산의 안장하고 숨연 초토을 진난 후 쏘 국공 양위 연만ᄒ여 별셰하시니라 궁임원 산의 안장하고 숨연 초토을 진난 후 쳔ᄌ계 보온딕 쳔ᄌ 양인을 차하하시고 금은 취단을 만이 (90)

상ㅅ하시니라 셰월이 여류ᄒ야 보국의 나이 숨십의 부귀 쳔하의 진동하고 ᄌ손이 충셩하니 셰상 ㅅ람이 뉘 안니 칭찬 안니ᄒ리오 보국 평국 두 ㅅ람의 충효 긔록ᄒ여 지금까지 젼릭ᄒ더라

글시 용열ᄒ와 오셔낙ᄌ 만니 ᄒ엿시니 그딕로 눌너 보옵
신축 십일월 초십일 필셔ᄒ노라 (91)

참고문헌

1. 자료

단국대 37장본 <홍계월전>, 단국대 46장본 <계월전>, 단국대 47장본 <홍계월전>, 단국대 49장본 <홍계월전>, 단국대 57장본 <홍계월전>, 단국대 59장본 <洪桂月傳>, 단국대 62장본 <洪桂月傳>, 단국대 62장본 <홍계월전>, 단국대 74장본 <홍계월전>, 단국대 96장본 <계월전>, 단국대 103장본 <洪桂月傳>(이상 단국대학교 율곡기념도서관 고전자료실 소장), 연세대 29장본 <桂月傳>, 연세대 41장본 <홍계월전>, 연세대 57장본 <홍계월전>, 연세대 110장본 <홍계월전>(이상 연세대학교 학술정보원 국학자료실 소장), 한중연 35장본 <계월전>, 한중연 45장본 <桂月傳>, 한중연 47장본 <洪桂月傳>, 한중연 60장본 <홍계월전>, 한중연 73장본 <홍계월전>(이상 한국학중앙연구원 장서각 소장), 충남대 61장본 <桂月傳>, 충남대 63장본 <홍계월전>, 충남대 70장본 <홍계월전>(이상 충남대학교 도서관 고서실 소장), 박순호 63장본 <계월츙렬녹>(월촌문헌연구소 편, 『한글필사본고소설자료총서』 27), 영남대 46장본 <계월전>(영남대학교 중앙도서관 고문헌실 소장), 계명대 57장본 <홍계월전>(계명대학교 동산도서관 고문헌실 소장), 광동서국본 <홍계월전>(국립중앙도서관 소장)

유광수, 『홍계월전』, 현암사, 2011.
장시광, 『홍계월전』, 한국학술정보(주), 2011.
조광국, 『홍계월전』, 문학동네, 2017.

2. 단행본

권순긍, 『활자본 고소설의 편폭과 지향』, 보고사, 2000.
서대석, 『군담소설의 구조와 배경』, 이화여대 출판부, 2008.
이주영, 『구활자본 고전소설 연구』, 월인, 1998.

정길수, 『한국 고전장편소설의 형성 과정』, 돌베개, 2005.

지연숙, 『장편소설과 여와전』, 보고사, 2003.

차충환, 『숙향전 연구』, 월인, 1999.

최호석, 『활자본 고전소설의 기초 연구』, 보고사, 2017.

3. 논문

고창균, 「홍계월전 분석 및 교수학습 내용 연구; 2015 개정 교육과정을 중심으로」, 고려대 교육대학원 석사논문, 2020.

김경화, 「여성영웅소설 <홍계월전>의 교수·학습방안」, 한국교원대 교육대학원 석사논문, 2012.

김미령, 「<홍계월전>의 여성의식 고찰」, 『한국언어문학』 제63집, 한국언어문학회, 2007.

김민경, 「양성평등 의식 함양을 위한 <홍계월전> 교육 방안 연구」, 동국대 교육대학원 석사논문, 2019.

김정녀, 「타자와의 관계를 통해 본 여성영웅 홍계월」, 『고소설연구』 제35집, 한국고소설학회, 2013.

김현화, 「홍계월전의 여성영웅 공간 양상과 문학적 의미」, 『한민족어문학』 제70집, 한민족어문학회, 2015.

류준경, 「방각본 영웅소설의 문화적 기반과 그 미학적 특징」, 서울대 대학원 석사논문, 1997.

류준경, 「영웅소설의 장르관습과 여성영웅소설」, 『고소설연구』 제12집, 한국고소설학회, 2001.

문희경, 「영웅소설 분석 및 교육방안, 2009 개정 문학교과서 내 <홍계월전>을 중심으로」, 연세대 교육대학원 석사논문, 2015.

박경원, 「<홍계월전>의 구조와 의미」, 부산대 대학원 석사논문, 1991.

박양리, 「초기 여성영웅소설로 본 <이현경전>의 성격과 의미」, 『한국문학논총』 제54집, 한국문학회, 2010.

성영희, 「<홍계월전>을 대상으로 한 양성평등 교수-학습 방안」, 아주대 교육대학원 석사논문, 2010.

신유진, 「<홍계월전>의 양성평등적 성격과 효율적인 지도방안」, 부경대 교육대학원 석사논문, 2010.

윤정안, 「<홍계월전>의 정의와 정의 실현 방식의 의미」, 『고소설연구』 51, 2019.

이광호, 「<홍계월전> 연구」, 한국교원대 대학원 석사논문, 1994.

이기대, 「고등학교 교과서를 통해 본 <홍계월전>의 정전화 과정」, 『우리문학연구』 37, 우리문학회, 2012.

이병직, 「<이현경전>의 이본 연구」, 『한국문학논총』 제53집, 한국문학회, 2009.

이병직, 「<이현경전>의 후대적 수용과 의미」, 『한국문학논총』 제55집, 한국문학회, 2010.

이인경, 「<홍계월전> 연구, 갈등양상을 중심으로」, 『관악어문연구』 17, 서울대 국어국문학과, 1992.

이정원, 「홍계월전」, 민족문학사연구소 편, 『한국 고전문학 작품론 2』, 휴머니스트, 2018.

장시광, 「홍계월전」, 한국고소설학회 편저, 『한국 고소설 강의』, 돌베개, 2019.

정규식, 「<홍계월전>에 나타난 여성우위 의식」, 『동남어문학』 제13집, 동남어문학회, 2001.

정준식, 「<홍계월전> 이본 재론」, 『어문학』 제101집, 한국어문학회, 2008.

정준식, 「초기 여성영웅소설의 서사적 기반과 정착 과정」, 『한국문학논총』 제61집, 한국문학회, 2012.

정준식, 「숙대본 A를 활용한 <김희경전>의 정본 구축 방안」, 『어문학』 제132집, 한국어문학회, 2016.

정준식, 「<홍계월전> 원전 탐색」, 『어문학』 제137집, 한국어문학회, 2017.

정준식, 「영남대 46장본 <계월전>의 특징과 가치」, 『어문학』 제142집, 한국어문학회, 2018.

정준식, 「<홍계월전>의 정본 구축 방안」, 『어문학』 제145집, 한국어문학회, 2019.

정준식, 「<홍계월전>에 형상화된 군담과 이본의 관계」, 『어문학』 제153집, 한국어문학회, 2021.

조광국, 「고전소설 교육에서 새롭게 읽는 재미 : 홍계월의 양성성 형성의 양상과 의미, <홍계월전> '한중연 45장본'을 중심으로」, 『고전문학과 교육』 제28집, 한국고전문학교육학회, 2014.

조민경, 「<홍계월전>의 문학적 가치와 교육 방안 연구」, 숙명여대 교육대학원 석사논문, 2015.

조민경, 「갈등양상을 통해 본 <홍계월전>의 지향가치」, 『한국어와 문학』제 18집, 숙명여대 한국어문화연구소, 2015.

조은희, 「<홍계월전>에 나타난 여성의식」, 『우리말글』제22집, 우리말글학 회, 2001.

최두곤, 「<홍계월전> 연구」, 계명대 대학원 석사논문, 1996.

최지녀, 「<홍계월전> 교육 내용의 현황과 새로운 방향의 모색」, 『겨레어문 학』제62집, 겨레어문학회, 2019.

황미영, 「<홍계월전> 연구」, 숙명여대 대학원 석사논문, 1995.

저자약력

부산대학교 국어국문학과 및 동 대학원을 졸업하고, 동의대학교 국어국문학과 교수로 재직 중이다. 저서로『추노계 소설의 형성과 전개』,『김희경전의 이본과 원전』등이 있고, 논문으로「≪박소촌화≫의 저작자와 저작연대」,「<홍계월전> 이본 재론」등이 있으며, 주로 한국 고소설과 야담을 공부하고 있다.

「홍계월전」의 이본과 원전

초판 1쇄 인쇄일	2022년 11월 22일
초판 1쇄 발행일	2022년 12월 6일

지은이	정준식
펴낸이	한선희
편집/디자인	우정민 김보선
마케팅	정찬용 정구형
영업관리	한선희 정진이
책임편집	정구형
인쇄처	으뜸사
펴낸곳	국학자료원 새미(주)

등록일 2005 03 15 제25100-2005-000008호
경기도 고양시 일산동구 중앙로 1261번길 79 하이베라스 405호
Tel 442-4623 Fax 6499-3082
www.kookhak.co.kr
kookhak2001@hanmail.net

ISBN	979-11-6797-086-2 *93810
가격	25,000원